苦难中打造的金蔷薇

——邵燕祥诗歌研究论集

吴思敬　李文钢　编

學苑出版社

图书在版编目（CIP）数据

苦难中打造的金蔷薇：邵燕祥诗歌研究论集／吴思敬，李文钢编．
—北京：学苑出版社，2015.6

ISBN 978-7-5077-4782-9

Ⅰ．①苦… Ⅱ．①吴… ②李… Ⅲ．①邵燕祥－诗歌研究－文集
Ⅳ．①I207.22-53

中国版本图书馆 CIP 数据核字（2015）第 110172 号

出 版 人：孟　白
责任编辑：刘　丰
出版发行：学苑出版社
社　　址：北京市丰台区南方庄 2 号院 1 号楼
邮政编码：100079
网　　址：www.book001.com
电子邮箱：xueyuanpress@163.com
销售电话：010-67601101（销售部）　67603091（总编室）
印 刷 厂：北京京华虎彩印刷有限公司
开本尺寸：720×1020　1/16
印　　张：46.5 印张
字　　数：730 千字
版　　次：2015 年 8 月第 1 版
印　　次：2015 年 8 月第 1 次印刷
定　　价：168.00 元

序　言

吴思敬

邵燕祥是中国当代诗坛我最尊敬的诗人之一，他和近年仙逝的牛汉先生一样，是位硬骨头的诗人，是我们这个时代不可多得的人品与诗品完美统一的诗人。如屠岸先生所说："他是我们时代的良心，是当代中国正直的知识分子的典型代表。"[①] 当然，邵燕祥的思想不是一开始就达到这一高度的，而是经过时代的淬火，经过地狱的磨炼，经过他灵魂的煎熬与不断地自我解剖，才得以实现的。邵燕祥 20 世纪 40 年代后期开始诗歌写作，50 年代成为伴随共和国成长起来的青年诗人，反右运动中被打成右派，从此在诗坛沉寂 22 年。新时期后作为"归来的诗人"复现诗坛，其思想冲出了牢笼，在寻找灵魂与良知中，其诗艺也日益精纯。

一手擎着匕首，一手擎着诗

邵燕祥是一位早慧的诗人。他曾这样叙述其诗歌创作的起因："我的童年是寂寞而压抑的。1939 年我上小学一年级的时候，我居住的古城北平已经成了日本

① 屠岸：《邵燕祥：时代的良心、正直知识分子的代表、思想者》，《生正逢时——屠岸自述》，北京：生活·读书·新知三联书店 2010 年版，第 329 页。

人信马由缰的世界。属于我的世界只是学校的教室和自家的院落。"[①]"内战。日本军国主义入侵。接着又是内战……这就是从我 1933 年出生以至整个童年和少年时代的生存环境。我家虽勉可温饱，但精神的忧患压得一个孩子早熟了。这样的国土上，不应有梦。然而我偏要做梦，并学着说梦。这些诗，记下了好梦，也记下了噩梦；记下了好梦的破灭，也记下了噩梦的惊醒。"[②]邵燕祥的诗歌之梦是从 1947 年开始的。此时正是国共决战的前夜。北平还在国民党的控制下，但中共地下党及其外围组织十分活跃。1946 年初，邵燕祥读到了一本油印的毛泽东的《论联合政府》，为书中所提的建立一个和平、统一、自由、民主、富强的新中国的理想所吸引。1947 年他参加了"五二〇"反饥饿反内战运动，并于 10 月加入了中共地下党的外围组织"民主青年联盟"（民联）。他说："我更加全心全意地跟着被反动派诬为'匪谍'的地下党的大哥哥大姐姐们，参加读书会、壁报、话剧团，利用一切条件团结同学，宣传党的主张；还搞过团结老师的尊师募捐活动。我和同志们一样如饥似渴地找一切可能找到的革命书刊来读。"[③]此时的邵燕祥，在政治上是激进的，但是在文艺观上却还没来得及统一到党的文艺路线上来。如他所言："在 1949 年前的地下活动的日子里，我还没有读到过毛泽东《在延安文艺座谈会上的讲话》，没有形成文学要为政治服务的意识，那时诗里的抒情完全是直抒胸臆。"[④]但是由于诗人生活在方生的与濒死的两种势力决战的前夜，他已有了自己对时局的看法，形成了自己的政治观念。当他坦诚地把自己的情感倾泻到诗句中的时候，他的诗便自发地呈现了一种倾向性，表达了一个热血青年在这个特定时代的心声。

为了理想而献身，把生命与诗歌融为一体，使此阶段邵燕祥诗歌显出了英雄主义的品格。邵燕祥加入了党的外围组织"民主青年联盟"后，不止一次地为到解放区去的同志送别，并深深地羡慕他们，但他牢牢记住了一位被他当作兄长的大同志

---

① 邵燕祥：《伴我少年时》，《旧时船票》，上海：上海远东出版社 2008 年版，第 3 页。

② 邵燕祥：《邵燕祥诗选序》，《邵燕祥诗选》，天津：百花文艺出版社 1994 年版，第 1—2 页。

③ 邵燕祥：《与人民共忧乐》，《赠给 18 岁的诗人》，广州：花城出版社 1984 年版，第 53 页。

④ 邵燕祥：《引言：历史现场与个人记忆》，《找灵魂》，桂林：广西师范大学出版社 2004 年 5 月版，第 3 页。

的话：你留下，每个留下的战士都是插在敌人身上的一把匕首。于是他这样写道：

我是犀利的匕首／插在敌人的胸上
我将使敌人流血而死／除非我被拔掉
而我是没有死亡的／因为匕首的身体是钢铁
你震惊于钢铁的声音吧？／你目眩于钢铁的闪亮吧？
是的，我是钢铁／钢铁，没有死亡！
(《匕首》)

诗句是那么强烈，情感发展又是那么自然。读着它，我们能体味出荆轲式的冲天豪情、夏明翰式的壮怀激烈。这样的诗句是与热血和生命一起喷射出来的，体现了诗歌与生命的同一。这种匕首式的诗句在此时邵燕祥的诗歌中可多处见到。1947 年中共北平地下电台遭到破坏后，诗人写出了类似座右铭的诗句以自勉：

记住／鲁迅先生的话：／"名列于／该杀之林／则可，／悬梁服药／是／不来的！"
(《韧的战斗》)
从地狱出来，／便不再有恐惧；／如摈绝了天堂，／也便永远不回去。
(《长短句·倔强》)
我要驰骋在负载我的道路上／把荒野的尸布撕破／把天空的棺盖射穿……
(《箭楼》)

在新旧世界对决的日子里，这些抒发了少年壮志的诗句，是邵燕祥内心世界的自然流露。但是这种自然流露的倾向性与后来的"为政治服务"，则有明显的区别。如邵燕祥所言："我与地下党没有组织上的隶属，党组织也没有干预到我的写作。而我逐渐有意地改变文风，改变题材的选择，那完全出于自愿。"① 正是由于没有受到促迫与干预，邵燕祥这类作品中还可以有自己独特的想法与判断。比如写于 1947 年的《失去譬喻的人们》，指控权力者宰割人民、发动内战，但具体指的谁，诗中并未点明，这在政治上也许是不鲜明的，但这种不点明，恰恰也使这首诗与一般的檄文有了区别，而成为一种历史现象的概括，在不同时代的读

① 邵燕祥：《找灵魂》，桂林：广西师范大学出版社 2004 年 5 月版，第 17 页。

者读来，都可以有自己的联想与体会。

40年代后期的邵燕祥在高擎着匕首的同时，又高高地擎起了诗。他没有忘记自己是诗人，他写的不是传单，而是诗。他回顾这阶段的诗歌创作时说："我也只是迈出了很小的一步。我想用自己的笔写自己的所感：'没有病不知药的苦，没有失眠不知夜的长'……我还是没能摆脱我所读过的作品对我的影响。我提起笔来写新诗的时候，总是想起我最初所深深爱过的作品，那是《画梦录》时期的何其芳，他在30年代初，可能是我还没出生时写下的《扇》：'设若少女妆台间没有镜子，/成天凝望着悬在壁上的宫扇，/扇上的楼阁如水中的倒影，/染着剩粉残泪如烟云……'诗人表达情思、运用文字的熨帖也许永远是我所不能企及的；而当时俘虏了我这寂寞空虚的孩子的心的，却是怀古病者的无名的忧郁。"[①] 尽管邵燕祥知道，何其芳后来到延安去了，改变了自己的创作方向，尽管邵燕祥在40年代的如火如荼的革命形势下，已不可能再沿着30年代何其芳的道路走下去，但何其芳感觉世界的方式，何其芳对诗歌艺术的精细的求索，仍深深地影响了年轻的邵燕祥。对何其芳阴柔与精致的欣赏，不仅直接导致他早年写出《密誓》与《寂寥》，即使到了他没入到反内战反饥饿运动中，他依然注意到诗歌要有自己独特的表现方式，不能那么直白。比如，在1948年解放战争进入决战阶段所写的《风雨鸟》，在中共中央发表"五一"口号提出"打倒蒋介石，建立新中国"后所写的预言渡江的《长江上》，全是政治内容很强烈的诗，但是诗人并没有采取标语口号式的法，而是把奋勇前进、不畏牺牲的革命战士喻为"呼唤风和雨的鸟"，把摧枯拉朽的革命队伍喻为"不尽的长江，从天边/滚滚而来"。揭露腐朽凶恶的反动势力，则将之喻为一座破旧古庙中的"金菩萨"，自身难保。那时的邵燕祥，很少直接阐明自己的诗学观点，但是从他的创作却可以看出，他已有了对诗歌本体的自觉。率意而为，自由抒写，不受羁绊，是邵燕祥早期诗歌创作的重要特征。他在回顾1947年的创作时说：这一年"写得更多的是诗，长的短的，民歌体的自由体的。年末写了大量我名之为'长短句'的小诗，次春陆续发表了一部分；说是诗，其实是分行记下的情感的波动，理性的闪念，只不过

---

① 邵燕祥：《与人民共忧乐》，《赠给18岁的诗人》，广州：花城出版社1984年版，第54页。

表明一个年轻人的思维很活跃，也很自由，没受到什么教条的羁绊”[①]。邵燕祥这阶段的诗，呈现出他后来的创作中很少见的那种心灵的自由感，他想写什么，就写什么，想怎么写，就怎么写，没有矫情，没有造作。他的诗既有针对当时形势的剖析，又有个人情感的抒写；既有对现实的针砭，又有对光明的礼赞；既有直抒胸臆，又有曲笔隐喻；既有一二百行的长诗，又有两三行的超短诗……。邵燕祥这阶段的写作不过三四年的时间，但是就其涉及内容的广泛、形式的多样、写法的无拘无束而言，却是他五六十年代的诗歌写作所不能企及的。在1985年出版的《晨昏随笔》中，邵燕祥提及：“1947—1948年顷，我读了刘吉原记录的民歌集《西南采风录》，沙鸥、薛汕编的《金沙江上情歌》，又读了李季采用陕北‘信天游’写的长诗《王贵与李香香》，以及拟歌谣体的《马凡陀的山歌》。这些一洗书卷气的诗歌，以其刚健清新吸引着我，征服着我。我当时都有一些仿作。”[②]

40年代后期邵燕祥的诗歌，无论是自由地抒写心灵，还是题材的广阔、表现手法的无拘无束，都取得了相当高的成就。遗憾的是长期以来这些诗歌被淹没在解放前的过期报刊之中，除在《献给历史的情歌》和《邵燕祥诗选》中曾零星地选了几首外，直到2004年由广西师范大学出版社推出的《找灵魂——邵燕祥私人卷宗：1945—1976》，才集中地披露了一批邵燕祥40年代后期的诗作，但也不及原作数量的十分之一。这批作品，很让人感到震惊，这是邵燕祥进入诗坛最早的亮相，却已显露出逼人的才华与厚重的内涵。仅仅因为这是邵燕祥的花季年华的写作，就认为是不值一提的学步之作，是不妥当的。由于很少接触到邵燕祥40年代的作品，一般论者和文学史评论邵燕祥，均是从50年代的他开始谈起。现代文学史对40年代诗歌创作的叙述，邵燕祥也是缺位的。实际上，考察邵燕祥40年代后期诗歌创作，可以为邵燕祥后来诗歌创作的研究提供新的视点。邵燕祥50年代乃至新时期以后的作品，都可以在40年代后期作品中溯到某些前因，这既包括他作品的长处，也包括某些局限。早期所写的《愁结》一诗，是对陷于苦闷中的同代人的慰藉：“你的眉毛／只为了深锁／才生得美丽。／／成天

① 邵燕祥：《找灵魂》，桂林：广西师范大学出版社2004年5月版，第43页。

② 邵燕祥：《拟〈金沙江上情歌〉》，《晨昏随笔》，北京：生活•读书•新知三联书店1985年版，第125页。

在上面／打些个愁结，／怀念着明天，／怀念过去，／怀念过梦境，／怀念现实。／这些怀念，／是愁结。／／但是我祈祷／你打开这／美丽的愁结，／让眼睛的秋水／汩汩地流过去，／让我的凝睇，／从这一条秋水中／摆渡给你。”这是在阴霾的时代，一个年轻人对未来的憧憬，调子与50年代的诗全然不同，但是这种对青春的关切和对话式的表情方式，却与后者有着相通之处。邵燕祥早期写作中有时过于散漫而缺乏节制，这一毛病也沿袭到50年代。邵燕祥在《晨昏随笔》中说过这样一件事：他在1952年11月间写的《到远方去》初稿，有242行，严辰同志读后认为芜杂，放了几个月后，他重新删改与压缩，定稿时仅为40行。①

关注邵燕祥40年代后期的诗歌创作，还有一层意义，那就是可以与邵燕祥50年代的作品做一对照，从而发现一个有才华的青年诗人，是如何被“规训”、被塑造成为一个“政治抒情诗人”，被引导到“为政治服务”的道路上，路子越走越窄的，从而让我们牢记历史的教训。以邵燕祥自己的个性、修养和偏好，假如没有40年代后期的烽火连天的战争，假如没有那时候山雨欲来风满楼的革命形势，假如没有参加进步学生运动和共产党的外围组织，邵燕祥也许会沿着30年代何其芳或40年代“九叶”诗人的道路走下去。但是40年代后期这风云变幻的时代，已不允许邵燕祥去构建自己的象牙之塔。等到1949年以后，随着文艺为政治服务的强化，邵燕祥40年代后期所写的大多数作品就很难发表出来了。因为这种自发的政治抒怀，其内容不一定符合宣传规范。邵燕祥曾举一例：“在50年代时，有一位党报的高级编辑，又是诗人，看到我1948年写的短诗《旗》：‘旗的手在招展，旗的心在跳……’竟问：‘什么旗？为什么不是红旗？’”②这种政治对创作的干预、官员对诗人的“修理”，使得邵燕祥在解放后不得不放弃自己的无拘无束的写法，而去努力适应新时代的要求，从而使诗风与40年代后期比有了重要的转变。

① 邵燕祥：《从二百四十二行到四十行》，见《晨昏随笔》，北京：三联书店1985年版，第132页。

② 邵燕祥：《找灵魂》，桂林：广西师范大学出版社2004年版，第78页。

政治上无名的殉难者　文学上无谓的牺牲者

邵燕祥在《找灵魂》一书的〈引言〉中曾说过这样的话："假如为我那过去的三十年树一座墓碑，应该严肃地铭刻这样两行字：政治上无名的殉难者 / 文学上无谓的牺牲者。"① 在《找灵魂》的最后，邵燕祥以诗为"跋"，其中写道："战后三十年，陈尸现场 / 只为了证明真诚之为虚妄 / 一个游荡的灵魂隐入书里 / 找来找去，找不到失踪的自己。"② 把这两段文字联系起来，可以说概括了邵燕祥那失去了自我、失去了自由、失去了独立的思想、因而迷失了灵魂的前半生。

邵燕祥说："1949 年，中国历史经历了划时代的大变动，大量 1949 年以前艺术上、思想上成熟的老作家，主要是从国（民党）统（治）区来的老作家，自愿地，或被动地，或'被迫自愿'地放下了笔，或者索性是手里的笔被夺走了。然而，仅仅靠从延安和老解放区来的作家，不足以支撑局面。当时急需补充有生力量。这时急需一批党认为自己培养的、可靠的一代青年作者。我就是在这样的环境和气氛下被推出来的；1956 年春第一次全国青年文学作者会，就是由作协和团中央共同举办的。所以说，我们之一度在文坛上'放声歌唱'，是以许多老作家的沉默为代价的。其中，就包括了以在座的牛汉同志为代表的'七月派'，后来所称的'九叶派'，还有屠岸同志等等。"③ 的确像邵燕祥说的，像他这样的年轻诗人，比起卞之琳等 30 年代的"汉园诗人"，以及此后的"七月派"、"九叶派"诗人，显然容易转换声部，融入"时间开始了"这样的时代强音中来。这阶段的邵燕祥，满怀欣喜地迎来了新生的共和国，以他的单纯、热烈与真诚，写出了一首首新时代的颂歌，并出版了他的第一本诗集《歌唱北京城》。国家第一个五年计划的宏伟蓝图的发布，激发了在广播电台工业组工作的诗人的热情，他把一个时代的梦想，聚焦在一位年轻的地质勘探队员的身上，写出了《到远方去》：

收拾停当我的行装，/ 马上要登程去远方。/ 心爱的同志送我 / 告别天安门

---

① 邵燕祥：《找灵魂》，桂林：广西师范大学出版社 2004 年版，第 7 页。

② 同上，第 314 页。

③ 邵燕祥：《说几句心里话——在"邵燕祥诗歌创作研讨会"闭幕式上的发言》，《邵燕祥诗歌创作研讨会论文集》，中国当代文学研究会、廊坊师范学院、首都师范大学中国诗歌研究中心编，2007 年 4 月，第 143 页。

广场。// 在我将去的铁路线上，/ 还没有铁路的影子。/ 在我将去的矿井，/ 还只是一片荒凉。// 但是没有的都将会有，/ 美好的希望都不会落空。/ 在遥远的荒山僻壤，/ 将要涌起建设的喧声。// 那声音将要传到北京，/ 跟这里的声音呼应。/ 广场上英雄碑正在兴建啊，/ 琢打石块，像清脆的鸟鸣。//……/ 我们惯于踏上征途，/ 就像骑兵跨上征鞍，/ 青年团员走在长征的路上，/ 几千里路程算得什么遥远。// 我将在河西走廊送走除夕，/ 我将在戈壁荒滩迎来新年，/ 不管什么时候，只要想起你，/ 更要把艰巨的任务担在双肩。// 记住，我们要坚守誓言：/ 谁也不许落后于时间！/ 那时我们在北京重逢，/ 或者在远方的工地再见！

《到远方去》在《中国青年》杂志上首发后，很快就传播开来。邵燕祥的夫人谢文秀曾在《碎片——一个右派妻子的回忆》中提及，1953 年谢文秀由复旦大学新闻系毕业时，欢送会上，比她低一个年级的孙惠群同学朗诵的正是邵燕祥的这首诗。《到远方去》的诞生，标志着诗人在由战争转入建设的时代找到了属于自己的诗的兴奋点，属于自己的题材和主题，从此他更加热切地关注投入祖国建设的同辈人，为他们写下了感同身受的青春颂歌。此后他又到东北老工业基地采访，写出了《我们架起了这条超高压送电线》、《在大伙房水库工地上》、《中国的道路呼唤着汽车》等。首发《我们架起了这条超高压送电线》的《人民日报》，以文艺组的名义给作者写了一封信，说这首诗受到读者的普遍欢迎，并指出："当国家正开始大规模工业建设，全国人民正积极为建立社会主义社会而奋斗的时候，报纸刊用诗、特写等短小文艺形式，反映祖国的崭新的面貌，加强对人民群众的爱国主义教育和社会主义前途教育，是非常必要的，因此我们希望你能继续选择生动的题材，为人民日报写这一类的政治抒情诗，使读者从中能更清楚地看到工人阶级的伟大力量，看到祖国是如何飞跃地在向前迈进，从而加强人民保卫祖国、建设祖国的勇气和信心。"[①] 这封信的作用不止于约稿，而是对诗人创作思想的指导。如果说，邵燕祥在写《我们架起了这条超高压送电线》时，还不是很自觉的，那么编辑部的来信则使他进一步明确了"政治抒情诗"的概念，此后

① 邵燕祥：《政治抒情诗》，《晨昏随笔》，北京：生活•读书•新知三联书店 1985 年版，第 140 页。

在《人民日报》发表的《十二个姑娘》、《我们爱我们的土地》等作品，便更是力求从政治的高度来处理这类题材了。

对邵燕祥创作思想的影响，除去像来自《人民日报》这样明确的指导外，更多的是通过那个时代“无形的手”。邵燕祥说过：“大家提到我50年代诗中的豪情，往往举《中国的道路呼唤着汽车》为例，诗的最后说‘我们满怀着豪情’云云。其实，我的原稿是‘我们满怀着柔情’地说，是《人民文学》的编者给改为‘豪情’了，大约认为只有豪情才符合‘时代精神’吧，我当时是希望既有豪情又有柔情的，在《到远方去》中我就说，我爱你的雄心，也爱你的童心。我明白，那时的编辑不是随便删改的。因为文艺属于宣传，有一个宣传口径式的不成文法规范着我们的写作，编辑的任务是‘把关’。写作，除了自己动手，还有一只无形的手在那里支配着。在这种情况下，不能指望有真正杰出的诗作出现，也就可以理解了——这不是我的自我辩护。”①

1955年，在苏联解冻文学以及反对“无冲突论”的影响下，“干预生活”的口号为越来越多的人所接受。1956年，党中央提出了“百花齐放，百家争鸣”的方针。正是在思想文化领域出现的新气象的鼓舞下，邵燕祥怀着一颗赤诚的心，怀着善良的愿望，写下了一系列讽刺诗，批评官僚主义等丑恶现象，诸如《磨道驴》、《给一位工程公司的经理》、《橡皮之歌》、《磨光的五戈比》、《拍马须知》、《关于一个同志的入党问题》等，把炽热的情感融入冷峻的思考之中，以尖锐辛辣的语言讽刺生活中的丑恶现象，表现出诗人的责任感、批判意识与胸中的正气。在此期间，佳木斯园艺示范农场青年女工贾桂香，受不住主观主义者和官僚主义者的围剿而自杀。《黑龙江日报》刊发了记者王戈所写的调查记。邵燕祥看后激起满腔义愤，写出了长诗《贾桂香》，诗中悲愤地呼唤道：“我不忍落下这最后一笔，/中国不该有这样的夭亡，”“告诉我，回答我：/是怎样的手，扼杀了贾桂香？！”

不过，在那种高度强调文学为政治服务、高度强调舆论一律的时代，当邵燕祥完成了由热情的歌颂者到冷静的思考者的超越的时候，也就埋下了罹难的祸

① 邵燕祥：《说几句心里话——在“邵燕祥诗歌创作研讨会”闭幕式上的发言》，《邵燕祥诗歌创作研讨会论文集》，中国当代文学研究会、廊坊师范学院、首都师范大学中国诗歌研究中心编，2007年4月，第144页。

因。当反右的风暴降临的时候，邵燕祥被扣上“反党反社会主义”的帽子，说他“在讽刺诗的幌子下，打着‘干预生活’的招牌，射出了他的暗箭”。[①] 至于为邵燕祥所偏爱，称之为“从我的血管流出的血，真诚的血”的《贾桂香》，更是为批判者所不容，硬说作者“捏造”了贾桂香的故事，“《贾桂香》一诗里，作者射出更为恶毒的子弹了，他打着攻击官僚主义的幌子，实际上把我们党团的基层组织描写成漆黑一团，对社会主义制度倾泄了深刻的仇恨”。[②] 就今天的眼光而言，也许只有把邵燕祥的原诗和大批判文章编在一起，才可能更完整地呈现那段残酷而荒诞的历史，才能真实记录下邵燕祥这代热血青年的心灵历程，既包括他们风华正茂时的乐观与豪迈，也包括他们在苦难面前的失望与悲凉。

1958 年 2 月，邵燕祥戴上了“右派”帽子，一个极有才气的年轻诗人的创作生命被扼杀了。诗人背上了“右派”的罪名，被迫下放、劳改，无尽无休地检查、认罪。在邵燕祥的《人生败笔——一个灭顶者的挣扎实录》，以及《找灵魂——邵燕祥私人卷宗：1945—1976》中，收录了邵燕祥被打成右派后直到“文革”期间被迫所写的交待、检查，也包括这阶段所写而不可能发表的诗作。这是一份极为真实、极为难得的人生档案，是对灵魂的拷问，是对自我的解剖。对某些阴谋家与打手，这是一面照妖镜；对年轻一代的人，则是燃烧着的丹柯的心。如邵燕祥所言：“我从 1949 年起……只记住了为政治服务，当作教条来服膺；而对中国的国情党情，中国的现实政治，其实又蒙昧无知，可谓一窍不通：这样，在反右派运动中碰壁，遭到政治打击，却未能就此走出误区，反而以为是为政治服务得不好或不够之故，因此要‘更好地’为无产阶级政治服务，就在几近完全丧失了独立思考、独立判断的情势下，越陷越深地令笔下成为某种政治概念、政治意图的复述、图解、传声筒。反右派运动后近二十年里，我的写作一直摇摆在‘紧跟’和‘跟不上’之间，我的为人则一直徘徊在‘求用’和‘不为所用’之间。尤以‘文化大革命’十年为最。这时的我，已经从飞扬的‘浪漫主义’下降到匍匐的‘现实主义’，从‘不识人间有折腰’堕落到发誓遵命听话，以冀做一

① 洪永固：《邵燕祥创作的歧途》，《诗刊》1958 年第 3 期。
② 洪永固：《邵燕祥创作的歧途》，《诗刊》1958 年第 3 期。

个驯服的宣传工具而不可得。”[①] 这样深刻的反思与自我剖析，不只对于我们了解邵燕祥的写作，而且对于回顾这一段文学史和思想史，都是极有价值的。

寻找良知，重铸诗魂

1976 年 10 月中国共产党一举粉碎了“四人帮”，“文革”的浩劫终于过去了，邵燕祥和全国人民一道，欢欣鼓舞地迎来了历史的新时期。随着思想解放运动的深入，邵燕祥冲破了思想的牢笼，他的诗也从狭隘的意识形态写作中解放出来，他唱着《假如生活重新开头》回到了诗坛：

假如生活重新开头
我的旅伴，我的朋友——
还是迎着朝阳出发，
把长长的身影留在背后。
愉快地回头一挥手！

这表明，尽管诗人曾长期蒙受不白之冤，但在错案得以改正之后，他没有戚戚于个人的伤痛，而是以宽阔的胸襟，挥别那段阴霾的历史。当然，更重要的还是诗中这样几句：

假如生活重新开头，
我的旅伴，我的朋友——
还要唱那永远唱不完的歌，
在喉管没有被割断的时候，
该欢呼的欢呼，该诅咒的诅咒！

这是邵燕祥 1979 后在诗坛复出时对世界的庄严宣告，他要以一位诗人的良

① 邵燕祥：《找灵魂》，桂林：广西师范大学出版社 2004 年版，第 7 页。

心，用他的笔讴歌进步与良善，鞭挞丑恶与腐朽。现在重新读这些诗句，三十多年过去了，他不正是这样做的吗？言必行，信必果，知行统一，这就是邵燕祥。

进入新时期，邵燕祥的诗歌依然以热烈的抒情为主调，但是大大强化了“思”的成分。他的诗，特别是长诗，都有开阔的视野、深沉的思辨。50年代前期，邵燕祥曾写过一首《我们爱我们的土地》，此时他胸膛里燃烧着对祖国的一片痴情，纯真地相信：“中国的土壤是温暖的土壤，有什么美好的种子不能萌芽？”不幸的是，此后诗人和我们的民族一起经受了一起又一起巨大的苦难。今天浩劫过去了，痛定思痛，诗人发现留在我们眼前的，已不是50年代的“晨光如海的共和国”，而是劫余的“一片废墟”。这给诗人的刺激太深了，他在长诗《不要废墟》中沉痛地唱道：“啊 / 废墟 / 这还是我的共和国吗？ / 这难道是——我在太长太长的寒夜里 / 梦想着回到辉煌的阳光下 / 用力睁大眼睛 / 就能望见我熟悉的一切的 / 亲爱的共和国吗？ / 这难道是——我和同伴们 / 踏在40年代的废墟上 / 高高扬起双臂迎来的 / 晨光如海的共和国吗？”这废墟既包括物质的，更包括精神的。从某种意义上说，物质的废墟容易清理，而精神的废墟则不那么容易改变。诗人认为，一个人要有灵魂，没有灵魂就如同行尸走肉；一个民族也要有灵魂，没有灵魂就是一群浑浑噩噩的乌合之众。诗人痛感到，要清理精神的废墟，要振兴中华，首先要振起民族的自信心，要召唤民族之魂！于是诗人在长诗《长城》中，让沉睡了两千余年的长城变成了一匹飞驰的神奇的骏马：

我跟太阳跃起在太平洋
水淋淋地登上
北京湾，迤逦而西
曝干了鬃上的水滴
沉淀出历史之盐

在诗人的笔下，长城不只是横亘两千年、绵延数千里的古代防卫建筑，更是一种象征——中华民族的象征。长城的古老象征中华民族源远流长的历史，长城的壮丽象征中华民族创造的伟绩丰功，长城的呜咽则象征中华民族的耻辱和血泪。诗人笔下的长城是人化的长城，是走入我们生活中来的长城，诗人不仅赋予长城壮阔雄浑的气势、矫若游龙的身姿，还通过长城之口，向中华民族的子孙发出了热切的呼唤：

我愿意你们惊叹于我的
古老和气势磅礴
我更愿意在你们的脚下
称你们为当之无愧的巨人
我渴望着——展开在我眼前
有一个同我的存在相称的
崇高
　　庄严
雄奇瑰丽的事业

这振聋发聩的警钟般的声音，在嘱咐着我们古老民族的子孙，要居安思危，随时准备着“把我们的血肉筑成新的长城”。在这急切而焦灼的呼唤中，人们感觉到了诗人那颗对祖国对人民赤诚的心在剧烈地跳动。

面对灾难造成的一片“废墟”，诗人强调不忘历史的教训，这是他的《记忆》：

记忆说：/ 我是盐。/ 别怨我 / 撒在你的伤口上，/ 让你痛苦。// 把我和痛苦一起咽下去——/ 我要化入你的血，/ 我要化入你的汗，/ 我要让你 / 比一切痛苦更有力。

正是出于这一思考，他写出了《历史的耻辱柱》、《童年——记十年大动乱中事》、《续〈泥鳅调〉》等诗，展示了触目惊心的历史记忆，作者把燃烧的激情埋在心底，透过冷静而客观的叙事，闪耀出批判的、思辨的光芒。

这种批判的、思辨的光芒，也同样来自邵燕祥受现实触发而写出的诗上。2005年，诗人看到了方唐先生为《我是什么》一画的题词：“人是宇宙爆炸后最具灵性的产物，每个人都是宇宙奇迹中的奇迹。”这真是石破天惊！人既是宇宙奇迹中的奇迹，那就该理所当然地受到尊崇。可实际情况恰恰相反，诗人想到的是多少年来的人吃人、人整人、不把人当成人。面对层出不穷的对人的基本权利的摧残，他禁不住发出了把人当成人的呼唤：

从前人们告诉我 / 我是一只蚂蚁 / 可以随时 / 让脚踩死　让手指头捻死 / 我是一根草 / 可以让风刮　让雨淋　让火烧 / 让锹挖　甚至让膝盖蹂躏 / 我是一颗螺丝钉 / 可以拧在这儿　可以拧在那儿 / 也可以扔在阴沟里生锈 / 我是一块砖 / 可以让小偷拿来垫脚 / 可以让流氓拿来砍人 / 最后粉身碎骨

现在我认定 / 不是蚂蚁　不是草 / 不是螺丝钉　不是砖 / 我是一个人 /……我只要做一个人 / 我把别人当人看 / 也让别人这样看我 / 我要甩掉蚁民和草民的代号 / 做一个人

(《方唐先生一句话》)

2006年，一位16岁的少年诗人子尤因病去世，子尤是自由的谐音，这也是他出生时母亲为他取名的含义。在《痛悼子尤》中，作者深情地、不停地呼唤子尤，而对子尤的呼唤其实就是对自由的呼唤——

子尤啊子尤，你的名字是自由。当你的灵魂飘上青天，你感到自由了吗？

曾几何时，你有过快乐的飞翔，但你那么快地堕入一只无形的黑手，你被绑架，被施刑，成了随时会窒息的牢囚，子尤。

我抛掉无神论的桂冠，为了你的生存，我祈祷上帝，而上帝欺骗了我，子尤。……

你爱我们，我们爱你，你所向往就是我们的向往啊，子尤。

你与音乐同在，你与诗同在，你与书籍同在，你与活跃的思想同在：子尤。……

我听到你母亲的招魂：自由子尤！子尤自由！

我也要呼唤，归来与我们同在吧，永远的子尤啊，永远的自由！

对邵燕祥来说，自由是他起自少年时代的向往。40年代，他唱着“兄弟们向太阳向自由”，50年代他也在《我们爱我们的土地》中呼吁“为了能够活得像个人”，然而在漫长的政治运动中，他的自由的理想破灭了，如他所说：“那个曾经顾盼自豪的抒情诗人，从什么时候消失了？从一个朴素的人生出发，为了社会主义共产主义理想，双手把自由交给了毛泽东。他成为庞大的革命机器上的一颗螺丝钉，却又被卸下来了。”[①] 这首诗不只是对一个叫子尤的少年的悼念，更是对他失去的理想、失去的自由的悼念，其意义自然远超过一般的悼亡之作。

新时期以来，思想解放的潮流和西方现代主义文学思潮的引进，对主要是在俄苏文艺思潮笼罩下成长的邵燕祥也产生了重要影响。这不仅表现在他对崛起的一代青年诗人的理解、同情与支持，也表现在他自己诗路的拓展。他在保留了对现实的敏锐感应的同时，又加深了向心灵世界的掘进。他在向外国的诗学理论借鉴的同时，又高扬起“母语写作”的旗帜。他认为：“我的母语和我的生命都诞生在这片多灾多难的土地上。我生之前，历千万年的母语已经带着千万年的苦难的记忆，作为集体无意识渗透到民族的基因中，我生之后，随着咿呀学语，由婴幼儿进入学龄，由青少年而成人，不仅逐年逐月从母语得到生命和生活、感情与理智的信息的传达，而且在亲历的喜怒哀乐、甜酸苦辣中，听取、咀嚼和体味到母语的力量，母语的美。”[②] 正是出于对母语的敬畏，进入新时期的邵燕祥，在个人的写作方面似乎做了一个分工，他把对现实生活的感应与批判的任务，更多地交给了杂文和随笔，而把对心灵世界的掘进，对母语的打磨，对技艺的精研更多地留给了诗。这样我们可以看到，他诗歌早期汪洋恣肆的议论、滔滔不绝的政治抒怀，在新时期减少了，而精心打磨的诗歌精品却不断出现。这期间，长诗《最后的独白》和组诗《五十弦》代表了他诗歌创作的新高度，堪称双璧。

《最后的独白》是邵燕祥长诗的杰作，揭示的是一位特殊人物的心灵。诗歌的副标题“剧诗片断，关于斯大林的妻子娜捷日达·阿利卢耶娃之死”，点明了诗歌题材的由来。娜捷日达·阿利卢耶娃的父亲是位老布尔什维克，她 1918 年与斯大林结婚，1932 年十月革命节之夜在克里姆林宫住所里开枪自杀。邵燕祥之所以要写这首诗，其最初的动因是 1977—1978 年在外文局的内部刊物《编译参考》上，读到了斯大林的女儿斯维特兰娜一组《给友人的信》，这里面写到了她母亲和父亲之间的不和谐，讲到了她母亲自杀之前的最后一个夜晚的事情。邵燕祥当时就觉得这是一个“莎士比亚式”的悲剧，后来他又为一家出版公司审读了《斯大林秘史》，于是萌动了把这个故事写出来的愿望，但是没有把它写成悲剧，

---

① 邵燕祥：《找灵魂》，桂林：广西师范大学出版社 2004 年版，第 303 页。
② 邵燕祥：《序》，《邵燕祥诗选（1988—2010）》，广州：花城出版社 2011 年版，第 2 页。

而是写成了一首长诗。

《最后的独白》除去最后一节“诗人的话”之外，完全以娜捷日达·阿利卢耶娃临终前自述的口气展开，所以称之为“最后的独白”。在一般人想象中，娜捷日达·阿利卢耶娃身为国母级的人物，已在人生的峰巅，她还有什么欲望不能满足，非要走那条极端的道路呢？诗人通过这“最后的独白”，写出了娜捷日达·阿利卢耶娃渴望做一个独立的人的愿望与冷酷专横的领袖意志的冲突。“我是谁？我是你的妻子？主妇？/朋友？伴侣？抑或只是你麾下的/千百万士兵和听众里的一个？/你曾把耳朵贴在俄罗斯大地上，/连簌簌的草长都能听见，/但我相信你早已/听不见近在身边的/我的心跳的声音。”娜捷日达·阿利卢耶娃渴望爱，渴望自由，然而“飞出这别墅，可有我自由的天空？”于是她严正地宣告：

> 不要人们知道我的姓名，
> 不做奥林匹斯山上的第一夫人；
> 不是土耳其后宫的女奴，
> 也不是挂在别人脖子上的女人；
> 也许能忍受没有爱情的家庭，
> 但不能做不受尊重的人。

最终她做出了自己的选择：“无论你是上帝还是魔鬼，/我第一次不再听命运的决定。/随你怎么说——/家中的反对派。/第一个抗议者。”一声枪响，她匆匆地去了，年仅 31 岁。诗人任洪渊对此评论道：“不同于后宫美人的凄美，也不同于丹东、罗伯斯庇尔们的英雄断头，娜捷日达·阿利卢耶娃自殒的枪声，穿过了斯大林阅兵的红场，穿过了戈尔巴乔夫降下最后一面苏联国旗的克里姆林宫上的黄昏，也穿过了叶利钦炮击议会大厦的炮声和火光，将震撼一代又一代人，前苏联的和全世界的。”[①] 做一个独立的人，做一个自尊的人，不自由，毋宁死，这就是娜捷日达·阿利卢耶娃悲剧震撼人心的力量所在，也是长诗给

① 任洪渊：《当代诗潮：对西方现代主义与东方古典诗学的双重超越》，任洪渊《墨写的黄河：汉语文化诗学导论》，北京：北京师范大学出版社 1998 年版，第 238 页。

我们的启示。

组诗《五十弦》是在80年代后期写成、90年代初发表的，共55首。《五十弦》发表后，读者议论纷纷，有把它看成爱情诗的，有把它看成政治诗的。我认为，尽管这不是一组纯写爱情的诗，中间也有政治的、历史的、现实的、梦幻的等内容，但总体上把它看成是一组爱情诗应该是没有问题的。邵燕祥的诗多有强烈的政治内涵与现实关怀，即使是青年时代，他的爱情诗也不多。给我留下较深印象的是那首《地球对着火星说》，从诗的题目看是在写科普知识，但实际是一首构思奇绝的爱情诗。然而到了新时期，邵燕祥的爱情诗多了起来。这是银婚纪念时他写给妻子的歌："不知不觉，我们走过了 / 短暂又漫长的四分之一世纪 / 太平洋西岸冲积平原上 / 两只小小的会说话的蚂蚁"——两只小小的蚂蚁，意象何其鲜明，何其生动，但在大时代中又寄托了何其深刻的内涵！他们的爱情就是在平凡、勤劳的日常生活中潜滋暗长的："我的随和成了你的性格 / 你的任性成了我的脾气 / 尽都是些渺小的悲欢 / 成了我们珍藏的秘密"（《银婚》）。以上所引，堪称当代爱情诗的珍品。但若论情感真挚，诗心绵密，诗艺高超，构成邵燕祥诗歌的又一高峰的，当推组诗《五十弦》。

《五十弦》的总标题下引了李商隐的诗句："锦瑟无端五十弦，一弦一柱思华年。"还有曹雪芹的一句话："忽忆及当年所有之女子……"这大约可视作组诗写作的出发点与触媒了。

我们辜负过多少月光
空有月明如水
空有月色如霜
只剩夜凉如水
只剩心冷如霜
我们辜负过多少月光

这是《五十弦》的第一首，奠定了全诗的总的格调。面对一段凄美的、无果的爱情，抒情主人公怅惘迷离，追悔莫及。诗的风格颇似李商隐的《锦瑟》，缠绵而朦胧。

走出了
你燃烧的火焰
又浸入
你凛冽的冰水

淬火以后
我没有变成燕尾一样的利剪
偏化为剪不断理还乱的
雨丝风絮

这是第三首。燃烧的爱情，经过冰水的淬火，没能成为斩愁的利剑，反而成了剪不断、理还乱的风雨中飘摇的柳絮。这是在写爱情的失落，缠绵悱恻，柔肠百转。邵燕祥的抒情风格通常是硬朗的、豪放的、汪洋恣肆的，但这里却让我们看到其风格婉约、阴柔的一面。优秀的诗人总是丰富的。

照片！……曾比蜡炬
更快地化为灰烬
模糊的泪眼被火烘干
后来虽在许多人身上
发现你的影子
后来虽在许多眉眼间
觅到你的笑容

更多是在火舌舔我伤口的时候
每当我又把枉抛的心血
付诸一炬　跳跃的火立即点燃
你灼热的目光　向我逼问
这一遍焚稿是由于怯懦
还是为了——尊严

这是第五十四首。内容与前迥然不同了，借助一个焚烧情侣照片的镜头，把爱情融于复杂的政治生活之中，显得格外沉重。当然，即使在痛苦、绝望中，仍不忘保存人的尊严。

仅从上引诗作及简略的点评，读者可以发现，读《五十弦》，感受与读某些年轻人的爱情诗显然不同。年轻人的爱情诗往往强烈、火爆，有时甚至是要死要活，而邵燕祥的《五十弦》，如五十杯陈年老酒，只能慢慢品味，才能品出爱情的隽永，以及过来人的与现实、与政治、与历史交融在一起的苦乐与悲欢。

经历了地狱之火的冶炼，经历了蜕变与重生，新时期的邵燕祥，是中国当代真正继承了鲁迅风骨的少数作家之一，在他身上有一种严于解剖自己的精神和冷静的对现实的批判态度。他的全部诗歌，包括《沉船》、《人生败笔》、《找灵魂》等著作，记录了一位青年诗人从文学写作的追求与失落，到人格扭曲蜕变以至丧失良知的过程，是一份极有价值的知识分子改造史的个案。这样一位诗人，他在文学史上存在的意义，不仅在于他在不同阶段为诗坛奉献的作品上，而且体现在思想史、心灵史的层面上，也就是说，我们可以在邵燕祥身上，看到这个时代知识分子复杂的内心世界，包括失去灵魂的焦灼与寻找灵魂的痛苦。

苏联作家巴乌斯托夫斯基在他的《金蔷薇》中写到一个巴黎清洁工，为了给他心仪的女孩苏珊娜赠送一枝可以带来幸福的金蔷薇，他把打扫首饰店的尘土收集起来，筛出几颗黄金的微粒，日复一日，年复一年，终于打造成了一枝金蔷薇。而邵燕祥就像这位巴黎清洁工，但他收集的不光是尘土，还有他的苦难，他的血泪。他把这一切凝结在一起，打造成了诗的金蔷薇，献给了他终生热爱、不离不弃的祖国和人民。

2013 年 10 月 16 日于花园村

目　录

致不知姓名的先生

《经世日报・文艺周刊》编者[①]

先生：

您用“打入地狱”的英文字眼和气愤的语气（我还可以说几乎是使人心惊胆破的），原意自然是侮辱的成分多于责备；但是，先生，我诚心诚意地在这里表示我的感谢：咒骂往往比赞美更是出自关切，虽然您的不具名和那显而易见的不耐烦似乎矢口否认这个“软软的”情分。

像您这样肯坦率表明对某篇文章不满的读者，使一个刊物（知）所警惕，使它时时刻刻提醒自己，更努力尊重自己，更谨慎地选择稿件；这样的读者，是它最可贵的朋友。先生，假如您不嫌厌烦，我愿意重说一遍，您掷上来的轻蔑和因而泛起的惭愧，已经在幸获哲友的欢欣下全部淹没。

从您的笔法看来，虽然您的性子那么猛烈，您一定是位能够了解别人的人，只要您愿意。我不妨先谈一谈编辑这样一个小小周刊的技术问题。摆在您面前的，只是六千字的篇幅，每星期又仅出一次，照理似乎应该可以专印最上选的作品，我想您一定这样想。先生，事实上困难多得很。富人的金钱能吸引更多的金钱，而穷人有数的几文又却永远着了魔似的往外跑，恶性循环的结果是穷人愈来愈穷。先生，因了社会上这个需求（假定文艺的存在证明人家需要它），一期期稿子发出去，都是经过一番辛（苦）的。随便举个例子，您就可以明白了：短篇小说分期刊载，谁都知道不是上乘办法，我也恨，但是这一期就有“待续”——您说难道我做自己厌恨的事情是心甘情愿的？

生活的重担究竟使（人）多写还是少写，我一直不能确定，但是从一般的情形看来，至少它是压住了许多写文章人的心情。编辑这个周刊，取文向来不论派别或色彩，

---

① 此前有一位“不知姓名的先生”来信对《经世日报・文艺周刊》以整版篇幅发表邵燕祥的诗《长短句》、《长短句・选录》表示不满，乃有编者复信之举。当时杨振声先生主编《经世日报・文艺周刊》，金隄、袁可嘉二位协助，此文系金隄先生所写。

最欢迎的是投来的稿子，但是真正能归入“文艺”类别的文章，实在少得使人难过。

您指责的那位写短诗的先生，在本刊已是第三次发表作品，想来您不是不知道。这一次，诗确是弱了一点，我承认（并且当时我还无可奈何地觉得对不起另一位颇为爱护本刊的诗人）。可是，不知道您起初看到他的短诗的时候，有没有我第一次接到他投来稿子时候的印象：并不是完善的艺术品，但是作者还能够用短短的几句表现出一个意念，一个感触，或是一个情绪。新诗，目前正在一个最可怕的一切尚未成形的混乱阶段。妥帖稳当韵味动人的像林徽因先生的诗，似乎不是毛手毛脚的后起者在这个嘈杂无比的时代里可能追上去模拟的；结实有力气势吸人的像穆旦先生的诗，确实用他的巧妙教了我们“诚实是最好的策略”，但是它本身仿佛还欠了那完工的一笔；跳过许多步，试看风靡一时的《马凡陀山歌》，它实在代人出一口厌气，读了心里舒服，但是拿来当作艺术品看，恐怕连作者原来也没有这个意思。这是我随意提出几位一时想到的写诗的人，根据我读过的几首诗写一点点印象，不过要借了他们迥然相异的形式和风格，说明现代诗一方面没有大家遵守的格律，另一方面还没有大家既能尊崇又愿跟随并且有能力学习的一个或数个诗人，一种或数种诗。抛弃了古来的传统，又没有当代的标准，我想这正是一个泥土石块一齐倾下去的奠基的过渡时期。这位写短诗的先生，他确实还缺乏修炼，更重要的是往往不入深处，偶然还有近乎粗陋的地方，但是我认为他的短诗，枯是枯，还有生命成长，还有一点力（“有一点力量就是好的了”，闻家驷先生说得不错）。我认为，他如果获得鼓励和练习，可能有些成就。先生，我请您再看一遍以前的和这一次的，把您的尺度稍稍放宽一点再估估价。

话说回到刊物来，我有个意见。先生，假如这个小小周刊办不好，第一个该骂的人自然是我，编辑的人，但是第二个该骂的，就是您，因为您有眼光有主见，却不愿意屈尊给我们更多的帮助。您为什么不赐稿子给我们？

我们希望能知道您的名字和通讯地址，可以每期寄单张给您，获得您的意见。假若您还是宁可隐名，您的批评也还是欢迎，如愿发表，写成篇章，不论褒贬，一定尽量登载。

选自 1948 年 2 月 29 日《经世日报·文艺周刊》

邵燕祥的诗

公　木

我们的年纪十八、十九，
顶多不过二十挂零；
有一个汹涌澎湃的声音，
歌唱在每个人的胸口。
（《在夜晚的公路上》）

我们看见诗人自己就站在这个“永远不知道平静的”年青的队伍中间。他的诗正是一种“汹涌澎湃的声音”，从他风箱般起伏的“胸口”里“歌唱”出来。

我们指的是青年诗人邵燕祥同志。

邵燕群同志是近年来新出现的诗人中写作比较勤恳的。他已出版过两个诗集：《歌唱北京城》，共收由 1949 年到 1951 年所写抒情诗十五首；《到远方去》，共收由 1952 年到 1954 年所写抒情诗十九首。另外，还有一些短诗散见于各报刊。读了邵燕祥同志的诗，使我很自然地联想到鲁迅先生在“门外文谈”中讲的一句话：“不识字的作家虽然不及文人的细腻，但他却刚健、清新。”邵燕祥同志当然并非“不识字的作家”，虽然他的创作确还不够“细腻”，“但他却刚健、清新”。刚健、清新，正是邵燕祥同志的诗的特色。

年青的诗人所以区别于“不识字的作家”的地方是：他的刚健、清新，绝不仅仅由于“未染旧文学的痼疾”（“且介亭杂文”），而是有着更现实的、更根本的原因。诗的声音是不能虚构的，诗的风格是不能假造的，诗人在写诗上所表现出的独创性和独特性，主要是他的品质和人格、他的内心世界、他的精神力量的反映；也就是在现实生活和斗争当中，他为自己的作品所做的选择和达到的理解的反映。首先要有刚健、清新的诗人，然后才能产生出刚健、清新的诗篇。邵燕祥同志的歌声唱出了新中国年青一代的热情，愿望和雄心。他们朝气勃勃，对一切都感到新鲜，对每件美好的事物都发出颂赞；他们跃跃欲试，在他们面前展开无限宽广和光明的大道，他们是历史的接力人。在邵燕祥同志的诗篇里，我们听到有这样一些青年人在合唱，这歌声响亮、快乐，而又充满信心。

邵燕祥同志的诗的特色，他的才能的特点，是怎样形成的呢?

首先，由于他能够从现实中选择充满运动和斗争的、典型的生活图景，并善于看见和创造性地揭示出它们的意义、它们的发展趋向。他的诗大部分反映解放战争和工业建设，特别是工业建设。他歌唱工地："歌声起落在建筑架上，建筑架披满了金黄的阳光"；他歌唱劳动："光荣的劳动——歌中之歌，呼唤着每个人参加合唱"；他歌唱把自己的心血浇灌进混凝土基础的工人；他歌唱以主人的姿态来到荒地新城参加建设的新女性。在他的诗篇里最触目的字眼是：鞍钢、第一汽车厂、超高压送电线、螺丝钉、滑润工、建筑工人、大伙房水库……。在《在大伙房水库工地上》一诗里，对于来自四面八方的男女工人们的劳动热情，他是这样描写的：

风天雪夜滴水成冰，
他们的汗水滴在冻土上——
他们的热情用到那儿，
冰雪也融化，岩石都冒火光。

这些，当然不仅仅这些，都给人以鼓舞的力量，给人以新鲜的感觉。这些，当然不仅仅这些，都标志着时代的烙印，都呼唤着未来的诞生。诗人为他的作品所选择的题材都是新事物、新人物，它们不属于昨天，也不属于明天，它们是从昨天来到明天去的，它们是属于今天的，它们充沛着时代精神，所以既刚健，又清新。

不只写战争、写工业，而且写任何题材，都充沛着时代精神；这是由于在年青诗人的心灵里充沛着时代精神的缘故。比如，在《到远方去》一诗中，他写和"心爱的同志"告别，诗人看到和想到的是什么呢?

收拾停当我的行装，
马上要登程去远方。

心爱的同志送我，
告别天安门广场。

在我将去的铁路线上，
还没有铁路的影子。
在我将去的矿井，
还只是一片荒凉。

但是没有的却将会有，
美好的希望都不会落空。
在遥远的荒山僻壤，
将要涌起建设的喧声。

那声音将要传到北京，
跟这里的声音呼应。
广场上英雄碑正在兴建啊，
琢打石块，像清脆的鸟鸣。

心爱的同志，你想起了什么？
哦，你想起了刘胡兰。
如果刘胡兰活到今天，
她跟你正是同年。

你要唱她没唱完的歌，
你要走她没走完的路程。
我爱的正是你的雄心，
虽然我也爱你的童心。

让人们把我们叫作
母亲最好的儿女，
在我们英雄辈出的祖国，

我们是年轻的接力人。

我们惯于踏上征途，
就像骑兵跨上征鞍。
青年团员是在长征的路上，
几千里路程算得什么遥远。

我将在河西走廊送走除夕，
我将在戈壁荒滩迎来新年。
不管什么时候，只要想起你，
就更要把艰巨的任务担在双肩。

记住，我们要坚守誓言：
谁也不许落后于时间！
那时我们在北京重逢，
或者在远方的工地再见！

当然，人们在这里听不到“悲莫悲兮”的浩叹，感不到“黯然销魂”的离愁。这里是新中国的青年团员在踏上征途，他和“心爱的同志”在天安门广场上告别，他们望见正在兴建中的英雄碑，想起在战斗里牺牲的先烈，互相勉励着进步……这情感是多么真挚，多么单纯！它正好像一池晶莹的清水，连水草也不生，连波纹也不起，比空气还透明，一望见底。

我们的革命斗争，我们的现实生活，我们的祖国，我们的时代，在我们面前展开的丰富多采的生活图景，这些都是诗人取之不尽的灵感源泉。正是这一些，保证了或者说产生了邵燕祥同志刚健、清新的诗的风格。这是第一点。

其次，不仅仅是题材的多样性和主题的积极性，决定着诗人独特的风格；更重要的是怎样理解这题材，怎样体现这主题，用什么态度对待生活，用什么眼光来看世界。高度的爱国主义和饱满的乐观精神贯穿在年青诗人的所有诗篇里，这就是诗人给新诗增添的新的旋律。

诗人歌唱：

我们爱我们的土地——
鞍山啊，
这是我们土地上的一颗掌上明珠；
不光在夜里，它白天也放着光芒，
炼钢炉倾泻着火的瀑布。
(《我们爱我们的土地》)

诗人歌唱：

我们爱我们的土地，
爱我们土地上早晨的钟声。
星星还没落，雾气蒙蒙，
钟声就唤醒人们，
人们又把大地唤醒。
(《我们爱我们的土地》)

正因为有爱情，对祖国、对人民、对一切新事物尤其是创造这些新事物的新人，所以他的歌声才能这样清脆，这样鲜亮：

从前田野分割成一片一片，
好像那破烂的衣裳，
今天它啊一望无边，
掀起金黄的、金黄的麦浪……
我们爱这棵农业生产合作社的麦穗，
它衔着六十五颗麦粒，
滋养它的是一冬的雪水，
还有雪白雪白的肥田粉。
中国的土壤是温暖的土壤，
有什么美好的种籽不能萌芽？
(《我们爱我们的土地》)

诗人频繁地歌唱北京：一唱北京城，再唱北京城，“从边疆到北京”，“列车飞奔向北京”，在鞍钢、在雪山都遥想到北京。我们知道：当诗人歌唱北京的时候，他是在歌唱祖国。因为北京住着党中央，因为北京住着毛主席，因为祖国的命令发自北京，因为祖国的祝贺发自北京，因为诗人从电话线里听到：北京呼唤着全国，全国呼唤着北京。所以当“原野上的白云缓缓飘动，列车飞快地奔向北京”的时候，诗人就“心跳着……想唱一支歌”。

诗人不仅仅凭借“一种情绪，一种感触”，他的热情是有着坚实的思想基础和生活基础的。诗人自己曾叙述过他怎样努力“做好写诗的准备”。他把写诗看作是社会劳动的一部分，为了写诗他要置身在斗争的急流里，并且踏实地学习马克思列宁主义和党的路线、政策，不断地在生活中去积累真情实感。……诗人不是依靠灵感式的一点点虚飘的感情或闪现的印象；诗人也不是依靠概念化的一般的，虽然是正确的思想。诗人在起点上就选好了宽阔的可以直达目的地的道路。诗人的热情是以理性做基础的。所以，诗人的爱国主义是和对未来的坚信不移相结合着的：

在我们每一步脚印上，
请你看社会主义的诞生。
（《我们架设了这条超高压送电线》）

诗人把目光投向未来，投向祖国的大地，他看见“无数新的奇迹将出现”，他看见“建设者的时间表，谁也打不乱”。他说：

我们要把中国架上汽车，
开足马力，掌稳方向盘，
一日千里，一日千里地飞奔……
（《中国的道路呼唤着汽车》）

力量是从对真理和胜利的确信产生的；诗的构思是从这种力量产生的；刚健、清新的诗的风格是从这种构思产生的。这是第二点。

再次，生动活泼的图景或形象，不能只靠从现实生活中摄取，不能只靠记忆和知觉来形成；对于写作，特别是对于写诗来说，更重要的必须靠创造性的想象。年青诗人邵燕祥同志具有高度发展的想象力，也是他能写出感人的有力的诗篇的重要原因。

宽阔的长江上闪闪发光，
是太阳在江心洗它的翅膀。
(《我们的钻探船轰隆轰隆的响》)

这是多么新鲜的比喻，这是多么聪明的联想！在邵燕祥同志的诗篇里，我们时常看到这样的诗句在闪闪发光，我们时常遇见诗人在展开想象的翅膀飞翔。

虽然想象的形象或图景是借知觉所得到的材料和借记忆所保持的材料建造出来的，虽然只有具备了丰富的经验和广博的知识的条件，想象才能高度发展；而想象是和感情紧密联系着的，想象是依着人的需要和兴趣为转移的，想象的形象和图景是属于人所期待的所渴望的东西，因而它是艺术、尤其是诗所不可缺少的素质。《在大伙房水库工地上》有这样一段描写：

你再看那个年轻的司机，
顺着新铺的公路奔忙；
这放羊的孩子稳健又灵活，
来往在当年放羊的地方。
还有那个女推土机手，
娃娃脸衬托着严肃的目光；
你看她仿佛手拿熨斗，
熨平那一堆堆顽强的土壤。

如果诗人只写出年轻的司机在公路上奔忙，女推土机手有严肃的目光，这就没有什么意味，虽然这是他直接观察到的具体的形象或图景；而诗人却用想象补充了这图景，他说，这司机原是放羊的孩子，今天他稳健又灵活地驾着汽车往来在当年放羊的地方，这就显示出现实生活的发展趋向，揭露了它的本质意义；诗人又用联想创造了新的形象，他说，那女司机手原只会缝洗衣服，今天她驾驶推土机铲平土丘和洼地，就如同当年她拿着熨斗熨平褶皱的衣服一样，这就使人们看到新人的成长，体会到劳动的气魄。所以如果不是借助于想象和联想的补充、创造，这诗的形象或图景是不会完全的，是不能充分展示出来的。

为了证明诗人具有活跃的、富于生命力的、给人以新鲜感觉的想象力，我们再举出抒情诗《五月的夜》作例：

我们冒着狂风扎好帐篷，
牛粪堆在暮色里缭绕起青烟。
这时第一排耀眼的电灯该已经亮了，
该已经亮在了天安门前。

山前山后山上山下白茫茫的积雪，
连白茫茫的积雪也已经发暗。
遥想我们不夜的京城，
该已经迎来了欢乐的夜晚。

那祝福的红烛该已经熊熊地高烧？
那大根地角该已经射出探照灯光？
那开展的焰火该已经把快乐的心照亮？
听！歌声和舞曲像起伏的海浪！

虽然在远离北京几千里的地方，
我们的幸福跟北京的孩子们一样。
虽然雪山的五月还是冻僵了手指，
想到北京就像有暖酒喝进肚肠。

把篝火烧得更亮啊！
把锣鼓敲得更响啊！
忘记了寒冷，忘记了夜深，
我们跟北京同声起舞，同声歌唱！

祖国！你的胜利就是我们的幸福。
祖国！你的繁荣就是我们的骄傲。
相隔几千里，我们凝望着京城北京，
在五月的夜，我们倾听着你的心跳！

在远离北京几千里的边疆，本来只有被狂风吹得鼓胀的帐篷，只有从燃烧的牛粪堆里缭绕起的青烟，只有白茫茫的积雪和冻僵了的手指。可是通过丰富的想象，诗人却望见了北京的灯光和烛影，听到了北京的歌声和舞曲。边疆和京城，相隔几千里，都同声起舞，同声歌唱、呼吸和心跳，和着一个节拍。这种自然而又奇妙的想象过程是和对祖国的热爱紧密联系着的，这也就是它最富有感染力的地方。

诗人的另一首短诗，揭露胡风黑帮的讽刺诗《就在同一个时间》，也是证明诗人具有着丰富想象力的好例子。在这首诗里，诗人利用了平日积存的经验和知识，把个别事物的特征或属性综合为新事物的形象，而达到了暴露反革命集团丑恶面貌的目的。它警惕革命者不要“沉睡不醒”，它使罪恶低头而战栗。这首诗的写作，很好地说明了想象过程的特点。

所以，高度发展的想象力，也是诗人形成刚健、清新的风格的因素之一。这是第三点。

最后，对于诗的特性的掌握，比如诗的语言，诗的朗诵，诗的民族传统与民歌传统等等方面，从写作实践上看，诗人同样似乎是给予了很大注意。这自然也是形成新风格的重要条件。

诗人开始写诗显然受着鼓词和民歌的很深的影响。收在《歌唱北京城》诗集中的主要诗篇大都还保留着鼓词的节奏和特色，比如《歌唱北京城》、《再唱北京城》、《从边疆到北京》、《歌唱中长路》等等都是。另一部分则仍然没有脱净民歌的衣装，比如《收果实》、《山里红》、《进军喀什城》等等都是。应该说从鼓词和民歌中学习，是一个正确的起点。音节响亮，押大致相近的韵脚，容易念又顺口，新鲜活泼为老百姓所喜闻乐见，这一切都是健康的，应该肯定和提倡的。

但是诗人并没有停留在鼓词和民歌的圈子里，他在顺着自己选定的道路前进。收在第二个诗集《到远方去》当中的诗篇，在语言和形式上，已经带着更多的独创性了。假如寻找它们的特点，那主要是似乎很注意朗诵的需要。比如《我们爱我们的土地》、《我们架设了这条超高压送电线》、《五一节寄自鞍钢》、《十二个姑娘》等等都是。向朗诵诗发展，这也是一个正确的方向。诗总是应该接近群众的，接近群众最宽阔的两条大路：一是歌唱，二是朗诵。所以创作新的歌唱诗，创作新的朗诵诗，都是摆在诗人面前的任务。邵燕祥同志的诗，语言通畅，音节响亮，是适宜于朗诵的。

邵燕祥同志的诗，使我们感到刚健、清新，这和诗人在诗的语言与形式方面的努力，当然也是分不开的。

不过，应该补充：我们放在最后来论述语言形式问题，绝不是认为这是一个次要的问题，也绝不是认为这仅仅是属于写诗的规则、手法等等技术性的问题。文学是语言的艺术，特别是诗，它是经过提炼的最精粹的语言。语言的选择应该是和诗的构思、和形象的塑造同时到来。离开了音节就没有了音乐，离开了语言就没有了文学、特别是诗。而正是在这些方面，需要指出：我们年青的诗人邵燕祥同志还是存在着一些缺点的。第一，除开少数诗篇以外，很多诗篇使人读过以后感到一览无余，缺少回味；个别篇章甚至还带着过分的“学生腔”。再精炼一些，再含蓄一些，是必须支付更多的劳动的。第二，往往喜欢用“直赋其事”的白描手法，这当然是容许的；不过如果能够多用一些“比”、“兴”的方法，更注意语言的形象化，那就会更好些。第三，有些诗似乎是从概念出发，缺少生活感受；用想象来加以补充、创造，当然是可以的和必要的，但想象也还是应该以实感做基础。形象思维虽然不能和逻辑思维截然分开、对立起来，但形象思维绝不是使概念穿上形象的衣服。如果脱离了生活感受，就很难避免语言的概念化，不能感染读者。比如从《在矿井的底层》一诗中，读者就难于随同诗人一块儿下到“矿井的深深的底层”、“听到遥远的声音”，无论是顿巴斯的呼唤，无论是伊利诺斯的叹息，诗人都没有说清楚自己是怎样听到的，因而读者就更难听到了。第四，个别篇章的个别词句，还有些不够准确、不够恰当、不够确切；比如《心跳着的心》，正如同我们不能说“头痛着的头”、“手颤着的手”、“脚踢着的脚”，我们也不应该说“心跳着的心”的；又比如“她们爱劳动就像爱学习，她们守纪律就像守时间”，难道“爱学习”不就是“爱劳动”的一部分吗？“守时间”不就是“守纪律”的一部分吗？这比喻就如同“他喜欢喝酒就像喜欢喝白干，他喜欢运动就像喜欢打篮球”，都是不确切的。上面提的这一些，如果说是缺点的话，它们应该是诗人在前进过程中很快就会摆脱掉的缺点。向民歌和鼓词学习是正确的，考虑朗诵的效果是必要的，不过一定要注意避免由此带来的消极影响。要紧的是必须再深入生活，要“耕耘”得深，不能让“犁”从表面走过去。要观察、要分析、要研究、要理解。要发现并揭露蕴藏在现实中的本质和深刻意义，并用明白、正确、合乎规范的语言表现它，这需要推敲，需要不惜花费心血，需要和草率的倾向进行斗争。

邵燕祥同志是有才能的年青诗人，我们看见他在迈着健康的步伐，顺着正确的道路，飞快地前进。党和人民，以及他所处的这伟大的时代，会保证他迅速地成长并正常地发展。可以预期：诗人将会不断地用辛勤和忠诚的劳动，给他热爱的祖国提供出更多更好的作品。我们以急切的心情等待着诵读诗人新的诗篇，它们定必更加刚健、更加清新；而不够“细腻”的说法将完全不再适用。

选自《人民文学》1956 年第 1 期

年青人火热的声音

——谈邵燕祥的诗

沙　鸥

青年诗人邵燕祥是在全国人民欢呼有了自己的共和国的时候，才走上创作道路的。

六年过去了。六年，不算长也不算短，但诗人在其中有挫折，有成功，有喜悦，也有苦恼。这样一个历程，对于邵燕祥来说，是十分宝贵的。

正如邵燕祥自己所说："我在开始读诗的时候，就爱上了诗，在开始爱上了诗的时候就动手写诗了。也就是说，我是在几乎没有什么准备的情况下开始写诗的：生活经验还很贫乏，观察、分析生活的能力也还很差。"（《文艺学习》1955年第8期）

但是青年诗人就在这种情况下走上了创作道路。《歌唱北京城》这第一本诗集，收集了诗人在1949年10月到1951年5月这段时期中的作品。人民革命的伟大胜利，是邵燕祥在这个时期所主要歌颂的主题。也正是在这个伟大的年代里，他用诗向解放了的土地和人民，倾注了他的热情。

在《歌唱北京城》这首诗中，诗人尖锐地表现了封建王朝与人民群众的势不两立，描写了人民爱戴的闯王的形象，最后，用饱满的情绪歌颂了北京永远回到人民手中。诗人用这样的诗句来描绘北京的人民对党和毛主席的情意：

九丈九城楼披红挂彩，
秧歌腰鼓满城里欢腾。
万家歌舞万家灯，
北京城十月满城春风。

在《再唱北京城》中，表现了人民的队伍在进北京城之前，对北京的人民的无限关怀，和进了北京城之后的欢乐激动的情绪。在《马车》中，表现了人民跟着毛主席走的决心和幸福。在《从边疆到北京》中，表现了兄弟民族在封建王朝和蒋匪帮统治下的苦难和毛主席给他们带来了团结友爱的大家庭的欢愉。在《娘》中，表现了解放军战士的英勇顽强的形象和军民的亲同骨肉的关系。……

对祖国、对解放了的土地与人民、对革命事业的无限热爱，构成了青年诗人初期创作的一个显著的特色。

在艺术形式上，邵燕祥在这个时期的诗有着较浓的民歌格调。

如像《歌唱北京城》，整个说来就是很接近民间小调的：

想当年那城楼九丈九高高压顶，
九城门像牢狱不能透风，
老大个北京城万人如蚁，
走一路听一路一路哭声。

这种以“三、三、四”来表现固定节奏的十字句，是在民间小调中常碰见的。《从边疆到北京》中，就更多地看见民歌的痕迹，特别是在《山里红》中，有强烈的民歌的韵味。

由于这些诗在形式上、格调上直接从民歌中接受了好的东西，因而在语言上也较自然，较精炼。

但是，在诗人锻炼自己艺术才能的过程中，诗中所暴露出来的弱点也是十分明显的。

充沛的热情当然是诗歌所不可缺少的，学习民歌无疑也是正确的，善于把握重要的主题尤其是诗人十分值得珍视的特点，然而如果只有这些，显然还不能写出好诗。一首好诗还要求诗人对他所表现的生活十分熟悉，要求诗人对人民的感情与体验有细致、深刻的理解，要求诗人不断锤炼诗的技巧，而这些，正是年轻的邵燕祥在当时所缺乏的。

生活气息的淡薄，是他的初期作品的一个明显的弱点。拿《歌唱北京城》来说吧，诗中写了几个朝代，写了几百年的历史，但是，缺少的正是生活，而这是最重要的。这就使这首诗失去了吸引人的力量，这就使诗人的热情还缺少深沉的内容。这在《祖国保卫者》,《送参空军》，以及《给朝鲜人民军》、《致越南人民军》等篇中，表现得更为明显。在1952年初写的《警告》一诗中，诗人对贪污分子做了揭露性的描写，但是由于对贪污分子的本质缺乏理解，因此也就不能以火热的诗的语言，去击中要害。显然，这是生活不熟悉和对生活的观察、分析能力贫弱的表现。

其次，在表现手法上，邵燕祥在这个时期中经常采用的是苦难与幸福的对比。如《歌唱北京城》、《再唱北京城》、《从边疆到北京》等篇，都是差不多同样地先写了不幸、苦难，再写到解放了，幸福来了。这说明诗人对待他所接触到的社会现象还缺乏深刻的分析和诗的构思，还是比较简单地在对待题材。显然这与诗人自己对生活、对人的理解不深也有着直接的关系。

这就说明了诗人在他刚刚开始不久的创作道路上，已遇见了许多障碍和困难，需要诗人用自己的努力去跨越它。

当然，这些缺点存在于年轻的邵燕祥身上，是容易理解的。只要我们指出诗人是在16岁时就写出《歌唱北京城》这一首诗这一点就够了。诗人从年龄上来说，不过刚刚进入青年，诗中的缺点正是诗人在各方面都还没有成熟的表现。

问题在于如何从当时开始得并不坏的基础上向前迈进。

诗人用刻苦的努力回答了摆在他面前的难题，诗人没有让我们期待很久。

现实生活向诗人提出了新的主题——社会主义建设的主题。诗人异常敏锐地抓住了这个主题，热情洋溢地歌颂了这个主题。

《到远方去》就是以这个伟大主题为基调的诗集。这本诗集收集了邵燕祥在1952年7月到1954年10月的作品，共19首诗。年青的诗人面对着大地上沸腾如滚的劳动和建设，面对着将在我们的双手中成为现实的美丽远景，歌唱了在辽阔的土地上进行的社会主义建设，歌唱了工人阶级的雄伟的力量，歌唱了新城市的诞生、新工地的出现，歌颂了爱情，也歌颂了在共产党领导下的人民的幸福生活……这些诗是优美的，激动人心的，人们读了之后不能不留下深刻的印象。显然，正如我们所期待的那样，诗人大大地前进了，他在生活中发现了新鲜的事物，而且从远景上艺术地、成功地表现了这些新鲜事物。

我们读了他在这时写的诗，心情是激动的、喜悦的，因为我们看见了年青诗人的才能已放射出光芒。

如果我们拿他的第一本诗集《歌唱北京城》来与第二本诗集《到远方去》相比，第二本诗集的特色就十分明显了。

首先，是诗人能较深刻地、较细致地表现人民在社会主义建设事业中的感情和体验。

《我们架设了这条超高压送电线》这首诗是为我们所熟悉的：

当电线嗡嗡发响的时候，
是谁，像听到了朋友的声音？
通上电，那电灯刷地亮了，
是谁，像望见了亲人的眼睛？

不难设想，如果不是对于“电线嗡嗡发响”和对“电灯刷地亮了”这样的事实，在组塔工人、放线工人的内心所引起的强烈的喜悦的感情有细腻的体会，如果不是对于先进的社会主义建设者对自己劳动成果的来自身心的关注有深刻的透视，诗人就无法细致动人地表现这种感情。

这种对我们这个伟大时代的劳动人民的感情和体验的了解，在《五月的夜》中也是有着动人的表现的：

我们冒着狂风扎好帐篷，
牛粪堆在暮色里缭绕起青烟。
这时第一排耀眼的电灯该已经亮了，
该已经亮在了天安门前。

山前山后山上山下白茫茫的积雪，
连白茫茫的积雪也已经发暗。
遥想我们不夜的京城，

该已经迎来了欢乐的夜晚。

我们伟大的建设者在寒冷的雪山、在荒凉的夜晚所感到的是快乐的冥想，是幸福的感受，而这些情绪又是因想念北京而引起的，是因他们艰苦的工作与未来的美丽的远景相联结而引起的。诗的深厚的思想在这里得到精彩的表现，这里焕发着强烈的爱国主义的情感和对党的事业的忠诚。这正是我们的先进的建设者的健康的、真实的情绪和真实的体验。

在《十二个姑娘》中，诗人歌颂了十二个高小毕业的姑娘成了优秀的工人，歌颂了在党的教导下新一代工人的成长。诗人对这十二位“勤勤恳恳”、“叮叮当当”的姑娘在工厂的劳动中的成长过程做了精炼的、集中的概括。诗人在这首诗中的表现手法不同于前面那两首诗，诗人在这首诗中把握的是十二个姑娘的经历的共同点，这共同点又是以十二个姑娘所共有的感情及情绪为基础的。我们看见了这十二个姑娘刚进工厂时的胆怯、激动、兴奋、新奇的复杂心情，也看见了这十二个姑娘在劳动中、在学习中的谨慎与喜悦，由此看见了这十二个姑娘的成长。诗中的“把每个人当作老师”以及“每点钟都像在考试”等诗句，包含了多少深刻的对劳动人民的情感及心情的体会，但是诗人把它凝炼、压缩在形象的诗句中，这就使诗句更含蓄也更有分量了。

在这本诗集里，诗人所表现的为社会主义劳动和斗争的欢愉节奏，和诗中震响着的乐观主义调子，也是我们不应该忽视的。

我们喜爱的《到远方去》这首好诗，正是以这种调子吸引着我们：

在我将去的铁路线上，
还没有铁路的影子。
在我将去的矿井，
还只是一片荒凉。

但是没有的都将会有，
美好的希望都不会落空。
在遥远的荒山僻壤，
将要涌起建设的喧声。

诗中洋溢着多么强烈的乐观主义精神！这种乐观主义是以对社会主义建设的坚强信心做基础的，因而，年青的诗人是那么自豪地写出了劳动者的豪迈的心情，无论生活本来怎样“荒凉”，“但是没有的都将会有”。自豪的激情在这一行有力的诗句中爆发出火花来了。诗在这里已成为强烈的为祖国去建设的号召和颂歌。这种欢愉的节奏，在“我们架设了这条超高压送电线”中也表现得很明显：

在我们每一步脚印上，
请你看社会主义的诞生！

这是多么雄伟的感情呵！这是历史的主人的雄壮的声音。任何一个先进工作者都会有这样的感受，诗人不过是用自己的诗句出色地表达了这种强烈的乐观主义精神。

但是诗人不是从概念上去表现社会主义建设的主题，而是从生活的实在的感受中去把握、去挖掘、去表现的，诗人的优点又在于能很好地去选择题材、处理题材。

如《到远方去》是通过一对情人的告别而展开的对社会主义建设的歌颂，诗中出现的爱情的主题不但没有分散社会主义建设的主题，而且加强了后者。浓厚的情歌风味的结尾非常自然、非常优美地体现了我们这一代青年人纯朴的、勇往直前的灵魂：

记住，我们要坚守誓言：
谁也不许落后于时间！
那时我们在北京重逢，
或者在远方的工地再见！

在《在夜晚的公路上》，诗人通过了三辆卡车在公路上飞奔，表现了一群建设者为建设祖国的激动的、欢欣鼓舞的心情，诗人是这样歌唱的：

今天往东，明天往西，
处女地上留下脚迹；
谁不愿在亲手抚摸过的地面，
看烟囱和铁塔高高耸起！

为了这，从这地方到那地方，
我们好像士兵在换防。
问远方的朋友啊今夜在哪里——
在岗位上，还是在路上？……

如前一首诗一样，整首诗的诗句是明快的，而情绪饱满、意味深长的结尾，又唤起人们的深思，使人联想起许多事情，唤回许多记忆。诗人在技巧上也显然比以前成熟了。

的确，年青诗人在创作上是向前发展了，但是我们还必须进一步来探索一下，邵燕祥是怎样取得这些成绩，是怎样使他的创作向前发展的呢？

邵燕祥在1953年到1954年中在创作中的突飞猛进，一个重要的、而且也许是“老生常谈”的原因是诗人深入了生活。我只要指出几个事实就可以说明了。诗人在1954年的1月到3月是在抚顺的，他因为在抚顺采访新闻，这种工作职务使他不能不深入去了解工人，他就是在抚顺写出了《我们架设了这条超高压送电线》这一篇好诗的。同年5月，他到了鞍钢，鞍钢吸引了他，他写出了那首淳朴的、毫无矫饰的《十二个姑娘》。十二个姑娘并非诗人虚构，在鞍钢确实有十二个姑娘，诗人写了这十二个姑娘之后，还将原稿朗诵给那十二个姑娘听过，征求过她们的意见。同年的6、7月，诗人又到了第一汽车厂，他写出了《中国的道路呼唤着汽车》等四首诗。他在鞍山、抚顺，以及第一汽车厂的感受，又成为他的长诗《我们爱我们的土地》的重要材料。这又说明了这个古老的真理：邵燕祥写出了这些好诗，首先是他深入了生活的结果。

当然，光有生活还不够，还要有观察，要有理解生活的能力，这就要有马克思主义思想的武装。关于这点，诗人自己说得好：“如果没有经过党在过渡时期总路线的学习，我在1954年写的一些诗是不会以现在的面貌出现的。”（《文艺学习》，1955年第8期）邵燕祥正是在1953年底学了总路线，在1954年初到东北去的，这样，邵燕祥由于提高了观察、理解生活的能力，因而他能从纷繁的生活中抓住主要的东西。

有了生活，有了马克思主义思想的武装还不够，还需要有对艺术技巧的严格的追求和对语言的千锤百炼。我们在邵燕祥的一些好诗中，是可以深深体会诗人在技巧上、在语言上也是下了工夫的。因此，我们说邵燕祥能写出这些好诗，不是偶然的。他的经验证明，加强学习马克思主义理论，深入生活，锻炼艺术技巧，对诗歌写作者是多么重要，三者是缺一不可的。

当然，邵燕祥在这个时期的作品中，并不是所有的诗都是那么出色，那么精彩；在诗集《到远方去》中就有不好的、概念化的诗，就是在一首好诗中也还有不好的诗行。

如像《在矿井的底层》，诗人在这首诗中说，“我们大家全都相信，在矿井的底层，能听到遥远的声音”，接着写了苏联矿工的幸福，又写了美国矿工的苦难，然后，诗人又写“顿巴斯的矿工，向你们学习”，“伊利诺斯的矿工，不要悲伤”……这首诗尽管在思想上来看是正确的，但是，这首诗是不动人的，因为这里面呼吸不到生活的气息，缺乏形象的构思。

但是，诗集《到远方去》比起诗集《歌唱北京城》是有着显著不同的，特别是在《到远方去》、《五月的夜》、《我们架设了这条超高压送电线》、《我们爱我们的土地》、《在夜晚的公路上》及《十二个姑娘》等诗中，已开始在形成年青的诗人自己的风格。

我们期待年青诗人继续迈进。

1954年底到现在，我们又读到了邵燕祥的一些好诗，我们是高兴的，因为这些好诗说明了诗人是在继续向前走，而这正是我们所殷切希望着的。

这些好诗的特色之一，就是与生活中的重大事件紧密结合。这说明诗人的政治嗅觉强了，责任感强了。我们认为这是必须再三强调的很重要的一点。

在反对浪费的热潮中，邵燕祥写了“多盖一些工厂，少盖一些礼堂”这样结构谨严、思想明确、尖锐、有力的讽刺诗。像一把锋利的短剑，它痛斥了那种只讲排场的“慷慨家”，鞭挞了那种只顾为自己树立“纪念碑”、却忘了人民的需要的“设计家”。诗中包含的内容是丰富的，感情是激动的，形象是鲜明的，愤慨之情跃然纸上。

邵燕祥在这里表现了他写讽刺诗的才能。

在肃反斗争的紧张时刻，邵燕祥写了《就在同一个时间》。这首诗的主要优点是把社会主义建设事业与肃反斗争做了巧妙的、紧密的结合。这是诗人忠实于生活和在技巧上逐渐熟练的结果。诗人用从生活中得来的形象丰富了这首诗，使人不能不警惕，不能不仇恨胡风反革命集团和一切暗藏的反革命分子。诗中鸣响着警钟似的声音。

由于诗人能紧紧地抓住生活中的重大事件，因而，题材的范围扩大了。

但是近一年来，邵燕祥也写了一些离开了当前的重大主题、甚至是离开了生活的诗。

有的诗，诗人的感情没有追上这快速发展的时代，如1954年12月写成的《南京路》，就是一个例子。这首诗是以反帝为主题的，但是这首诗所表现的生活及情绪离今天都太远了，仿佛是写的解放前上海工人游行示威时的情景。诗人忘了在新的生活条件下看取上海的劳动人民。

有的诗在语言上不准确，不经心，诗人对自己的文字的要求不严格了。

如像《有一天我们会想起》这首长达200多行的诗，从语言说来，是拖泥带水的，是没有经过锤炼的，在这里，我们感觉不到有较浓的诗意，缺乏来自生活的形象，只是在讲道理，用一些比较啰嗦的话在讲道理。

这些缺点有的来自远离了生活，有的来自放松了诗歌创作中必须有的刻苦的劳动。

这就是摆在邵燕祥面前的必须跨越的困难和必须克服的缺点。因为这些东西已明显地妨碍着年青诗人继续前进。

成功与失败，激动人心的诗与空泛平淡的诗，是交错地出现在邵燕祥的创作道路上。

我们多么希望邵燕祥能重视他的诗中已取得的成绩，已达到的高度；我们多么希望邵燕祥能知道我们对他的期待呵！我们多么希望邵燕祥能在刻苦的劳动中摆脱缺点，克服困难，发扬他的诗中那些好的东西，写出更多、更好的诗来。

我们深深地相信诗人能闻胜不骄，能更严肃地对待自己的创作，能写出更好的诗来的。

选自《文艺报》1956年第1期

请要求得更严格些

苏　平

谈论青年作家的文章在报刊上一天比一天多起来了。这是我们对压制新生力量的严重错误进行斗争以后的积极成果，是令人拍手称快的大好事。但也正因为我们已经向前跨了一大步，所以我们有理由、也有必要对这方面的工作再提出一些意见。

在读着这种评论文章的时候，我除了看到我们的报刊对青年的亲切关怀而感到兴奋之外，也有一种不满足的感觉，我觉得这些文章中有不少都缺少对青年作家应有的严格要求。

最近我看到公木对邵燕祥的诗的评论（载《人民文学》1956年第1期）以后，就有这种印象。作者对青年一代热情洋溢，文中表现出来的对青年作家的关怀也十分明显。但是读完了整篇文章，我感到他对邵燕祥的要求并不高。我想，一个青年在自己的创作道路上，会遇到很多苦恼和困惑，好多问题自己再三摸索，也往往得不到解决。在这种情况下，要求前辈有经验的作家的帮助是很迫切的。这种帮助，有时采用鼓励的形式，当然很必要。但是，除了鼓励之外，更需要的是有说服力的严格要求；这种严格要求即使有时类似责备，我觉得对青年作家也并无坏处。而公木的文章中缺少的正是这些。他在文章的最后部分指出邵燕祥在运用语言方面的一些缺点，我想这对所有的青年作家都是有帮助的。然而，这方面和文章里面的鼓励赞扬比起来是很不相称的。对于一个有才能的诗人来说，说很多赞扬的话并不显得多余。我所说的不相称，是指公木在赞扬的时候，热情流露在字里行间，而在谈缺点的时候就有点胆怯和顾虑了。公木略略地谈了上述缺点之后，跟着就做了一个声明："上面提的这一些，如果说是缺点的话，它们应该是诗人在前进过程中很快就会摆脱掉的缺点。"文章的前一部分，本来已经再三提到邵燕群的才能，这时大概是为了要对刚才谈到的缺点做一些修补，又加上一句："邵燕祥同志是有才能的诗人……"

为什么在提到青年作家的一点缺点的时候，要这样吞吞吐吐地流露出胆怯的心情呢？青年作家的作品有一些缺点又算得了什么呢，就是一个很有修养的有经验的老作家，这也是很寻常的事情呀！

这种现象在别的对青年作家的评论文章中也是有的。沙鸥的评论邵燕祥的诗的文章（载《文艺报》1956 年第 1 期）指出了青年诗人在早期作品中的一些弱点，这本来是恰当的。但他立刻就做了解释："这些缺点存在于年轻的邵燕祥身上，是容易理解的。"怎样容易理解呢？作者的唯一根据就是邵燕祥在写这些诗的时候才只有 16 岁！如果这样用年轻来原谅，又何必再对青年作家提出什么要求呢？青年作家，都有"年轻"这个特点，就拿邵燕祥来说，现在他也只有 20 多岁。那又怎么办呢？我觉得像这样一方面提出一些严格要求，一方面又用某种因素加以原谅，并不是对青年作家的爱护。要说是一种爱护，也得要打折扣的。

何家槐在关于刘绍棠的小说的评论中（载《人民文学》1956 年第 1 期），照例也在文章的末尾指出刘绍棠创作上的缺点：立场问题和描写阶级斗争简单化问题。对于这样严重的问题，我们真是希望何家槐在评论中有一些深刻的分析，这不仅对刘绍棠本人有好处，对所有的作家也都是有益的，而且当前通过创作实践来谈现实主义中间的重大问题的评论文章，在我们的报刊上还见得不多。但是我们很失望，这些问题是有才能的青年小说家刘绍棠自己在检查时谈到了的，何家槐对这样严重的问题并没有比刘绍棠本人做更丰富、更透彻的解释和说明。我想，何家槐并不是没有能力这样做。那么，为什么呢？是怕这样做了会掩盖对青年作家的鼓励吗？是怕对青年作家有所伤害吗？

这种种现象，在我们当前大力鼓励和扶持新生力量的时候是不是也应该注意的呢？我认为越及早注意，对青年作家就越有好处。因为，对青年作家如果缺乏严格要求，青年作家就不能前进。

当然，我并不是认为在每篇评论文章中都要对青年作家提出各种各样的要求，更不是硬要去找他们的缺点。评论文章是容许有各种写法的，有时只就某个青年作家的某一特殊的长处进行深入分析，我觉得也是非常好的。但是既然提到一些缺点，就应该要求严格些。

问题很明白：严格的要求和打击是有原则上的区别的，和无理的挑剔更是两回事。2 月 4 日《光明日报》《文艺生活》副刊登了一篇子西的文章，这篇文章是评论孔文的短篇小说《粮食》的。评论者在文章的最后部分，指出了《粮食》有“不够完满的地方”之后，就做了这样的解释：“我所以提出这个问题，并不是想挑剔这篇比较优秀的短篇，而是……”我觉得这是一种多余的解释。严格的要求立足于爱护和尊重；打击和挑剔则基于憎恶和轻视。只要立足点站得稳，大可不必胆战心惊，顾虑重重。

对青年作家不断地提出严格的要求，在文学史上的例子是很多的。像费定、富曼诺夫、苏尔科夫、波列伏依这些有才能的作家，在他们青年的时候，不都是在高尔基的严格要求下，才健康地成长起来的吗！

马卡连柯说得好：“对好人不能有任何的宽恕，哪怕是小事情。……共产党就是这样行事的，它对好人的要求很多。这就是我们苏维埃的成就。”（见《论共产主义教育》104 页）对青年作家，尤其是对有才能的、有希望的青年作家，也就是马卡连柯说的“好人”，我们既然尊重他们，爱护他们，诚心诚意地鼓励他们，就应该对他们“要求很多”。

选自《文艺报》1956 年第 3 期

邵燕祥——一个狡诈凶险的右派分子[①]

何 光

邵燕祥 1949 年到中央台工作时只有 16 岁，他是党一手栽培起来的青年，但是最近一两年来，他却恩将仇报，恶毒地诬蔑、诅咒、谩骂、讥笑党和革命老干部。整风初期，更加猖獗地对党对革命老干部实行口诛笔伐，并且攻击苏联，[②]抹煞广播宣传工作的成绩。

在整风第一阶段的鸣放会上，邵燕祥公开叫喊："做党员更痛苦。"表示不信任局的党组织也不信任中宣部。会后狂妄地向人说："我们把中宣部骂了一通。"他把党的地方组织和基层组织描绘得一团漆黑，认为他们不能正确处理问题。邵燕祥特别敌视革命老干部。他认为他们"在基层则粗暴简单，违法乱

① 此文在广播事业局机关党委、工会、团委编辑出版的内部刊物《广播》(114 期，1958 年 1 月 4 日）发表时，题为《中央台反右斗争又得到一个新的重大战果》，文前还有一段叙述斗争经过：

中央台工农业等五个组的同志，经过几个月坚决的斗争，最近已经把混在党内的右派分子邵燕祥揪了出来。

中共中央台第三支部在整风第一阶段的鸣放中就注意到邵燕祥的一些错误言论和行动，以后并发觉他和林希翎的关系。8 月初，支部开始对他的问题进行广泛的调查研究，并搜集他的作品，局外一些有关单位也转了一些材料来。到 9 月中旬，支部向上级党委做了调查报告，并请示处理办法。在这同时，支部耐心地等待邵燕祥的自觉，也做过一些暗示，要他自动做检查和交代，但他一直不动声色，装得若无其事的样子。直到 9 月 25 日工业组开反右休整漫谈会，26 日开党小组会，支部做了较明显的暗示，他才感到无法继续隐瞒，交代了一些问题，但是很不彻底。支部根据党委的指示，从 10 月 5 日到 19 日为他开了十次支部大会，会议吸收了上一届和本届团支书参加，来帮助他交代，同时核对所调查到的事实。邵燕祥虽然在会上交代了一些问题，但是吞吞吐吐，很不爽快，有几件重要事实，直到点出以后才交代。接着，支部在大字报上公布了三批 2 万多字邵燕祥的反党材料，并举行了五次有群众参加的斗争大会。经过这一系列斗争，查明邵燕祥是一个有大量反党反社会主义言行的右派分子。

② 在关于邵燕祥的右派言行定案材料中，关于"攻击苏联"列举了下述几条，在此"内部刊物"上发表的揭发文章中，可能为防"扩散"，有意略去：(邵燕祥）1957 年 5 月初从苏联访问回来后，说"赫鲁晓夫有些毛糙"，说"苏联人的确有许多生硬僵化的地方"，说"苏联人社会道德不好"，并暗示苏联有些人对中国不信任。

纪，在地方则天高皇帝远，在中央则不了解下情”。他提出了一套老干部蜕化的观点。他认为今天社会上和革命队伍内部以至党内存在着这样一种矛盾：矛盾的一方是消极的、阻碍社会前进的、保守落后的、官僚主义的、压制新生力量的、所谓灵魂生了锈的、蜕化中的，或者是平庸的或者是粗暴的。邵燕祥这里所指多半是在领导岗位上的老干部、老党员，党的基本队伍、骨干力量。矛盾的另一方是积极的正面人物，是促进社会发展的、先进的、代表时代精神的、反官僚主义的、反保守的新生力量，生气勃勃，锋芒毕露，大胆干预生活，勇敢提意见，但是有时还不被理解，甚至受打击的人。邵燕祥指的这些人多半是青年、新干部、新党员，实际上是一部分资产阶级小资产阶级的个人主义英雄。他说：“前一部分人的悲剧在于不自觉，他们已从推动社会前进的力量变成了阻碍社会前进的力量。”他认为：“做领导工作的，参加革命的时间愈长，蜕化危险愈大，几乎成为规律了。”

在文艺创作上，邵燕祥标榜“干预生活”、“揭露矛盾”、“针砭时弊”、“社会批评”等等，主张写“真实”，揭露新社会的阴暗面，描写所谓“灵魂锈损的悲剧”。他认为我国文学“只歌颂光明太单纯了，生活复杂得多”。因此，他对新社会的缺点，无论大小，都极感兴趣。他以反官僚主义为幌子，以马列主义词句为掩饰，用新社会极个别的缺点来概括新社会的真实面貌。最近一年多来，他写了将近三十篇攻击党和革命老干部的诗和文章（一部分没有被报刊采用），其中有三篇是在整风初期写的。他在他的这些作品中，把革命老干部比喻为磨道驴、橡皮墙、磨光的五戈比。他在《与郭小川谈官僚主义》一诗中，把革命老干部描写成阻碍社会发展的势力。他写道：“他们自己原封不动，他们也要一切都原封不动，一切过时的、一切生锈的、一切发霉的、一切腐烂的，最好全部原封不动。”

他在《给售货员出点主意》一诗中，对同售货员捣蛋的阿飞流氓只字未提，而把攻击对象集中到“穿呢子大衣的顾客”、“首长的通讯员”和被他骂作昏君的售货员的上级。他认为“穿呢子大衣的顾客”和“首长的通讯员”比阿飞流氓“更可恶”，他们“有恃无恐”，所以“首先要鞭挞他们”。

他借机关福利工作中的一些缺点，写了《拍马须知》一诗。诗中不但攻击被当作马拍的首长和“不惜把灵魂拍卖”的下属，把他们刻画成狡诈可耻的人，一点革命干部的气息也没有，而且贩卖了“现在拍马也很不容易”的思想，从而攻击了新社会。其中一段说：“比如你是福利科长，年终把积压的干部福利费分送首长，就不要让首长感到揩油，要让他们知道——这是制度，受之无愧，分所应当，送者不算慷国家之慨，受者不算坐地分赃。”去年《中国青年报》约他写一首配合“七一”宣传的诗，他写了。但是他在诗中把做发展组织工作的党员描绘成睡眼惺忪、对于要求入党的人漠不关心的毫无热情的人。诗的后面并且加了这样一段附记：“这里写的事情已经过去两三年，但是在今天也还不是完全没有意义的。”他的目的是要千千万万热爱党但一时又不能入党的青年，把这看成生活中的普遍现象。他并且向没有经过认真改造的资产阶级青年献媚说，他们比共产党员“更像个共产党员”。邵燕祥对毛主席和党中央坚决反对的自由主义也公然提出相反的意见。他在一篇题为《口碑》的杂文中，主张背后议论合法化，认为这对“当面去说”和“开会去说”是一种“有益的酝酿和补充”。他并且威胁地说：“‘口碑’上的言词，不论你喜欢不喜欢，刀斧都无能为力。识时务者，就要从‘口碑’学习别处学不到的东西。因为这就是舆论。”

邵燕祥在许多作品和言论中，不但恶毒地歪曲革命老干部的形象，而且进行许多挑拨和煽动。《团委书记心肠好》一诗中，他教唆团员不要听团委书记的话，听了就要“一天一天变老”，就要“青年不像青年，团员不像团员”。在《给售货员出点主意》一诗中，他要售货员给顾客白眼，要他们同顾客去争吵。他还在《给一个工程公司经理的信》、《关于一个同志的入党问题》、《不放心》等诗文中，把观众和电影工作者、工人和企业领导干部、申请入党的人和党员、学生和学校对立起来；他把自己装扮成“群众”，特别是没有经过认真改造的资产阶级青年知识分子的代言人。他在作品中反对谁，争取谁，目标是十分明确的。

邵燕祥和许多右派分子一样，企图否定建设的成绩，不承认“成绩是主要的”。在《与郭小川谈官僚主义》一诗中，他叙述了领导干部常说“缺点永远会有，成绩应该满意”之后写道：“这声音虽然带着倦意，但是，像最恶毒的诅咒，（从）巫婆的牙齿里吐出。”他在《大众电影一片颂声》一诗中，否定了《大众电影》的所有影评。他在诗中提到了四部国产影片，据他交代，他只看过一部，但是，他的诗把四部影片全都否定了。这首诗发表的时间比钟惦棐的《电影的锣鼓》还要早好几个月，是攻击国产影片的第一炮。

邵燕祥对中央台宣传工作的成绩也是一笔抹煞，并且否定编委会的领导。他在平时就有“电台不能算成绩是主要的缺点是次要的”论调，把电台内部说得漆黑一团。鸣放座谈会上，他说：“有人想拿出几点成绩堵住群众的嘴，但又拿不出来。”他还说：“如说有成绩，只是大家搞的，同编委会无关。”他对人说：“首都部、少儿部工作有成绩，是因为离开了编委会。”他认为“编委会既不出主意，又不放手，反倒碍手碍脚”，成为“前进的绊脚石”。他认为编委会不必审稿，认为这是“光走形式”。他要求编委会给他“更大的独立性”。他并向新调到中央台的同志进行这样的煽动，说“这里的总编室没有那么高的威信，布置了工作可以做可以不做”，又说“小楼（指总编室）开会耗时间，可以采取抵制的办法”。在鸣放会上他还提出“电台干部可以自由离开”的主张。他千方百计贬低编委会的威信，摆脱编委会的领导。

邵燕祥积极支持林希翎向党进攻的事实，更可以说明他对党的仇视。去年12月，林希翎把一份所谓“控诉书”的草稿寄给了邵燕祥。林希翎在“控诉书”中对人民大学法律系党组织、对《中国青年报》，做了不堪卒读的谩骂和诅咒，并且恶意歪曲报纸的批评和党的一些政策。但是，邵燕祥竟对林希翎深表同感，称赞林希翎有“才华”，说“控诉书”的内容“具体、形象、生动”，立刻写信给林希翎，要她“坚强些，再坚强些！”特别恶劣的是，他在信中把党指为横暴的势力，要林希翎“不要让横暴挫折信念”，并为她出谋献策，把状告到党中央毛主席那里去。而他作为一个共产党员，在反右派斗争中，却对这件事不动声色，企图蒙混过关。直到9月底在党支部暗示下，他才含含糊糊地做了交代。

邵燕祥除了支持林希翎以外，还一贯同情对党不满的人。他称他们为“好同志”、“好朋友”，推心置腹，无话不谈。他还津津乐道路翎的《洼地上的战役》、刘宾雁的《本报内部消息》等毒草，到处推荐这些毒草，扩大它们的影响。

邵燕祥的反党是有他的思想根源的。他是一个极端的个人主义者。他要求革命服从他的“一本书主义”。他认为“有了作品，不愁没有名誉地位”。他把担任工业组副组长的职务当作是帮编委的忙，责备领导把他“当作棋子到处搬”；他把在北京工作当作是一种“折磨”，一种“慢性的销蚀”；他把党组织分配给他的工作当成包袱，或者阳奉阴违，拒不执行。今年5月，机关整风开始以后，他还向领导提出一个他称之为“数全其美”的他个人的工作方案。这个方案的内容是：让他去搞创作，按照他自己的要求选择生活据点，一年中有半年到9个月在外面搜集写作材料，3个月到半年在北京休整。他要用电台记者名义活动，但给电台写稿要给稿费。他说可以不要工资，但要电台津贴车费。在北京休整时学习、看文件，但不做内勤工作。总之，他要占有一切最好的条件。他就是这样处心积虑地追逐名利，把写诗当作追逐名利的工具。据他交代，他选择写诗这条道路，是估计过行情的，认为中国诗歌的创作“水平不高，人手也少，容易获得个人的成功”。邵燕祥有这样严重的资产阶级个人主义，但是，又不愿接受党的教育。他认为“入党后政治上不自由了”，认为“思想改造是老生常谈”。他对党的批评，会上接受，会下反对，并散布各种流言蜚语，认为他的问题只有作家协会和中宣部才管得了。他在匈牙利事件以后，又经不起当时国际上反共歪风的袭击，对共产主义事业感到“失望”、“丧气”；对国内的社会主义制度越来越不顺眼，对党和社会主义放出一系列毒箭。于是，一步步堕落到反党反社会主义的泥坑中去，成为右派分子。

选自广播事业局地方广播部编《广播动态》第132号，
内部刊物，1957年12月30日

邵燕祥创作的歧途

洪永固

近两年来，邵燕祥在各报刊上，发表了不少反党反社会主义的作品，堕落成为右派分子，在创作上走上了危险的歧途。

如果说刘绍棠的堕落，对青年作者是一面值得鉴戒的镜子，那么，这面镜子里也同样照见了邵燕祥的阴暗的形象。对他们进行严厉的批判，不仅是在文学队伍中划清敌我，使他们脱胎换骨，重新做人，同时在我们今后对青年作者的培养方面，也可以吸取教训。

这里，只打算从他的诗创作中的一些毒草，初步地做一概略的评述。

邵燕祥近两年来的诗作中，讽刺诗占了绝大的部分。讽刺文学对我们说来是需要的，“我们是否废除讽刺？不是的，讽刺是永远需要的”（毛主席）。在我们的现实社会里存在着敌我矛盾和人民内部的矛盾，这是两类性质完全不同的矛盾，因此，讽刺文学里的讽刺对象也就必然有两种：一种是对敌人的讽刺，是一种对整个社会制度的否定，目的是为了加速剥削制度的灭亡；另一种是对人民内部的坏现象、坏作风的讽刺，这种讽刺必须是治病救人、与人为善的，使被批评者达到改邪归正的目的。这些，在我们无产阶级的革命作家看来，是明白浅显的道理，也是讽刺文学的原则。但是，社会上的右派分子，站在反动的资产阶级立场，挂着“干预生活”、描写社会“黑暗面”的招牌，射出了许许多多攻击我们的党、攻击社会主义的毒箭，他们也诡称这些毒箭是“讽刺文学”，这当然和我们所理解的讽刺文学没有丝毫的共同之点。

邵燕祥早在1956年，就在讽刺诗的幌子下，打着“干预生活”的招牌，射出了他的暗箭。在最早的一首题为《同人堂文学杂志》的诗里（《中国青年报》1956年12月22日《辣椒》），就以敌对的嬉笑怒骂的态度和口吻，对前东北作家协会主办的《东北文学》杂志，做了恶意的造谣和污蔑。他一口咬定这个杂志“办得像个同人杂志”，说“老是那十八个罗汉”的“奇文共赏”，并且不怀好意地说这个杂志是“一座坛”，编者“寒梅站在这边，井岩盾站在那边”，他们简直是“哼哈二将，把守神坛”了。更坏的是挑拨青年投稿者与编辑的关系，说是“来了个学习写诗的青年，寒梅先来训话一番……就差一点骂人家的祖先”，“又来了一个讨厌的青年，井岩盾一马当先……”整个诗里信口雌黄地对刊物、编者、作品谩骂了以后，还恶毒地指出了解决的办法，那就是“给那些贵族老爷当头一棒”！

《东北文学》是不是真的成了一两个人图取名利的同人刊物？是不是“目录”“老是十八罗汉”？他们又是不是“贵族老爷”？连这首诗的作者在这次摆事实的面前，也不得不承认“诗中失实”。我们是从来也不回避缺点的，即使《东北文学》存在着严重的缺点，但对于人民内部缺点的批评，也绝不应用一棍子打死、全盘否定成绩的态度。

这首诗发表后的半年间，也正是全国文学青年创作者会议前后半年左右，邵燕祥陆续写了不少的讽刺诗；除了已发表的《给一位工程公司的经理》（《北京日报》1956年2月下旬），《大众电影一片颂声》（《中国青年报》1956年7月15日）以外，还有《磨道驴》（1956年1月投《中国青年报》，未发表），《团委书记心肠好》（1956年4月，系《中国青年报》的《辣椒》副刊约稿，未发表），《关于一个同志的入党问题》（1956年6月，未发表），等等。

《给一位工程公司的经理》，这首诗是写一位“保守、落后、官僚主义”十分严重，批评他“两句就翻脸”的领导——工程公司经理，作者别有用心地通过一个具体形象的丑化，把领导和群众对立起来，暗示出除了把领导反掉以外，再也没有别的解决办法。《团委书记心肠好》一诗，就更恶毒地歪曲共青团的组织生活了。作者笔下捏造的团委书记，竟是一个连团员唱歌时“东摇西摆”，连“战胜困难”后的“欢跃”，连“唱歌有个领唱”，都看成是非法的、必须检讨的人。作者对团组织的领导如此歪曲，除了暴露作者不愿接受党团教育的严重的个人阴暗情绪而外，这里，他的矛头已经隐隐地指向我们的社会制度，认为这个社会制度是如何“限制”个人“自由”了。

《大众电影一片颂声》，这首诗对祖国新兴的电影事业，也采取了一棍子打死的态度。硬说都是些“看头知尾”、只靠“广告”引诱观众的国产片，一口否定了电影事业的成就，并对《大众电影》杂志的方针加以歪曲，认为它是个“怕真实地指出影片的缺点”，“担心票房的窗口冷清”，不说“实话”，只靠广告欺骗观众的杂志，借口反对公式化概念化，进而攻击了国产电影。右派分子钟惦棐在后来不是唱着这样的滥调来攻击国产电影么？邵燕祥却在这里放出了攻击电影事业的第一枪，在群众中散播了很坏的影响。人所共知，尽管我们的电影事业和杂志存在着缺点，但八年来的辉煌成就是绝不能抹煞的，许多事实都雄辩地做了证明。

1956年上半年间，邵燕祥诗作中这些错误的倾向，读者和文学界是很希望他能迅速改正，转回到正确的道路上来的，党更及时地给他帮助。可是，邵燕祥已在不久前一片“颂扬”声里昏迷不醒了，他看到的只是自己薄薄的几本诗集，所考虑的只是“自己的名字见报”，和怎样使人“引起特别注意”（邵燕祥语），简直是不知天高地厚了，至于文学创作是为工农兵服务的神圣任务，早已置诸脑后，继续在错误的道路上又跨了一步。

从去年刘宾雁的特写开始，一股反党反社会主义的逆流在文坛上猖狂冲击，修正主义的歪风也在刊物上出现。正在这时期，不善于写杂文的邵燕祥，却成了诗文并茂的“作家”，从1956年7月到1957年5月间，歪曲革命老干部和诽谤社会主义社会生活的诗文就有：《给售货员出一点主意》（《中国青年报》1956年7月29日），《拍马须知》（写于1956年8月，投《新观察》，未用），《好官我自为之》（1957年7月，投《人民日报》，未用），《贾桂香》（《人民日报》1956年11月29日），《为官容易读书难》（《人民日报》1956年12月29日），《抒情诗一章》（写于1956年12月，未发表），《去病与苦口》（《文艺学习》1957年1月号），《时间的话》（《诗刊》1957年3月号），《磨光的五戈比》（1957年5月，投诗刊，未用），《橡皮之歌》（写于1957年5月25日，投《人民日报》，因反右斗争展开，将原稿追回），《记者之歌》（1957年5月12日，未发表），等等。

我们先看看《橡皮之歌》。原诗每节四行，它以一种敌视和轻蔑的口吻，污蔑我们老革命干部和领导干部。原诗一开始就谩骂：“说我是块橡皮，我就是块橡皮；莫怪我自卖自夸，这块橡皮顶呱呱，你提出口头意见，我不妨装聋作哑；你提出书面意见，我就把它擦！擦！擦！什么积极性，什么主动性，只要来到我面前，我把它通通抹煞！叫他们埋头苦干，叫他们闭上嘴吧！我呀，没有功劳有苦劳，几年来磨破了沙发。”这些丑化与歪曲，邵燕祥认为还不够，他更咬牙切齿地说成是一堵“橡皮墙”了：

铁壁铜墙好打倒，
我这橡皮之墙弹性大！

针扎不见血，
拳打不开花，
打不破，砸不塌，噗哧噗哧的
橡皮墙，叫他们没办法！

可我也有一样怕，
怕从墙角连根挖，
春风雨露一进来，
我的威信就垮台啦！

邵燕祥过去的诗里，曾把老干部或领导干部比作“磨道驴”，长期为人民工作，可是原地不动，现在作者用“橡皮墙”来比喻领导干部，并暗示这道橡皮墙是我们国家的一道厚墙，要挖这道“墙”就得“连根挖”，才能使领导的“威信”“垮台”。用什么办法挖呢？作者呼唤“春风雨露”快来，所谓“春风雨露”不过是牛鬼蛇神的代名词和去年5月间中国天空曾经一度乱翻的乌云的符号罢了。

作者就是这样把官僚主义夸大和歪曲成为我们国家生活中的一种统治势力，一种官僚制度，什么“积极性”、“主动性”、“意见”都得被它“擦”掉、“抹煞”掉了，甚至挖苦领导干部“没有功劳有苦劳”，“几年来”只不过是“磨破了沙发”而已。

在《磨光的五戈比》一诗里，作者又用“光芒暗淡”“面目模糊不清”的戈比，来影射老革命干部，作者污辱早年参加革命的同志只不过是“炫耀自己”，“盛气凌人”，“自命不凡”，今天这位光芒已经“暗淡”的人，却正在争地位，“咬牙切齿”地争吵。作者透出了他真正的恶意：“早应该回炉再造”了，应该是

“让位于贤”的时候了。

《抒情诗一章》里，作者大肆叫嚣自己“血不能冷却，心没有入迷”，长篇大论发泄了怨毒以后，又指向我们的社会主义制度，到处点火，寻找射击目标。作者煽动性地喊出：

官僚主义是一座看不见的堡垒，
我们向哪里射击？

《给售货员出一点主意》一诗，是中国青年报《辣椒》副刊的约稿。这首诗对于真正跟售货员捣蛋的社会上的阿飞流氓只字不提，而把攻击的锋芒针对着“穿呢子大衣的顾客”、“首长的通讯员”。诗中把老干部说成是“老爷架子的顾客”、“满嘴不干净”，而“首长的通讯员”则“叫骂连天”。作者认为这些人之所以这样做，是因为他们“有钱”。邵燕祥给售货员出的主意是：“干脆不理他，给他白眼。”作者笔下的老干部竟是这样的一种特权阶级，连他们的通讯员也在仗势欺人。作者向读者暗示：这是生活中普遍的现象，这个社会是多么不平等！是多么残酷！

《拍马须知》一诗，邵燕祥把我们的社会分成为：专门“见风使舵”的“不惜把灵魂拍卖”的拍马者，和专门被人捧场的被拍马者两种人。他发泄了他认为在这个社会，就连想做个拍马者也很不容易的无限积怨。作者写这首诗的目的和上述一诗一样，都是企图达到一箭双雕，既攻击领导者，又挖苦被领导者。

《贾桂香》一诗里，作者射出更为恶毒的子弹了，他打着攻击官僚主义的幌子，实际上把我们党团的基层组织描写成漆黑一团，对社会主义制度倾泄了深刻的仇恨。

作者捏造了这样的故事：贾桂香是个活泼的农村姑娘，黑龙江省一个农场的女工，每当场里开完会下班回家时，管理员孙大叔像对待自己的女儿一样，骑着车子带着她，于是谣传纷纷，说她与孙大叔的关系不正常，团组织批评她，折磨她，逼她写检讨书，行政上撤了她的生产小队长职务，种种迫害都来了，甚至团组织、行政上强迫已经怀孕的贾桂香干重活，直到活活地把这个农场女工逼死。

作者不仅把新社会的人与人之间的关系做了恶毒的歪曲，一切都是畸形的，病态的，黑暗的；并且还无中生有地大肆捏造。例如：贾桂香去找王禄场长，可是“只许场长批评”、“不听小贾半点情况”、“场长把桌子拍得山响”，她受了场长训斥，又去找上级时，却被“团支书拦在门坎上”，直到贾桂香被折磨到死。作者把我们的基层党团组织描写成为地狱一般，邵燕祥并不就此罢休，他进一步对我们的社会主义制度发出了反动的叫嚣：

告诉我，回答我，是怎样的，
怎样的手，扼杀了贾桂香！

这里，作者站在反动的资产阶级立场上，他的感情思想，真是昭然若揭，不打自招了。

邵燕祥的这些讽刺诗，摆在一起看，构成了一幅幅阴暗的画面。当右派的反党逆流冲击着我们的社会主义制度时，这些讽刺作品，给一切右派污蔑老干部“无才无德”、“外行不能领导内行”、“下台下轿”等等谬论画上了“出色”的插图。

邵燕祥这种失掉工人阶级立场的反党反社会主义的思想感情，也表现在描写其他题材的诗中。我们只要看看《忆西湖》等怀古诗、风景诗，就明显地看到他背离了人民和生活，心灵上是如何的空虚，他所欣赏的不过是“虽吃人间烟火，不种桑麻菽豆”的“痴兴”和“鼓腹”在湖岸漫游、“听空谷回音”的剥削阶级的感情和情调而已。

邵燕祥曾在《时间的话》里向读者自我夸耀：

正当我在向少年时代告别，
感谢你给了我许多警惕，
我在你的长河中扬帆远航，
永不搁浅在缓流的滩里。

事实上，邵燕祥已经在大风大浪的生活急流中“搁浅”了，不是搁浅在“缓流的滩里”，而是沉船了。

邵燕祥是在1949年全国人民欢呼自己的共和国诞生的时候，走出学校到北京电台参加工作的。这时候他才16岁。党和人民用甘露和阳光，培养他，教导他，使他在诗歌创作上冒出小小的嫩芽，他在任何方面的成长，都是党一手培养起来的。

但是，近两年来，邵燕祥却恩将仇报，在政治上、创作上走上了这样一条反党的歧路。这是什么原因呢？原来在他的心灵里，现实社会已经不是一个可爱和温暖的革命大家庭，而是一个阴森可怕的国家。他把党分配给他的工作当成是包袱，认为党把他“当作棋子到处搬”，认为在北京工作是一种“折磨”，一种“慢性的消灭”。

邵燕祥这种反党和违背现实的思想，自然地反映到文艺问题和诗作上。他认为中国文学“只歌颂光明太单纯了，生活复杂得多”。他对于新社会任何大大小小的缺点却极感兴趣，打着“诗人的笔杆从来就是反现状”的黑旗，叫嚣“写真实”。在《抒情诗一章》中，他在歪曲了领导干部常说的“缺点永远会有，成绩应该满意”之后骂道：

这声音多么熟悉，
这声音虽然带着倦意，
但是像最最恶毒的诅咒，
巫婆的牙齿里吐出，

他叫嚷这是“杀人不见血”，必须“寻根问底”。这里完全暴露了他敌视新社会的真正本意。心胸里堆积着对社会主义建设层层不满的人，怎能写出歌颂社会主义的诗来？

邵燕祥之所以选择写诗这条道路，据他自己说是因为中国诗歌的创作“水平不高”，“人手也少”，“容易获得个人成功”。他猖狂地追求个人的名利，认为“有了作品，何愁没有名誉地位”。

邵燕祥之所以走上创作的歧途，更主要的是他拒绝党的领导，拒绝思想改造，狂妄自大。他认为自己是个“诗人”，只有作家协会才管得了他，认为思想改造是“老生常谈”。对于共产主义事业感到“失望”、“丧失了信心”。

邵燕祥近两年来创作的歧途，再一次有力地证明了：要写出真正的革命作品，作者首先就必须是个革命的人，必须时刻无条件地同工农兵同生死、共患难。无论哪一个作家，也无论他有多大的文学才华，一旦离开了党和人民，一旦走上了资产阶级个人主义的道路，处心积虑地追求名利，就必然在文学创作的海洋中沉没。

选自《诗刊》1958 年第 3 期

邵燕祥反党反社会主义反毛泽东思想罪行材料（1966年9月22日）

中央广播电视剧团文化革命委员会

1957年反右斗争中，邵燕祥被划为右派分子，经过两年劳动改造，1959年摘掉右派帽子，但反动立场仍未改变，对党抱有刻骨的仇恨。几年来，又写了大量的反党、反社会主义、反毛泽东思想的毒草作品。

一、其主要罪恶事实

1. 1957年至1966年邵燕祥所写的反党反社会主义反毛泽东思想的文学毒草作品

（1）1962年1月邵燕祥以马克·吐温的小说改编了广播小说《车厢里的吃人事件》（未选用）。这个小说的大意是一列火车被大风雪堵在大草原上，因为车上断了吃的，人们饥饿地苦熬了七天之后，再也熬不下去了，于是决定哪些人应该去死，好让别的人吃上一顿，特别是在这篇小说的末尾，邵燕祥给这个吃人的事件下了结论，他写道："……这也不是不可能发生的事吧？"（原著并无此句话）

通过这篇小说的改写，以及最后所下的结论，说明邵对社会主义是有着刻骨的仇恨，恶毒地攻击无产阶级专政，影射我国在自然灾害时也要人吃人，用意十分恶毒。

（2）舞台剧《不平常的春天》（又名《峥嵘岁月》）写于1964年2月（未用）。该剧打着反右斗争的旗号，实际上描绘一群资产阶级知识分子向党疯狂进攻，大放右派言论。如在攻击党的领导方面说："如果长期的无知领导有知，无能领导有能，外行领导内行，是令人无法容忍的。”又说：“一个政府到了穷途末路，就要堵塞言路，迫害忠良。”“不要在（再）宣扬你们共产党无才便是德，盲从便是德……”等反动言论。在攻击社会主义制度方面，说什么“平庸的生活能把人磨光，日常繁琐的工作，例行公事，学习开会，会把人埋葬。就像蜗牛爬行，像磨道驴，好像走了几千几百里，其实没有离开磨道台一步”。又说：“二十大批判斯大林以后，共产主义、社会主义产生危机了，苏联一定要变，中国也要变。”“我是苟全牲（性）命于乱世。”在攻击我们伟大领导（袖）毛主席方面，他写道：“领袖像是鼓励个人迷信的东西，从二十大以后，看见领袖像就有一种条件反射。”“如果有一个可靠的领导，只要跟他走就万事大吉了。这就是在群众中日益产生的依赖思想……斯大林问题还不明显吗？”又说：“当主席手下的棋子，无上幸福与光荣。”等等。剧本还煽动群众造反闹事，如：“在社会大变动当中，时代召唤闯将，听话的不一定是好党员、好干部，好党员、好干部要独立思考，大胆探索，争取犯错误的权利。”又说：“群众嘛，有的不肯讲，有的不敢讲，有的不准讲……”还写道：“秀才造反，未必不成。”“我也是不甘寂寞了。”等等。这实际就是邵燕祥对党对社会主义制度怀有刻骨仇恨的反动思想感情的流露。不仅如此，该剧把党所领导的反右斗争写成是一群学生上街闹事，把人委、市委机关都砸了，工人出来打学生，警察出来放枪镇压，才把右派打下去，造成一种混乱局面，这就是反右斗争的胜利。剧本既没有表现出党的领导作用，同时对以上的反党言论，也丝毫未给予有力的批判，可见邵燕祥写此剧的居心是为反革命复辟制造舆论，以此达到反党反社会主义的目的。

（3）1962年12月份前后，邵燕祥改写了克雷洛夫的三首寓言，这是反动透顶的诗，他含沙射影地攻击和污蔑伟大的领袖毛主席，把矛头指向党和社会主义制度。

第一首《诽谤者和毒蛇》

这一首诗一开始，他就写道：“谁在人世间作恶顶多。谁下了地狱就能得（到）上座。魔鬼的筵席上起了纷争，诽谤者和毒蛇谁是头名。”这是恶毒地攻击党的芦（庐）山会议。原作上写的是魔鬼们要出去游行，争站前列，邵燕祥却给安排成在魔鬼的筵席上，从这里可以看出其用心之恶毒。他还写诽谤者和毒蛇争取权利，魔鬼出来做结论，说他们都能杀伤人命，百咬百中，但是诽谤者无论远近均能把人中伤，因此更值得重视，于是把诽谤者抬为上座。他把芦（庐）山会议污蔑为争权夺利，把我们伟大领袖和革命左派比作魔王和诽谤者，这是对我们伟大领袖毛主席和革命左派的最大的污蔑和恶毒的攻击。

第二首《狼和杜鹃》

这是他对现实制度不满，要追求所谓“理想境地”的反动资产阶级的感情的迸发，他说“这里四面埋伏着危险，日夜都叫我寝食不安”，又说“我将远去安乐之乡，好一似世外桃源的地方，在哪（那）儿河里流的是牛奶，人们温存地像羔羊一样”。“在哪（那）儿谁也不懂得战争，人人像兄弟般照顾邻人，甚至连狗也不粗声叫唤，不用说更永远不会咬人……”他对我们的社会主义社会以及对党进行的阶级斗争如此仇恨，污蔑为狗咬人，他痛恨现实，想（向）往着所谓“世外桃源”，这都是他反动思想的真实流露。

第三首《大老鼠论猫和狮子》

大意是：有人告诉大老鼠说“有一只大狮子把猫逮住了，你们从此可以自由游戏了”，但大老鼠一听“老猫”，就吓破了胆。这些都是黑话，邵燕祥在一次小组会上做自我检查时曾说：“这些年来，我最大的成绩就是顶住了翻案风。”（大意）他改写这首诗的目的，也就是要说明，他是个受害者，本应翻案，由于吓破了胆，因此不敢。

以上三首诗，可以看出他的反动本质和对党对社会主义对毛泽东思想刻骨仇恨。

（4）《大人先生们的心事》

发表于 1957 年 6 月 11 日《人民日报》。这首诗借右派之口疯狂地向党向无产阶级专政向社会主义大举进攻。当时储安平等人大叫大喊“党天下”，邵燕祥积极配合了他们的反革命活动，如诗中写道：“哼，党天下，党天下，工农居然坐天下。分我土地，抢我工厂，摸着刀把，掌着印把，大好的‘中华民国’变成了你们的天下。我只有徐图大计呀徐图大计，这怎不叫我咬碎钢牙，咬碎钢牙！”（全诗照抄）

这是邵燕祥反革命面目赤裸裸的大暴露，疯狂地叫嚣要消灭共产党，为蒋介石摇旗呐喊，向无产阶级发出的反革命挑战书。

（5）散文《小闹闹》

发表于1962年6月号《上海文学》。《小闹闹》的创作是反对毛泽东文艺思想的急先锋，这篇东西恶毒地歪曲现实，抹煞阶级斗争，消（削）弱革命者的斗志，污蔑我们的革命干部满脑子只有孩子，没有革命。更恶毒的是污蔑医务工作人员会不会把孩子给错。整个作品充满了资产阶级人情味，是一篇市侩哲学的文学作品。

（6）九首诗词

写于1965年。这九首诗词从不同角度攻击毛主席和毛泽东思想及社会主义制度，其中如《永遇乐》这首词是他看到苏联一个70多岁的老布尔什维克寄来的亲手绣的一幅毛主席头像而写的一首词。词的内容是："落日萧萧，啼乌阵阵，北国秋渐"……（注：另本为"落叶萧萧"）

从以上词中可以清楚地看到邵的用意是极其恶毒的。

① 攻击毛主席对世界革命的指导作用：世界革命人民称呼毛主席为革命的灯塔，心中的红太阳，但邵在词中却写成"落日照人，不如月色，月又浮云掩"。

② 邵在这首词中把国际共产主义运动写得一片凄惨；对国际共产主义运动毫无信心，如"夜茫茫，浓荫（阴）垂野，鸡鸣几时达旦？"

③ 歪曲了苏联革命人民的形象，把这位坚强、不畏惧任何困难、坚持斗争、热爱毛主席、冲破万难把毛主席相（像）寄到中国来的苏联妇女，写成软弱无力，思想感情暗淡无光，没有半点斗争意志的老太太，如："百岁光阴，半生冷暖，万里长萦念，生于忧患，老于忧患，吩咐凌霜征雁：此心向南天暗祝，斯人长健。"

攻击毛主席的《永遇乐》等九首诗词都是反对毛泽东思想的修正主义毒草作品。

（7）话剧《汾水长流》

该剧是以邵燕祥为主，改编的一棵大毒草剧目，于1963年演出，主要错误是：

① 该剧歪曲党的领导，把支委会成员写成都是有问题的人。如支书郭春海是个不能坚持党的互助合作化原则的人。支委刘元禄是个阶级异己分子，坚持走资本主义道路。支委徐明礼对合作化政策采取中间的态度，立场不明确，遇事"和稀泥"。像这样的党支部不能形成领导核心，更不能领导好党的合作化运动。

② 歪曲了党的合作化政策，党在合作化上的阶级路线是依靠贫下中农，但

剧本里却着重渲染了贫农王连生因交不起公积金而被排斥在合作化之外，苦苦哀求最后才入了社，入社后又处处遭到打击和陷害。把贫农孙茂良写成是个汹（酗）酒、闹事的人。以此来丑化贫下中农，攻击党的无产阶级的阶级路线。

③ 党中央对中农的政策是团结教育改造，使之加入合作社，但剧本在处理富裕中农周有富这个人物上，至剧终也没有团结改造过来，口头上入了社，但以打断牛腿以示反抗。

④ 反面人物都写得气炎（焰）嚣张，如地富反坏分子刘元禄、赵玉昌等人在打击贫农、破坏合作化运动方面，却描写得绘声绘色。

（8）短篇小说《生离死别》（未发表）

写于1962年7月，写一对共产党员母女，多年离散，在敌人监狱中重逢之后，然后敌人当着女儿的面把母亲处死的故事，作品中充满了生离死别的思想感情，渲染了革命者的失败情绪，歪曲了共产党员形象，通篇流露悲伤和虚无主义的气氛，瓦解读者的革命意志。

（9）其他

如根据美国资产阶级作家马克·吐温小说改编的广播剧《败坏了赫德莱堡的人》（未选用）。此剧影射了我国解放十几年来在党和毛主席领导下社会主义建设所取得的成绩及人们崭新的思想面貌，如“夜不闭户，路不拾遗”等新风尚都是虚假的。还有根据契柯（诃）夫小说《纸里包不住火》和马克·吐温小说《害怕闪电》改编的广播剧（均未选用），都是污蔑党、污蔑社会主义、反对毛泽东思想的毒草。

不仅如此，1961年至1962年间还为说唱团改编了十段歌颂帝王将相、才子佳人的唱词，主要是改编《红楼梦》中的章节，其中八段已录音或演出。大力宣扬封建主义思想，毒害听众。

2. 积极推行梅益、柳荫、陈庚等黑帮分子修正主义的文艺路线，充当柳荫、陈庚的“军师”和“刀笔”

1961年邵燕祥在黑帮分子柳荫的指示下，起草了《表演团体六一年工作规划（草稿）》，在“民族化”、“继承传统”的招牌下，大搞复古主义，在“题材形式风格要多样化”、“使听众和观众喜闻乐见、获得文化娱乐”等口号下，提出一整套资产阶级自由化的做法，借“充实曲目剧目，以大搞改编和移植为主”，反对文艺工作者与工农兵结合，并以“培养演员”为借口，企图让文艺工作者走个人奋斗的资本主义道路。

1961年6月邵燕祥又起草了《中央台文艺广播工作概况》、《配合宣传任务的广播音乐节目》，把党的“百花齐放，百家争鸣”的方针，曲解为资产阶级自由化政策，篡改了文艺为工农兵服务的方向。以所谓提高艺术质量为名，反对政治标准第一，提倡资产阶级的知识性、娱乐性和潜移默化论。

1961年邵燕祥在柳荫的直接指使下，起草了《关于古典文学欣赏节目编辑体例的几点设想》，这是彻头彻尾的修正主义文艺纲领。他在这个纲领的第一、二条中，在古为今用的幌子下，明文规定："选播优秀的具有现实主义和积极浪漫主义的古典文学作品"，向党、向社会主义恶毒地进攻。

如介绍史记《酷吏列传》里面十个酷吏九个是汉武帝的宠臣。对人民他们是很残酷、横暴的。如王温静在两三天内杀了很多人，血流成河……借以污蔑我们的党及党的各级领导都是残酷横暴的。与反党分子邓拓之流写我们无产阶级专政是“霸道”、“专横”、“逞强”是一个调子。

不仅如此，在他所推荐的古代作家中，绝大部分是被罢了官的人，很明显，邵燕祥是以“古典文学欣赏节目”来攻击党中央，攻击毛主席，攻击无产阶级专政，攻击社会主义制度。

1961年5月起草了《说唱团议论批判地继承相声遗产问题的情况》的报告，为各种糟粕辩护，吹捧传统相声的所谓“知识性”、“娱乐性”、“趣味性”，竭力宣扬“无害论”、“笑料”的作品（用？），反对相声的思想性和教育作用，贩卖周扬“人们在精神生活上需要振奋，也需要喜（愉）悦”的论点，鼓吹相声通过说笑话、讲故事推行和平演变。这份报告除了上报外，还印发给说唱团有关人员，为牛鬼蛇神撑了腰，为毒草的出笼提供了“理论根据”。

3. 反对党的领导，反对政治工作

1964年加强了政治工作以后，邵燕祥思想上对政治工作采取敌视的态度，在剧团恶毒地攻击党的领导，攻击政治工作。

1965年6月，为了解决剧目组长期以来存在的问题，奚振伟[①]同志提出了三点意见，让剧目组讨论：

（1）写工农兵的指导思想明确不明确，也就是写社会主义的英雄人物明确不明确？

（2）受到哪些资产阶级创作思想的束缚？

（3）如何深入生活，蹲点，调查研究。

当即，邵也提出三个问题：

（1）检查是领导检查（指陈庚）还是我们检查？

（2）检查从什么时候算起？（奚振伟同志提出要从1964年加强政治工作以后）是检查为剧团写的东西还是连为说唱团写的及其他作品都检查？

（3）现在检查的思想条件还不成熟。以此来对抗奚振伟同志提出的三点意见。

1964年四清运动中，有一次和支部委员 ××× 一起劳动，讲了一个美国资产阶级作家马克·吐温写的《败坏了赫德莱堡的人》的故事，借以影射对奚振伟政委的不满，实际上是邵对建立党委制，加强政治工作不满情绪的流露。

1966年剧团小整风的时候，邵燕祥说："我虽摘了右派帽子，但是还未恢复党籍，总认为处分还没有撤销。"说此话时并表示了不满情绪。在小整风时还说："和老奚没有共同的语言。"

平时，也散布对奚振伟同志不少的各种言论，如说："老奚讲政治课是为了炫耀自己。"又说："老奚不是艺术上的知音，不适合做知识分子的工作。""老奚学了一辈子的辩证法，就是不懂辩证法。"

二、邵燕祥在历次政治运动中的表现

1. 1957年反右斗争中被划为右派分子。邵燕祥在反右斗争前搜集阴暗面材

---

① 此处对这份档案材料做了唯一一处改动，即将该剧团政委真实姓名隐去，代以奚振伟。后同。

料，写了20余篇从许多方面攻击党和社会主义的诗和文章，并支持右派分子林希翎的反党活动，反右斗争期间还写攻击党的文章。1957年9月3日定为一般右派分子，开除党籍，撤消（销）中央台对内部工业组副组长的职务。级别由行政十四级降为十八级，并下放劳动改造。

2. 四清运动清经济阶段、反复查证核实期间，邵说："天下本无事，庸人自扰之。"以此发泄对省委和社教总团指示的不满。

三、邵燕祥与黑帮分子柳荫、陈庚及右派分子吴小如、肖琦的关系

邵燕祥1957年摘掉右派分子帽子后，黑帮分子柳荫通过干部处把他从黄骅县要了回来，把他安排在文工团工作。从此邵又忠实地充当了柳、陈反党活动的"军师、刀笔"。柳荫想看张恨水的黄色小说，邵马上为他找；并在柳家与反党分子白风鸣大谈清宫内幕、奇闻，大讲佛经、道教。

邵燕祥与陈庚的关系更为密切，1963年剧团巡回演出前邵为陈庚写了两份报告，一份给中宣部，一份给局党委，两份内容不同，给前中宣部的报告中，突出为工农兵服务，而给局党委的报告内容则强调舞台实践，到大城市演出，对组织进行欺骗。

在"四清"中与陈庚一起抵制"三同"。

1961年，周扬黑帮下达文艺十条，刮起一股招降纳叛的黑风后，也刮到邵燕祥的身上：当时作协派人来问邵写作上有无困难，领导是否支持，前《北京日报》也约邵写诗，在这个黑帮的招魂之下，邵就又活动起来了，几年内配合了社会上的黑帮，写了大量的反党反社会主义反毛泽东思想的毒草作品。

邵燕祥与北京大学中文系的资产阶级知识分子吴小如关系密切，邵还把吴介绍给唱片社与陈道宗结识。吴小如便成了陈道宗出版传统戏曲唱片、大放毒草活动中的"军师"，不仅如此，1961年、1962年吴小如为中央台《阅读与欣赏》节目写了不少毒草作品。

另外，邵燕祥还与在湖南长沙石灰厂做临时工的右派分子肖琦，有通信联

系，1963年，邵给肖琦出谋划策，让肖琦写争夺下一代的剧本《争儿记》。

四、邵燕祥在“文化大革命”运动中的态度

“文化大革命”运动开展以来，态度尚好，揭发了黑帮分子梅益、柳荫、陈庚等一些反党言行，主动交出了一批自己写的毒草作品。

但邵燕祥自从参加革命以后，十几年来始终贯穿着一条资产阶级反党反社会主义反毛泽东思想的黑线，他的反党表现在两个方面：

一、写了大量的修正主义文学艺术作品；

二、右派言论。

根据以上事实我们认为邵燕祥是反党反社会主义反毛泽东思想的右派分子。

1966年9月22日

选自邵燕祥《人生败笔——一个灭顶者的挣扎实录》，
河南人民出版社，1997年版

把长长的身影留在背后

——读邵燕祥的诗《假如生活重新开头》

柯国淳

在黑暗中待久了，迫使我们把瞳孔放得大大的才能看清周围的世界。一旦光明闪现时，有人反被晃得头晕目眩，或者产生光怪陆离的幻觉，似乎眼前什么都美好了。

在黑暗中搏斗，并不曾注意身上在流血。往往要等到战斗胜利的时刻伤口的剧痛才开始发作。于是就有眼泪、呻吟、叹息和诅咒，甚至难免也夹杂着消沉和颓唐的情绪。

然而也确有卓尔不群的革命者，当乌云盖顶时，他的“心在乌云上面”，而当光明来到后，又能清醒地看到前面征途的艰险；也确有这样的硬汉子，在胜利的锣鼓声中，自己舔净身上的伤口，顾不得片刻的喘息，就又从容地上路了。

邵燕祥的诗《假如生活重新开头》（见 1980 年元旦《人民日报》，以下简称《开头》）为我们开拓的正是这样的境界：

假如生活重新开头，
我的旅伴，我的朋友，
还是迎着朝阳出发，
把长长的身影留在背后，
愉快地回头一挥手！
……

这样的诗句是可以写在日历的扉页上，作为新的十年的序曲的。

邵燕祥的名字我们是熟悉的。这是一位早熟、多才而富于使命感的诗人。他

14岁时开始发表诗作（他的处女作杂文发表时，年仅13岁），到50年代中期，他已是诗坛新秀了。展现在他面前的原本是一条宽广的道路。可是1957年，一场风暴从地平线袭来，年轻的邵燕祥也未能幸免。从那以后，直到1978年重新在《诗刊》发表诗作，他经历了整整20年的沉默，而这20年，正是诗人的盛年啊！

然而正是这个饱经忧患的人，在新的历史关口，告别了昨天的长长身影，像50年代“到远方去”那样，又迎着朝阳出发了……当我们读到“愉快地回头一挥手”一句，这“愉快”二字不是令人潸然泪下吗？这是从痛苦提炼的欢欣、冷静中迸发的热情，这是“人类向上精神的闪灼，犹如用凿与斧打击在岩石上所迸射的火花”。

过去因言获罪，在重新拿起笔来时，会不会变得谨小慎微，“看天气预报写诗”呢？对此，诗人的回答是：“还是唱那支永远唱不完的歌，在喉管还没被割断的时候。该欢呼的欢呼，该诅咒的诅咒！”

这支永远唱不完的歌，是真善美的歌，这是苦难的中国人民以昂贵的代价，经过反复的对比才认识的最可宝贵的东西。到此为止，在有限的行数中，五次出现了“还是”、“依旧”、“仍然”之类表示反复的副词，宣告了诗人百折不回的气概。诗的末段是点睛之笔，是主题的深化：

时间啊，永远不会倒流，
生活却可以重新开头。
莫说失去了很多很多，
我的旅伴，我的朋友，
明天比昨天更长久。

这就和诗的开头形成了呼应：正因为时间不会倒流，所以必须把长长的身影留在背后；正因为明天比昨天更长久，所以要向前看，还是迎着朝阳出发。过去是这样，现在是这样，将来仍然是这样！

艾青说过：“一首诗就是一个人格，必须使它崇高与完整。”（《诗论》）在这首短短30行的诗篇里，我们看到了这种崇高而完整的人格，这是诗人的自我，也是亿万革命者博大的胸怀。它来自对光明的渴望和对未来的信念，是把个人的命运和祖国、人民的命运融为一体的结果。正如作者在另一首题为《致人民》的诗中所说的那样：

我不信神，我信的是人民。
当历史蒙羞、祖国蒙难、人民蒙尘，
我不指望个人有更好的命运。

而在《一九六八年的一封家信》中则表现了诗人对革命的执着信念：

尽管我们有一千种不幸，
升沉在革命的漩涡是我们最大的幸运。

正因为如此，在邵燕祥的诗歌中从没有消沉沮丧的情绪。他“惦的是人民冷暖，不是一己的炎凉；惦的是天下兴亡，不是自身的荣辱”（《写于二〇〇〇年》）。这也正是《开头》一诗感人至深的原因。

我的一位并非诗歌爱好者的朋友偶然地读了《开头》这首诗，并对我发表了一通颇有见地的议论。他说：“我喜欢这首诗。它像一支交响乐，给人留有回味、想象的余地。人们可以根据自己的不同经历去想象，但又可以得到一个共同的结果：受到鼓舞，变得清醒，变得奋发。”难道诗不都该是这样的吗？

就艺术性而言，这首诗的语言是洗练的，手法是含蓄的，音韵是悦耳的。这些固然是它的长处，但它之所以感人，使人难忘，其主要原因还在于：

一、它是真实的。诗歌的生命在于真实，诗人必须说真话。这就要求他说心里话，而他的心里话又应当和亿万人民的心声相一致。《开头》这首诗正是说出了人们“心中所有，笔下所无”的话。邵燕祥曾这样说过：只要人民说我的诗“虽然平庸，毕竟不失真诚”，“就是对我最大的褒奖了”，这“平庸”自然是自谦之词，这“真诚”二字他却是受之无愧的。

二、它给人以美。诗的美，自然包括音乐的美、建筑的美等等，但我以为最主要的是意境的美。而所谓“炼句不如炼字，炼字不如炼意”。这种美，又必须是含蓄的美，而不是袒露无遗的美。《开头》是一首政治色彩很浓的抒情诗，但通篇没有一个空洞的政治字眼，而是充分运用了比兴的手法，着眼于意境的开拓，给人以美的享受。诗人用朝阳和身影暗喻光明与黑暗，用共同举杯、甜酒和苦酒象征同甘共苦的战友情谊，使诗中的情与景、虚与实，天衣无缝地结合在一起，相得益彰。

三、它富于哲理。读一首短诗，读者的要求并不苛刻，只要能有一两句精彩的、包含哲理的警句，就基本满意了，这首诗也就不失为佳作了。在《开头》这首诗中，是不乏这样的警句的。而警句可以给人留下刻骨铭心的记忆，警句又可以使诗成为生活的明哲的朋友、斗争的忠实伙伴。

选自《诗探索》1980 年第 1 期

一首情真意深的好诗

——赞邵燕祥同志的新作《问大海》

欣　原

灯火灿烂，波光闪闪，船笛悠远。

黄浦江的夜是美丽而多情的。就在这美好的夜晚，我站在准时起航的满载着欢笑的客轮甲板上，读到了诗人邵燕祥发表在8月2日《人民日报》上的新作《问大海》，不禁心潮澎湃！

这是一首情感真挚发人深省的好诗。

听啊，诗人怀着极度的悲愤，泣血呐喊："范熊熊投海死了，她只有二十四岁！"紧接着又发出撕心裂肺的提问："这是为什么？为什么？为什么？"此刻，我们仿佛看见诗人睁着噙泪的眼睛，在盼望着诚实的回答。这是出于心灵深处的要求伸张正义的严肃提问，是绝不容许你沉默，更不容许你回避的。

可是，诗人问天，"天不语"；问大海，"大海……那么冷漠，没有一声叹息"。于是，诗人便以战士的正直，怒不可遏地指责大海："你无是无非，你无情无义，是你最后夺去了范熊熊，我控告你以帮凶罪！"

这里，诗人勇敢地突破了古今中外的著名诗人们对于大海的溺爱迷恋和纵情赞美，根据特定情景的特殊需要，从现实生活的逻辑思维出发，创造性地运用了新颖自然的艺术表现手法，抒发了难以抚慰的悲痛，袒露了嫉恶如仇、光明磊落的胸怀，确实令人感佩！

然而，久经风暴考验的大海毕竟更为深沉，它从来也没有停止过思索。就在我们为眼前所发生的一切感到惊诧的瞬间，诗人却笔锋一转，出其不意地写道："大海沉默久久，大海终于回答——不要责备我，不要责备，难道我会不知道信念比生命更可贵，难道我会不知道范熊熊的生命比他们可贵一千倍！我没有一声叹息，也没有一滴泪，难道还要让他们讥笑这不值钱的生命，不值钱的泪水！就是泪水流成海又有什么用？如果假共产党员为所欲为，而真共产党员无所作为！”这真是饱蘸血泪的传神描绘！写出了大海的尊严，目光的锐利，爱憎的鲜明；揭示了在新长征途中必须排除的种种阻力；强调了整顿党风和健全民主与法制的重要意义；使我们在迷茫中不但一下子看清了大海那壮美的形象，而且从大海那精辟的见解中，懂得了深刻的哲理和坚持党性原则的可贵！

请听，大海在向诗人深情地呼唤：“范熊熊只有二十四岁，你比她整整大了一倍！问什么天，问什么海，你应该问问自己，可能像她那样无私，可能像她那样无畏？眼看人民的利益受到侵犯，你可能像她那样挺身起来保卫？”显然，这是诗人借助了大海的口吻对自己进行着无情的解剖，展示了一个共产党员对自己的严格要求和崇高的精神境界。实质上，大海的呼唤，难道只仅仅是在提醒我们的诗人么？不！大海是在向所有的共产党员和革命战士，发出了强有力的呼唤。

在诗的结尾，大海还谆谆地嘱咐诗人把话“倾诉给党中央纪律检查委员会”，因为“那里有那么多可做范熊熊的祖父和祖母的可信赖的革命的前辈！”表达了对战胜邪恶的坚定信念。

总观全诗，不仅激情充沛，溢于言表，而且在语言上朴实无华，没有堆砌华丽的辞藻，更没有追求所谓的“朦胧的美”；有些人认为写诗语言一定要美，这是不全面的。《问大海》这首诗，就不是以华言丽语而是以真实的感情去扣动读者的心弦的，思想开掘也较有深度，因之能给人以强烈的艺术感染力；同时，在构思上，又别出心裁，跌宕起伏，峰回路转，通过拟人化的手法，赋予大海以特殊的性格和光辉的生命，抒发了人民的心声与战士的深情。这些，对新诗创作的提高，都是很可贵的探索。

灯火灿烂，波光闪闪，船笛悠远。我站在甲板上举目眺望，凝神思索，《问大海》那铿锵有力的诗句，还在我的耳畔回荡……

选自《解放日报》1980 年 10 月 5 日

生活、时代与诗

——序燕祥的诗集《在远方》

周良沛

一

听一位爱好古典文学的同志讲：岑参生前已是唐代诗中的名家，可是同代人推崇的却不是后来的选家所选的“边塞诗”。到了宋，屡遭外患，朝廷偷安误国，人民要求抵抗的爱国热情普遍高涨，那时，人们在“北风卷地白草折，胡天八月即飞雪”、“将军金甲夜不脱，半夜军行戈相拨”等诗句中找到同自己的一种特殊的感情联系，他们对岑参诗的评价，也成了后来几百年诗史上对岑参的定评。

手头一时没有资料证实这位同志讲的情况，作为一件具体的史实，可能材料不同，说法各异。作为一种文学现象，我认为是没有任何可怀疑的。

诗人写诗是这样，读者读诗，对诗表现出的爱好、选择，也不可能不受到一个时代公众普遍的情绪、好恶、趣味、情调的影响，不能不受时代精神的影响。

50年代，评家论诗，笔下常出现“时代精神”四字，可是，不知为什么，它几乎从目前评论的字行间失踪。

这些年，尤其十年浩劫，一些美好的语言，总遭到奸污、偷换概念；所谓的“文化革命”，其中“革命”二字就是对革命的最大的糟蹋。于是，有人把“时代精神”四字，接去做长官意志的同义语，作为诗的个性的对立，作为政策的诗的图解，它也似乎真的可以结束它的历史使命了。但是，“文化革命”的“革命”二字虽被一些奸党糟蹋尽了，我们总不能因此不要革命；同样，“时代精神”四字，也该还它本来的面目。它既含有现实主义的概念，还该包含一个时代的气氛、情调、好尚，以至于一个时代的先进、向上的思想。为了与过去的评家论燕祥诗创作的评论衔接，我还是想借用这四个字。

二

燕祥的诗，在50年代，以它强烈的时代精神激动了许多年轻人的心；今天，再读那些诗，我还固执地认为：诗人在今天仍是一位不会老的人。

可是，20多年毕竟就这么过去了，当年出生的孩子，也已经成为青年，成为当前新诗的广大基本读者。评论家称之为“思考的一代”。去年春天，要向国外介绍青年作家和以青年为题材的作品，有人问我有没有兴趣就此写点题为“思考的一代”的文章，我只有摇头，因为我不知道这五个字的确切的含义是什么。这代青年称为“思考的一代”是为了与上一代年轻人欠思考做区别么？若是这两年流行了一些问题戏、问题诗，问题的提法反映了青年作家或非青年作家所描写的青年对生活的思考，那么，当年在我们也还年轻的时候，燕祥笔下的同代人为建设的需要告别广场远行的豪情，五月的夜晚，公路上滚抛着建设者在车上的欢笑声……同样是经过思考的青年，对命运的自信、对前途的乐观、去战斗的勇敢所染欢的生命。对生活肯定的自信，绝非不经思考的天真；乐观、勇敢，又是自信的必然。肯定生活绝不是粉饰生活，即使写悲剧，也要让人看到酿成悲剧的原因，看到出路。遇事多打几个问号，既可以问得把问题往深处引，也可以问得对人生怀疑或虚无，对问号的解答还用问号。

多样的人生，因时、因地、因人的不同，提出让人思考的问题也必然是多样的，答案也会因时、因地、因人而别。30年，世事的变化，尤其经过一场毁灭文化的“文化革命”和路线的反复、失误，上一代人年轻时和今天的青年所想所为自然不会相同，不论带给谁的特点或局限性，都是时代给个人无法避开的烙印。

摆在我们面前的，就是这位人到中年的诗人在我们当中观察生活、思考人生的诗作。

沉默了20年复出之后，这两年，燕祥每年都发表了一两千行左右的作品。1979年一本《含笑向七十年代告别》，1980年又是这本《在远方》。

这些创作成果，绝不是单靠勤奋的“劳动态度”得来。燕祥的《眼睛，我的眼睛》，在题记中说明他眼痛头晕，验目测定为“疲劳眼”后，诗人说：

……眼睛，我的眼睛，
你累了，是对我的惩处。
在明亮的阳光下看花，
却像一片彩色的雾，
在欢乐的日子里眺望，
却像一片泪水模糊。
眼睛，我的眼睛，
你累了，是对我的惩处。

眼睛，我的眼睛，
你累了，但不是我的过错。
只因为，我永远看不够
这个世界上的生活，
丑恶的东西虽不少，
美好的事物却更多。……

诗人相信眼睛“不会背叛”，“是我用泪水把你洗净，一起从噩梦走回晴朗的人间”。

生活，毕竟是创作的泉源，眼睛看不够的世界，才使诗人的勤奋出成果。

诗苑，毫无疑问，是真善美的、使人精神向上的花圃。不过能把生活看“真”，不被一些表面现象迷惑，并不是很容易的事！但是诗人相信自己的眼睛不会背叛，因为它是用泪水洗净的。知道燕祥的经历，也可以从这句诗里品出不少诗学。他在长达20年的岁月里直遭迫害，可是对一位诗人来说，避不开的灾难既然临头，也就给他留下一笔精神财富。艾青的《神秘果》说：“要是我们不知甜、酸、苦、辣，活着还有什么滋味？”人生啊，许多作家都是在不幸中认识人生的。都德好像说过这么一句话：当上帝要创造几个伟大的诗人时，都得给他们送去深重的苦难。当然，不是吃过苦的人都能成为诗人，可是大诗人怕无不经过人生的坎坷。现在的年轻人喜欢问怎么才能成为诗人，当然，技巧是不可少的；

可是，认识生活，甚至面对着苦难去认识人生也许更不可少。燕祥年轻时写的诗，功力并不差，和这两年的作品比，却有个明显的差距，实际上，也就是对人生认识的差距。1954 年，诗人的《中国的道路呼唤着汽车》是很有影响的作品，20 年后，他又写了《中国的汽车呼唤着高速公路》，这不是巧合，是现实对人思想的推进，是现实给诗人一双认识历史的眼睛。开国初期，在“又像山谷又像平原的高原上”，在“穷年累月没有见过好车马的山野”，诗人提出“我们要让中国用自己的汽车走路”。虽然也说

我们要把中国架上汽车，
开足马力，掌稳方向盘，

但整首诗，基本还是写实的。到今天，诗人笔下《中国的汽车呼唤着高速公路》的这个标题，就有令人深思的寓意了。

……空话不能启动汽车，
豪言壮语也不能铺路。
但我们难道还不能铺一条
高速公路——
有这么多的痛苦，
有这么多的愤怒，
甚至有这么多的血肉
化为我们特有的混凝土！

好一个“特有的混凝土”：凝成它的痛苦、愤怒、血肉，不正是这多年说不完的惨痛教训么？我们不是能用这些教训铺一条高速公路使祖国高速前进么？高速公路，就是正确路线。这是祖国前进必需的条件。人到中年不是不思考，是把个人的命运托付祖国想祖国。想得很深，写得很真，虚而不假，壮而不空。艺术上，读者完全可以要求写得更细致，想得更周密；它含有一般人激情一来的急就章常有的欠考究之处，但它很有特色，是富有时代精神的作品，忠于生活，忠于人民。

先后两首诗，既可以说各有特色，也应该承认它们之间在思想与艺术上存在差距，也算时代的烙印。其实，不论生者或死者，都不可能不受时代的局限。因为，谁也没有力量可以改变社会是由初级向高级发展的规律。今与昔，从社会发展的进程看，两者就不是站在同一阶梯上，自然不能一致。但是，作品的好坏，并不在作家描写的生活本身发展程度的高低，倒在于作家对自己描述对象在观察、表现上的思想、艺术的深浅。从今天往回看，可以看到人（包括自己）摆脱不了时代的局限性，但正是这个局限性，在文学上，倒可能成为时代特性的表现，成为构成艺术的典型性所不能缺的元素。今天“思考的一代”也许因为时间的距离对上一代青年所描写的生活不理解，这是可以理解的。两个时代中间的时间距离完全可能成为前后的人在思想和艺术上的距离，但是，任何真正属于诗的诗，又只能是越忠于生活、忠于时代才越好。假若现在的青年“思考”过去的青年，说他们太乐观、自信，那是他们的生活使他们自信、乐观；若说他们太幼稚、天真，那是他们所处的那个时代还在摇篮里而又让人天真的时代！

三

最近，《人民日报》发表了收进这个集子的《鞭炮》。

你知道我的人民
要过应过的生活
我的祖国又徘徊了一阵
要挣出泥泞的车辙

我不因受过骗
就总是满心疑惑
我愿诚实地倾听
我愿拼命地工作

新年将从今夜来
这是个隆重的时刻

响鞭啊，花炮啊起起落落
我不信你会再骗我

这是因为我相信人民
我的人民也相信我

诗人相信眼睛不会背叛自己，首先是自己不背叛人民，不背叛生活。他写了自己的真情，却不是生活现象的简单的再现；他的眼为泪水洗净而看得更真，却没让真实的生活淹溺在泪水里；他在表达生活的真实时，真实地再现了一个诗人对生活的责任感，一个中国人的良心。

在一切的文学样式里，没有哪种比诗歌更明显地包含着诗人主观的“我”。这点，不论你承认不承认，都是无法否认的。可惜许多主张诗歌要表现“自我”的文章，却常常回避或否认“自我”一经成为作品，这种“自我”就必然表现出某种倾向性和社会意义。我不认为有些人对过去的灾难、今日的时弊作为诗行中的忧愤与叹息的指责都是应该的，还是要对具体作品具体分析。但是也绝不能让诗的世界离开多样的人生，只有某种模式的“自我”。燕祥蒙过冤，受过苦，但他“把长长的身影留在背后，愉快地回头一挥手”，也是一种人生态度，是我们时代很有典型意义的“自我”。

时间啊，永远不会倒流，
生活却可以重新开头。
莫说失去了很多很多，
我的旅伴，我的朋友，
明天比昨天更长久。

诗人的乐观、自信，既是一个人生活向前的力量，也是诗人看到生活本身的面容。我们的时代，是解放的时代，摆脱了过去的错误路线、现代迷信，人民得到免于再受灾难的解放，也是党自身的解放。现实确实还有令人不满的地方，它正是昨天的灾难留下的淤血，若是看到“明天比昨天更长久”，又为什么不乐观呢?

文学，忠于生活与忠于人民是两位一体的。没有“真”，就没有文学。但是仅仅“真实”，并不等于深刻和典型。尤其是诗，包含许多诗人的“自我”，所以真的东西一旦成为诗，它就该像恩格斯说的那样 ：既有深刻的思想，还有诗的兴味。

对诗人的具体作品，任何一个读者都有权提出具体的意见，提出更高的要求，但是燕祥的艺术追求却是诗的。

四

对艺术的追求，诗人明确、坚定 ；追求的过程，也只能是探索的过程。

诗人肯定生活，不是粉饰生活 ；诗人的眼睛总是登高望远，却又扎根于生活。这样，他的艺术触角伸向多样的人生，也表现了题材的多样，艺术的多彩。

《边市一瞥》，几乎实到近乎散文的风格，是幅五彩缤纷的风俗画，它以“三分钟成交，五分钟试戴，七分钟结案”的偷买走私手表的过程，鞭挞了“自以为聪明的贪心的傻瓜”。

《云南驿怀古》，见驿道，诗人想到道上“也曾有鲜荔枝飞驰而往，红尘飞扬，百姓长年陷身于水火，而华清池四季温汤，李隆基，我不忍呼你为淫棍，你早年曾是个有为的君王”。这是以历史唯物主义让今人看古人。

以读安徒生的童话为题材写的诗，既不是简单地重述故事，更非借题空发议论。穿新衣的皇帝“在空气中挪动着赤身裸体。‘他根本没穿什么衣服呀！’一位小朋友说出了大胆的真理。等他长大以后还会发现，真正的骗子原来是你！”是的，真理和孩子一道长大了。

诗人把卖火柴的小女孩从书页里拉过来，摸着她像干草一样枯涩的头发 ：“比我女儿还小的，卖火柴的小女孩啊，你曾渴望过仅仅是温饱的生活，你没有谴责我，但我问自己 ：在你还能呼吸时，我为你做过些什么？”一个革命者对不幸者的态度，让人可以重温一下构成“革命”二字的基本含义。

诗的真情，表现了诗人非常真的“自我”，诗人以泪水洗净的眼睛看到广阔的世界，诗人看待生活还有广阔的胸怀。当读者讨厌某些诗里尽是作者以“自我”在表现、卖弄时，人们对它的反感是好理解的。

写诗，不从“自我”出发，就没有真正的诗 ；“自我”若不通向人民，只能是对诗的生机的扼杀。目前，有的诗歌评论一味强调脱离社会生活的，局限主观体验的“自我”对抒情诗的个性的重要性时，我们对这一问题的重要性，自然也就不容等闲视之。

燕祥以上的诗，也可以向我们证明：这种不光是出自狭小的天地的“自我”，既有“我”的特性，又不是被狭小的“自我”所窒息。

《怒江问答》，诗人“看到身边人们的生活，我不禁，我不禁要捶胸顿足，说起十年人间不平事，恨不得到处擂动堂鼓”。这显然是“歌德派”不能接受的。但是怒江——

要化愤怒为力量
要化不幸为幸福
倾我怒江水，浇我怒江坝
我愿献身贫瘠的红土
可惜我还不能化为电力
一如那千百匹空流的瀑布

在《祝福》里，诗人“面对着朴实而诚恳的笑容，忽然感到我是有罪的，好像就是我在这里推行了‘第二次土改’‘政治边防’，把无端的灾难加到这样好的人民头上”。因为，这甘蔗林边的生活，如不经过一场浩劫，本该“更甜蜜，更幸福，更安康”。于是

我举着酒杯，斟酌着祝福的话语
我的心激烈地捶打着我的胸腔

诗人不是站在今天的生活之外评头论足，而是一个生活的主人想着革命者的责任。诗中的“自我”就很有诗的眼界。这首诗的语言，也和燕祥其他的作品不同：

浅浅地斟
薄薄地醉
轻轻地说
低低地唱……

语言的韵味感，比之“江流奔腾咆哮，云行仿佛有声”这样虽然排列整齐，却离口语较远，半文半白，读来拗口的句子，显得优美得多了。

我特别喜欢《沉默的芭蕉》，诗人在那风雨乍起的旅舍，面对窗外久久沉默的芭蕉：

要谈心请拿我当朋友
要争论请拿我当对手
在这边乡风雨夜
打破费尔巴哈式的寂寞

芭蕉啊我的朋友
你终于开口
款款地把幽思陈说
灯火也望着眼睛
一边听，一边思索

芭蕉，芭蕉
且让我暖了搁冷的酒
凭窗斟给你喝
夜雨不停话不断
孤独，不是生活

这里，诗人从这一个很平常的生活场景，提炼出很纯的诗情，真是诗情画意。但它不是文人雅士的情调抒写，画龙点睛之笔，还是“孤独，不是生活”。这是诗人的心，这是革命者的心。这里没有半句豪言壮语，却激动人心，格调很高。热爱生活的人，才能在笔下肯定生活。形成诗人今天这样的人生态度，《那时》就可以解答：

那时，没有车票
我们走进北平的货运西站
那时，没有请柬

我们却像赴胜利的欢宴

那时，搭上运伤员的闷罐子车
我们觉得是幸福的摇篮
那时，车停了散坐在铁轨上唱歌
车开了，风驰过冀鲁平原

那时，我们抛开旧日的一切
对家庭和学校绝不留恋
那时，津浦路一直通向前方
我们出发就不准备回还

那时，如果说到故乡
我们都认定自己家在江南
那时，如果说到爱情
除了笼统的“人民”谁也不思念

那时，是一九四九年四月
我生命中的第一个春天
那时，我完全没有意识到
那就是我将永远亲切地忆起的初恋

读者从这里找不到警句。诗人的自白也是诗的自白。每个读者，也可以根据自己的经历和对生活的理解，从这一本诗里，听到知音的语言，或找出它的缺点。我却从诗人忆起的初恋，像读到一本生活的恋歌。恋者不一定每首歌都是精品，但它是诚挚的，也就是诗的。诗人对生活唱恋歌，生活必定唱恋歌给诗人。

从更严的角度看，这本诗似乎还可以剔选一番，但是，作为诗人向读者的汇报，它倒应该这么出，可以看到燕祥的丰收。

“边塞诗人”岑参的边塞诗，不是在诗人生前所在的唐代，而是为宋代人的时代精神所肯定。燕祥诗的时代精神，对同代人来说，成了诗人与我们手挽着手的臂膀。他的诗，不是以毕露的锋芒而惊人；也不是精雕细刻的工艺品；既不是赶浪潮的大路货，也没有为避热闹而走冷门；就像燕祥的为人，朴素又诚恳，温厚还谨慎，读他的诗，如与君子交——多遇几个轻薄花俏之徒之后，才悟得无尽真情似水淡，是与君子交！

1981 年 3 月 1 日于北京

选自《新文学论丛》1981 年第 4 期

致邵燕祥

高　平

燕祥同志：

远在 50 年代，我们就相互听到过彼此的声音，一晃 20 多年，才得初次见面。你还记得我的《大雪纷飞》，我也还记得你的《到远方去》。我送你一本我的诗集《古堡》，你送我一本你的新出的诗集《含笑向七十年代告别》。一看书名我就想到，60 年代应当是含泪告别的吧。……

你的这个集子里收的是你近几年新写的短诗，时代感很强，其中有许多首我都非常喜欢。

新中国成立不久，我们刚登上诗坛的时候，我们的作品中绝少有什么哲理性，正如我们在生活中也不曾追求什么哲理，因为只知道一个真理就够了——只有共产党能够救中国。稍后，我们更进而坚信只有共产主义能救全人类。这对我们来说，是最基础的也是最高级的认识，是起点也是终极。而且是经受了考验的。太大的弯度（公刘语），多年的折磨，都没能使我们产生动摇。这反映在我们的作品中，工作中，生活中。我们的诗（我无意在诗歌成就上和你并列，我愿意承认你比我有才华）始终保持了乐观的色彩，昂扬的精神，明朗的调子；既不嘲风弄月，也不晦涩朦胧，更不伤感消沉。对此，我们仍然引以自豪。我们的诗从未忽略过思想性，而且可以说思想性是较强的。这是由于人生的意义，创作的目的，诗歌的功能在我们的心中是明确的，一致的，它们已融于我们的笔管里了。但是，错误和挫折教训了我们，教训了我们的党，我们的人民，十亿人的心上都或多或少地有过伤痕。这段历史，已经没有人不再承认。作为单个的人，作为诗人，我们所得的教训，可能比多数人还要深些。我想，正因为如此，你才有了《敲门声》这样的佳作。读着它，我的心在响，它哪里是敲门声？这是在敲打人们的心灵啊！以往，它敲出的是鲜血；如今，它敲出的是喜悦。你，捕捉得多么好！……我们在过长的时间里付出了过多的代价才懂得了革命的道路远不是笔直而平坦的。俗话说“水流千遭归大海”，又说“天下黄河十八弯”。大海是存在的，黄河要入海是必然的，但是对于入海之前的“千遭”“十八弯”我相信你和我还有成千上万的人们恐怕都缺乏足够的思想准备，有的人甚至陷入过极度的迷惘、困惑、痛苦之中。党的“三中全会”以来，春风阵阵，百花含苞，大地又恢复了生机，乐观的种子又在萌芽，国家、民族又充满了希望，人民的心灵又在复苏。这正是我们梦寐以求的现实。同时，也应当看到另一个变化，即人们普遍地学会了独立思考。对于以往发生过的或者未来可能发生的曲折，对于影响千百万人的心灵的种种大大小小的因素，对于目前依然堆积在“四化”路上的问题，对于时间和空间的一切，……人们都在思考着，在这方面，不存在“代沟”。诗歌远不止是简单地告诉读者要像黄河一样奔向大海就够了，还要尽可能地告诉读者沿途和两岸发生的一切。要指出它的弯道，暗礁，要赞颂它的风光，美景；要录下它的涛声，船歌；要展现它的平静，风暴；要探寻它的源头，支流；要破除它的坚冰，淤泥；要讴歌它的水手，纤夫。……这就是说，要进一步提高我们的诗歌的思想性，必须靠开掘主题的深刻性和开拓题材的多样性才能达到。这也就必然会增强诗的以真理为核心的哲理性，从而引起更多读者的更大的共鸣。我看到，你正是在这样做着，努力着。你选在这个集子里的《地平线》、《希望》、《我们有行乞的习惯吗？》、《芦苇》等篇，就是这方面的例证。这些诗，标志着你思想的飞跃，应当给予高度的评价。

诗是一种艺术，但是多年来真正称得上艺术品的诗还不很多。（当然，我的诗作更是如此。）生活是诗歌创作的唯一源泉，但是同时诗歌又最忌讳对生活做直接的模拟。诗在对于精神世界的揭示上，在想象力的驰骋上，在时间和空间的跳跃上，都具有得天独厚的优势。可惜以往注意得不够，努力得也不够。近年来，我有意地向绘画、雕塑、音乐、舞蹈、电影中去寻求诗艺，虚心地借鉴姊妹艺术，觉得不无收获。诗要讲诗美，诗美当然首先是思想感情的美，但构思的美，意境的美，语言的美，音韵的美，形式的美，都是重要的。过去不知怎么搞的，一提到诗美就有一种错觉或误解，好像是专指词句的雕琢，甚至狭隘到专指用晚霞、花瓣、涟漪之类的词来装饰和堆砌诗篇。在这个问题上，我以为你这个集子里的一些诗提供了正确的答案。——《绿色的画廊》的意境,《是不是情歌》的构思,《中国的汽车呼唤着高速公路》的语言、音韵、节奏,都是值得我学习的。你又是擅长用赋的手法直抒胸臆的,在你的笔下,不时有警句出现。但是也有一个值得注意的问题,不知你是否同意,那就是有的语言过于直白,有点"赤裸裸"了。像"与人民为敌的,绝没有好下场"、"奋然奔向前方"、"为现代化拼命"之类的句子,比之你的"阳光消融在我们的歌声里,我们的歌声又在阳光下消融"、"从那一天起,不分雨天和雪夜,我为朋友们敞开板门"、"砍不倒的防风林就是我们自己"等等诗行就显得逊色。我绝不是说我没有这样的缺点,正相反,在这方面我的毛病比你严重,只不过我不应占据篇幅来抄引拙作罢了。究其根源,大概是由于我们过去太习惯于"为政治服务",太习惯于直接而匆忙地大声呼喊,太习惯于政治标准第一,而不大注意诗美吧?

总的说来,我所思考的是我们这些和新中国一起成长起来的诗人如何在新的时代里努力提高诗的思想性和艺术性,以适应人民的要求。我期待着你的帮助。

紧紧握手!

1982年2月3日

选自《诗探索》1982年第2期

论邵燕祥诗歌创作

——《当代诗歌论》一节

唐　祈

邵燕祥同志十四五岁时（1947—1948）已发表《望祖国》、《橘颂》、《金菩萨》等早期诗作，当时是在北平地下党的引导下从事写诗的，在白区——那个“白日黑如夜”[①]的反动年代里，文学就是战斗，抨击黑暗，追求光明，为迎接人民的解放而歌唱，抒情诗的旋律是在革命斗争的生活中产生的。这个诗歌创作原则，指导着40年代白区所有进步的诗歌工作者，也一直到后来都对他留下了深刻的影响。有的评论家说他在没有任何准备的情况下就开始写诗，我们只能微笑地予以反驳。随着1949年解放战争的硝烟飘散，中华人民共和国成立，未来的诗人邵燕祥已经跃跃欲试，站立在生活的朝霞中，沸腾着他那霞光般年轻的诗的血液，唱出了自己的歌，很快就和50年代一群青年诗人起飞了。

从1950—1957年，是他创作的丰收期，出版了诗集《歌唱北京城》（1951）、《到远方去》（1955）、《八月的营火》（1955）、《给同志们》（1956）、《芦管》（1957）等五本诗集。近两年来出版了《献给历史的情歌》（1980）、《含笑向七十年代告别》（1981）等诗集，以及散见于各报刊的诗作。

他原是在红旗下成长的诗人，尽管政治风暴迫使他搁笔近20年，三中全会后党的阳光重新普照大地，他迅速恢复了嘹亮的歌喉，续唱出了一个中年诗人成熟的歌。邵燕祥全部诗歌显著的特征是：强烈的时代精神，抒写劳动的美，现实主义明朗、朴实，健康的诗风——这是一般的特征；还应该强调的是他那富于浪漫主义理想的色彩，总是充满活力的青年人的情绪、音调，始终流贯在他的诗篇中——这是个别的特征，属于他个人性格气质里的那种精神。我认为，探讨一下

---

① 引自邵燕祥《囚徒歌》(1947)。

像他这样有特色的诗人的创作，以及他在艺术上的得失，对于今天诗坛上争论的某些问题，仍将具有新鲜的现实意义。

诗人的创作有哪些特点呢？

首先，他是一个时代的歌手。

50年代社会主义的蓬勃兴起和大规模的建设，创造了一个崭新的我国历史上从未有过的盛世。它标志着社会主义社会正在诞生，腐朽的旧社会正在崩溃，为创建这个新的革命大业，在当时六亿人民中间蕴藏着不可估量的热力，到处燃烧着爱国主义、英雄主义和革命乐观主义精神的火焰。我们的党为了保证社会主义的胜利前进，组织了千千万万的先进人物投入这场伟大的斗争。我们处于举世瞩目的社会主义革命和建设的壮丽时代。诗人们莫不以歌唱这个新时代而感到自豪。邵燕祥从开始就表明自己是属于其中的一个最年轻的歌手，他歌唱："我们是年轻的接力人！"[①]"在我们每一步脚印上，请你看社会主义的诞生！"[②]这是多么自豪、乐观的音调。他一出现就把诗的音符跳动在社会主义的脉管上，使他的诗具有鲜明的时代色彩。

热爱社会主义新中国，当然不是一个抽象的概念，而必须是十分具体的——热爱它的首都、城市、农村、森林、田野、工厂、矿山、边疆、草原……更有这个社会的新人：先进工作者、共产党员、共青团员、少先队员和千千万万普通劳动者。这一切出现于新中国的新事物和新人物，他总是以强烈的时代感情来歌颂，用美好的形象予以诗意的动人的描绘。他赞颂首都："北京城是红旗一面，高高迎风，北京城是太阳，亮在空中。"[③]而遥远的鄂尔多斯草原又是那样深情地牵动着诗人的心弦："我的心呀在高原……白天，高原上闪着金光，黑夜，高原上闪着银光……革命的、社会主义的鄂尔多斯啊……我歌唱你明天的无限的希望！"[④]诗人热爱社会主义的蒙古草原，鄂尔多斯的太阳和月亮都焕发出了新的光芒。他的眼光落到了祖国的大森林，森林便化成了色彩斑斓的"绿色的画廊"。甚至从最偏远的淘金船上矿工的心里，他也窥见了"金子般的阳光照着金子般的

① 《到远方去》(1952)。
② 《我们架设了这条超高压送电线》(1954)。
③ 《歌唱北京城》(1949)。
④ 《我的心呀在高原》(1962)。

心！”喊出了中国矿工赤诚的心愿：“用黄金镀亮我们的地球，先镀亮东方——社会主义中国的部分。”[①] 邵燕祥就是这样挚爱着我们社会主义祖国的土地、森林和矿山。这里，还只不过是从诗人描绘社会主义常青树上随手摘下的几片绿叶，更令人感动的是通过诗人的眼睛和声音，使我们认识和熟悉了众多的社会主义新人的形象。在《到远方去》、《给同志们》等诗集中，新人们成群结队地从诗篇中涌现出来。优秀的党团员、边疆青年建设者、钢铁工人、建筑工人、战士和许多平凡岗位上精神世界绝不寻常的普通人，他们一个比一个更富于理想，更具有英雄主义和乐观主义的精神力量，他们的进取精神和忘我劳动，把生活推向了旋风般前进的速度，表现出了社会主义新人的时代风貌和可贵的精神品质。这一切，诗人在50年代做了真实的、积极的反映，用诗歌做出了符合时代精神的回答。就是在今天看来，也是弥足珍贵的，值得在现实主义诗歌创作上继续发扬的。

尽管历史有过曲折，有过十年浩劫的阴暗岁月，诗人自己也同历史一道历尽沧桑，沿着崎岖路途走进了80年代。但是，由于他一贯保持着一个时代歌手忠诚于党和人民的强烈感情，使他在那场“史无前例”的噩梦中，仍然借用李商隐的诗句“我是梦中传彩笔，欲书花叶寄朝云”，想的仍是社会主义的红花绿叶，寄托给未来新历史时期的黎明，表明一个党员诗人对革命、对社会主义的理想和忠诚。他一旦重新执笔，就不能不大声欢呼：“我呼喊——以80年代第一个春天的名义”[②]，写下了一系列感人的富有时代气息的诗篇。例如揭露“四人帮”的罪恶，歌颂人民的英雄，气贯长虹，情真意切的《致窦守芳同志》、《一九七九年清明祭》等等广为传诵的力作。我就在一次朗诵会上，听到一位青年朗诵下面的诗句，整个会场化成一片深情的唏嘘声：

我不知道在心的哪个角落，
能够让你安静地长眠，
小小的，破碎的心容纳不下
你的灵魂——充塞在天地之间！

---

① 《淘金船》（1978）。
② 《沙漠吃不掉北京》（1979）。

三十年前，我们用松枝告慰英烈，
为了一个人民共和国的建成，
而三年前牺牲于祭台前的，
可能当时还没有出生！

…………

死者，请闭上、闭上眼睛吧——
相信我们今天睁开着的眼睛。
死者，安息吧，安息吧、安息吧——
相信我们能不停步地长征！
（《一九七九年清明祭》三、四、八节）

这痛定思痛的眼泪里，浓缩了多么壮阔的时代生活内容，革命者的庄严、艰辛和壮丽，充塞在字里行间，读者和听众不能不为之泫然涕下，而又汲取到巨大的精神力量。

在《献给历史的情歌》、《含笑向七十年代告别》两本诗集中，像上述那些优秀的诗作，清晰地表明它们是时代生活的记录，是诗人拥抱客观现实出自肺腑的真实的歌，正如他自己所说的，是“血管中流出的血；真诚的血”（《后记》）。邵燕祥32年来的创作历程，证明了一个颠扑不破的真理：在现实生活中，谁能把握时代的脉搏，谁就能发出时代的强音，就像插上腾空的双翅，在诗的领空任意飞翔。应该说，邵燕祥就是这样一个时代的歌手。

其次，诗人善于抒写劳动的美，社会主义建设者的忘我劳动和创造生活的诗意，成了诗人创作的源泉。他在《做好写诗的准备》[①]中说过：“我决心用诗歌来反映我们建设者怎样为社会主义工业化而劳动，并且在劳动中提高自己的精神品质。”又说：“我认为能在自己的诗里表现同代的先进人们的思想感情，这是我最大的光荣。”他是这样说，也是这样做的。

值得注意的是，在50年代初期的诗歌领域里，工农群众的创造性劳动的主题，在当时是个刚开始探索的全新的课题。如何站在生活的高处，理解和感受劳

① 见《文艺学习》第8期（1955）。

动的壮丽图画，挖掘出劳动者心灵的美，在创作中是有一定的难度的。他的诗作却展示了劳动本身所具有的实践的深广意义。它首先使人们了解到：劳动的概念根本不同于旧社会的干活，也不同于蝼蚁筑穴、蜘蛛结网的盲目劳动，使人异化为“非人”，变成盲目的必然的奴隶；我们社会主义的劳动，是解放了的工人阶级和人民群众主动自觉的有理想的实践活动。劳动不但创造了世界，也创造了社会主义的新人。他在诗篇中歌颂的劳动，不但是我们新时代的光荣的象征，也是照耀我们社会主义前进的辉煌的火炬。其次是他努力通过艺术形象揭示出劳动创造的美和浓厚的诗意，例如《我们爱我们的土地》、《在夜晚的公路上》、《我们的钻探船轰隆轰隆响》、《我们还是拓荒者》等等这一类诗篇中，无论田野上播种“美好的种籽”的农民，还是“炼钢炉倾泻着火的瀑布”的鞍钢工人，在“高山塔顶”上架设超高压电线的组塔工人、放线工人，一直到“七十年代的拓荒者”、小兴安岭的林业工人……无一不是对社会主义新人自觉的劳动的歌颂。诗人带着热情的火焰透进了工人、农民的心，热火朝天的诗的火流简直是从劳动的峰巅一直倾泻下来，使读者能在炼钢工人、采矿工人燃起的火焰上烤暖双手，照亮心胸。我们看到从祖国的东北到南方，哪里有巨大的建设工地，诗人就插足在哪里留下脚迹，把心和工人们连在一起。试看长江的钻探船上，大桥还没有竖起第一根钢梁，却已在江面画出了别具一番风光的劳动景象：

宽阔的长江上闪闪发光，
是太阳在江心洗它的翅膀。
我们的钻探船就泊在江心，
从日出到日落，从黄昏到天亮——
我们的钻探船轰隆轰隆响。
（《我们的钻探船轰隆轰隆响》）

过去的评论者认为这些诗句只是“具有高度的想象力”，我以为这种理解流于表面，它恰恰掩盖了诗人极力揭示劳动创造的诗意的那颗赤诚的心，如果他的心不和工人们的心灵融化在一起，跳动在一起，那么，无论具有怎样高度的想象力，也是写不出来的。理解了这一点，我们就会看到在《到远方去》这本诗集里十九首优美的诗篇，真是“春城无处不飞花”，处处在努力挖掘和表现我们社会主义劳动的诗意和美。

《到远方去》这首诗很有代表性。通过一对恋人在天安门广场告别，到远方去参加建设，表现出人们对社会主义建设前景的向往和自信心：

在我将去的铁路线上，
还没有铁路的影子。
在我将去的矿井，
还只是一片荒凉。

但是没有的都将会有，
美好的希望都不会落空。
在遥远的荒山僻壤，
将要涌起建设的喧声。

那声音将要传到北京，
跟这里的声音呼应。
广场上英雄碑正在兴建啊，
琢打石块，像清脆的鸟鸣。
…………

这正是50年代建设初期颇具典型意味的景象，却深深体现出青年一代为社会主义劳动的豪迈的感情，也刻画出了新人富有理想的浪漫主义色彩的内心世界。《十二个姑娘》也有异曲同工之妙。它抒写了刚走进鞍钢的十二个姑娘，她们怀着新奇、激动、胆怯的心情，通过劳动——“每点钟都像在考试”，终于在机器轰鸣中成长，越过一个又一个新的思想高度，展示出劳动者勇于向理想高峰攀登的心灵美。另一首《五月的夜》中，描绘了在白茫茫的雪原上的边疆建设者，“冒着狂风扎好帐篷，牛粪堆在暮色里冒起青烟”，尽管在劳动中冰雪冻僵了手指，但他们的心却和北京合着一个节拍，流露出心灵中对社会主义祖国深挚的爱。

在表现劳动主题时，诗人并没有绕过生活中的困难和斗争的艰苦，也没有放过那些“旧社会的残余还在发散着臭味”[①]所带给劳动者的毒害和不幸命运。而是按照生活本来的面目，从中挖掘出它的积极的发展的因素；就是在抨击旧封建思想残余和官僚主义的鬼影时，也没有忘记对社会主义未来理想的追求。《贾桂香》这首诗就是明证。它抒写了一个年轻的阶级姊妹、优秀女工贾桂香，在旧封建意识和旧习惯势力的“软刀子”下被迫害致死的悲剧。诗人义愤填膺，呼吁读者思考不该在社会主义制度下发生的这类事件的根源，愤怒地喊出：“不许再有第二个贾桂香！”读者喜爱这篇作品，诗人却遭到了封建卫道士们的诬陷和围攻，长达20年之久。但是，正义之树常青，真理终归战胜邪恶，昔日的诬陷恰恰从反面证明了诗人对社会主义劳动者的真诚和热爱。正因为这样，使他的诗震响着现实主义洪亮的声音，鸣奏出劳动群众的纯朴、明朗，优美的心曲，使他避免了当时已开始露头的廉价的“假大空”的东西的污染，这点是我们所不应当忽视的。

诗人直到80年代抒写劳动主题时，也没有消失上述特征，在《地质队诗抄》、《化雪》、《北大荒》、《绿色的长廊》、《给我以电》、《淘金船》等等诗中，仍然刻意描绘劳动者高尚的思想情操和丰富的内心生活。在今天，社会主义建设的新时期中，在诗歌创作中抒写劳动主题是时代的需要，也是现实主义诗歌发展中亟待深入探索的重要课题。邵燕祥在这方面所做的努力和取得的成绩，是应当肯定并加以研讨的。

我们在很大程度上已经涉及他的作品内容和主要特征。还应强调指出的是，他那富于浪漫主义理想色彩，充满青春活力的青年人的情绪、音调，始终流动在他的抒情作品中，这个特征是这样显著，甚至不需要多做分析就使人一眼看得出来，是属于他个人性格气质里的那种精神。

需要说明的是，他这种从青年人的角度出发对待生活，对待诗歌艺术，关键并不完全在于年龄，年轻固然富于朝气，感觉敏锐，但是，从他的全部创作来看，青春意味着另一种更宝贵的东西，那就是从不妥协的勇于进取的性格。我们知道，他是在“北平”那个古老衰飒的世界度过寂寞的童年的，当他在青少年时代却又接触到另一种全新的革命力量。这个力量的坚决性和彻底性简直使他惊

① 见《文艺学习》第8期（1955）。

愕，他在那个古老的世界里，再也忍受不了像故宫散发出霉味的生活；地下党外围组织的教育，使他学会在黑夜中睁大黑亮的眼睛，用叛逆的精神来寻找光明，不向生活妥协才能前进，形成了富于青春气息的性格。他发现诗歌恰恰是最妙的武器，能使自己和世界都变得年轻起来，从内心发出了激动的吼声。他这种性格气质最初看来是不明显的，打一个跛脚的比喻来说，正如我们从山区偶然拾回一只刚出生的小山猫，它表面看来像小猫一样温驯、贪睡，却露出四只特别大而尖硬的爪子，可以断定它将来也许不是一只猫。果然，不多久长大了，它的小老虎性格毫不含糊地表现出来了。这种联想不是没有根据的，我们看到诗人刚解放不久唱出的歌：

我们的年纪十八、十九，
顶多不过二十挂零；
有一个波涛澎湃的大海，
歌唱在每个人宽阔的前胸。
(《在夜晚的公路上》)

他一出现于诗坛，就带着虎虎有生气的青年气概。随着诗人创造力的不断发展，个性风格也越显著，他在诗里不断增添新的生活、新的理想、新的音符、新的旋律，为新的世界和新人而歌唱，成了他的诗歌的首要任务。因此，诗人的创作恰好表现出他个人性格里那种精神，他那富于理想的浪漫主义的青年人的情绪、音调，也能从他的性格里找到解释。

当然，任何诗人的道路都不能完全取决于他自身，在更大的程度上要取决于时代、生活和文艺环境。我们谈邵燕祥的诗，就不能不看到50年代的文艺风气，给他创作上带来的强的和弱的两方面的影响。

毫无疑问，忠实于生活的现实主义诗歌是当时的主流，邵燕祥的诗最大的优点是和他运用现实主义创作方法分不开的，他的长处正在这里，形成了朴实、刚健、清新的诗风，这是他强的一面，我们在前面已谈到了。但也不能说他没有受到一些创作偏向的影响，表现出他薄弱的一面。

50年代中期以后的诗创作，曾经出现过两种极端相反的偏向：有的诗人把自己的思想和语言形式装进一个概念化的框子里，认为只有用豪言壮语才配写诗，只要注重政治思想，不必有个人的体验和真情实感，甚至把诗人独特的感受和独创性的表现，也看成“个人主义”性质的东西，加以排斥。这种教条的理解，使每个重要的生活内容，乃至真正重大的政治内容都消失了，后来发展为“假大空”的东西。另一方面，也有诗人由于写得精练，浓缩内容，却模糊了本质和非本质的区别，甚至产生一种错觉，只以个人主观随意性的幻想、感受作为创作的主要内容，而撇开时代现实于不顾，表现得非常狭隘和晦涩，特别是前者还曾冒充现实主义得到合法存在，影响相当大。后者由于表现的亮度较低则时隐时现。

邵燕祥在生活和创作的道路上一贯是严肃的，但是，当他一旦沿着抵抗力较小的方向往前走，对生活只做浮光掠影的观察时，冒充的现实主义便乘虚而入，悄悄地溜到他的笔端，使他有的诗降低了质量。例如《母亲》这首二百多行的长诗，政治思想内容是正确的，却缺少个人深刻的感受和体验，只借助于抽象概念的叙述，真情实感减弱了，生动的艺术形象不见了，使人感到惋惜。还有个别的抒情短诗，也由于感受不深，又在语言上直接套用鼓词、民歌，来不及提炼，不免失之于直白浅露，不够含蓄深刻，没有能使诗人的主观感受、印象、感情等等，化为对生活的形象的概括，同时浓缩为诗人在瞬间存在的轮廓。别林斯基说过:“抒情诗歌主要是主观的，内在的诗歌，是诗人本人的表现。”① 这个要求在当时是很难实现的，我在这里只是作为一种历史的考察，为诗人未来的创作提供一点“温故而知新”的参考。时间总要冲走一些东西，也要带来一些东西，诗歌创作就更是这样。

诗人，鼓起翅膀飞翔吧！

社会主义新时期更需要充满青春活力的歌唱。

选自《西北民族大学学报（哲学社会科学版）》1982 年第 4 期

① 引自《别林斯基选集》第三卷，上海：上海译文出版社 1980 年版，第 5 页。

邵燕祥的诗

晓　雪

在我国当代中年诗人中，邵燕祥是成就比较显著的一个。

早在40年代后期，他就在当时北平的报刊上发表了多篇散文、小说和诗歌，揭露了国民党反动统治下“白日黑如夜”的社会罪恶，反映了国统区人民饥寒交迫的苦难生活，歌颂了中国共产党领导下的人民为打倒蒋介石、建立新中国而做的英勇斗争。随着新中国的诞生，诗人从少年跨进青年时代，他以更热情饱满而又豪壮嘹亮的歌声，歌唱解放，歌唱胜利，歌唱“金黄的太阳”和“人民的春天”，歌唱“北京城十月满城春风”，“永定河从今真个永定”……1951年，华东人民出版社出版了他的第一个诗集《歌唱北京城》，那时，诗人刚满18岁。

我跟燕祥是同辈人，年纪相仿，但当我还在高中和大学里念书的时候，他已经是一位活跃于新中国诗坛的、引人注意的青年诗人。我和我的许多同学都喜欢他的诗。“我们是火，燃烧着火热的青春。”他的诗，如火焰般点燃着我们的心灵。记得当年在那红叶满山的美丽的珞珈山上和碧蓝透明、垂柳依依的东湖边，我们曾一次又一次地朗诵他那些豪情满怀、鼓舞人心的诗篇——《到远方去》、《英雄碑下》、《青春进行曲》、《中国张开了翅膀》等等。

——我们的年纪十八、十九，
顶多不过二十挂零；
有一个波涛澎湃的大海，
歌唱在每个人宽广的前胸。
(《在夜晚的公路上》)

中国的土壤是温暖的土壤，
有什么样美好的种子不能发芽？

(《我们爱我们的土地》)

大踏步地跨过高山，
跨过河流，洼地和平原，
跨过农业合作社的田野，
跨过重工业城市的身边，
跨过阴雨连绵的秋季，
跨过风刮雪卷的冬天，
跨过高空、跨过地面，
大踏步地跨过时间……
……
在我们每一步脚印上，
请你看社会主义的诞生！
(《我们架设了这条超高压送电线》)

这样的诗，反映的是一个崭新的伟大时代的精神风貌，表现的是一个新生的社会主义国家的朝气勃勃的青春形象，抒发的是已经成为国家主人的社会主义新一代的革命情怀。这样的诗，歌唱的是祖国的青春和青春的祖国，描绘的是创造春天的人民和人民创造的春天，赞颂的是排除万难胜利前进的社会主义创业者的豪迈步伐和坚定信心。

在建国初期那热气腾腾的火红年代，我们年轻的诗人同解放了的人民一起前进，同新生的祖国一起歌唱。他风尘仆仆地奔走“在夜晚的公路上”，他迎着东升的朝霞“登上脚手架”，他冒着风霜雨雪劳动“在大伙房水库工地”，他也曾同鞍钢的工人一起欢度“五一”的夜晚。诗人火热的心贴着祖国的胸膛，他“伏在沙岸上倾听着”黄河那像“万马奔腾的”涛声，他了解祖国“昨天和今天的道路”，也了解祖国“明天的走向”，所以他是那样深切地感受到人民的呼吸和时代的脉搏，又是那样强烈地表达出最能集中反映一个民族和时代的精神面貌的年轻一代的志气、理想和感情……

让我们再一次朗诵这一篇篇铿锵作响、激荡人心的诗章吧：

展开在眼前的不是袖珍的地图，这是广阔的大地、高山和长江，一百条道路呼唤着我们上路，呼唤我们去为祖国奔忙。为祖国寻金的，要是真金！为祖国炼钢的，要是纯钢！吸引我们的是光荣的、又是困难的事业，光荣和困难，我们都要承当！（《朗诵诗》）

我们还要攻克无数的堡垒，做一切敌人的顽强的敌人。胜利的酒绝不能使我们沉醉，只能使我们的热血沸腾再沸腾！灯红酒绿，从没有花过眼，万水千山，从没有灰过心。今晚啊，我们欢乐歌舞，明天，看我们冲锋陷阵！（《英雄碑下》）

如果我是一只船，我就背着货物和欢乐，停泊在每一个码头；如果我是一棵树，我就到新建的厅堂去做栋梁，或是到铁路新线去当枕木。我们远征千里万里，攀登凌云的高空，潜入幽深的地底。不寻求轻松的生活，而申请艰苦的岗位。(《抒情断章》)

诗人就这样，通过各种各样的题材，从各个不同的角度，深入地开掘和充分地表现着我们为建设社会主义祖国而冲锋陷阵的青年一代的凌云壮志和战斗情怀，他们的崇高的内心世界和忘我的献身精神，他们的壮丽的青春和灵魂的美。

车尔尼雪夫斯基说："美即生活……但生活必须是我们所理想的那种生活。"邵燕祥这些写青年、为青年而写的充满激情的诗篇，之所以受到读者喜爱，之所以能够那样强烈地感动人、鼓舞人，就因为他反映了新中国如朝阳般出现以后，我国青年一代那充满理想、铺满阳光、富有诗意的生活，并深入地揭示出和自豪地歌颂着这种生活的美，和创造这种生活的人们的精神美。这就是我们时代的人民"所理想的那种生活"，在这种生活中人民已经砸烂了多少年代以来，束缚自己的脚镣手铐，已经结束了扼杀一切创造和生机的反动统治，已经摆脱了受压迫受剥削、被侮辱被损害的奴隶地位，而真正成为国家的主人、社会的主人，而在一种崇高的理想鼓舞下，自由地呼吸、忘我地劳动和大胆地创造。在这种生活中，当然也还会有困难和挫折，还会有矛盾、悲伤和痛苦，但人们彼此用革命的友谊、高尚的情操和光明的前途互相激励着，人们自信、乐观而又坚韧不拔地劳动着、创造着，人们同心同德而又勇敢顽强地战斗着、前进着。人们知道自己今天所从事的一切，都是为了造福子孙万代，为了一步一步地在祖国大地上，建立起共产主义的人间乐园，因而他们的生活是那样有意义，他们的双手是那样有力量，他们前进的脚步是那样地不可阻挡。“风天雪夜滴水成冰，他们的汗水滴在冻土上——他们的热情用到哪儿，冰雪也融化，岩石都冒火光。”（《在大伙房水库工地上》）“歌声起落在脚手架上，脚手架披满了金色的阳光。……光荣的劳动——歌中之歌，呼唤着每个人参加合唱！”（《晨歌》）这就是我们的祖国，我们的人民，我们的理想！这就是我们祖国人民朝气勃勃、欣欣向荣的“理想的生活”！这样的生活是美的，这样的人民是美的，反映和歌颂这样的人民生活的充满青春活力的诗，当然也是美的。

由于大家知道的原因，这样一位以高昂充沛的革命激情、高唱着我们时代和人民的“青春之歌”的有才华的青年诗人，在 1957 年那场扩大化的运动中，却被推向敌人一边，被剥夺了放声歌唱和发表作品的权利。可喜的是，诗人的赤胆忠心使他无论如何不能同人民分开，正如他 1978 年在《致人民》一诗中所表述的那样：“即使把我放逐到别的星球，我也不能忘怀我祖国的命运。抛我于天之涯地之角，举目无亲，我仍然依傍着、亲近着我的人民。可以剥夺我的一切权利，也割不断我与人民的血缘。”诗人在被开除党籍的年代里，仍深情地唱着党的颂歌，在被自己的同志“列入另册”的日子里，仍从心底里为人民发出“真诚的歌哭，激情地呐喊”。他心里的岩浆永远炽热，我们的诗人对祖国人民的爱情，即使在他的生活处于冰封雪冻的时刻，也仍然是火红火红，滚烫滚烫的。“我们要超越我们的前辈，我们要无愧于我们的后人，千秋万世将流转而过，我们时代的荣光永不消褪。”“如果我是一颗卫星，我就永远围绕着地球旋转；如果我是一颗行星，我就忠诚跟随在太阳身边。”假如我们知道这样的话是属于诗人头上还戴着右派帽子的 1959 年 2 月，它所表达的对党对人民对我们时代的真诚深挚、强烈炽热的感情，不是更加难能可贵、深刻感人了吗？！

在不久前出版的诗集《献给历史的情歌》中，我们读到了一部分这样的诗。在即将由云南人民出版社出版的诗集《为青春作证》里，我们读到了更多这样的诗，而且由于这个集子集中编选的，是 30 年来诗人写青春和为青年而写的各种题材的抒情诗、朗诵诗，一口气读完之后，就更突出地感到诗人对我们伟大时代的饱满的政治激情，他对自己的祖国和人民的深挚的爱，他对献身于祖国社会主义建设事业的年轻一代和创业者的歌颂，他对当代各种现实问题的深切关注，以及贯穿和闪耀在他的全部作品中的那种实现共产主义壮丽理想的坚定信念，都是一贯的。

早在100多年前，俄国文学批评家别林斯基就说过："如今，做一个诗人——这意味着用诗的形象去思索，而不是像小鸟一般以美妙的声音去鸣啭的。要想做一个诗人，不需要那炫耀自己的琐屑的意愿，不需要那无所事事的幻想的梦、陈腐的情感和华丽的忧郁，需要的是与当代现实问题的强烈的共鸣。……凡是不扎根于当代现实的诗，凡是不照明现实、解释现实的诗——都是无事忙，是一种天真而无益的消遣，时间的浪费，无聊人们的把戏而已。"（《一八四五年的"流星"》）"只有当诗人所表现的信念是发自衷心，而这信念又扎根在他那时代的历史和社会土壤里的时候，他才能是真挚的，从而是赋有灵感的。"（《杰尔查文的作品》）燕祥同志所以"赋有灵感"，他的诗所以真挚感人、始终燃烧着火热的青春，就在于他有一颗始终同人民贴在一起的赤子之心，就在于他有着热爱祖国、热爱人民、歌唱时代、歌唱生活的永远充沛的激情，就在于他始终保持着"扎根在他那时代的历史和社会土壤里的"革命信念。从50年代初的《到远方去》、《五月的夜》、《我们架设了这条超高压送电线》，到70年代末的《地质队员的欢乐》、《和家住在山外山》和《列车上》等等，我们的诗人三十年如一日，写青年、为青年而写，唱青春、为青春而唱，颂祖国、为祖国而歌，他不愧为祖国忠诚的儿子、热情的诗人、青春的歌手。他歌唱我们祖国的青春，人民的青春，正在建设社会主义的整整一代新人的青春。而"青春是不会消逝的"，歌唱青春的诗也必将永远在广大青年和各族人民的心灵中回响。

燕祥同志的诗中，没有什么"无所事事的幻想的梦"和"陈腐的情感"，没有任何"天真而无益的消遣"或"无聊人们的把戏"，也没有那种使人如坠五里雾中的故作深奥的晦涩。他绝不把远离时代生活、无视祖国命运、逃避现实斗争的所谓"自我"，当成诗歌探索的"广阔天地"。他只是脚踏实地地，在我国源远流长的现实主义的广阔道路上，一步一个脚印地前进着，歌唱着，创造着。正是这一点，使他的诗早在50年代就赢得了那么多的读者（特别是青年读者），而今天仍具有如此动人心魄的力量，获得了比某些朦胧诗要长久得多的艺术生命，让我们再朗诵一首他最近歌唱“社会主义列车”的诗吧：

向远方，向高山，向大地的纵深，
赶快把失去的时间捕捉，
火车大声叫着，叫着，打着拍子，
伴我唱地质队员之歌。

左窗外，群山如奔马驱驰，
右窗外，群山如巨鲸出没，
马蹄可踏中了地下的瑰宝？
鲸鱼背上可有石油喷射？

我要跨上这马背，跨上这鲸背，
飞驰过蓝天大地，飞驰过大海碧波，
飞驰，飞驰，我背着的不仅是贵重的矿样，
飞驰，飞驰，背着我贵重的，亲爱的祖国。

这篇短文，无法对燕祥同志诗歌创作的思想艺术成就做比较全面的分析，但我相信，当读者读完燕祥同志的诗作以后，会像我一样由衷地感到：我们的时代，我们的青年，我们正在为建设社会主义现代化强国而稳步前进的人民，是多么需要这样的诗啊！我们迫切希望，燕祥同志和我国的当代诗人们，都按自己的方式继续写这样鼓舞人心的诗，写得更多更好！

1981年3月5日，昆明

选自《文艺报》1982年第6期

倚长城屹立东方

——读邵燕祥的《长城》

田　野

好久好久，没有读到这样的好诗了，我向读者推荐，发表在《长江》文学丛刊今年第 3 期上的邵燕祥同志的诗作《长城》。

应该说，这是一个古老的题目了。有多少诗人，曾经为伟大的长城而放声歌唱啊！

但是，也应该说，并不是每一首这样的诗，都能写出新意来的；而要写得深刻，则更不容易。

邵燕祥同志的确出手不凡。他大胆地采取拟人化的艺术手法，而又运用第一人称的口吻，让“匍匐”了两千多年的长城腾飞起来，让“沉默”了 21 个世纪的长城来说话。

你们以为
只有滔滔的大河
才奔流不息么
……
而我跟太阳跃起在太平洋
水淋淋地登上
北京湾，迤逦而西
曝干了鬃上的水滴
沉淀出历史之盐

这真是一个非常浪漫主义的诗的想象，而又是一个非常现实主义的诗的概括。不是吗？那从山海关到嘉峪关，蜿蜒曲折，自东而西，奔腾于群山大漠之间的万里长城，在视觉上，本来就给人以动感；在印象中，更有如一条见首不见尾的正在起飞的巨龙……

《长城》的确构思新颖。诗人让我们跟随长城的足迹，一路历数祖国山川，一路回忆祖国的历史。通过精心选择、提炼的诗的“细节”（传说，典故，风景，人物），诗人为我们展开了一幅如此熟悉而又如此新鲜的历史长卷。使我们目不暇接，而又留连忘返。

但是，作为导游的诗人，并不是要我们在长城的脚下发思古之幽情，而是让我们——这些“龙之传人”，去倾听，倾听长城的呼吁，长城的呜咽，长城的召唤，长城的呐喊，去解答那中国的“斯芬克斯之谜”——

天地间
只是一个问题：
做人
还是做奴隶?

往者已矣。今天，祖国大地上，“天蓝与草绿的帷幕已经启开”。经历了“两千多年的封建的长夜”，经历了“一百年的半封建半殖民地”屈辱历史的长城，要“张开双臂迎接”新的时代了！

巴黎公社社员在社员墙边被击倒
而今天的中国人
要倚着长城屹立在东方

主题点明了，应该而且可以在“亮色”中结束全篇了吧——这也不失为一首好诗呢。

然而，邵燕祥同志却想得更多更深，他突然以长城的名义，向每一个中国人，提出了这样严峻而又无可回避的询问：

我问
谁是历史的长子
谁来回答时代的要求

谁来肩负神圣的使命

问得好！它使人深思，使人反省，使人震动，也使人清醒。

诗的立意达到这样的高度，看来似乎难于再出新意了？

然而，我不能不佩服：诗人于万仞山头，更上一层。他居然让这“世界之最”的伟大长城，为振兴中华而奋斗的当今和未来的英雄们致敬：

我愿意你们惊叹于我的
古老和气势磅礴
我更愿意在你们脚下
称你们为当之无愧的巨人
我渴望着——展开在我眼前
有一个同我的存在相称的
崇高
　　庄严
雄奇瑰丽的事业

诗写得这样昂扬，而又这样深沉，的确使人惊心动魄，回肠荡气，受到鼓舞，受到激励。

接着，诗人以满腔热情，表达了古老的长城在新的时代的期望，它期望再听见，那在艰难岁月里曾经使“不愿做奴隶的人们”奋勇前进的《义勇军进行曲》；它期望域中男女老少，一切龙之传人，“不要抱怨，不要沉沦，不要迷惘，不要嫉妒，不要轻浮，也不要眼光如豆”，“在历史面前，在长城脚下，理直气壮地做出你们的回答。”

应该说，这就是时代精神的最强音。

的确，好久好久，没有读到这样的好诗了。当我们正在学习贯彻党的十二大精神，为全面开创社会主义现代化建设新局面而奋斗的时候，我谨向读者推荐邵燕祥的《长城》。

选自《湖北日报》1982年10月17日

邵燕祥及其旧诗

吴小如

上海《文汇月刊》1982年第7期发表了吴嘉的《邵燕祥印象》，读了很亲切。燕祥小我11岁，是我30多年前的老友，我认识他那年，他只有十五六岁。

从1948年1月到同年10月，我在沈从文师的荐引和指导下，曾为一家报纸编《文学》副刊。如果说这期间版面上出现过什么新人新作，那就是邵燕祥写的新诗和抒情散文式的小说。吴嘉的文章一开头就说："听前辈作家说起邵燕祥在几乎可以说还是少年儿童的时代，就发表了不少散文、诗歌、小说。"我就是他这话一个最有力的见证人。

记得第一次收到燕祥投来的稿件，是写在小学生作业本那种格子纸上的，字迹飞动流走，所以我第一次复信就劝他写文章字迹要工整些。准备留用的作品，不是由我一笔一画地代他描改，就是寄还他请他重抄。当时绝未想到他几乎还是个孩子。

燕祥的诗写得有才华，有分量。可是我有个偏见，认为一个作家只写一行行的白话诗，总不免有走捷径之嫌；要想练笔，还须从散文、小说写起。于是我鼓励燕祥多写散文和小说。他大约体会到了，便在写诗的同时，把一篇篇散文和小说寄来了。我发不完，便为他推荐到其他刊物上发表。有一次我发了他一篇小说《沙果林记》，占了一整版，报社的编辑主任借口"一个无名作家的文章竟然占用一整版，恐怕不合适"而想把它撤换掉，我终于发火了，对他说："这个副刊究竟是你编，还是我编？"最后还是发表了。

50年代初，燕祥以《歌唱北京城》长诗一跃而为诗坛新秀。名气大了，年龄长了，人却更加谦和谨重了。60年代前后他偶然也写旧诗，我在70年代曾获观其手稿，有些很有意境，格律也较谨严，不像是写新诗的人写的。但他从不发表旧诗，这里我自然不便擅引。记得他有一首在四川观青年演员刘卯钊演川剧

《晴雯》后所题的七绝。第一句是“涉江才得见芙蓉”，令人心折。盖“涉江采芙蓉”本是古诗。而贾宝玉为晴雯作《芙蓉诔》，则芙蓉实晴雯之代称。这就显得作者构思之巧和用典之切。燕祥对晴雯似有特殊感情，他的两首咏晴雯七绝已流传到美国，我不妨抄出供读者欣赏：“蛾眉亦有横眉日，一女独违众女心；诔到芙蓉眦欲裂？怒书原不作哀音。”“暖树争栖入画图，何如振翮下平芜？曹侯辍笔真堪恸，谁破豪门释女奴！”先父曾为燕祥把此二诗写成条幅，并且说：“诗脱胎于鲁迅，而有出蓝之胜。”虽不无溢美，毕竟是搔着痒处的。

1982年8月

选自《红楼梦影·吴小如师友回忆录》，北京大学出版社，2012年版

在诗中寻找新的“自己”

——论邵燕祥和他的诗

王光明

邵燕祥说过："只要他们（人民）说，'这些诗虽然平庸——平庸和诗是不相容的——，毕竟还不失真诚'，就是对我最大的褒奖了。"① 把不失真诚作为自己的最高奖赏，用诗为人民，为生活，也为自己的信仰立言，这里有一颗赤子之心。

没有一颗赤子之心是不可能成为一个真正意义上的诗人的。"一般说来，作者个人的人格比他作为艺术家的才能对听众要起更大的影响。"②歌德说得有道理，尽管人格不等于诗，诗歌创作还有它艺术表现的关口。然而，即使是重要的艺术技巧问题，也是要依赖作者人生观的深度和他把握生活的能力来解决的。问题当然还在于，生活向前流动不息，诗人的思想感情和艺术表现力却不能停留在原有的水平线上。对一个具体作者而言，他的生活道路、思想发展、艺术修养，甚至年龄带来的心理变化，等等，都可能影响到他的创作进程。诗歌史上有的诗人能永远歌唱，有的却只是昙花一现，便是明证。那么站在我们面前的邵燕祥呢？——这个在 50 年代引人瞩目，用缪斯的琴弦伴着一代青年"到远方去"的诗人，他现在的琴声也能在一代人的心灵中引起强烈的共鸣吗？

他的诗告诉我们，它们和我们的生活一样变得成熟了。作者已经有了更宽广、深邃的视境。在诗的题材上，他已由比较单一地通过建设来歌唱青春，转向对生活的全面把握。作者的注意力已由抒写青年一代献身劳动建设的热情，转向对祖国的前进道路和人民命运的关注。在表现上，他对自己的所长也有了自觉的认识，努力在继承、扬弃和不断吸收中发展自己的艺术风格。他意犹雄，志未

① 邵燕祥：《献给历史的情歌·后记》。
② 《歌德谈话录》，朱光潜译，第 38 页。

倦，看待事物多了一种历史感，——这就是今天的邵燕祥和他的诗。当然，他走过了一条不平坦的道路。创作道路永远都不会是直线运动的，只有始终保持着一颗赤子之心，又在创作上不停止探索和开拓的诗人，才会有永不凋谢的青春。

青春在“远方”闪光

有人说青春是一个感伤的年龄，这未免错误。眼前的实例是，50年代初崛起的那批青年诗人的作品都没有沉郁伤感的情调。因此，与其说这是一个伤感的年龄，毋宁说是一个单纯、热情的年龄。

处在这个单纯、热情年龄的50年代的青年诗人，生活在他们面前展开的，是他们在少年时代做梦也想不到的、如花似锦的现实。他们享受到了苦难童年谁也无法给予的幸福和集体主义友情，当然会由衷地歌唱这光明美好的时代。他们是幸福的，也是值得骄傲的：他们在青春年代没有感伤与叹息的歌唱。在这开了一代诗风的诗人群中，邵燕祥是对中国当代新诗做出了自己贡献的诗人之一。

他对我们当代诗坛的一个贡献，是较早把我们共和国沸腾的建设景象带进了新诗，传达了在旧中国废墟上出现的震撼人心的“建设喧声”。那时候，人民解放运动已经迅速又从容地取得了全国性的胜利，生活井然有序地从战争转向建设热潮：映红我们天空的不再是炮火，而是创业者在远方点燃的篝火。生活甩掉了旧年代的沉重感，邵燕祥热情、朴实地记下了第一代创业者们建设的足迹：

从一个工业基地，
到另一个工业基地，
道路在我们脚下很长，
岗位也很多。
有的人到达了宿营地，
有的人正在出发……
（《我们爱我们的土地》）

他们有的去矿山，有的走向边远的农场……新生的喜悦，鼓舞着他们参加建设，美好的理想，召唤着他们为生活献身。作者以劳动者一员的身份，自豪地抒写荒凉土地上出现的崭新气象：大踏步地跨过高山、河流、洼地和平原，我们“在自己可爱的国土上，架起了第一条最大的超高压输电线”；在大伙房，一个新的水库又要写入新的地图；这是“第一汽车制造厂的第二个雨季”，浓浓的油漆香阵阵扑人：这是长江大桥的建设工地，“我们的钻探船轰隆轰隆响”……

新生的祖国，一派明媚的春阳。在这个让人做梦，又迅速把梦变为现实的进取、奋斗的年代，没有什么个人的幸福和欢乐能留住一代青年“到远方去”的心。邵燕祥的《到远方去》这本诗集，抒写的正是那些青年没有一丝云翳的美好心灵，和他们豪迈、乐观、忘我的思想情怀。他不像当时的一些作者那样，只满足于建设场景和劳动过程的描述，而是把一代人青春风貌的表现，和他们豪情、理想的抒发放在第一位。“在每一个脚印上，请你看社会主义的诞生”，——主要的不是如何具体细致地描绘、再现这个脚印，而是要通过这些脚印，反映青春焕发的祖国与一代中国青年的心理现实，抒写我们生活和理想的进程。邵燕祥诗中的抒情主人公的形象，是一个“惯于踏上征途”的年青创业者，这个形象也正是当时年青共和国起飞的形象。抒情者是生活的主人公：“我们绝不坐享别人的光荣”，——他们要创造的是自己的光荣。要在荒无人烟的沙漠铺上铁轨，让烟囱和铁塔在“自己手中矗向蓝天”。他们既单纯、又坚定，虽然在将去的铁路线上，还没有铁路的影子，将到达的矿井也还一片荒凉，然而生活不会让他们失望，现实与理想比翼齐飞：

但是没有的都将会有，
美好的希望都不会落空。
（《到远方去》）

邵燕祥当时年正青春，青年人在美好生活阳光下憧憬的心、沸腾的血、充沛的激情，与50年代初期沸沸扬扬的生活有一种自然、内在的呼应，因此他对生活跃动的脉搏更敏感。他敏感地听到，并且充满时代激情地传达了当时的生活强音：“中国的道路呼唤着汽车。”《中国的道路呼唤着汽车》发表在我们摆脱落后贫困、需要“汽车”并满怀信心走上“汽车”的年代，它是诗人对于时代的召唤，也是整个民族的心理现实：

我们满怀着热情。
大声地告诉负重的道路，
——我们要让中国用自己的汽车走路，
我们要把中国架上汽车……

毋须更多的叙述，我们从《中国的道路呼唤着汽车》、《到远方去》、《我们爱我们的土地》等诗的命题中就可以强烈感受到当时的时代气氛，感受到一代人的思想、情操和理想：他们听到时代对于建设速度的召唤，立志去远方参加火热的建设，这一切都是由于“爱”——“我们爱我们的土地”。

《到远方去》这本诗集在1955年初版时只收19首诗，却有沉甸甸的分量。它是体现了当时建设题材方面诗歌创作实绩的一部力作。作者通过热情歌唱献身于共和国工业建设劳动的人们，来歌唱美好的青春和欣欣向荣的祖国，这种独特追求使他的歌声既区别于一般歌唱劳动和建设的诗，也区别于爱情与劳动相结合的生活牧歌。邵燕祥的这些诗，是青春的诗——共和国的青春、同代人的青春、与作者自己的青春交融在一起的诗。无论是在天安门前告别“心爱的同志”，登程出发《到远方去》，还是《五月的夜》他们在篝火边畅想，莫不如是。这是他的《在夜晚的公路上》：

——我们的年纪十八、十九，
顶多不过二十挂零；
有一个波涛汹涌的大海，
歌唱在我们宽广的前胸。

我们有许多许多的同年，
兄弟、姐妹，顶亲密的朋友，
互相诉说过远大的梦想，
在交换宝贵约言的时候。

这些诗虽然比较直露，但它以单纯、美好的情感，以及单纯美好年代特有的梦幻和天真，夺得了当时青年男女的心。也许诗中这种单纯、天真的情感，已经不太容易激动今天的一些青年，但是，邵燕祥的诗确实写出了一代人的青春和感情。它们可以为50年代青年的心灵作证，为共和国当年的生活作证。诗，应该而且必须是时代生活和感情的历史。

《到远方去》也是邵燕祥的一本界碑式的集子，它使邵燕祥没有成为一般意义上的诗人。在这部诗集中，他在艺术个性上找到了自己，并且质量比较平衡，——这不是一件容易的事。邵燕祥的第一本诗集《歌唱北京城》虽然有一些特色，譬如在借鉴民间说唱和戏曲唱词的特长来歌唱从黑暗走向光明的祖国时，写出了这样充满生气又较为凝练的诗句："黄河水破金堤一眼天下黄，云从龙，风从虎，人从闯王，万马千军那满地杀声起，一条路奔北京长也不长！"（《歌唱北京城》）但就整个面貌来看，在这本诗集中，邵燕祥的歌声还淹没在众多的光明大合唱中，个性没有得到充分的显示。取材上流于新与旧的朴素对比，诗情也缺乏有机的提炼和净化，因而还较多地黏滞在生活材料本身，形象和意境尚未在主观与客观的交汇点上获得诗的再生。经过两三年思想感情及艺术准备后，邵燕祥告别了他诗歌创作的童年摇篮，来到了"远方"。他是以惊人的步子前进的。《到远方去》这本诗集，作者获得了自己的题材，也基本抛弃了那种简单描述和朴素对比的笨拙。虽然大多作品还不够含蓄，但他已经能在一个聚焦点上辐射自己感情和想象的富有，通过诗的细节完成自己的意境，使蓬勃热烈的生活激情融进醇净清新的艺术氛围，在自然质朴中显出优美，在清淡中见出隽永。譬如上面提到过的《到远方去》、《在夜晚的公路上》、《五月的夜》等。这是《有一天我们会想起》："有一天我们会想起，那一回我顺路送你上一个工地……我开得不算不稳，可你总是颠着颠着，颠一下你笑一下，你忍不住一路笑个不停……"这里没有奇崛的想象，没有石破天惊的神来之笔，但是淡而有味：一个诗意盎然的生活细节，蕴含了丰富微妙的、青春与感情的秘密。

在朝气勃勃的50年代初期，作者单纯天真的心境成就了他诗作天真单纯的美丽，这是邵燕祥诗作的优点，不足也在这里。他既没有（也不可能）想到我们通向远方的道路还有坷坎和沟壑，表现手法也较为朴素和简单。但他诗中呈现的精神状态是进取的、奋发的，有着感人的献身热情；那种素朴简单的表现手法与作者单纯的思想感情也是适应的，因而获得了自己的艺术个性。这个年仅二十出头的作者，他所取得的初步成绩是很令人羡慕的，邵燕祥没有辜负自己的青春。

思想在道路上成熟

一个诗人一生聪明而吃力的追求，就是在主观思想感情与时代精神的契合点上，获得自己独特的声音。邵燕祥在50年代初的创作之所以是值得羡慕的，是他几乎未经太长时间的摸索，就初步显出了自己的艺术个性。不过，一个现实主义诗人是不可能永久停留在青春期感情激荡阶段所达到的思想艺术上的暂时平衡的。随着诗人阅历的增加，随着思想认识的深化，以及情感由激烈走向凝定，势必带来新的表现要求。这时候，发展自己的风格和个性，就成为必须而且应该的了。

50年代中期，随着时间的推移和生活的进程，一个普遍的感觉开始潜入人们的意识："从地狱出来"，跨进的还不是天堂，而只是光明照耀下的现实。现实是众多色相的组合，"只歌颂光明太单纯了，生活复杂得多"，邵燕祥这样认识到，他更严肃地感到一个诗人的使命："我们的诗应该有助于新人和新事物的成长和胜利。那些阻碍我们前进的旧社会的残余还在发着臭味，我们必须用笔来把它们扫除干净。"[①] 于是他开始了扩展自己诗歌创作题材和主题的种种探索，一些非颂歌题材的作品走进了他的诗作。这类作品中，最突出的是为一个青年女工鸣冤的《贾桂香》。

贾桂香是黑龙江省佳木斯园艺示范农场一个19岁的青年女工，因为管理员孙大叔喜欢这个天真活泼的姑娘，待她像女儿一样，就给她招来了种种封建意识的议论，流言和批评织成了一张网。这个网中的弱者，终于忍受不了各种莫须有的精神打击和非人道的变相体罚，被迫自杀。为了生活中不再出现"第二个贾桂香"，邵燕祥写诗呼喊："中国不该有这样的夭亡"，并且愤怒质问："告诉我，回答我，是怎样的，怎样的手，扼杀了贾桂香？！"

① 邵燕祥：《做好写诗的准备》，见《文艺学习》1955年8月号。

“我对自己的诗，若说有所偏爱，那就是1956年11月的《贾桂香》。这首诗写得不够深刻，也还有失于天真之处，但确是从我血管中流出的血，真诚的血。”[①]邵燕祥偏爱这首诗，我们也有同样心情。它不仅是体现了一个现实主义诗人血性的诗，而且因为这首诗，作者遭受了比贾桂香的年龄还长的生活磨难。不过，贾桂香自杀的直接原因是一些包括党团干部在内的人，在封建观念支配下对一个普通女工的摧残，当时尚年轻的作者并没有深入挖掘到这个实质。在艺术表现上，这首诗也只是通过叙述与交代过程来抒发自己的困惑和愤慨，诗的表现还黏滞在生活材料本身，不如在1980年作者读了关于范熊熊的报道之后写的《问大海》那样深刻和高屋建瓴。《贾桂香》所体现的，更多是作者的人格，而非他诗的个性（当时邵燕祥写的一些讽刺诗也基本是这种情况）。

对于邵燕祥来说，这是由《到远方去》所达到的思想艺术平衡，到一个新的思想艺术平衡的过渡时期。他面对的是一个艰苦的探索时期：旧的平衡由于生活的演进和思想认识趋于复杂而被打破了，新的平衡又还有待于寻找和建立。在这个时期，他要失去一些东西，但可以获得更多，假如他继续寻找和探索。面向生活的现实主义诗人的风格不是一口池塘，而是一条不断运动的河流，作者的必然路程是：他必须不断地探索和寻找，寻找可以被自己思想、个性所能接纳的生活，同时又寻找能容纳更深思想、更广生活的新的自我。邵燕祥这时正在努力。但是不幸，他失去了探索和寻找的权利。诗歌的现实主义道路命运多舛，当时认真思考的诗人不配有更好的命运。他被命运抛到了生活的底层：“不只是歌唱的权利，而且失去了生存的权利。”（《麻雀篇》）

一个诗人失去了创作的权利等于他不存在，这是一方面，但还有另一方面，一个人只要活着就不会停止思想，而且思想的箭一旦射出就不易收回。当春天呼唤邵燕祥归来的时候，他的思想显然成熟多了。他欢呼：《中国又有了诗歌》，然而欢呼中藏着思考和愤怒：“无声的中国早变成有声的中国，为什么思想和诗歌又遭禁锢？”他的笑声带着沉重的感喟——

多好啊，今天，如果孙维世和郭小川

① 邵燕祥：《献给历史的情歌·后记》。

也带着爽朗的笑声，重新来到队伍中间！

严峻思考一代人的命运，他不同意把过去的创伤当作挂在胸前的花朵，他说：“那样的花是谎花，假如它不能结果。”（《答友人》）在云南那片开花的土地上旅行，他也不因大自然十分神奇美丽而忘记历史和现实的沉思，——当他想到他所爱的人曾在那里受苦时，心倏地一下冷却：“我诅咒：你无情的自然——没心肝的山水！没心肝的草木！”（《云南三首》）这时期，他沉浸在生活的反思中，非常清醒地想到，“四人帮”是倒台了，但肃清其影响是一项长期的历史任务：重要的是铲除他们留下的精神垃圾，同样重要的还有我们本身肌体的强健。这是他的《断章》：“革命，失血过多的革命，终于醒来”——

醒来，挥动你的手
难道仅仅是把苍蝇——
把这群
因吸吮你的鲜血
而喂肥了的家伙
从眼前赶开吗？

邵燕祥的诗已经没有了50年代初给我们留下的天真和单纯感，它们变得很深沉，很理智。这类反思生活的诗，作者把它们称作记忆的盐。[①] 它们除了上面提到的外，人们较熟悉的还有《致窦守芳同志》、《我们有行乞的习惯吗》、《天子庙坡》、《长长的隧洞》等，都是有思想和生活沉甸感的诗。

但是，回到我们刚才的话题，这些作品是邵燕祥在新时期中，与他的气质、情感、个性完全统一，表现上与思想艺术相和谐、完全体现作者个人风格的诗吗？当我们把邵燕祥的全部作品拿来做全局性考察的时候，我敢说：它们让我们强烈地感到了诗人思想上的猛进，但未能完整体现出他发展了的艺术风格。思想的成熟毕竟不完全等于艺术的成熟，它还有一个按“美的规律”来造型的问题。

在作品的完整个人风格方面，应该说，邵燕祥70年代末的部分诗作已经在

① 见邵燕祥的诗集《含笑向七十年代告别》的“代序”：《记忆》。

一个新的基点上找到“自己”，但他还不是十分自觉，因而没有达到我们所说的：比以前高一层次的个人风格的相对稳定时期。当 1977 年刚归来的时候，他曾以地质队和林区题材的诗作呼应他 50 年代献身于建设的歌唱。但是时代变了，这种题材已经容纳不下作者郁积于心的“人民的爱憎，革命的恩仇”，也不能很好适应他已经变化了的思想、感情、心理。他在 50 年代初的歌唱是别人和自己都无法、也不应该重复的，——邵燕祥感到了这一点，因而很快跨过了那些题材，他来到阔别了 20 多年、一直怀念着的同代朋友的门槛，“在门外逡巡了很久”，才去敲那“我老是想来而不能来敲的门，我甚至没想到我还能再来敲的门”：

我敲得很轻，很轻
不是怕敲疼我的手指
而是怕惊动一颗受伤的心……

这首《敲门声》，是作者叩开了一代人复杂情感之门的诗：新时期欢乐的命运之神来叩门的时候，纷至沓来的是不同年代的敲门声。让作者沉痛的是：经过二十几年的生活折腾之后，他朋友的门有的已经换了主人，有的则再也无法敲开了……我认为，这首诗也是作者归来之后叩开他新的艺术个性之门的诗：感情上属于他的同代人，表现上既承继了他 50 年代自然质朴的作风，又根据思想感情回环跌宕的需要，从诗的内在律动出发去安排诗行诗节，扬弃了过去比较简单朴素的表现方式。

这时期另一首属于邵燕祥风格的诗，是他的《中国的汽车呼唤着高速公路》。在这首直接呼应他 50 年代歌唱的诗中，我们看出，作者的心已经不是童心，但它仍然是赤诚的、敏感的，有一代人一如既往的向往光明的执着，有一代人业已成熟的思想：“不要牧歌，不要讲古，要的是速度！速度！速度！”——

空话不能启动汽车，
豪言壮语也不能铺路。
但我们难道还不能铺一条
高速公路——
有这么多的痛苦，

有这么多的愤怒，
甚至有这么多的血肉
化为我们特有的混凝土！

诗的面貌虽然是直抒，思想情感也还不够凝定，但具体意象与抽象词汇的有机配搭，却使诗达到了作者所期待的象征，因而有了诗的暗示和形象的张力。诗人的意旨不在物质属性的高速公路（尽管这也是他所向往的），而在左右着千万人是幸福还是苦难、欢乐还是忧愁的路线上，——“高速公路”是正确路线的一个象征形象。从过去满怀激情地呼唤“汽车”，到如今理性地呼唤“高速公路”，作者到“远方”的初衷没有变，献身的精神没有变，但当生活经历了“在泥泞的路上渥过车，在崎岖的山道，急转的险弯，几乎跌下山谷”的坎坷路程之后，他已不再以“惯于踏上征途”为满足，他在严肃思考我们面前的道路了。这里有一个质的飞跃，从某种意义上说，这是思想从被动到主动，行动从热情献身到理智献身的飞跃。作者的思想，在生活的道路上成熟了。

“自己”在扬弃中发展

人过中年，邵燕祥已经过了青年时代的感情激荡时期，当年天真的梦幻为今日的理性所替代，热烈的情绪已趋于深沉和冷静，但青年时代向往光明、执着真理的赤子之心，憧憬未来的理想之心则是一样的。当把这些统一在他诗作的时候，他的作品的鲜明个性就出现了。当然，个性的发扬有时代生活的限制，也有作者认识的限制。1977 年的时候，由于当时还有许多思想和艺术禁区没有冲破，邵燕祥的思想感情受到束缚，因而未能找到最切合他个性的题材和主题：后来《致窦守芳同志》等一部分诗作，又因全神贯注的反思而未能全面体现他的感情个性；它们都没有作者完整个人风格的视境。有这种视境的是《敲门声》、《中国的汽车呼唤着高速公路》等一类诗作。这两类诗作从不同的两个方面告诉我们，邵燕祥诗作的个人风格已经发展变化：经历了二十几年风风雨雨的漫长生活路程之后，他的思想感情、审美理想等已经有了新的积淀。“一个作家的风格是他的内心生活的准确标志”[①]，邵燕祥必须面对这种内心生活的新的积淀，寻找相适应的题材和表现手段，他的歌声才能既区别于别人，也区别于过去的“自己”。《假如生活重新开头》就是典型的成功之作。当我去年读到他的《燕子的歌》，今年读到《不要废墟》、《长城》等诗作的时候，这种想法是更加坚定了。

在艺术创造上，特别在作家的个人风格上，只能根据自己先天和后天更深的存在，开放各自的奇花异朵。邵燕祥发展自己的艺术风格，也只能根据自己的禀赋、生活、思想、修养、追求等综合的存在，开拓新的艺术天地。

在40年代后期，邵燕祥像许多积极追求进步的青少年一样，倾向党所领导的革命斗争，在当时的北平参加了地下党领导的学生组织“民联”。由于先进分子的引导，由于鲁迅杂文、闻一多诗文等的陶冶，他在少年时代就做出了奔向光明的正确抉择：

从地狱出来，
便不再有恐惧；
如摈绝了天堂
也便永远不回去。
（《长短句·倔强》）

现在，时间过了三十几年，他说：“在革命道路上，在文学道路上，我天真地奔走过，赤诚地呼号过，我盲从过，我也曾被赶出到路旁，辗转于沟壑。但我从来没有为我最初选择的道路后悔过。”接着他表示：“我是党和人民永不悔改的儿子。”[②]他的道路是在旧年代抉择的，又是被光明的生活证明过的。在光明和黑暗的对比中他获得了自己的信仰。因此，当希望重新在我们的土地上升起，当现实在一个新的高度更有力地肯定他选择的道路和信仰时，合乎逻辑地，他要以自己的经验和思考卫护它们，歌唱它们：

我要含泪告诉那迷惘的眼光，

---

① 《歌德谈话录》，朱光潜译，第37页。
② 邵燕祥：《与人民共忧乐》，见《青春》1981年3月号。

忠诚不都是盲目，爱并不是白痴；
我请求同声齐唱《国际歌》的人们，
谁也别玷污《国际歌》伴同的历史。
（《心中的誓词》）

是的，这种忠诚和爱不是盲目的，而是清醒的，因而诗人不仅要澄清“那迷惘的眼光”，而且请求同志们“别玷污《国际歌》伴同的历史”。这样，我们可以想见这个作者会如何去选择自己诗的材料，进行怎样的熔铸。从50年代通过歌唱劳动建设来歌唱青春，到新时期关注前进的道路和人民的欢乐痛苦，这实在是一个合情合理的转变。当然，在这个除旧布新、承前启后的历史年代，邵燕祥洞悉整体生活的复杂性：光明与阴影同在，美善与丑恶纠结。他知道暴露丑恶、思考灾难的目的是什么，他始终不会忘记这一切是为了向“远方”出发。一个深入理解了生活、又富于生活使命感的诗人，是不会把宣泄一时的欢乐或痛苦作为诗的目的的。这是邵燕祥的《假如生活重新开头》：

假如生活重新开头，
我的旅伴，我的朋友——
还是迎着朝阳出发，
把长长的身影留在背后。
愉快地回头一挥手！

“长长的身影”后面，是一条坎坷曲折的来路，它的前头也仍然是一条风雨长途。站在过去与未来的联结点上，反思着又追求着；举起盛满生活苦酒与甜酒的杯子，告别着又前进着，——这不就是七八十年代之交一代中国人的心理和情感吗？！然而不要背负历史的苦痛包袱上路，把它化作思想，注入血，变作力，“该欢呼的欢呼，该诅咒的诅咒”。

这首推开纠缠我们的苦痛记忆，呼唤人们向生活进取和怎样进取的诗，其实是《中国的汽车呼唤着高速公路》的续章。它是作者思想又往前走了一步之后，对于生活认真的发言。可贵之处还在于，不唯有深度，诗人的整个存在也化进了诗的存在，显示出作者情感的凝定——一种表现上的自我约束，不显雕琢的雕琢成就了它自然天成的气势。这一切已经让我们看到了邵燕祥对自己从前艺术个性的正确继承和合理扬弃。在这首诗中，可以说，已有一个较完好的视境体现作者发展了的个人风格。

心情激荡的时刻，思想的云飘进飘出，情感的潮汐又涨又落，这还不是创作有持久生命作品的最佳精神状态。写作坚实圆熟的作品需要灵魂的平静。经过了粉碎“四人帮”以来从狂欢到痛定思痛地思考的阶段之后，生活渐趋正常——这正是凝定自我的思想情感，体现个人风格，开放奇花异朵的时候。《假如生活重新开头》写在 1979 年 11 月，可能还不是一个很自觉的成功。现在邵燕祥已有了自觉的意识。这表现在他确定了自己雨燕的形象：穿过凄寒风雨和对凄寒风雨的愤怒反思，这只燕子要带着他对光明、温暖的渴望，带着对于真理的信念，乐观而又审慎地歌唱：

我不再给你们絮聒冬天的故事
我也不会唱轻浮的喜歌
……
我只想用明如剪的燕语
生生剪断你们的愁思……
（《燕子的歌》）

他已经确定了自己的音阶和音色。我认为这种音阶、音色能帮助邵燕祥获得一个完整的“自己”，同时也达到他作品质量的平稳状态。就在《燕子的歌》之后，作者进行了几次有意义的创作冲刺，写下了几首在他从前的诗作面貌上有所继承、有所扬弃、有所吸收的总结性的作品。它们是《不要废墟》、《长城》、《我是谁》、《走遍大地》等。[①] 举《不要废墟》为例：它是一首像贝多芬交响曲那样在总主题控制下划分为几个章节，有着宏大气势，富于对比和有戏剧性结构的抒情长诗。此诗有 15 年的时间跨度，分为 6 个部分，展现了一代人的命运、经历、

---

① 《不要废墟》（《春风》文学丛刊 1982 年第 1 期）、《长城》（《长江》文学丛刊 1982 年第 3 期）、《我是谁》（《上海文学》1982 年 7 月号）、《走遍大地》（《芙蓉》文学丛刊 1982 年第 5 期）。

思想和情感：

啊，
废墟，
这还是我的共和国吗？
…………
这难道是——我和同伴们
踏在四十年代的废墟上
高高扬起双臂迎来的
晨光如海的共和国吗？

以此惶惑、沉重的叩问为先导，抒情主人公在“1976：陌生的废墟”上徘徊、辨认，痛苦地认出：“这就是我自己的共和国。”接着，骚动的心灵在乍暖还寒的国土上寻找思想的突破口：“我”转入沉思，又在沉思中觉醒。他发现，当我们民族在思考中觉醒的时候，“1979：我心中不是废墟”，人民在“废墟”上收获了成熟的思想：他们不但是一个生活的建设者，而且成了一个思想者，他们在新的历史时期唱着沉着有力的“思考者兼劳动者之歌”，在废墟上建设自己的物质文明和精神文明。最后，作者从现实升向遐想，“在饱经一番风霜”后，来到生活的未来，我们会想起今天——十亿人沉痛而又坚定地面对一场浩劫，用斗争和劳动写下的誓言：“不要废墟！”

《不要废墟》是邵燕祥到目前为止最宏大的、也是酝酿已久的艺术创造。尽管五、六两部分不够饱满和充实（也许这两部分可以合在一起），某些地方仍可推敲，但它无愧为作者有新的突破的力作。在这首诗中，作者的各种艺术表现潜力都得到了调动，富于创造和个性鲜明地表现了相当复杂的生活时代，有生活史诗的内容，也有历史感。

历史感是邵燕祥诗歌创作中一个令人羡慕的自然趋向。它是有先进世界观的人，从生活纵观与横观两方面睿智地观察和思辨才能获得的。不过话说回来，我们的这位诗人，在艺术表现上，有些时候仍然不能很自觉地约束和节制，使意象与意象疏密适度，直观与记忆遥相呼应，凝成一个虚实相间、内容与表现和谐一致的艺术品。《长城》是一首和《不要废墟》一样有历史感的力作，作者站在历史和现实的高度，思考着我们民族漫长的生活和斗争，思考着民族精神、民族文化的精华与不足，很有思想深度。在表现时也有更为冷静的自我控制，很少有空泛的抒发和议论。不过这首长诗似乎还可以有更为理想的结构。假如抒情者“我”不是单一的长城，而是和作者这个“我”错落交替，会不会多少减轻现在这个“我”过重的情感负荷，同时又增加诗的视境？我在这里斗胆说一句，邵燕祥艺术表现力方面的进展，不如他思想方面成熟得快。因而有的时候，两者没有取得一种默契，进行无间的合作。50年代崛起的诗歌作者不少人都面临这个问题：他们的思想比过去深刻了、复杂了，但有时被表现力的不足拖了他们到达更高成就的后腿。是不是他们的艺术视野不如二三十年代的诗人开阔，甚至不如近年出现的新诗人接触的作品广泛？是不是建国以来不短的一段时间里，我们对新诗的艺术传统缺乏全面的继承，学习借鉴的东西比较单一，艺术思想有些片面和保守？当然，这些问题需要认真探讨，对具体的诗人也不宜过于苛求，因为一个人头发熬到脱，完美也还只是一个死不瞑目的追求。邵燕祥已有了追求个人风格的自觉，他知道怎样扬长弃短：他40年代诗作一些表现上的优点，50年代放弃过，现在又继承下来了，这使他的诗作更加自由舒展。这个诗人会很快跨过横在他眼前的一些沟坎，不仅会在诗中找到新的“自己”，而且会来到他的诗的相对稳定时期。

这位在我们的生活视野中失而复出的诗人，他在个人风格上曾失去青年时代的“自己”，后来又积极寻找新的“自己”。目前，他已基本完成了诗歌艺术风格的过渡：从以单纯热情为“底色”的清水出芙蓉似的诗风，转变到了以机智深沉的思想情感为原色的，素淡中见深刻、热情里见苍劲的风格。这里还须指出的是：作者的人格和他的诗是统一的。他严格忠实于自己的思想感情，不夸张，不美化，不随波逐流。和许多诗人一样，邵燕祥也不免有一些独创性不足，思想和艺术都比较一般化的作品，但即使是这样，人们也仍然可以从中看到作者的赤子之心。正因为此，邵燕祥的诗真实地抒写了一代人的思想感情，折射出了我们共和国自诞生以来的生活历程。他的诗，将成为他不断追求光明、努力向上的同代人的心灵和感情的历史。

从50年代到现在，邵燕祥共有九本诗集[①]，这九本诗集的思想和艺术质量并不平衡。考察这个诗人在创作道路上曲折前进的轨迹，我们得到一个认识：一个严肃的现实主义诗人，是不会也不能满足自己在一个阶段所达到的思想艺术平衡的。随着生活的进程和自己的思想发展，一个阶段的平衡状态会被打破，必须对原来的“自己”进行正确继承、合理扬弃，并且不断吸收新的生活养料和艺术营养，在此基础上寻找新的“自己”，建立新的平衡。这个认识，或许不无普遍意义。

选自《文学评论》1983年第1期

① 这九本诗集是：《歌唱北京城》、《到远方去》（新文艺出版社）、《到远方去》（作家出版社）、《给同志们》、《献给历史的情歌》、《含笑向七十年代告别》、《在远方》、《和瀑布对话》、《为青春作证》。

呼唤民族之魂

——读邵燕祥的《长城》

吴思敬

我跟太阳跃起在太平洋
水淋淋地登上
北京湾，迤逦而西
曝干了鬓上的水滴
沉淀出历史之盐

读到《长城》这开头的几句，不禁拍案叫绝。谁能想到静卧、沉睡了2000年的长城竟变成了一匹飞驰的神奇的骏马！我迫不及待地一口气把这首长诗读完，真如枯肠得酒，欣喜异常。我的审美心理得以满足，民族自豪感得以光大。邵燕祥笔下的“长城”以它那壮阔雄浑的气势，矫若游龙的身姿，振聋发聩的警语，引起了读者的遐思，召唤着民族之魂。

在祖国壮阔的版图上，长城已横亘了2000余年。据说这是宇航员由太空回望地球所能见到的人工建筑物。长城不仅是中华民族的骄傲，而且成了人类文明的结晶。多少年了，诗人们一次又一次地歌咏着它。他们或则描绘长城的雄伟：“策马出居庸，盘回上碧峰。坐窥京邑尽，行绕塞垣重……”（清代沈用济：《登八达岭》）或则渲染边关的凄清：“断崖万仞如削铁，鸟飞不度苔石裂。嵯岈枯木无碧柯，六月太阴飘急雪……”（元代陈孚：《居庸叠翠》）或则登长城以排遣胸中的郁闷：“……溪冷泉声苦，山空木叶干。莫言关塞极，云雪尚漫漫。”（唐代高适：《使青夷军入居庸关》）或则借长城以抒写人民的苦难：“哭声裂破了娇喉，砖石压折了铁臂，露骨几万人，建石几千里——”（王统照：《长城之巅》）或则以欣喜的心情写到长城的新生："跟我到中国的田野里去吧，河上的雾都已消逝。在长城，战败者只留下了尘埃和逃窜的马，打倒的破烂的旌旗，重伤和死亡的兵。长城现在所见到的，只是天空，和天空下的田野的和平。"（西班牙阿尔贝蒂：《长城之歌》）

像这样的不同主题、不同风格的长城诗还能随手举出很多。前人的这些佳作固然是宝贵的精神财富，同时也是对后人的一种巨大的压力。"眼前有景道不得，崔颢题诗在上头。"应当说这感慨绝不是李白所独有的。邵燕祥写长城首先面临着这样一个考验：如何在琳琅满目的歌咏长城的诗作面前，展示自己独到的发现，独特的构思，写出与众不同的自己心目中的长城。

诗人毕竟是有魄力的，他没有在前人面前望而却步。他坚信几经斗争的反复、几经历史的磨炼的共产党人，可以比前人站得更高些，看得更深些。

《长城》虽是 1981 年 11 月诗人登上八达岭，望着那阔别 20 余年的逶迤奔腾的长城，受到触发，而后写成的，但诗歌的主题已在他的胸中孕育很久了。

还是在刚刚拿起笔来的时候，诗人的年青的胸膛里便燃烧着对祖国对人民的一片痴情，他纯真地相信："中国的土壤是温暖的土壤，有什么美好的种籽不能萌芽？"（《我们爱我们的土地》）不幸的是，50 年代中期以后诗人便蒙受了不白之冤；十年浩劫中，诗人又和我们的民族一起承受了一场巨大的苦难。今天浩劫过去了，痛定思痛，诗人发现留在我们眼前的，已不是 50 年代的"晨光如海的共和国"，而是劫余的"一片废墟"。诗人曾在另一首长诗中沉痛地唱道："啊／废墟／这还是我的共和国吗？／这难道是——我在太长太长的寒夜里／梦想着回到辉煌的阳光下用力睁大眼睛／就能望见我熟悉的一切的／亲爱的共和国吗？"（《不要废墟》）这废墟既包括物质的，也包括精神的。从某种意义上说，物质的废墟容易清理，而精神的废墟则不那么容易改变。"四人帮"散布的精神垃圾还不断散发着臭气：把过时的皇历作为"天朝"的经典，抱残守缺、不求进取者有之；丧失国格、人格，在洋人面前一副奴才相，败坏民族的声誉者有之；鼠窃狗盗，损公肥私，大挖社会主义墙脚者亦有之……。一个人要有灵魂，没有灵魂就如同行尸走肉；一个民族也要有灵魂，没有灵魂就是一群浑浑噩噩的乌合之众。诗人痛感到，要清理十年浩劫的废墟，要振兴中华，首先要振起民族的自信心，要召唤民族之魂！在这首长诗里，诗人通过长城之口，向中华民族的子孙发出了呼唤：“我愿意你们惊叹于我的／古老和气势磅礴／我更愿意在你们的脚下／称你们为当之无愧的巨人／我渴望着——展开在我眼前／有一个同我的存在相称的／崇高／庄严／雄奇瑰丽的事业”。这振聋发聩的警钟般的声音，在嘱咐着我们古老民族的子孙，要他们居安思危，随时准备着“把我们的血肉筑成新的长城”。实际上，在当今世界上，落后就要挨打，只有现代化才能使我们跻身于世界民族之林。这也正是当代我们民族的共同心理、共同感情。在这急切而焦灼的呼唤中，我们感觉到了诗人那颗对祖国对人民的赤诚的心在剧烈跳动。

为了使这种呼唤更有力量，更能激动人心，诗人保持了现实主义的基调，但又没有局限于单一的现实主义手法。他曾经讲过：“在创作方法上，我赞赏巴金的话：‘我主要考虑的是怎样了解生活，反映生活，想写什么，就写什么。什么主义我不管，也没想过。’我也持这种态度。”当然这不是说诗人在创作方法问题上没有自己的主张。1981 年夏天他在一次关于当前新诗问题的讲话中说：“现实主义作为一种创作方法，虽然同世界观有联系，但是既然叫作方法，就不可能是唯一的，就可以多元化。我们必须坚持为人民服务、为社会主义服务的方向，在这个方向下，我们提倡沿着现实主义既有经验前进，也可以允许另辟蹊径。”就邵燕祥的整个作品看，他无疑是遵循现实主义创作原则的，但是又没有被现实主义束缚得很死，搞什么“谨严的现实主义”，而是不断地兼采其他创作方法之长，不断地“另辟蹊径”。《长城》就是这种“另辟蹊径”的产物。它的基调是现实主义的，但是却没有用一般现实主义的写实手法去细致刻画长城的雄伟壮丽，去详细描写长城的历史沿革，也没有用直接抒情的方式去渲染长城过去的凄清和今天的巨变。《长城》所用的主要表现手法是象征。

在诗人的笔下，长城不只是横亘两千年、绵延数千里的古代防卫建筑，更是一种象征——中华民族的象征。长城的古老象征中华民族的源远流长的历史；长城的壮丽象征中华民族创造的伟绩丰功；长城的呜咽则象征中华民族的耻辱和血泪。前边我所列举的前人的长城诗，虽立意各殊，但就写法看，都是站在客观的角度，面对长城，借景抒怀。而在邵燕祥笔下，长城成了民族的化身，它的每块砖石都有了生命。听：“我走进你们黑甜的梦／我同钟摆一起振动／我同你们一

起起床 / 同你们一起揉开睡眼 / 我的望楼 / 同你们一起刷牙 / 我的雉墙 / 同你们一起伸懒腰 / 同你们一起朝清新的早晨微笑”。这人化的长城，这走入我们生活中来的长城，在前人的长城诗中确乎还没见过。

而且，这首诗对象征手法的运用也不同于一般的象征体诗歌。诗人不是站在第三者的立场上，对象征体做客观的描述，从而展现其象征含义；而是使象征体与抒情主人公合而为一："我" 既是长城，又是抒情主人公。这样，象征体长城面对读者，与读者直接对话、直接交流，这就大大缩短了读者的感受距离，诗人的自我形象也可以通过象征体间接地展示出来。比如以长城的口气写出对后代的期望："不要佝偻的背 / 不要迷茫的眼神 / 我的孩子 / 应有高傲的头颅 / 高傲的胸脯下 / 高傲的心"。这样的意思，如果以作者直接抒情的形式出现，就显不出分量。现在出自 "长城" 之口，每个中华民族的后裔，每个炎黄的子孙，能不深思？而对那些玷污民族传统、败坏民族声誉的罪人，以 "长城" 的名义痛斥他们是 "忤逆的不肖的子孙"，也比诗人出面，显得更加有力。

这首长诗除去以长城作为总体象征之外，还有局部的象征，也可以说是在大象征中套着小象征，层层迭迭。有些细节，看似现实主义的写实，实际是一种象征。"我呜咽过 / 以胡笳 / 以觱篥 / 以牛角号、羌笛、琵琶 / 以天低云重连绵的雨"。那胡笳、觱篥等的呜咽，当然不是曾在长城边回荡过的凄苦音调的复制，而是中华民族承受的巨大苦难的象征。把长城的 "宝贵城砖盗去砌猪圈或卖出换外币"，自然也不是这类丑恶行径的简单写照，而是那些历史罪人出卖民族利益、挖祖国墙脚的象征。清代诗人袁枚说："诗含两层意，不求其佳而自佳。" 象征手法由于具有暗示性，往往含两层意，有时还不只两层。这样就使读者不仅要发挥想象力，而且往往要运用思辨力去欣赏；诗情激荡的波纹在读者的心灵中久久不息，从而增强了诗的味道和力度。

《长城》写得很美，这种美主要不在于传统诗论所谓 "诗中有画" 的图画美，而是一种反映生命律动的动态美。多年来，人们一直以诗比画，强调诗画一致的地方。实际上诗画固然有一致之处，但它们的差异亦很明显：画是一种空间的艺术，向观众展现的是局限在瞬间的空间形象；诗作为一种混合艺术可以兼有时间艺术的功能，可以随着时间的运动来显示诗人情绪的发展和变化，尤为适宜塑造运动中的形象。莱辛早就认为，动态美“由诗人去写，要比由画家去写较适宜”(《拉奥孔》)。

《长城》的动态美，首先在于全诗的强烈的感情波澜。邵燕祥的诗自50年代以来，就有个显著特点，富于青春的朝气，感情极为充沛。那澎湃的激情、有节律的发泄，使他的诗表现出一种生命的自然律动。《长城》正是这方面的典型代表。在这首诗里，诗人对祖国、对民族的真挚的爱化为感情的洪波，在诗人的控制下，犹如滚滚的流水通过九曲黄河，处处涌起浪花，一浪高过一浪；舒缓处如清水一泓，碧波如镜；激扬处如高山飞瀑，倾泻而下。随着感情的变化，自然呈现出一种流动的美。

《长城》的动态美还在于诗人善于控制并表现这感情的波澜。他不是把情感作为凝固的、静止的东西来处理，而是把它们作为一个发展的、流动的过程来写。诗人巧妙地把握了情感变化与时、空的关系，采用了空间时间化的办法。诗人的思想感情附丽在具体的意象上，各个具体的意象间存在着空间的联系，而占据空间的意象，人们依次观赏，就会产生时间的流动感。这样，通过时间的链条，思想感情的发展过程与意象在空间的推移变化就联系在一起了。如：“我一路历数着燕山、太行／风吹草低的敕勒川／长车踏破的贺兰山阙／六畜蕃息的焉支山／注目新嫁娘脸颊上的胭脂／犹如山花照人”。燕山、太行、敕勒川、贺兰山、焉支山等空间意象本是静态的，现在并置在一起，不用加以动态的修饰，就会自然产生一种时间的流动感。

这种动态美又在于诗人巧妙地运用了化静为动的手法。长城是静态的，诗人偏不是着眼于静态的刻画，而是把静态的长城写成动态的骏马：“我从日出奔向日落，我从大海奔向流沙”，“我驰过一个个城池／一个个乡村／一个个家庭”。为了获得鲜明的动态，诗人在描绘这匹骏马时，首先注意选取鲜明的动作，如开头第一节就用了“跃起”、“登上”、“迤逦”、“曝干”、“沉淀”、“历数”、“注目”、“奔驰”等动作性极强的词汇，这样就使全诗充满了跃动之势。其次诗人又注意保持动作的持续性，也就是要让读者看出或体味出，动作将继续发展，而不是趋于静止。比如：“西望星星峡，南望玉门，在嘉峪关／我又急如星火地车转身来／连夜奔向回程／迎着太平洋上的曙光”。特别是结尾：“于是／在每一天日出的

第一分钟 / 我在山海关 / 浴着海水 / 沐着朝阳 / 这样日夜奔波还不够 / 我要更高地飞腾 / 我要更响地歌唱”。全诗在动作的高潮中戛然而止，但动作还在持续，读者的思绪也仿佛跨上了这匹骏马，在广袤的大地上无休止地奔驰。

选自《长江》1983 年第 1 期

他寻找美，讴歌美……

——读邵燕祥诗集《在远方》

欣　原

美好的诗情，总是使人难忘的。

邵燕祥的诗集《在远方》，洋溢着使人难忘的美好的诗情。它是诗人在重返诗坛放声歌唱以来，继《含笑向七十年代告别》之后的第二本别具一格、富有个性特色的新作结集，确实是应当珍视的。

燕祥同志曾跋涉过坎坷的道路，体察过征途的艰辛。他是怀着对党对祖国对人民的执着的爱和对时代的高度的责任感来写诗的。他寻找美，发现美，思索是什么毁坏了美；他讴歌美，捍卫美，用炽烈的激情来表达真挚的爱。

《在远方》共收辑新作 48 首。构思新颖，想象丰富，蕴含着深刻的哲理，能给人以希望和力量，感受到战士坚定的信仰和心灵的美。在《长长的隧洞》中，诗人将自己比作风驰电掣的时代列车："前路上可还有多少隧洞，黑暗、潮湿而又阴冷……我不减速，奔向最后的光明。"在《西仓坡》中，诗人泣血塑造了闻一多先生那悲壮的形象："突然，有声的和无声的枪，从背后一齐向你射击。竟是你，从半坡的血泊中站起来，回头呼喊着后来者：警惕！"在《云南云》中，诗人勇敢地肯定："一切美好的东西都不会消逝"；在《云南花》中，诗人庄严地宣誓："允许我也学云南花，一年到头拼命的开放，就是谢了，化作春泥更护花！"即使置身于美似仙境的滇池，诗人也"因苦苦的思索而失眠，不愿在甜蜜的风中酣睡"。即使旅游在甲天下的桂林，诗人也没有忘忧而沉醉，还要把"透明的山，透明的水"落实到"透明的心"上。在读《安徒生童话和故事选》后，诗人真诚地祝愿海的女儿："我愿见到你如意的微笑，不愿见到你失望的泪痕。"诗人还歌唱范熊熊、阿诗玛，歌唱芭蕉树、橡胶林，歌唱瑞丽江、芦笛岩……尽管题材各异，惜墨似金，却都能赋予闪光的思想、鲜活的生命和美好的诗情。这样的诗，自然是能扣人心弦、给人启迪、使人难忘的。

时代的列车飞奔向前，神奇的远方是美丽而迷人的。愿我们的诗人邵燕祥同志以他对党对祖国对人民的深沉的爱，在沸腾的生活大海中寻找和发现到更多的美，为我们伟大的时代抒写出更多更美的诗歌来！

选自《文学报》1983 年 1 月 6 日

诗人——社会情绪的器官

——邵燕祥诗断议

《新月》编辑部

1

作为一个诗人，邵燕祥是新中国所哺育，为新中国而歌唱的；尽管有 20 余年的灾厄，他也全不改乎此度。当我们的共和国按照人民世纪的第一蓝图进行建设的时候，我们就听到了他的歌声：

在我将去的铁路上，
还没有铁路的影子；
在我将去的矿井，
还只是一片荒凉。
（1952 年，《到远方去》）

那时候，他诗中的“我们”，喜欢表露青年开拓者的豪情：

我们是时代的骄子，
伟大的后人的先人，
在我们每一步脚印上，
请你看社会主义的诞生！
（1954 年，《我们架设了这条超高压送电线》）

这位代表“伟大的后人的先人”发言的诗人，当年才刚刚 21 岁。那时候，他已经善于通过简练的生活特写，来调度人们的情绪。譬如他这样颂扬北京的建筑工人：

你们的对头真不少，
连天的阴雨、酷暑的太阳，
四月的狂风、冬天的冰冻，
一拨一拨地来换防。
但是它们来了又去了，
建筑物只管拔高上长……
（1954 年，《向建筑工人致敬》）

这样的诗节，词句上诚然不怎么精雅，但是，它使我们感到普通劳动者的坚毅与伟岸，感受到这位年轻诗人持重的幽默。30 个年头过去了，它的艺术力量丝毫没有减弱，它是真情实感的产物，是真情实感的化石。如果说，哲学家必须使自己成为社会理性的器官，那么，诗人必须使自己成为社会情绪的器官。对于一个诗人来说，特别是对于一个真正的现实主义诗人来说，不管他的个人命运如何，他都没有权利任性地、不负责任地让他的诗歌为一己的私利所羁缚，把纯粹的小我当作他艺术的自我填料。他的创作个性，他的自我，应当是社会情绪的感受器，是将它们进行典型化加工的厂房，使它们带着陌生而又亲切的个人面貌回到人民中去。值得我们特别留心的，是邵燕祥被谬划为所谓右派以后的作品。我们发现在那些年月，他的诗里没有任何颓唐的幽怨。这位"没有资格"亲吻党旗的诗人，他在自己的作品中把对党对祖国的忠爱暗暗地重叠在一起："这时祖国正宁静地酣睡，笼罩着她的是金黄的梦。"（1959 年，《夜耕》）"吸饱了祖国大地的乳汁以后，累累果实将迎风摇摆。"（1963 年，《剪枝谣》）

谁心中有一万万家灯火，
谁就会更爱我们的生活。
华灯初上北京的楼台，
一眨眼遍地灯光闪烁。
……
一把一把发亮的种子，

一串一串闪光的花朵，
一片一片橘黄的果实，
啊，我的灿烂辉煌的祖国！
（1959 年，《灯火》）

您没有看出来吗？这个由伟大的党一手拉扯起来的青年诗人，他的身上已经满是青块儿，但他憋着委屈，一面扬着炽热的眼神，举望母亲飘潇的俊发，一面紧抓着她的后襟，双脚踏着蒺藜，寸步不离地跟在后面颠跑；这样，一直过了 20 多年。直到十一届三中全会以后，在他心中积郁长久的情绪，才似熔岩喷发，化作震动山河的一呼：

亲爱的，亲爱的，亲爱的党，
我是你永不改悔的儿子。
（诗集《在远方》代跋：《心中的誓词》）

一位同志的躯体遇难呈祥，固然值得大家庆幸；但若他的灵魂大难不死，就更显出真的格调！

2

诗人周良沛讲，读邵燕祥的诗，“如与君子交——多遇见几个轻薄花俏之徒之后，才悟得无尽真情似水淡，是与君子交！”（《在远方》序：《生活、时代与诗》）是的。邵燕祥做人做诗，所持甚严，所求甚高。以马克思主义世界观为基础的革命现实主义创作方法，要求作家从繁重的社会矛盾和历史冲突中艺术地把握现实。他必须为前进着的生活而歌唱，他也应当遵从辩证法的指引，从真善美之对立的面——假恶丑的方面把握真善美。邵燕祥是温厚的，但他也会震怒。当他和极左路线睚眦相向的时候，我们就能看到他凛然难犯的情态：

记得我曾经被称为“邵贼”，
在 60 年代快完结的时候。

标语上叫“邵贼”认罪低头，
我没有窃国，也没有窃钩！

在他向党吐诉衷肠的时候，他也说过：

唯其我爱你，一如爱我的祖国，
爱我的人民，爱为真理斗争的同志，
我才不能爱母亲身上的痈疽，
不能爱恶人：棍子和骗子。
……

他还说：

我请求同声齐唱《国际歌》的人们，
谁也别玷污《国际歌》伴同的历史。
（《心中的誓词》，上同）

《诗纬含神雾》有云：“诗者，持也。”这个命题为经师郑玄和文论家刘勰所接受。尽管作为定义，它在训诂上存在着难关，但是郑、刘辈用它阐明诗的社会属性，却能启发后人的思路。在我们的时代，一个诗人对党对祖国对人民对真理都怀有坚贞不渝的忠爱，他能以高度的自觉意识让他的自我成为时代精神和人民情绪的汇聚点，他能让人民群众从他作品中看到知心朋友的真诚面容，他能以历块过都的气概把新诗“市场上”那些幽寒的虫鸣、虚狂的嘶喊以及形形色色的象牙塔甩在身后，这不正是他的所持吗？

3

极左路线所造成的人民命运的陵谷变迁，党和人民清算“四人帮”的伟大斗争，深化了邵燕祥的情思，也拓宽了他的襟怀。这几年来，他的诗风基本上完成了向沉婉、向宏阔、向更加从容的境界的转变。他的诗，进入成熟。如果沿波讨源，似乎可以说，他的沉婉，始于写出《传说》一诗的1959年前后。那首诗，讴歌了古代一位 18 岁的姑娘将自己年轻的生命铸入洪钟的故事。“无论什么时候轻叩这座洪钟，一声声从心坎响透天穹。”这首诗似乎是一个征兆，预示着邵燕祥将更加自觉地把他的整个生命，连同生活教科书赐予他的全部深刻而丰富的情思，不加伪饰地铸进他的诗篇。可以相信，只有这样的诗篇，才如那口洪钟，即使轻叩，也会响透天穹。而那“轻叩”二字，又似乎预兆着未来诗风的更加从容。也许是凭着这种意识，邵燕祥从不为文造情，从不在没有真情的时候拼强力以为诗。我以为，比较典型地体现他的沉婉、他的从容的，是为人乐道的《贝尔格莱德别情》。我们不妨重温一下：

我就要回到山那边，海那边
我就要回到那一个天边

这是全诗的开始。它那么安详地点明了题旨：别。

我是一片叶，偶然一阵风
把我吹过你的面前

这是回过头来从相见入手展开。请您注意，每一诗段的推进，都是一次“轻叩”！全诗六处提到“偶然”——它正是把握住偶然离合的心理契机，把深厚的情思融入回环的旋律。这是所谓“渐悟”，诗人把自己的感受掰碎了一块儿一块儿地喂我们。

偶然一阵风，萨瓦河水
一片皱纹散开，一朵浪花飞溅

这是篇中用“兴”，以眼前偶然的实景兴起了宾主两方偶然聚散的情怀：

古堡斜阳，偶然一杯酒
为了告别，也为了刚刚相见

偶然一杯酒，也许再无缘重逢

却相问相约：什么时候再见？

下面，又将“我”和“你”的情与态进行分写，那特定的情境，还是傍着萨瓦河水的“古堡斜阳”，还是“偶然一杯酒”的离筵：

人间有多少偶然，又不都是偶然
我不信命运，却相信有机缘

你唱一支欢歌却含着悲戚
你唱一支悲歌却带着喜欢

在以上四段八句之中，诗人用两个“也”字，一个“又”字，四个“却”字，多么机灵地抓住了心理的辩证法，把中、南两国友人“相见时难别亦难”的复杂情绪写得多么入微，多么有质感！

诗是这样收束的：

也许世界是狭小的吧
明晨我已在地球那边

这两句，不仅在章法上回应了篇首“山那边，海那边”和“那一个天边”，而且，还以旷达的笑容给友人以慰藉。当然，最难摆脱绵绵别绪的，还是将它陶冶入诗的诗人自己。这首诗神凝一隅而气接万里，使人于沉婉、从容之外，更能感到它的广远。今后邵燕祥的诗风，大概就在这种格局中求得变化。我是相信这一点的；因为在中国，现实主义诗人的传家宝，是“乾坤万里眼，时序百年心”。当我们的诗人在辽远的视野上凝思祖国人民历史命运的时候，他的沉婉的情思不能不化入宏阔的境界。

选自《新月》1983年第3期

思想与诗情

——评邵燕祥几首长诗

彭定安

让我的诗／随着粮食、蔬菜、牛奶和信件／送到每一家摆放鲜花或贴着窗花的宿舍／每一座冒出牛粪烧的香甜炊烟的毡包／每一个冰雪高原上的兵站／以及每一间护林、护路的斗室门前。（邵燕祥：《走遍大地》）

如引诗所言，诗人这样规定了自己的作品的品格、作用和意义。这是他的创作的动机与总体立意，他的诗情。他要使自己的诗，成为群众的精神食粮和像信件一样亲昵而受欢迎的使者。他希望自己的诗到生活和群众中去发挥作用。因此，诗人首先要求自己从江河一般奔腾的生活之流中吸取诗情。我以为这也就表现了诗人自身的品格：以生活和人民为自己创作的出发点和归宿。

邵燕祥是勤奋的。在这两年里，他写了多首长诗，已经发表的就有 6 首。读罢这些长诗，我仿佛见到了诗人严肃而诚挚的面孔，眉间嘴角透出思考者的深沉与智慧。

“你怎么想到要写长诗？”我曾经这样问过他。他说：“我想要发议论。”我赞同他的想法。然而，或许有人说：你们都不懂诗吧，诗是发议论的吗？但我想，诗苑或许有这个禁令，但美学园地里似乎并无这样的条文。鲁迅曾经说过他写小说是要想发议论，他也以杂文发议论而进入诗的化境、美的领域。大师们的足迹与风范，不是后启来者、养育继起者的么？

问题在于发什么议论和怎样发议论。诗人从现实生活和人民的希望、要求出发，进入历史、民族、祖国这些辽远而宽广的领域，而又围绕着理想、英雄、生命的价值这些人生课题去思考。这些，正是当前我们社会中活跃着的领域和思考的课题。诗人感受着这脉搏与心理，诗情滋生于此也以此来充实，思想则凭诗情而打动人、升腾而又沁人心扉。这是情与理、诗和论的统一。邵燕祥的诗动人心弦又发人深思的奥秘正是在这里。在《不要废墟》这首长诗里，诗人面对着“昨天和明天之间”的祖国，他“放声歌唱又低声自誓”：“让每寸国土／不再出现历史的废墟／让每一寸心灵／不再出现精神的废墟”，而是要“咬着‘建设’两个字／我们重新建设／社会主义的中国／不是回到五十年代／而是跨向新的世纪”。在《长城》一诗里，诗人在追溯了祖国悠久的历史和灿烂的文化之后，发出了这样热情的呼喊：“应该有比飞天更绚丽的幻想／应该有比云岗石佛更内在的宏伟的力量／应该有比丝绸之路更长远的航程／应该有比边墙更坚固的围屏”，“而今天的中国人／要倚着长城屹立在东方”。在其他几首长诗中，历史、人民、祖国、社会主义融为一体，并且深化、具象化为理想、英雄主义、生命的价值等等，使祖国与个体、人民与自身结合起来了。

我们经历了很多很多。我们民族的欢乐和痛苦、挫折和胜利，都是丰富的、意蕴极厚的。由此它引人思考，启人思路。从邵燕祥的长诗中可以看出，诗人的思考是严肃的、深沉的、积极的。“面对着／光色斑驳的世界／脚步蹒跚的历史／面对着几代烈士的血迹／我沉思”（《不要废墟》）开始，我们不免带着沉重的心情去朗读，然而逐渐地引起沉思，深入于世界、历史、祖国、社会与人生，从国家、民族、人民的命运，进入人生的具体范畴、个人的思想领域，在不知不觉中，我们同诗人一同驰骋而得出积极的结论，从而提高自己的精神境界和理想、情操。我很欣赏这样的诗句：“我愿像高压电线一样／带着电走向天涯地角／我愿做长河流水流贯焦渴的大地／但是不夹带泥沙”；“考验英雄的不仅有战场和刑场／更有那日常生活的研磨”；“可能最终算不上英雄／但你要有一点英雄主义”……读着这样熠熠发光的诗句，我们的心灵能不受触动，对人生能不做新的思考吗？！

每个作家都是根据自己的个性、兴趣、生活经历和艺术修养，做出自己的审美选择，歌唱自己的美学理想的。有的诗人们写小草、花、星星、恋情、乡思，或者从一片叶、一株草、雪花、雨丝、小路中深入进去，说出一腔诗情、一缕思绪、一点哲理。邵燕祥的风格迥然不同。他的长诗，处理这样宽广的题材，接触这样深厚的主题，议论这样普遍的人生课题，它开阔、辽远、深邃、丰厚，如观海、听涛、看长卷。这也是美，一种以思理的明朗、识见的精到、感情的纯真而产生的美。

诗人不能不表现自我。问题在于这是怎样的“自我”？邵燕祥写过一首长诗《我是谁》。是谁？“我是中国民主中的绝对多数／又是这多数中小小的一个／我和十亿人口中九亿九千九百九十九万九千九百人一样／是挺起腰杆的低等华人、炎黄胄裔”（《我是谁》）。在别的诗中，他也多次回答这个问题：“我是运河开掘者的后裔／我是长城垒筑者的后裔”（《走遍大地》），“我的故乡是中国／我的姓名是人民”（《不要废墟》）。诗人与人民融合，人民是他的整体，他是人民的一分子，这自我，通向人民。

邵燕祥的诗具有思辨美，当然其中包含着感情因素，但他的长诗厚于前者，薄于后者，却是值得注意的。此外，他的诗颇有散文韵味，但锤炼的功夫再深一步，会更好。鲁迅的散文诗，夹带着韵律感。公刘、流沙河的诗也不乏长句，但规整与韵律增加了诗的美。邵燕祥的这几首长诗中，不乏精彩的段落，但在一些地方却也有炼句不够的失着。

注：这六首诗是：《长城》（《长城》1982 年第 3 期）、《不要废墟》（《春风》1982 年第 2 期）、《北京与历史》（《新港》1982 年第 8 期）、《我是谁》（《上海文学》1982 年第 7 期）、《走遍大地》（《芙蓉》1982 年第 5 期）、《与英雄碑论英雄》（《中国青年报》1982 年 10 月 28 日）

选自《人民日报》1983 年 5 月 24 日

诗人思维结构的新组合

——读邵燕祥的六首抒情长诗

刘再复

20多年前，我在中学时代就开始读邵燕祥的诗，并能背诵他的许多天真热情的诗句。他的歌声里，有一种欢乐在燃烧，使人读后感到青春纯洁、生活美好，心胸里充满着明媚的梦幻。我记得，我的许多单纯得像一泓清水的同学，他们的心弦都曾被邵燕祥的青春旋律所拨动，眼里闪着更多憧憬的亮光。然而，在我刚刚告别少年时代之后，就再也听不到他的歌唱。我朦胧地知道他的歌声为什么消失，可是始终不明白这种使我热爱土地、热爱生活的歌为什么不能生存。大约是少年时代这种精神上的缘分，在70年代后期，当我们祖国的车轮正常运转之后，我真渴望重新听到他那些没有唱完而我没有听完的歌。果然，邵燕祥又像一只不屈的报春的《布谷鸟》，对着再生的春天放声歌唱了："羽毛被突来的风雨淋湿了／布谷鸟，依然向春天／唱着沥血的歌。／假如生活背叛了你／你不要背叛自己。"

读了他重新歌唱之后所写的诗，我感到这个内心倔强的人，他的歌声的旋律变了，由欢乐变成了深沉，由淡雅变成了崇高，由轻盈变成了悲壮。然而，他早年诗人赤诚的本性没有变。我们听听他的自白：

从前即使唱悲歌，
也带几分欢乐的调，
如今声音虽发颤，
我的心还不老。
……
我苦苦地寻找快乐的音调，
能从我的心弦，

蹦跳到你的心弦上，
可永远沉甸甸，
绝不轻飘飘……

邵燕祥的诗确实变得“沉甸甸”了。他的诗，不再轻盈地翱翔于天空去欣赏金黄色的大地，而是脚踩大地沉重的泥泞深邃地思考着天空下严峻的一切了。他的诗凝结着沉重而又崇高的民族感情的负荷。他前进了，真正地前进了，成功地挺进到自己创作道路上的新里程。

我最初意识到这种前进，是从我自己审美感受中的一种变化而来的。读邵燕祥早期的诗，虽被感染，但似乎较少能引起我的再度思考。而读了他近几年来的诗，特别是《我是谁》、《不要废墟》、《长城》、《走遍大地》、《北京与历史》、《与英雄纪念碑论英雄》这组长诗，却不能不再度思考。总觉得其中有些他过去所没有的深邃的思想情感，迫使我运用自己的创造力，去进行再度体味。我终于意识到，这六首诗标志着诗人一个重大的变化——思维结构的变化。而这种思维结构的变化又主要反映在诗的内容结构上的突破，这就是诗人在诗内容的排列组合上，注入了一种基本元素，即“历史”的元素。由于这种元素的作用，邵燕祥的诗不仅在量上，而且在质上也起了变化。诗人站在时代造成的一个思想高峰上，从上到下地俯视古今，阅览大地，评点千秋功过，特别是对发生在我们土地上的历史性灾难——十年浩劫，进行了一次自觉的、全面的、宏观式的思考。由于这种宏观式的大气魄的思考，他的诗歌呈现了新的结构，新的风貌。

应当指出，在新时期中，在自己的诗中注入历史元素的，并不只是邵燕祥。作为我们今日诗坛中坚力量一翼的中年一代诗人，邵燕祥的同辈，如公刘、李瑛、流沙河、白桦等等，在近几年中，都写出了令人瞩目的优秀诗篇，而且，在抒情诗中都融汇了历史的元素与力量。这些诗篇，或者是反思民族的历史道路，或者表明诗人摧不垮的追求光明的信念，或者是对我们国家指导力量的深情信赖，内容的重心虽各有差别，但都在自己的诗中注入了历史元素。不过，邵燕祥这六首诗的问世却表明，他尽管还未能在这组诗中构成独立的美学体系，但他却比同一代诗人更自觉地追求历史真理，开掘蕴藏在我国历史沧桑中的思想深度与美学力量，更鲜明地体现了一代诗人的历史使命感以及振兴中华的时代责任感。

作家与诗人在自己的思维结构上注入一种重要的新元素之后（有时是内容上的新元素，有时是表现手法上的新元素），往往使作品具有更深广的思想容量与美学容量，从而出现创作的生机。邵燕祥的前进也证明了这一点。但是，意识到必须注入一种新元素并不困难，而如何驾驭这种新元素，即如何使新的元素与诗的其他元素进行恰当的、富有艺术魅力的排列组合，却是真正的难点。例如注入了历史因素之后，就发生了古与今、民族情绪与个人情绪、历史偶然因素与历史必然因素的排列组合等问题。邵燕祥这组诗在排列组合上表现出几个特点：

（一）不是为写历史而写历史，而是面对严峻的历史事实，在时代理性的新高度上，予以重新认识。列宁在说明历史唯物论者思考历史的目的时说："我们不预备做历史学家，我们所关心的是现在和将来。过去的一年，我们是把它当作材料，当作教训，当作我们往前行进的跳板看待的。"（《列宁选集》第 4 卷第 158 页）邵燕祥也正是把历史作为前进的跳板来看待的，他关心的也正是现在和将来。因此，他在思考中，以"今"为轴心，把古与今统一起来，将十年浩劫造成精神废墟的历史事实与造成这种废墟的历史原因以及打扫这种废墟的人民（包括诗人自身）巍峨的信念统一起来。十年浩劫，显然不是时间老人无缘无故地扔到中国这块大地上的怪物，所以诗人反复说，他对皇帝不感兴趣，他写历史不是发思古之幽情，也不是有好古癖或排遣岁月、消磨时间的闲情逸致，而是把发生在我们土地上的历史性劫难，作为一种教训和探索未来道路的材料来看待。因此，诗人既以人民创造的历史而骄傲和自豪，同时又鞭挞阻碍我们民族前进步伐的守旧、野蛮与蒙昧。诗人审视十年浩劫造成的废墟，感慨系之，但绝不气馁，失望。他以巨大的热情，描绘了历史转机中我们国家的形象，这是一个在废墟中倔强屹立起来的不屈不挠的形象，伟大而美丽的形象，邵燕祥把她比作溅满白灰浆的罩着工作服的姑娘：考古学家不同意／关于新的废墟的命题／风尘仆仆的老人／指点着九百六十万平方公里／这才是岁月的陈迹／古楼兰／流沙深埋了两千年／渤海国的颓墙，圆明园的断柱／毁于时间，毁于兵火／而我脚下的废墟／矗起了二十层的公寓／罩着溅满白灰浆的工作服的姑娘／正擦抹最高一层的玻璃窗／太阳点亮她的红头巾／点亮蓝天，鸽哨追逐着歌声。

（二）诗人在进行与历史的反思时，不是作为历史的旁观者与评说者，而是与历史共检讨，共忏悔，从而使诗在加强理性因素的情况下，又不失诗的最重要的情感因素，因此既显得豪壮，又显得悲切。诗人在《不要废墟》中声明："废墟审视着我，我审视着自己"，诗人在过去的历史风浪中遭到不幸，一次又一次地"吞咽过亲者的伤心和仇者快意的痛苦"，但他以诗人的良知察觉到，造成这种不幸与痛苦的，除了时代的客观原因外，还有个人的主观原因，即积淀于我们民族每个个别成员中而往往未被充分意识到的民族性弱点。所以邵燕祥面对往昔的历史错误，并不回避自己的一分责任："我咬破嘴唇，迸出声：活该！受够了命运的惩罚之后，我要对自己进行报复，对自己有过的致命的天真，对自己有过的迷惘和软弱，对自甘麻木的市侩之心，对玩世不恭的犬儒之道……"

（三）诗人在进行历史反思时，不是追求历史广度，而是追求历史深度，写出历史的本质必然，从而充分地表现在一定历史时期中民族的典型情绪。托尔斯泰曾说："历史要写的是一个民族的生活——千百万人的生活。""历史——艺术像任何艺术一样，不是往广度而是往深度发展。"由于邵燕祥在自己的诗中注入历史元素，也就是注入了我们民族亿万人民悲壮的生活，因此他的诗，自然就不仅是个人情绪，而是超越个人情绪的更博大的情绪，即民族情绪。而且由于邵燕祥也注意到历史性艺术不应往广度上，即不是从多种事件的排列上去追求，而应努力往深度上追求，即努力揭示历史现象所包裹着的历史本质，历史偶然事件（如十年浩劫）所包裹着的历史必然，给人看到历史因素与现实因素的因果关系、内在联系，因此，邵燕祥的诗，实际上经历了两次升华，即从个人情绪升华为民族情绪，又从民族情绪（一般的、非典型的民族情绪）升华为典型的民族情绪。因此，我们看到，邵燕祥在这组诗中，能爱能憎，磅礴着自己的个性力量和人格力量，表现了一个诗人的良知和独特的诗的风格。同时，他又把个人的爱憎升华到时代理性的高度上，分清什么是民族的骄傲，什么是民族的负担，什么是我们民族真实的性格，真实的愿望。所以，这组诗中的诗人的"自我"，是诗人自己，又不仅仅是诗人自己。它是一个体现着民族典型情绪的"自我"，是民族、历史、人民、祖国等"万物皆备于我"的"自我"，也是与时代精神统一起来的"自我"。这样，这个"自我"就超越个人的有限性，进入民族和时代的无限境界，而显示出崇高。邵燕祥在《我是谁》这首诗中使我们看到的"我"，正是这种“自我”。这个“我”的内涵是非常丰富的，多重性的，他与祖国一起承受着欢乐，“是灯火辉煌的盛宴的参加者”，又与祖国一起担负过忧患，“是受灾土地上剜野菜的孩子”；这个我，曾护林，也曾胡乱地伐木；做过好事，也犯过错误；光明与黑暗，风风雨雨，时时角逐在这个“我”的心里。尽管这个“我”是复杂的，流动的，但有一点却是坚定不变的：我不是在外国人面前低首下心、在中国人面前趾高气扬的高等华人，而是十亿人中普通的一个挺起腰杆的炎黄的胄裔。很明显，这个“我”的情绪，是一种典型的民族情绪。如果说《我是谁》表现的是一种“横断面”式的典型民族情绪，那么《长城》表现的则是一种“纵深”式的民族情绪流动的历史。长城本身就是民族的象征。诗中的长城作为象征客体和诗人主体的融合形象，作为第一人称的“我”的抒怀，他对民族道路的回顾、反思、展望，当然也不仅仅是诗人自己的情怀，而是中华民族在新时代的典型情怀。诗人在这首诗中表明人民的长城应当化为人民的骨骼、民族的脊梁的信念，这是我们民族自强于世界所必须的。我们的民族已从自己的土地上站立起来，已经做人，不再做奴隶。于是，他动人地写道：

长城脚下
不是唏嘘的地方
不是踌躇的地方
……

不要佝偻的背
不要迷茫的眼神
我的孩子

应有高傲的头颅
高傲的胸脯下
高傲的心

敢在禁区里散步
从多刺的玫瑰提炼香精

正是具有这种高傲的心和不屈不挠的性格，诗人确信，经过十年浩劫造成精神废墟之后，中华民族绝不会被埋葬在废墟之中，而一定能够挖掘出废墟所掩埋的闪光的理想，不朽的信心，还会挖掘出“结成盐粒的汗珠和泪滴”，以及“折断了翅膀的快乐的歌声”。这是多么深厚崇高的民族情感呵！

邵燕祥在自己的诗歌中注入了历史元素之后，在诗的思想结构上发生了深刻的变化，为了适应这种思想结构的变化，邵燕祥在艺术形式和表现手法上也相应地做了一些探索。例如，《我是谁》、《长城》、《走遍大地》三首诗的“我”，内涵不同，审美视角也不同。《我是谁》从审视自身的内在世界出发，《走遍大地》，则是审视自身之外的外在世界，《长城》则有更广阔的时空观念，特别是更富于运动的美感。而一首诗中的各节也有变化。例如《不要废墟》中的几个组成部分，诗人仿佛也有意地让它们按诗的不同情绪和多种形式进行组合，从而使各小节也显露出不同风格，有的显得悲怆，有的显得沉郁，有的显得明快，有的（如《狂想曲填词》）则似乎是海涅式的《跳蚤歌》那样谐谑性的诗小品。（《与英雄纪念碑论英雄》则采取人与碑的对话形式。）由于思想容量的扩大，表现手法上注意更丰富一些，这种努力是必要的。

但是，我觉得，如果说在诗的艺术内容的新组合上，诗人已做出了重要的突破，那么，在艺术形式的新组合上，除了《长城》之外，还不能说已经有了重要的突破。因此，有些诗，与内容显得较为一致，有些诗则不完全一致。同一首诗中，各个组成部分也表现出艺术水平的不平衡，像《不要废墟》，有的小节写得充实、浑厚，有的小节则显得单薄，甚至有些呆板。这也许是在意象的组合与语言的组合上，还没有太多的更新。诗的思想的丰富与复杂，必然导致意象组合与语言组合的丰富和复杂，如果邵燕祥在这两种组合上有意识地注入一些新的元素，那么，他的诗可能还会有更大的进展。另外，这组诗带有很浓的理性色彩，这种理性，是以历史透视人生的理性，是把历史的反思与人生价值的思考结合起来的理性，因此，在诗中掌握理性因素与情感因素在排列组合时的比重是很重要的。邵燕祥有些诗掌握得很好，如《长城》，情足以动人心弦，理又足以启人智慧。（在这六首诗中，从内容上说，《不要废墟》最为丰满，从艺术上说，《长城》显得最纯熟。）但也有理性因素组合得不太理想的，如《与英雄纪念碑论英雄》，这首诗的思想是有启发性的，但由于诗理与诗情的排列组合上，理大于情，因此显得有点概念化。总之，尽管诗人在艺术形式的新组合上已做了可贵的探索，但我们仍然有理由期待诗人积蓄更雄大的气魄，进行更有创造性的尝试。

1982 年邵燕祥在诗歌创作道路上的发展，提供我们一点有意义的认识，这就是一个较为成熟的作家，在自己的创作走上成熟的道路之后，要突破自己已有的水平，继续前进一步是非常艰难的。但只要作家在自己思维结构上大胆更新，大胆择取新的养分，突破习惯性程式，他们是完全可以创造出更杰出的成绩的。一个有出息的作家永远不会自我满足，他们注定要艰辛一生，苦苦地探索一生，永无止境。我们相信，邵燕祥在 1982 年所达到的新境界，也不是他的终极境界。

选自《读书》1983 年第 6 期

当代人情绪的历史

——论邵燕祥的诗

杨匡汉

一

从诗的窗口眺望，在远方的原野与山冈上行进，为建设高度精神文明而奋力的梯队中，30多年来，走着一位步履稳健的诗人。他是邵燕祥。按照他自己的说法，他的诗的读者群基本上限于50年代的青年和80年代年值半百的那一代人；但当我们细心倾听他从远方传来的歌唱，浏览他的诗集《歌唱北京城》(1951年)、《到远方去》(1955年)、《八月的营火》(1955年)、《给同志们》(1956年)、《芦管》(1957年)、《献给历史的情歌》(1980年)、《含笑向七十年代告别》(1981年)、《在远方》(1981年)和《为青春作证》(1981年)以及一批近作，不难发现，他的诗属于我们在多难中前进的祖国和时代，属于我们让青春闪光的不同年龄的当代人。邵燕祥希望"诗能够当之无愧地称为诗史。诗史，应该是指一个时代的人民感情（情绪）的历史"(《人间要好诗》)。这部诗史将由始终与人民共忧乐、共命运的广大诗人去共同完成；但也应当说，在我们当代的中年诗人中，邵燕祥是有所贡献的一个。

这并非我的发现。而是在时代风雨给我们陶冶而成的特殊生活中，在对诗与美之爱的高尚领域中，邵燕祥以他不懈的笃诚、真率，辛劳以及难免辗转于沟壑的创造和实践，为我们提供了这样的判断。

二

如果以"诗龄"计，邵燕祥大体上可以称作我们人民共和国的同龄人。全国解放时，他年仅16岁。但在此一两年前，他就开始了创作。当人民在受难、在抗争时，他对闻一多的诗句难能忘却："幸福！我如今不能受你的私贿，我的世界不在这尺方的墙内。"(《静夜》) 年少的邵燕祥，一方面作为"民主青年联盟"的成员跟着地下党的同志们投入迎接北平解放的斗争，一方面以自己最初的歌声表明了在旧世界与新时代之间的抉择：

我要驰骋在负载我的道路上
把荒野的尸布撕破
把天空的棺盖射穿……

这首《箭楼》写于1948年6月。邵燕祥刚刚起步，就抱着从地狱出来便不再有恐惧的思绪，热切地向往着投身于争取光明的斗争。在为人民歌唱、为崇高的事业献身的目标下，诗的道路和革命的道路，在他面前重合一起了。

在霞光与军旗竞红的年月，邵燕祥踏进了新中国的门槛。共和国的黎明清朗而充满生气，它使诗歌获得了新的生命，也在邵燕祥那里结出了承受新生活风露的鲜果。50年代初期，大地上的一切都发生着符合历史趋向的革命性变动，成为时代主人的往昔的奴隶们焕发出火一般的热情。新时代不仅发出摧毁陈旧趣味的律令，不仅合情合理地向诗人们发出了合奏新中国交响乐的呼唤，也不仅催生了一大批活跃于第一线的青年诗人，还创造了善于感应的读者群。正是在这样一种氛围里，年少气盛的邵燕祥，以对祖国的青春和青春的祖国的真诚歌唱，以对人民创造的春天和创造春天的人们的热情颂扬，开始了诗的航程。

这段时期，他不断地在生活中行进，也不断地在诗的耕地上收获。他告别天安门也告别自己心爱的同志，"到远方去"，把激情和理想写在最新的地图上。在"第一汽车厂工地的第二个雨季"，他向雨天再一次发出挑战："建设者的时间表，谁也打不乱！"在宽阔的长江上，他惊愕于"太阳在江心洗它的翅膀"，更赞美一代人的血汗"不是漂浮在水面，而是永远地凝结在长江大桥上"。在大伙房水库工地上，他认定建设者的热汗使"冰雪也融化，岩石都冒火光"，而且在向地球开战的新的战场，"陌生人到这儿变成好朋友，新兵到这儿变成老将"。在超高压送电线嗡嗡发响的时候，他听到并传送着"伟大的后人的先人"的声音：

在我们每一步脚印上，
请你看社会主义的诞生！

这时的邵燕祥，以作为一个诗人应有的昂扬情绪，表现了对情绪高昂的时代的适应。他的声音是真挚、朴素、明朗的。在他的诗篇里，没有个人琐屑意愿的炫耀，而以自我真实的情愫加入了集体的合唱，没有虚幻的梦境或华丽的忧郁，有的是同奔腾着的生活主潮的强烈共鸣。他也没有某些从旧时代过来的诗人在新的历史波涛冲击下发生的可以理解的惶惑和迟疑，而是以旋风般的律动走在生活的前面。邵燕祥在当时引起诗坛注目，还在于那些从建设生活中发掘出来的诗行，带着独特的音色，为人们展示了工业战线生气勃勃的景象。他对当时流行的“实写”做了聪明的规避，以对现实的概括与感情潮汐的结合，在习焉不察的机器、烟囱、铁塔和矿井上面爆发出诗意之光。他也不做隔岸观火式的浮泛颂扬，而是心贴着一代创业者的胸膛，让炉火般的诗情成为和我们手挽手的臂膀：

我将在河西走廊送走除夕，
我将在戈壁荒滩迎来新年，
不管什么时候，只要想起你，
就更要把艰巨的任务担在双肩。

记住，我们要坚守誓言：
谁也不许落后于时间！
那时我们在北京重逢，
或者在远方的工地再见！
（《到远方去》）

这些诗句跟当时工业题材的同类作品相比，有着视野更为开阔辽远的特点。他的诗情活跃在理想的光照中，要去的远方，在那亲身抚摸过的地面上，将是高楼和电站的矗起，即使是辽远的边疆也要“树起钢铁的屏障”。然而，如果以为这时期的邵燕祥仅仅笃诚于信念与理想而失之于务实的思考，那还不能说是认识了这位诗人。笃诚于革命的信念与笃诚于务实的思考，两者不应是对立的，恰恰相反，在一个真正的诗人那里，两者密不可分、互相促进。邵燕祥善于表现生活中的理想，也敢于面对不理想的某些现实，表达变革和消除生活中那种虽属局部、但十分典型的可恶现象的急切的愿望。《多盖些工厂，少盖些礼堂》（1955年）一诗中那种基于追求光明而对阴暗面的无情鞭挞，《贾桂香》（1956年）里反映的诗人那深沉悲愤的灵魂，还有《谒太行》（1957年）中隐隐透露的将历史、现实与未来联结起来的沉思，都可以看出邵燕祥这一时期的作品，既有自信和乐观，也有勇气和坚韧。作为时代之骄子和人民的歌者，他在时间的长河中扬帆远航，不愿意"搁浅在缓流的滩里"，无论是歌颂还是美刺，其基调和主题是今天的斗争与明天的冲锋，是向远方进发的情思。

接着出现的是1957年的风波。60年代中期起更是一场全民的灾难。此后20年，邵燕祥默默承受着被"公认"为应得的惩罚，但他一直自信还是共产党人，还是人民的儿子：

即使把我放逐到别的星球，
我也不能忘怀我祖国的命运。
抛我于天之涯海之角举目无亲，
我仍然依傍着、亲近着我的人民。
（《致人民》）

如果把共和国黎明时分邵燕祥的创作称为"爆发期"，那么这沉郁的20年可以视为他艺术上的"过渡期"。他到了远方的逆境，但他没有忘了带去一颗诗心。这时期，对于邵燕祥来说，似乎现实生活的圈子在收缩，但精神生活的范围却扩大了。湖泊、江流、星空、深渊、风景、田野、农场……他在人生的变迁面前反省起来，开始思索生活中欢乐与苦味的揶揄。这种波及内心的变动，使他把自己看成某种意义上的孤独，因而产生了一种自觉崇高的风格。反映在"未焚的诗稿"中，出现了侧重个性情感的形象。明显的是那首《繁星》。诗人对于从小时候相信"一颗星标志着一个人的命运"到笃信人"不但要成为自己命运的主宰，还要成为宇宙的真正的主人"，做了有如呼吸的歌唱，把自己纳入这样的轨道：

如果我是一颗卫星，
我将永远围绕着地球旋转；
如果我是一颗行星，
我就忠诚跟随在太阳身边。

这不是桀骜不驯的形象。邵燕祥毕竟是现实的和积极的革命者。受难也是一种幸福。他在内心里发觉这种精神上的满足，要比实际的挫折还要富有——从《繁星》的象征性不难看出，他力图把个人的不幸和集体的胜利结合在一起，把太阳中的黑点同光芒万丈的品德结合一起。这种结合对于邵燕祥来说，此时此刻自然是痛苦的；然而，正是由于他信仰不灭，没有从战士沦为懦夫，使痛苦留下的真空依然用新的努力、忍耐和期待来充实。依傍生活，亲近平民，加上渴求上进的心灵，使他在罹难时仍然维系着诗情。他写过一首令人咀嚼的《无题》，在诗中，体味着多少有点迷茫、却充满生机的远方，把自己的理想和对亲人的爱寄托给"西北有高楼"，而且相信自己总有一天会"意外归来"，回到人民中间重新歌唱。

这漫长的20年里，邵燕祥的诗从"爆发期"的壮浪纵恣，开始向"过渡期"的情感节制转移。同50年代初期诗作的豪放洒脱相比，内发的纡徐几乎（不是一切）掩住了抑扬顿挫的裸露结构。但邵燕祥仍不失热血回荡。他依然倾心于时代和人民关注的问题，顽强地用心灵之笔召唤着光明。为了明天，他要找回那永驻的青春，自然也要补正某些史实。他的心又回到了当年沸腾喧声的远方。《下三峡》看来只是一次征程的"录像"，却借此生发深沉的情怀：通往未来不是一条坦途，"绝不许长吁短叹"，也"不容有半句空谈"。《旅伴》对当年一起跋涉原野和攀援山路的伙伴一往深情，又多了一层"也会有泥泞艰险"的提醒，增了一分"车可以抛锚，人不抛锚"的共勉。而在国际斗争的背景下写的《登五台山》中，诗人义无反顾，为尖锐的政治问题做出了艺术的呼应："我们在自己的高度上，坚守着自己的岗位。六万万人，六万万个岗位。这就是我们中华人民共和国——一个顶天立地的存在！"一个尖锐的题材，通过高山气象站上观天哨兵的性情，得到了入情入理的表现。这些都说明，对于邵燕祥来说，他仍以升沉于时代的漩涡为幸运，磨难的生活在他那里，贯注了新的感觉、热情以及伴随而来的思索，诗心与人格也同历史在曲折中并行地成长起来。

当中国的十月呼唤邵燕祥归来的时候，他的艺术创造有如第二次火山爆发，跨入了新时期：

还我笔，还我歌喉，
我要唱人民的爱憎，革命的恩仇！

诗人获得了重新握管的权利。他那归来之初的《中国又有了诗歌》《致窦守芳同志》等等作品，无疑闪着真实之光，带着灼热气息，夹着哀痛、愤怒与感喟，是刚刚洗刷了心灵蒙翳的声声呐喊；也无疑证明了他的诗情不减当年，证明诗人不仅关注而且置身于我们整个民族以至历史的命运。但如果平静地以美学的和历史的目光去看这些作品，我以为，是多了一些跟时事的切近和在高音部上击打欢乐与愤慨，少了一些艺术上必要的沉淀，那些在“过渡期”积蓄的特长还来不及吸收进来并足够地发挥。邵燕祥追求在关键时刻给人以力量，喜欢思辨与议论，但只有伴之以理智、机敏、深沉和诗美的配合，他的步履才更加坚实。

标志着这种走向的迹象，是七八十年代之交时一批哲理、咏物的抒情短章的陆续出现。在这些作品中，邵燕祥继承了我国古典诗歌“感物咏志”的艺术传统，兴发于此而意归于彼，寄托自己的高情远旨。一条遥远而亲近的地平线，在诗人眼里不是“舞台的边缘”，想到的是人“不要扮演卑微的角色，而要焕发人的尊严”（《地平线》）；一次轻轻的敲门声，一经诗人捕捉，联想到“幸存者和后来者的沉重责任”（《敲门声》）；一道长长的隧洞，在诗人笔下是曲折的历史道路的象征，“曾经有多少开路者牺牲”（《长长的隧洞》）；甚至连自己那双被目测为“疲劳眼”的眼睛，也因为是用泪水洗净，能和诗人一起“从噩梦走回晴明的人间”而永远“不会背叛”（《眼睛》）。他那关于“老榕树”的酬唱，表达了无求不朽功名、甘与草木同腐的志趣（《老榕树抒情》）；他那关于“云南云”的抒怀，笃诚于“一切美好的东西都不会消逝”（《云南云》）……这批“杂诗”的出现并非偶然。社会变动的步子太快了，来不及冷静、从容地思索历史；生活原有的骨骼散架了，一时还理不清春喜秋怨，也就是成了这时期邵燕祥诗作中多有哲理抒情、谈片志感及角度变幻的现象。不过，和某些风行的诗篇常常流于对生活的褴褛外衫的感愤不同，我们的诗人更注目于对生活的内伤的透视，从而将一股股暖流注入刚刚解冻的耕地。现实很快给了他一双审视历史的眼睛，以真实的血泪和急切的追求，随着人民情绪的冲腾而鼓起心中的风帆：

要化愤怒为力量
要化不幸为幸福
倾我怒江水，浇我怒江坝
我愿献身贫瘠的红土
可惜我还不能化为电力
一如那千百匹空流的瀑布
（《怒江问答》）

这样的诗，还不能说达到了巨大形象的雕塑，但它的力度已由一种庄严的思想构成。人们从一江之水的倾诉中窥及了诗人瀑布般的胸怀。

看得出来，邵燕祥并不满足于尽管出于沉思、却毕竟是较小的感情画面的抒唱。他为自己立下了这样的路标：不重复前人，不重复别人也不重复自己。他努力在开拓新的视角和境界上突进。进入80年代以来问世的《长城》、《不要废墟》、《走遍大地》、《我是谁》、《北京与历史》等多篇“抒情型史诗”的出现，堪称邵燕祥新的求索的成果。它们标志着诗人在自己的抒情领域里树起这样的丰碑：视野相当开阔，诗心不为现实生活的原样所羁绊，而在宽广的时间和空间自由飞翔。在《不要废墟》中，诗人甜蜜地想起所有过去艰苦的时光，挖掘着被废墟所掩埋的不锈的信心、结成盐粒的汗珠和泪滴，要“找回我折断了翅膀的快乐的歌声”，呼喊着，“让每一寸国土／不再出现历史的废墟／让每一寸心灵／不再出现精神的废墟”！诗人用“长城”比喻我们的民族，抒发着一个伟大民族觉醒后的“自强心理”，且把这个昔日人们吟咏过多次的主题提高到新的水平去理解与强化：

我要进入你们的灵魂
同你们一起歌唱
“把我们的血肉筑成我们新的长城”

我要进入你们的身体
化作刚硬的骨骼，坚韧的脊梁

我交到你们手中的
不是锁
而是一串钥匙
召唤你们
准备去开启
新世纪的铁门

这些诗出现在80年代，是有一定现实意义的。它一方面可以说明，尽管题材本身不能简单地决定诗的意义的大小，但毕竟表现了重要现实内容，又使生活真正诗化的作品，其美学价值不可同幽花溪流相提并论。正是在这个意义上，邵燕祥以更宏观的目光和对我们民族苏醒后的热烈希求的关注，表明了他作为诗人的社会责任感。另一方面又说明，他禀遵为时代、为人民歌唱必须通过诗人忠于对生活的感受的途径，在浓郁的抒情个性中自然地流露自己鲜明的意向和憧憬。应当说，这是真正地在歌唱生活而不是单纯地记录历史。

就这样，我们这位与共和国一起成长的诗人，30余年来，革命与建设事业给他以光明，昭他以真理，亲他于人民，炼他以斗争，融他于时代，使他获得了生命，也获得了诗的价值和意义。在他的一系列作品中，留下了时代的投影，留下了动荡变化的社会生活在人们灵台荡起的回响。他是一位勇敢地走在生活前列的诗人。

三

诗的分量常常在历史的天平上才能反映出来。

邵燕祥把30余年创作的自选集取名为《献给历史的情歌》。这表明了他艺术思想中对于诗歌应有历史容量的追求。或者说，是一种对“史诗”的追求。而这种追求，历来成为人民的诗人毕生以赴的大事业。文学史上，史诗堪称文学的王冠，并且把这种荣誉给了荷马、但丁。在那些史诗中，反映了巨大事件，完成了由抒情到叙事的过渡，歌唱了那些世纪、人民和国家，崇尚宏伟和过于夸张的气概，主人公是英雄、半神或神，题材常常是幻想、神谕和命运。以后，当一种新的诗学成长起来，古代纯粹的史诗性的诗歌从艺术中抛弃了，而且对诗歌艺术做了种种更精细的分类，乃至在某些人眼里开始了对“史诗”的揶揄。但我以为，如果从历史的与美学的观点、从施展诗人叙事和抒情的全部才能的角度去看问题，对“史诗”不必从古代的、纯粹的意义上去理解。对于一个诗人来说，如能善于思考并描绘自己民族的历史、现实和未来，如能把民族的大事和民族的精神融合一道，如能动人地对典型的历史环境中的社会情绪和时代情绪做出艺术的反映，作品就具有一种“史诗”的性质与价值。这种“史诗”的神奇，既可是长篇巨卷，也可是“尺幅千里”；既可是“叙事型”的，也可是“抒情型”的，或二者兼而有之。但均需以反映一个时代、再现一个世界为特征。邵燕祥的追求，可以说是努力步入那个“尺幅千里”、“抒情型”的史诗殿堂。

这种追求，在邵燕祥笔下又呈现什么样的特征呢?

第一，努力使作品成为对于一个时代的诗的记录。

历史总是以时代作为它的年轮。诗人作为“时代之子”，他的升沉荣辱与时代命运休戚相关，他的作品的价值的历史，应是时代的精神发展的历史。谈到真正的诗，它总是由具有时代风貌和社会联想的事物构成，那不只是一些偶然的噪音而是社会和时代认可的音阶里的音符，不只是一些繁琐的词汇而是表现了潮流中前进因素的活生生的图景。邵燕祥诗作的可贵之处，就在于他将真诚、敏感的目光投向当代中国的社会生活，即投向在旧的废墟上诞生的、在光明与黑暗的交战中不断拓展着穹顶的“新的世界”。尽管诗人以个人的、精神生产的方式出现，但却始终作为时代的同代人，作为发展中的社会成员而生活和歌唱，以表达进步时代的集体感情为己任，并把属于我们时代的感情生活，集中到一个许多人共有的、给人们一次紧张经验的大写的“我”上面。在诗人的身上和作品里，表现了这种与时代、与历史面容的协调，与当代人情感世界的默契。

我们不难看到，当新时代踏着暴风雪来到时，在50年代初期，邵燕祥诗作中着重表现了一种历史的变动和昂奋——那是一种富有号召力的、有历史使命感的谈话：

如果我是一只船，
我就载负着货物和欢乐，
停泊在每一个码头；
如果我是一棵树，
我就到新建的厅堂去做栋梁，
或是到铁路新线去当枕木。

我们远征千里万里，
攀登凌云的高空，
潜入幽深的地底，
不寻找轻松的生活，
而申请艰苦的岗位。
（《抒情断章》）

船只、枕木、栋梁，千里远征和艰苦岗位作为审美对象，本身具有建设年代的历史价值，也唤起人们心灵中崇高的情感——富于献身的精神。在邵燕祥笔下，那个投入火热的斗争的年代，那种向困难进军的生活，常常被典型化为“夜晚的公路”、“架设超高压输电线”、“汽车厂工地的第二个雨季”等等触手可感的画面，从而描绘了历史真实的面影，成为那些年代诗的记录。

我们同样可以看到，在诗人自己受难，人们也用血和泪写出了我国当代历史中奇特一页的时候，邵燕祥仍然以生活的强者和历史的主人的名义，不是沉溺于个人的恩恩仇仇，而是同人民一起筑着那道能够照彻黑暗的精神的长城。自然，其诗情是产生于一种对时代生活和人民命运的历史必然性的认识和自身精神上的爱憎之中。这样，作品的价值也跟历史的发展和人格的成长同时成长：

尽管我们有一千种不幸，
升沉在时代的漩涡是我们最大的幸运。

假如我死了，绝不是由于自尽，

而是我为革命而献身。
活着，我则将继续歌唱，
关于真理，关于历史，关于同志和敌人……
（《一九六八年的一封家信》）

在这种隐括着深沉的历史感慨的吟咏中，智性的自由不在于思维的任意，而是在历史与现实的要求同思维的自由之间的谐和。诗人站在时代思想的高峰，在生活漩涡中开掘了符合历史趋向的东西，坚定地相信进步要战胜落后，新生要代替腐朽，革命要击溃反动，从而在诗中迸发出思想的光彩。这一揭示，反映了我们时代的一个重要特征，就是在我们民族的灵魂和心理中，有着一种经过长期血与火的斗争发展形成的，建立在科学世界观基础上的百折不挠、坚毅乐观、为事业献身的精神，这种宝贵的精神财富，改变着人们对自身价值的认识，并足以“将人提高”。

作为时代感应的神经，邵燕祥诗作中有一个反映镜——观察，又有一个蓄存器——热情。我们不难发现，当共和国刚刚进入历史新时期，当社会上有些诗歌陷入一种弹奏独弦琴上一己之伤感的“苦闷的象征”时，诗人鲜明而理智地发出了由衷的呼喊：“我不凭吊前天和昨天的战场，我想知道明天的战场在哪里！”（《我是谁》）他适应人民感情的变化，明确地宣布：

我们绝不咀嚼昨天的痛苦，
尽管曾因它咬破了嘴唇；
每个人只是分尝了小小的一份，
它终究掩不住胜利的欢欣！
追忆是为了汲取前进的力量，
不是在阴森的旧梦里沉沦。
步前驱的后尘，怎样才能无愧？
回首前尘，更要超越前尘！
（《我们都是拓荒者》）

诗人回首过去，痛定思痛，努力找到强烈、准确、深刻的历史性判断；向往未来，情感是悲壮的，但不满足于慷慨高歌而是挚切地希冀。这种情思，无疑与生活前进的潮流合拍，是从动乱到振兴的历史过渡中人们精神世界的真实写照。

邵燕祥努力为时代做出诗的记录，但他的作品并非都是无懈可击的。由于某些时期主客观的原因，他还没有更完整地提供曲折历史的波澜起伏的画卷。在有些作品中，尽管充溢着强烈的生活气息和对于当代火热斗争生活的激情，却又略嫌生活的浓度不足，思考也欠深刻。他爱发议论，有时也理胜于情。在一些应该发出更强的声音、内容繁富的篇章中，尚缺少化繁为一的功力和总体驾驭的气势，使艺术概括的广度与深度受到某些损害。然而，他努力为我们共同战斗的时代奉献响亮的乐章和深沉的情歌，这足以证实他对历史的忠诚，也将留给未来以历史感的价值。

第二，努力塑造具有某种典型的历史特征的形象。

历史的概括性总是靠历史的具体性所维系。因此，追求“抒情型史诗”，就不能不选择并塑造那些具有历史特征的形象。这些形象不仅反映历史的面容，不仅代表历史的召唤，也应展示历史的动因，并能形象地揭櫫历史的某种本质。邵燕祥诗歌中一些有代表性的作品，正是这样把抒情对象提到一定的历史范围，在具有特征的带着历史风貌的实体中，映现着包容社会内容的人的精神与品格。

诗人通过一双历史的眼睛，以自己的审美理想对历史与现实进行精细的观照，来创造典型的抒情形象。同时，出于审美感受的具体性和个别性，使诗人在选择与创造这种典型的历史特征的形象时，呈现出一些不同的情况，采取了这样或那样的把握方式。一种情况是，邵燕祥借取和利用过去人们用过的历史性形象，取其某一特点，某一方面，变历史的陈迹为现实的力量，以教育和鼓舞人们，认识生活，帮助实践。在《长城》一诗中，诗人正是通过“长城”这一具体的、有历史感的典型形象，取其民族历史的象征这个特性，既从时间的纵深上开掘，又从空间的横切面上拓展，问苍茫大地，观东海扬尘，概括了发生在中国大地上不可逆转的历史进程。另一种情况是，邵燕祥对于事物的观察，对于具有历史特征的形象的把握。诚如列宁曾指出的，“不应当认为它们处于静力学上的状态，而应当认为它们处于动力学上的状态”（《列宁选集》第 2 卷第 563 页），也就是说，从历史的连续性上去确定抒情对象。人所共知，诗人作于 1954 年的

《中国的道路呼唤着汽车》是当时颇有影响的作品。诗中提出的“我们要让中国用自己的汽车走路”的历史性命题，成为正在开足马力的勃兴的建设事业的形象概括。20多年后，诗人又以“汽车”、“公路”的形象欣然命笔，写出了《中国的汽车呼唤着高速公路》，在更高的层次上传达一种发人深思的诗情：

啊，我的家乡，
我的祖国，
我的寸金的时间，
我的寸金的热土！

空话不能启动汽车，
豪言壮语也不能铺路。
但我们难道还不能铺一条
高速公路——

有这么多的痛苦，
有这么多的愤怒，
甚至有这么多的血肉
化为我们特有的混凝土！

显然，“汽车”、“公路”已不是一种“静力学”的抽象分析，而是具有一种“动力学上的状态”，由于从社会矛盾和历史的经验教训上去具体地把握其丰富生动的内容，形象就兼有了历史的和实践的品格，并成为诗美的凝结。从《中国的道路呼唤着汽车》到《中国的汽车呼唤着高速公路》，典型地概括并反映了30年来中国大地上的历史变化，也符合着我们时代的某种规律的历史趋向。还有一种情况是，在选取与塑造历史特征的艺术形象时，邵燕祥不希望用那种抽象而单纯的形式表现出来，而是融进个人强烈的功利要求、爱憎态度和是非判断，体现一种特定的情感与认识的统一。以“北京”为例，邵燕祥不少篇作品中出现了这一形象，大多是在对“北京”特征的把握中凝聚了自己特有的情感、认识、愿望和评价。如果说在早期的《歌唱北京城》、《再唱北京城》中是以天真单纯的心境倾诉着对从长夜迈入黎明的祖国的一往深情，那么，在近作《北京与历史》中，将北京的变迁与个人的遭际胶结一起，既可作为北京的历史，也可作为诗人的自传来读。诗里“北京”的形象，有相当鲜明的受历史潮流冲击的特点；诗人关于“北京的中轴线／也是历史的中轴线吗？／我问历史，我问北京／天桥为什么叫天桥／假如天桥是刑场……”的告询，反映了对历史的沉思；而“我愿北京的每一个黎明／将有更洪亮得多的钟声／也许还会遇到小小的荒诞／就像咬了讨厌的烂苹果”的心绪，也是借助“北京”这一历史的实体所做的有史眼、见哲理、体现个人独特情思的发言。诗人正是怀着建筑在丰富的个性经验基础上的审美理想去进行创作，也使邵燕祥那种朴素、诚实、温厚、善于思考还不乏机智的情绪和性格，找到了呈现的方式。

当然，若是做更严格的要求，邵燕祥为我们提供的历史性形象还可以更多一些。在有的作品中，尚缺少一种厚实的历史的节缩，形象还达不到凝固的晶体和浮雕。也往往由于理溢乎辞，有些作品尚未进入将犀利的思想饱和于炽烈的情感与生活的血肉之中的化境。这似乎是邵燕祥需要进一步攻克的关隘。

第三，努力探索抒情型“史诗”的艺术因素。

从诗与非诗的分界去看问题，研讨一位诗人的歌唱艺术，应当寻找那些真正属于诗的因素。在我国当代诗歌史上，尤其在“东风万里”、“斗志昂扬”的年头，语言似乎可以流动和相通的。诗并没有“专业化”，即为数相当可观的语言使用的范围甚广，既可是政治的、法律的、历史学或经济学的，也可以是小说的、随笔的、剧本的、散文的，自然也可以在诗歌中流通，从政治性到技术性，从叙述性到抒情性，都看不出诗的因素从中分化出来。在这种氛围中，在通向诗的道路上，邵燕祥不免也盲从过，但也诚实地探索过，而且也付出了代价。这样，我们尽管在前面已经指出了他艺术上的某些不足，但平心而论，由于他长期的辛勤耕耘，也确实为好诗与非诗实行分离，为更有效地反映一个时代的人民情绪的历史，为真正用艺术的方式掌握世界，贡献了自己的经验与色彩。

激情与思辨相结合。尽管邵燕祥自己强调“诗不是思辨的产物，诗是激情的产物”，但在实践中，他努力使二者结合起来，对审美对象的情感体验常常进入对它的理智的思考，而理智的思考又深化着诗人的情感体验。这正是抒情型“史诗”应有的素质。他对青春、人生、理想、道德，对困难、逆境、顺利、行时，对过去、现在、未来，都有自己的观点和诗的议论，也追求那种我们时代所赋予的思辨色彩和情感力量。有时，他让历史直接站出来发言，如《希望》、《不要废墟》；有时，他以令人深思的寓意表达自己对世态与人生的态度，如《地球对着火星说》、《给穿新装的皇帝》；有时，他用一种“反抒情”手法——不靠情感的放纵而靠客观、冷静、有节制的叙唱，为作品平添启迪人们心智的魅力，如《那时》；有时，他又把思想结晶具象化，去审视历史和呼唤生活，如《听字》……可以看出，诗人竭力规避生硬地重复现成的标语口号，让思辨附丽于形象并溶化为诚挚的情感，从而对历史风貌与时代精神做出忠诚的反射。而在有些看来是信手拈来的描绘风月草木的篇什中，邵燕祥也没有忘记抒发这种情思时灌注进一定的社会与历史的内容，在婉转细密中透发着厚重沉思的格调，从而使他的诗获得一种无法否认的庄严气氛。

从现实作为历史的观察点展开想象。激情作为诗的元素，理智作为诗的基石，邵燕祥努力寻求它们的载体与展现形式——想象。凡是直接引出“是”与“否”的简单结论的诗是被折断了翅膀的，邵燕祥懂得这一点，越来越注意避免被动的关于情节的叙说交代（《贾桂香》尽管曾为诗人自己“有所偏爱”，但毕竟没有摆脱），而是将现实生活中自己感受甚深的一点，放到一定的历史环境中去考察一番，找出诸事物之间的某些联系，进而把生活的逻辑和感情的逻辑融合起来化为想象的逻辑，获得一种真正具体的意象和情感的艺术间接性，使读者感奋起来。诗人从每日可见的场景中炼出非同寻常的诗意，“宽阔的长江上闪闪发光，是太阳在江心洗它的翅膀”，这是再现性想象，主体的经验记忆为基础，在头脑里再现客观事物的表象，也让读者从中唤起感知与情绪，去反复体味在江心昼夜轰隆隆响的钻探船的价值与意义。诗人以大地主人公的名义唱着《我们爱我们的土地》，从土地开始新的命运生发出“历史的钟摆是人民”的情思，这一创造性想象为纯形式逻辑所不允，却加重了感情的色彩与思想的热力。此外，一些非理性的想象，如《在车厢里写的诗》中写灾难的年月里诗人“变成一条无名的鱼”，“连同历史的长河一起冻成冰块”的跨度变形；如《阳朔》中从“透明的心”到“蒙眬的眼睛”的层层浓缩；如《创世纪》中“群山孵出黎明”、“曙光孵出陆地”

的不恪守同一律（是甲又非甲）等，想象方式，使诗多少失去了生活原有的表象明确度，却同时得到了生活、哲理、情绪的凝聚，得到了浓缩性、流动性和象征性。这些，都是抒情型“史诗”应具备的艺术因素。而想象的丰满自由，理解也就多义宽阔，它使诗不为某种概念性认识所规范，却可引领人们按照不同的生活经验和历史经验去充实“史诗”的内容。在这个意义上，诗人与读者实行着密切的合作。

单纯与交响相融合。特别是在近期问世的《不要废墟》、《长城》、《走遍大地》等等作品中，邵燕祥的诗笔已由早期的直抒、白描走向了交叉、丰富。这大体上包括三方面的拓展；形象由单一到复杂；抒写由平面到立体，使情绪和弦得以丰厚；较强的主观色彩的渗入，并以一代人的姿态去整体地观照对象（生活、世界、时代、历史）。作为上述的综合，艺术表现上经历了由单纯（感知）到复杂（历史和时代的驳杂内涵），又由复杂到返璞归真——一种更高层次的单纯（表达时的简洁、明了、画面清晰干净）的过程。这种抒情角度的变换与丰富，可以产生歌德所说的“单一的杂多”，亦可称单纯与交响相融合的艺术效果。而对抒情型“史诗”的追求，也正需要那种多抒情角度在主旋律上的汇集，既表现纵向发展上的深刻性，又显出横向表现上的复杂性，前者有反复中的深化，后者见特定环境下的多样。它可以摆脱意象纷乱的纠缠（邵燕祥还没有完全摆脱，中国又有多少当代诗人完全摆脱了呢？），转向真正的单纯、集中，在那空间层叠里藏有结实而庞大的整体形象，并维系充盈心胸的博大情愫。艺术达到这一境地，就能面对生活、面对历史做出更有力的发言。

四

邵燕祥对笔者说：“写了 30 多年了，我自己真正的创作还没有开始。近期的几首长诗（指《长城》、《不要废墟》等等），多数是‘吱吱喳喳发议论’，但是我力求诗中的议论带着自己的感情色彩，通过自己的语言和表达方式出现。这样比较痛快，自然也还应该有节制。但也不能全都这么写，老这么写；只有勤奋一些，继续探索下去。”

诗人所比较满意的一些近作，都带有抒情型“史诗”的性质或因素。而这又是他多年来创作经验的结晶与升华，是长期艺术心脉的汇聚。所谓诗才，也是生活经验、艺术素质和审美修养的生长与丰富，无疑有其历史的过程。我之所以从“情绪史诗”的角度来评价邵燕祥的作品，不一定符合诗人创作的全部实际，却私心以为诗人具有这种潜力。更重要的，还出于笔者对新诗发展的一种考虑。依我看，中国当代诗歌目前的主要问题，还在于内容，在于缺乏对具有时代典型意义的思想情绪的把握并造成思想的迫人力，缺乏对前进中的人民丰富的精神世界的充分肯定，缺乏出于对民族对祖国命运的思考而喷射出来的思辨力量和感情力量以及与之相应的眦目欲裂的艺术异彩。我们生活在一个应当产生史诗的年代。我们的民族经历了中外历史上罕见的严峻考验，今天，又以自己的智慧、勇敢、勤劳和坚韧，沿着自力更生、艰苦创业的道路不屈不挠地前进。昨夜的创伤、今日的艰辛和明晨的美景，一并展现在我们面前也包容于我们胸中，这是何等壮观、丰富的物质世界和精神世界！这样，开掘我们生活的全部价值和含义，以庄重的历史感去寻觅、把握和表现时代精神与社会情绪，在深度与广度的交叉点上去探索我们的新诗，如同恩格斯所希望的更好地反映出“在最崇高的土壤上成长起来的许多高尚的强有力的思想”（《马克思恩格斯论艺术》第 4 卷 345 页），从而创造出更多的富有生活的浓度和战斗的激情，历史的场景、现实的图画和理想的光焰相映成辉的史诗性的作品，就不能不是当今中国新诗面临的重大课题。我以为，像邵燕祥这一代从那时到此时都随着伟大时代的前进而一起前进的中年诗人，有责任为我们社会主义诗歌所拓展的图卷揭开这一新的篇章，去精心捕捉“史诗”这颗久久发光的艺术明珠。

诗人真正富有独创性的杰作，不一定是评价者鼓动的产物。上述管见，不仅是对邵燕祥个人的希冀，也表示我对当代诗歌发展的一种神往。

1983 年立春，北京

选自《文学评论丛刊》1984 年 3 月第 20 辑

如花怒放

——读邵燕祥近作有感

罗　洛

接到燕祥同志寄赠的《如花怒放》，我正因事要到青海去。只匆匆翻了一遍，便把这本诗集放进行囊，想在旅途中再仔细读一读。

从兰州到西宁，这条路我已走过无数遍了。大河，高山，深谷，平野，都是熟悉的景色。但每次从这熟悉的景色中，仍然可以发现一点新鲜的东西。这一次，我发现大片的梨树园里，梨树的叶子都变红了。霜重色愈浓，原来不仅适用于枫、槭，也适用于许多别的树叶。我见过青青的梨树、雪白的梨花，我也见过挂满枝头的甜梨；而在呈献出丰硕的果实之后，满树的叶片像繁花一样盛开了，这给予肃穆的秋天的田野以多么欢快的气氛。

这使我想起燕祥的“如花怒放”的诗来。30多年来，在诗歌的田野上，燕祥不是呈献出自己的青枝、绿叶、繁花、硕果来了么。而今，他又呈献出满树红叶，它们经过霜冻，但却胜似二月的花朵。不同的是，自然界的红叶，不久将会凋落，而燕祥的诗之花朵，在可以预期的未来，还会越开越盛。

在南方，正是秋高气爽季节，而在西宁，已是初冬的景象了。一到傍晚，凉风就带来阵阵寒意；而室内已有了暖气，却是温煦如春。一扇玻璃窗隔开两个季节，这在南方，却是无法体会的呢。

每天，更深夜静的时候，来访的客人们都走了，我翻开燕祥的诗集来读上几首。这在近年来忙忙碌碌的生活中，真是一种难得的享受。坦率地说吧，在我读过的燕祥的诗集中，我比较喜欢的就是这本《如花怒放》，它不仅保持了诗人一贯具有的明朗朴素、热情豪迈的特色，而且有新的探索，新的开拓，新的耐人咀嚼的诗味。

一个诗人，怕的是停滞不前，因为生活在前进。在生活的激流中，停滞就意味着后退。燕祥写过一首《论诗》：“我是风，走遍世界，寻找我的歌声”——

我停住脚步时
就失去了自己
离开森林、草原、河流、雷阵雨
再也找不到我的歌声

风是不能停步不前的，停止了，就失去了自己。在这一意义上，诗和风一样，停止了就会失去生命。而燕祥的诗，却始终追随着时代的脚步，不停歇地前进。

目前仍然在歌唱的许多老诗人，有一个共同的特点，就是在经历了历史的坎坷和曲折、颠簸与艰辛之后，依然保持着青春的热情和朝气。燕祥就是这样的诗人之一。他写过一篇很有意思的《与瀑布对话》，最后一节是：

我们歌唱着，我们奔波着
太阳辉耀着我们的胸襟；
纵然在蓝天下白发垂肩
可骄傲的是我们不老的青春！

这几行诗，不仅适用于燕祥，也适用于许多老诗人。他们青春不老，因为他们胸中有阳光辉耀。

紫金山天文台的张钰哲同志，在从事天文研究工作55年中，陆续发现了800多颗小行星。燕祥为此写了《发现》一诗。这首诗，在立意、构思和表现形式上都颇有特色。诗一开始就突兀地指出：“太阳／何须发现！／月亮／何须发现！”是啊，辉耀着夜空的星群、星座、星云、星团，为人们所熟知的恒星和行星，都是无须发现的。于是——

只有那消失在太阳的逼人的光芒中的
　　隐匿在月亮的皎洁的清辉中的
小行星，

只有那由于遥远而闪烁不定
　　由于微弱而明明灭灭
如针，如雾，如微尘，如萤火的
小行星，
只有那谦卑地躲藏在宇宙的帷幕后边
　　羞怯地穿行在兄长之间
默默无闻的小行星，

只有这样的在自己的轨道上不疲倦地运转的小行星，才需要一双热情的眼睛去寻觅、去发现。它们虽然微小，却毫不吝惜地闪现出自己的全部光焰。读着这些诗句，就会使人想到那些在平凡的工作岗位上，默默地献身于“四化”的普通劳动者，不是也需要一双热情的眼睛去发现这些人间的“小行星”吗。

在诗集《如花怒放》中，约有一半篇幅是组诗《南斯拉夫游记》，共十六首。这种记游诗，往往难以写好。有人曾把它概括成一个公式：风光加友谊。如果跳不出这个窠臼，读者就很难有读第二遍的兴致了。

不过，燕祥的这些诗，还是耐读的。虽然他也写了风光，写了友谊。恐怕还是那句老话：问题不在于写什么，而在于怎么写。

燕祥是怎么写的呢？照我看来，他把大地和海水、阳光和花朵、历史和现实、异国和祖国，等等，像画家调色一样，巧妙地糅合在一起，用挥洒自如的笔触，勾勒出一个个别开生面的意境。而在他的笔墨触及之处，总是使人感到他那亲切、敏锐、热情和善于思考的目光。当他在亚德里亚海边看到——

蝴蝶花星散在路旁
珍珠梅蜂拥而来
野蔷薇在篱边大朵地开放

他就看到了被阳光照射得成熟了的海水、土地和葡萄园。当他看到一只只咕咕地叫着的野鸽子，它们唤醒了贝尔格莱德的早晨，悠闲地在萨拉热窝的喷泉边饮水，安详地在夕阳余晖里飞上萨格勒布的诗人铜像的头顶，他就看到了一个没有鸟市和樊笼的、绝不忧心忡忡的世界。从一个石雕的花苞，他看到了把冰冷的石头和温馨的花卉结合起来、给石头以花的生命的创造者。从古堡的一门古旧的重炮，从戴雪的高山的峡谷，他看到了千百年来只能在坟场或是战场之间做出抉择的英雄战士。从矿井和纺织厂，从新楼和老城，从学校和兵营，他看到了掌握了自己的命运和成为史诗的主人公的人民。从土兹拉由一百一十三个孤儿组成的温暖的家庭，他想到自己的孩子，他们有幸在双亲的爱抚下生活。然而，那些没有双亲的孩子真是孤儿吗？不——

谁说你们是孤儿？
我将对我的儿女说：
可以没有父母
但不可以没有祖国

没有父母的孩子并不是孤儿，没有祖国的孩子才真是孤儿。这并不是诗人的巧辩，而是社会主义国家的现实。

写到这里，这篇短文似乎可以结束了。我关上台灯，拉开窗帘，外面是西宁的早晨。庭院里的阳光，告诉我这又是一个高原的瓦蓝的晴天。燕祥的诗句还在我脑子里盘旋。他说，他在亚得里亚海边看到了真正的蓝天，那使他想起北京二月初浮动着风筝的晴冷的蓝天。在读到这些诗句的时候，我想起的却是高原五月尾青海湖滨和羊卓雍湖畔浮动着斑头雁的纯净的蓝天。那也是真正的蓝天，我几次想写，却写不出来。而燕祥却写出来了：

透明的
蔚蓝的
无边无际的
开诚布公的
笼罩着坚实的陆地和起伏的海水的蓝天

原来，世界是广阔的，也是狭小的。在地球上面，只有一个天空。在地球那边和这边的蓝天似乎并非两样。也许我可以说，诗人想的，也是我所想的；诗人写的，也是我所想写的。我不知道这是否正确，但我知道这是事实，正如燕祥的诗集在我手边是一个事实一样。我还可以告诉你，在这本诗集的封面上，有一片叶脉清晰的树叶，和几片飘飞着的蒲公英花瓣。如果你认为那不是树叶而是羽毛，那不是蒲公英而是任何一种风媒花的花瓣，我是不会和你辩论的。不过，无须辩论的是那四个端端正正的紫色的字，就是——

如花怒放。

1983 年 11 月 13 日，西宁

选自《青海湖》1984 年第 4 期

蓝色的火焰

——读邵燕祥 1984 年的诗

唐晓渡

读邵燕祥 1984 年的诗，我感到面对着一蓬蓝色的火焰。

说是火焰，当然首先因为它的灼热；而这种灼热，首先来自生活本身：

你听到一种节奏吗
像打夯
像来潮……
不是四方步
不是轻歌曼引
不是戴着镣铐跳舞
而是快三步
（《你听到一种节奏吗》）

1984 年的中国，在自己的旗帜上酣笔浓墨，大写着两个字：改革！ 6 年了，这个东方的巨人一边疗治着自己身体和心灵的双重创伤，一边痛苦而镇定地审视和思考着那突然展开在面前的、几乎已经陌生得不可辨认的外部世界，审视和思考着与这外部世界密切联系着的自身；曾经昏乱过的心灵慢慢复苏，曾经凝滞过的血流慢慢加速；他试着动动手，又动动脚；他迈出了一步，又迈出了一步……终于，他开始义无反顾，大踏步前行了！他肌腱暴凸，目光如炬，步履沉重而矫健，多情又无情！一切阻碍前进的形形色色，都将在他的脚下作烟、作灰、作尘、作埃！他所旋起的热风，消融着陈年的冰川和积雪，化作新的地平线上滚滚而来的排空大潮！

每一个关注着祖国和民族命运的人，都不可能不感受到那历史前进足音的巨大震颤。更何况我们的诗人呢？ 5至6月间，邵燕祥先后访问了闽南侨乡、厦门、深圳和珠海特区；7至8月，又访问了大兴安岭林区。这一期间及稍后所写下的一批诗中对改革的呼唤和礼赞，遂成为他今年歌唱的主旋律；而它的前奏，则早已在4月静谧的夜空里回荡过了：

那华丽的夏天 将轰然而来

（《四月的最后一夜》）

在随后的《厦门（之二）》、《广东，一九八四年夏》、《迪斯科》、《旋转餐厅》、《珠海》、《祝酒》、《深圳的启示》、《给我南风》、《你听到一种节奏吗》、《中国，怎样面对挑战》等诗篇中，我们果然看到了那“轰然而来”的“华丽的夏天”——那“精力追求速度，呼唤期望答应”的夏天；那“喷泉随着音乐起舞，思想绕着现实飞旋”的夏天，那“脚步匆匆，但是一点不凌乱，更不怕潮头浪花打湿裤管”的夏天；那为应和着桩声的“迪斯科”节奏所震荡，为“奠基！奠基！奠基！剪彩！剪彩！剪彩！开工！开幕！开张”的欢呼声所缠绕，为举杯祝愿“我们来日方长而又永远不再蹉跎的青春，万岁”的美好心意所照耀的夏天！这里，我们又一次感受到我们所熟悉的那种“到远方去”式的如火热情。

但这已是一蓬蓝色的火焰——灼热而冷静、激越又深沉。“到远方去”的那种一无惧忧式的单纯毕竟已经一去不返。正如共和国的建设如今是在一个新的历史阶段上展开一样，诗人的创作也已突入一个更高层次：其志不倦，但已更多历史意识的渗透；其情未衰，但已更多理性之光的烛照。他笔之所至，虽是正面抒情，也每每着眼新旧力量的矛盾和冲突。《旋转餐厅》中诗人手捧“一盅冰水”，临窗俯听新楼与古塔的争论，颇有象征意味；一句“上天吧，上楼吧，旋转餐厅就在十八层上面，不过请放心，人民不会再走错房间”，语调何其坚定自信，却丝毫不令人感到空洞乏味。如此断语不但依托于不可逆转的历史发展，而且也凝聚着对昔日巨创的沉痛反省，其“言外之意”、“味外之旨”，正显示出一种人格的成熟和理性的力量。《迪斯科》以一种“迪斯科”式的短促而有力的内在节奏，表达了诗人对新生活的急迫呼唤，其情腾跳跌宕，如喷如激；但全诗的思想和心理背景，却远为阔大深厚、坚实凝重：

生命在于运动
力量需要表现
需要辐射与竞争

人非草木
人非机械
人非木偶
人非石塑与陶俑

“迪斯科”素被视为资产阶级颓废文化的集中表现，视为不可相向、相闻，更不可相与的洪水猛兽。在与诗一起发表的“诗话”中，诗人以无可辩驳的逻辑，证明了这种观点的悖谬；然而，他却并非仅仅意在为“迪斯科”翻案。“迪斯科”之所以成为他的视焦，不过是因为它折射并集合着现实中进步与保守、灵活与僵化、开放与闭锁的矛盾与斗争。透过上引那种宣言式的抒发，我们难道不能体验到新旧两种力量巨大而紧张的纠缠和搏击吗？笔者曾听到不少人同声于此赞叹诗人的胆识，但是，这种“胆”和“识”，难道不正是诗人对历史和现实进行了深思熟虑的结晶吗？诗和诗话，相得益彰，成为诗之激情与理性互生互补的一个生动体现。

据此也不难理解，这蓬蓝色的火焰为什么有时会透出一种肃肃的冷峻。写于上半年的《小小风车》、《咏史》、《泉州偶遇》、《晒太阳》等，虽具有亦庄亦谐的外貌，但大都蕴含着某种刻骨铭心的警策。例如《晒太阳》，前三节写厦门鼓浪屿一带居民“晒霉”，似乎漫不经心；第四节笔锋一转，请阳光“晒我所收藏的思想”；紧接着，诗人之笔突然挑破了这温暖的阳光外套：

我也想张开蚌壳，让你
照耀我不成形的珍珠
且慢，那要在没有鹬鸟
也没有渔翁的地方

活用一个现成的典故，写出一种我们大家都不乏体验的情结，笔触似畅实滞，似轻实重，使我们于初夏的微醉中，倏然感到一阵刺骨的寒意。而谁又能说“鹬鸟”们和“渔翁”们如今都已经立地成佛了呢……正是他们，以及那些“现代犹大们”(《关于犹大》)、“闹春的猫”们(《小小风车》)，包括古代“僵尸”们(《泉州偶遇》)，使历史的沉重的闸门，“至今没有完全打开”，使我们前进的道路上，布满障碍和隐患。诗人没有，也不可能忘记他们！如果说在上面这些诗中，他更多的是以一种意识到的历史优势和个人智力的优势而反讽，而讥刺的话，那么，在《中国，怎样面对挑战·圆明园这样说》中，则将其凝聚为一个特定的思考角度，尖锐地大声疾呼：

危险
不在天外的乌云
而在萧墙之内

这当然不是耸人听闻！特别是，当这一警告，出于饱经兵燹而又“站在朋友与敌人之间，过去与未来之间，中国与世界之间，祖先与子孙之间”的圆明园之口的时候；而面对着它所发出的一系列沉痛而切中肯綮的吁请，又有哪一个稍有常识而又良心未泯的当代中国人能不怦然心动呢：

不要！——把整个中国
变成新的万劫不复的圆明园
不要！——再一次焚烧圆明园的
竟是你们自己！

借圆明园悼古思今，不自诗人起，却很少能写出这种裂人肝胆的警醒。就诗人自己言，这条思路也可以追溯得更远。例如写于1982年的《不要废墟》，但这里所包含的历史内容，显然更加丰富，诗思也递进了一层。圆明园又一次充当这种见证。这样，诗人的本意也就绝非仅仅劝善：

谁不顾人民的安危

国家的兴亡
在前进的路上设路障
就是出卖民族的命运
出卖明天和历史

振聋而发聩！可为一切“鹬鸟”们、“渔翁”们及其等而下之者戒！

如果说，用“蓝色的火焰”来形容邵燕祥1984年的诗，从思想感情的角度，可以理解成个人经验在理性之光的彻照下进一步升华，个人命运在历史意识的导引下与人民的命运更加紧密无间地结合的话，那么，从审美的角度借用这一形容，很大程度上也是适用的。成熟的思想和人格的力量正越来越渗透到笔端，从而使结构更趋概括凝炼，气势更趋酣畅从容，笔法更趋张弛有致，意境更趋深邃纯净；以前存在的某种“质胜文”、“理胜情”的倾向则进一步得到了克服。《关于犹大》、《泉州偶遇》等短制，发展了在诗人过去的创作中不多见的别一风格（这里我还想提到写于去年，而见于今年6月号《星星》诗刊的《风车想念堂·吉诃德》等），值得注意；而诸如《致空气》、《雪》、《风帆》等，或咏叹，或设问，或应答，都写得荡气回肠，动人魂魄；但最能标志诗人1984年创作高度的，还是应推《我的乐观主义》和《山那边有雨》。前者作为诗人信念的剖白，展示了一种全心全意拥抱世界的人格和智慧的双重境界。我们很难对这首诗做技术分析，它以对人生真谛的直接揭示征服我们。你不能在淬过火的刀刃上再做什么雕饰，而这首诗正好比那种淬过火的刀刃，其光芒或泠泠，或烨烨，都需要你以你全部的悲欢离合、酸甜苦辣来体验，来补充。《山那边有雨》某种程度上与杜甫的《赠卫八处士》有异曲同工之妙，其指归又不止于人生的浩叹。也许是“山”和“雨”天然包孕着人生无以解脱的奋斗与痛苦罢，这个题目本身就很迷人；而随着诗人情思机杼极自然的跳跃往复，历史与现实、忆念与向往、淡淡的怅惘和明晰的哲思，都消融在一片淅淅沥沥的雨声中，从而形成一种苍茫而深致的意境。试看倒数第二节四句：

故人都曾经沧海
隔着云山隔着路

彼此相望百千程

并不在海市蜃楼里

何其巨大的思想感情内蕴！何其透彻而有节制的表达！典型的蓝色火焰！

当然，远非所有的诗都达到了这一高度。相比之下那些直接表达现实感受的作品，就显得较为直露，缺乏诗的内在空间而少有回味的余地（《迪斯科》和《中国，怎样面对挑战》当不在此列）。对邵燕祥这样的诗人来说，如下的矛盾总是显得格外突出：一方面，对社会历史所怀有的巨大责任感、对人民命运的深切关注，使得他对现实发展的每一动向，都极为敏感和倾心；另一方面，现实的经验又确非就是诗的经验，这中间还有着一系列无可超越的中间环节。看来，不经过一定的心理积淀，不与既往的审美经验接通激活，并在想象中获得诗所要求的审美机制，要实现由现实到诗的转化是困难的。这里我愿意再次提到《迪斯科》和《中国，怎样面对挑战》。对于它们来说，"现实"显得只是一种触发的契机；所表达的，却更多的是历史和人生的积愫。此外，我总觉得，以诗人的机敏、睿智和修养，他完全可以把诗写得更加潇洒灵动些，抒情方式和手段也不妨更加多样些。在这一点上，应该特别提到他今年唯一的一首抒情长诗《黑龙江上沉思》。与前两年的十数首抒情长诗相呼应，它显示着诗人为寻找更加自由，更加得心应手的诗歌形式的努力。这首长诗的主题，是呼唤今天的垦殖—开发—改革者的，那么，让我们把同样的希望回赠给诗人自己。因为，诗和诗人的真实生命，同样存在于对自身不息的垦殖、开发与改革之中。

1984 年 11 月 3 日

选自《唐晓渡诗学论集》，中国社会科学出版社，2001 年版

历史和命运的一曲悲歌

——读《邵燕祥抒情长诗集》

何西来

作为诗人，邵燕祥有他执着的人生追求和美学追求，却没有某些诗人的偏激；有他独立不移的人格，却没有傲世的狂态。他是睁着沉思的眼睛看取人生的。他的诗，与其说是感情的无遮拦的流泻，不如说是思想在感情的炉膛中经过熔冶之后的诗化和凝聚。唯其如此，他笔下的佳句总有深邃厚重的意蕴，耐人寻味。

收入这个集子的抒情长诗，共有 11 首。它们在宏观上大体可以划归反思文学的潮流，全部写于 1981 到 1983 大约两年半的时间里。深沉的历史意识，是这些诗歌的重要特征。诗人对历史的思考，常常与对人的命运的思考，交织、结合在一起，组成了悲壮的交响乐章。透过雄浑的音响，透过时而忧郁，时而明朗，时而愤激，时而欢快的旋律，人们不难分辨出真诚的心搏。正是这真诚的心搏，点燃过去，烛照前程，把读者引向历史的沉思，产生心理上的共振。但真诚的心搏却来源于对过去的一段历史行程的反思，传达着诗人几十年间在曲折的人生道路上的悲欢。

历史是由一个一个有着血肉之躯的个人的命运合成的，而命运则是分开写着的个人的历史。人们真正懂得历史，并不是从教科书上，而是从各自的人生经历中，特别是从痛苦的经历中。少年时代，燕祥曾用他稚嫩的歌喉，迎接了一个古老的国度的新生。但是，他怎么也想不到，“共和国的青春，竟变成了废墟”。他的欢快、明朗的歌，折断了翅膀，“只有痛苦是真实的，沉重的，触摸得到的”。出现这种陌生的废墟，是我们民族的悲剧，而诗人个人的悲剧性遭遇，也只不过是这个大悲剧的一个小插曲。但诗人追求的并不是废墟，而是创造，是进步，是祖国的繁荣。他顽强地寻找着那曾经失去而又必须找回的欢乐的音调，明朗的歌声。当这歌声重新回到喉头，他发现，已经是沉甸甸的了。他不相信“闪光的理想，不锈的信心会永远为废墟所掩埋，他要把它们重新挖出来，然而，毕竟出现了实实在在的废墟。他审视着历史，更无情地反省着自己，解剖着自己：

受够了命运的惩罚之后
我要对自己进行报复
对自己有过的致命的天真
对自己有过的迷惘和软弱
对自甘麻木的市侩之心
对玩世不恭的犬儒之道

然而，他对之进行报复的这些人性的弱点，同眼前出现的废墟有没有某种因果联系呢？他痛苦地思索着，而且发现确有联系。显然，只是在他稍稍摆脱这些人性弱点的束缚之后，他对于人生和历史的理解，才变得较为深入了。因此，可以说，诗人的历史意识的真正觉醒，是在这废墟出现之后。他意识到，历史是进步接着进步的链条，而不是废墟连着废墟的沙漠。当诗人高呼“不要废墟”的时候，他实际上是把已经出现的废墟作为新的历史的起点，而不仅仅是一场噩梦的终结。因此，他从圆明园的废墟上看到的也是那些在瓦砾堆中顽强地生长着、并带来一年一度春色的碧草，而不是历史坠落下来的烟尘。这里有一种历史的乐观主义。它既不是盲目的，也不是廉价的。照我看，这种乐观主义，不仅是《不要废墟》的主旋律，而且是整个诗集的主旋律。从这个主旋律中，不仅能够捕捉到少年时代的诗人的影子，而且能够辨识出成熟期的邵燕祥的风格。

在《长城》中，诗人——长城——历史是三位一体的。诗人说：“我是长城／我是历史／我是历史般的长城／我是长城般的历史。”在这里，长城不仅是2000年来中华民族历史的见证，而且本身就是一部有生命的历史。诗人把自己对历史的沉思，把和着这沉思的火花飞溅的激情，对象化在长城之中，同时也就把长城主体化了。读者掩卷深思，很难分清楚抒情主人公是诗人，还是长城。长城有诗人的个性，诗人有长城的品格，而把二者熔铸在一起的，则是乐观而且凝重的历史意识，是个人命运与民族命运在本质上的相通与渗透。仿佛是为了给《长城》的抒情主人公“我”做一个长长的注释，三个月后诗人特意写了《我是谁》。他声称：“我表现了／我自己／又不仅仅是我自己”。

命运曾经把诗人抛向生活的底层，坎坷的际遇深化着他对人和人生的认识，他思考着人的尊严和人的价值。在他的心目中，人始终是大写的。我以为，这是他的历史意识走向自觉的启动点，也是他的历史意识中最光辉的部分，是轴心和支点。他说：“天地间／只是一个问题／做人／还是做奴隶”。鲁迅曾把中国人在历史上的命运概括为“做稳了奴隶的时代”和“想做奴隶而不得的时代”。燕祥的诗句，是沿着这同一方向上的发挥。这里有一种深刻的革命人道主义精神。历史上曾经有过伯乐相马的传说，有过千金买马骨的佳话，有过燕昭王筑黄金台延揽天下贤士的故事，燕祥从中得出的结论是：“从黄金台出发／人的价值当然／高出一切骏马”。

《与英雄碑论英雄》是以诗体的形式，从历史的角度，专门表述诗人对人和人生的价值的沉思的。这首诗在英雄碑和“我们”的对话中，展开了诗人的历史观、英雄观和人生观。人的价值要由历史权衡：“在历史面前人人平等，老人与少年，将军与士兵。”他们最后获得怎样的价值评定，并不取决于他们的年资和地位，而是要看他们在历史运动中起了什么样的作用。历史的主体是人，它是由包括英雄在内的千千万万有着七情六欲，有着各自的长处和弱点的普通人推动的。

邵燕祥诗歌创作中的历史意识，有深沉而清明的理性作为导引。这是他的长处，也是构成他艺术风格的要素之一。在理性之光的照耀下，他走遍大地，深入荒漠，探索人生，思考历史，接通历史的昨天、今天和明天，接通个人的和民族的命运。这便产生了具有独特魅力的历史理性。没有这种理性，便不会有邵燕祥的风格。但是，这种理性，在给他的诗作带来深邃的境界、闪光的哲理的同时，间或也不免带来某些缺陷。特别是当诗人把自己所获得的理性认识没有很好地加以情化、诗化的时候，常常会显得直露，以致影响作品的审美效果。艺术上的长处和短处，优点和弱点，总会如影随形，在一定的条件下各向相反的方向转化，谁也难以永远掌握得恰到好处。

收在《抒情长诗集》中的篇章，虽然各有长短，不十分平衡，但从总体上看，它们却包容了邵燕祥半个世纪以来的人生体验和思考。作为命运和历史的乐章，我深信，它们自有其长远存在的价值。

选自《光明日报》1985 年 11 月 21 日

读邵燕祥的诗歌评论

古远清

邵燕祥是从一个中学生成为一位著名的诗人的。在他登上诗坛后，仍念念不忘青年作者的成长，写了兼有理论和实践意义的《做好写诗的准备》①。以后，又陆续写了好些文章，在诗作者的基本修养及儿童诗的写作特点等方面，提出了不少好的见解。此外，他在当时提出的“只歌颂光明太单纯了，生活复杂得多”②的观点，现在看来，也很有见地。大家知道，邵燕祥当时以歌唱青春、歌唱建设、歌颂光明的诗篇获得好评。后来随着时间的推移和生活的变化，他开始感到新中国不仅有鲜花和阳光，而且在不少角落里还有荆棘和阴影。诗人歌唱生活的航道，不能光赞美两岸迷人的风景，还要指出河中的险道和暗礁。正是在这种思想指导下，他写了许多讽刺诗以及流着作者“真诚的血”，为青年女子喊冤的诗篇《贾桂香》③。他这样做，另一个目的是为了促进诗的题材、形式和风格的多样化。他认为，当时虽然提出了“双百”方针，但在诗歌创作中却还未完全“表现出多样化的抒情个性，多样化的感情状态”。在 1956 年的一次讨论会上，他说：“好像只能有一种感情，平常只能有欢乐的感情，只有在斯大林逝世的时候，我们才可以悲痛一下子，可以写一点悲痛的诗，而这个悲痛，还一定要‘化为力量’。”④邵燕祥在这里并不是反对诗要给人鼓舞和力量，而是说表现悲痛的感情可以有多种途径和方式。这里涉及到人们较少谈论的悼亡诗的写作问题。悼亡诗，可以写得使人感动得流泪，也可以使人读了后欲哭无泪，可以写出大悲大恸的感情和氛围，也可写死者生前的行踪笑语，使读者感到传来的噩耗是如此难以令人置信

---

① 《文艺学习》1955 年第 8 期。

② 转引自洪永固：《邵燕祥的创作歧途》，《诗刊》1958 年第 3 期。

③ 《人民日报》1956 年 11 月 29 日。

④ 邵燕祥：《关于当前新诗创作情况和若干问题——在“塞上诗会”上的发言》，宁夏《文艺通讯》1982 年 8 月。

又如此不可挽回。为什么要让悼亡诗都千篇一律地出现“化悲痛为力量”的口号呢？西蒙诺夫在斯大林去世后写的悼萧伯纳的诗，就写得很深沉，使邵燕祥读后大受感动，从而启发了他，使他认识到抒情诗中的感情的表现方式应多样化，而不能像当时不成文的看法那样：无产阶级只能有一种战斗的、火热的感情，而一种感情又似乎只有一种“典型的”表达方式。

邵燕祥这一看法，不仅是针对抒情诗说的。也是针对诗歌的理论与批评而言。50 年代出现的不止一次对诗人写什么和如何写的责难，就是从对感情的典型化的形而上学理解造成的。如何其芳写成于 1954 年的《回答》[①]，由于表现了又“甜蜜”又“惊恐”的感情，承认自己有海洋般深沉的感情却又表现为“狭窄”和“苛刻”，因而便受到认为对新时代只能有“甜蜜”的“典型”感情的评论家的指责。这充分说明，在抒情诗领域内要坚持抒发诗人的独特感情，是多么不容易。

正当邵燕祥的诗学观渐趋深化和发展的时候，他在 50 年代后期遭到错误的处理。这个政治上的打击，使他无法再发表自己对诗歌问题的见解。然而，诗人并没有停止他对诗论问题的探讨，一旦恢复了歌唱权利，他在抒情写意、即兴漫笔的同时仍不忘臧否作家，品评作品，在短短的时间内，写了许多诗歌理论文章。花城出版社出版的《赠给 18 岁的诗人》（1984 年），就是他献给青年作者和诗歌爱好者的一份珍贵的礼物。

读了他这本诗论集，我感到著者对诗歌问题的思考比过去更深刻，对诗歌艺术规律的探讨比以前更细致了。在诗评的题材上，《切磋篇》等文章或为诗歌队伍的思想建设与组织建设耗费心血，或为造出大群的新战士呐喊，或不拘章法探讨创作得失，无不体现了园丁精心浇花的精神。可贵的是，他还注意新诗史的研究。相当时期以来，研究新诗史很少有诗人参加，在这方面中年诗人好似只有周良沛等在坚持做这方面的工作。其实，研究新诗史或新诗史上的重要流派，我们不能满足只有专门家研究。我们应该有一支包括诗人在内的研究新诗史的队伍。邵燕祥在艺术生命“复活”后，便加入了这一队伍。他写的《读〈白色花〉》[②]一

① 《人民文学》1954 年 10 月号。
② 邵燕祥：《赠给 18 岁的诗人》，186 页。

文，没有就诗集论诗集，而是从《白色花》扩展到七月流派，放在新诗史上的地位加以考察，对《白色花》作者们从内容到形式对新诗做出的贡献及其不足之处，都做了实事求是的评价，还谈到了他们对今天新诗作者的启示。此文的另一优点是观点紧扣材料，很注意从思想与艺术、内容与形式的统一来分析作品的成败得失，而没有忽略感情的巨大作用，把思想与艺术割裂开来，乃至在诗作的内容与思想倾向之间、艺术与形式之间简单地画上等号。

邵燕祥在年度诗歌研究方面也做出了突出的成绩。年度诗评是文学概评的一种，是当前文学评论中急需发展的一种批评样式。邵燕祥的《关于一九八一年的新诗》[①]，虽然是应编辑部之约而写，但它绝不是一般的应景之作。全文共分四部分。第一、二部分在谈老中青诗人诗作时，紧紧扣住了各类型诗人的特点和写作方式。在这里，诗与非诗、真诗与伪诗的界限划分得了了分明。特别要提出的是，作者没有局限于谈创作，而是提出了诗歌的当代性这一重要审美论题。作者认为，作品的艺术内容是诗歌当代性的主旋律，诗人的社会实践只有同当代人民的生活、思想、感情保持紧密的联系，“诗人越是能为当代人的甘苦、痛痒、忧乐与爱憎而动情、而深思，他的作品就会带着越深刻的时代烙印。即使历史题材或咏物之作也不例外。这就是诗的当代性”。作者又进一步论述了当代性和历史感的统一：“富于当代性的作品。总是以其发前人所未发，以后人也不可能替代的斯人斯世的独特发现和创造，贡献于人民，贡献于文学史。”在论述年度诗歌创作时，能归纳出这样重要的理论问题，说明作者是以深邃的理论眼光去看待诗歌创作的。关于这一点，在第三部分述评当时诗歌理论的“三岔口”式的“交锋”时，表现得更为明显。作者用了几乎不亚于谈创作的篇幅去评述诗歌问题的争鸣，这在迄今发表的年度诗评中是少见的。这种写法本身，就表现了作者思维空间的拓展，同时反映了诗人的理论兴趣和开放的眼光。

在邵燕祥新时期发表的诗论文章中，值得重视的还有他对“新的史诗”的看法。事情是由杨匡汉的《论诗美的崇高感》[②]一文引起的。杨文在文章末尾谈到呼唤史诗的问题，有的读者持不同意见。邵燕祥从总的倾向上支持杨的观点，

① 邵燕祥：《赠给 18 岁的诗人》，125 页。
② 《文学评论》1983 年第 4 期。

并对杨文说得不够充分的地方做了补充。他认为，“新的史诗”，不一定单指篇幅宏大，“更主要是指它对一定的历史时代的描绘和歌咏，具有高度概括的”力量。不能认为传统的史诗已成陈迹，就断言“新的史诗”不可能发生和发展。新的史诗，当然不是我们常说的“叙事诗”乃至“长篇叙事诗”。它是在借鉴和总结传统史诗得失的基础上，“批判地继承了传统史诗从宏观把握历史的气魄。从宏观和微观的结合上把握历史，并从历史的高度把握时代风貌和时代精神，同时充分体现诗的本质特征。……这样的‘新的史诗’将不仅是民族的，而且是世界的”①。

邵燕祥对“新的史诗”的见解，并不是凭空道来，而是从他自己的创作实践中得出来的看法。他虽然到目前还没有创作出这样的“新的史诗”（写这样的作品是困难的课题，也许也要经过反复的探索和试验，乃至“积几代人的努力”），但他对这种体裁一直是心向往之。且不说他也呼唤过史诗，在《我们还是拓荒者》一诗中写过“史诗的时代呼唤着时代的史诗”（这自然不是科学的命题，是一种借喻而已）的诗句，而且他在创作实践中，已有意识向这方面努力。如他写的《不要废墟》②，规模宏大，气势雄伟，表现了整整一代人的命运和复杂的生活画面，颇富历史感。它虽然还不是史诗，但却初步做到了“有生活史诗的内容”③。

在《赠给18岁的诗人》一书中，最能集中体现著者诗学观的是《人间要好诗》④。著者在写此文时，充分调动了各方面的知识潜力。富有创见地谈了他对新时期诗歌的主流，关于百花齐放，关于创新，关于现实主义，关于抒情诗的特点和抒情个性，关于艺术表现手法多样化，关于青年作者的倾向问题，关于读者以及队伍和团结问题的看法。尽管此文是提纲式的，许多论点没有充分展开，但邵燕祥从谈具体作品，从谈诗坛上的局部问题发展为关注、思考诗坛上一系列重大的理论问题，这不能不说是一次飞跃。

飞跃，意味着理论上既有继承又有发展。如过去比较强调用诗进行思想教

---

① 邵燕祥：《也谈“呼唤史诗”——以简代论》，《文学评论》1984年第4期。
② 《春风》丛刊1982年第1期。
③ 王光明：《在诗中寻找新的“自己”——论邵燕祥和他的诗》，《文学评论》1983年第1期。
④ 邵燕祥：《赠给18岁的诗人》，60页。

育、宣传鼓动，现在随着对诗的本质的认识深化，诗的审美作用愈来愈得到注意；过去主张诗要干预生活，而现在更多强调的是文学的特点，诗歌不能等同于政治，“哪怕是尖锐地抨击时弊的，也只能帮助而不能代替各级纪律检查委员会的工作”。如不强调这一点，触及时弊的诗作就很难长寿，它将因诗中写的事件成为过去而被人们遗忘。值得注意的还有邵燕祥关于诗歌批评标准的看法，他提出了一个“健康”的概念，指出这“是个比‘政治上正确’更宽广的思想政治标准”。

健康，意味着新生、发展、向上、进步、积极。

健康，既包括内容（不限于政治内容），也包括艺术趣味，艺术境界，艺术格调。

……

健康，可以把社会学的、美学的标准统一起来，就是要有利于人民的团结进步，有利于社会主义的改革和建设。

诗评要不要有一个标准以及要怎样的标准，这是大家普遍关心的问题。还在1957年，就有同志提出“抒人民之情”不应限于抒无产阶级之情，而应把“人民的先进的健康的感情”[①] 包括在内。现在，邵燕祥又重新提起这一原先被否决的意见，并做了新的发挥和补充。

批评标准是否正确，关键是要通过实践的进一步检验。为了检验，他用这个标准来看待所谓“表现自我”的争论，认为只要“我”的感情是健康的、积极的，就有社会意义；要是“我”的感情不健康，就没有典型意义。他同时还用这个标准大胆肯定了青年创作的成绩，不同意用“数典忘祖”去责备他们，同时又批评了某些青年写的作品虽有真实感受，但却流露出消极悲观，对生活失望乃至绝望的不健康情绪。

以上的实践初步表明，这个标准的确立和使用，有助于文学作品更好地提高人们的精神境界和培养良好的情操，有助于克服创作中不注意社会效果的倾向。但是否能用它去取代思想标准，则值得质疑。正如有的同志所指出的：文艺

① 平平：《〈论抒人民之情〉读后》，《延河》1957年7月。

创作作为一种复杂的精神劳动，所产生出来的精神产品也是一个由多种因素构成的统一体。在这统一体中，有主次之别，并有一个居于支配地位，贯穿全局的中心——思想。作品中所表现的思想、感情、品德、情操、趣味都是受思想所支配的。而“健康”二字的内涵和外延都不能代替和包括“思想性”。因为“健康性”是从属于“思想性”的，它只能表示作品思想内容的一种纯洁度，而不能表明作品思想内容所具有的时代精神的高度和反映生活的深度①。

“复活”的诗人群，大都是50年代步入诗坛的。他们的世界观和艺术观，在那时已基本形成。在他们恢复了歌唱的权利和对诗的理论问题重新有了发言权以后，他们深深知道，现在的读者，已不同于50年代的读者，诗评的内容和方法必须适应新的时代和新的读者的需要。但他们强调评论文风要更新，诗评方法要变革时，一般都采取既积极又慎重的态度，不因为要迎接多样化的创作趋势对诗歌批评的挑战，便全盘否定过去关于新诗理论问题的一系列重要观点。邵燕祥对革新诗评方法的看法，也基本上是持此观点。如他在“塞上诗会”上的讲话及《写诗难，评诗亦不易》②等文章中，一方面强调创新眼界必须放宽，不能闭关自守和画地为牢，“要克服长期闭关锁国状态造成的狭窄眼界和保守心理”，另一方面强调“要防止一部分人当中崇拜外国，‘月亮也是美国的圆’”的倾向。这样强调处理好纵横关系，似乎有点“中庸之道”的味道，其实正体现了苦难中成长起来的“复活”的诗人群考虑问题比较全面、冷静、成熟的特点。邵燕祥不是那种遇事易冲动、说话爱“走火”的偏激之人。他认为，评论应有自己的“私见”——“这不是走后门、拉私人关系那种营私之见，营私之事，而是指独家见解。创见应该受到鼓励。议论有一点偏颇我看也无妨。但完全是不科学的诗论或者歪曲历史的自然少一点好。”③他认为，写诗评也和写诗一样，不要去追求什么爆炸性的效果，它应该“是严肃的，不是那种拉拉队式的，一哄而起的。有哗众取宠之心、无实事求是之意的评论，就如我们那些不好的诗一样，是要不得的”④。把明知有缺点、有失误的青年作者的诗当作优秀诗作去赞美的评论，便是

① 林应清：《健康性不能取代思想性标准》，《福建论坛》1984年第5期。
② 《文汇月刊》1984年第2期。
③ 《文汇月刊》1984年第2期。
④ 《文汇月刊》1984年第2期。

哗众取宠的评论，帮倒忙的评论。帮倒忙的结果，是使有些青年诗人“以‘假小空’反对‘假大空’，以‘浅入深出’反对平铺直叙，以新的公式化概念化取代旧的公式化概念化”[①]。这里讲的“假小空”，是指浮光掠影的“一瞥”、“剪影’、“即景”、“速写”一类的“镜头”诗。这类诗，不少只表现了一点迷离恍惚的情绪，写得有“境”无“意”，更谈不上时代精神的折光。又由于这些作者生活空虚，感情造作，因而只好玩弄意象游戏，造成了所谓“浅入深出”。这一批评，是准确和恳切的。由此也可看出邵燕祥诗论的一个特点：没有奇崛的笔法，没有毕露的锋芒，和他的为人一样，朴素又诚恳。但他的诗论也正如他的诗一样，素淡中见深刻。以上观点，表露了诗人对论争所持的严肃态度。

在《谈诗片断》[②]中，邵燕祥说：“我们搞创作，搞‘形象思维’的同志，也要有些理论兴趣。”他说这番话，是因为他充分看到了某些写诗的人长期形成的某些弱点：如作品侧重于表现情感而不需要讲道理，便掩盖了理论上的欠缺和思想上的准备不足。但他这里说的“理论兴趣”，并不仅是指读点理论书，还包括在力所能及的条件下写点评论文章。翻开新诗史，我们可以看到许多著名诗人如闻一多、艾青、何其芳等，除了从事诗歌创作以外，还把臧否作家、品评作品、研究诗歌理论问题当作自己义不容辞的任务。当然，要求所有的诗人都是“学者和艺术家的化合”是不现实的。但在提倡作家“学者化”的今天，诗人在创作之余写点评论，去探讨那“言志”与“缘情”的对立统一，钻研内容与形式的内在联系，以及对有争议的重大理论问题参加讨论和争鸣，无疑是件大好事。

选自《当代文坛》1986年第1期

① 《谈诗片断》，《朔方》1982年第12期。
② 《谈诗片断》，《朔方》1982年第12期。

邵燕祥的旧体诗

炜　天

几天前，在吴玉如先生书法遗作展中，见到他写的邵燕祥咏《红楼梦》晴雯的两首七绝："蛾眉亦有横眉日，一女独违众女心。诔到芙蓉眦欲裂，怒书原不作哀音。""暖树争栖人画图，何如振翮下平芜。曹侯辍笔真堪恸，谁破豪门释女奴！"这位书法大师还在诗后加了评语："喜其不俗，少年诗笔，得此难得，好自努力。"

邵燕祥以写新诗知名，十年动乱结束后重返文坛，已出版了八本诗集、诗选，两次获中国作协授予的全国优秀新诗（诗集）奖。他近年的杂文也结集为《蜜和刺》、《忧乐百篇》，即将出版。但，邵燕祥写旧体诗却鲜为人知。当笔者问他从何时写起旧体诗时，他答说："那是在写什么都不得发表的时候，情势所迫。原是写给自己的；偶有所感，随手写出，顶多给一两个友人看看。到了'文革'，真的'吟罢低眉无写处'，虽然忘了不少，有些事后还能追记出来，这是律、绝短小且有格律、便于记诵的好处。"

也许因为邵燕祥的创作兼及新诗与旧体诗，可以看出他于两者不存门户之见。不久前他在《黄河诗报》上提出，当代诗歌可以实行新诗、旧体"双轨制"。让"五四"以来作为新文学运动一个组成部分并有了60多年历史与经验的自由诗（或称新诗），和沿袭古典诗歌格律的传统、以五七言古近体及长短句为主的诗词曲等旧体诗并存共荣，百花齐放。他以为不论新诗、旧体诗，首先必须是诗；只要写的是诗，而且表现了时代精神，又有作者个人风格，则无论新诗、旧体都该欢迎。他进一步主张：倘写新诗，就该是以现代汉语为基础的、摆脱了一切既有格律的自由体新诗；倘写旧体诗，就该是认真遵守在古代汉语基础上形成的相当完备精严的格律及有规范的旧体诗。怕的是新体诗不"新"，旧体诗不"旧"。

他的这些见解使人想到叶圣陶老人在为《倾盖集》题词中的至理名言："念瓶无新旧，酒必芳醇。"

邵燕祥热情称道包括《倾盖集》九诗人在内的当代许多诗词作者"于瓶、酒、汤、药都有作者个人风格的，是表现真世相、真见识、真性情"的力作。他说有这支劲旅和新诗作者的大军并驾齐驱，殊途同归，会使当代诗歌获得更为蓬勃的生机。

燕祥同志 1972 年在干校曾作绝句《自温旧稿》，诗云："直是须焚未忍焚，已还彩笔未还心。痴情千古焚难尽，为有平生未报恩。"诗人的真情灼然可见。我问他旧稿外还有什么新作，他笑说："我是在写新诗不得发表时不得已而写旧体诗的。现在诗词方面不乏大家高手，我功底甚浅，暂时不必滥竽充数了吧。"

选自《人民日报》1986 年 6 月 26 日

我读《天安门广场》

叶 橹

对于中国当代的人们来说，“天安门广场”是一个能够引起辽阔深远的思索和刻骨铭心的记忆的地方，邵燕祥也许正是在“1986年的清明之夜”触发了这种思索和记忆，使他不禁思绪翩然，写下了这样一首令人击节，为之激愤、为之沉思的诗篇。

像这样一首从表面上看只是写“纪念天安门事件十周年”的诗，如果出自另一些人的手笔，也可能同样会有慷慨激愤之词，但都未必会使我感同身受。诗是一种品格，也是诗人的人格的表现。当人们终于觉悟到应当在文学中恢复人的主体地位时，诗的品格，诗人的人格便具有了更为重要的意义。我欣赏邵燕祥诗中那种真诚和执着的盛情，他既不夸饰地挥霍感情，也不虚妄地拔高形象。人的心灵是在历史进程中得到表现、经受洗礼的。《天安门广场》这首诗，既是诗人内心的一种审视和自省，也是诗人对于现实和历史的反思和介入。当诗人以“悼念者”的身份“向纪念碑走来”时，他公开宣称：“我悼念死者／还要悼念生者”。这种内心的沉重和感情的强烈，不是那种表面上的慷慨陈词所能比拟的。虚张声势的豪言壮语同内心冷漠的无动于衷相结合，往往会产生一些诗歌怪胎，使人望而生厌。邵燕祥自有他内心的是非善恶的标准，对于那些“比我年轻得多的长辈”，对于他们“慷慨高歌地捐躯／默默无闻地死去”，他虽说满怀钦佩敬仰之情，但绝不代以轻松的廉价赞誉；对于那些被诗人称为“有福了”的人们，诗人则是以“审判者”的眼光来逼视的，在“虽死犹生”与“虽生犹死”之间，诗人所做出的对生命价值的判断，可以使一切天良未泯的人们受到灵魂的震撼，从而思考和抉择自己的生活道路；而对于那些高声诵念“忘记吧”的咒语的居心叵测者，对于那“打到我胸前也打疼了祖国心窝的拳头”，诗人的回答是如连珠炮般的语言：

健忘者忘了历史忘了革命忘了国家忘了人民忘了自己最初的许诺自己承担的义务自己有过的光荣唯独没有忘记他自己的权位和他的权位庇荫下的老婆儿子和家庭

我不健忘我至死也不能忘记历史不能忘记革命不能忘记人民的命运人民的疾苦人民眺望明天的眼神人民隐在心坎的呼声

正是在这"健忘"与"不健忘"之间，区别出谁有着真正的人生信念和价值观念，而谁又是"坐而论道"的伪君子。要别人"健忘"的人往往"念念不忘"的是一己私利，而公开宣告自己"不健忘"的人，却确确实实在把人民的忧患和痛苦牢记胸中。真诚与虚伪的泾渭分明，在其实质而不在表面的"语言符号"。

时下人们对于诗歌的审美价值观正在提出各种各样的理论。像《天安门广场》这样的诗，在有的人眼中也许是属于"非诗"的。不过我却始终坚信，诗应当具备多种品格，应当允许并且提倡各种各样的诗歌进行竞争。而且我还认为，"黄钟大吕之音"是我们这个时代所特别需要的主旋律。诗歌发展的全部历史都在证明着，每一个时代的诗歌最高成就，都是以"黄钟大吕之音"为其标志的。对于一个日益走向开放的社会来说，试图以单一的诗歌模式来满足人们的审美需求，无疑是愚蠢的自戕。但是如果由于对既往的失误所产生的逆反心理，因而把一切与时代和社会现实关系较为切近的诗作，都视为"非诗"，只有"超越时空"的"纯诗"才是诗，则未免失之偏颇了。一种理论之得以确立的前提之一，首先是它必须能够有充分的事实做依据，能够以这些事实来说服别人。当我们把历史上复杂的诗歌现象全部加以"净化"，再以这种"净化"之后的诗歌来作为建立理论的基础时，实际上已经滑向了另一种极端和僵化的理论模式了。

的确，诗也许是一个永远让人猜不透的谜，唯其因为它猜不透，正说明了它具有一种使人无法穷尽其奥秘的内涵和底蕴，这种内涵和底蕴之所以无法穷尽，并非由于它自身有什么"潘多拉魔盒"，而是因为社会生活所具有的内涵和底蕴的无可穷尽。生活永远是一条不断前进的河流，它所激起的一切浪花飞溅、漩涡回流，通过诗人心灵的折光而得到反映和表现，因为生活在发展变化，所以诗也在发展变化；因为诗人在生活中发展变化，故而他不能永远用同一种音调进行歌唱；更因为生活中有各种各样不同生活经历、不同个性和气质的诗人，所以才会有异彩纷呈的诗篇。我们何必定尊于一呢？

由读邵燕祥的这首诗而产生的一些感想，也许并非都是无的放矢、我只是衷心希望，让我们大家都以更加宽广的胸怀和眼光，以更加活跃的思维方式来对待一切诗歌创作。果如此，则诗苑的真正繁荣指日可待矣！

选自《诗刊》1986年第11期

邵燕祥论

晓　雪

是的，我奔腾不息
　　我一泻千里，
每一分钟，每一秒钟
我都不再是我自己，
而瀑布总是从深邃的源泉
不断地奔向溪流的目的。
（邵燕祥《与瀑布对话》）

邵燕祥正前进在中国当代诗人的队列中。他 50 刚出头，正当盛年。他正在意气风发、沉着稳健而又步履维艰地攀登着诗歌创作的新高峰。我们现在要对这样一位诗人及其成就，做出全面而深刻的评论，也许还为时过早。但从 40 年代到 80 年代，邵燕祥在创作的道路上已经走过了将近 40 年的里程。这 40 年，不但比 20 年代、30 年代许多有成就的诗人从事创作的时间要长得多，而且其间所经历的斗争、曲折、痛苦、欢乐和变化，也比许多前辈所经受的丰富、复杂和深刻得多啊！诗人从少年、青年到中年，同祖国人民一起斗争、解放，一起耕耘、播种，一起欢笑、歌唱，又一起经受沉痛的挫折和严峻的考验，一起迎来“再生”的喜悦和复苏的春天。我们的诗人“升沉在时代的漩涡”里面，出没于生活的海浪中间，我们从他一本本“献给时代的情歌”中，听到了祖国前进的脚步、时代跳动的脉搏和人民心灵的呼唤。

诗人是时代之子。不管如何创新和突破，不管如何变化和发展，真正的诗都必须符合自己时代的要求。邵燕祥的诗，究竟在多大的程度和多深的意义上符合我们时代的要求呢？这就是本文想着重探讨的问题。

一

从社会主义革命和建设的万马奔腾，
去找到更新的节奏，更美的格律！
(《中国又有了诗歌》)

邵燕祥曾经说过，在闻一多先生的诗中，他最爱《心跳》和《洗衣歌》。而“《心跳》中的这两句，在我开始尝试创作的时候，对我的方向有决定性的影响：最好是让这口里塞满了泥沙，如其他只会唱个人的休戚！”[①]

可见诗人在十四五岁“开始尝试创作的时候”，就认识到写诗不能“只会唱个人的休戚”，而应当为时代、为人民，真诚地歌哭，激情地呐喊。他怀着对旧社会的愤怒与诅咒，怀着对新时代的渴望与理想，投身到革命队伍里；他唱着“哪里有向日葵，哪里便迎出金黄的太阳。哪里有车轮，哪里便辗出坦荡的道路。哪里有争取春天的人民，哪里便唤来了人民的春天”，去迎接人民解放的新时代。“那时，我们抛开旧日的一切／对家庭和学校绝不留恋／那时，津浦路一直通向前方／我们出发就不准备回还／那时，如果说到故乡／我们都认定自己家在江南／那时，如果说到爱情／除了笼统的人民谁也不思念／那时，是一九四九年四月／我生命中的第一个春天／那时，我完全没有意识到／那就是我将永远亲切地忆起的初恋”(《那时》)。

这种为革命而献身的精神，这种为实现崇高理想而勇往直前的决心，这种对人民的春天和祖国的未来充满希望的、尽管单纯天真却也十分坚定深挚的信念和感情，以及和人民同呼吸共命运的火热斗争生活，使邵燕祥的诗歌创作，一开始就获得了正确的方向、坚实的基础和较高的起点，使他能较真切地感觉到时代的脉搏，倾听到人民的心跳，把握到历史的趋向。他努力使自己成为人民的知心人、贴心人，努力深入人民的精神生活，深刻了解当代人民的思想、感情、意向、愿望……。

在推翻了三座大山，建立了自己的共和国之后，在挣脱了锁链、获得了当家做主人的权利之后，人民最需要、最关心、最渴望的是什么？是和平劳动，是建

① 邵燕祥：《今诗话十则》，见《文学评论》1985 年第 2 期。

设创造——为在旧中国的废墟上建起社会主义的大厦而忘我劳动，为创造祖国的春天、崭新的世界和幸福的生活而挥汗如雨，奋斗不息。邵燕祥不仅亲眼看到，而且深切地感受到：新生的祖国正从战火纷飞的战场转向热气腾腾的建设工地，映红我们天空的不再是炮火，而是开拓者在远方点燃的篝火，这就是历史的趋向和人民的意愿，这也就是我们伟大社会主义时代的时代精神。于是，他在欢呼了一阵“北京城”十月满城春风、“永定河从此真个永定”之后，立即把自己的笔头和全部歌唱的激情，转向劳动和建设的主题，转向歌颂新中国的第一代创业者们的精神风貌、光辉业绩和战斗豪情：

歌声起落在脚手架上
脚手架披满了金色的阳光。……
光荣的劳动——歌中之歌，
呼唤着每个人参加合唱！
（《晨歌》）

在我国最早把社会主义建设的沸腾生活和劳动场景带进新诗的一批诗人中，邵燕祥是实绩显著、成就突出、影响较大的一个。他从社会主义建设的斗争生活中，吸取诗的灵感、诗的意境、诗的主题和题材；他“从社会主义革命和建设的万马奔腾，去找到更新的节奏，更美的格律”；他把我们带到热火朝天的大伙房水库工地，带进“第一汽车制造厂的第二个雨季”；他让我们看到“在自己可爱的国土上，架起了第一条最大的超高压输电线”；他让我们听到“中国的道路呼唤着汽车”，听到在长江大桥的建设工地上，“我们的钻探船轰隆轰隆响”……而且最值得注意的还在于，他绝不像当时某些作者那样，只满足于对轰轰烈烈的劳动场景和建设过程的表面抒写，而是充分发挥诗的抒情特长和艺术规律，着重表现新中国建设者朝气勃勃的青春风貌，充分抒发新一代青年建设社会主义的壮志豪情，深入揭示成为国家主人以后的中国人民的精神世界和他们的灵魂的美：

——我们的年纪十八、十九，
顶多不过二十挂零，
有一个波涛汹涌的大海，

歌唱在每个人宽广的前胸。
(《在夜晚的公路上》)

我们还要攻克无数的堡垒，
做一切敌人的顽强的敌人。
胜利的酒绝不能使我们沉醉，
只能使我们的热血沸腾再沸腾！
灯红酒绿，从没有花过眼；
万水千山，从没有灰过心。
今晚啊，我们欢乐歌舞，
明天，看我们冲锋陷阵！
(《英雄碑下》)

这是我们伟大时代的生活之歌，这是一代热血青年的青春之歌，这是正在英姿焕发地建设新生活、创造新世界的英雄人民的心灵之歌。那是共和国的美好的早晨，太阳刚刚升起，一队队青年，一批批建设者，告别“心爱的同志”，“告别天安门广场”，怀着崇高的理想和沸腾的激情，“到远方去”，到边疆去，到祖国最需要的地方去。他们“从一个工业基地，到另一个工业基地”，“有的人到达了宿营地，有的人正在出发”，有的将去大兴安岭支起帐篷，有的“将在戈壁荒滩迎来新年”；他们知道前面有崇山峻岭、疾风骤雨，却毫不迟疑地“踏上征途”，“把艰巨的任务担在双肩”；他们“绝不坐享别人的光荣”，要用自己的双手去披荆斩棘、去开拓播种、去创造奇迹；他们决心在荒无人烟的沙漠铺上铁轨，让烟囱和铁塔在“自己手中矗向蓝天”；他们坚信“没有的都将会有，美好的希望不会落空”。于是他们“大踏步地跨过高山，跨过河流、洼地和平原”豪迈地高唱着：

在我们每一步脚印上，
请你看社会主义的诞生！
(《我们架设了这条超高压送电线》)

青春年少的诗人邵燕祥，就这样用响亮的调子、鲜明的色彩和火热的激情，为我们壮志凌云的青年一代塑像。这是新中国的建设者、开拓者、创业者的抒情形象，也是新生的社会主义祖国的青春形象。这一青春形象——邵燕祥诗歌的抒情主人公，之所以特别鲜明生动而又激动人心，并不在于外形的描绘，而在于诗人的富于个性化的淋漓酣畅的抒情，在于对一代新人的革命情怀和内心世界的深刻揭示，在于对祖国人民的精神风貌和崇高品质的充分展现。

如果说，从诗人 18 岁时出版的诗集《歌唱北京城》中，还看不出多少除了一般地欢呼解放、歌颂光明之外的个性特征或个人风格特色的话，那么几年之后，在他的以诗集《到远方去》（1955 年初版）为标志的写建设题材的大量诗篇中，我们就看到了青年诗人的迅速成长，看到了邵燕祥之成为邵燕祥的某些个人特色，看到了抒人民之情、唱时代之歌的“人民代言人”与诗人“艺术个性”的统一。读了《到远方去》、《在夜晚的公路上》、《五月的夜》、《我们爱我们的土地》、《中国的道路呼唤着汽车》、《有一天我们会想起》等等诗篇，我们明显地感到，邵燕祥开始找到了自己比较得心应手的题材，开始按自己的方式来处理这些题材，开始把自己的真挚感情和同代青年、和人民群众的感情自然而然地融合起来，从而通过自己独特的个性感受抒发出时代的感情和人民的心声。尽管他早年写的某些建设题材的诗篇，确还有不够精炼、不够深刻的毛病，但整个说来，诗人已进入了他能够纵横驰骋、游刃自如的领域，诗人是热情奔放而又善于思考的，他爱把热烈豪壮的激情融入清新明净的艺术氛围之中，他常常通过自然朴素的语言和构思表现出丰富优美的意境，他善于以自己燃烧着火热青春的心，去叩击、摇撼和点燃千千万万读者的心：

在满天繁星的中间，我寻找着你，
我凝视着你，你知道吗？
谁说你远在天边——
你是这样的热烈而分明。
……
许多的岁月飞逝了，
我们都经历了不少里程，
又是银河当空的夏天的夜晚，

我们又一次这样相近。
你看我什么变了，什么没有变？
你可望见我望你的眼睛？
说是近，却还是这样的遥远，
未来的岁月又是这样无穷。
今夜，天地间这样安静，
只有一颗星在讲话，对着另一颗星……
是不是所有的星，全都夜夜合不上眼？
是不是所有的星，全都燃烧着渴望的心？
（《地球对着火星说》）

这与其说是写星，不如说是写人，写我们时代两地分离的一对恋人或挚友互相思念的深情，而且耐人寻味的诗句、独特新巧的构思和出人意外的结尾，会使你联想到我们生活中许多微妙的青春与爱情的亲密，联想到比字面所表达的更多的东西。

把劳动和建设的题材写得那样激动人心，把“地球和火星”的谈话写得如此诗意盎然，除了其他许多条件之外，最重要的原因就在于诗人有一颗赤红炽热的、燃烧着爱与渴望的心。诗人爱生活，爱祖国，爱人民，“爱我们的土地，爱我们土地上早晨的钟声”，“爱鲜花，爱阳光”，“爱繁华的名城，丰饶的田野，也爱那偏远的、等待着开垦的地方”。他爱人民的今天，今天的建筑工地，更爱祖国的明天，明天的高楼大厦。正是这炽热的浓烈的爱，使他的诗，篇篇如燃烧的火把，读后使人热血沸腾，心情激荡。

二

尽管我们有一千种不幸，
升沉在时代的漩涡是我们最大的幸运。
（《一九六八年的一封家信》）

黑夜刚刚过去的时候，我们看到的是黎明的曙光、绚丽的朝霞，大地上空气清新，花朵含笑，露珠晶莹，河流闪亮，仿佛一切都那么赏心悦目，那么纯洁美好。但当我们渐渐冷静下来，把兴奋的目光转向严峻的现实，转向波澜壮阔、风云变幻的生活的海洋，我们就会发现，现实生活中不光有灿烂的阳光和芬芳的花朵，不光有美丽的珊瑚和明亮的珍珠，也还有阴暗的乌云和讨厌的苍蝇，有荆棘杂草、急流险滩和狂风恶浪……

一个同人民保持密切联系、扎根现实、面向生活的诗人，当然不会只停留在生活的表面，不会在激烈的矛盾和斗争面前闭上眼睛，不会看不到阳光灿烂的群山背后的阴影。诗人的心像一面镜子，它越明亮、越清晰，它所反映出的生活面貌（和人们的心理现实）也就越发清楚地显示出其固有的丰富性、复杂性和多样性。随着诗人自身的丰富、思想的提高和认识的深化，邵燕祥的诗歌表现领域也有了进一步的扩展。他认识到："只歌颂光明太单纯了，生活复杂得多。"他说："我们的诗应该有助于新人和新事物的成长和胜利。那些阻碍我们前进的旧社会的残余还在发着臭味，我们必须用笔来把它们扫除干净。"诗人以战斗者的姿态参加建设、歌颂建设，又以建设者的责任感揭露矛盾、挥笔战斗。他在寻求着自己的主观感受与时代精神的新的契合点。他的艺术个性在发展，他的思想在走向成熟。于是我们望到了他尖锐地揭露封建主义的残余，为一个青年女士鸣冤叫屈的叙事诗《贾桂香》。

贾桂香是黑龙江佳木斯园艺示范农场一个 19 岁的青年女工，因为管理员孙大叔喜欢她，待她像女儿一样，就招来了种种封建主义的流言蜚语和官僚主义者的粗暴批评，这样一个天真可爱的姑娘，由于受不住种种莫须有的精神打击和非人道的变相体罚，而最终被迫自杀。为了生活中"不许再有第二个贾桂香"，邵燕祥写诗呐喊："中国不该有这样的夭亡"，并激愤地质问："到底是怎样的一股逆风，扑灭了刚刚燃点的火焰？海阔天空任飞翔的地方，折断了刚刚展开的翅膀！告诉我，回答我；是怎样的，怎样的手，扼杀了贾桂香？！"

这首诗艺术上锤炼不够，思想上稍欠深刻，甚至"还有失于天真之处"，但它所揭示的严肃的主题，它对丑恶的东西进行鞭挞和批判的力量，以及全诗所喷射出来的诗人那不可遏止的愤慨，却突出地表现了邵燕祥艺术个性的另一个重要方面，表现了诗人疾恶如仇、为人民的利益可以牺牲自己的宝贵品质和崇高精神。正因为有这样的品格和精神，才使诗人后来写出了如像《问大海》、《致窦守芳同志》等等那许多在思想艺术上都更加成熟有力的诗篇。

别林斯基说："诗歌是精力弥满的青年人的热情的眼光；是他的勇敢和豪放，他对欲望的渴求，他的不可遏止的渴望的迸发——要把大地紧压在他热情如焚的怀抱里，一口气喝干永无穷竭的生命之杯……诗歌是成年人的凝炼的、镇静的力量，他对于生活来说是充分成熟了的，富有生活经验，具有稳健的精神力量，闪动着明澈的眼光，准备去战斗和建立功勋……""诗歌主要是生活，是生活的本质，它的所谓最美妙的醇精，高度精汁，精髓。"①

从"精力弥满"、"热情如焚"到"凝炼"、"镇静"而"具有稳健的力量"，邵燕祥揭示"生活的本质"、从生活中提炼"美妙的醇精"的水平，在迅速地提高着。他已经不仅仅是一个热血沸腾、精力充沛、激情饱满、富于幻想的革命青年，而是一个立足现实、注视未来，能够把冷静的观察、真切的感受和深沉的哲理思考结合起来的诗人。他决心用自己"血管中流出的血，真诚的血"，写着为时代所需要、对人民负责任的诗。可惜正如大家所知道的，邵燕祥这样一个追求革命、歌颂革命的青年诗人，后来却很快在革命的名义下受到了意想不到的打击和迫害。《贾桂香》被当作毒草受到骇人听闻的批判。他被剥夺了放声歌唱和发表作品的权利。他的名字，同一大批有才华的作家、诗人的名字一样，突然在中国的文坛上消失了。

历史的曲折，生活的磨难，给人们带来难言的痛苦，但对意志顽强、信念坚定、思想深沉的人来说，却可能把坏事变好事，反而使他获得更多的勇敢和智慧，使他同人民取得了更深的联系，使他对丰富复杂的时代生活，观察和理解得更深入，从而把他锻炼得更成熟、更坚强。邵燕祥就是这样。意外的打击，尽管也曾使他一度困惑不解，但对党、对祖国、对人民，他却始终抱有坚定的信心，怀着深挚的感情。他有一颗"像泪水一样明净，像欢笑一样单纯，比鲜血更殷红，比钢铁更坚韧"的"战士的心"。他在自己被"误解"、受压抑的时候，仍歌唱着有"一把一把发亮的种子，一串一串闪光的花朵，一片一片橘黄的果实"的

① 《别林斯基选集》第二卷，北京：上海文艺出版社 1963 年版，第 461 页。

“灿烂辉煌的祖国”；他以依旧熊熊燃烧却“清醒不醉”的激情，高唱着“永远在呼唤，永远在瞭望”，“一往无前地”“飞向风波浩淼的远方”的海燕。“当历史蒙羞，祖国蒙难，人民蒙尘”的那些“四害横行”的黑暗年月，他更“不指望个人有更好的命运”，但他那“流徙四方的灵魂”仍坚持：“可以忍痛，不可以呻吟，哀歌不符合战士的性格和身份。”他向亲人诉说：“尽管我们有一千种不幸，升沉在时代的漩涡是我们最大的幸运。”——

可以剥夺我的一切权利，
但割不断我与人民的血缘。

这样的一个邵燕祥，在被亲爱的党开除的20年坎坷日子里，固然失去了许多东西，失去了无数宝贵的青春年华，却也获得了许多过去不知道甚至想象不到的东西，在更高的水平和更深的意义上懂得了“人民的爱憎，革命的恩仇”，从生活、思想到感情上都有了更丰富深厚的创作积累。他和人民一起，亲眼看到“可耻拷打着光荣，荒谬拷打着真理，邪恶拷打着良心”，看到“革命的历史”、“明天的理想”、“旧日的伤痕”和我们亲爱的祖国、亲爱的党都遭到“拷打”，所以当那“不可阻挡”的春天又重新到来，他又“继续歌唱，关于真理，关于历史，关于同志和敌人……”的时候，多年郁积于心的思考和激情，就会如解冻的河流，如自由的瀑布，奔腾不息，一泻千里，并带着“永不消散的雷声”，比早年“歌唱的小溪”唱得更沉洪而有力了。我们看见他“迎着朝阳出发，把长长的身影留在背后”，又“不知疲倦地”走上“一条风雨的长途”：

假如生活重新开头，
我的旅伴，我的朋友
还要唱那永远唱不完的歌，
在喉管没被割断的时候。
该欢呼的欢呼，该诅咒的诅咒！
……
（《假如生活重新开头》）

我不相信我是单恋，
幸存的青年依然在歌唱。
成熟的花都要变成果实，
一切的爱都要得到报偿。
（《答友人》）

他欢呼：“从天安门出发，诗歌要走向全国。”他把自己比作“停住脚步”，“就失去了自己”的风，要“走遍世界，寻找我的歌声”。我们读到了他重新歌唱劳动和建设、歌唱“七十年代的拓荒者”、歌唱地质队员和林区工人为诗，读到了他《献给历史的情歌》、《含笑向七十年代告别》、《在远方》、《为青年作证》、《如花怒放》等等那一本又一本倾注着赤诚的热血、更凝聚着深刻的感情和思索的诗。种子在心灵的沃土上孕育了20年，如今迎着春风春雨，很快就开出一朵又一朵“成熟的花”，并结成了饱经忧患的“酸、甜、苦、辣”的“神秘果”。读着《中国又有了诗歌》、《致窦守芳同志》、《我们有行乞的习惯吗》，读着《问大海》、《谜语》、《眼睛，我的眼睛》，读着《云南》、《云南三首》、《云南驿怀古》、《怒江问答》等等诗篇，我们感到作者还是那个写《我们爱我们的土地》的邵燕祥，但已经没有了当年那种天真和单纯感，而变得更理智、更成熟、更深沉了。

亲爱的，亲爱的，亲爱的党。
我是你永不改悔的儿子。
　　唯其我爱你，一如爱我的祖国，
　　爱我的人民，爱为真理而斗争的同志，
　　我才不能爱母亲身上的痈疽，
　　不能爱恶人、棍子和骗子。
（《心中的誓词》）

这个邵燕祥，这个“永不改悔”的党的儿子，如果今天他的某些诗会像盐一样，“撒在你的伤口上，让你痛苦”，那也是基于一种对党和人民的更深沉的爱和对祖国未来、对革命理想的更热烈的向往，为了要你“把我的痛苦一起咽下去——我要化入你的血，我要化入你的汗，我要让你比一切痛苦更有力”（《记忆》）。

如果我们对比一下诗人1954年写的《中国的道路呼唤着汽车》，和1978年写的《中国的汽车呼唤高速公路》，就可以看出他风格上的延续性和新发展，看出他如何表现了“比一切痛苦更有力”的丰富内涵和深刻寓意。50年代诗人热情地呼唤：“我们要让中国用自己的汽车走路，我们要把中国架上汽车，开足马力，掌稳方向盘，一日千里、一日千里地飞奔……”充分表达了人民的情绪、意志和愿望，是动人心魄的，但24年后，他却听了到如今不再是“道路呼唤汽车”，而是“汽车呼唤高速公路”，他痛感在社会主义的“新的征途”上，“再不能仅仅靠小米加步枪，再不能靠木船打军舰，再不能靠两条腿，去追赶十轮卡的轱辘！”为了祖国的富强，人民的幸福，我们“不要牧歌，不要讲古，要的是速度！速度！速度！”

这不仅是取材角度的变化和艺术构思的出新，更重要的是感情的深化和思想的飞跃，对建设速度的渴望、“让中国架上汽车”的主题，变成了急迫地希望“中国的汽车”奔上“高速公路”，奔上一条适合中国国情的能高速度建设有中国特色的社会主义的康庄大道。现在我们的国家已经走在这样一条“高速公路”上，我们勤劳勇敢、聪明智慧的伟大人民已在这条“高速公路”上连续7年创造了许多奇迹，但如果我们注意到邵燕祥写这首诗的时间是1978年12月，是在党的十一届三中全会刚刚开过的日子里，我们就会感到我们的诗人确实是相当敏感的，他对人民的渴望、时代的脉搏、历史的趋势有着深切的理解和正确的把握，并能够及时地按自己的方式把它反映在新的艺术构思和诗歌形象之中。

三

哦，你是另一种神秘果
你是邵燕祥的诗歌
（《神秘果——代诗话》）

“含笑向七十年代告别”以后，邵燕祥同祖国人民一起，高歌阔步走向80年代。

80年代，是我们伟大的祖国“迎着朝阳”开始展翅腾飞的年代。这个举世瞩目的东方巨人，一方面医治着自己身上和心上的种种创伤，认真总结了过去坎坷道路上的经验教训，一方面以前所未有的雄心、气魄和对前进道路上的困难有足够估计却又充满信心的镇定自若态度，冷静、乐观而又朝气勃勃地面向现代化、面向世界、面向未来。他审视着历史与现实，他思考着今天和明天，他重新认识了自己和世界。源远流长的文化传统，代代相传的奋斗精神，祖祖辈辈的理想追求，如今全化入他沸腾的热血，变成他宝贵的财富和力量的源泉。他由复苏，起步，而腾飞。于是全世界看见，在东方的地平线上，在这九百六十万平方公里的辽阔领域，冰化雪消，山欢水笑，改革的浪潮铺天盖地、汹涌澎湃……这是中华民族奋勇拼搏、不断开拓、大展宏图的时代。在“走过漫长的坎坷道路”，“阅历了许多沧桑”之后，邵燕祥敏锐地感触到了祖国人民和伟大时代的旺盛的呼吸、青春的活力，所以他以一种更饱满而深沉的激情，歌唱《劳动》，歌唱《长城》，歌唱《海之歌》，歌唱，“心在天上飞”、“脚在地上走”的“运河开掘者的后裔”、“长城垒筑者的后裔”——中国 80 年代的改革者、创业者、开拓者。他感到：“远方的地平线／从朦胧的雾霭中显现出来”，“以那样深的魅力／诱惑着我”；他宣告：“向世界敞开我们的胸怀／比大海更宽广的胸怀”；他听见祖国每一个地方都在召唤，“没有穷尽的地平线”，“到过”和“不曾到过”的城市和乡村，“江南水乡的叫天子”，“北极村黄昏的炊烟”，“葱岭巅顶的一抹晨曦”，“满月下的南海潮汐”，到处都在召唤“大地的真正主人”和时代的热情歌手，于是他豪迈地唱道：

人们说我是一个理想主义者
理想主义者有什么不好呢
你可以批评我的理想
但你无权嘲笑我对理想的热忱
（《走遍大地》）

我是愚公，又是智叟
在南山北山之间来往奔驰
我的担子两头一般沉重

一头是梦想，一头是现实
（《我是谁》）

这个要做“大地的真正主人”和“理想主义者”的“我”，这个“是愚公，又是智叟”，一头挑着“现实”，一头挑着“梦想”的“我”，当然是“我自己”，“又不仅仅是我自己”。在经历了从狂喜到痛定思痛的阶段之后，我们的诗人进入了思想活跃、感情凝重而灵魂平静的最佳创作时期。他不再一般地“絮聒冬天的故事”，“也不会唱轻浮的喜歌”，而是更多地从宏观的角度，以一种高屋建瓴的气势和宏阔博大的情怀，来抒写他对历史、现实、时代、生活的独特感受和深入思索。短小的诗章，已不足以容纳他把炽热奔放的激情和深思熟虑的哲理结合起来的丰富内涵，他便较多地采取了洋洋洒洒上百行以至数百行的诗歌形式，连续写下了一系列抒情长诗。除上面提到的以外，还有《不要废墟》、《怀念篇》、《北京与历史》、《荒原》、《命运》、《南京》、《十四岁，什么是我的事业？》、《与英雄碑论英雄》等等。这些诗，尽管主题不同，题材各异，但不论是怀念自己分散在各地的朋友，不论是献给开拓荒原的地质工作者，也不论是探讨自己和人民的命运，或歌颂十四岁——青春的起点，诗人都努力把历史和现实、把生活和理想、把宏观和微观、把自己和人民有机地自然地联系起来、统一起来，从而体现出一种可喜的思想高度和哲理深度，体现出一种强烈深沉而又博大恢宏的历史感和时代感。“谁说这是没有英雄的时代？”“我们的时代／是以人民命名的时代；我们的英雄／诞生在普通劳动者之中。”“英雄的人民是浩渺的银河系，正闪烁起千千万万英雄的星。”“为你所爱的人民而献身——或是电光石火的一瞬，或是艰辛劳动的一生。生为理想贡献一切，死把理想留在人间。不是为了死后让人纪念，要趁生前多做有益的事情。”

这种“直抒胸臆的粗犷和纯朴”，使我们感到，不仅“五十年代的精神”“还在八十年代的胸膛里燃烧”，不仅“中断了二十多年的歌”，又接着唱起来，而且烧得更旺盛、唱得更响亮了。严峻的现实主义和坚定的理想主义的结合，在这里上升到一个更高的层次；诗人邵燕祥“放开历史的长河”，“把眼光投向了无限的时间，无限的空间，无限的宏观、微观”的结果，使他的诗不断突破而达到一个新的水平。

我们伟大的社会主义祖国，没有“回到五十年代，而是跨向新的世纪”，邵燕祥的诗也正在跨向新的世纪。滚烫的激情，沸腾的热血，战斗的灵魂，使人感到还是那个邵燕祥，那个绝非“只会唱个人的休戚”的邵燕祥，那个高唱“到远方去”、呼唤人们去“为祖国奔忙”的邵燕祥，但又不仅仅是那个年轻而有些单纯天真的邵燕祥了，他比当年见得更多，想得更深，看得更远，他在坎坷的道路上同人民一起死去和成熟起来，他懂得“每一分钟，每一秒钟／我都不再是我自己”，他懂得了如何“从深邃的源泉／不断地奔向遥远的目的”，因而他的诗绝不停留在表面地浮浅地赞美一下建设图景新人新事或山水风光，而是常常以一种震动灵魂的声音和耐人深思的诗句，传达出“来自人民心灵深处的历史的召唤”，启发你“去发现世界的秘密，去发现永无穷尽的真理，去发现中国的明天，人类的未来”。高度的概括，以生活的积淀做基础；深刻的警句，以历史的反思为源泉；凝重的激情，为理性的光辉所照亮；这就使得邵燕祥这类直抒胸臆、有着强烈时代精神的政治抒情诗，豪壮而不空泛，高昂而有力量，既鼓舞人心又发人深省，给人以沉甸甸的感觉。

“路是无穷尽的／跋涉也将无穷”，“未知永远多于已知／日月跟我携手同行”(《命运》)。与人民同命运、与时代共脉搏的诗人，当然不会停止自己的追求。邵燕祥“以不疲倦的求索／接受命运的挑战”，他在那“轰然而来”、热气腾空的“华丽的夏天”，迎着汹涌澎湃的改革的浪潮，进一步走向时代的漩涡，并向自己创作道路上的新高峰又一次发动了新的冲刺。他更清晰地听到了人民激动的心跳、历史前进的足音和伟大时代不断加快的节奏。这节奏，“像打夯／像来潮……不是四方步／不是轻歌曼引／不是戴着镣铐跳舞／而是快三步”(《你听到一种节奏吗》)。他看到，在改革的道路上，“脚步匆匆，但是一点不凌乱，更不怕潮头浪花打湿裤管”；他看到，在沸腾的生活中，“精力追求速度，呼唤期望回答”，“喷泉随着音乐起舞，思想绕着现实飞旋”；但同时，他更看到，改革者每前进一步是多么艰难，中国要甩掉几千年因袭的负担而顺利腾飞是多么不容易啊！因此，我们的诗人发扬他当年写《贾桂香》的胆识和精神，面对现实生活中新与旧、进步与保守、真善美与假恶丑的尖锐矛盾，在继续写优美的抒情诗的同时，也写起“杂文诗”来，甚至干脆就写成一篇篇匕首、投枪式的杂文。他一手举着诗歌的火把，一手点燃杂文的烈焰，在向自己艺术高峰攀登。

早在1981年写的《人间要好诗》一文中，邵燕祥就说过：“诗当然不要写成分行的杂文；但也不要怕说理，写杂文诗也无不可，不过要像杂文一样，必有新意才能站得住脚。”诗与杂文，都是诗人言志、抒情、战斗的武器。“双枪并举”，无非是为了多一种手段，更有力更充分地表达他的思想感情，更好地满足和适应时代的需要，人民的需要。而对于邵燕祥来说，诗与杂文都适合于他的艺术个性和战斗气质，正好起到了互相补充、互相配合的作用。他的杂文里有诗的激情、诗的爱憎、诗的灵感，他的诗里也常常喷射出杂文式的尖锐的思想和语言的子弹。

经过了水淹、火灾、地震
和千奇百怪的灾异
多少崇高的生命已经永远消逝
而在幸存者中间
人还是人
蛆还是蛆
(《走遍大地》)

这是1982年写的抒情长诗中的句子，已经颇有点杂文气息，最近一两年写的《迪斯科》、《旋转餐厅》、《中国，怎样面对挑战》、《关于犹大》、《小小风车》、《风车想念堂·吉诃德》、《泉州偶遇》、《咏史》、《晒太阳》等等，简直可以说就是邵燕祥特有的把犀利的杂文和激情的诗结合起来的“杂文诗”了。这些诗中，有讥刺，有反讽，有愤怒的鞭挞，有急迫的呼唤，有深思熟虑的哲理，有刻骨铭心的警策，亦庄亦谐，嬉笑怒骂，酸甜苦辣，或耐人回味，或淋漓酣畅，而无论写什么和怎样写，却都是为了人民的利益和祖国的命运，字里行间时时跳动着诗人那一颗爱祖国、爱人民的炽热的赤心。“四面风光来眼底，万家欢乐到心头”，在《旋转餐厅》中，诗人端“一盅冰水”，临窗俯听古塔与新楼的争论：古塔这也看不惯，那也不喜欢，新楼却回答他：“你不喜欢，你算老几？”并充满信心而颇为自豪地说：“上天吧，上楼吧，旋转厅就在十八层上面，不过请放心，人民不会再走错房间。”这当然是富有象征意义、颇为耐人寻味的。

只服从前进的命令、时代的节拍，
不怕叫浪花打湿裤管。

这是邵燕祥对不断地闯新路、唱新歌的80年代改革者的歌颂，其实也可以看作是对他的诗歌创作道路的基本概括，是诗人内心的自白。近40年来，他正是这样的："只服从前进的命令、时代的节拍。"他不仅被浪花打湿过裤管，甚至几乎被淹死过，然而，他坚信，为人民、为时代而写的诗，"也许它会在风浪中消失，但一定会在风浪后重现"。因此，他总是努力使自己紧跟上时代的步伐，做人民的知心人、贴心人，从而同人民一起成长和成熟起来。

1985年5月12日，昆明

选自《当代作家评论》1987年第2期

“炼狱诗人”评述（节选）

张同吾

历史以自己的觉醒来矫正自己的失误，人民付出了高昂的代价才换取了历史的觉醒。面对着今日诗坛老中青三代诗人济济一堂的生动局面，不能不记取一段荒诞的历史对诗歌的戕害，不能不记取沉痛的教训。

经历了20余年漫长岁月的磨难，被囚禁被放逐的诗人们，像从炼狱中走出重归诗坛。在生活的底层，他们同人民的心贴得更近，更能理解人民的喜怒哀乐，对历史与人生的理解更深刻。他们复出之后的诗歌创作思想更犀利，内涵更丰富。因此，这些曾经罹难的诗人们，在新的历史时期到来之后，他们的力作更成为诗坛上一座座隆起的山脊，从一个重要的方面显示了新时期诗歌的成就。

邵燕祥是50年代跻身诗坛的才思敏捷的诗人。当他刚刚跨入青年的门槛，正值光明与黑暗相衔接的动荡年代，他以自己不可遏制的激情，呼喊出富有哲理的诗句：“我们有绞死绞刑者的绞刑，／我们有颠覆阴谋者的‘阴谋’。”（《金菩萨》）怀着这样坚定的人生信念和单纯的政治热忱，走进了一个崭新的时代。他看到了我们古老的大地开始萌生着希望，祖国从昂奋的身姿张开工业建设的翅膀。邵燕祥以诗人的良知和锐敏，发现了最能表现时代精神和人民意愿的主题，《到远方去》、《在夜晚的公路上》、《五月的夜》、《我们架设了这条超高压送电线》、《中国的道路呼唤着汽车》、《我们的钻探船轰隆轰隆响》等诗篇，都真实地反映了那个充满生机的时代风貌。“收拾停当我的行装，／马上要登程去远方。／心爱的同志送我／告别天安门广场。”这样平实无华的语言，却表现了一代人的心志。他这一时期的作品基调是热情奔放的，舒展的语句像山泉一样喷涌而出自然流淌，情真意切感人肺腑。经过了20多年的风雨涤荡，他变得更深沉更成熟，而深沉成熟的热情更有感人的力量。这十年之中，他出版了《在远方》、《献给历史的情歌》、《含笑向七十年代告别》、《如花怒放》、《邵燕祥抒情长诗选》等诗集。他新时期的作品，仍然保存了早年那种舒展自如的旋律，仍然充满了对生活的热忱，但比过去视野更开阔、感情更浑厚、风格更多样、艺术手法更灵活。在悲歌和欢歌相交融的日子里，他看到春天在化雪的夜里来了，人们深深地呼吸着早春的“清冽而甘甜的空气”，踏着“初化的夹杂着尘土的雪泥”，在生活的旷野上自由驰骋。诗人同人民一起经受了水火般的煎熬，这时尚来不及深入地思索，是谁欺骗了生活。他只是沉浸在惊喜与振奋之中，要把“隐约的青春的消息”，“寄给天边明艳的朝霞”（《花朝》）。他看到“中国正高扬起火红的诗歌，／前进在火红的新的历史时期”（《中国又有了诗歌》）。他只感到自己应该有“真诚的歌哭，激情的呐喊”以尽诗人的职责。他发誓要用“朱墨金粉作山水”，来描绘新时代的风貌，他曾跟随地质队员的足迹走遍祖国的千山万壑，他写画眉、写蜜蜂、写花草、写炊烟，一草一木能入画，一山一水有诗情。他的这类诗作题材广泛、构思新颖、风格清新，每一首都出自锦心绣口。“你的心，我的心，／曾经为同一个理想发颤。／让万里江山长作证，／我们的心永远不变。”他便以这样的赤子之情讴歌崭新的生活和人间一切美好的东西。邵燕祥近作最突出的特点，是由题旨的单纯走向了内涵的丰富，并且是以多重色彩描绘心灵的图像。《沉默的芭蕉》是写他在风雨潇潇之夜，面对着沉默的芭蕉弹奏的心曲。边乡寄旅，万籁俱寂，只有雨中的芭蕉与之相陪伴，引起了诗人对生活真谛的多重思索。在诗人的主观感受里芭蕉也有性格，也有幽思，也有难以承受的寂寞。他的感情是流动的：“芭蕉，芭蕉／且让我暖了搁冷的酒／凭窗斟给你喝／夜雨不停话不断／孤独，不是生活。”我们从诗人细微的感情波纹中，看到他对人生际遇的回忆，又看到他的生活准则。它包容着自己，因而真实动人；它不囿于自己，因而发人联想。其中既有淡淡的忧思，又有振奋的情绪，色调既有阴郁，又有明丽，这样精微而传神地表现了人的特定环境中的流动的心曲，给人以多重美的熏染和关于人生的多角度的启迪。能够表现邵燕祥巨大的思想容量和感情容量的作品，能够表现邵燕祥尖锐而深刻的历史观念、价值观念和美学观念的作品，往往是他的长篇抒情诗。《中国，怎样回答挑战》、《长征》、《不要废墟》、《走遍大地》、《北京与历史》、《十四岁：什么是我的事业》等篇章，或托物言志，或直抒胸臆，思想的涵盖面都相当广阔，他把历史的厚重感与鲜明的当代意识熔于一炉，严格地区分传统的精神财富与精神负荷，着眼于现实，着眼于未来，着眼于变革，思想犀利而深邃，感情激越而浑厚，笔致奔放而跳脱，形式自由而多样，能够代表新时期长篇抒情诗的新的艺术成就。

上面，我们简述了艾青、邵燕祥、公刘、流沙河、牛汉、绿原等六位诗人近年创作的艺术成果与艺术特色，并非想以此来概括新时期诗歌创作的成就，而是意在选择一个重要的角度，来认识新时期诗歌的一个重要特征——经历了漫长的政治灾难和崎岖的生活道路的诗人们形成了鲜明的共性——更执着地追求真理、更深刻地体察社会和人生，更热忱地从事诗的创作；同时，他们又是以不同的艺术个性来把握世界把握自己，创作出同是忠实于生活忠实于自己而又具有不同的艺术风格和不同的审美追求的诗作。诚然，他们是经历了历史灾难的众多诗人的代表，又以丰硕的创作成果丰富了我国新诗的艺术宝库。新时期蔚然壮观的诗的队伍，是包括他们在内的老、中、青三代诗人所组成的。

选自《当代作家评论》1987 年第 3 期

伟大的灵魂永不孤独

——关于邵燕祥《遐思》一诗的札记

胡天风

古典诗词运用典故固属家常便饭，但在整首诗词中，罗列许多没有联系的故事，以表达作品的题旨，却也并不多见。因为这种手法，用得不好，会显得杂乱无章。反之，如果用得好，则因故事本身能引起读者的丰富联想，致使作者可以省去许多笔墨，透露无尽言外之意，收到强烈的艺术效果。李商隐的诗《泪》，列举了六件挥泪的故事，结尾才点出自己的伤心更有甚于此。辛弃疾的词《贺新郎·别茂嘉十二弟》，列举了五件离别的故事，借以抒发家国兴亡之感。这是两个成功的例子。

在新诗中，运用典故本来就少，但邵燕祥的《遐思》（载其得奖诗集《迟开的花》），却是李、辛式的一首奇诗，值得我们注意。

《遐思》提出了伟大人物究竟是否孤独的问题。古今中外，曾有多少爱国英雄、革命志士以及同情人民、坚持真理的作家和科学家，或遭排斥、放逐，或遭监禁、拷打，以至被杀害，其际遇可谓孤独悲苦之极。但是由于他们抱有坚定信念，所以精神无比博大，并没有丝毫孤独之感。这是诗人最后给我们的回答。而在开始，他却只说："让我们携手同行／去寻找孤独的人做伴"，接着便饱含感情地介绍了一群"孤独的人"和我们结识。试看这是一些怎样的"孤独的人"啊！

"他那里雪地冰天／十九年，只有／手中的节杖／地上的羊／天上的雁／行行在贝加尔湖边"——汉代苏武出使匈奴，被扣留迫降，但他宁死不屈，于是被徙往北海（今贝加尔湖）边牧羊，经过十九年磨折，才得以释放回汉。

"前不见古人／后不见来者／登蓟门／远树如烟／只见大道直如发／只见大道如青天"——前两句引自陈子昂的《登幽州台歌》。陈子昂是唐代诗歌革新的先驱，在政治上很有见识。但不为武则天所喜，一度被株连下狱。后从军北方，为武攸宜参谋。武不谙军事，打了败仗。陈向他提供建议，他不但不听，反给陈以降职处分。因此陈在登幽州台（即蓟北楼，故址在今北京市南）时，凭栏远眺，独立苍茫，深感知音难遇，报国无门，不禁慷慨悲歌，怆然泪下。陈诗说了两个“不见”，邵诗又补充了两个“只见”——“只见大道直如发 / 只见大道如青天”。“大道如青天，我独不得出。”这是伟大诗人李白的慨叹。李白才华横溢，但唐明皇不过视之为弄臣，接着更听信谗言，予以遣出。李白也曾北游蓟门。陈子昂后被射洪县令害死狱中，李白则遭到过流放。两人的遭遇类似，思想感情是完全相通的。

“茫茫的瀚海 / 漫漫的阳关 / 夕阳红处 / 已不是长安”——白居易《题岳阳楼》诗曾有“夕波红处近长安”之句。北宋首都虽在开封，但张舜民因受贬谪路过岳阳时，写的《卖花声 · 题岳阳楼》一词，仍化用白诗，说：“回首夕阳红尽处，应是长安。”邵诗说“夕阳红处 / 已不是长安”，恰与之相反。这似乎是指含冤负屈流放新疆者而言。阳关，在今甘肃敦煌西南。唱罢《阳关三叠》，西出阳关，向瀚海而去，夕阳红处，当然只能是更西边的新疆一带，而不是东边的长安了。想被流放者身行瀚海，心系故国，当黄昏来临之际，已不可能凭大漠落日，来辨认自己念念不忘的京华，其凄凉寂寞之情，当更超过在洞庭湖畔的岳阳楼了。

“仆姑箭曾扣霹雳弦 / 拍烂了多少栏杆 / 千古江山 / 万里江山 / 梦里江山”——南宋著名爱国词人辛弃疾，一生志在收复中原，但得到的报偿却是罢官闲居 20 多年，他的满怀壮心，只能寄托在诗词之中。他在追忆少年时的抗金经历和想象进行收复失地的战争时，曾写过“仆姑箭曾扣霹雳弦”、“弓如霹雳弦惊”之句。在抱负难展、抑郁塞胸时，曾写过“把吴钩看了，栏杆拍遍，无人会，登临意”和“有时思到难思处，拍碎栏杆人不知”之句。此外还有“千古江山，英雄无觅孙仲谋处”和“布被秋宵梦觉，眼前万里江山”等词句。“千古”指时间之长，“万里”指空间之广。无论从哪方面说，沦入敌手的大好河山，都永远萦回在词人的梦里。

“有文文山 / 还有杨椒山 / 文章出自辣手 / 道义担在铁肩”——文天祥，号文山，是南宋民族英雄，被元军俘往大都（今北京），囚禁五年，不屈被杀。杨继盛，号椒山，明代正直官吏，因劾奏奸相严嵩十大罪，被捕下狱三年，受尽酷刑后被杀。杨曾写过："铁肩担道义，辣手著文章"的诗句。李大钊烈士生前曾改"辣"为"妙"，写成一副对联赠人。

"铁一样的悬崖／兀立在伏尔加河畔／沉思默想的斯捷潘／从此一去不还"——斯捷潘·拉辛，是俄国农民起义领袖，传说他曾坐在一悬崖上经过整夜沉思，才下定起义决心，后失败，被杀于莫斯科。

"二百年后，无情的潮水／击打着叶尔色岛岩岸／只有暴风雨、惊涛与黑暗／没有桅，没有帆，没有灯塔，没有船／你这流囚，你这逐客，你这老人／心底可终于感到了孤单？／而此时此刻，你以你最后的话／回答了不可一世的拿破仑第三"——法国伟大作家雨果，1851 年因反对路易·波拿巴（拿破仑之侄）复辟帝制，被放逐出国，雨果辗转流亡多处，最后至盖纳西岛。其间曾严词拒绝波拿巴的所谓"赦免"，直到 19 年后波拿巴在普法战争中失败被俘，雨果才回到巴黎，这时他已是 68 岁的老人了。在漫长的流亡中，雨果的精神生活始终丰富。他在回忆中曾风趣地说："我当然喜欢流亡，……用不着接待来访，用不着拜访别人，只身独处的快乐，宁静的阅读，宁静的遐想，宁静的写作……。"本节诗开头说的"二百年后"，是接着斯捷潘·拉辛讲的。拉辛于 1671 年失败，距雨果开始流亡之 1851 年为 180 年，距他结束流亡之 1870 年为 199 年。说二百年是举其概数。

"二十年后，无情的潮水又／拍击着波利尼西亚的海滩／风摧雨打的公社之花／面对着一样起伏的波澜"——"二十年后"，指从雨果开始流亡之 1851 年，到爆发轰轰烈烈的巴黎公社革命的 1871 年。"公社之花"，指被革命群众誉为"红色圣女"的路易斯·米歇尔。米歇尔热情宣传革命，并曾英勇参加街垒战，杀死敌人多名，被捕后流放到太平洋一小岛，长达八年之久。她一生写了不少慷慨激昂的诗篇，这些作品是无产阶级革命文学的瑰宝。

三十三根铁栏／六十六根铁栏／九十九根铁栏／古往今来／竟成志士的家常便饭"——诗人至此，不禁对英雄志士之被囚禁，发出了深深的愤懑，接着又列举了古今四个例子。

"刘琨不得舞剑／祖逖不得扬鞭"——刘琨、祖逖同为晋代反抗外族侵略的爱国将领，“闻鸡起舞”、“祖鞭先著”和“击楫中流”都是他们的故事。刘琨在愍帝时任大将军，长期驻守并州，与石勒、刘聪相抗，后被鲜卑族酋长段匹磾所缢杀。祖逖在元帝时任奋威将军、豫州刺史，曾收复黄河以南失地，但东晋政权不支持他的进取，结果忧愤而死。他虽没有坐过监狱，但东晋统治者为他的爱国行动所设置的“铁栏”还少吗？

“他曾横刀立马／到此不能驰骋／她有千愁万恨／箝口不得发言”——前者说的是彭德怀元帅，后者说的是张志新烈士，这是众所周知的，用不着多说。

下面诗人从“铁栏”进一步写到了“单人牢监”——“孤独能够杀人／才设下单人牢监”。单人牢监看来不是酷刑，其实胜过酷刑。它使人与世隔绝，能把人折磨到发狂。然而一切志士仁人，砍头都不怕，又何惧乎单人牢监。

“但秋瑾不愁风雨／李卓吾没有疯癫”——秋瑾是资产阶级民主革命的女战士，积极从事反清革命活动，不幸事泄被捕，就义于绍兴，临刑前写下了“秋风秋雨愁杀人”七个大字，表达她对革命失败的惋惜，对祖国命运的担心。李卓吾即李贽，明代思想家、文学家，曾做过知府，后自标“异端”，反对礼教，抨击道学，到 75 岁高龄时，终被统治者以“敢倡乱道，惑世诬民”罪名，逮捕入狱，自刎而死。

“在偌大的渺小的地球上／他曾一个人站在一边／他坚信，并且坚持宣告／‘地球依然在旋转！’”——17 世纪意大利物理学家、天文学家伽利略，由于支持并发展了哥白尼的地动说，遭到罗马教廷的惩罚，于 1633 年强迫这位 70 岁的科学家承认世界是上帝创造的，地球是不动的，否则就要处以火刑。而他站起来时仍然坚定地说：“但是地球自己在动啊！”

“‘人们，我爱你们，／你们可要警惕啊！’／这又是从哪里传出的／孤处囚室者的遗言？”——这是伏契克的遗言。伏契克是捷克斯洛伐克抗德斗争时的地下共产党中央委员，1942 年被捕，第二年被杀害于柏林狱中。他在囚禁中，瞒过秘密警察，用铅笔头在一张张小纸片上写成了《绞刑架下的报告》一书，描绘了纳粹占领时期普通捷克人的英勇斗争，也勾勒了德国强盗和投敌分子的丑恶嘴脸，显示了胜利必定属于共产党和人民的坚定信心。“人们，我爱你们！你们可要警惕啊！”是本书的结束语，它已成了世界革命人民永远铭记的箴言。

《遐思》引导我们寻找了十七八个“孤独的人”，上下两千年，纵横四五国，他们的经历虽各不相同，但坚持真理、正义，热爱祖国、人民，在刀锯斧钺或高官厚禄面前毫不动摇，则是一致的。他们的境遇固然凄凉悲惨，但他们的精神却无比崇高。因此诗人最后响亮地指出："那些伟大的灵魂／一千年一万年也不孤独／而转瞬变成孤家寡人的／正是前呼后拥的独夫！"

站在真理一边的“孤独的”其实并不孤独，而逆时代潮流而动的显赫之徒则不过是独夫民贼而已。这是历史的辩证法，也是《遐思》一诗给我们的启示。

王国维曾极力推崇辛弃疾的《贺新郎·别茂嘉十二弟》，说它“章法绝妙”，“能品而几于神”，甚至认为“后人不能学也”。这虽然说得未免太过，但王国维的鉴赏力却是不可否认的。然而辛词只不过举了五个离别故事，《遐思》却一连举了十七八个所谓“孤独的人”，它像一江流水，浩浩荡荡，而又逶迤曲折，千变万化，真不愧是一首难得的奇诗。

选自《写作》1988 年第 2 期

呼唤长诗力作

——读《邵燕祥抒情长诗集》所想

叶　橹

诗人的智力结构及其感应生活的心理、方式，脱离不了他所生活的时代一定的历史文化背景。在某种程度上说，一定的历史文化背景对一个诗人的影响和塑造，基本上决定着他的创作倾向。对于50年代登上诗坛的一大批诗人来说，当今普遍面临着一种诗歌观念的挑战。能够清醒地认识到自己的优势与劣势的人，将会在这种挑战面前进行新的抉择，从而有可能在创作上出现新的突破，而对此缺乏清醒认识的人，也许可能因左顾右盼而举棋不定，甚至造成“邯郸学步”而丧失自我的悲剧。因此，对这一代的诗人在新形势下的艺术探索应当给以积极审慎的评价。

正是基于这种观点，我觉得《邵燕祥抒情长诗集》是应当予以充分关注和评价的一本优秀之作。收入这本诗集的十三篇抒情长诗，从不同的历史视角回顾和表现了一个诗人的思考和艺术探求。它的抒情方式在当今的中国诗坛上具有特异的色彩，使人们不能不另眼相看。

邵燕祥不是一个躲在象牙之塔的尖端吟风弄月的诗人。尽管真诚的追求和信念曾几度横遭亵渎，辛勤劳动的双手也为荆棘所刺伤，然而他始终没有忘记自己作为一个正直的诗人所应肩负的社会责任。“我以诗束发言／不怕把诗写在水面／也许它会在风浪中消失／但一定会在风浪后重现”（《海之歌》）。这种自觉地把诗同时代和社会的风云变幻紧密联结在一起的精神，曾经是整整两代人所接受的有关文学观念的教育，是特定的历史文化背景下所造就的艺术心态。今天，历史已经前进了一大步，在经历了曲折的坎坷之路以后，人们反思历史，总结教训，以更为宽松的气度来从不同的角度考察诗的社会功能，自然不必再拘于单向性地思考。然而，作为一个具体的诗人的考察，仍然必须承认并正视其个体的基本素质。对于邵燕祥来说，从50年代开始的自觉地使诗与时代和社会生活紧密联结在一起的艺术创作之路，一直到今天，存在着一种一以贯之的特色。人们没有必要也不可能去改变他这种颇为顽强的艺术探索。也许有人会认为他的这种艺术上的执着具有一定程度的危险性，使诗甘冒背离自身而沦为“政治传声筒”的风险。我却认为，历史既然已如此地塑造了他，要想从根本上改变他的这种艺术品格，无异于使他离开诗歌创作的道路。他除了沿着这条道路开辟出新的艺术境界之外也别无选择。

问题显然并不在于使诗摆脱对时代和社会的关注，而是在于如何充分地发挥诗人自身的特长。他的《不要废墟》和《长城》，可以说是新时期以来长篇抒情诗的难得佳制。新时期的诗歌创作所出现的令人眼花缭乱的变化，从总体上勾勒出一种群体意识的觉醒，这当然是十分可喜的。然而真正的扛鼎之作甚少，却也是难以否认的事实。在一个巨大变化的历史背景下，仅仅出现若干构思精巧、出奇制胜的短章佳句，显然是不够的。人们有理由呼唤气势恢宏的黄钟大吕式的巨制。正是在这个意义上，《不要废墟》和《长城》具有一种俯瞰古今而充满历史的沉重感和悲壮感的气势。如果要在艺术上进行严格的挑剔，这两首诗并非无可疵议，但是在总体格局和诗的内在气质上，它们却具有一种苍劲雄奇之美，贯串着一种执着追求和精神觉醒的信念。“共和国的青春／竟变成了废墟／而我们就在废墟边／咀嚼火红的年华的记忆？／连曾经有过的快乐也归于虚幻／只有痛苦是真实的，沉重的，触摸得到的。”这样的心态，这样的反思，对于生活在当今中国现实的几代人，都可以从不同的生活体验和经历中加以把握。人们不必指望诗人给大家指出一条生活的坦途，也不愿聆听种种脱离实际的空洞教条；但是，对于诗人发自内心的赤诚告白，却不可以任意亵渎。对于“我寻找”之类的呼声，不同的人们是可以做各种各样的理解的。面对废墟，邵燕祥的告白则是：

我和我的同代人／不是乞怜的弱者／给我锄／给我镐／给我铁锹／让我在废墟上深深挖掘／挖掘出废墟所掩埋的／闪光的理想／挖掘出废墟所掩埋的／不锈的信心／我还要挖掘出结成盐粒的汗珠和泪滴／找回我折断了翅膀的快乐的歌声

也许，对于这种乐观主义和英雄主义，会有人加以轻蔑和嘲弄。但是请不要剥夺别人发言的权利，也不要认定所有这类告白都是虚假和伪善。历史终将证明，诗的品格与诗人的人格是不能任意亵渎的。浅薄的乐观主义和英雄主义固不足取，而轻浮的玩世不恭和故作姿态，也未必会使诗获得生命力。

沉重而不颓唐，悲愤而不绝望，正是我们这个时代所需要的精神。没有沉重感和悲愤感的人，也许是近于麻木的冷漠；但是一味颓唐和绝望，最终也扼杀了诗。《长城》所贯串的诗的精神，正是在一种沉重而悲愤的对历史和现实的反思中高扬的奋起精神。诗人以独特的抒情方式所讴歌的“长城”，是一个“曝干了鬃上的水滴／沉淀出历史之盐”的象征性意象。在它的历史眼光的俯视下，“遗忘一切”的劝告变成“不能遗忘”的回答，“缄默了两千多年”的历史“要像黄果树瀑布那样”放声呼吁。于是有了对历史的反思，于是有了对现实的针砭。“长城”不应成为抱残守缺的借口，“长城”更不能成为“不肖的忤逆的子孙”换来外币的财源。“我愿意你们惊叹于我的／古老和气势磅礴／我更愿意在你们的脚下／称你们为当之无愧的巨人”，这就是作为中华民族历史象征的“长城”，对于自己子孙的殷切期望。任何一个没有失去良知的现代中国人，都应当倾听一下这历史的呼声，从中得到警策和启迪。

当今的中国诗坛，不乏各种显示出诗人灵气的精篇巧构，也不乏表现多样化艺术追求的短章佳作，然而，能够以博大恢宏的气势和广阔深邃的历史眼光来抒发情怀的长篇抒情诗，的确是太显得匮乏了。人们也许是被某种心灵的阴影所阻障，对那些败坏艺术声誉的假大空的豪言壮语的记忆难以抹去，因而对此类诗篇产生了本能的抗拒和反感。我倒是觉得，现在正是一个酝酿和孕育长篇巨制的抒情诗的良好时机。当人们普遍地对那些低吟浅唱的诗存在一种厌烦情绪时，当一些人有意无意地把诗越来越拖向脱离现实的羊肠小道时，如果有这样的诗人，敢于对诗坛进行一次强度大的冲击，以充满激情而又富有力度的长篇巨制来刷新人们耳目，也许他就会成为改变乃至造就一代诗风的大诗人。自然，这与任何投机取巧的市侩心理无缘。没有足够的感情积蓄，没有深刻的生活体察，没有对诗的艺术的独到而高明的把握和表现，是不可能充当这样的历史性人物的。我期愿并呼吁这样的诗人出现，但并不鼓动任何写诗的人去做这种冒险，更反对投机心理。

由于对诗坛所存在的某种困惑的体验，也由于对诗所存在的殷切期待，我才借读了《邵燕祥抒情长诗集》的机会，写下这读后感。我不认为这本诗集已经达到了理想的艺术成就，它的各篇显然在艺术上参差不齐。但是在当今的中国诗坛，人们仍然很难找出一部如此集中的长篇抒情诗集，而在艺术上能与之媲美的长篇抒情诗也不多见。写长篇抒情诗更需丰富的感情积蓄，更需有深厚博大的胆识和艺术功力，因此要达到理想的境界无疑是难度极大的。唯其困难，才应当有更多有志者的攀登。

作为一个与邵燕祥同时代的人，我对他的诗有一种特殊的感情和理解，然而我也不能不稍稍地感到遗憾，近些年来，他似乎以更多的精力来从事杂文的写作。他的杂文也写得尖锐而有力度，但是作为一个仍然具有创作实力和潜力的诗人，我以为他应该对中国的诗坛做出更大更多的贡献，不知他以为然否？

选自《文艺报》1988 年 5 月 28 日

被闪电灼伤过的翅膀

——记著名诗人邵燕祥

胡世宗

用如剪的燕语剪断愁思

1983 年 8 月，我收到邵燕祥同志题签寄赠的诗集《如花怒放》。当即拜读。我用一个晚上把它读完了，并随手在书页的空白处写下了自己的零星的印象和感想。其中有一首《燕子的歌》，我在诗的标题一侧用铅笔写了一行字："这是诗人的自白吗？"

四年之后，有一次，燕祥信手翻阅我保存的这本诗集，无意中看到了我草草写下的这行字，对我说："你说我的《燕子的歌》是'诗人的自白'，谢冕也曾为此写信给我，说这首诗他是当作诗人的自白来读的……"

"我是一只北京的雨燕／曾经飞越大海的波涛／穿过凄寒的风雨，墨黑的云层／被闪电灼伤了翅膀／跌落在雷劈过的礁石上／咽下痛苦，也咽下歌声／在一阵又一阵浪潮冲击下／吮吸着总不愈合的伤口／梳理过凌乱的羽毛／然后重新冲进狂风和暴雨……"

这"雨燕"不正是诗人自身的画像吗？

邵燕祥不止一次地做这种信手拈来却蕴含深邃的比喻。1977 年 6 月他写的《献诗》，就曾响亮地喊出"我是雨燕"，只不过考虑到当时形成已久的读者欣赏习惯，不得已地在"我是雨燕"之前加上"我想象"三个字。1981 年 8 月，在《不要废墟》这首长诗中，面对"1976：陌生的废墟"，他这样激情地唱道：

让我在废墟上深深挖掘／挖掘出废墟所掩埋的／闪光的理想／挖掘出废墟所掩埋的／不锈的信心／我还要挖掘出熬成盐粒的汗珠和泪滴／找回我折断了翅膀

的快乐的歌声

依然是燕子的歌唱，依然是诗人的自白。

燕祥就是这样的一只燕子。

命定是阳光的儿子

邵燕祥曾应美国新闻总署的邀请到美国访问和写作。在美期间，他接受了“美国之音”记者的采访，他三言两语地谈了对美国这块“新大陆”的印象，同时概括地谈了自己写诗的历史。

邵燕祥于1933年出生在北京（当时叫北平）。虽然他从小就开始写诗，但他却不是从写诗起步走上文学之路的。他最先发表的是杂文、小品。当时是1946年他只是13岁。他从14岁起，他开始在北京、天津报纸副刊发表诗作。邵燕祥说，他和当时在国统区一些参加到进步学生运动中同时又喜爱诗的青年人一样，主要是受艾青、田间等“七月诗丛”中的作品和包括“七月派”诗人如绿原等的影响。朗诵“七月派”的诗，还有马凡陀山歌及从解放区来的诗，经常成为邵燕祥及其伙伴们秘密的、半公开的诗社和读书会活动的内容。燕祥从1946年13岁开始接触到地下党的同志，他称他们为“领路人”。当时燕祥加入地下党领导的“自由读书会”，办了一张报叫《自由周刊》。那时他就读于汇文中学，也就是后来的北京第二十六中学，30年代彭雪枫、方毅等都曾在这个学校读书和参加革命活动。

我曾看到燕祥整理的一本旧日的诗稿，是解放前1947至1948年间，他在国统区的报刊上用本名以及“汉野平”的笔名发表的。主要报刊有北平的《平明日报·星期艺文》（沈从文、周定一编）、《经世日报·文艺周刊》（杨振声、金隄编）、《国民新报·青年文艺》（孙复编），还有天津《大公报》、上海《诗创造》等，总数大约有六七十首；这些诗只在《献给历史的情歌》中收入几首。当时一些素不相识的编辑，对他这个陌生的投稿者给予极大的支持和帮助，如他始终未曾谋面的金隄。在1948年春天，金隄编发了他总题为《长短句》的一些小诗之后，还针对一封匿名责难燕祥的读者来信，写了公开信《致不知姓名的先生》，既指出燕祥习作的不足，又为他的幼稚做了慷慨的辩护。燕祥说他自己比较偏爱当年写的这些“早熟的酸果”。国统区言论不自由，他的心灵是自由的，想怎么写就怎么写，并不准备发表。起初是在日历纸的背面或随手抓来的什么纸上，记下自己的诗思之后，改用从地摊儿上廉价买来的日本方格信纸，每页 20 行，每本 100 页。至今他还保存着 1948 年 4 月至年底写满的十余本这种“方格信纸”。今日的读者可以透过这些不成熟的“酸涩”的诗行，依稀看到一个向往光明、诀别黑暗的少年那颗怦怦跳动的心。

要没有晴天就都得死／我们／命定是阳光的儿子（见《晴天》）

朝阳花，你晨光的喇叭／向太阳，吹呀（见《朝阳花赞》）

……

有一首 1948 年夏季所作的《金菩萨》，写一个破庙里的泥胎菩萨，庙太破了，一场暴风雨，庙就塌掉了，暴风雨之后，清除庙的废墟，盖起了小学校。这是燕祥对蒋家王朝的诅咒，对解放区、新社会的向往。诗里有两句：“我们有颠覆阴谋者的阴谋／我们有绞死绞刑者的绞刑”。在回顾这首诗写作发表过程时，燕祥对我说：“这两句诗，概括了我那个时期在诗里主要想说的话。”

燕祥第一次发表诗作是 1947 年 4 月写成、9 月刊登在《平明日报》上的《失去譬喻的人们》（外一首《偶感》），后者是对春天来了的感慨，前者则是讽刺国民党官僚们坏到无可比拟的程度。1978 年，燕祥又写了一首《失去比喻》，袭用了 30 年前旧作的题意，控诉了“四人帮”无可比拟的恶行。

鲁迅的启示与引导

有一件事，对燕祥一生有过重大的影响。这就是在 1943 年冬至 1947 年夏，他几乎读完了鲁迅全部的小说和杂文的单行本。起因很偶然。一天，哥哥买回一本鲁迅的《彷徨》，还有一本田汉改编的剧本《阿 Q 正传》。哥哥比他年长 5 岁，左右着他的读书兴趣。在炉火边，阿 Q 和《呐喊》里的其他人物在他眼前活动起来；在岁尾年首的爆竹声中，他读着《祝福》、《长明灯》和《伤逝》，领略着非他的年龄所能理解的痛苦。

对于燕祥来说，无论是少年时的诗作还是壮年时的杂文，都受到鲁迅深深的影响。他说他早期名之为诗的“长短句”，有一些就得益于鲁迅的启发，甚至可以从鲁迅的某篇作品找到直接的渊源。如《犬吠》：“午夜里有着／无间的犬吠。／以前我在莽原里，却曾听过豹子的声音。／豹子／守卫着山林的家属／犬／守卫着主人的鼾息。”就是从《准风月谈》的《秋夜纪游》里来的。

以一代诗人搁笔为代价的脱颖而出

新疆诗人杨牧给燕祥寄来两本燕祥的诗集，嘱燕祥签名后寄回。杨牧在信里说：“我买到你一本新书，手边还有你早年出的第一本书。你早年的这本我已保留了 21 年，是从一个礼堂堆破烂的角落里拾到的，抄家的书都堆放在那里……”燕祥接到这书、这信，感慨多端，他在书的扉页上写了这样一段话：“这本书已保存了 21 年，对我有纪念意义，对你也有纪念意义，使我们想起那个有关的年月，它作为一个国家出版社能出版我一个 18 岁作者的不成熟的诗集，这表明我们当时共和国年轻的时候还有朝气，还没有太多的受到论资排辈的羁绊。另一方面要看到像我，甚至包括我在内的一代年轻的新作者的脱颖而出，也几乎是以一代诗人的搁笔作为代价的。”在这里，又可看到他思考问题的细密周到，同时也可看到他思考问题的尖锐和深刻。燕祥认为：中国新诗发展到 30、40 年代已经相当成熟；大量的在国统区的诗人，为中国新诗的成熟做出了相当的贡献，但是在建国之后，面临着向解放区文艺看齐的任务，表现在诗歌方面，由于观念的偏狭，使得我们一些倾向进步、热爱革命、希望为人民服务的诗人们，放下了自己熟悉的武器，连大诗人卞之琳也试图实现这一转变，结果是民歌体没写好，自由体也放弃了。要全面评价这一时期诗歌创作指导思想的得失，也许还有待一段时间。但燕祥清醒的认识是冷峻的，他对我说：“当时我这个不成熟的诗作者能取代成熟的老诗人出现在诗歌界，有一种历史的歉疚之感。我们没有在 50 年代把我国五四以来正在发展的新诗推向一个更高的阶段。”

可悲的沉船的年代

“在我的记忆里，那是一个寒冷的春天。我不记得那时候的天气预报和温度记录，但是现在一想起那个春天，还像掉进冰窟窿，或穿着单薄的衣服鹄立在四顾苍茫的大风阵中。”这是燕祥回顾1958年初那个沉船的年代时写下的一段文字。

24岁的诗人邵燕祥对党是忠诚的，他有着充沛饱满然而显得幼稚的革命激情。

1957年6月1日上午，他在白纸坊人民印刷厂礼堂听一位高级领导同志的报告。这位领导同志号召大家做好反击“大人先生们”的准备，因为这些“大人先生们”在大鸣大放中大放厥词，已经“图穷匕见”了。6月2日晚，他又兴致勃勃地参加了诗刊社举办的端阳茶会；6月8日人民日报发表《这是为什么？》的社论；6月11日人民日报发表了邵燕祥的急就章《大人先生们的心事》。这可以说是一首及时紧密配合政治任务的诗，是用第一人称写的，一头一尾加了引号。燕祥幽默地回顾这段往事说：“然而我们的群众在提高了革命警惕性以后，就不管引号不引号了。一个剧本里反面人物的台词既然可以作为剧作家的政见，何况一首第一人称的诗呢？”不久，人民日报转来了读者来信，指斥这首诗喊出了资产阶级右派的心声。燕祥心平气和地复信，做了解释，并声明作者本人不是右派，请放心。其实不该放心的恰恰是作者本人。8月份，他所在的党支部就查他的问题了，并向上级党委报告请示了处理办法，而他本人却全无知觉，这时正像他的支部书记在起草的报道中所用的言词：“他一直不动声色，装得若无其事的样子。”紧接着，为他开了10次支部大会，让他检查、交代，大家揭发、批判。

作为一名年轻的共产党员邵燕祥，是紧跟党和人民的。我有机会看到诗人自己保存的一本1957年作家出版社出版的诗集《到远方去》。我无意间读到诗人当时在诗集里面写的批注。例如在《歌唱，红色歌手们》这首诗有一节：“当你以歌声拥抱人民，你们的歌声才嘹亮，当你们以歌声证明你们是战士，你们的生命才闪光。”在这一节铅字的旁边，诗人写道“错了！不能仅仅以歌声证明自己是战士！ 58.2.26”。这些文字表明他的真实心迹，而正是他写这些文字的1958年2月，他在被宣布行政处分之后，又被开除了党籍。

“船是沉了。一颗对党对人民的拳拳之心，却没有沉沦海底，没有随汪洋而俱去。”诗人的创作生涯中断了，却没有完结。

在诗的大海里，邵燕祥这条沉船，到1962年才浮上一点桅杆。《人民文学》发表了他的两首短诗《夜耕》和《灯火》，《大公报》、《北京日报》和内蒙古的《草原》月刊也分别发了他的诗作。重要的不是邵燕祥这些作品本身如何，而是公开发表了以“邵燕祥”署名的作品。

不过好景不长，1962年9月北戴河会议提出了“千万不要忘记阶级斗争”之后，船就没有再浮上水面。当邵燕祥的诗再次铅印发表，已经是15年后的1978年了。

歌声里那份快乐在燃烧

我觉得，人的刚毅与否主要不在于人的体魄；人的乐观与否主要不在于人的处境。邵燕祥的体魄并不强壮，但我觉得他是刚毅的，邵燕祥的处境并不顺利，但我觉得他是乐观的。

什么是命运？命运／就是必然／而我以不疲倦的求索／接受命运的挑战（《命运》）

这是邵燕祥的人生宣言。他在生活道路和创作道路留下的一个个深深的脚印，都可以看作是这宣言的佐证。

邵燕祥的诗歌里总是有一种昂奋的乐观的情绪。1952年，在那第一个5年计划开始的前夕，他写下了《到远方去》，表达了共和国“年轻的接力人”毫不留恋地告别北京到大西北去的壮志，也反映了他的同龄人的典型情怀。当他在生活中经历了坎坷，1978年重新写作。有人对他说：“在你的诗里没有了早年那种乐观主义了。”他回答：“不是没有乐观主义，只是乐观主义成熟了，只是没有了年轻人的、天真的、虽然明朗但是比较浅薄的乐观主义。”1978年以后，邵燕祥重新开始的歌唱比以前深沉多了，也就是说成熟多了。

1981年初，他在一首诗中这样唱道：“……多少老树像我一样／又在春天抽新条／该红的又红了／该绿的又绿了／该醒的已醒来／该欢跃的正欢跃／可熟人听我唱新歌／都说再也听不到——／早年我的歌声里／那份欢乐在燃烧／从前即使唱悲歌／也带几分快乐的调／如今声音虽发颤／我的心还不老／我不信快乐的歌声／会随着青春雾散云消／欢乐若只跟青春做伴／就向青春的心儿深处去找……”我没有这首诗的任何铅印件、打印件或诗人的手稿，我是从一盒录音磁带上，听到诗人接受电台记者采访的讲话，而把它一句句地记录到纸上的，因而我珍视它。

燕祥是刚强而又欢乐的。

不会脱落的健翎

一位哲人曾谈到缺少自省自责精神对于从事创造性劳动的艺术家是危险的，他说：“由于他停止了自我批评，他羽毛上的健翎终于纷纷脱落……”

燕祥文笔很犀利，人却是很谦和的。我不断读到他的随笔，并听人谈到一些有关他的事，觉得他有一种严格的自省自责的精神。

有一位友人给燕祥写信，对他的诗《人民·历史·世界》、《中国又有了诗歌》等8、9篇新作，逐首直面批评，远远超出了字句的推敲之外，友人急切而诚挚地指出：“转眼，20年过去了，这又是怎样的20年啊，伟大的和卑微的，真实的和虚伪的，残酷的和热情的……这些强烈的对比，闪电般的变幻，狂风飞浪，我希望在您的诗里看到更多的反响。士隔三日都要刮目，况是一两千个‘三日’呢？我希望在饱经沧桑风雨之后，出现一个更巨大、勇敢、成熟的形象。”燕祥已把这封信披露于世，他说：“比起对我的习作的赞许，我更看重批评，也许我一时还不能完全理解和接受，但促我清醒，在自己的认识水平上择善而从。”

对前辈、同辈诗人朋友的批评，他是看重的；对陌生的青年读者的意见，他也采取同样的态度。1985年，燕祥到武夷山去开一个崇安县诗歌作者座谈会，有一个年轻人拿着他的两本诗集，上面有这个年轻人对他的诗作的详细批注，其中有肯定也有批评，甚至是尖锐的批评。燕祥看到后十分高兴，征求了这个年轻人的同意，把这两本书借到手，连夜把这些批注抄了下来，还准备写一点自己的感想。

1956年，邵燕祥出版的诗集《给同志们》，收入了几首配合反胡风的诗。燕祥曾在《晨昏随笔》中表示了歉疚的心情。1981 年，胡风住在北医三院神经科，邵燕祥和邹荻帆去看望这位饱经风霜和忧患的老诗人。当时胡风除了神经科病症之外又有感冒什么的，身体不好。燕祥和荻帆不能久坐，没多说什么，也没有来得及当面向胡风道歉。每当想起这件事，燕祥都觉得是个不能弥补的遗憾。

燕祥的工作岗位长期在广播事业局。1978 年 10 月调到中国作协诗刊社；1979 年 1 月为其“右派分子”一案平反；1984 年 11 月底他才脱离诗刊编务。他的创作成果主要在两个年代：50 年代出版了五本诗集——《歌唱北京城》、《到远方去》、《给同志们》、《八月的营火》、《芦管》；80 年代出了八本诗集——《献给历史的情歌》、《含笑向 70 年代告别》、《在远方》、《为青春作证》、《如花怒放》、《岁月与酒》、《迟开的花》、《邵燕祥抒情长诗集》，两本诗话——《晨昏随笔》、《赠给十八岁的诗人》和四本杂文集子。据说他有一本 1984 至 1987 年的诗集《也有快乐，也有忧愁》，作为严辰主编的“中国诗库”的一种，即将由作家出版社出版。

1983 年夏天，我到大长山岛去主办军区一个业余创作笔会，路过大连，听说中国作协组织了一些作家来大连度假，邵燕祥和诗刊的吴家瑾同志也来了，住在黑石礁。我专门跑到黑石礁去看望，结果只见到晒得黑黑的家瑾同志，燕祥去星海公园海边，我没有见到。后来见到了他写的一首题为《黑石礁》的意蕴不凡的诗。他写在雷电暴雨狂浪来临之际，那“既不折腰，也不远扬，更不潜水”的“忠实的大海守卫者”：

只是几块黢黑的礁石
满身风浪凿出的瘢痕
粗糙不起眼的黑礁石
一动不动，兀立岸边
从不向大海屈服
也从不背叛大海

1988 年 1 月 18 日至 20 日于大连

选自《华夏诗报》1988 年总第 29 期

读邵燕祥的两本诗选

宫 玺

邵燕祥在1980年由人民文学出版社出过一本30年诗选《献给历史的情歌》，选诗73首。最近他又由百花文艺出版社推出44年（1947—1991）《邵燕祥诗选》，收长短诗173首。两相对照，我发现新选本仅收旧选本中的19首，其余全行淘汰。这就是说，1980年的选本已根本不能代表邵燕祥的诗歌成就。邵燕祥的诗已经大大地前进了！

50年代初，邵燕祥的名字，与公刘、张永枚、梁上泉等名字在诗坛上像星星一样明亮。除公刘略大几岁外，其他几位基本是我的同龄人，所以备感亲切；我追着他们的名字读他们的诗。他们大都是我未见面的军中的歌者；只有邵燕祥在地方工作，他激情洋溢地讴歌欣欣向荣的祖国建设，讴歌理想和志在四方的青年一代。他的第一个诗集《歌唱北京城》，第二个诗集《到远方去》，从书名已可见作者的心志。当时的名篇《在夜晚的公路上》、《我们架设了这条超高压送电线》、《我们的钻探船轰隆轰隆响》、《中国的道路呼唤着汽车》……当时的名句："让人们把我们叫作／母亲的最好的儿女"，"问远方的朋友啊 今夜在哪里——／在岗位上，还是在路上？……""伟大的同代的同代／伟大的后人的先人。／在我们每一步脚印上／请你看社会主义的诞生！"……1956年全国青年作家代表大会是邵燕祥同许多有才华的青年作家风光一时的盛会；会后出版了分类作品选集，诗集《我们爱我们的土地》用的是邵燕祥的抒情长诗的题目。1957年，他和许多与会者被打入了另册。为什么？因为他在满腔热情歌唱新生活歌颂光明的同时，看到了阳光下的阴影，看到了危害人民危害社会主义的毒菌，他写了控诉官僚主义残害农场女工的长诗《贾桂香》，这就闯下了大祸。那个时代，天天高喊辩证法，一分为二，实际上根本就不讲辩证法。

70年代末，邵燕祥归来了，还是那颗心，还是满腔热诚，而观察力更敏锐，对问题的思考更深刻，“也有欢乐，也有忧愁”。他写了大量的诗，而杂文的产量更多。他成了国人瞩目叫好的优秀杂文家。因而有人说，他的杂文比他的诗好。依我看，他诚然是近年来不可多得的杂文家，但他的本行本色仍然是诗人。用他自己的话说，他是把杂文引入诗，把诗引入杂文。二者在本质上有共同之处。当然，有诗质的杂文仍是杂文，不是诗；而以文为诗的诗仍是诗，不是杂文。以往的诗评家非议宋人以文为诗，实乃迂腐之见，博大精深的唐诗何尝没有“以文为诗”之作？陈子昂的《登幽州台歌》不是“以文为诗”的佳作么？杜甫《戏为六绝句》不是“以文为诗”么？“以文为诗”，只要还是诗，有什么不好？苏东坡的“横看成岭侧成峰”不是脍炙人口之作么！“以文为诗”，既扩展了诗的天地，又丰富了诗的表现力。这正是今天常讲的诗的知性。邵燕祥“以文为诗”，情知结合，在他 50 年代原有的刚健开朗的风格中注入了睿智思辨，使诗闪耀着知性的光彩，在当今诗坛同辈诗人中，他是独特的。取材独特，构思和表现方式独特，风格独特。在 50 年代成长起来的那批诗人中，他是而今走在最前列的三四个佼佼者之一。他新时期的佳作不胜枚举，我只举短诗《记忆》和长诗《长城》。《记忆》只有十行：“记忆说：/ 我是盐。/ 别怨我 / 撒在你的伤口上，让你痛苦 / / 把我和痛苦一起咽下去—— / 我要化入你的血 / 我要化入你的汗 / 我要让你 / 比一切痛苦更有力。”诗句何等精警！《长城》三百行，上下古今，纵横追索，忧思如缕，信念如光，抒情与思辨交织，意象与警句共生，充分显示了邵燕祥的诗艺特色。

我曾试图考察他的诗的艺术渊源。他是不是受过何其芳《夜歌》的影响呢？是不是受过绿原《童话》的影响呢？我没有当面问他。因为，即便是，那也是过去的事了。现在邵燕祥的诗就是邵燕祥的诗。

值得注意的是，今天邵燕祥对自己已有成就的清醒认识和超越精神。把他先后两本诗选对照着读，使我感到既意外又敬佩。邵燕祥果然不凡，他像他的杂文一样清醒明智，他不求多，只求精；他肯于以今天的眼光去审视过去曾获好评的旧作；他淘汰的，今天看来确实相形见绌；他留下的，虽不能说全是佳作，至少绝大部分是。这是一次更上层楼的飞跃。这是一本真正能够代表邵燕祥水平的诗选。

对邵燕祥的诗，不知为什么像样的评论似不多见。“十七年”不去说了。新时期以来，对他的杂文颇多评论，而对他的诗，我印象中只有唐晓渡的一篇，前几年我在一本刊物上读过，现已记不得是什么刊物，想找来看看也不可能。我是没有理论修养的，这篇短文只是由他的《诗选》引发的一些零碎感觉罢了。

1995年9月26日

选自1997年2月19日《中华读书报》

邵燕祥的诗人之问

王培元

余生也晚，没有赶上那场使几十万中国知识分子陷于灭顶之灾的反右派运动。记得在80年代，我才从一本诗选中，知道邵燕祥那首被打成右派分子时的“反党诗歌”《贾桂香》。1956年10月11日《黑龙江日报》刊发记者调查，报道了某农场女工贾桂香受不住主观主义者和官僚主义者的围剿而被迫自杀的事件。诗人读后，怦然心动，写下了这首著名的诗篇。诗中有这样的悲愤的诗行：我不忍落下这最后一笔，中国不该有这样的夭亡。诗人在篇末沉重而激愤地追问：

告诉我，回答我：是怎样的，
怎样的手，扼杀了贾桂香？

这首极具情感张力的诗，把一位普通青年女工的死，与中国这一由广大公民组成的民族、社会、政治共同体联系起来，展开诗思，使我深感震惊：置身于50年代后期那种社会政治环境和文化文学氛围，年仅23岁的年轻诗人邵燕祥，能在一片热烈高亢的赞歌、颂歌、讴歌声中，发出这种不同流俗的、自己的、独立的声音，实在难能可贵，实在令人感佩。

前不久，邵燕祥先生寄赠一册百花文艺出版社新近出版的《邵燕祥诗选》。我撕去包装袋，急忙翻开书，查索目录，找到《贾桂香》，又连续重读了两遍。我的整个身心再一次产生了强烈的震撼和由衷的感动。我感动于诗人的正直、率真和敏锐，我震撼于诗人的纯正道德良知、无畏的勇气和坚毅的理性。我觉得，这是一首足以载于当代中国诗史的诗。看起来它是这样平常朴素，但在其朴素平常的形式中，蕴蓄着多么巨大的情绪冲击力和振聋发聩的理性啊！它是足以令某些曾走红于一时的诗黯然失色的。

读完《邵燕祥诗选》，作品中所凸现出的怀疑精神，给我留下了深刻的印象。

诗人在诗中频繁使用问号，特别是他的那些劫后归来的诗篇，光是诗题就有生活就是这样的吗、问自己、我是谁等。早在50年代，面对朋友所赠的一对夜光杯，诗人便发问："哪儿能得这样的美酒／使我燃烧而清醒不醉？"（《夜光杯》）正由于诗人的这种"清醒"和渴望"燃烧"，才有他在《贾桂香》中的严峻追问。我还发现，在50年代，他的表现新中国的工业建设场景与抒写投入火热的祖国建设的激情的诗，明显地多于成为当时诗坛主旋律的"热烈欢呼"、"放声歌唱"之类的文字，如《我们架设了这条超高压送电线》、《中国的道路呼唤着汽车》、《我们的钻探船轰隆轰隆响》等。他写于新时期的诗，仍存留了、盈溢着他那一以贯之的"燃烧"的激情，但理性的因素显著加强了，对历史文化和社会现状的思考因而显得深邃而凝重。他的诗性之光，因为有怀疑、批判精神做内核，而熠熠生辉。

面对满目疮痍、遍地劫后创伤的情状，燕祥痛苦而悲怆地叩问："啊／废墟／这还是我的共和国吗？"（《不要废墟》）在欣悦于"中国又有了诗歌"的同时，他大声质问："无声的中国早变成有声的中国／为什么思想和诗歌又遭到禁锢？"（《中国又有了诗歌》）他仍然不时沉湎在历史的温故之中，严厉地问道："为什么生活曾是这样的？"（《生活是这样的吗》）他执拗地发出"为什么一夜之间／有用的人变成多余的人／同志变成敌人"（《问自己》）的疑问。他追问："为什么制造废墟？／是谁从中得到好处？"（《不要废墟》）他还时时扪心自问："而鲜红的，鲜红的，鲜红的，／烈士的血／有没有流进我的血管里？"（同上）而且，他把神圣庄严的疑问向文化历史的幽深处伸展："为什么筑起长城／为什么陶醉于短暂的太平盛世／为什么又揭竿而起／为什么隋炀帝揽镜自叹／好头颅，谁将斫之？／为什么林则徐仓皇登车／也叹道这番断送老头皮"（《我是谁》）在诗人笔下，这些问号又汇集成一个问题："做人／还是做奴隶？"（《长城》）正因为诗人具有在历史苦难中锤打出来的严峻、深沉而清醒的理性，他才能在1981年就较早地发出"不是回到五十年代／而是跨向新的世纪"（《不要废墟》）的呼声，他才格外地钟情于"自由的思想／独立的意志"（《黑龙江上沉思》）。

我自然地联想到了古代诗人屈原的《天问》。但邵燕祥诗中的这些疑问，则集中而突出地反映出新时期中国知识分子所具有的可贵的理性思辨、批判意识、怀疑精神、科学态度和使命感。正如西方学者考塞尔（Lewis Coser）所说：知识分子是这样一些人，他们对现存的一切永远不满，他们总是用更高、更博大的真理来对当前的真理提出疑问。邵燕祥作为一位20世纪中国杰出的知识分子，是当之无愧的。他曾称自己最服膺的一位作家是“真正的战士”。我们也完全可以说，邵燕祥是20世纪中国的一位“真正的诗人”。

眼下似乎有一种颇为流行的观点，认为在市场经济的条件下，民众（包括作家）对于政治的冷漠是件好事，这表明民众开始拥有了自由的天地，作家和诗人应该在自己的作品中淡化政治，追求所谓纯艺术，撰写纯粹的诗。对于此种论调，我是不敢苟同的。由于种种原因，中国人本来就匮乏公民意识、社会意识和政治意识，所以有“一盘散沙”之讥。中华民族刚从幽暗漫长的历史隧道中走过来，正朝着现代化、民主化的目标前进，这一进程需要全体公民、包括作家和诗人的共同参与、合力推动。中国恐怕还未到极少数人捣鼓政治机器、绝大多数人过自己的生活（见《读书》1995年10期第79页）的社会阶段。因而，对当代中国作家来说，最可贵的是批判精神的复活和提高（邵燕祥语）。邵燕祥曾提出：不要在人民的来之不易的成就面前闭上眼睛，更不要在人民所从事的社会主义建设和开放、改革事业前进中的困难面前闭上眼睛；既要与人民共乐，也要为人民分忧；在文学作品里既满怀热情，又要睁大眼睛十分清醒地密切注视并真实表现人民的生活和命运、爱憎和甘苦。

时下的中国，需要敢于正视现实、敢于直面人民的疾苦的作家，需要邵燕祥这样的真正的诗人。

选自《文学自由谈》1996年第4期

从杂感的诗到诗的杂感

——邵燕祥与他的时代

孙　郁

1

他坐在书房的一角。在和他闲聊的时候，我从他的身上发现了和他杂文不同的另一面。那温和的笑容和通达的情感表达方式，与普普通通的中国文人相比，几乎没有什么特殊的地方。许多次，和他匆匆会晤，都未能深入同他交谈过。但我记得他的微笑，他的特有的爱意。每次分手，我均从他的笑容中，得到一种满足。

但他的笑是凝重的，像他的诗，也如同他的杂文。你读他的作品，会依稀感受到本世纪后半叶，中国历史的最为沉重的那一页。他仿佛从寒冷中走来的人，从那冒着热气的口吻里，不断地述说着冬天的故事。

晚年，他回顾自己的一生，他说自己的人生是个失败的人生。

那感触，是极为苍凉的，我甚至从他的字里行间，读到了一股鲁迅式的冷气：

内战。日本军国主义入侵。接着又是内战……这就是从我1933年出生以至整个童年和少年时代的生存环境。我家虽勉可温饱，但精神的忧患压得一个孩子早熟了。这样的国土上，不应有梦。然而我偏要做梦。这些诗，记下了好梦，也记下了噩梦，记下了好梦的破灭，也记下了噩梦的惊醒。人生是硬碰硬的，来不得半点虚妄和自欺。

遁入好梦，旋被好梦放逐；不甘心无梦，还要如饥似渴地寻梦，出入一个个梦境，画梦充饥，弄得一回回自以为清醒了，到头来方知依然困在梦中。

从前的人只说人生如梦，却不知梦如人生。碰壁于严酷现实的，那梦的碎片，也就是人生的碎片。

（《邵燕祥诗选·序》）

我读着他写下的这些忧郁的句子，内心一直被一种紧张和沉重感冲击着。20世纪的晚期，也许还没有一个人，像他这样带有浓重的鲁迅风骨。他的文字所挟带的冲击力，常常使我想起“五四”那一代人。他抨击时弊，直面生活，他苦苦咀嚼着人生的涩果，有时文字中也夹带着鲁迅式的冷傲，乃至于与鲁迅的杂文在韵律上，也表现出了惊人的相似之处。

邵燕祥，一个背负着沉重的十字架的人，他在苦海中泡的时光也许太久了。他的周身对现象界异常的声音，有着天然的敏感，他似乎被那些怪异的音响不断纠缠着，几乎没有多少闲适的机会。1957年的那次政治风波后，他一直被卷在痛苦的精神漩涡中。那一代的“右派”文人，晚年或高升，或沉寂，然而只有他等少数人，还依然睁着布满血丝的眼睛，焦虑地思考着，审视着，在崎岖的人生之路上艰难地攀援着。

也许，他是20世纪的最后一位杂文家，也是鲁迅精神主题新式的传人。虽然，在精神的博大上，他与鲁迅有着较远的距离。

但他把中国知识者的良知，熔铸在了那些鲜活的文字里，使我们看到了中国文人尚未泯灭的真的灵魂。

2

邵燕祥1933年生于北京，这位祖籍浙江的后生，有着南国特有的细致和敏锐。他似乎与生俱来地具有诗人的气质，十几岁的时候，便在报上发表了诗作。那些稚嫩的诗，今天看来没有多少诱人的价值，但那种真与纯的憧憬的梦影，多少可以看出他生命的原色吧？1948年，他发表于北平《国民新报》上的《风雨鸟》，大概是他早期诗中颇有分量的佳作，那些从抑郁中唱出的明快的调子，很类似俄国普希金、莱蒙托夫的汉译诗，其意象中突奔着生命之流。那时的邵燕祥，正被社会的巨变所吸引，苦海中升腾的寻找生命亮色的内驱力在支撑着他的诗作。我觉得在他冲动的情感中，有艾青的影子，亦有七月诗派的余绪。虽然意境尚显单薄，但其诗的激情与善于思考的理性因素，已在作品中有了萌动。1951年，他出版了第一本诗集《歌唱北京城》，18岁的邵燕祥，把一篇篇滚烫的诗作献给了人们，献给他所陶醉其中的社会。50年代初，中国社会发生了翻天覆地的变化，他和成千上万的人一同，被卷入新中国建设的狂欢中。那时写的《到远方去》、《五月的夜》、《我们架设了这条超高压送电线》等，是从苦难中走进光明的赤子纯然的微笑。那些诗颇类似早期苏联诗歌的调子，除了理想主义与殉道感外，几乎看不到多少悲哀的影子。《到远方去》简直像一曲圣歌，那纯粹的献身精神和高昂的人生歌调，如今看来，确是50年代初人们精神的写照。那时候的何其芳、艾青、胡风，甚至像丰子恺这类文人，都同样被共和国的新生所陶醉。青年邵燕祥的歌声，也照例充满了共产党人的神圣感。生命的天空被照亮了，到处是欢乐与吉祥。他歌颂到边疆去的青年，他礼赞隆隆机器声中的英雄，他呼唤着汽车在中国的公路出现。邵燕祥的精神完全被新中国建设的图景所吸引，我从他的诗句中读出了郭小川式的咏叹和快意。人注定无法超越时代，尤其红色革命给人类带来巨变的岁月。那个全新的日子，甚至连西方资本主义社会的文人也惊叹不已，邵燕祥与共和国的许多诗人一同，为新中国的诗歌史，写下了梦幻的一页。

但他毕竟不是工农出身的诗人，他的骨子里带有浓重的知识分子气质。50年代的诗尽管是浪漫的，但内中不可避免有着属于个体的“我”的声音。我觉得他对生命自身的敏感，有时也超过了对社会的感知，那些描述己身的文字，常可以看出他多情的内倾风格。外在的理念尽管在笼罩着他的思维，但他的本能中，具有着不羁的激情。这激情绝不会把自我定位在单一的思维基点上，那里也有冲动，有惶惑，有哀叹。这一因素，使他注定不会成为一个过于盲从的人。尽管他照例有过些过激的冲动，但诗人的不谙世俗的一面，使他最终难逃“右派”的命运。

他的精神天空，从此失去了蓝色。

1959年，他写下了《传说》、《无题》这样的诗篇，那时他已是名“右派”了。在这两首诗里，他的忧郁和感伤已渐渐抬头，虽然也仍带有先验理念的余韵，但调子毕竟已开始悲楚，内蕴也有了不和谐的颤声。“谁追寻古老的传说的岁月／但相信忘我的灵魂永生”。在经历了历史的那一次深切的变故后，他依然带着信念诉说着心中的情愫，但这时候的邵燕祥，已开始了他人生的重要转折。

而这一转折是缓慢的，至少在50年代末，他的思维照旧沿袭着理想主义的旧迹。他的精神虽然被古老的历史与多变的现实所困扰，但内心仍被一道激情所缠绕着。他还乐观地相信：“而我将做一个不速之客 / 突然在你的意外归来”。诗的意境并不隐曲，艺术上与艾青那代人，确有一定差距，但对一个开始承受生活厄运的青年人而言，在共和国灰暗的日子里，还能唱出这样的歌儿，除了布尔什维克精神使然外，还会有什么呢?

3

从50年代末到70年代末，邵燕祥和许多文人一样，消失在历史的黑色隧洞里。

对那一段苦难岁月，王蒙、从维熙、李国文、张贤亮等，已用充满感情的文字，在小说中再现过了。邵燕祥似乎不擅长小说，亦无理论演绎的功底。当他重新出现在文坛的时候，依然凭着那些质感的诗句。但那时他已人到中年了，最初的诗，明显带有多年搁笔后的生涩，诗中理念痕迹犹存。他不像复出的艾青那样，把富有画面感的诗句昭示出来，他的诗还被历史的旧影遮拦着，悲愤多于快慰，自语代替了情致。《北京鲁迅故居门前》、《春歌》等记录了他当时的心境。70年代后期的邵燕祥，重新调整自我思路时，还依然带有50年代养成的责任感和憧憬精神。他的诗的痛感，显然不及当时的小说那么具有撼动力，但思想比先前更富有了理性。我几乎没有读过他的关于己身不幸的呼天抢地式的诗文，传统文人的忧患天下的情怀，依然在那儿流动着。《假如生活重新开始》、《中国的汽车呼唤着高速公路》，这些理念独白很强的诗文，是他对人生与社会的一种带有使命感式的咏叹。唯美的、朦胧的东西，在他那儿是看不到的。他的作品中，照例流淌着理性的歌哭。与当时刚刚崛起的“朦胧诗”相比，邵燕祥在诗的本体的探索上，显然是滞后的。他的意象结构方式，也缺少新鲜的吸引力。但邵燕祥的兴奋点不在那里，他的精神依旧被外在于己身的社会所吸引，很少退到本我那里，静静地顿悟，忘情于自然山色之中。他太传统了，当站在汨罗江边，以及云南驿站时，他的情怀与心境，竟和屈原、杜甫以来的忧患诗人，重新叠合在一起。他没有像北岛那样把生活的黑暗抽象到一种荒谬的结果上去，而是依然带着旧式知识分子的感知方式，究天人之会，思考着宇宙万象的终极真理。这使他不可能与现代主义融为一体，而在本质上，还原到“五四”以来的人文传统上。读70年代邵燕祥的作品，你觉得他既不属于艾青那一类诗人，也不同于北岛、舒婷那一类诗人。他思想上的成熟，与艺术达成方式的稚嫩，使其创作发生了一定倾斜。除了《假如生活重新开始》、《中国的汽车呼唤着高速公路》，在理性的层面带来相当的影响外，在艺术自身的探索上，他是保守的。他那一代人知识结构的尴尬，在创作中很快就显露了出来。

但他艺术上的滞后，并未带来气质上的委顿。他毕竟是在水火中九死一生走过来的人，那种在生活底层形成的特有的认知世界的方式，渐渐地在作品中表现出来。80年代以后，他的思想开始趋于成熟，浪漫的歌调在风尘中也一洗而净。邵燕祥似乎并不关心艺术本身的价值，维系他心中的仍是对人生、对社会强烈的参与意识。他很少写过唯性灵式的作品，田园的与乡土的小腔小调，对他是陌生的。而对生存的疑惑，对良知的内省，成了他在某一个时期内思考的主题。1980年写下的《谜语》，很能代表后来的风格，这种哲理式的独白，是他形成他的“杂感式的诗”的开始，其中已不再精心于诗境的营造，而是多有生活哲理的归纳。作为诗，它失之于浅，而作为杂感，却有着内在的韵味。此后，邵燕祥的诗大致沿着两种思路发展着，一是类似《谜语》那样，在感性很浓的对现实的陈述中，讲述生活的感慨与哲理；另一类，是独语的方式，开掘自己心灵的激流，把对生活的某些确切性的感悟，以优雅的调子写出。1980年创作的《等待》，是他写得很优美的作品，在这里，枯燥的理性独白隐去了，内中增加了几许感伤而幽愤的情调。《等待》大概是他后来诗歌创作的重要起点，从那时起，他的精神哲学与诗情被定格到一种较为成熟的模式中。他有时把两种思路的优点糅在一起，使诗的杂感因素加大了。人们在他的作品中，越来越被其锋锐的现实精神所震动，他在对艺术与人生的双重理解上，达到了自己诗的创作的最佳状态。

这个时候的邵燕祥，其作品是苍润淋漓的。他已没有了任何外在枷锁的桎梏，内心被自由的激情所驱使，他或悲慨于历史，或歌哭于现实。一个成熟的邵燕祥、悲剧感的邵燕祥，更为形象地呈现在读者面前。在“杂感式的诗”中，他试图以通脱的艺术形式，把人生的悖论，昭示给世人。在这里，他以异端者的声音，撕毁着世间的假象，内心的纯净与世俗的卑劣，人道的神圣与传统的陈腐，在诗中被渲染着。《断句》写道：

走在
秋天的田野上
我问老托尔斯泰：
一切
成熟了的
都必须低垂着头么？

这也不简简单单的是诗，而成了哲学的盘诘。而《青海》这首诗中，大悲剧之调，浑然升起，它仿佛是从滚滚的沙海深处传来的古老的咏叹，把历史的悲慨与忧患，苍凉地撞击在一起。

这是一个高寒的地方
又是一个紫外线强烈照射的地方

一个干旱而渴望云霓的地方
一个孕育了大河与长江的地方

一个满身历史创伤的地方
一个肌腱有如青铜的地方

一个山鹰折断翅膀的地方
一个骏马放蹄奔驰的地方

一个亿万年前的珊瑚成为化石的地方
一个千百年来的血泪沉淀为盐矿的地方

一个囚禁罪犯的地方
一个流放无辜的地方

一个磨砺你为宝剑的地方

一个摈弃你如废铁的地方
一个诈称有过亩产小麦八千八百斤的地方
一个确实看到小麦亩产二千斤的地方

一个饥饿夺去无数生命的地方
一个新生婴儿茁壮成长的地方

……

一个老死流刑犯的地方
一个呼唤开发者的地方

一个使弱者望而却步的地方
一个向强者捧献高山雪莲的地方

一个过去与未来相会的地方
一个沉寂与喧哗交响的地方

一个在往事的废墟上悲歌往事的地方
一个在希望的基地上铸造希望的地方

青——海——啊

在这里，叙述者没有丝毫的矫情，那是生命之中的一处喷泉，是真我的袒露，是智者自我意识的奔涌。我读着这带泪的诗，忽然感到了这位诗人博大的胸怀。与那些执迷于小我而乐于人生小玩艺的诗人相比，邵燕祥实在是出色的。

这是杂感式的诗，是哲理的诗，是由几代苦难的中国人的血与泪凝成的诗。

4

当时光把体内的青春悄悄带去，把中青年的憧憬慢慢卷走后，邵燕祥的诗越来越趋于苍凉和浑厚。写作已不是情感的单一闪烁，反省式的沉思在他那里形成了一个长久的话题。他的诗完全停留在认知的层面与深沉的精神咀嚼的层面，没有神秘的低语和多层意象的交织，在他那里，你看不到任何形式化的东西，而悲郁、雄浑的独语，越来越浓重起来。《五十弦》、《长城》比以往任何时期的诗，都要更为悲怆，更为沉重。我觉得在他这一代人中，他晚年诗中的思考，更为典型地表现了一个中国知识分子，在经历了诸多苦难后，彻底与昨日决裂的勇气。《五十弦》的韵律是圆熟了，在这儿，自然地把己身与社会的复杂冲突表现出来。如泣如诉，翻动摇滚，寒气袭人。那是怎样令人震撼的旋律，他的艺术目光由现实转向历史，由历史转向人，视界伸展了，歌调拉长了，对人自身的意义的拷问，也多了几分形而上的迷蒙。《五十弦》是他生命与智慧的优雅结晶，此后他很少再写过如此回肠荡气的诗文。这里的意象渐趋幽远，忧愤比以往更为阔大，而韵致也达到了出神入化的境地。邵燕祥以大悲苦之心，在吟着中国历史可怕的一页，在吟着人类无奈的昨天，在吟着人生的苦楚与荒谬，但却没有颓废，没有超验，反而更加重了传统中国文人的使命感与人格理想。这使他没有走向现代主义乃至后现代，也没有简单沿袭艾青以来的传统。《五十弦》完全是一支哲人式的交响，它的古典式的旋律中，包容着一个生命的半个多世纪的梦幻与苦痛。我读着它，与其说被其艺术的力量所征服，不如说被其思想的力度所惊异。在诗的王国里，在邵燕祥那代人中，我从未谛听过如此激越沉郁的歌哭，那颗不安的、跳动的灵魂一直在那里游荡着，没有宁静与冷寂，亦无嬉皮士式的玩世不恭。它是怒吼的，是紧张的，这种以欲哭无泪式的低语为主旋的诗歌，与更为年轻的那一代人比，虽然艺术上尚缺独创性，却有着更多的血色，更多的泪水，更多的亲历性与思想的真诚。一切唯美主义与形式主义的歌吟，均无法与这类历史的咏叹相媲美。在他那儿，我仿佛又听到了鲁迅当年在《呐喊》中所发出的异样的声音。邵燕祥在冷静的反省与生命的冲动中，把自己的声音，与“五四”那代人的声音，重新叠合在一起了。

这确是他思想成熟的标志，只是在写作了《五十弦》之后，我读出了他比以往更为动人的心灵图景。他的意象达成方式虽然有时显得生涩，不及一些诗人那么清秀，但我对其思想的独语所延伸出的张力，抱有深深的敬意。这是那一代人最动人的歌哭，从早期的理想主义到晚年冷静的精神拷问，这其实也正是中国文人精神史的一次动人的复写。邵燕祥的诗的整个过程，记录了这一历史的痕迹。这痕迹在艾青那代人中没有被完整记录下来，在郭小川那代人中，也未被完整记录下来。而邵燕祥，以他的胆识和智慧，终于写下了这一悲剧性的一页。其认识价值，将在文学史上，被不断印证出来。

一个站在废墟上，不畏寒冷而执着地歌唱的人，这是邵燕祥留给我们的形象。这是一个爱憎分明的世界，一切温吞与暧昧，均在这里没有地位。他以纯粹抗争世俗，以纯真直面虚伪。他越来越习惯于对暧昧的挑战，对轻浮的乌托邦的嘲讽。他那么无情地袒露着自我，也把别人袒露出来。当一个追求纯粹而终于无法证明纯粹的诗人幡悟到人生的无奈时，你便可以从他的追问中看到屈原式的绝望。他曾写过《我是谁》，对自我的双重复杂性进行过勾勒，那种反问虽不及鲁迅的《野草》深邃，但已显露出了相近的体验。此后关于社会人生的诸多思考，进一步加剧了这种悲剧感。但这种悲剧不是简单的一种绝望，在叙述者的口吻里，照旧有一种英雄情结，他实际是以一种英雄化口吻，在述说着荒诞的人生。这更加重了作品的悲壮感，而毫无虚无的混沌。也许，这就是他那一代人悲剧意识极致性的表达式。他与北岛之不同，与后来诸多现代主义诗人之不同，其根本点，就在这里。同样是深刻地揭示了人生的悖论和无奈，但邵燕祥作品的背后，却站立着一个终极的真理，一个正义的精神形象，这，大概是他的独特性吧。

5

但真正使人震撼的，还不是他的诗，我觉得他的灵魂最深沉的一隅，在他的杂文里。

为什么要选择杂文？他的晚年何以把精力都转向这一棘手的领域？也许，在诗的世界里，那种过于直白的思辨，确实使他的作品，未能在意象中找到恰当的喷吐口。我觉得诗的形式似乎无法承受他汪洋恣肆的思想，他要诉诸笔端的，不是那些潜意识之流与梦幻之影，而恰恰是他对人生确切性的认识。

80 年代开始，他陆续发表了大量杂感，刚一出手，就显示了当代许多杂感家少有的锐气。那完全是用诗与理性凝成的文字，却少有了诗人无节制的冲动，而是多了生命的深刻审视。这时候的邵燕祥，显然比作为诗人的他更为冷酷。80年代后期，他的杂感已经十分成熟了，他渐渐形成了“诗的杂感”的风格，在冷峻的思考背后，是一道诗的激情。“诗的杂感”已比“杂感的诗”更切近生活，切近现实。尤其到了90年代，他的文章渐臻化境，对世俗的揶揄和理论的论辩力，均达到很高的境界。

鲁迅式的杂感，经过了50年代的风尘，60年代的扭曲，70年代的复苏，到了邵燕祥等人手里，才真正开始还原了她固有的光辉。

邵燕祥对杂文的理解十分简单，那不过是“根据常情常理常识发议论，讲道理的文字而已”。这至少使他，不会像鲁迅那代人，从古文与外文的多年修养里，从对文化的不满开始转向对现实的不满。他恰恰相反，是由对现实的不满转向对文化的不满。他几乎无暇沉浸到古代和域外的文化中，以学人的口吻去陈述真理。邵燕祥是战士式的诗人，是第一线的与生活紧贴的杂感家。他要做的，正是学人们所难以做到的更为实际的文化判断与生活判断。除了诗歌写作外，他几乎把一切精力，都投入到了杂感的创作中。每一个失态的社会事件，每一种牵动民心的琐事，每一类落后、陈腐的文化观念，都在他笔下被迅速地映现着。他甚至比新闻媒体更快地对生活的负面因素做出反应。他抨击官场时弊，讥讽贪官污吏，议论世态民心，大至文化、历史，小至日常起居，人生百态、诸多景观，尽入笔端。文章开门见山，议论三言两语，单刀直入，毫不温吞。在杂文的写作中，他比在诗的创作中显得更自由，更富有生气。我觉得他的生命形式，差不多都外化在了漂亮的文体里。他没有明人小品文写作的那些雅态，也无“五四”后闲适美文的悠然调子。他追随的，依然是鲁迅以来，左翼作家社会批评的风骨。从80年代到90年代，中国社会的翻天覆地的变化，其中的泥沙与污垢，历史足音下的不和谐旋律，许多都弥散到时间的空洞里去了，而邵燕祥，却以自己的胆识和气魄，留下了历史的痕迹。知识分子的不幸，他描述过了；世俗的众相，他描述过了；“神圣者”的丑陋，他描述过了；历史的误区，他描述过了。……要做伟大的文学的作家们，是不屑于这些繁琐的流水账式的工作的，但在我们这个时代里，这类作品又是怎样的稀少啊！一个没有直面人生的作家的文坛，是可怕的，不管这种直面程度如何，是否是一种真理的流动，正是因为有了它，才不至于使文坛走向单一与浅薄庸俗。邵燕祥的骨头是硬的，80年代以来，他写下了大量杂文，把我们这个时代的正义声音留了下来，把未曾泯灭的知识者的良知留了下来。仅此，他的生命便获得了特有的价值。

在他的众多的作品里，响彻着一种浑厚的声音，这便是对虚伪的唾弃。他撕碎了无数伪君子的伪饰，将其丑态，露于世间。他对横亘于观念世界的诸种病态理性，毫不客气地直陈其弊。吴祖光与“国贸大厦”事件，人们三缄其口的时候，他出来讲话了；佘树森不幸早逝，人们木然视之时，他出来讲话了；作家被诬告，且法庭判作家败诉时，他出来讲话了。邵燕祥短小的文章，不断在诸种报纸上冒出来，把动人的声音传递出来，在他的眼里，虚假的“圣化”已失去光泽，他以犀利之笔，还原了这个世界的本来面目。我读他关于皇权思想的文章，关于反省“文化大革命”的随笔，关于“名言”、“入党动机”的文字，心中被一团炽热的火烤灼着，这是一个怎样真纯的灵魂！那语言与观点，也许在重复着“五四”时代的声音，在境界上有时不及鲁迅博大，但这确实是真正的人的声音，在世纪之末，它那么鲜活地存活在文坛之中，使人感到中国文人人格的不朽魅力。它如同作者众多的诗歌一样，奏着一曲曲心灵的圣曲。在世道浇漓的岁月，它显得更为动人和弥足珍贵。

《画蔷小集》曾经写道：

诗人敏感于春风秋雨，春愁秋思，风花雪月，草木虫鱼，山色有无，城郭今昔。

小说家敏感于人情世态，兴衰炎凉，宫帏秘事，市井繁华，英雄气短，儿女情长。

音乐家敏感于黄钟大吕，宫商暗换，曲终人杳，绕梁三日，如泣如诉，如怨如慕。

政治家敏感于战略战术，纵横捭阖，笼络人心，自塑形象。

金融家敏感于出盘收盘，行情变幻，银根头寸，市场风云。

官僚政客敏感于靠山后台，枕头裙带，实力消长，羽翼丰薄，耳目心腹，密折敌情。

奴才皂隶敏感于主子眼色，一謦一咳，门包轻重，关系亲疏，盛时门庭，衰时后路。

妓女敏感于嫖客的笑谑，扒手敏感于行人的荷包。

古往今来，富贵贫贱，盖无往而非敏感人物矣。敏感是正常的，过敏是异常的，由神经过敏而神经衰弱，则属病态，或流于痴，或濒于狂，渐失清醒，幻象环生，就非一般心理咨询所能解决，须即刻就医彻底诊治了。

我十分感动于他的这些智慧的文字。这是诗的，也是哲学的。一方面系着诗人的童贞，一方面带着思想者的理性。这些都是在精神与物质的废墟上茁壮着的一簇簇的绿色。邵燕祥的杂感布满了荒凉中的生机。读他的文章，会感受到两种力量的夹击。一是于现实的困惑竟如此深厚，一是诗人的性情是如此高洁。这两种力量交织在一起，令人在肃杀之中领略到一种强劲之力。20 世纪末，有谁像邵燕祥这样，如此广泛地对世俗社会，进行过如此的解剖与批评？有谁那么切实地深入生活前沿，把世间的诸种不和谐的声音，如此形象而深刻地再现出来？一个人写一两篇讲良知的文章是容易的，但持之以恒，乃至把生命与真理如此不懈地合为一体写下去，是令人尊敬的。邵燕祥以诗人的纯真与战士的勇气，为我们时代知识分子的心灵史，写下了闪光的一笔。

6

也许，这便是 20 世纪中国文人的宿命。

鲁迅死前，曾希望自己的文字能够“速朽”。然而它依然存活着。到了邵燕祥这一代人，从事的仍是希望“速朽”的文字。他们没有可藏之名山、传之后人的皇皇巨著，亦无巨大的、足以耀世的纯艺术的长卷。这一代的许多人，不会把目光伸向“纯粹的唯美”，他们思考的，仍是中国人的最基本的生存权利。在废墟上，容不得人们做缥缈的梦，而需要的是重塑灵魂的战士。邵燕祥由诗人而变为杂感家，或许是社会与人生过程的逻辑的必然吧？

他其实也爱做诗人的梦，笔触时常也涌动着不羁的激情。他也爱古老传统闪光的一页，如果读他的《夜读抄》、《索溪峪记》，亦有书卷气很浓的学人风骨；他写历史断想式的文字，其文笔之老到，也不差于“五四”时期的一些文人。我常想，如果他真的隐居起来，这类优雅的“书话”体，会写得更好些的。但他毕竟是一个战士，他的自我意识的深层，有着本能的参与现实的内驱力，而且毫无回头是岸的逃避。我把他的杂感，是当成诗与史来读的。每当在人们沉浸在世俗的狂欢与无我的麻醉中时，邵燕祥便常孤独地站在生活的一角，向人们传来警钟般的声音，使我们知道，天底下还有这类纯净的存在。而且不止是一种纯净，那里还时常涌出警世的预言，与可怕的咒语。它回荡着，回荡着，给我们这个世界，带来阵阵冷冷的风。

这便是邵燕祥的纯情与博爱中，也不免带出的几许“刻毒”，他对世俗的嘲弄有时是毫不留情面的，甚至有着鲁迅式的冷傲。显然，这种冷傲不是来自于尼采的“超人”，亦无卡夫卡的“虚无”，与魏晋文人的洒脱，也多有不同。他的文章是析理与感悟的产物，但其基点却不是培根式的哲理散步、卢梭式的精神漫思，而是“一事一议”式的扫描。对邵燕祥来说，直面人生沉重的一面，黑暗的一面，比浪漫的书斋自娱，要更为重要。他对社会丑陋的敏感，超过了对风花雪月的玩赏，所以，你绝不会在他那儿看到林语堂、周作人式的雅致。他把诗人的愤怒、战士的勇气融在了自己的世界里，乃至于在作品中显露出毫不造作的庄重与冷酷。《我们将亡于教育吗？》、《官场心态》、《滥杀无辜》，读起来是激越而严酷的，他把人心与世道非常态的一面解析出来，其挖苦之深，在同代人中是少有的。《杂文作坊》中谈“新贵族现象”、“事后诸葛亮”、“假话和伪证”颇为深刻，在情致上很有鲁迅的反讽之味。《这个与那个》，对“大人物与伟大人物”的分析和拷问，让人似乎感受到作者寒气袭人的目光，它可以把卑鄙榨出，把丑陋捕出，把阴险揭露出来。对恶的存在，不该有丝毫的柔情。邵燕祥无情地鞭挞着人的灵魂中阴暗的一隅，鞭挞着社会陈腐的积习，其神志，与鲁迅是多么的相近。杂文在他的手里，变得异常锋利和沉重了。

而经常的，在他的随笔中，更多读到的，却是杜甫式的忧患情感。虽然在本质上，邵燕祥属于现代，属于人道主义者，但他对苦难的特有的领悟方式，对众生的悲悯之情，与中国传统文人，有着十分相似的一面。这是只有诗人才会具有的人间情怀，他写农民，写工人，思索解救贫困者，思索人的权利，感慨之中，多悲怜之心，仿佛一个佛性很强的智者，把抚慰之情施于人间。《送寒衣》写己身对世间冷暖的关注，真有一种“大庇天下寒士俱欢颜”的境界。那爱意不是乌托邦式的，依然夹带着几许怅然与忧患：

送罢寒衣，骑车归路，分明感到秋风捎来几分寒意。这次寒衣是捐给安徽灾区人民的。听说分批汇集以后，按照分工，汽车直送到县乡。估计没有多少中间环节，不至克扣，那么好歹送到露宿河堤或高地受灾同胞手里，穿到他们身上略蔽风寒，也不枉大家这一份心意。

是不是杞忧呢？不是。从各地来的朋友，没有不谈到基层黑暗的，不是腐败，而是黑暗了。不管哪一级、哪一个部门，所谓领导班子都是一分为二，一分为三，“矛盾是绝对的”，并且是明朗化即公开露骨的，归根到底一句话，互相争权而已。

争权而不夺利，很难想象。区别只在夺哪些利，大利还是小利，近利还是远利，以及夺的方式。洪涝当头，哀鸿遍野，借河工以中饱，如《老残游记》所写的，清朝有之，民国亦有之，到了50年代，刘青山、张子善也不例外。干部中当然有好的，但九十九个好干部胼手胝足的劳绩，也弥补不了一个坏家伙的恶行。以灾前即日常制造“人祸”的所谓干部们的巧取豪夺来看，不借“天灾”之机发国难财以“殃民”才怪。不过，些许寒衣或不至被贪污，那是因为半旧的衣服不上眼罢了。

对于灾民，一粥一饭，一丝一缕，还是雪中送炭的事。因为他们挣扎在生命线上，所求惟温饱，所虑首在饥寒，回到了最起码的存在要求上。

前不久柯灵先生和什么人在晚报上讨论“砧杵”的实况。杜甫《秋兴》：“寒衣处处催刀尺，白帝城高急暮砧。”这是中国千古以来的诗情，日暮风寒，使人问御寒的衣裳剪裁也未？到了阴历“十月一，送寒衣”，就是指给故去的家人祖先“置办冬装”了。可见生者死者，温饱都是第一要务。而中国人千百年来也总不过在饥寒与小获温饱间浮动。剥夺者在这样的人民头上榨取，益见其不人道。这些，有的形诸歌咏，有的却少见于文字。真到啼饥号寒，或被敲骨吸髓，就只有啼号呻吟，没有诗歌与文学了。

读着这样的文字，会有深深的震动与感染，这是真正的爱的声音，淳厚的声音，在这里，可以使你想起杜甫以来中国文人系己身与他人、国家于一体的精神。邵燕祥的作品，自始至终洋溢着“冷”与“热”两种因素，在看似冰冷的文字里，你读到的，不是博大的爱么？这是只有儒家传统与“五四”传统的中国文人，才会具有的特有的情感方式。它没有自娱，亦无自恋自爱的小腔小调；它沉郁悲壮，内中多有肃杀而又炽热的期盼。邵燕祥缺少鲁迅的东西方文化交汇的阔大的精神背景，但却像鲁迅那样真诚地呐喊；他没有巴金那样过于神经质的大苦难意识，但却像巴金一样不再闭着眼睛说话。读他的文章，让人情思俱动，仿佛多日沉闷的浓雾被大风吹散一样，露出了现实表象的本色，也露出了自己的本色。

从一名诗人，到思辨性与战斗性较强的杂感家，其间留下了邵燕祥和他所生存的时代的崎岖的印痕。他把生命的最为迷人的光热，弥散到这宏阔的艺术时空里。诗人写杂文，或流于偏激情绪，或多搀杂非理性的直觉，所以传统的观点对诗人的理性能力是怀疑的。但邵燕祥杂文的出现，说明好的诗人，真正的诗人，其认识事物的能力是不亚于理论家的。诗人超常规的情感和切入现实的视角，常可以发出异样的见解。读邵燕祥的杂文，就觉得思辨力甚强，对荒谬的、反逻辑的现实事物的认识，很是特别。他的文字越来越接近于鲁迅《准风月谈》、《伪自由书》、《南腔北调集》的风格，有很强的生命质感。例如对“文化大革命”的反思，对办报的理解，对启蒙的思考，都让人耳目一新。他写文章不空洞地呼天抢地，亦不强加于人地布道。便像聊天与自语，像慢慢剥树的皮，从现实表象入手，一层层地剥，直到把本质还原为止。有时似乎漫无边际，但突然峰回路转，露出奇想，让人扼腕赞叹。有时也很真诚地叙说，把自己的缺点毫不留情地暴露给读者，如怀念聂绀弩的那篇文章，就让人服气得很。这让我想起巴金写悼念胡风的文字，敢于忏悔自己的弱点，在当代文人中，并不多见吧。仅仅凭此，他的文字，便足以长立于世间。

这是20世纪中国的又一忧患的灵魂。读了他的所有的作品，除了敬重、深思外，我们还会有什么呢？20世纪的中国，从新文化运动，到马克思列宁主义的传播，到“抗战”、“文化大革命”，再到世纪末的改革，知识分子所承受的，是比任何一个国度的文人都要沉重得多的负荷。逃避苦难，躲在书斋是一条路；参与变革是一条路；既参与变革又孤独地直面苦难又是一条路。这造就了各种类型的文人。或冲淡洗练，或忠诚无我，或激越孤傲。也有介于三者之间的，精神是多元的复合体。邵燕祥是执着的，他自觉不自觉地成了鲁迅传统的一员。社会结构可以慢慢改造，而人的心理结构的改造，却是艰难的。拯救灵魂，这一直是20世纪中国许多文人坚持不懈的工作。鲁迅以来的传统，便这样一代又一代被接受着。需不需要鲁迅？我们的文坛，精神的清道夫是不是过少？缺少纯艺术的作品，是文人的悲哀么？邵燕祥的存在，至少提示着我们，中国文人的苦路正长，奋斗正长，信念正长。这条苦路上的一切探索者、思想者，都是我们民族的脊梁。倘若没有脊梁的存在，我们精神的天空，会是何等的苍白啊！

1996年2月1日

选自《当代作家评论》1996年第4期

诗的睿智　思的锋芒

——邵燕祥的短诗五首赏析

叶　橹

作为一个从50年代成名的诗人，在经历了生活炼狱的考验又跨进80年代和90年代的身兼诗人与杂文家的邵燕祥，他的文学创作紧密地与其生活的时代相联系。若干年后，当人们回顾我们这个时代的历史痕迹时，邵燕祥的诗和杂文必定会成为一种有价值的参照。

我在这里有意地选择了他的五首短诗来加以赏析，是想以小见大地考察一下他的作为诗人的睿智和作为思者的锋芒，是怎样一直贯串在他的创作活动历程中的。

这五首短诗写作时间的跨度长达40年而表现的诗情与哲思却充分地体现了时代在他身上烙上的印痕。我并不想把诗当作时代或诗人思想的注解来加以诠释，但是却希望当代的人们或我们的后人能够从中领悟到一个诗人曾经经历过的生活，以及生活在他的情感世界与哲思领域里激起的点滴浪花。从一滴水也可以映照大千世界的某些斑斓，只要人作为社会的介入者的身份没有完全丧失，我想其意义和价值总是不能加以抹煞的罢。

一个不到15岁的少年居然写出了《倔强》这样的具有自勉性质的诗篇，这究竟是时代所赋予他的早熟品格，还是生活教给他的箴言？少年时代的颖悟也许更多地来自书本的知识，但是在地狱与天堂之间所做出的这种抉择，恰恰成为日后这位儒雅诗人的终生品格。他的“倔强劲”不仅表现在经受炼狱考验之后的不再恐惧，也使他完全摒绝了升入天堂的幻梦。事隔半个世纪之后，当人们从诗人数十年的人生历程中所看到的，始终是一个执着于现实追求与搏斗的韧性品格。尽管他只是一介书生，但却以顽强的毅力一步一个脚印地跋涉于人生艰难的途程。时至今日，无论是作为诗人还是作为杂文家，他的笔触所及，都是对地狱的精神禁锢毫无恐惧的不留情面的投枪。而他也从未试图以媚态的献忠来求得攀升天堂的通行证。

我们曾经见识过为数不能算少的中国文人，在对地狱的宣战时表现了义无反顾的战斗姿态，可是后来却因为受不了天堂的引诱而堕入媚态，终于陷入了另一种精神的地狱。邵燕祥无须悔其少作，因为他并没有违背自己当年所立下的“要这一股倔强劲”的誓言。

时代曾经一度使邵燕祥成为命运的幸运儿，当新中国成立后他在诗歌创作上闪耀出的才华引人瞩目。但他毕竟书生气十足，在纯情的歌唱中依然保留着某种腼腆的自律。于是我们看到了他在黄金岁月中写下的《夜光杯》这首短章。“哪儿能得这样的美酒——使我燃烧而清醒不醉？”能够发出这样的内心询问的人，是一个还处在23岁的意气风发的青年。它有可能只是一种沉醉于成功时的故作姿态，也可能是一种诚实的自我警戒。如果日后诗人的所作所为违背了“燃烧”的初衷而在纸醉金迷中成为精神的叩落者，这样的诗也许只具有“反讽”的意义而存在。而这样的“个案”在中国文坛绝不是“微乎其微”的。

有人说历史收割一切，其实是历史检验一切。当邵燕祥勉戒自己“燃烧而清醒不醉”时，他未必对“清醒”一词的内涵有那么深刻的认知。他也许只是想到诸如应该“戒骄戒躁”之类的训词，或者只是传统文人那种谦虚自勉品格的一次纯情表现？几乎可以肯定地说，他绝不会想到“清醒”一词在后来的年代里被赋予的如此丰富复杂的内涵。

在他写下这首诗26年之后，我们看到了他的这种“清醒”的一次表现。这就是《嫉妒》一诗的写作。

同样是短短两节四行的诗，可是我们从中能够体味到的诗情与哲思，已经绝不是那种多少带有书卷气的对地狱和天堂的界说，也不是少年得志时那种悠然的自勉。这已经是一首融悲愤与激怒于一体的诗，是化感受为哲思的一把精神解剖刀。

这首诗从表面上看并不像前面两首诗那样将“自我”置于诗中，而是以一种“他者”的身份在叙述的。然而任何一个良知未泯的人在读了它之后，都不能不置身其间。因为邵燕祥已经不是一般地在议论某种现象或借题发挥一番，他是在把饱含人生辛酸的经历与观察融入了“客观对应物”之中。那“一棵树”与“一棵树”之间的关系，“恨不能自己变成刀斧”的情结，绝对不是诗人的有意夸大或诬蔑。我在读到这两句诗时，竟不禁联想起艾青写过的《树》。在艾青笔下，那“一棵树”与“一棵树”是以“在看不见的深处／它们把根须纠缠在一起”的形象深印在人们脑际里的。当年艾青在特定历史背景下所捕捉到的这一“客观对应物”何以现在竟成了邵燕祥笔下的“恨不能自己变成刀斧”了呢？真的是“此一时也彼一时也”，还是我们的人性培育中出了什么问题？

从“树”与“树”之间的“恨不能自己变成刀斧”到“草”与“草”之间的“甚至盼望野火延烧”，或者可以归结为“互相残杀”到“同归于尽”的“妒火中烧”的发展过程。邵燕祥在这里所表现的不妨说是一种充满理性的哲思，然而，他并不是简单的观念演绎。这里的区别在于，一个融入了充盈的生活感受的意象在从具象到抽象的发展升华过程中，时时伴之以可触摸的生活状态的参与；而简单的观念演绎只是把某一种意象作为“寄托物”的符号加以指称，一旦“观念”入侵，“意象”立即退隐消失，所以它无法激起更丰富具体的联想。而邵燕祥的这首诗里，“嫉妒”是诗题，也是一个概念，然而诗中的“树”或“草”却并不直接演绎成“嫉妒”的符号，而是借它们以切入更深广的人生世相的联想与领悟，所以它们不但没有从阅读中因“观念”的获得而退隐消失，反而是人的思维联想介入人生世相的触媒剂，引起更为丰盈的意象群的反应。在诗与哲思之间，并没有截然的鸿沟，不分青红皂白地一概反对诗的哲思表现，把诗情与理性看成绝对的对立物，不仅不符合诗歌发展的历史，也容易导致诗情的浅薄化和表象化。

在经历了漫长的生活磨炼与砥砺之后，邵燕祥正在把他的人生体味与观察化为一种诗的睿智，把他的社会思考熔铸成锋利的解剖刀。《嫉妒》仅仅是他对我们的社会与人性的一次激愤的发言，它的作用不失为匕首与投枪，然而这绝不是贬低它的诗性的正当理由。

以这样的观点来看待像《拟哈姆莱特》这首“超短诗”，我们会从中获得一种会心的苦笑。同时，它也可以说是对《嫉妒》的一种补充。

《嫉妒》和《拟哈姆莱特》都是人性法庭上的审判书。前者是一次明确凌厉的判决，后者则是严肃深沉的质问。

阅读和理解这样的诗，不仅需要有对诗人品格的了解，也同时需要切入时代与社会的肌理。从鲁迅对“国民性”的探究到邵燕祥对“嫉妒”的鞭笞，从“救救孩子”的呼喊到“是人？是畜类？”的质问，相距半个世纪以上。这长达半个多世纪的历史进程，在神州大地上所引起的巨变无疑让世人瞩目。然而，物质生活的巨变，政治风云的莫测，对于我们的民族来说，实在是一则以喜，一则以忧。曾经有过的荒诞岁月在人们心灵上所造成的创伤更非一朝一夕所能弥合，如今有人已经在极力淡化历史，让悲剧从人们的记忆中消失，甚至还有人把历史的苦难当成口香糖来加以咀嚼。这不禁使我想起邵燕祥的另一首《记忆》：

“记忆说：/我是盐。/别怨我/撒在你的伤口上，/让你痛苦。//把我和痛苦一起咽下去——/我要化入你的血，/我要化入你的汗，/我要让你/比一切痛苦更有力。”记忆是不可磨灭的历史，它虽然使人痛苦，但正确地吸取历史教训却可以使它“比一切痛苦更有力”。人们似乎已经忘记了列宁说过的：“忘记历史就意味着背叛。”

吟诵邵燕祥的这两首诗，我们切入的是历史也是现实。因“嫉妒”而产生的“互相残杀”乃至“同归于尽”的悲剧在我们的生活中依然比比皆是，“是人？是畜类？”的叩问并非没有现实的意义。不要以为哈姆莱特在人文精神背景下对“死？还是活？”的叩问已经远离我们，“是人？是畜类？”的叩问也许比哈姆莱特的叩问更具悲剧性。一切有良知的人们应该在这种叩问中感到灵魂的震颤与自省，我们的民族才会是一个有希望有前途的民族。反之，如果仍然把历史的荒诞与罪恶推到几个人身上，我们则可以“我行我素”地尽情狂欢，莺歌燕舞，也许荒诞历史的悲剧重演并非没有可能。

作为个体生命，邵燕祥也许可以说已经进入了生命的秋天，因此我发现他的一些诗常常表现出对秋天的情有独钟。在《断句》中，他“走在/秋天的田野上”向老托尔斯泰叩问：

一切
成熟了的
都必须低垂着头么？

这真是一次具有“中国特色”的叩问。人们在生活中经常碰到的关于一个人是否“成熟”的标志，从来没有谁会把“低垂着头”作为评价的标准。但是在生活中，只要是不愿意低下高贵的头颅的人，必定会被认为是“不成熟”的表现。有棱角有个性的人是不成熟，敢直言犯上的人必有反骨，只有当一个人在种种习俗的压力面前“低垂着头”的时候，当他用圆滑世故的态度来应付周围的人并做得天衣无缝运用自如的时候，他才在众人的眼光里变得“成熟”起来。这就是我们的社会里一条不成文而又大家心照不宣的法规。那些敢于用自己的实际行动向这种法规宣战的人，必须付出沉重的精神代价，顶住经受巨大压力的威胁，甚至以身败名裂的悲剧收场。

有两句充满悖论的命题：“凡是存在的都是合理的”；“凡是合理的都是存在的”。哲学家可以运用自如地对一切现象的“存在”与“合理”进行连篇累牍的阐释，政治家则在纵横捭阖中各取所需地为自己的一切行为做出合理的辩解，只有文学家难以面对这种悖论做出圆滑世故而又令人信服的表现，这就注定了他们并不美妙的命运。诗人邵燕祥要向老托尔斯泰发出那样的询问，不是他缺少敏悟的能力，是他的良知不愿向世俗低头。如果他能够“低垂着头”，一切的叩问都属多余。一个良知被遮蔽的人，不会有灵魂的不安，他也不会提出诸如此类的叩问。

中国的诗人常常被人目为天真无知的狂妄者，其实他们是昧于事实而不昧于良知。在一些人看来是很正常又不须深究的事实中，诗人却因其悖于良知而要寻根究底，这便在旁人眼中显示出天真无知，又因其执着于寻求良知于事实间的统一，更难避狂妄迂执之嫌了。伟大如屈原，他的那些“天问”，其实别人只是认为“存在就是合理”，又何须你一问再问呢？当大家都心照不宣地把“低垂着头”当成一种合理的生存方式时，你邵燕祥又何必无事找事地去问什么老托尔斯泰呢？与其去问这位 19 世纪的俄罗斯老人，倒不如去问我们现实生活中那些小官僚，他们会给你最现实的答案。

所以，生活在不同的精神层次中的人，实在是很难寻求到共同的语言的。有时候即使是明白如话的诗语，在有的人的眼中亦犹如“天书”而大呼“不懂”。对待这种把诗当作实用手册来阅读的人，你除了表示沉默还能说些什么呢？同样，对邵燕祥的询问，恐怕也只能用沉默来回答，因为诗人的心中其实早已有了答案，所谓昧于事实而不昧于良知之谓也。

从邵燕祥大量的诗歌中只拈出这样五首短诗来加以赏析，实在是一种避重就轻的抉择，但是我之所以要这样做，也自有我的一分理由。近些年诗歌创作正受到种种怀疑和指责，一些人在诗的旗帜下的非诗行为，使诗的名声受到败坏。有的所谓“诗人”其实与投机家并无本质区别，由于他们把诗当作股票行情来看涨看跌加以操作，难免有失误而露出麒麟皮下的马脚。在这样的背景下，我特别看重诗人的品格与风骨。凭我多年来对邵燕祥诗歌的阅读经验，我深切地感受到他诗品与人品的一致，他是属于那些被鲁迅称为“中国的脊梁”的人。作为诗人，他自有许多可以让人称颂的佳制，但这为数不多的短章，恰恰在一个侧面上表现了他的思想品格的成长与发展。因此我以为，透过这些短章来认识一个诗人的精神风貌，未尝不是一种可取的“捷径”。自然，这些短章所以给了我阅读评析的兴趣，是与我对邵燕祥的人品的了解分不开的。

1996 年 9 月 10 日于扬州

选自《名作欣赏》1997 年第 1 期

论邵燕祥的诗

古远清

邵燕祥（1933— ），北京人。建国初期在北平新华广播电台工作，粉碎“四人帮”后曾任《诗刊》副主编，现为《诗刊》编委。主要诗集有：《歌唱北京城》（1951 年，华东人民出版社）、《到远方去》（1955 年，新文艺出版社）、《给同志们》（1956 年，作家出版社）、《献给历史的情歌》（1980 年，人民文学出版社）、《迟开的花》（1980 年，十月文艺出版社）、《含笑向七十年代告别》（1981 年，江苏人民出版社）、《如花怒放》（1983 年，上海文艺出版社）、《岁月与酒》（1985 年，浙江文艺出版社）、《邵燕祥抒情长诗集》（1985 年，花山文艺出版社）等。另有诗论集《赠给 18 岁的诗人》（1984 年，花城出版社）、《晨昏随笔》（1985 年，三联书店）。

邵燕祥 50 年代的诗歌创作，以建设年代特有的单纯美好的情感赞扬社会主义创业者的献身精神，用缪斯的琴弦伴一代青年“到远方去”而闻名。他的第一本诗集《歌唱北京城》，收集了诗人在建国后至 1951 年 5 月间的 15 首抒情诗。歌颂人民革命的胜利，歌唱首都和解放军，是这本诗集的主题。《歌唱北京城》，揭露了封建统治阶级对人民的压迫剥削，赞扬了人民群众对李自成的爱戴，最后用激昂的调子歌唱北京城的解放。《再唱北京城》，表现了人民子弟兵爱人民的动人情景以及进城后的欢乐感和自豪感。《从边疆到北京》，表现了从苦难中熬过来的少数民族对人民领袖的热爱。但这些诗大都显得肤浅，也许是作者太年轻，也许是新中国诞生这件事本身太深刻，作者沉醉在过分激动的情绪中，还来不及消化这一历史事件所显示的划时代意义。至于对胜利后的曲折道路，更不可能有清醒的认识。邵燕祥这些诗和其他老诗人写的新华颂一样，只记述了人民欢欣鼓舞的场面，带有“新闻诗”和“时事诗”的痕迹，缺乏历史的思索内容。在艺术上，这些诗作不少具有民歌风味，这是作者有意识向以鼓词为代表的民间说唱艺术学习的结果。诗人还在不少地方运用了新旧对比的手法。如《歌唱北京城》、《再唱北京城》等作品，均是用旧日的苦难反衬今天的幸福。这种手法用多了，便觉得不新鲜，使人感到诗情缺乏应有的提炼。

《到远方去》共收集作者写于 1952—1954 年间的抒情诗 19 首。这本诗集对当代诗歌的主要贡献表现在较早地把大规模的经济建设景象写进了新诗，传达了在年轻的共和国土地上所响起的建设的喧闹声。诗人这样歌唱工地："歌声起落在建筑架上，建筑架披满了金色的阳光"；诗人这样歌颂鞍山的 12 个润滑工人："把建设社会主义的事业扛上肩膀"；诗人赞美把自己的心血浇灌进混凝土基础的工人。他歌唱新城市的诞生，欢呼新工地的出现。在他的作品里，扑面而来的是鞍钢、第一汽车制造厂、超高压送电线、螺丝钉、钻探船、建筑工人、长江大桥、大伙房水库……这些字眼。《在大伙房水库工地上》，他这样赞颂工人们创造新生活的精神美：

风天雪夜滴水成冰，
他们的汗水滴在冻土上——
他们的热情用到那儿
冰雪也融化，岩石都冒火光。

严寒的自然环境在工人的心中唤起的不是退却，而是前进，是献身的热情。那里有工人的热情，那里的冰雪也会融化。"岩石都冒火光"，这已不是写实，而是用浪漫主义手法赞扬一代人的情操和理想。《五月的夜》写建设者在寒冷的雪山，在荒凉的夜晚所感到的不是寂寞和痛苦，而是快乐的联想，幸福的感受。这同样表现了一个新生民族不怕艰难困苦的气概和改造世界的信心。因为不是在温室中而是在冰天雪夜里，才需要我们献出热情，献出青春；祖国将因此而改变面貌，人生也将变得有价值。这种美学观念在《到远方去》中得到更充分的体现，此诗写一个青年团员"我"即将离开首都，踏上征途，同前来送行的心爱的人告别，诗人紧紧抓住告别的瞬间进行抒写，但并无卿卿我我"黯然销魂"的离愁别绪，而是自然真挚地集中抒发了主人公告别首都，告别亲人，加入建设者行列的豪情壮志：

让人们把我们叫作
母亲的最好儿女，
在英雄辈出的祖国，
我们是年轻的接力人。

我们惯于踏上征途，
就像骑兵跨上征鞍，
青年团员走在长征的路上，
几千里路程算得什么遥远。

我将在河西走廊送去除夕，
我将在戈壁荒滩迎来新年，
不管什么时候，只要想起你，
就更要把艰巨的任务担在双肩。

记住，我们要坚守誓言：
谁也不许落后于时间！
那时我们在北京重逢，
或者在远方的工地再见！

这里描写的是如早晨八九点钟的太阳的青年一代的共同心态。他们的爱情、幸福都是同祖国的建设事业紧紧联结在一起的。正因为这首诗准确地把握了一代人的情绪，反映了青年一代充满理想、铺满阳光、富有诗意的生活，所以才以其灼热的激情和“燃烧着火热的青年”的形象，激励他们到河西走廊，到戈壁荒滩，到遥远的荒山僻壤，到祖国最需要的地方投入创造人间奇迹的英勇战斗。

《到远方去》这本诗集的出版标志着邵燕祥在创作道路上跨出了新的一步，它使邵燕祥和当时崛起的青年诗人公刘、李瑛、顾工明显地区别开来。他这时的诗，不再满足简单的描述和质朴的对比，而用刚健清新的语言歌唱青春，歌唱理想；用青年人火热的声音抒发“接力人”的志向和抱负。他的诗风刚健，在质朴中显出健美，在清淡中见出隽永。他常用白描的手法，以叙述为基调直抒胸臆，

《我们爱我们的土地》、《我们架设了这条超高压送电线》，音节响亮，琅琅上口，这表明作者已不满足于学习鼓词而在向朗诵诗方向发展。但他这时的诗，部分存在着图解政治的倾向，散文化的痕迹比较突出，语言的形象化注意不够。

50 年代中期，随着生活的向前发展，邵燕祥单纯天真的心境发生了变化。当时正值贯彻“双百”方针，他认为，要贯彻这个方针，必须“表现出多样化的抒情个性，多样化的感情状态”。在 1956 的一次讨论会上，他说：“好像只能有一种感情，平常只能有欢乐的感情，只有在斯大林逝世的时候，我们才可以悲痛一下子，可以写一点悲痛的诗，而这个悲痛，还一定要‘化为力量’！”（《关于当前新诗创作情况和若干问题》，《宁夏文艺通讯》1982 年 8 月）当时邵燕祥读了西蒙诺夫追悼英国诗人萧伯纳的诗，觉得写得有真情实感，虽然没有说要化悲痛为力量，但非常深刻。鉴于西蒙诺夫在斯大林逝世后诗风有所变化，邵燕祥由此得到启发：正像一个阶级不能只有一种典型一样，一个阶级也不能只有一种“典型的”感情。在题材问题上，不能只唱颂歌，也还可以唱别的歌，因为“只歌颂光明太单调了，生活复杂得多”。他在《做好写诗的准备》（《文艺学习》1955 年 8 月号）中，这样思考诗人庄严的使命：“我们的诗应该有助于新人和新事物的成长和胜利。那些阻碍我们前进的旧社会的残余还在发着臭味，我们必须用笔来把它扫除干净。”根据这种指导思想，他逐渐改变了过去只写抒情诗的路子，写了一些讽刺诗和揭露生活阴暗面的作品。其中为青年女工鸣冤的《贾桂香》，在当时影响较大。

贾桂香是黑龙江佳木斯园艺示范农场的优秀女工。因为管理员孙大叔疼爱她，每当下班总骑着车子带她回家，于是便引起了种种猜测，中伤她与孙大叔有暧昧关系，团组织为此批评她，折磨她，逼她写检讨，并撤销她的生产小队长职务，还逼着她在怀孕时干重活，直至这个活泼的农村姑娘被逼得自杀身亡。当邵燕祥在 1956 年 10 月 11 日的《黑龙江日报》上看到了这个调查报告后，便按捺不住内心的愤怒，于 11 月 17 日写下了《贾桂香》，发表在同年 12 月的《人民日报》上。此诗呼吁生活中不能再出现“第二个贾桂香”：

我不忍落下这最后的一笔，
中国不该有这样的夭亡。

一九四五年九岁的小嘎，
一九四九年十三岁的小姑娘，
等待她的该有多少幸福，
多少火热的欢乐时光！
到底是怎样的一股逆风
扑灭了刚刚点燃的火焰？
海阔天空任飞翔的地方，
折断了刚刚展开的翅膀！

告诉我，回答我；是怎样的。
怎样的手，扼杀了贾桂香？！

这首诗虽然写得不够深刻，有些地方显得过于天真，但这确实是作者血管里流出来的血，真诚的血。最后一段，不仅体现了一个现实主义诗人的血性，而且将矛头直接指向了官僚主义，向那些草菅人命者倾泻了深刻的仇恨。

正当作者进行新的艺术探索的时候，邵燕祥因《贾桂香》等作品遭到了比贾桂香的生命还要长的深重灾难：在50年代后期、60年代直到70年代初期受到一次又一次的批判，然而作为一个真正的共产党员和人民的儿子，是不会因真诚的追求遭到亵渎而改变自己的信念的：

即使把我放逐到别个星球，
我也不能忘怀我祖国的命运。
抛我于天之涯海之角举目无亲，
我仍然依傍着、亲近着我的人民。

在流放过程中，邵燕祥依然在思考着祖国的人民的命运，仍然没忘对缪斯的忠诚。这期间，对邵燕祥来说，政治上虽然受到了打击，但却因祸得福，由此获得了更广泛的与广大人民接近的机会。在与人民接近的过程中，他坚信黑暗一定会过去，曙光就在前头。这种不正常的生活一定会结束，自己总有一天会“意外归来”，重新为人民歌唱。

果然，这一天终于到来。这位饱经磨难的诗人，在新的历史关口，像 50 年代“到远方去”那样，又迎着朝阳大步向前进发。所不同的是，他不再像过去有致命的天真，他反省自己，解剖自己，思想变得深沉、严肃起来。他在《中国又有了诗歌》中喊道：

还我笔，还我歌喉，
我爱唱人民的爱憎，革命的恩仇！

当然，他没有单纯停留在呐喊上，而是在呐喊中蕴藏着思考，思考中带着满腔怒火：“无声的中国早变成有声的中国，为什么思想和诗歌又遭禁锢？”他思考的不是个人的命运，而是包括“文革”中被迫害致死的孙维世、郭小川等整整一代人的命运。在《答友人》中，他不同意把伤痕当作光荣花佩戴在胸前，因为这“花”是不能结果的谎花。在《假如生活重新开头》中，他的思考同样不是单向的：

时间啊，永远不会倒流，
生活却可以重新开始。
莫说失去了很多很多，
我的旅伴，我的朋友，
明天比昨天更长久。

正因为时光不会逆转，所以必须把长长身影留在后头；正因为明天比昨天更长久，所以要向前看，要像以往那样迎着朝阳出发。总之，“还是唱那支永远唱不完的歌，在喉管还没有被割断的时候。该欢呼的欢呼，该诅咒的诅咒！”这样反思生活的诗，除上面提及的外，还有《致窦守芳同志》、《我们有行乞的习惯吗》等。

最能说明邵燕祥前后诗风变化的，莫过于两首诗的对比：写于 1954 年的《中国的道路呼唤着汽车》和写于 20 多年后的《中国的汽车呼唤着高速公路》。在 50 年代“又像山谷又像平原的高原上”，在“穷年累月没有见过好车马的山野”，诗人提出“我们要让中国用自己的汽车走路”。虽然诗中也出现了“我们要把中国架上汽车／开足马力，掌握方向盘”的句子，但整首诗的倾向还只是把汽车当作开足马力的建设事业的象征。新时期写的《中国的汽车呼唤着高速公路》则不同。此诗从标题到内容，都不像是在写实：

……
空话不能启动汽车、
豪言壮语也不能铺路。
但我们难道还不能铺一条
高速公路——
有这么多的痛苦，
有这么多的愤怒，
甚至有这么多的血肉，
化为我们特有的混凝土！

这里讲的“特有的混凝土”，显然是指精神上的。“高速公路”虽然也有写实的含义，但更重要的是指建设的高速度，是指正确的方针路线。从过去提出“我们要让中国用自己的汽车走路”的历史性命题，到如今从更高层次上呼唤“高速公路”；从过去用“汽车”、“公路”这种静力学上的抽象分析，过渡到“高速公路”这种从社会矛盾到历史经验教训上的“动力学上的形态”。邵燕祥到“远方”去的初衷并未改变，希望祖国繁荣昌盛的思想感情没有改变，但当生活经历了“在泥泞的路上停过车，在崎岖的山道，急转的险弯，几乎跌下山谷”的艰险历程后，他不再把前进的道路看成一马平川，不再满足于“我们的土地／到底是我们的土地了！”（《我们爱我们的土地》）的咏唱，而醒悟到在我们的土地上，有光明与黑暗的搏斗，并不是什么样美好的种子都能在中国土壤上发芽。诗人在严肃思考我们前进的道路，思考在我们的土地上所发生的一切。诗人的思想比过去变得更深沉和冷静，艺术手法也比过去更成熟。

邵燕祥是一个具有使命感和责任感的诗人。他不喜欢低吟浅唱，总是自觉地把时代风云同诗结合起来。《邵燕祥抒情长诗集》保留和发扬了他一以贯之的特色。这 11 首长诗，写于 1981—1993 年。深沉的历史意识，是这些长诗共同的特征。将这些长诗和过去充满美好希望的诗相比较，其志未倦，但有更多对祖国命运的思考；其情未减，但有更多的理性之光烛照和苍劲雄奇之美。在青少年时代，邵燕祥曾用他扬起的双臂迎来晨光如海的共和国，并用他幼稚的歌声，歌唱“壮丽的江山红旗招展”，“北京城十月满城春风”。但是他无论如何没料到历史会倒退，“共和国的青春，竟变成了废墟”。同样没料到他的喉头会被链子锁住，他的青春歌声会被埋葬！在扩大化的反右斗争中：“连曾经有过的快乐也归于虚幻／只有痛苦是真实的，沉重的，能摸得到的。”对共和国所走过的这段曲折历程，凡是中年以上的人都可以体会到这种在废墟边咀嚼火红年华的记忆的苦楚经验。人们不必指望诗人给我们指出一条生活的金光大道，当然，也不愿再去听那种“东风吹，战鼓擂”的老调了；但是，对于诗人忧国忧民的思考和呼喊，却不能看作是政治说教：

谁不顾人民的安危
　　国家的兴亡
在前进的路上设路障
就是出卖民族的命运
　　出卖明天和历史

这种充满感情色彩的议论，其本意不在劝善。他并不相信历史倒转，废墟后面仍然是废墟。当作者高呼“不要废墟”的时候，他实际上是把废墟当作重建家园、重建理想和信仰的起点，而不是把废墟当作历史的终点或噩梦的终结。这种沉重而不颓唐，悲愤而不绝望的感情，是和时代精神合拍的。他坚信人民必定胜利，这种乐观主义并不廉价，而是建立在对制造废墟者高度警惕的基础上的。在《中国，怎样面对挑战·圆明园这样说》中，他向善良的人们大声疾呼：

危险
不在天外的乌云
而在萧墙之内

这不是故作惊人语。尤其是当这一警惕出自饱经兵祸而又“站在朋友与敌人之间，过去与未来之间，中国与世界之间，祖先与子孙之间”的圆明园之间的时候，谁能不进行历史的沉思，和作者一起产生心灵上的共振呢？

在当代诗坛，出现了不少能显示诗人灵气的佳作和表现诗人对艺术形式独特追求的短章，然而却缺乏对一定历史时代的描绘和歌咏，具有高度概括力的史诗性作品。邵燕祥目前虽然没有创作出从宏观和微观结合上把握历史，同时充分体现诗的本质特征的新的史诗，但写得规模宏大，气势雄伟，颇富历史感的《不要废墟》，已初步具有了史诗的内容。《长城》同样充满激情而又富于力度，是以博大恢弘的气势和广阔深邃的历史眼光来抒发情怀的优秀长诗。在作者笔下，长城不只是横亘两千年、绵延数千里的古代防卫建筑，而且是中华民族的象征，是一个"晒干了鬃上的水滴／沉淀出历史之盐"的象征性意象。诗人把自己在沉重而悲愤的反思中高扬的奋起精神对象化在长城之中，使长城成了有生命的长城。"我是长城／我是历史／我是历史般的长城／我是长城般的历史"。抒情主人公既像作者自己，又似长城。长诗打上了诗人的艺术个性烙印，诗人具有长城坚韧不拔的意志。而将抒情主人公与长城融在一起的，则是俯瞰古今的历史沉重感和悲壮感。在长诗中，诗人通过长城之口，向炎黄子孙发出这样的呼唤："我愿意你们惊叹于我的／古老和气势的磅礴／我更愿意在你们的脚下／称你们为当之无愧的巨人／我渴望着——展开在我眼前／有一个同我的存在相称的／崇高／庄严／雄奇瑰丽的事业。"任何一个有民族自尊心的中国人，都应倾听一下这警钟般的声音，从中受到激励和启迪。

《长城》的成功，得力于成熟的思想和人格的力量。这种力量渗透到作品中，结构更显得凝练，气势更显得酣畅从容，笔法更趋张弛有致。在创作方法上，则与象征手法的引用有关。全诗除了把长城作为民族魂的象征外，还有局部的象征。《长城》显得潇洒灵动，还得力于反映生命律动的动态美，得力于化静为动的手法。《长城》所具有的深沉而清明的理性，给作品带来闪光的哲理和深邃的境界，同时在某地方也带来理胜于情的倾向。但这并不妨碍《长城》作为命运和历史的乐章所具有的认识价值和审美价值。

选自《武汉市广播电视大学成人教育学院学报》1997年第2期

邵燕祥：热忱爽朗

钟友循　汪东发

我也曾悲哀
我也曾快乐
但我是那只愤怒的蟋蟀
五百年前那一个
苦孩子的魂
为了救人
为了补过
化成一只小东西
因愤怒而忘了纺织
因愤怒而忘了歌唱
因愤怒而张翅，而伸须
而凝神，而抖索，而跳起角逐
而叮住不放的
　　　　　　那一个！
(《愤怒的蟋蟀》)

一个诗人，他的歌，究竟靠什么东西去打动人？究竟是什么东西才能给读者以最强烈的感染与最深刻的震撼？

对此，诗作者、诗评家、诗论家和诗的读者，会有各种各样的回答。

但这些回答只可能有两条思维的路径，即：(一) 着眼于思想上、精神上的启迪、冲击、熏陶、升华。它可以是以理想、信仰、情操、人格去使人的心灵受到震撼，灵魂得到净化，从而在精神的锻冶中，使人进一步确立高尚的人生目标，加固自己的生活信念、志向与抱负；它也可以是以情感、情绪、心念、心绪的搏动与颤抖去使人的心灵发生共振，灵魂中产生共鸣，从而在人性、人情的交流与沟通中，使人更加了解生活，洞悉人，增强对生活的爱和对人的温情。（二）着眼于艺术上、审美上的濡染、辐射、沉醉、迷恋。它更多的是以诗歌作品本身所设置的意象、构筑的意境、营造的气氛、弥漫的情调，给人以极大的审美的愉悦，从而发生并增强对绚丽的艺术世界的神往。从其根本意义上言，前者所侧重的，是一种忘情的生命体验，它是诗作者与诗的读者情不自禁因而“自觉自愿”地全身心投入的；而后者所侧重的，则是一种惬意的美的体验，它是诗作者与诗的读者不由自主因而自然而然地进入“操作”之中的。第一种情况在人们执着于现实的状态中发生，更需要的是深情与激情，然后进入沉思或“迷狂”，所得首先是人格的升华；第二种情形则在人们超越了尘世的状态中发生，更需要的是感受与感染，然后进入吟咏或“虚静”，所得最终是人性的优化。自然，巨匠和大师级的诗人所创作的精品，毫无疑问必然会是这二者的统一与和谐；但也有更多这样的现象：在优秀的诗人诗作中，那些“诗”本身有可能较侧重于其中的某一方面，对此，绝不能视之有高下、雅俗和优劣之别。尤其是对于前一种情形，如果认为它们不是艺术的、审美的，那就并不正确。文学是什么？是“人学”！文学的目的何在？在“以情动人”！文学怎样达到其根本的目标——锻冶人格与人性，铸造精神与灵魂，升华生命与生活！借助艺术化的“形象思维”！那么，这就是衡量一部文学作品和一首诗的基本的与终极的标准了。假如一位诗人的歌唱，以其热忱爽朗的音调，用激昂慷慨的旋律和深沉明晰的节奏，表现出“人”的风采、“人”的气魄、“人”的激情、“人”的意志；凸现出磊落博大的精神，高尚强健的灵魂，在很大的程度上显示出了诗人不屈不挠的人格，亦真亦善的人性，从而总是使其诗歌中的抒情主人公如一座刻痕粗犷坚劲的浮雕，屹立在你的面前，雄风飒飒，虎虎生威，令你感慨深远，回肠荡气：这样的诗歌，尽管不事雕凿，它算不算好的艺术，是不是很美的呢？应当说，当然是！

邵燕祥就是这样的一位诗人。他的作品，没有千回百转的婉曲，没有深邃悠远的含蓄，没有一吟三叹的雅趣，没有细致微妙的幽情，甚至没有奇妙的意象，神异的意境，绚丽的想象，丰富的联想，和充满阴柔之美的诗情画意，乃至令人拍案称绝的佳词丽句。他的诗歌创作生涯中的绝大部分作品，都以直抒胸臆出之，明白如话，明豁异常，或许，还有特别多的、“宣言”式的、“誓词”式的豪言壮语。但他的诗，从整体上来说，绝不给人以“标语口号”式的观感，也从不让人有什么“说教”、“宣喻”的印象。其原因在于：他有思想，有激情，很热忱，很爽朗，而这些东西，都是“他自己”的。也许他的确说出了甚至喊出了千百万人想说和想喊出来的话，但他是以吐露自己个人的生命真声的方式，说出来、喊出来的。因此，你尽可以说他的创作“不经意”，他的作品“不精致”，但你却断断不可以说他不是一个好诗人，他的诗歌不是真艺术。因为，他的那些如泉如瀑、如泻如涌的诗句，读来是自然、酣畅，是他调动了自己深厚而丰富的生活、感情、思想、艺术积累，在骚动不宁、激情难耐、如鲠在喉、不吐不快的情况下，用汗水、血水、心力、脑力，所浇铸和凝聚起来的。

他早在40年代就参加了进步青年组织并在报刊上发表揭露国民党黑暗统治的作品，是一个从来就热爱祖国、热爱人民、嫉恶如仇、爱憎强烈的诗人。建国后当了记者，走遍祖国各地，饱览了50年代如火如荼、轰轰烈烈的经济建设的壮丽场景，因此也更加养成了关注民族振兴、社会发展和时代进步的天赋秉性。1957年因嫉恶如仇、鞭挞丑陋被打成“右派”，但他痴心不改、“顽性”依旧，反倒成了一个“天生”的乐观主义者。他说：

> 我的乐观主义
> 不是总在那里微笑的
> 它在泥泞里滚过
> 它在铁砧上经受过锤击
> 它在锤击下喷出火花
> 它在几乎熄灭的篝火里燃烧
> 人们曾经轻蔑地叫它死灰

但是，这就是《我的乐观主义》，“我焐热了它／它也焐热了我。”“它受过棒打／受过揉搓／然后在冰冷刺骨的河水里漂过／它的每一根纤维／都一尘不染了”；“它被出卖过／它被告过密／它一步一跌地长大了”，因此它是“饱经忧患的乐观主义”，同时也是我的“形影相随的老朋友”！

邵燕祥诗歌创作的“热忱爽朗”的总体抒情品格，实际上与此是决然分不开的，即——

我是一个成年人
我的乐观主义也是成年的乐观主义

到远方去

宽阔的长江上闪闪发光，
是太阳在江心洗它的翅膀。
我们的钻探船就停泊在江心，
从日出到日落，从黄昏又到天亮
我们的钻探船轰隆轰隆响。
(《我们的钻探船轰隆轰隆响》)

深刻、强烈地憎恶黑暗的人，对光明的钟爱也尤其执着与热烈。尤其是对于赤诚、单纯的年轻人来说，这种憎与爱的分界和对比，会显得特别地外在与明晰。一进入新中国，邵燕祥就以一个年轻人所固有的天性，将对旧时代的憎，迅即地转化为了对新时代的爱，何况他还是一个曾经为了这新时代的到来，而义无反顾、满腔热忱地呼喊过、战斗过的年轻人。他借助新闻记者的身份的便利，以饥渴般的、强似过去十倍的热忱，贪婪地攫取着欣欣向荣、蒸蒸日上的祖国，那些吸引他、诱惑他、激动他、鼓舞他的令人目不暇接、眼花缭乱的火热场面。他把这些场面的内容与气氛都转化为他的诗歌的内容与气氛，然后又把这些内容与气氛对他的感染与激励，转化为他的诗歌对读者尤其是对像他一样的年轻人的感染与激励。在这时候，他不需要婉曲、含蓄、雅趣和幽情，他没有学会，而且他似乎天生地就学不会：因为年轻人的心灵、激情，始终是他在从事自己的诗歌创作，也就是说，他在感受生活、认识生活、透析生活、表现生活时所丢弃不了的东西；尽管后来他迅即地就“成熟”了，但在这种“成熟”里边，这种年轻人的心灵与激情，仍然一直是他的诗歌创作冲动萌发的首要来源，同时也是他的诗歌创作之所以感染人、打动人，让人受到激励与鼓舞的第一个艺术元素。因此他也不需要意象、意境、想象、联想的奇妙性，神异性，绚丽性，丰富性，不需要诗情画意的阴柔色彩。他只需要“热爱”——后来他“成熟”了，也就同时追求“力度”、“深度”、“厚度”等等，但此时，他还年轻，他只需要“热爱”。所以，“热忱”，就成为他50年代前半期的诗歌创作之第一个突出的抒情品格。与此同时，心地纯洁、毫无挂碍的年轻人天生的乐观秉性，也带给他的诗歌创作以非常明豁亮丽的“爽朗”特质。

不妨看看他的成名之作《到远方去》：

收拾停当我的行装，
马上要登程去远方。
心爱的同志送我，
告别天安门广场。

在我将去的铁路线上，
还没有铁路的影子。
在我将去的矿井，
还只有一片荒凉。

但是没有的都将会有，
美好的希望都不会落空。
在遥远的荒山僻壤，
将要涌起建设的喧声。

一般来说，邵燕祥诗歌给人的印象，是比较“率性为之”而并不精雕细凿的。这当然首先就是因为他的“热忱”——因之，是无心也无暇匠心经营、“咬文嚼字”的。但这里“都将会有”中的“都”字，“将要涌起”中的“涌”字，真正是很见遣词造句人亦即写诗人的性格的；而且，通读过邵燕祥的全部，至少是其绝大部分诗作的人，都会知道：他是一个“向前看”的人，而且始终如此。

所以上引三节诗中的四个“将”字的出现及其频度，并不是偶然的。而这恐怕又正是他的诗歌创作之既“热忱”又“爽朗”的最重要的原因之一；而且这也正是他之所以是一个“天生”的乐观主义者的最重要的注脚与标志之一。顺便说一句：在既“同龄”、同际遇又同样有影响、有贡献的诗人中，邵燕祥也正是以其瞩目“将来”，而与明显更看重“过去”的流沙河和尤其执着于“现在”的公刘相区别。故而邵燕祥“热忱爽朗”，流沙河“缠绵幽婉”，公刘则“冷峻敏锐”。

唯其“热忱爽朗”，邵燕祥从不惮以“喧声”当作“歌声”而振怀高唱；但他的所唱，有一些特别明显的优点：真挚，坦诚，高昂，酣畅——到后来，则更有了激越、豪迈、奔放、深沉的美质——而他也坚信：“那声音将要传到北京，／跟这里的声音呼应。”在“想起了刘胡兰”的时候，他叮嘱自己也叮嘱同龄人：“你要唱她没唱完的歌，／你要走她没走完的路程”——“边走边唱”而且唱得鲜亮明丽、淋漓酣畅，是他的诗歌创作之所以“热忱爽朗”的重要表征。

邵燕祥建国后第一时段的诗歌创作，从一开始就具有了如下的特点：其歌声总是与经济建设的潮声混融在一起。他歌唱水库工地的劳动，歌唱我国第一条高压输电线的架设，歌唱我国第一座长江大桥的建设，歌唱我国第一汽车制造厂工地火热的场面，歌唱荒山野地里地质勘探队员虽苦犹荣的生活：几乎当时所有重大的经济生活中的事件，都被他以“热忱爽朗”的歌声高唱，而这些歌唱，与《我们的钻探船轰隆轰隆响》，共同构成了激动人心的时代强音；那时候在邵燕祥年轻的、单纯的目光里，满眼都是这样绚烂壮阔美丽无比的画面：

宽阔的长江上闪闪发光，
是太阳在江心洗它的翅膀。
我们的钻探船就停在江心，
从日出到日落，从黄昏到天亮——
　　我们的钻探船轰隆轰隆响。

其实邵燕祥的诗歌也就犹如那样的一只“钻探船”，它就停泊在祖国经济建设的“江心”，沐阳光，浴月华，将“钻头”潜入到时代生活的厚土之中，也潜入到时代青年的血管里，感受着生活本身的热力，体验着人们心中的激情，然后把感受到、体验到的热能与脉跳，化而为诗，为歌，热忱、爽朗、痛快、利索地写出来，唱出来。所以他的诗歌中，既有浓郁清新扑面而来的生活气息，又有可感可闻明晰鲜活的人的精神。不信你再听听：

轮船的汽笛在远处叫唤，
江风又吹来码头的喧嚷，
还有一声声震心的好像锣鼓，
那是汉水公路桥工地在打桩。
　　我们的钻探船轰隆轰隆响。

我们六月天来到长江，
迎面来的是七月的风浪；
秒速三公尺的洪水日夜猛涨，
狂妄的七级风想把船声摇荡。
　　我们的钻探船轰隆轰隆响。

天空泻下来的暴雨泼在我们身上，
上游漂浮来的毒蛇窜到我们船上，
谁可曾见我们的大惊小怪？
我们的手照样把在钻把儿上。
　　我们的钻探船轰隆轰隆响。

满耳是声音，满眼是画面，声音与画面的内里，是时代激昂的旋律和人们沸腾的心跳，邵燕祥把自己热烈的主观抒情，通过描绘和叙述，凸现出热烈的客观场景，使二者幻化交织，互渗互融，并让热力透过诗句，传达给不同的读者，使他们都不得不受到感染、鼓动。而这就恰恰正是他的诗歌“热忱爽朗”的抒情品格的魅力与价值之所在。谁说明白如话的诗不是“诗”？谁说诗歌只能低回吟哦而不能纵情高唱？

不要说人家都在我不在

它挟着白热的闪电、迅猛的风雷，
激荡着所有善感的胸怀。
一天夜雨敲打着你的窗扉，
让你想象着海涛澎湃。
（《无题》）

邵燕祥曾说："诗人写诗，是要触及灵魂的，被客观人事触及而灵魂一无颤动者，不能为诗，不敢袒露自己灵魂的，云何触及，更云何为诗！"这是说诗与诗人的灵魂有关；又说："我总是把诗当作诗人来读的，读诗人的身世，更读诗人的心。又从诗人的身世、诗人的心来读诗人身历亲经并反映到他心目中的历史。"这是说，诗与诗人的心灵有关（《〈荒唐居诗词钞〉读后》）。但灵魂也好，心灵也好，归根到底都反映着人格，故而邵燕祥的意思，恐怕还是强调诗应当并且能够反映出诗人的人格。

的确邵燕祥自己的诗就是如此。他的那些以祖国经济建设热潮为题材的诗歌，之所以那样"热忱爽朗"，表明了他对祖国繁荣昌盛的热望，也表明了他在这种热望当中所怀抱的强大信心。唯其如此，他做一个前进的时代的歌者的愿望是强烈的，而同时所付出的行动的步履也是坚定的。1956年以后，当他用自己热切的目光，同时又捕捉到了社会生活中不尽人意的一些现象的时候，他的"热忱爽朗"中就相应地出现了新的内容：他不再仅仅只写作像《在夜晚的公路上》、《在大伙房水库工地上》这种歌颂式、描述式的诗篇，同时，他也以更加充沛的激情，写作像《多盖些工厂，少盖些礼堂》、《中国的道路呼唤着汽车》这种陈言式、呼吁式的诗篇。他对生活的观察、认识，既然已经更全面、更深入了，那么，他对生活的把握、表现，当然也就变得更立体、更深沉了。他仍然像此前那样热忱、爽朗、敏锐、激昂，但无疑，他已经不再单纯、天真到近乎幼稚了。深挚的爱曾经使得他的"热忱爽朗"只是表现为一片纯情的欢乐，而现在，强烈的恨——对丑陋的、阴暗的现象的恨，则渐渐地使得他在自己一贯的"热忱爽朗"中，又注入了渐渐增加的沉重与愤怒。1956年的11月，他据一则新闻报道，写出了后来给他带来了厄运的《贾桂香》。诗写道："天上的白云像头巾飘荡，／地上疾走着快活的姑娘"，在她心目中，"生活比这原野还要辽阔，／幻想比这大路还要宽广！"然而一位老职工对姑娘的关怀，"本来是疼爱这个姑娘，／想不到害了这个姑娘"，流言纷起，蜚语飞扬，"这是怎样的一张网呵，／没头没脑罩住了贾桂香"。当此之际，甚至连年轻丈夫对她的慰抚，也成了罪案，上上下下的恶待，终于扼杀了这个青春的生命。热忱爽朗的邵燕祥终于按捺不住了，他拍案而起：

我不忍落下这最后一笔，
中国不该有这样的夭亡。

他含着满腔的悲愤热辣辣地斥问：

告诉我，回答我：是怎样的，
怎样的手，扼杀了贾桂香？！

没有人告诉和回答他。相反，"扼杀了贾桂香"的那只手，却又伸过来将他推进了"右派"的泥沼，从此他失却了放声高唱的权利，《贾桂香》被宣判为他的诗歌创作的"最后一笔"。

但是，"乐观主义"的"天性"，却使得邵燕祥并没有像许多人那样自此感觉到眼前一片黑暗。他的灵魂，他的心灵，他的人格的质地，似乎确是由"特殊材料"做成的。对于"热忱爽朗"的他、"向前看"的他来说，生活中的苦难绝不会同时也导致灵魂和心灵的苦难，从而使健康、坚强、璀璨的人格蒙羞。这是他写于 1959 年的《无题》，是他在逆境中所倔强地唱出来的高昂的歌：

真的，这不算异想天开。
海上生出了一片云彩。
把千言万语交付它，
借一阵风把它吹向西北。

西北有高楼，楼上有人在等待，
不要说人家都在我不在；

你没有白白地眺望海角，
我给你寄来一片云——一个大海。

它挟着白热的闪电、迅猛的风雷，
激荡着所有善感的胸怀。
一天夜雨拍打着你的窗扉，
让你想象着海涛澎湃。

让你想起海边的潮水，
每逢初一、十五准要涨一回。
而我将做一个不速之客，
突然在你的意外归来。

不了解邵燕祥、不了解邵燕祥的诗歌创作的人，大概很难想象这样“热忱爽朗”的诗句，是出自一个被打入了另册、被宣布为“右派”的诗人的笔下。应当说，在“右派”处境中，“感伤的诗人”不少，但不感伤恐也不算很难；“愤怒的诗人”可敬，但不愤怒恐也不太多见。邵燕祥作为诗人的特点，是他的那份个人所独有的“热忱爽朗”，然则唯其如此，“热忱爽朗”也就成为了他的诗歌创作之独有的特点。但是更为令人惊异的是：居然在不见天日，其出头未可预期时日的境地中，他的那份可人的“热忱爽朗”，也依然不见有丝毫的衰减。他是那样地沉着，镇定，从容，乐观，那样地炽热如火，坚强如钢，高昂如旗，巍峨如山。他没有孤独感，没有独处暗隅的黯淡；没有寂寞感，没有石底小草的卑琐；没有哭泣也没有号叫，甚至没有因焦躁而来的狂啸和因郁闷而来的长叹。他告诉人们他并未“异想天开”，然而他也劝说他们“不要说人家都在我不在”；他看见“海上生出了一片云”，并把寄去的这片云变成了“一个大海”。他心中的理想和“白热的闪电”，胸中的信念如“迅猛的风雷”，唯其如此，他的雄风足以“激荡着所有善感的胸怀”，而其豪气则能“让你想象着海涛澎湃”——而这就是促使其诗能够一如既往地“热忱爽朗”的那个辉煌的人格。

邵燕祥说：“捧起《散宜生诗》，我每感到不是在读诗，而是在读一个人。”（《重读聂绀弩的诗》）我们在读邵燕祥诗时，难道不也是如此么？

假如生活重新开头

假如生活重新开头，
我的旅伴，我的朋友——
还要唱那永远唱不完的歌，
在喉管没被割断的时候。
该欢呼的欢呼，该诅咒的诅咒！
（《假如生活重新开头》）

似乎这已经成了一个通例，或甚至是一条规律：最热忱的诗人，同时也是最敏锐的；因为他钟情，所以他对生活有比他人更紧密、更深切的关注。鸭爱水，所以它最早感知春江水暖；然后它立即“呷呷呷”地报春，爽朗得在心扉上无一丝挂碍。邵燕祥的“热忱爽朗”，在整个当代诗歌史上都是少有的。他总是显得那样的心地坦诚，无遮无盖；总是显得那样的精神洒脱，无忧无虑。一打倒“四人帮”，迎来了新时期，他就迅即地唱出了欢悦兴奋的心声——《中国又有了诗歌》。诗歌对于他，是不可或缺的；而他的诗歌对于当代中国，或许也可以说是如此。是的，没有他的诗歌，中国还是一个诗国，当代中国，依然还会有人们用各种不同的音调、旋律、节奏，来谱写、编织诗歌的交响乐。但我们泱泱大中国，没有一种像邵燕祥的诗那样出奇地“热忱爽朗”的歌，却是不理想的，也是不可想象的。我们应当有而且也确实有不少感伤的歌，忧郁的歌，哀怨的歌，欢乐的歌，喜悦的歌，愤怒的歌；但似也可以说，无论是在幸福或是在苦难中，像邵燕祥这样一直保持着其相当纯粹的“热忱爽朗”的抒情品格的歌，从古到今，都是不多见的。并非邵燕祥的歌就是怎样怎样地完美无瑕，独一无二，不是，完全不是。但是，比如说，当新时期的到来结束了一个罪恶的时代和它所带给人们的梦魇的时候，我们在吟咏、玩味着流沙河的感伤幽怨，和沉思、咀嚼着公刘的沉雄义愤之余，也聆听、欣赏着邵燕祥的坦荡豁达，不也是一种特别的享受么？他的《假如生活重新开头》，就完全能够给予我们以这样的享受：

假如生活重新开头，

我的旅伴，我的朋友——
还是迎着朝阳出发，
把长长的身影留在背后。
愉快地回头一挥手！

假如生活重新开头，
我的旅伴，我的朋友——
依然是一条风雨的长途，
依然不知疲倦地奔走。
让我们紧紧地拉住手！

假如生活重新开头，
我的旅伴，我的朋友——
我们仍旧要一齐举杯，
不管是甜酒还是苦酒。
忠实和信任最淳厚！

假如生活重新开头，
我的旅伴，我的朋友——
还要唱那永远唱不完的歌，
在喉管没被割断的时候。
该欢呼的欢呼，该诅咒的诅咒！

假如生活重新开头，
我的旅伴，我的朋友——
他们不肯拯救自己的灵魂，
就留给上帝去拯救……
阳光下毕竟是白昼！

时间呀，时间不会倒流，
生活却能够重新开头。

莫说失去了很多很多，
我的旅伴，我的朋友——
明天比昨天更长久！

邵燕祥所说“我的乐观主义也是成年的乐观主义”，是“饱经忧患的乐观主义”的判断，在这首诗中可以说得到了有力的印证。因为他的“把长长的身影留在背后。／愉快地回头一挥手！”既不是装聋作哑，更不是麻木不仁，同时也不是闭目塞听和心神迷乱。他知道我们曾经饮过苦酒，甚至美丽的姊妹曾被割断过喉管；他也知道眼前并非繁花似锦而依然是一条风雨的长途，甚至还有人不肯拯救自己的灵魂。但即使如此，他照样能够“热忱爽朗”地高歌：

阳光下毕竟是白昼！

而且：

明天比昨天更长久！

那原因就是，他——

还要唱那永远唱不完的歌，
在喉管没被割断的时候。
该欢呼的欢呼，该诅咒的诅咒！

并且“依然不知疲倦地奔走。／让我们紧紧地拉住手！”“仍旧要一齐举杯，／不管是甜酒还是苦酒。”

果然他又写出了《中国的汽车呼唤着高速公路》，而且50年代中期在他的诗歌里已经出现了的忧患意识，此时已明显成为他的“热忱爽朗”的高亢音调中激越深沉的主旋律；同时其节奏的鲜明强烈，感情的充沛丰盈，和境界的高远辽阔，更加今非昔比；因之，其情绪的豪迈奔放和风格的粗犷凌厉，就为其所固有的“热忱爽朗”的抒情品格，陡地树立起了一副钢铸般的骨架，从而使其风采更加具有了不同凡响的神韵——而诗人的崇高坚实的人格，也借此而被凸现得至为鲜明。他说：

五十年代
我曾听到过
中国的道路呼唤着汽车……

他是那样热忱地“渴望着插上风的翅膀／飞驰过家乡、祖国的热土，／飞驰过道旁人家，／飞驰过道旁树，／还有那树头架线的土电杆，／一段段土墙，一间间茅屋，／甩到后边去，／通通甩到后边去——／田野像扇面甩开，／又像扇面结束……”因此他大声呼吁：

不要牧歌，
不要讲古，
要的是速度！速度！速度！

他告诫说：“在加速转动的地球上，／有我们新的征途。／再不能仅仅靠小米加步枪，／再不能靠木船打军舰，／再不能靠两条腿，／去追赶十轮卡的轱辘！”他提醒人们，我们“在泥泞的道路上渥过车，／在崎岖的山道，急转的险弯，／几乎翻车跌下深谷。／但是要前进，／前进是唯一的路。／再不能只是夸耀方向盘，／而安于老牛破车的速度！”他急切地说：

高速度！
高速度！
这就是国家的安全，
民族的富强，
人民的幸福！

然而，“高速度，／高速度；／渴望了十年、二十年，／但是直到一九七八年，／中国还没有高速公路！”他痛切地看到：“原野虽然辽阔，／狭窄的公路上／摊晒着三家两户的粮食，／还有缓缓行进的／挂着风帆的架车，／造成多少次磨蹭，停滞，梗阻！”而且“就是在我们心爱的首都，／汽车也往往拥塞于途，／不得不龟行慢步——／红灯，又是红灯！／障碍物，又是障碍物！”他知道：“太阳有自己的轨道，／行星也有自己的轨道，／不许流星挡路，／在宇宙间运转自如。”他终于按捺不住了：“啊，我的家乡，／我的祖国，／我的寸金的时间，／我的寸金的热土！”他不得不大声呐喊了：

空话不能启动汽车，
豪言壮语也不能铺路。
但我们难道还不能铺一条
高速公路——
有这么多的痛苦，
有这么多的愤怒，
甚至有这么多的血肉，
化为我们特有的混凝土！

他不得不深情地叮咛了：“我的／难以割舍的／亲爱的同志们：”

听，中国的汽车
呼唤着
高速公路！

他不是一个以“缠绵幽婉”的柔软的诗意，和以“冷峻敏锐”的犀利的刺戟取胜的歌者。他的诗直截、豁朗，然而他有一种惊人的热烈和急切，有一种火烫得灼人、跳荡得让人讶异的心，总是仿佛要从他博大深沉的胸腔里蹦出来，向你呼告着、倾诉着他高远的情志和广袤的思虑。他之所以灵魂纯净得如秋日的天穹，无一丝丝阴霾，心灵敞亮得如夏日的大地，整个儿晴朗朗的，是因为，他的生命，碧绿得如春日的嫩草，青翠欲滴，所以他才把自己洁白得如冬日的雪花，弥漫天地的丰盈活跃的人格，化而为“热忱爽朗”的诗句，沸水般地泼向世界，渴望着人们的精神与情感也随之升温、蒸腾，成为七彩缤纷的虹桥，架在从昨天到今天，再从今天到明天的长河上。他从不着意捕捉意象，他甚至根本就来不及这样做：他太热忱了，一旦有激情勃发，他就要倾吐；他也不努力营构意境，他从来就不钟情于把自己的心旌编织得如纱巾一般朦胧。在他的开阔的想象里，没有纯自然的景物的领地，它们都是社会的；因此他的联想的端头，总是从一产生时就与民族、祖国的未来和时代、人民的前途对接。他太爽朗了，因此他甚至顾不上去寻找美妙的修辞与奇丽的语言来装扮自己的诗。尽管如此，他的作品中的写实的形象和直抒的胸臆，却又是深邃的和动人的。谁能说诸如“道路”、“汽车”、“小米”、“木船”、“方向盘”、“障碍物”等等不包含着丰富的象征？谁能说“渥过”、“跌下”、“夸耀”、“安于”、“停滞”、“梗阻”等等不潜藏着深刻的隐喻？谁不因为“飞驰”、“飞驰”、“不要”、“不要”、“又是”、“又是”而受到强烈的感染？谁不在“速度”、“速度”、“高速度”、“高速度”、“这么多”、“这么多”的词语面前热血沸腾？他太爽朗了，他总是把心中的江河湖海，如开闸放流一般，让它们波翻浪涌、铺天盖地、惊心动魄地倾泻出来。由此他使他的诗歌获得了一股雄风，使他自己崇高的人格得以自由地驰骋和舒展。只是因为他在他自己的意识与潜意识中，从不容许那种纯个人的思虑与情绪有存身的余地，他才能够大大方方地用诗歌来展露自己，使诗即其人，从而出之以如此光明磊落、坦诚真挚的“热忱”与“爽朗”！

作为艺术，从诗歌创作当中，我们的确时常刻意经心地去寻觅“诗意”，营构“优美”，我们的确总是真心实意地去赞赏它们所给予我们的那种怡情惬意的亲切的滋润。但是，当我们在自己心中某种最强烈、最急迫、最深刻、最炽热的思想情绪、精神愿望被激活而亟须得到充分的、有力的表达与证实的时候，我们最需要的和最情愿选择的抒情方式，恐怕就是邵燕祥式的。这时候我们什么也不希冀，只要求有如火的“热忱”，和像阳光一样的“爽朗”！

而邵燕祥诗歌的好处，恐怕就正在这里。它不是一缕轻音，一把利刃，它是一束强光，而且“比玛瑙更绚烂／比水晶更透明”，是从探照灯里射出来，由爱迪生发明的——

……若是没有爱迪生
一切还都在万古的黑暗中

《芦笛岩》是显示不出它的美丽的。但邵燕祥的性格就未必因此而是粗粝的，他也温柔：“微凉的雨／温暖的雨／愿好风如扇雨如帘／你在帘里？／我在帘里？”（《山那边有雨》）他说：“我不相信石头是冰冷的／我不相信它没有生命”，只是因为“难解难分的拥抱啊／天荒地老的爱情”（《拥抱》），他才成了一只“愤怒的蟋蟀”，要把自己所曾经历过的“悲哀”与“快乐”，揉作一团，用“热忱爽朗”的方式投掷出来（《愤怒的蟋蟀》）。

选自钟友循、汪东发：《中国新诗二十四品》，湖南人民出版社，1997年版

邵燕祥——在高速公路上的呼唤

周良沛

邵燕祥（1933.6.10— ），曾用笔名雁翔、汉野平等。生于北平。原籍，即父亲的出生地是浙江萧山。父亲邵骥，大约1907年，从萧山到上海，入德文医学堂（后改同济大学）。1915年毕业，曾行医于沪，并编辑《德文初阶》等书。蔡元培介绍他到北京大学任讲师，教德文，时为1918年前后，从此就在北京定居。他在北洋政府的陆军医官学校做过一任教官。其后经常赋闲，做过几次荐任职员。沦陷期间滞留北平，因有人挟嫌告发，曾被日本宪兵队拘讯。八年未任伪职，存款花光，两处房产卖掉，换了一所小房自住。抗战胜利后，由在重庆政府军医署任职的叔父介绍到联勤总部北平总医院参与接收，为上校军医正。1949年北平和平解放后留用，在人民卫生出版社得过多次全勤奖。1964年病故。一生只在辛亥革命时参加过敢死队，后来从来加入任何党派。他对共产党评价最高的是两件事：一是包工作，不会失业；一是包治病，公费医疗。

诗人的母亲程瑛，娘家本是吃俸禄的“黄带子”，已经破落。诗人的外祖父一去世，续弦的外祖母就被前房儿子赶出门，孤儿寡母沦为城市贫民。辛亥革命时他母亲才4岁，靠外祖母缝缝连连长大。她一辈子不愿承认自己是满族人，与此际遇有关。她与诗人的父亲在1923—1924年间结婚。她不但自学到可以读书读报写信，在二三十年代还曾给小报投稿。她羡慕职业妇女的独立性，1949年后，很想参加工作，跟着广播讲座学俄语，成绩不错。一直到老，看书看报。1986年因某大医院误诊逝世。遗有二子二女，诗人是她的次子。

诗人的父亲是过渡时期的一个新派读书人，下决心要子女大学毕业后出国留学，并为此把教育费积蓄起来。孩子们在家里自己玩自己的，爱读什么书就读什么书，大人不大干涉，有一个在不讲自由的世道之中的、小小的自由天地。

1939年秋，邵燕祥上了育英小学一年级。这是基督教美以美会办的。师资好，他成绩也不差。开始想当发明家，从三年级起因作文受夸奖，又多读了些故事、童话、小说，改成想当文学家了。后转到盔甲厂小学（原来基督教卫斯理会办的汇文一小），1945 年毕业。这是他最完整的一段学历。与此同时，他的另一所学校，则是准亡国奴的生活和中外历史故事、人物传记、文学作品。哥哥燕平的影响是最直接的；他不仅读他租来、借来、买来的书，在家里，兄弟还一起排演哥哥根据《爱的教育》改编的小剧本，寒假给书房里的哥哥编的壁报投稿。那时，他神往既有同仇敌忾的抵抗外敌，文天祥式的慷慨捐躯，又有孙叔敖式的舍己为人，义士剑客的惜老怜贫、济困扶危、路见不平、拔刀相助的英雄侠骨。同时还沉湎于儿女情长的感伤气氛，摹仿何其芳《画梦录》笔调，做点鹊桥相会、七夕密誓、珍珠慰寂寥式的抒情。

1945 年秋—1947 年夏，在北平汇文中学读初一、初二。因对国民党“接收”大员的腐败不满，动摇了正统观念；又因读了陈伯达《评〈中国之命运〉》，更对国民党失望。读毛泽东《沁园春·雪》，为之击节，时为 1945 年秋。转年从国文教师仇焕香处借得《论联合政府》，接受了其中的民主革命纲领，政治上跟着共产党走了。寒假后开学，自己办了一期名为《五十年代》的壁报，加入了校内中共地下党组织办的“自由读书会”，接触了解放区的文学作品和艾思奇、沈志远等的哲学社会科学著作，并在党员赵嗣良、周世贤等领导下参与了汇文中学的学生运动；直到反内战、反饥饿运动后，1947 年秋转入育英中学。

他从 1946 年春开始持续练习写作，还是循着原来所受的文学影响亦步亦趋，并未一下走上革命轨道。4 月 20 日写的《从口舌说起》，刊于 6 月 7 日锦州《新生命报》，是他发表的第一篇杂文；4 月下旬写的《鸟语》，刊于 4 月 29 日北平《新民报》，是他发表的第一篇小品；1917 年 4 月写的《喇叭》，刊于 6 月创刊、谢冰莹主编的《时风》杂志，是他发表的第一个短篇小说；同年 4 月写的《失去譬喻的人们·偶感》，刊于 9 月 28 日北平《平明日报》沈从文、周定一主编的副刊《星期艺文》，这是他第一次发表诗作。

1946 年下半年到次年初，他在北平《新民报》张恨水、左笑鸿主编的副刊《北海》发了四五十篇小品，多是咀嚼古典诗词的意境，有时稍作生发，或融入自己某些感受，试写出来，意在练笔。后来生活圈子扩大，不再满足于此。1947

年5月给这个版寄去《向日葵礼赞》后，就投身于“五二〇”反内战、反饥饿运动了。在这前后，写了大量的诗，包括“马凡陀山歌”式的。暑假，试写了一个三万多字的中篇，是孟尝君门客冯驩的故事新编，投稿未中。

1947年秋跳班上育英高一。10月加入中共地下党外围组织“民主青年联盟”。就在这个10月，写了《窗花》，骨干材料取自刘白羽报告文学中的一节：《一个村长打狼的故事》；刊于翌年3月28日《平明日报·星期艺文》。1948年还写了几篇散文式的小说或小说式的散文；如刊于7月、10月《华北日报·文学》周刊上的《葭水之恋》和《沙果林记》，因思想倾向问题曾招致报社方面对主编吴少若（小如）的质问。

1948这一年，杨振声主编的《经世日报·文学周刊》短期内以三块版发表了他的《长短句选录》，短诗四十五首，有人读后不满，写匿名信责骂编者，为此，编者也发表了《致不知名的先生》，维护了诗的萌芽。这使他大受鼓励，从三四月起狂热地把诗当成日记来写，还总是言不尽意，留下一堆题目、意象，一堆只有他自己懂得的符号。既没有理论的指导，却也没有教条的束缚。

1948年暑假后，他再次跳班，入北平中法大学法文系一年级。他之所以选择法文系，是因为中法大学没有中文系，只有文史系，而他又无意学史，法文系虽是教法国文学，到底跟文学贴边。但这法语和文学，在现实生活中都让位给学运了。一半出于这个角度，一半出于兴趣，他积极参加了新诗社活动。年末围城，次年傅作义接受和平解放条件，他于3月放弃学业，入华北大学一部。先后在北平、正定短训，5月下旬回北平，即往新华广播电台工作。此后七八年间先后任资料员、编辑、记者。1949年10月的节日里，他用民歌和说唱的节调写了《歌唱北京城》，后来并以此作为第一本诗集之书名。1954年他的工作和生活中出现了一个新的契机：从年初起，被派往阜新、抚顺、沈阳、鞍山、长春这些工矿城市和建设工地当记者。他写的类似报道诗，却恰恰突破了纪实性，有了自己感情的投入，意外地获得肯定。同时，因表达感情和反映新的现实之需要，《我们爱我们的土地》一诗恢复了他惯用的自由体。这一年的诗作结集为《到远方去》。

《歌唱北京城》的出版得力于严辰的关注，《到远方去》中许多作品的写作，又与当时在《人民日报》文艺部负责的袁水拍的支持分不开；他的诗在中央电台新闻以至联播节目中朗诵，则缘于中央电台著名播音员齐越之爱好与支持和总编辑梅益的破格。

1956 年初，公木、沙鸥分别对他的诗加以肯定，周扬、茅盾也在有关报告中给予积极评价。随之，加入中国作家协会、参加第一届全国青年创作者会议、全国青年社会主义建设积极分子大会等。人们称他的诗为“政治诗”，赞赏它及时反映现实生活，贴近时代脉搏。但诗人也接受了“干预生活”的主张。1956 至 1957 年写了讽刺诗和杂文，如《贾桂香》、《磨光的五戈比》等。1957 年 3 月他写了《谒太行》：“怎样一代人将留下新的脚印？太行山审视着，又慈爱又威严。”《北京湾》：“等破万里浪归来，带回一帆风，一帆歌唱。”然而，“反右”的大批判中，有人引用“我在你（时间）的长河中扬帆远航，永不搁浅在缓流的滩里”的诗句，幸灾乐祸地喝彩：“沉船了！”诗人 80 年代初写他“反右”前后的回忆录就以《沉船》为名。

他 1953 年 6 月加入中国共产党，1958 年 2 月错划为“右派”，开除党籍，3 月下放河北沧县，10 月转黄骅中捷友谊农场。1959 年 10 月调回北京，不许重做编辑或记者，但得到老同志的关照，有时也“打文字工”。其间，1961 年夏秋后有点松动，在朋友提示下又发表过几首诗。长篇散文《小闹闹》在 1962 年 6 月号《上海文学》刊出，1963 年 1 期《文学评论》即发专文批为“卑微的儿女情与烦琐的家务事相结合”的典型。这同 1962 年秋北戴河会议强调国际国内阶级斗争有关。

而他根据苏联作家柯切托夫（B A. Кочетов，1912—1973）同名小说改编的《叶尔绍夫兄弟》，经孙维世送审，在一些领导人那里视为可以配合反修宣传，中宣部部务会议决定由中央实验话剧院上演。剧本经赵寻、蓝光、孙维世、左莱和他集体讨论，他和左莱分场执笔，孙维世作为导演改写了一场，最后由夏衍定稿。1963 年 3 月在京首次内部演出，随后各大区分别以此台本巡回内部演出达数百场。

那段日子，他还受电台主管文艺的编委柳荫之委派到中央广播说唱团帮助相声老艺人整理传统相声百余段，写了一些曲艺唱词；又曾与维吾尔族吐尔逊·卡基莫娃合作翻译中央台库存录音《十二木卡姆》唱词。毛泽东关于文艺的两个批示下达后，恰值他所在的文工团改行政委制，从1964年初开始，在新来的政委之下，遂无宁日。“文革”一来，就更无须说了。从1970年1月到1973年12月，他有整四年在河南淮阳干校劳动。他开始较多地写旧体诗。

1976年10月江青垮台，他并没有相应获得解放。于是，他通过写作，重新发表署名诗作为自己平反。第一首是在《地质战报》上的长诗《石头记》，借黄山第四纪冰川擦痕以抒情。1978年2月写的《中国又有了诗歌》，刊于9月号《诗刊》，因其中有句云："还我笔，还我歌喉，我要唱人民的爱憎，革命的恩仇！"在一次诗人集会上，竟有两个人提出异议，说邵燕祥凭什么要“还我歌喉”！1979年1月，他接到改正右派结论的通知，恢复党籍。前此不久调往《诗刊》做编辑工作，刊上署称编委，1981年7月起任副主编。1984年底，即脱离《诗刊》编务专事写作。在这之后，他写的杂文在数量上超过了诗。但他把诗引入了杂文，正如他曾把杂文引入诗歌一样。

他有小品、杂文集《蜜和刺》（江西人民出版社，1986）、《忧乐百篇》（作家出版社，1986）、《当代杂文选粹·邵燕祥卷》（湖南文艺出版社，1986）、《绿灯小集》（人民日报出版社，1987）、《无聊才写书》（内蒙古人民出版社，1993.3）、《小蜂房随笔》（百花文艺出版社，1993.6）、《捕捉那蝴蝶》（花城出版社，1993.10）、《自己的酒杯》（群众出版社，1993.11）、《改写圣经》（中国华侨出版社，1993.11）。有诗集《歌唱北京城》（华东人民出版社，1951）、《到远方去》（新文艺出版社，1955）、《给同志们》（作家出版社，1956）、《献给历史的情歌》（人民文学出版社，1980）、《含笑向七十年代告别》（江苏人民出版社，1981），《在远方》（花城出版社，1981）、《为青春作证》（云南人民出版社，1982）、《如花怒放》（上海文艺出版社，1983）、《迟开的花》（北京十月文艺出版社，1984）、《岁月与酒》（浙江文艺出版社，1985），《邵燕祥抒情长诗集》（花山文艺出版社，1985）、《也有快乐，也有忧愁》（作家出版社，1988）。另有儿童诗集《八月的营火》（少年儿童出版社，1955）、《芦管》（少年儿童出版社。1957），诗评诗话集《赠给18岁的诗人》（花城出版社，1984）、《晨昏随笔》（北京三联书店，1985）。诗人的《献给历史的情歌》与1992年台湾新地文学出版社出版的《邵燕祥诗选》

虽然同是作者的自选集，却是两个编选角度与选目有着各自特色的选本。

这位在40年代后期步入诗坛，跨入当代，对于很少见到他诗花最初怒放的当代读者，尤其是青年读者，只当他崛起于50年代、活跃于当代的邵燕祥，无疑是位颇具特色的诗人。

他一开始，就是小品、杂文、小说、新诗都写，他掌握多样的体裁、也赋予笔下的诗以多样性。

诗人曾说："诗、杂文，以及我曾涉足的其他体裁，都是我对人间社会的发言；它也是人生驿站上题壁的留言。时间会把它抹去，但它确实存在过。"①

现在可以寻到的，当年诗人在北平、天津、上海报刊发表的少作，从它出自一位十四五岁的少年之手，可以说作者早慧。而这些作品，虽然不免有它的稚嫩处，但那在"人生驿站上题壁"的面壁少年，却是面向现实的成人心态，又呈现出他诗于人生中的成熟。从作者发表的处女作《偶感》对"划时代的侏儒们，和薄倖的鼠子一样／衔着木屑与纸片走了／留下的依然是纸片与木屑"的不屑，却不能不说，这生理年龄的少年是蛮有主见的，有他对人生、对文学的主见。以唯物的、科学的态度看他这"主见"，还不能不说它反映的是客观真理。是年少者直面现实，是诗于少年并非鲜花之人生的成熟。少年诗人说"反叛的血，也是永远逆流的"，为的是"我是在迫害中生长的，我是在杀戮中留下生命的"，这生命才是有力量的，留下的诗才是有生命的诗。

他这一时期作品数量颇为可观，既有《伞》那样构思、笔墨都巧，写得工整、干净，内容又丰富的艺术小品，但更多近似随笔的短章，虽然不多修凿，却有作者面向现实，不愿混淆是非的人生态度。当然，有的人也完全可能持有不同的、甚至对立的观点。1948年1月4日—2月22日，杨振声教授主编的《经世日报·文艺周刊》先后用三块版发表了邵燕祥的《长短句选录》之后，3月刊出由执行编辑金隄署名编者的《致不知名的先生》一文，对"……用'打入地狱'的英文字眼和气愤的语气（我还可以说几乎是使人心惊胆破的），原意自然是侮辱的成分多于责备"的写"隐名"信者说道：

---

①《七家诗选·邵燕祥·自叙》，北京：中国友谊出版公司1993年2月版。

生活的重担究竟使人多写还是少写，我一直不能确定。但是从一般的情形看来，至少它是压住了许多写文章的人的心情。编辑这个周刊，取文向来不论派别或色彩，最欢迎的是投来的稿子，但是真正能归入“文艺”类的文章，实在少得使人难过。

您指责的那位写短诗的先生，在本刊已是第三次发表作品，想来您不是不知道。这一次，诗确是弱了一点，我承认（并且当时我还无可奈何的觉得对不起另一位颇为爱护本刊的诗人）。可是，不知道您起初看到他的短诗的时候，有没有我第一次接到他投来稿子时候的印象：并不是完善的艺术品，但是作者还能够用短短的几句表现出一个意念，一个感触，或是一个情绪。新诗，目前正在一个最可怕的一切尚未成形的混乱阶段。妥帖稳当韵味动人的像林徽因先生的诗，似乎不是毛手毛脚的后起者在这个嘈杂无比的时代里可能追上去模拟的；结实有力气势吸人的像穆旦先生的诗，确实用他的巧妙教了我们“诚实是最好的策略”，但是它本身似乎还欠了那完工的一笔；跳过许多步，试看风行一时的《马凡陀山歌》，它实在代人出一口厌气，读了心里舒服，但是拿来当作艺术品看，恐怕连作者原来也没有这个意思。这是我随意提出几位一时想到的写诗的人，根据我读过的几首诗写一点点印象，不过要借了他们迥然相异的形式和风格，说明现代诗一方面没有大家遵守的格律，另一方面还没有大家既能尊崇又愿跟随并且有能力学习的一个或数个诗人，一种或数种诗。抛弃了古来的传统，又没有当代的标准，我想这正是一个泥土石块一齐倾下去的奠基的过渡时期。这位写短诗的先生，他确实还缺乏修炼，更重要的是往往不入深处，偶然还有近乎粗陋的地方，但是我认为他的短诗，枯是枯，还有生命成长，还有一点力（“有一点点力量就是好的了”，闻家驷先生说得不错）。我认为，他如果获得鼓励和练习，可能有些成就。先生，我请您再看一遍以前的和这一次的，把您的尺度稍稍放宽一点再估估价。

编者所说的“放宽”的尺度，应该说，是指不怀偏见的尺度，是诗无定法，看诗所该有的诗的尺度。如作者写那“黑的遮掩／瞒不了／永不哭泣的眼睛……”的《夜雪》，那“给上边的人们／牢系交换的礼品／给下头的人们／自尽／帮助那些中间的／向上攀登……”的《绳子》之“一个意念、一个感触，或是一种情绪”的表达，不是“还有生命成长，还有一点力”吗？稍后，作者的《匕首》：“我是犀利的匕首，插在敌人的胸上”，“而我是没有死亡的／因为匕首的身体是钢铁……”这种与敌势不两立、不共戴天的人格之力，就更是力了。在少年还不成熟，稚嫩却又以狂热的激情自喻为“蝗虫”，因无食而“饥饿”，少衣而“褴褛”而“逼到了一起”，以“愤怒的声音”“要吼退那逼我们死亡的命运”的《蝗虫》，虽然比喻总是跛脚的，但少年诗人自喻的“蝗虫”，也就是张扬自己是那不合理的社会的破坏力量：

……
土地是你们的
收获是你们的
无比贪婪的饕餮也是你们

而当我们飞来的时候
我们便知道
有土的埋葬，火的炮烙，
更其残酷的刑具在等待我们
痛苦是我们的
愤怒是我们的
还有被加予死刑时所应有的仇恨！
这一切都更使我们能够坚定地进军
我们要粮食和土地
我们要活命！

所以当我们的头轧去的时候
还能从天空一起飞去
……

何消讳言它“并不是完善的艺术品”，甚至说它有些“毛手毛脚”也无妨！但这又岂能遮掩它思想锐力和感情诚挚的力量？稚嫩的狂热，热诚的天真，少年人面向血淋淋的现实而加速成长了的思想，为一代“饥饿”者、“褴褛”者代言所给予诗的力量，几十年后读它，仍然可以感到它当年能予人的震撼力。作为诗歌活动主要是跨于当代的诗人，邵燕祥的诗和他的这段诗的历史，在他同代的诗人中，是很有特点的一位。

解放后，“那时，没有请柬 / 我们却像赶胜利的欢宴 / 那时，搭上运伤员的闷罐子车 / 我们觉得是幸福的摇篮”，“那时，我们抛开旧日的一切 / 对家庭和学校绝不留恋”，“那时，如果说到爱情 / 除了笼统的‘人民’谁也不思念”之情，使他不像一些成熟于自己艺术风格的诗人，一时碍难趋同，一时再难提笔。开国之庆，他采用民歌和民间说唱体式的节调写的《歌唱北京城》，以及他在 50 年代写的一批歌唱新生活的诗、虽然并非都能成为他思想与艺术的代表，但又是诗人诗的重要的历程。

在一个崭新的政权下，以陕北民歌“信天游”体写的《王贵与李香香》作为新的文艺——诗的代表，自然是作品本身为新诗闯出过一条新路，而在新诗运动中所形成的影响所致，若将它的影响视为方向性的指针，把它的形式理解为唯一的一种诗的表达方式，一统诗风，并作为评价作品的标准，就无助于新诗的发展了。然而，对于决心“抛开旧日的一切”的作者，在当年先抛开自己熟悉的自由诗的形式，以学习民歌之所得去写他的《歌唱北京城》是很自然的。而且，诗人于诗的真诚，在那“高高银旗杆，红旗金星 / 石狮华表，看守宫门 / 北京城是红旗一面，高高迎风 / 北京城是太阳，亮在空中”的诗行中仍有诗的光彩。而且，他真诚于诗的写实，无论《在夜晚的公路上》“车灯灭了又亮了 / 平沙上闪过大小乡村”时，一群“年纪十八、十九，顶多不过二十挂零”的“永远不知道平静的人”，“互相倾诉过远大的梦想”，“有一个波涛澎湃的大海，歌唱在每个人宽广的前胸”而“扰乱了夜晚的平静”；还是“风天雪夜滴水成冰 / 他们的汗水滴在冻土上 / 他们的热情用到哪儿 / 冰雪也融化，岩石都冒火光”的“大伙房水库”工地，都使一个全新的、朝气蓬勃的社会和人心得到生动的、诗的反映。先后写于 1954 年和 1978 年的《中国的道路呼唤着汽车》和《中国的汽车呼唤着高速公路》：

……

我们要让中国自己的汽车走路，

我们要把中国架上汽车，
开足马力，掌稳方向盘，
一日千里，一日千里地飞奔
……
(《中国的道路呼唤着汽车》)

……
空话不能启动汽车，
豪言壮语也不能铺路。
但我们难道还不能铺一条
高速公路——
有这么多的痛苦，
有这么多的愤怒，
甚至有这么多的血肉
化为我们特有的混凝土！
……
(《中国的汽车呼唤着高速公路》)

两首诗之间整整相隔 24 年。24 年的风风雨雨，尤其是十年浩劫和劫后的天翻地覆，是多大的变化啊！可诗人对汽车、对高速公路的恋情，却不会变。

诗人是很注重作品的思想的，认为它是“诗的脊梁”[①]，也认为“赤裸裸的思想是不能成为诗的”，而且，作为“创作的重要准备之一”，是“过渡时期总路线的学习”[②]。当年，中共中央提出反对主观主义，反对官僚主义，也是在那过渡时期的事。于是，诗人读了《黑龙江日报》披露青年女工贾桂香受不住主观主义和官僚主义的围剿而自杀的事件才写了《贾桂香》，《人民日报》发表它，当时也是用这一具体事例，要人们警惕官僚主义之害。不想，“反右”之日，《贾桂香》竟成了批判《邵燕祥创作的歧途》重要的靶子：

① 邵燕祥：《做好写诗的准备》，载《文艺学习》第 17 期（1955.8.8）。
② 同上。

《贾桂香》一诗里，作者射出更为恶毒的子弹了，他打着攻击官僚主义的幌子，实际上把我们党团的基层组织描写成漆黑一团，对社会主义制度倾泻了深刻的仇恨。

作者捏造了这样的故事：贾桂香是个活泼的农村姑娘，黑龙江省一个农场的女工，每当场里开完会下班回家时，管理员孙大叔像对待自己的女儿一样，骑着车子带着她，于是谣传纷纷，说她与孙大叔的关系不正常，团组织批评她，折磨她，逼她写检讨书，行政上撤了她的生产小队长职务，种种迫害都来了，甚至团组织、行政上强迫已经怀孕的贾桂香干重活，直到活活地把这个农场女工逼死。

作者不仅把新社会的人与人之间的关系做了恶毒的歪曲，一切都是畸形的，病态的，黑暗的；并且还无中生有地大肆捏造。例如：贾桂香去找王禄场长，可是“只许场长批评”、“不听小贾说明半点情况”、“场长把桌子拍得山响”，她受了场长训斥，又去找上级时，却被“团支书拦在门坎上”，直到贾桂香被折磨到死。作者把我们的基层党团组织描写成为地狱一般，邵燕祥并不就此罢休，他进一步对我们的社会主义制度发出了反动的叫嚣：

告诉我，回答我，是怎样的，

怎样的手，扼杀了贾桂香？！

这里，作者站在反动的资产阶级立场上，他的感情思想，真是昭然若揭，不打自招了。①

批判者说诗人“捏造了这样的故事”，而这故事恰恰是1956年10月11日《黑龙江日报》记者王戈的调查报告所查实的一大案件。批判者指责诗人“打着‘干预生活’的招牌射出了他的暗箭”之“干预生活”当怎么看，也不用咬文嚼字。诗人在彼时彼地写它，请人们为这青年女工之死想个所以然，无非出于他的社会责任感和一种参与意识吧，否则，只有钻到象牙塔里去好了。

然而，80年代，诗人显然是不同意过去对《贾桂香》的批判而将它选入自选集，请读者审视，而且，在《诗探索》发表的一份他与青年作者谈心的记录，对自己与《贾桂香》写于同一时期的《我们爱我们的土地》逐段逐段地做了细致

① 见《诗刊》第15期（1958.3.25）。

的剖析。这就可以看出作者另一番心意了。由于这份记录没有作者的审定稿，不好引录该文。但是，作者事后反省到这首诗的构思不是诗的构思，它的思想不是先从自己的生活感受提炼、概括而来的，而是在政策思想“指导”下，调动自己的生活感受与运用文字的能力去围绕它对它做说明，结果成了总路线的图解。对于一首在当时得到各方充分肯定的作品，事后也非出于“谦虚”泛泛谈谈它的不足和历史局限性，而有这番自白，真是骇俗之言。

从《贾桂香》和《我们爱我们的土地》的写作背景，不同的遭遇，以及作者不为诗外非诗的评议所制而有的态度，正好看到诗人怎么直面人生，直面诗，为人而成诗，为诗而律己，其人，其诗，也就是评家说他的诗是“思想家的诗”之思想了。

80年代，是作者的高产、高峰期；为诗所惜的，是他，更多的在写杂文了。但诗人又确实留下不少好诗。如果说，诗人少年“题壁”，面向现实于诗的成人心态，多少有些初生牛犊不畏虎的气盛和锋芒的话，那么，诗人年近半百之后而“成人”，就有艺术的醇厚了。有评论谈他这一时期的诗说：“他的诗，不是以毕露的锋芒而惊人；也不是精雕细刻的工艺品；既不是赶浪潮的大路货，也没有为避热闹而走冷门；就像燕祥的为人，朴素又诚恳，温厚还谨慎，读他的诗，如与君子交——多遇几个轻薄花哨之徒之后，才悟得无尽真情似水淡，是与君子交！”[①]《贝尔格莱德别情》可为一例。从书面上，看不到它有什么强烈的、动情的词句，淡淡几笔，古堡、斜阳、杯酒、告别，一种中西自然、文化背景相契的抒情，为“都是偶然”，“却相信有机缘”之相见又告别的怅然，已将一片深情蕴藉于淡淡的几笔了。当然，如《青海》“一个满身历史创伤的地方／一个肌腱有如青铜的地方”，“一个囚禁罪犯的地方／一个流放无辜的地方”，“一个老死流刑犯的地方／一个呼唤开发者的地方／一个使弱者望而却步的地方／一个向强者捧献高山雪莲的地方……”这种纵横今昔、强烈对比的笔墨，其思想锐力如故，也已有他感情平衡的温醇了。就是以《杂文杂诗》栏目刊出的《陌上桑》，也不见其“杂”，那“陌上的桑叶”铺就的“千里万里丝绸路”，倒是纯的情，纯的诗。到《五十弦》中写蚕“歌声如丝　誓言如丝／自己做梦　自己做茧／自己束缚自

① 见《灵感的流云》，北京：人民文学出版社1983年版，第196页。

己　自己问自己 / 是破茧而飞　飞向自由的蓝天 / 飞向招引我的光明熠火 / 还是拼作一团丝 / 千丝万缕织成你 / 草色的裙　湖色的衣衫”的蚕之如歌的丝，如丝的歌，不也是那向生活、为人生捧献的雪莲吗？不论是诗是画题于壁上，“时间会把它抹去，但它确实存在过”，然而，一切“确实存在过”的，不论它被“抹去”或转换为别的什么，它都是历史，如诗，也是诗的历史；然而，其所以能为历史所留存，人们对它可以有不同的看法，不同的评价，却是“抹”不“去”的存在。

选自《中国现代新诗序集》（下册），深圳：海天出版社，2006 年版

沉默的芭蕉与不沉默的诗人

——品读邵燕祥《沉默的芭蕉》

刘真福

乍读起来《沉默的芭蕉》像优美的童话，诗人将本是无情物的一株芭蕉活化为有情物：它“神态矜持而淡漠”，它“舒卷有余情”，它“终于开口／款款地把幽思陈说”。在这诗情画意中，“边乡风雨夜”构成梦幻般的环境，芭蕉、“我”宛如童话中的人物，隔窗对望、回答乃至斟酒相敬成为饶有奇趣的情节，而这所有的又创造出奇妙优美、耐人寻味的情境……

全诗共分六节。前两节是芭蕉的今昔对比，有时空的对比，有神情心态的对比：现在——“从前”，“窗前”——“中庭”、“院落”，“矜持而淡漠”——“舒卷有余情”。时空的跳跃转换和物象不同情态的描写，其中蕴藏深意，或让读者细心领会，或留待下文续说。可是第三节却抛开芭蕉，写“我”的“有约不来”的惆怅。细品味，惆怅之外还有期待，还有寂寞、孤独，抒情的调子与第一节相近。空间虽转换，时间、“人物”的情绪却具有同一性，是转换的合理性之所在。这里的“我”是谁？诗人未详言。有人说是边防战士，我认为理解成诗人自己更恰当些。最后三节，沉默的芭蕉与惆怅的“我”，两个异质的生命体，结合到同一情境中来，这是由空间的异位趋向精神的同位，是心灵的互相锲入与融合。尽管身外有风雨，有黑夜，这里的小世界却无比和谐美好，于是出现了在旁观者看来“忤情悖理”之事——“我”将待客的美酒敬与芭蕉，也自然出现了童话中的优美景象——“灯火也眨着眼睛／一边听，一边思索”。诗中提到19世纪德国著名哲学家费尔巴哈，他在现实中遇到挫折，遁匿乡间，因脱离学术活动，没有思想交锋的对手，自苦于思想源泉的枯竭。最后一句“孤独，不是生活”，是“我”的顿悟之言，还是芭蕉的欣然自语？是诚恳的劝勉，还是严肃的总结？这顿挫分明、分量极重的话语有说不尽的蕴涵，我想这六个字，诗人挥笔写来是迸发出了全副的心力的。

当我们反复吟味，更深地进入到这诗的情境中，一方面能感受到诗人热爱生活、渴望真挚友情的心怀袒露，另一方面又会对诗中隐现的一些“沉重”的东西感到惊异。全诗表达神态表情和内心感受的词语中，这样的词语占了多数：沉默、矜持、淡漠、孤独……这些词语贯穿下来，给诗的情境笼罩了深沉的色彩。诗中所发之情，并不真像童话那般纯真；诗人的心态，也不像童话作家那般轻灵。

如果考察这首诗产生的时代背景，如果回顾诗人过去的经历，我们会与风雨芭蕉之下的失落又重新振奋的心灵产生共鸣。这首诗写于“拨乱反正”的年月，经历了大灾大难的中国，在走向振兴繁荣的黎明，不可避免地要经过一段抚平社会精神创痛的短暂时期，有人说当时的中国人说话都“带着哽咽的声音”，有人说中国百姓的眼睛都是“哭红过的”。当时的文坛，沉浸在痛定思痛的气氛中，作家诗人们情不自禁地回首往事，抒发心中郁积的悲哀和愤懑。诗人邵燕祥，从前有过“舒卷有余情”的青春年华，有过优美纯真的诗情、高昂激越的诗章，可从 50 年代后期开始，他的笔封冻了，在孤独和寂寞中搁置了 20 多年。当这杆笔重新被摇动，再追忆久违的童话梦境时，它能不带着余寒中的微微颤栗？但是诗人并没有始于沉默，终于悲哀，我们最后听到的是诗人坚强有力的呼唤，这是调整精神状态后，重新奔向生活拥抱生活的开端。这种呼唤、这种开端，不正是与诗人一样饱经风霜、重新“归来”的大批作家、诗人们的心声和经历吗？

另外，《沉默的芭蕉》这首诗，带着浓重的“书卷气”，与中国古典诗词传统接近，虽然它状如新派，采用了无标点的散文化句式。首先，芭蕉进入古代文人雅士的视野里、诗人篇章中，是数见不鲜的，本诗亦有借用。“在李清照的中庭”，语出李词《添字丑奴儿》之上阕：“窗前谁种芭蕉树？阴满中庭，阴满中庭，叶叶心心、舒卷有余情。”“在曹雪芹的院落”，意指《红楼梦》里的怡红院，院的匾额题有“怡红快绿”，这欢快的“绿”，即是院内的芭蕉。用作描写芭蕉的“绿蜡”一词，最早见于唐代诗人钱珝的妙句：“冷烛无烟绿蜡干，芳心犹卷怯春寒。”其次，诗中营造的情境，风雨黄昏，雨打芭蕉，征人临窗，对灯孤坐，与古典诗词常见的情境有暗合。古人身处寂寞中不是常寄情旁物吗？李白“举杯邀明月”，苏轼“把酒问青天”，宋代吴文英则品味着芭蕉树下清凉的离愁：“何处合成愁？离人心上秋。纵芭蕉不雨也飕飕。”甚至“有约不来”的惆怅，也与宋代诗人赵师秀所表现的相似：“黄梅时节家家雨，青草池塘处处蛙。有约不来过夜半，闲敲棋子落灯花。”所不同的是，邵燕祥比古人多了一点新意。古人的风花雪月、芭蕉梧桐山石池水，通常是无言语无思想的“物”，如宋代蒋捷词“流光容易把人抛，红了樱桃，绿了芭蕉”，李清照词“梧桐更兼细雨，到黄昏，点点滴滴”。而在《沉默的芭蕉》中，诗人推出芭蕉做抒情的主体，借用童话般的笔法，芭蕉与“我”分别为两个形象，实际上芭蕉“你”与“我”有何区别呢？“你”不就是“我”，“我”不就是“你”吗？这才是生活在20世纪的邵燕祥，他最终喊出了“孤独，不是生活”的心灵之声，这是与古人的“一任群芳妒”的孤芳自赏、“寻寻觅觅”的自守封闭迥然有别的。从这意义上说，邵燕祥并不固守传统，而是有所发展、创新的。

选自《阅读与写作》2001年第3期

读诗有感

朱　正

邵燕祥《七夕有感》：

人海浮沉若许年，
谈今说古不新鲜。
当时流血兼流汗，
今日捐班算接班。
文以人传行不远，
乱由上做斗犹酣。
七夕预想盂兰节，
巧手谁为糊纸船？

诗人因有感而作诗，读诗者也不会毫无感应，于是作文。

“当时流血”的当然是那数以千万计的革命先烈。他们没有能够活到胜利的那一天，可他们是胜利的缔造者。更多的革命家是活到胜利之后，亲手收获了胜利的果实的。他们，或是因为革命分工没有分到火线上去，或是因为坐镇苏区没有潜入白区，或是因为命大，虽在枪林弹雨惊涛骇浪中打过几个滚，却能够毫发无伤。他们，虽说没有流血，汗还是流了不少的。要不然，又怎么能够以元勋、元老的身份在政治上发挥几十年的作用呢？

元老，是一个很好的字眼。如果单单一个“老”字，就不一定怎么好了。孔夫子就以为“老之将至”并不是一件值得怎么愉快的事。曹操是以“老骥伏枥”做“烈士暮年”比兴，用了一个“暮”字，也就是后来的诗人说的“夕阳无限好，只是近黄昏”那样一点淡淡的伤感吧。事情也就真是这样，“老成凋谢”怎么也无法规避，元老元勋迟迟早早都得退出历史舞台，于是“接班”人的问题就显得突出了。

“具备什么条件，才能够充当无产阶级革命事业的接班人呢？”我有个很深的印象，记得确实在书上看到过毛泽东就这个问题发表过意见，就想找出书来看看他是怎样说的。这我可苦了：在五卷本的《毛泽东选集》中，八卷本的《毛泽东文集》中，十三册的《建国以来毛泽东文稿》中，翻来覆去查找，就是找不到。忽然想起当年学习毛泽东思想有一条捷径，就是读语录。于是从尘封的杂书中找出这一本曾经天天读的《毛主席语录》来。卷首原有林彪的《再版前言》，“九·一三”事件之后剪去了，其他部分却还是完好无损的。记忆指导我很快就找到了，在第 239 至 242 页，一共三页半，是语录本中最长的一条。后面注明的出处，是“转摘自《关于赫鲁晓夫的假共产主义及其在世界历史上的教训》”。从《建国以来毛泽东文稿》第十一册中可以知道，毛在审阅此稿的时候加写的是另外一段话，语录本上的这几页长篇大论并不是他写的，不知道是哪一位秀才把著作权奉送给了他。这秀才的文章怎样，且不去说它。人们知道的是，当年根据这些条件选拔出来的人，其中有许多在后来的清查清理和整党中又给淘汰掉了。当然，站住了脚跟当上了大干部的也有，总之，人不但有好不好之分，也有幸不幸之分吧。

语录本出版于计划经济时代，许多问题人们都不从金钱角度去考虑。现在可是市场经济时代了，于是出现了诗中所说的“今日捐班算接班”这样的事情，虽然好像还不多见。

“捐班”就是拿钱买官做的意思。这事古已有之。更正规的说法是“捐纳”。《清史稿·选举志》之七就讲这事：“文官捐始康熙十三年，以用兵三藩，军需孔亟，暂开事例。”原来，这是和吴三桂作战军费的一项重要来源，三年之中，“捐”出了五百多个知县，那时全国才一千三百多个县吧，这就是说，三个知县里至少有一个是捐班。对这些捐班的评价，康熙时的吏部侍郎王掞的一道奏折中说：“乡里童騃一旦捐资，俨然民上。或分一县之符，或拥一道之节，不惟滥伤名器，抑且为累地方。宜禁止，以塞侥幸之路，杜言利之门。”皇帝也以为他说得不错，可是没办法，因为这是国库的一项重要收入，停不下来。到清朝中叶以后更加盛行了，凡京官自郎中以下，外官自道府以下，都可以捐得。

1957 年曾经狠批“今不如昔论”，这是批得有理的。世界总是在不断的进步之中嘛。不过，如果要说到捐班这事，恐怕就不能不承认世上也确实有今不如昔的了。第一，古之捐官，是朝廷的专利，属国营性质，现在国家不经营此项业务，变成了私营。从列宁斯大林的理论看来，这从国营变为私营，就经济体制来说是一退步。第二，古之捐官，是国家财政的正项收入，可以用作军费，或者兴办大型水利工程、赈济灾荒等等。现在这笔钱却没有列入国家预算收入，肯定没有进入国库派上正用，而是落入腐败分子的私囊，更助长他的腐败了。第三，古之捐官，那钱得自掏腰包，或则是祖遗的产业，或则是岳家的奁资，总之是用自己的钱去买得一官半职。现在却有人用公款去买官了。第四，古之官场，谁是正途出身（就是从秀才、举人、进士一直考上来的），谁是捐班，大家都清清楚楚，捐班的很为人所轻贱，正选出身的哪怕是下属，也看不起他。现在呢，主席台上坐一排官员，你能分得清谁是经过严格考察提拔上来的谁又是行贿买来的吗？（我把经过考察和行贿作为互相对立的两个概念提出来，在逻辑上是有缺点的。比如胡长清，他确是以行贿而得的高官，可是考察的结论也不坏。我一时想不出这句文章要怎么做才妥善，暂且这样写，以后想好了再改。）就“透明度”说，又是今不如昔了。第五，古之捐班，任职有一定的限制，吏部和礼部是捐纳官不能进入的衙门，级别最高也只能做到郎中和道员，不过四品五品，大约相当今天的地厅级。现在呢，人们已经知道的，是有做到了实缺副省长的，大约相当于布政使（俗称藩台，从二品）、按察使（俗称臬台，正三品）。只说这五项，就得承认这事确实是今不如昔了。使人在泄气之余稍觉宽慰的是，买到了副省长高位的胡长清已经明正典刑，这对于想要靠捐班来接班的人，应该会有一点震慑作用吧。

人有各种各样，有各种不同的欲望和各种不同的追求。有的追求金钱，有的追求权力，也有追求名声的。立德立功之外，立言也是不朽嘛。于是，在想当大款的、想当大官的之外，也有想当大作家的。按理说，文场应该比官场干净。因为第一，比赛规则更加简单明了和公平，你拿得出好作品就是好作家嘛，拿得出大作品就是大作家嘛，你真有著名的作品就是著名作家嘛。而且，文场和官场还有一点重要的不同：官场有任职人数的限制，文场却不然，并不要有人下来腾空位子你才上得去，为了求官而用的那些心思在这里都可以收起来，你只一心一意经营你的作品好了。

写作这事，当然与天分有关，这无法强求。不过只要努力，中才也可以做出自己的成绩来的。要领是把全副心思用在写作上，所谓有志者事竟成，成不了一流二流作家，三流四流总可以吧。不要看不起三流四流，能够作为一个三流四流作家在文学史上占一席之地，也并不是很容易的事情。

作家的地位本来是由他自己的作品决定的。可是有人不服气，以为还应该由他在官场的地位来决定。不久以前，看了一本黄伟经写的名作家黄秋耘访谈录，书名是《文学路上六十年》，其中谈到了一次散文评奖的事。黄伟经是评委之一。他说，他同好几个评委都认为，某著名作家的作品不应评奖，上级知道了，连忙派人来“列席会议”，说不管怎样一定要把此公评上。这当然是有道理的。作家协会的领导干部就是作家领袖。在他领导之下的作家能够写好文章，能够评奖，他的文章当然就更好，更应该评奖了。黄伟经说，他可是不以为然，举手表决的时候，他投了唯一的反对票，另外还有谁谁谁等几位评委投了弃权票。他这文章刚在报刊上发表，即有一位评委发文章更正：我没有投弃权票，是投的赞成票。某公又增加了一张赞成票，岂不是件好事吗？不好！因为他写出了他这一张赞成票的来由，原来是会议主持人很客气地请他出面在会上帮忙“做做工作”，动员大家投赞成票。因为他自己是受命发言转换会场空气的，当然不能投弃权票了。这岂不是比不更正还要糟糕吗，不更正，不过少了一张赞成票，一更正，就把所有的赞成票都在公众的心目中报废了！哦，原来如此！

“文以人传行不远”，以官阶做支架，想把“文章”撑起来，从来就作用不大。即如某公作为文艺官员，人们在若干年内还不会忘记他，黄伟经的这本书里就有好几处写到他，可是他那好不容易获奖的集子，现在评奖过去还不过 11 年，还有谁要看吗？把心力用在这上面，真是可怜无补费精神。再说，获奖是一种荣誉，可是同时留下了这一段不太荣誉的文坛掌故，一提到这荣誉就会想起这掌故，到将来，荣誉不存在了，掌故还在的。某公就将以掌故人物而名垂千古了。

接着的一句“乱由上做斗犹酣”，是什么意思？诗人在《大题小做》这篇杂文里有一段话，正好拿来做“乱由上做”的注脚。这篇 1998 年写的文章中有这样一段：

“群众闹事”，多少会影响社会秩序的。

细察30年来历史，国之祸，民之殃，安定团结的破坏；倒大抵来自“领导闹事”的多。

“领导闹事”于前，“群众闹事”于后；十年动乱，就是一例。自然，“群众闹事”是个别人，“领导闹事”也冠上“个别”二字才妥帖。

（《邵燕祥文抄·史外说史》第294页）

十年动乱，我辈过来人记忆犹新，如果不是个别领导人亲自发动，哪个群众有这样大的本领，能这样闹得个天翻地覆慨而慷呢？日光之下无新事，领导闹事的事古已有之。皇帝动辄骂那些他看来不够驯服的臣民“犯上作乱”，其实真正犯上作乱的事并不多见，倒是皇帝随心所欲犯下作乱的事情史不绝书。而且并不是只有中国才这样，外国的君王犯下作乱的也不少。比如英王约翰，穷兵黩武，横征暴敛，弄得民不聊生，怨声载道，终于由领导闹事逼出了群众闹事，造起反来。这可不是十年动乱期间那种奉旨造反，而是真刀真枪的犯上作乱了，把国都伦敦也打了下来。没有办法，约翰被迫接受了历史上著名的《大宪章》，又称《英国人民自由大宪章》，对国王的权力做了种种约束。后来，各个国家都制定宪法，就是为了约束君王的权力、保障公民的基本权利的。不过，这宪法的约束力也难说得很，比方说，斯大林在1936年颁布了以他自己名字命名的新宪法，第二年就搞了一场无法无天的大清洗——一场真正的犯下作乱，一纸宪法怎么能够束缚住“一把手”呢，真不知道“乱由上做”的事情何时才可以终了。

七夕再过几天，七月十五，中元节，佛家要办盂兰盆会，届时将有种种宗教活动，如烧化纸钱之类。诗人想起了毛诗：“借问瘟君欲何往，纸船明烛照天烧。”有哪一双巧手来糊一只纸船，把这些瘟神送走呢。诗人对此，感慨系之，读者于此，也一样感慨系之了。

选自《同舟共进》2001年第11期

邵燕祥与鲁迅文学传统

朱　正

1945年秋天，抗日战争结束了。在沦陷了八年的北平，从天上飞来了一些接收人员，从地下钻出了一些“地下工作人员”……这些人的作为给了人们怎样的印象呢？

这时，在北平汇文中学，一个12岁的初中学生，在他一个人办的壁报《五十年代》上，发表了一个他写的小独幕剧。剧本前面的小引是：“伊人天外飞来，此君地下钻出。”场景的布置是咸亨酒店门前，一开场，阿Q装扮全然空军模样，扬长走上。剧中上场的还有王胡、孔乙己、酒店学徒、老拱……这些《呐喊》中的人物。剧中的孔乙己说：“小弟也曾从事地下工作，小弟之腿，便乃在敌宪兵队吊折的也。”

这个独幕剧的作者就是邵燕祥。那时，他从长他5岁的哥哥那里读到了鲁迅的《野草》、《呐喊》和《彷徨》，也看到了田汉改编的剧本《阿Q正传》。他的这个独幕剧，就是对田汉剧本的模仿。这想必是邵燕祥最初的文学创作。他的起点，就同鲁迅有了这样一种渊源。①

50年代初期，邵燕祥作为一颗文学新星受到公众注意的时候，是一位抒情诗人。可是，他的文学活动，他在报刊上发表作品，却是从杂文开始的。据他自述：“我从1946年4月20日在锦州一家报纸的副刊上发表了杂文《由口舌说起》，开始通过报刊发言，算起来差一个月就满40年。而自1949年一解放，一度误以为‘杂文时代’真的结束，就少写杂文多写诗歌了。”②

这是很有意思的事。大家都知道，在鲁迅的文学遗产中，不论就数量还是就

---

① 见《热话冷说集》，银川：宁夏人民出版社1995年版，第310—323页。

② 邵燕祥：《忧乐百篇·前记》，见《邵燕祥文抄（三）梦边说梦》，北京：作家出版社1997年版，第171页。

意义说，杂文都居于最重要的地位。有志继承鲁迅文学事业的邵燕祥，从写杂文起步，就是很自然的了。1949 年中华人民共和国成立，年轻的邵燕祥以为，已经进入了不再需要杂文、只需要讴歌的崭新的时代。他就是凭着这样一种建设新生活的激情，拿起他的诗笔：

收拾停当我的行装，
马上要登程去远方，
心爱的同志送我
告别天安门广场。

在我将去的铁路线上，
还没有铁路的影子。
在我将去的矿井，
还只是一片荒凉。

但是没有的都将会有，
美好的希望都不会落空。
在遥远的荒山僻壤，
将要涌起建设的喧声。[①]

这个年轻人，对于未来，就是这样充满希望，充满着信心。这种情绪，确实也是更适宜于用抒情诗来表达。从此读者不时可以看到他清新的诗作。

鲁迅也写过几首新诗，刊登在《新青年》杂志上，也算是参加对于这一新的文学体裁的“尝试”吧。那时，像胡适、刘大白等人的新诗作品中，旧体诗词的痕迹还时有流露。比较起来，邵燕祥更喜爱鲁迅那些竭力摆脱旧诗词影响的作品。他说：“我认为建立在现代汉语基础上的新诗和建立在古代汉语基础上的诗词，分属两个不同的审美体系。……‘五四’时期第一批新诗作者，如胡适、康白情、俞平伯、刘半农、周氏兄弟和郭沫若，都于古典浸润很深，但他们在写新

① 邵燕祥：《到远方去》，1952 年作。引自《邵燕祥诗选》，天津：百花文艺出版社 1994 年版，第 12—13 页。

诗时都竭力避免诗词的腔调，在这方面鲁迅和周作人表现得最为彻底，……他们努力建设的是以现代汉语（包括书面语和口语）为基础的新诗，基本上是自由体，即使创为格律也是自由地创设的新格律；为此他们力求摆脱古典诗歌体裁和格律的影响。”[①]

1957年的反右派斗争，对于50多万中国知识分子来说，是一道跨不过去的门坎。邵燕祥也就从此在诗坛上消失了。22年之后，像一场噩梦醒来，他重新出现在文学界的时候，他已经是一个饱经忧患的中年人，虽然他依然怀着年轻时那样的信念和信心，可是他对于国家和人民的受难，对于历史的曲折，已经做过许多深入的思考。他还在写诗，在北京鲁迅故居门前，他写的是这样的诗句：

潮湿，阴冷。一九七六年的初春，
我又看见整整半个世纪前淡淡的血痕。
鲁迅先生那时候横眉怒斥屠杀者：
你们终久会知道——死尸有多么沉！

门前，逡巡……那永远微笑的温和的面影，
可不就是“自蹈死地”的“暴徒”刘和珍？
鲁迅先生！先生！我终于没有敲你的门。
我不愿再惊扰——您的怒犹未息的灵魂。[②]

这时，他有许多思考，却是抒情诗所无法容纳、无法表现的。年轻时写过杂文的邵燕祥，很自然的又拿起杂文的笔了。他在《绿灯小集》的《前记》中说：“我多年来主要是兴之所至，写些抒情小诗。近来，特别是从1984年初至今，转而多写杂文，——‘予岂好辨哉？予不得已也’——一方面是由于时代的需要、社会的需要，一方面也是找到了一个能对社会生活及时做出反应，能把我和群众的一些思考、情绪、意向直接加以表达的形式。自然不是无病呻吟，而且即使是面对某些客观存在的弊病和精神领域的痼疾，也是谋求疗救，而不出以呻吟的。”

① 邵燕祥：《一样情思，两幅笔墨》，见《非神化》，广州：花城出版社1999年版，第83—84页。

② 邵燕祥：《北京鲁迅故居门前》，1978年作，引自《邵燕祥诗选》，第67—68页。

这篇《前记》说到了鲁迅：

杂文都是自己要写的，没哪个强迫你。一不能卖钱，二不能邀宠，倒是肯定会得罪人，树敌遭忌。但是在半个世纪前的无声的中国，还有以鲁迅为代表的杂文作者群，难道在今日中国，天籁人籁之间，就不需要杂文，就不需要杂文作者的条分缕析，指陈时事，以至嬉笑怒骂，呼吁呐喊之声了吗？[①]

显然，杂文家邵燕祥，是要求自己成为鲁迅事业的后继者的。他说："我作为一个几乎专事写杂文（而且是继承鲁迅精神的杂感文，因为我这么有意地自勉或无意地标榜过，人们自然就这么要求）的作者，……"[②] 这是一个很确切的表白。

鲁迅这样说过他对杂文的要求："况且现在是多么切迫的时候，作者的任务，是在对于有害的事物，立刻给以反响或抗争，是感应的神经，是攻守的手足。潜心于他的鸿篇巨制，为未来的文化设想，固然是很好的，但为现在抗争，却也正是为现在和未来的战斗的作者，因为失掉了现在，也就没有了未来。"[③]

从邵燕祥的大量杂文作品中，可以看到他作为鲁迅事业的后继者总是对有害的事物不遗余力地抨击，为现在和未来不倦地战斗。

鲁迅的遗产中间，最可宝贵的，就是他从"五四"前后参与《新青年》的活动开始，毕生为了科学和民主所做的工作。我们今天所从事的开放改革的事业，实质上也是继续"五四"的那些活动家的未竟之业。在这一方面，邵燕祥写了不少很好的文章。1988 年他为纪念"五四"运动 69 周年而作的《无可羡慕》[④] 一文，有一个很长的副题："漫谈孔子和儒学的'走运'与古人读书人的'不走运'"。

大约是针对当时一种鼓吹新儒学的思潮而写的吧。他说：

孔孟之道不但与封建政权一起统治着庶民工商，而且作为一种精神力量首先桎梏着它的遵奉者、传播者——读圣贤书的士人。

"五四"前后，迫使为中国寻找出路的人们喊出"打倒孔家店"的那个局面，

① 《邵燕祥文抄（三）梦边说梦》第 26—27、14—15、231 页。

② 邵燕祥：《杂文到鲁迅已经写完吗？》，载《民主》月刊 1996 年 11 月号。

③ 《且介亭杂文·序言》，见《鲁迅全集》第 6 卷第 3 页，北京：人民文学出版社 1981 年版。

④ 《非神化》，第 75—82、47 页。

乃是作为2000多年政治实践的指导思想的儒学中固有的精华和糟粕共同作用的结果。历史证明，即使在本世纪最初20年间，它所曾有的精华也早已经无力克服它的糟粕了。

时至今日，看了某些谈孔子、论儒家的文章，深感我还要接受第二次的儒学启蒙才能登堂入室。但我又想，如果来第二次的话，难道我不是更需要承续“五四”的科学与民主的启蒙么？

在中国，做一个现代的知识分子，首先要把儒学作为一个思想体系从整体上否定，否则根本谈不到用全部人类文化成果武装自己的头脑。

这起码要求我们要从“五四”前进，而绝不可从“五四”后退。不意识到这一点并为此而斗争，中国当代知识分子就不配有更好的命运。

这些话说得多么好啊。可以明显看出，这跟鲁迅许多文章中那些评论孔子和儒家的意见是一脉相承的，可是这绝不是简单地复述鲁迅的意见。这是在“正在经受现代化的阵痛”的今天，直接联系现代的任务来思考这题目的，所以就有更大的现实针对性。

邵燕祥的杂文触及了封建主义在现实生活中的种种表现。1979年以后，历史上的许多冤假错案陆续得到平反，人们以为应该认真总结历史教训，深入研究一下这一切是怎样发生的，从而避免重演这样的悲剧。可是有人不希望重提这些痛苦的往事，说什么“党是我们的母亲，娘打儿子就是打错了，也不该耿耿于怀呀！”对于这种论者，邵燕祥在《“娘打儿子”论》中回答他们说：“与其教人们要能够‘受委屈’，何如努力健全政治生活，让广大干部群众得以少受委屈呢？坚持原则、坚持真理的同志能够发扬‘五不怕’即不怕开除党籍、不怕撤职、不怕老婆离婚、不怕坐牢、不怕杀头的精神，固然表现出共产党人的浩然正气；然而若为加强党内民主、国家法制而斗争，减少以至杜绝那使我们的好同志因坚持原则、坚持真理而遭到开除党籍、撤职、老婆离婚、坐牢、杀头的冤假错案，岂不更好，更足以表现出共产党组织的浩然正气么？”①

① 《非神化》，第75—82、47页。

在另一篇文章里，他更深刻地指出：这种论调其实是封建意识的表现。他说："可叹的是，多年来我们在批判资本主义时往往顺手使用了封建武器库里的武器，我们同所谓资本主义划清界限时却没有同封建思想划清界限。诸如'驯服工具'论，'娘打儿子'论等明显带有封建色彩的观点长期流行，充当了愚民和奴化的教材，这就从一个方面，主要是道德方面，为'文化大革命'这场封建主义复辟做了舆论准备。"①

对于这一类提倡逆来顺受的说教，鲁迅也是十分反感的。一次在谈到他翻译的小说《工人绥惠略夫》的时候，拿书中情节同中国的现实做对比，他说："便是教人要安本分的老婆子，也正如我们的文人学士一般。有一个教员因为不受上司的辱骂而被革职了，她背地里责备他，说他'高傲'得可恶，'你看，我以前被我的主人打过两个嘴巴，可是我一句话都不说，忍耐着。究竟后来他们知道我冤枉了，就亲手赏了我一百卢布'。自然，我们的文人学士措辞绝不至于如此拙直，文字也还要华赡得多。"②鲁迅这样谈这位老婆子，大约也是哀其不幸、怒其不争吧。

鲁迅厌恶那种劝人安贫乐道的说教，以为这是"古今治国平天下的大经络"，对于那种以为穷人比阔人更加快活的说词，鲁迅反驳说："大约眼前有福，偏不去享的大愚人，世上究竟是不多的，如果精穷真是这么有趣，现在的阔人一定首先躺在马路上，而现在的穷人的席子也没有地方铺开来了。"③这就揭穿了安贫说教的欺骗性质。

邵燕祥对于诸如此类的说教也是十分反感的。他说："利禄熏心、锱铢必较的人，接过别人律己的格言，大谈人生的意义不是索取，而是给予；用公款大吃大喝，'先天下之乐而乐'，从来都面无愧色的英雄好汉，却指责以自己劳动所得请客会餐的工人、农民、知识分子，仿佛这一下就背离了艰苦朴素的光荣传统；凡此，都跟养尊处优，毫不关心群众疾苦和人身安全的老爷，在那里空谈不怕苦、不怕累以至不怕死的高尚精神一样，反映出在社会地位不平等的状况下言论

① 邵燕祥：《忽然想到"誓死"》，见《大题小做集》，上海：上海文艺出版社 1994 年版，第 39—40 页。

② 《华盖集续编·记谈话》，见《鲁迅全集》第三卷，第 357 页。

③ 《花边文学·安贫乐道法》，见《鲁迅全集》第五卷，第 539—540 页。

和行动失去平衡的人，只能求助于道德的伪善。”[①] 这种用公款大吃大喝的事，鲁迅即使看见过也不会有很多，邵燕祥可见得多了，所以他能够指出：这些人口中的大谈艰苦朴素的光荣传统，只不过是道德的伪善。

是的，比起鲁迅来，邵燕祥经历了更多的风雨，见了更多的世面，因此，他读鲁迅，往往能够联系自己的见闻、经历、思索和感受读出许多新意来。就像《阿Q正传》吧，他在《鲁迅“丑化”了阿Q吗？》[②] 一文中说：

环顾四周，今天不是也还有阿Q的“酷肖”（不是“不肖”）的后继者么？

这就是自己做了丑事，但怕人讲，不许人讲，反诬如实讲真话的人是对自己的“丑化”的人。

今之阿Q胜于昔之阿Q一筹者，是有了文过饰非的新盾与新矛。昔之阿Q还不懂得一度时髦的逻辑，如“你说我有癞疮疤，就是丑化我；我是贫下中农，丑化我就是丑化贫下中农”之类。而近年来我们所习见的阿Q的同病者，在“护秃疮”的同时，早已娴熟于动辄以党和社会主义的化身自居，反掌间置说真话、进良言者于“反党反社会主义”之死地的一套了。

若干年来，在政治生活直到文艺批评领域盛行过的“丑化”论，是一条极左的棍棒，……

你反对官僚主义吗？这是“丑化”党的领导。

你反对干部特殊化、搞特权吗？这是“丑化”领导干部。

你反对违反民主、法制的现象和社会上各种不正之风吗？这是“丑化”社会主义制度。

如此等等，不一而足。

其实，正是挥舞“丑化”论棍棒的人，在实际上维护官僚主义、特权和许多封建主义的、剥削阶级的残余，却偏要装作维护党和维护社会主义的样子；这不正是对于共产党、对于社会主义的真正丑化吗？

邵燕祥就这样从《阿Q正传》里看见了今天的阿Q。鲁迅生前，受到过不

---

① 邵燕祥：《农民到大饭店订酒席》，见《邵燕祥文抄（一）史外说史》，第59页。
② 《邵燕祥文抄（三）梦边说梦》，第26—27、14—15、231页。

少攻击，死后呢，受到的攻击也不少。到了 80 年代，报刊上还出现过贬损鲁迅的文字，用一些诸如“鲁货”、“鲁化”之类的字眼。对此，邵燕祥立刻做出了反应，他指出：这种“故发奇论以哗众取宠，贬损名篇以自抬身价，都是鲁迅当年指斥过，至今也还有人奉行的‘文坛登龙术’”。这种“以骂倒为能事的所谓对鲁迅的再评价，鲁迅倘在世，怕不会用正眼相看的”[①]。

他这样挺身而出，绝不仅仅是因为对鲁迅敬爱的感情，而且是坚持和发扬以鲁迅为代表的这样一种人生态度和写作态度。那种借贬损鲁迅来抬高自己，也正是一种应予抨击的时弊。

在贬损鲁迅的种种喧嚣中，最值得一提的是所谓“新基调杂文”论，有人还专门写了两本书来鼓吹，以为要发展“新基调杂文”，就要“自觉地克服鲁迅式杂文基调的积习”，因为，据这位论者说：“鲁迅式杂文才是不民主的产物，而新基调杂文则是民主的产物。”“鲁迅式杂文是从官民绝对对立的立场出发，站在‘民’的一方反对官方的杂文，它‘匡正时弊’的出发点是要推翻反动统治，而新基调杂文则是从官民一致的原则立场出发，反对和清除官僚主义习气改革弊政，它‘匡正时弊’的目的是为了加强和改善党的领导巩固无产阶级专政。”

此种论高调一出现，杂文作者群（为公正起见，也许应该说“鲁迅式杂文”作者群）多人作文反驳。邵燕祥也为此写了几篇文章。他说，像这位论者所说的，“那末，在今天，理应是‘人民群众当家做主’的‘时代的产物’的‘新基调杂文’完全取代‘鲁迅式杂文’之际，竟然还有尚未完全被取代的‘鲁迅式杂文’问世，岂不理所当然地该任两书作者把它通通划为反对‘官方’亦即反对无产阶级专政的‘毒草’了吗？但是且慢！要做这样的结论，须以‘它“匡正时弊”出发点是要推翻反动统治’为前提，请问：你认为今日中国执政的党及其领导的政权是‘反动统治’吗”？“两书作者原来要把他所深恶痛绝的‘鲁迅式杂文’及其‘时代基调’谥为应予否定的‘过时’的东西，但是由于这些‘鲁迅式杂文’的存在，却导致他把我们所处的时代指为‘不民主’、不是‘人民群众当家做主’的结果。逻辑力量在这里开了一个小小的玩笑，这也许是两书作者始料所不及的。”这一位想要在杂文理论方面建立体系的论者也太可怜，他连自圆其

① 邵燕祥：《关于苍蝇的联想》，载《绿灯小集》，第 17 页。

说也办不到。

邵燕祥在为《陈小川杂文选》作的序言中说："学习鲁迅，不限于鲁迅的杂文；学习鲁迅的杂文，不限于杂文的笔法。鲁迅上承历史上我们民族的脊梁，树立了韧的战斗的风范，这不仅影响于我们的杂文作者，我们的文学界，而且将影响于我们的全民族。"[①] 这一段话，邵燕祥也是在说他自己，他就是这样继承鲁迅文学传统的。

选自《鲁迅研究月刊》2002 年第 3 期

① 《邵燕祥文抄（三）梦边说梦》，第 26—27、14—15、231 页。

邵燕祥在市井和草野间行吟

林　凯

前不久，邵燕祥先生出了一本诗集《邵燕祥诗抄·打油诗》，他称自己的诗是打油诗，其理由如书中的序中所言："我把自己的诗叫打油诗，主要是缘于对中国源远流长的诗歌传统的敬畏。在令人高山仰止的诗词歌赋大家和他们的作品构成的众多高峰面前，我虽不因妄自菲薄而气馁，但终保持了不敢妄自尊大的一点自知。"其实以上是谦辞，他之所以叫打油诗，是为了不受拘谨，从而有一个更自由的写作空间，也正如他在序中讲的："在市井和草野间行吟。"我曾写书评文章《杂文入诗亦风流》介绍该书，为什么叫这个题目，是因为大家都熟知邵燕祥先生杂文写得好，他的古诗词之好却很少为人所知。好在什么地方呢？我觉得好就好在邵燕祥先生是将古体诗当杂文写、将杂文当诗写，所以他的古体诗和杂文相互渗透，是又有诗意、又有哲理和思考，耐人品味。杂文本是批判黑暗的武器，其文风似应是铁面无情，可是邵燕祥先生的杂文，即使是愤怒也夹杂着一缕情思，这种情思饱含着对所批判对象的恨，也饱含着对所颂扬对象的爱，恨与爱的交织构成了言有尽而意无穷的文风，让人读来爱不释手。他写的古体诗，本来是寄托情感的诗句，却总流露出一丝苦涩，一丝不平，一丝抗争，即使是幽默，也是笑中带刺。

我以上对邵燕祥先生的诗与杂文能有如此的理解，是缘于我近来读《顾随诗词讲记》一书所受的启发。顾随先生是上个世纪对中国传统诗歌有深刻理解的不多的几个人之一，是位诗歌的欣赏大家，他在《顾随诗词讲记》中有一段话："诗句不能似散文。而大诗人好句子多是散文句法，古今中外皆然。诗，太诗味了便不好。"这里虽然没有说杂文句法，但道理相通。顾随先生很尊崇陶渊明，并认为陶渊明的诗是神品。他在书中讲："平常说写诗写成散文，诗不高，其实还是其散文根本就不高。陶诗为诗中散文最高境界。"陶渊明也是我最喜欢的诗人，看到上面的话，回想自己读过的陶诗，觉得顾先生真是一语道破陶诗之妙。陶诗不仅充满诗意，细品确有散文的味道。随便举几例，如陶渊明的《饮酒二十首》里有："清晨闻叩门，倒裳往自开。"这句是说，清晨听到敲门声，我匆忙去开门，不料衣服却穿颠倒了。《游斜川》里有："提壶接宾侣，引满更献酬。"这句是说，提着酒壶接待朋友，斟满酒，大家互相劝酒。这些描述性的诗句不就是典型的散文句法吗？这些诗句不做作，又平实可亲，看似一点力都不用，这就是陶诗的伟大，从中我们可以体会到陶渊明对生活的热爱，或说是热情亦可。陶渊明是田园诗人，但他是真的到农田里去干活，去体会，对"道狭草木长，夕露沾我衣"有切身的生活感受。所以他是有感而发，与那些冷眼旁观，以视察者的身份到田园去抒情的诗人有本质的区别，那种诗人不时地会流露出装腔作势来，而陶渊明不会，他是发自内心的，他的人生观与价值观与这种人是格格不入的。后来的诗人写的田园诗为什么不及陶渊明，恐怕原因也在这里。那么我们反观一下当代诗人邵燕祥先生，他的《奉和苗子〈咏酒呈宪益〉》诗写道："打你三拳揉两揉，寻师能放复能收。忙时干饭闲时粥，坐也失魂卧也愁。自是朱门盈酒肉，至今黑店锁春秋。如何丰岁称灾岁？人祸滔天一笔钩。"这样的诗是古人不写的，也只有思想解放的今天才会有这样的诗人写这样的诗，也只有今天的人才能读懂这样的诗，诗中对社会上黑白颠倒的现象的批判，就像鞭子抽一样有力，真是入木三分。他在《人生》里有句："狗皮膏药能医病，人血馒头不解馋。"人血馒头我们都知道是鲁迅小说《药》中的一个细节，说是人血馒头能治病，这是多么封建愚昧。邵燕祥先生在这里却说"人血馒头不解馋"，这不是最大的讽刺又是什么？邵燕祥先生的诗中这种杂文的笔法，使人不能不佩服他写诗的高明。

通过上述的议论，我们不难看到将散文或是杂文的笔法引入诗中，不仅不影响诗的美，反而还能增加诗的耐人寻味，这就是一个了不起的诗人将诗写得好、写得妙，不同于一般人写诗的地方。当然好的散文或是杂文也饱含诗意，这样的例子古往今来很多。《庄子》中有："鹏之背，不知其几千里也；怒而飞，其翼若垂天之云。"多么浪漫与夸张，不亚于李白吧。司马迁的《报任安书》写道："人固有一死，或重于泰山，或轻于鸿毛，用之所趋异也。"其简练凝重，飞扬的文采，跟诗又有多大的区别呢？鲁迅称《史记》是："史家之绝唱，无韵之离骚。"

把《史记》与《离骚》等同起来，可见《史记》文笔中有美，文笔中有韵，让你读后感慨万千。还有《醉翁亭记》、《岳阳楼记》等等这样的名篇名作，是文中有诗，读来充满了音韵之美。散文如此，杂文也一样。鲁迅的杂文我们看去犀利，细品是洒脱，富有诗意。我们看《小品文的危机》中的一段，“生存的小品文，必须是匕首，是投枪，能和读者一同杀出一条生存的血路的东西；但自然，它也能给人愉快和休息，然而这并不是‘小摆设’，更不是抚慰和麻痹，它给人的愉快和休息是休养，是劳作和战斗之前的准备”。这犀利的笔锋中饱含着激情，饱含着愤怒，但又孕育着一种情思，一种情调，他就好像让你刚刚经历了惊涛骇浪，又见潺潺流水，这种情感的起伏，文笔的婉转，又怎能不说是诗之境。所以好的杂文有诗的成分，它不仅启发人的心智，还让人享受到美，内在的美。过去常说愤怒出诗人，其实愤怒也出杂文家。诗人的眼中有美有爱，杂文家的眼中也有。除非那种应景的所谓诗人、散文家、杂文家们的眼中是永远看不到这些，内心也体会不到这样的境界。

把诗写好了不容易，把文章写好了同样不容易。把诗与文章能够相互交融，相互印见，可以说更难。这需要的不仅是学识、修养，还需要天赋、灵性。诗与散文和杂文看似界线分明，但又往往是你中有我的成分，我中有你的成分，这种潜在的联系，不仅使诗增添了色彩，也使散文和杂文增添了色彩。

选自《北京晚报》2006 年 8 月 24 日

书《邵燕祥诗选》后

何西来

诗人邵燕祥和杂文家邵燕祥

邵燕祥是诗人，“少年忧乐过于人”。少年作诗，少年成名，18 岁那年他的第一本诗集《歌唱北京城》就问世了。从 14 岁发表诗作，到为他开诗歌创作研讨会，已经整整 60 年了，一个华甲轮回，今年又是丁亥年。他的诗龄，比初唐的王勃，加上中唐的李贺的年龄都要长；比 19 世纪俄国的莱蒙托夫，加上匈牙利的裴多菲的年龄也要长。那几位诗人，由于种种原因，都没有活到而立之年，便夭亡了，陨落了。在漫长的诗国历史的接力中，燕祥跑出了属于自己的不短的一段，跑得坎坷艰难，也跑得充实辉煌。在中国当代诗界，他是当之无愧的第一流的桂冠诗人之一。他也偶做古体诗，“眼”之所在，警策之什，也是第一流的。

邵燕祥又是杂文家，他的第一篇杂文也发表在差不多 14 岁前后的那二年。他是先以诗家名世，然后才以杂文家名世的，那已经是上一世纪 80 年代以后的事了。在我心目中，八九十年代以来，他是中国杂文界的第一支笔，真正继承了鲁迅的传统，敢于抽刀向大恶，没有丝毫的奴颜和媚骨；是社会转型期浊流翻涌、沉渣泛起时的中流砥柱，是时代的良知和灵明。

有人说，燕祥的诗好，杂文比诗更好，但最重要的是人好。我不想在他的诗文之间有所轩轾，它们在不同的时段都是燕祥生命存在的形式，都是他用血泪、用汗水、用不知疲倦的劳作，锲而不舍地浇灌起来的。它们出于同一个邵燕祥之手，诗缘情思，文重理路。蚌病成珠；好的诗文，都要千古才人拿命去换。惜命，缺钙，就要付出人格的代价，那同时也就是诗文的末路了。但邵燕祥敢于担当，铁肩担道义，辣手著文章。

近二十六七年来，燕祥每有诗文集出，必送我一册；我都翻阅过。为了准备这次研讨会的文章，我又从头到尾，读了他自选出版的《邵燕祥诗选》。《诗选》出版于1994年11月，他送我是次年的5月。共收短诗158首，长诗12首，他在此前有代表性的重要诗作，大体都在里面了。全面研究邵燕祥的诗歌创作，需要专门的著作，需要研究者对他已出的所有诗集做过细地、系统地阅读，并参以他的其他有关生平材料，而后寻绎出规律性的东西，并得出有学理性的认知与结论。这就不是我的这篇短文所能承担的了。我在这里只讲以下几点认识，主要以这部《邵燕祥诗选》为依据。

心灵镜面上的历史留痕

邵燕祥不是闲云野鹤，也不是山野隐逸，他是尘世的跋涉者和思想者。即使作为“右派分子”的贱民，被逐入荒野时，他也没有想要逸世高蹈，闭目不见“百姓长年陷身于水火”。在《云南驿怀古》里，他说“从来草野高于庙堂”，他的“草野”是指百姓和离开庙堂的智慧。他写道：“永远是如此行色仓皇，漏夜奔忙，说什么关山难越悲失路／负重致远的才是民族的脊梁”。作为抒情主人公，他就属于这负重致远的行列中人，就是“民族的脊梁”中人，所以时刻关注着“莽苍苍，一万里关山风起云扬”。

他说，他在这本诗选里所选的诗，“可以说是用所谓诗的口吻断断续续诉说的作者的人生”。他是有意要“让读者循着诗行的蜗迹，略窥作者40多年的行迹和心迹”的，所以无论短诗，还是长诗，他都按编年的方法排序，每篇作品都标出具体的写作时间。依次逐篇读下来，你会感到是在阅读抒情主人公的心灵史。因为作品真实地抒写了诗人在当时曾经有过的切身体验，又氤氲着彼时彼地历史情境和时代氛围，再加上既无事前的饰伪与造作，亦无事后的隐讳和遮掩，就使得这些诗作具备了某种弥足珍贵的认知意义。人们不难从这些个体生命历史的诗化了的心灵镜面上，发现岁月的留痕，历史的留痕。

少年诗人写于旧中国的几首诗，无论在技法上，还是在思想情感的熔冶上，都显得稚嫩。但这是纯真的稚嫩，显示了作者的才情，亦不无少年老成的忧郁。

少年的倔强，到了晚年，依然能从燕祥的做人、裁诗、为文中辨析出来，它支持诗人走过了60年间的历史吊诡和风雨人生。他的风雨鸟的意象，似乎能够见出高尔基《海燕歌》的意绪。风雨鸟呼唤着风雨，在风雨中搏击。它是少年燕祥的自明心志，亦是晚年燕祥不老的文魄与诗魂。

在50年代的前期，在共和国的早晨，他像那个时代的所有年轻人一样，热情地、全身心地投向新生活，歌唱新生活，用他还没有完全蜕去童声的歌喉，没有任何保留。最有代表性的是《到远方去》、《中国的道路呼唤着汽车》，他还歌唱高压送电线，歌唱水库，歌唱地质队员篝火旁的5月的夜。单是写武汉长江大桥的诗，他就选了三首，比之为琴，为洞箫。80年代黄鹤楼新楼落成后，他还专门写了《遥致黄鹤楼文》，文中仍念念不忘他当年洞箫的比喻。

长诗《贾桂香》是标志了诗人命运的，同时也是他诗歌创作的转折点。而从1959年，到1977年，整整18年间，没有一首诗入选。可以说是历史留白。燕祥自己写道："在编年序列中发现空白，那空白也是无声的言语，诉说一段历史。"

新时期的邵燕祥，随着思想解放潮流的推涌，特别是国人痛定思痛的反省，知识界出现了文化反思的潮流，邵燕祥作为敏锐的诗人和思想者，始终站在潮流的前头，大呼猛进。当短小的抒情诗，不足以表达他的情感和沉思时，他的长诗写得多了，以至专门出了抒情长诗集。从《敲门声》、《燕子的歌》、《不要废墟》、《长城》，直到写斯大林妻子阿利卢耶娃的《最后的独白》，可以看出燕祥进行反思型历史沉思的逐渐深化的轨迹，当然是诗化的反思。如果诗人的反思也是连续展开的心灵镜面，那上面就有了更多、更深致的历史留痕。

他是诚实的自省者，敢于严格解剖自己

在中国的知识界，自80年代初到世纪末和世纪之交，曾有这滥觞于反思文学，中经文化寻根而渐次展开、渐次深化的我称之为世纪反思的文化潮流，它是一次以知识分子为主角的民族反思，为民族的振兴、国家的崛起准备着条件：回顾是为了前瞻。它的触发点是左祸的为虐，是"文革"的浩劫，是一个民族在灾

难过后的历史的和文化的追究与叩问。

这一反思中有两种方式，多数是反思者或做纯客观的冷静描述与分析，或作为受难者，在陈说自己苦难的心灵历程时侧重于控诉和揭露历史的迷误，环境的凶险，还有主政者的决策失误与个人品性等，也有接触到民族根性，追问溯源到文化传统的负面的。凡此种种，无疑都对促进民众的觉醒起了积极的作用，扮演着新的启蒙者的角色。然而，他们作为思想者，先知先觉者，都或多或少对历史取一种居高临下的态势。我的朋友刘再复曾深感沉痛地说，我们中国人所缺的就是忏悔意识。他甚至把这一点作为整个中华文化的负面特点，进行了系统的学术指陈。他是敏锐的。他看到了问题的严重性。但我不十分赞成在学理上把问题泛化为、上升为全称的概括。因为我们毕竟还有伟大的巴金之写《随想录》，步其踵武者还有如燕祥等。像巴金在叩问历史的责任时也审问着自我的灵魂一样，燕祥在历史的反思中，也把自我摆了进去。他是经过地狱和炼狱的人，是在血水、泥水里打过滚，并曾经遍体鳞伤、九死一生的人，但他并不以受难者自炫，以胜利者自欺，以过来人自居，更不以先知先觉而自夸。他有一种当代知识分子群里非常难及的自省精神。在审视历史的时候，他首先把自己摆进去，审问自己的灵魂。他说："人生是硬碰硬的，来不得半点虚妄和自欺。"因此，他绝不自诩他的小我为"大我"，更不把自己视为超凡入圣的大人物，他是芸芸众生里面的一个，是一只"负重的蚂蚁"，奔忙在长长的蚁群里，从无蚁王的奢望。他对自己的审视结论是："一个失败的人生。"他甚至专门出了一本书，就叫《人生败笔》，警醒自己，也使我们这些同代人和后来者警醒。敢于直面人生，敢于正视"失败的人生"的人，也许才是真正的优胜者。

他说："受够了命运的惩罚之后／我要对自己进行报复／对自己有过的致命的天真／对自己有过的迷惘和软弱／对自甘麻木的市侩之心／对玩世不恭的犬儒之道……"这是真诚的自省，这是在解剖历史的罪错时，首先把自己的灵魂摆在手术台上。面对道德伦理的解剖刀，不护短、不辩解，不怕自揭疮疤。这样，他才取得了面向更广阔的社会人生的眼光和见识，取得了疗救社会病苦的资格，取得了批判邪恶的权利。

永远的乐观主义者，相信明天比昨天长久

燕祥早慧，虽然40年代末即咏怀写诗，而且诗歌中流露着敏感少年的忧郁，但他的诗写得多起来，为他赢得才名，并为天下所知，却是50年代前期，即人民共和国成立之初。那是经过长期战乱之后而开始的一个新的时代的早晨，旧中国的污泥浊水被涤荡干净，举国上下充溢着建设新生活的热情，对未来满怀着希望与梦想。乐观、自信，是那个时代的主旋律和主色调。诗人邵燕祥，作为个体生命，这个时候也正经历着他的人生的早晨。那个时代的主旋律和主色调，与他个体生命的节拍正相吻合，从而形成强烈的共振，发而为诗，也就激动了整整一代人的年轻的心。诗人感到那个时代是他的，国家是他的，所以他要“到远方去”；自己去，也号召同伴们去。既是物理的远方，也是心理的、精神的远方；既是空间上的、幅员辽阔的祖国的远方，也是时间的、历史承传性的远方。所以他说，作为刘胡兰的同龄人，“你要唱她没唱完的歌／你要走她没走完的路程”，走向远方。

正因为他自觉到自己是那一代人的歌者，所以诗中的抒情主人公，常常是复数的“我们”。他不想突出个人，而只想把个人融入集体，融入前进的建设者的行列。他的诗，就是嘹亮的号角。队伍的前进才需要号角，一个人是不需要的。所以，《在夜晚的公路上》，他把自己想象为地质队员的一分子，高吟“我们的年纪十八、十九／顶多不过二十挂零”。而“我们”的生命体验则是“有一个波涛澎湃的大海／歌唱在每个人宽广的前胸”。

那时，诗人，“我们”，都把个人与社会、与国家、与时代视为连体，无论在什么地方，做什么事情，总会念着北京。地质队员们，在极其艰苦的野外工作的条件下，在《五月的夜》望着“牛粪堆在暮色里冒起青烟”，一个想象的飞跃，便把画面组接到天安门广场的节日之夜，那里“开屏的焰火”正“把快乐的心照亮”。

诗人说，《我们架设了这条超高压送电线》，仍是复数的“我们”。这时，他又与新中国最早的超高压输电线的架设者融为一体，不分你我，都是“我们”中的一员，心中充满了主人翁建设自己国家的真诚与自豪。

而在武汉长江大桥工地上，诗人听到《我们的钻探船轰隆轰隆响》，他从中听到的是诗，是乐，是时代的强音。毛泽东在大革命时期写的《菩萨蛮》里面有“黄鹤知何去，剩有游人处”的名句，而邵燕祥则想象，大桥落成之日，“黄鹤飞来不找黄鹤楼”了。一个“我们”，诗人便化己身为钻探机手，为工地上的每一个筑桥者。站在滚滚东去的江畔大桥的工地上，燕祥没有崔颢笔下乘风驾鹤而去的昔人缥缈，亦无崔颢难以排遣的乡愁乡思，也没有苏东坡谪贬黄州，想象遗世独立、羽化而登仙的旷达与潇洒。因为，他是热情而乐观的入世者。

那是一个新时代，年轻的燕祥，出自内心地觉得他就属于这个时代。他的直觉告诉他，他必须，并且只能是这个时代的歌者。所以，在《中国的道路呼唤着汽车》一诗中，他以各种意象表明：“我们需要汽车！”需要中国自己的汽车：

我们要让中国用自己的汽车走路，
我们要把中国架上汽车，
开足马力，掌稳方向盘，
一日千里，一日千里地飞行……

这架势，这气象，要多自信，有多自信。24年后，国家经历了十年浩劫，被西方发达国家远远地抛在后边，相差几十年，百废待兴；另一方面诗人自己是历尽人生的劫波，有一种“若将不及”的紧迫感，他又写了《中国的汽车呼唤着高速公路》。虽然字里行间不无悲怆的沧桑之感，但依然入世，依然热情，只是呼唤声更深沉，更急切了。不改的是他的深入骨髓的乐观主义的精神。它出于诗人对国家、对民族、对自我的自信。

灾难过后，他曾设想：《假如生活重新开头》，他的这个“我们”该取何种姿态，该如何自处？他说：

假如生活重新开头，
我的伙伴，我的朋友——
还是迎着朝阳出发，
把长长的身影留在背后。
愉快地回头一挥手。

在同一首诗的最后一个诗节，诗人更深情地写道：

时间啊，时间不会倒流，
生活却能够重新开头。
莫说失去了很多很多，
我的伙伴，我的朋友——
明天比昨天更长久！

这末了一句讲得多好！燕祥甚至拿它做了一本他的诗文选编合集的书名。他的确像世纪之交许多负责任、有思想的中国知识分子一样，对已往的历史曲折和迷雾，进行了认真的反思，但这反思的内容虽然揭着过去的疮疤，其指向却在未来，在明天。这是中国世纪文化反思的主流取向，也是这场反思的价值所在、精义所在。邵燕祥因此而成为这一历史文化反思潮流中在诗界和杂文界最重要的代表人物之一。

他的《生活是这样吗》和《问自己》，都是对不堪往事的追忆，是对造成苦难的深层原因的叩问与追索。尽管这样的追忆无疑是痛苦的，但他绝不会沉溺于以往的痛苦而不能自拔。即使曾是"右派"，曾是贱民，但贱民自有贱民的快乐，他郑重地申明："在亲者和仇者的面前／我就是我／我是受伤的战士／不是替罪的牺牲／我永远是快乐的……"燕祥平生最敬重的是具有战士品格的人，他对自己，也以此自期。即使负伤，也仍然是战士：就是倒下，也应该像真正的战士那样。

因此，他关注着、遥望着远方的《地平线》，他说："不因长久的眺望而晕眩，／不因长久的行旅而疲倦，／我奔走着，我向往着……"发挥的仍是《假如生活重新开头》的中心意念，不改其乐观主调。

燕祥专门写了一篇《我的乐观主义》以明心志。乐观主义在他，既是一种历史观，也是一种人生哲学，更是一种精神、情感和气质。燕祥称自己的乐观主义是"成年的乐观主义"。成年，是对于未成年说的，是对于青少年时代说的。那么，什么是成年的乐观主义呢？就是饱经忧患，受尽磨难之后，仍被诗人坚持着的乐观主义。诗人用一系列诗的意象来烘托、描绘、刻画这个"成年的乐观主义"。他说，这个乐观主义，并非总在那里微笑，而是"在泥泞里滚过"，"在铁砧上经受过锤击”，并在“锤击下喷出火花”，它还经受到棒打，经受过揉搓，“然后在冰冷刺骨的河水里漂过／它的每一根纤维／都一尘不染了”，它还被践踏过，被抛弃过，被出卖过，被告过密。诗人说，乐观主义在自己怀里被他捂热，而他也被乐观主义捂热，彼此把温热给予对方，彼此都一步一跌地长大了，成年了。诗人的结论是：

没有经历过挫折的
没有见识过卑鄙的
不是成年的乐观主义

少年时代正处于人的生命的上行期，表现出乐观主义的情怀亦不难，但把这种乐观主义的信念坚持到成年，永不放弃，成为一种深深烙印在灵魂上的标识，一面高高飘扬在精神界域的旗帜，如燕祥这样，就难了。唯其难，则更可贵。

邵诗中圣洁的女神意象

每一位诗人，差不多都有自己笔下的女神意象。她们既可能是灵感的源泉，也可能是爱情理想的人格化的对象，表现出人性美中最理想、最辉煌的部分。屈原笔下有湘夫人、有山鬼、有女媭，郭沫若在史剧中把她们概括为正直、刚烈的婵娟姑娘。杜甫笔下有他挚爱的妻子，“国破山河在，城春草木深”的时候，烽火烧彻三月，那抵得万金的家书，就应该来之于她。她是诗人月夜相思，想象“香雾云鬟湿，清辉玉臂寒”的那个意象，也是诗人回到羌村“夜阑更秉烛，相对如梦寐”的倾情之人，还是卜居浣花溪畔，与他对弈，“画纸为棋局”，共看“自去自来梁上燕，相亲相爱水中鸥”和“稚子敲针做钓钩”的人。在白居易笔下，则是他未婚时写于仙游寺的《长恨歌》里的杨氏女，是诗人把人间的他自己的爱情理想移到帝王之家的结果，“一篇长恨有风情”。此后，王实甫笔下的莺莺，汤显祖笔下的杜丽娘，孔尚任笔下的李香君，曹雪芹笔下水做骨肉的女儿身等，均应做如是观。此情此意，古今中外，不胜枚举。

最早出现在邵燕祥笔下的类似的女神意象，是在《传说》这首诗里。铸钟匠在铸钟，他的女儿舍弃血肉之躯，纵身跳入烈焰蒸腾的熔化的铁水之中，化为钟的魂魄，化为悠远的钟声，得到了永生。这是一个真正的诗的意象。诗人说她是“女儿，妻子，又是神明”。写这首诗时，诗人已被打入另册，成了“贱民”，外部环境十分险恶。家庭，成了他唯一可以停泊生命之舟的港湾，而那“神明”，则是“北京湾”里最圣洁的标识。许多遭遇和燕祥相近的人，就因为没有了这个港湾，或港湾内风涛乍起，险恶一似外海，而性命不保。铸钟姑娘纵身入火化钟的传说，使诗人的切身感受得到了象征性的表达。他从作为女儿、又作为妻子的现实存在中，领悟到了圣洁和神明，在钟声里获得永生的女神意象，在诗人的脑际萦回不去。初读燕祥这首诗时，是20多年以前，曾使我心头为之一惊，眼前为之一亮，一时浮想联翩。我想到了莎士比亚的朱丽叶，歌德的甘泪卿；还想到了当代作家王蒙笔下的凌雪，流沙河《故园九咏·吾家》坐在檐下“一针针为我补破鞋”的“贤妻”。然而，从更深层次上说，铸钟姑娘身上何尝没有以诗自喻明志的成分。不妨设想，王蒙如果没有凌雪、东菊那样的港湾，流沙河如果没有那个曾经遮风挡雨的“吾家”，燕祥如果没有毫不犹豫跳入烈焰的“铸钟姑娘”，没有那个神明，他们能不能活着挺过来，都很难说，更不要说裁诗作文的灵感了。

神明在天上，但女儿、妻子却在人间。天上的女神，诗国的意象，无不由人间的真情升华而来。《无题》是与《传说》大体同一时期的作品。近在海畔的诗人，忽然看到升起的云朵，便异想天开地想象着倩云归去，以慰远方的相思。云归，当然会带回风雨。于是，便有了“一天夜雨拍打着你的窗扉，／让你想象着海涛澎湃”。一时回不去，但诗人许诺他会突然不期而至地回去，给“你”一个意外的惊喜。诗名《无题》，其实是有题。这让我想到李商隐的《夜雨寄北》的名诗。一样的夜雨相思，李商隐只是希望于他日相见时西窗剪烛，再来忆说今日的情愫；燕祥则即时借了云的传语，化为雨，去拍打窗扉。相近的意象，30年后，燕祥在其《五十弦》的第十一首，还这样追忆当年的相思：“直到风雨来了无月无星／我就是风雨敲你的窗”。不过，他说，他已将相思化为“你的影子”，听到风雨敲窗，“你点起灯我就在你身边／伴你的 是我”。

与直露的政治抒情诗不同，燕祥的诗笔只要一涉及情爱，总会显出少有的蕴藉与缠绵。1982 年的 1 月，邵燕祥写了《银婚》。诗是这样开头的：

不知不觉，我们走过了
短暂又漫长的四分之一世纪
太平洋西岸冲积平原上
两只小小的会说话的蚂蚁

时间以世纪计算，它是无始无终，哪怕长到四分之一个世纪，也是短暂的；何况聚会少而别离多，而欢会，总会感到短暂。然而又漫长，别离，思念，每一分钟的相思仿佛都漫长得不见边际。无论短暂，还是漫长，都是被诗情放大了的心理时间。空间，用的是四大洋中最大的太平洋的意象。而太平洋西岸的冲积平原，即地理学上的中国大平原，是全球最大的平原。以如此浩渺广袤的时空，对称出“两只小小的会说话的蚂蚁”，遂形成一种在意象两极巨大反差中的对比张力，这是审美的和艺术的张力。在中国古代诗人中，杜甫最善于运用这种意象两极对衬的手法，来营造其悲壮阔远的独特诗境，如“飘飘何所似，天地一沙鸥”；“江汉思归客，乾坤一腐儒”；“关塞极天惟鸟道，江湖满地一渔翁”等。燕祥写的是新诗，但在意象经营上却颇得杜家诗法的真髓。

33 年前铸钟姑娘的象征性意象，圣洁的女儿、妻子、神明的意象，在银婚纪念时，还原到人间夫妻，便成了“多的是散文，少的是诗”蚂蚁的意象。一只蚂蚁对另一只蚂蚁说：

我的随和成了你的性格
你的任性成了我的脾气
尽都是些小小的悲欢
成了我们珍藏的秘密

他们在患难与共中整合了人生，整合了精神与灵性，各自成了彼此的一部分：“我们还将像一对蚂蚁／出入生活中，出入梦里／一条小路蜿蜒到灯前／伸展进儿女的记忆。”这是对银婚之后的来日的设计。诗人并不自视为超凡脱俗，高人一等，而是作为芸芸众生中的普通成员，像蚂蚁那样奔忙，那样辛勤劳作。

燕祥似乎对蚂蚁的意象有特殊的偏爱，他一如庄生梦蝶，分不清自己是诗里的蚂蚁，还是诗里的蚂蚁是红尘里的燕祥。在《五十弦》的第九首，他说："我们自有我们的南柯一梦／我是负重的蚂蚁／而你是灰姑娘冠冕辉煌"。在扑朔迷离的槐花香里，中国古老的南柯一梦的传奇和西方灰姑娘的童话，被编织进同一个诗境。但"我"并没有南柯太守的飞黄腾达，也没有成为白马王子，而仍然是"负重的蚂蚁"，"你"却不再是如"我"一样的冲积平原上的蚂蚁，却完成了灰姑娘的传奇蜕变，无比辉煌。

在剧诗片断《最后的独白》里，诗人揭示了斯大林的妻子娜捷日达·阿利卢耶娃之死的心灵过程。创作出人物的心理独白，诗人必须把自己对象化为他笔下的人物。于是，阿利卢耶娃也成了蚂蚁，她说："生活在秘密太多的国家，／命运对我却不再是秘密。／谁留心巨大的椴树干上的一只蚂蚁？"因此，她的死，也就会像一只蚂蚁那样，悄无声息。《最后的独白》，写的是一个大人物的婚姻、家庭的悲剧，悲剧的根源在于不同的价值尺度和不同的人生理念的难以相容。蚂蚁不再听凭摆布，她作为"家中的反对派，第一个抗议者"，走了她自己选定的路，一声枪响，玉碎了，是自己碎的。

与《五十弦》相比，《最后的独白》实际上是激昂的政治诗，人物有一种不吐不快的渴望。一吐为快，则不免直露。《五十弦》是一组追忆的诗篇。不仅取名受李商隐《锦瑟》诗的启示，源于"锦瑟无端五十弦，一弦一柱思华年"。而且在造境上，意象的运用上，也是李商隐式的，《锦瑟》、《无题》式的。写得缠绵、朦胧、凄美、多义。看似追忆少年时代的情事，有些似有定解，多数却无定解。有定解者，认真追索，亦难定解。"春水船如天上坐，老年花似雾中看。"

《五十弦》是陈年老酿，虽然并不每一首俱佳，却总体上可以反映邵燕祥达到了他诗美的最高境界，一如老杜之有《秋兴八首》，玉谿生之化入"沧海月明珠有泪，蓝田日暖玉生烟"。一样的白头吟望，一样的梦的灵风，一样的"楚雨含情皆有托"。写到《五十弦》，燕祥的诗笔终于蜕尽了少年意气和英锐之风，但却不入淡远一路；意象的丛聚与切换，变得更隽永，更耐咀嚼，耐寻味了。女儿、妻子、神明，似乎无处不在，然而又似有若无。她们都幻化为更宽泛的象征或隐喻了，一任细心的鉴赏者在涵泳与吟诵中，用自己的生命体验和人生感悟，去填补燕祥的诗意留白。

2007 年 5 月 3 日六砚斋

选自《诗探索·理论卷》2007 年第 2 期

读邵燕祥的《五十弦》

雷　霆

邵燕祥的《五十弦》是一组极具特色的好诗，耐读。这组诗是上世纪 90 年代初期写成的，共 55 首。其中大部分最早在《大公报》发表，后全部收在 1994 年出版的《邵燕祥诗选》中，标 题之下引了李商隐的一联诗："锦瑟无端五十弦，一弦一柱思华年。"还有曹雪芹的一句话："忽忆及当年所有之女子……"这大约可以概括组诗的内容了。

我读这组诗时，曾有一个有趣的过程。起初，我意识到这些诗明显地脱离了"政治标准第一"的束缚，又是应该人人都有过的情感记录，大约也是在上世纪 80 年代后期，我回忆起情窦初开或情窦未开时的一些小事，而且它再三浮于眼前，非常纯净可爱，就拟了一些诗题，总之谓《十三个懵懂》。因此，读燕祥的《五十弦》，颇有所见略同之慨。第二步，读着读着，简直不是读别人的诗，而是在读自己的记忆：

风过处　只剩下空旷的街角
废纸卷着尘土翻飞
（第十六首）

这是我 5 岁时，目送一个最漂亮的女生远去之后的街景：

我听到
某处钢琴响了
（第四十首）

这是我 11 岁时，路过一个女生在湖边的家——那座小楼时的感受。在第五十三首中，提到三个花名，马缨花、槐花、甜桂花，也引起我有关类似爱情的许多联想。桂花与我没有太深的关联，但夏天的马缨花那么娇艳，五月夜风吹来刺槐花的清香，还有六月的石榴花，也都被一些情绪感染过，以至于诗中许多场景，都与我以往的经历契合了。第三步，诗中又出现了一些我所没有经历过的东西，也许这是我尚未经历而将会经历的。而有些感受大概只属于燕祥，绝不属于我了，如生死别离，如“爱是不爱，不爱是爱”，我能理解，却不能感同身受。

《五十弦》不是流行歌曲，不是谁都能顺口唱出来的，它的文化底蕴厚实，有文化的传承，有内在的价值，经得住品味，经得起时间的考验。因此，它与宣传品、商品是界限分明的，读几首之后，很快能看出李商隐那些无题诗的风貌，精神、韵味、魂魄。这种传承并非一字一句、一言一语的相同相似，而在于凌驾于字句之上的气息，如果从一些具体可捉摸的地方看，我们可以看看它的“用典”。《五十弦》里的“用典”几乎处处可见，却非常自然，用不着做注解，这中间有一些甚至算不上是“用典”，只能说它是“成语”或“习惯用语”，在传达信息和渲染色彩上，又带有“用典”的意味。下面摘录一部分：“燕尾一样的利剪”、“剪不断理还乱”、“雪天的炭”、“以你的火点燃我的火”、“四面楚歌”、“草木皆兵”、“风声鹤唳”、“破釜沉舟”、“背水一战”、“南柯一梦”、“采桑女”、“桑间濮上”、“春蚕到死”、“淡淡的哀愁”、“一池春水”、“画中人”、“隐入田螺壳”、“秋水”、“汗血马”、“马革裹尸”、“天似穹庐”、“天女散花”、“刻舟求剑”、“凭栏”的“亡国之君”、“莲叶何田田”、“鱼戏莲叶间”、“我非鱼”、“鱼藏尺素”、“蜡炬成灰”，等等。这是中国的，另外还有一些是外国的“典故”，如，普希金的黑桃皇后，圣经故事中的“吃了不该吃的果子”、安徒生（格林兄弟）的《灰姑娘》、希腊神话、莱蒙托夫的《童僧》、柴科夫斯基《如歌的行板》，等等。足可见《五十弦》对于中国文化和世界文化的传承延续了。

然而《五十弦》的文体、语言、完全符合中国新诗的要求，使用是规范的，艺术化的、诗化的现代汉语，读起来绝没有旧体痕迹，也没有半文半白的感觉，与艾青、戴望舒、何其芳的语言一脉相承。下面是第四十五首中的一段：

我们说不清黄昏是什么颜色
我们也说不清青春是什么声音
是默默无言的期待

是倾听呼吸血液的跳动
是悠悠的呼唤喁喁私语
还是向着一支歌奔去
寻找遥远的回声

这里最后两行，如果不是无意中与古人暗合，我以为应该是出典于美国诗人朗菲罗的《箭与歌》。而我们读到的，只是现代汉语诗歌。即使在意象上，这里也并不需要典故支撑。典故的出现，只是顺其自然的流露而已。

前面我说到，《五十弦》所显现的情感，几乎是每个人都有过的。都有过，绝不是相同的，由于诗人的个性，经历的不同，他们的作品各有特色。除李商隐外，杜牧和李煜都有此类作品，他们各不相同，他们与别人也不相同。现代诗人何其芳《预言》中的一些诗作，也应属此类。他有一首诗是这样开始的："是谁攫取了我十九岁骄傲的心。"苏联诗人库列绍夫有一首题为《只有前进》的诗，写的是卫国战争时期一对青年男女纯真而凄婉的爱情故事。《五十弦》与这些作品有相同、相似之处，更有相异之处。主要的是时代和环境的差别，诗人虽然没有着重描写时代、环境，因为真实地写了个人命运，其他也就清楚了。下面节录几段：

不自由的地方才是我的祖国
可恨这古老的咒语
在失去了一切的自由以后
我是幸福的　因为
我还能自由地想你
（第十首）

生生灭灭
一劫多少年月？
（第十二首）

每当我又把枉抛的心血

付诸一炬　跳跃的火光即点燃
你灼热的目光　向我逼问
这一遍焚稿是由于怯懦
还是为了——尊严
（第五十四首）

好了，不必做任何分析，一个特定的时代，一个特定的环境，一个特定的个性，已经跃然纸上了。这是个人的，也就是历史的，这就是人们常说的史诗。我想《清明上河图》比《大婚图》、《出征图》更有资格称为历史画卷。这个道理非常简单。

选自《诗探索·理论卷》2007 年第 2 期

赤心侠骨的思想者

——“邵燕祥诗歌创作研讨会”综述

王　永

邵燕祥是一位中国当代文学史上“绕不开”的重镇。这位早慧而勤勉的诗人，至今已有60余年的诗龄，出版诗集、文集多部，他的诗歌与杂文写作一道构成了一代知识分子的心灵笔记。新时期以来，邵燕祥真诚、坦率的个性和勇于自剖、自省的精神尤其为人称道，他是直接薪传了鲁迅精神的诗人，为当代知识分子树立了一种精神榜样。为全面阐释和充分彰明邵燕祥的为诗为人之道，中国当代文学研究会、廊坊师范学院和首都师范大学中国诗歌研究中心于2007年4月21至22日在廊坊师范学院联合举办了“邵燕祥诗歌创作研讨会”，与会的诗歌批评家、诗人近50人。

这次研讨会时间紧凑，气氛亲切而热烈。诗人、学者们在研讨中寻找到了一些新的学术生长点，在发言中时有新见，且在一些共同的论题上进行了争鸣，现把这次研讨会涉及的问题综述如下。

对邵燕祥在中国诗歌史上地位的衡估，尤其是对邵燕祥上世纪50年代的“政治抒情诗”评价。谢冕在题为《与欢乐而悲苦的时代同行》的发言中，认为，在邵燕祥的诗中，保留了我们时代的复杂性，诗人完成了一部丰富而复杂的诗的“当代史”。他着重评价了邵燕祥的诗歌在上世纪50年代的意义和价值：邵燕祥是中国新诗由战争时期转入建设时期的“转型期”的重要诗人，他的诗歌中的明亮、热情、单纯、天真等质素恰恰是“50年代精神”的代表。“颂歌”是我们的经历，也是我们的命运。邵燕祥写出了颂歌，又以《贾桂香》这样的作品完成了对颂歌的超越，因此成就了他在当代诗歌史上杰出的诗人的地位。孙玉石则认为，50年代的诗歌虽有轰动效应和鼓舞人心的作用，但读者接受诗的激情的同时而忘记了诗的审美，甚至这种激情的点燃与呼唤，也被认为就是诗的审美本身。这种创造的偏执，不仅仅是邵燕祥个人的事。当时那个被高亢颂歌笼罩一切的时代，整个诗歌创作与接受，已经走入了比较狭窄单一的“一律”化，而丢失了某种多元艺术创造追求的清醒。在那个不允许“清醒”的时代气氛之下，最终还是这种“清醒”的集体匮乏，导致了后来整个时代不得不吞咽的人生和艺术的双重压抑酿成的诗美苍白的悲剧。苗雨时则通过对邵燕祥诗歌的历时性的考察，将邵燕祥视为中国当代诗歌史上一个有历史感和历史想象力的独特而重要的诗人，在诗人的作品中，总可以触摸到诗人真实而永远悸动的灵魂。他高度评价了邵燕祥在文学史上的地位、文化诗学的价值、诗歌的史学意义，预言诗人必将给后来者以经典的示范和长远的影响。

对邵燕祥诗歌创作的艺术特色和风格的论析。吴思敬的《一手擎着匕首，一手擎着诗》一文，把研究的目光投向当下文学史写作及诗歌批评研究鲜有关注的邵燕祥的40年代后期的诗作，梳理了邵燕祥早期诗歌创作的大致脉络，认为，这些诗“率意而为，自由抒写，不受羁绊”的特征，是“五四”新诗发展对现代性的诉求所致。对邵燕祥40年代后期的诗作与50年代的诗作进行对照，可以发现一个有才华的诗人是如何被规范的，从而牢记历史教训。当下的文学史写作基本上忽略了对邵燕祥早期诗作的研究，这对邵燕祥来说有欠公正，对文学史来说也有失应有的全面与客观。因之，这篇敏锐的文章对于充实现代文学史对这阶段诗歌创作的叙述极具价值。王永则谈到了对邵燕祥诗歌近作的“印象”，即阅读感受上的“重”与现实功能上的“力”，这既源于邵燕祥刚正而锐利的个性，又是被中国当代历史所塑造的诗人的“精神型构”所致。这种意见接近于孙玉石教授所指出的，邵燕祥诗中有一个共同超越于形式之上的“坚硬的内核”，即“蕴含了一个重新获得做人的资格的诗人，经过炼狱般升华的灵魂，从一颗觉醒而倔强的心所迸发的生命体悟”。在王永看来，邵燕祥沉重的诗歌及其闪耀的思想的锋芒，在当今“轻快”、“虚拟”的娱乐化语境下，具有独特的分量和让生命产生刺痛感的真实性。刘士杰则立足于诗歌文本的艺术分析，以“激情转冷峻，豪气兼婉约”概括了邵燕祥诗歌风格的历时性变化。张大为以诗人的思想结构与思维倾向作为解析其艺术层面的一个关键性的突破口，着重论述了邵燕祥诗歌抒写模式的演变。李红云则认为邵燕祥的诗歌勾勒出诗人个体的青春与时代精神的互动纠葛的曲线，在今天考察诗歌与时代的关系时仍然有着其独特的标本性研究价值。张立群在《“失去比喻”的歌唱及其历史变奏》一文中，论述了上世纪50至80年代邵燕祥诗歌的讽刺意识，诗人创作的艺术特点“讽刺中的抒情”，使得诗人在直面现实和浓烈而冷静的抒情之余，思想的深度得到空前的提升。刘晓翠则评述了邵燕祥打油诗中的讽刺作品，认为，他的讽刺缘自对于生命以及人类的珍视，讽刺背后所显现的旷达及真实则是他生命的真实回响。

《五十弦》、《最后的独白》这样的佳构自然会引起研究者的重视。何西来认为邵燕祥的《五十弦》，思想、艺术达到制高点，因去掉了青年时期的躁锐之气而更加蕴藉，并且对诗中的女神形象做了极富创见的论述。雷霆则通过阅读邵燕祥的《五十弦》，发现了诗人在创作中的高超的“用典”技艺。在这首诗中，一个特定的时代，一个特定的环境，一个特定的个性已经跃然纸上了，他因此称这首诗具有了“史诗”的价值。任洪渊对邵燕祥《最后的独白》的旁白做了精彩而富有诗意的阐发，子张则通过对诗歌文本的细致分析，认为这首《最后的独白》作为《邵燕祥诗选》的压卷之作，是以人道主义的“良知”审判当代政治独裁的不可多得的力作。陈亮也认为，这首诗是一个独立思考的知识分子的反思，完全脱离了集体话语的阴影。

《到远方去》，作为曾给诗人带来盛名的文学史上的名篇，获得了许多与会者的评论和重新阐释，形成了异彩纷呈的意见。邓程认为，如果说50年代有时代的形象的话，“远方”这个形象当之无愧地应该是其中之一。但和唐诗里的意象相比，《到远方去》的形象结构还是停留在赋和比这两种古老手法上，因此“远方”这个意象并未立起来。北塔则提出一种自出机杼的新见，他以邵燕祥曾写过两本儿童诗集为证据，声称诗人更多的是天真和童心，而“远方”则是一种儿童的心理向往的表征。罗侃平通过文本细读的方式，对《到远方去》与《沉默的芭蕉》的“诗意”进行了比较，进而发现，形成诗意的原因不仅仅在于文本，更在于作为接受者的读者的审美结构，因此提出了“新读者”如何去阅读和审视五六十年代的宏大叙事的诗歌作品的问题。卢秋红作为一个“80后”，重读邵燕祥先生《到远方去》，试图与作者进行一次“跨越半个世纪的对话”，从中反省了当代读者自身的问题。段从学对邵燕祥诗歌中的核心意象“远方”做了极富学理而有深度的剖析。他认为，邵燕祥这种想象“远方”的方式，不是其个人独特的艺术表现手段，而是一个时代共同享有的文化心理机制。我们显然有足够的理由随着诗人的创作道路和精神历程，认真反思和检讨那些曾经让邵燕祥陷入迷误，也让中国社会付出了沉重代价的文化心理机制。

对由邵燕祥的诗歌创作引出的诗学问题的关注和把握。陈亮敏锐地抓住了邵燕祥诗歌中的“诗史性”特质，并就此论及对当下诗人如何介入公共讨论，诗歌如何介入公共话题的启示。王士强则以显豁的问题意识探讨了邵燕祥新诗创作中的“宏大叙事”问题，他通过对这种“宏大叙事”的解读和分析，试图揭示这种写作模式的特点和成因，并对之做出了一定的反思和评价。

对邵燕祥旧体诗的成就的评价和估量。邵燕祥虽以新诗名世，但在旧体诗的写作方面，亦卓然大家。与会代表一致认同邵燕祥在旧体诗上的成就，很多人表达对一些诗篇的欣赏之情。谢冕对邵燕祥的古典文学修养表示了敬佩，坦率地称自己只能读出他的旧体诗的好，却写不出。刘祖慈也谈到了邵燕祥的古典文学修养，并以《咏鸡》为例，谈到这样的艺术性高的旧体诗可以表现出诗人无法、不便表达的情感，甚至是新诗无法传达的情感。他还提及，曾将邵燕祥的旧体诗集送给著名的美籍华人学者唐德刚，唐德刚对其赞赏有加，并因此在侨界传播，且备受喜爱。梁彦玲分析并高度评价了邵燕祥的自谓“打油诗”的旧体诗，认为那是“脱旧体之相，成杂文之品的寓庄于谐的好诗”。

邵燕祥近年来编著的《找灵魂》等秉笔直书、披心沥胆的“人生实录”及近来的反思文章，对反思诗与政治关系和对中国当代诗歌史写作皆有贡献。一些学者也对此进行了深入的论述。王光明通过细读《找灵魂》一书的代跋诗，为邵燕祥正视社会与个人历史的勇气，为那颗因担忧自欺欺人的历史重演而再次把自己献上祭坛的心而深深感动。同时，他认为，邵燕祥的《我与诗与政治——诗与政治关系的一段个案》一文是研究诗与政治关系的重要文本。无独有偶，张连营也注意到了邵燕祥的《我与诗与政治》这篇文章，并对此文做了细致而有见地的解读。他结合“重写文学史”和当下的诗歌现状，认为，人与诗与政治是“永远的三角”关系，三者这种动态的性质为诗歌创作和研究提供了思想的空间。霍俊明则认为，当代新诗发展的历史实际上就是诗人在复杂多变的政治运动中的思想史和灵魂史，而邵燕祥作为当代的一位重要诗人，他的精神改造历程和诗歌写作都相当具有代表性地折射出特定阶段的历史状貌。邵燕祥在晚年所撰写的带有历史档案性质的个人回忆录从新诗思想史的视域揭示出知识分子尴尬的灵魂和历史诡谲的烟云。

中国素有“知人论世”的批评传统和“人如其文（诗）”的评价标准。与其诗文形成一种潜在互文关系的邵燕祥的为人及其精神、人格受到了与会者的交口赞誉。杨匡汉在给此次研讨会的贺信中说：“燕祥先生的为人为文，比文字本身更动人。”尤其是不惑之年以后，难得的是清醒，难得的是坚守寂寞之道，难得的是保持坚卓的人格和凄绝的文格，难得的是他审和自审的契合，难得的是肩担道义，难得的是不把文学创作视为纯技巧而是真真切切的生命现象。牛汉回顾了自己的诗歌与人生道路，重申了“诗人”作为一种称号，人与诗不可分的观念。通过回忆与邵燕祥的过从，牛汉认为，邵燕祥是一位“真正的诗人”，他的诗与人是相依为命的。屠岸则认为，邵燕祥继承了鲁迅的精神，是当之无愧的“思想者”。他并不苟同于“真诚不能作为衡量一首诗的标准”的看法，而认为恰是邵燕祥的真诚，方能使其反思、袒露、解剖自己，从而令其诗文形成一面“镜子”。此外，朱先树、姚振函、李小洛等也通过回忆与邵燕祥的交往与接触，于细微处见精神，谈到了邵燕祥的高贵品质和令人敬佩的人格、精神。

在会议的闭幕式上，邵燕祥先生衷心感谢与会代表对自己的诗所做的批评。他在对一些“过誉之辞”表示不安的同时，认为此次会议是“值得”的，“不是因为肯定我的诗，而是因为会上，就我的诗的问题发表的意见，非常好，有创见”。在简洁地回顾了自己的诗歌创作道路之后，他申明了自己的诗歌观：诗歌作为一种语言的方式，一种心灵表达的方式，其“核心价值观”即是自由。

此次研讨会是对邵燕祥诗歌创作在学理层面上做出的一次总结，并有一定的开拓和创新，比如对邵燕祥上世纪 40 年代后期诗歌的挖掘，对“远方”意象背后的文化心理机制的反思等等。但也存在一些有待拓展的领域，比如谢冕提出的，作为出生于北京的诗人，邵燕祥是如何将北京地区的大鼓书等传统曲艺和古典艺术运用到新诗创作中去的问题，比如朱先树提出的对邵燕祥的长诗目前尚缺乏研究的问题。可喜的是，子张编的《邵燕祥年表简编》为诗人研究的进一步展开做了基础而必要的工作。总而言之，此次研讨会不仅是为邵燕祥寻求文学史上一个定位，同时，阐发老诗人的创作成就与创作精神，这本身就是针对当下诗坛现状的一种发言，一次表态，因此，必将对促进当下诗歌的健康发展有所裨益。

选自《诗探索·理论卷》2007 年第 2 期

一个不断寻绎灵魂的诗人旅程

——邵燕祥论

苗雨时

邵燕祥是中国当代诗歌史上一个有历史感和历史想象力的独特而重要的诗人。他凭着诚挚、热情、良知、道义写作，把自我鲜红的血流注进诗篇。因此，阅读他的作品，总可以触摸到诗人真实而永远悸动的灵魂。如果说人生如梦，那么在诗人如梦的人生中，既有好梦，又有噩梦，有好梦的破灭，也有噩梦的惊醒。然而，其中涵泳着沉浮起落的是他的灵魂。他的寻梦，也就是找魂。因为他的诗歌之路与人生之路同步契合，所以他的诗记录的梦的片断，也即人生的状态，灵魂的显影。

在一次访谈中，诗人曾如此昭告：

> 一个人在回首往事时，不应该只站在自己的立场去看自己，而应该站在历史的高度上看个人的命运，采取的态度应该是理性的。

人走过历史，烙上不同时代的印迹，留下历史的证词。诗人的创作，从最初的时代性昂奋，中经痛苦的历史性省思，最后归结为人格的整合重塑：独立与自由。在这一过程中，诗人的诗歌人生的寻绎，总是把个人的遭际与民族的兴衰、人民的命运，置于长远广阔的时空中，并投放在灵魂深处，加以熔炼和凝铸，使其个人的咏唱传导历史的音响。几十年间，尽管不同阶段，他的诗歌的旋律和调性有很大变异，但始终如一的却是那对诗魂卓绝与纯粹的打造与追求。

邵燕祥1933年出生在北平，祖籍浙江萧山（归属绍兴府）。他童年和少年的生存环境，是日军对北平的占领，接着是国民党政权的短暂“复员”。在那危亡、屈辱的年代，人们本不该有梦，而已经成为中学生的他，有感于“山雨欲来风满楼”的历史变革的先兆，却偏要做梦，并学着说梦。这就是他解放前一系列诗歌、散文、随笔的创作。在他的诗歌作品中，一个主导意象是暴风雨中飞翔的“风雨鸟”，它看到了“整个的天空在变色”，感应到了“整个的土地在骚动”，于是它唱起了反叛、自由与浪漫主义理想之歌。而其他的一些诗作，或鞭挞黑暗，或激扬青春，或体察现实人生，都紧紧围绕着这一中心意象而展开。这些诗是幼稚而纯真的，忧郁而飞动的，但也带有生命的热力和些许历史性想象。其最大的好处是为他此后的创作试练了审美感受力，并初步展示了他作为一个诗人的特异而葱郁的艺术才华。

当历史跨进新时代的门槛，年青的共和国伴着隆隆的雷声诞生，它犹如东方升起的太阳，在大地上荡涤着污泥浊水，召唤人们创造崭新的美好生活。民族的解放，人民的新生，使整个中国一扫往日的阴霾，而呈现一派葱俊进取、蓬勃向上的青春气象。诗人是革命的受惠者，也是新政权的受惠者，他过去梦寐以求的理想与新的现实不期而至地遇合，使他沉埋的激情像火山熔岩一样喷发出来。当时，他被分配到中央人民广播电台工作，担任编辑和记者。职业的便利、敏感和要求与创作相结合，使他的诗歌在为政治服务的轨道上，与同辈诗人相比，获得了得天独厚的优势。正如诗人自己所说：“我所从事的新闻工作，使我必须面对当前的迫切的主题。”（《给同志们·后记》）上世纪50年代，是一个激扬着理想和创造的年代。第一个五年计划的实施，大规模经济建设的开展，诗人在各种工程建设尖兵的同辈人、同龄人中，找到了属于他的诗的兴奋点、题材和主题，写下了一大批表现他们生活与情感的诗作。这是他诗歌丰收的季节，其间出版了《到远方去》、《给同志们》两部诗集。他的这些诗，不仅带给我们火热喧嚣的建设场景和特有的时代气氛，而且塑造了青年建设者在辽阔的处女地上作为拓荒者的形象，表现了他们的青春生命力、开创性和献身精神。诗歌的主要意象是：远方、道路、工地的喧声、青年的姿影……。正是这些意象，支撑起他广远的诗意空间和构成他多彩的艺术图谱。而且，他诗歌的高迈的构思、对生活的某种意象化处理，乃至一些象征手法的运用，使他的创作区别于一般客观平述的“工业诗”，而显示了某些独具的特色：其一是规避对生活的简单记录和直接描摹，而致力于对原生态的事物、场景、人物做超越性的加工和大跨度的联想。例如，

《中国的道路呼唤着汽车》，在广阔的时空背景下，通过“道路”的负重写建设的需求和历史进步的热望，于凝聚的写实中，透出明显的象征意味：“我们要让中国用自己的汽车走路，我们要把中国架上汽车，……一日千里地飞奔……。”即使写生活场景，也极力捕捉优美的意象，比如，在《我们的钻探船轰隆轰隆响》一诗中，写日照长江的景象，就不是如实的刻板，而是意象的灵动：“宽阔的长江上闪闪发光，是太阳在江心洗它的翅膀。”至于广阔的联想、瑰丽的想象，更是诗人构思常采取的路数和写法。例如，《到远方去》，从“天安门广场”想到将去的“一片荒凉”的远方，又联想到远方“将要涌起建设的喧声”传到北京，应和着“英雄碑”兴建中“琢打石块，像清脆的鸟鸣”，更从现在的“告别”想象到将来的“重逢”……如此回环往返，无疑拓展了年轻建设者的胸襟。又如，《五月的夜》，把边地雪山的“篝火”与北京的“焰火”叠印，向往中传达了人们的祝愿祖国的深情。这样，就使他的诗不泥于生活，而把生活升华到一种高远的美的境界。其二是诗的笔触不停留于表面，而是由外而内，着力开掘青年建设者心灵世界的崇高与美好，并注入诗人个人的情感体验。例如，在《我们架设了这条超高压送电线》一诗中，写青年人在“浇灌混凝土基础的时候”，“把自己的心血也浇进里边”，写高压线架好，“通上电那电灯刷地亮了”，他们“像看见了亲人的眼睛”。又如，在《在夜晚的公路上》的诗中，写他们在祖国大地上不停地奔去，“今天往东，明天往西”，从一个工地到另一个工地，而他们唯一的目的和愿望则是：“谁不愿在亲手抚摸过的地面，看烟囱和铁塔高高矗起！”诗中运用感同身受的第一人称——“我们”作为抒情主体，显然表明诗人与那些建设者的心灵同一脉动，“我们”中是有“我”在的。有时直接写“我”，也表现了对建设者的钦敬与向往。例如，《在中州桥上》：“我站在中州桥头凝想，建设者们正奔忙在涧河西边，我应该在他们中间生活，歌唱，只可惜停车的时间太短。”从这种不无遗憾的慨叹中，显示了他对建设者的一往情深。这些诗因贴近青年人的梦想和情绪而产生的浪漫主义基调，不仅得到他们的共鸣和认可，也起到了鼓舞他们积极投身社会主义建设事业的精神效应。

这一时期，诗人做的是好梦，他的心态是单纯的、热诚的，其写作姿态，也是前倾的、向上的、朝向太阳的。然而，现实生活本身却也有他意想不到的严峻。它并不总是“百花盛开”，阳光明媚中也存在着暗影：前进中的保守与停滞，新体制中的旧时代的遗留，以及长期的封建主义霉菌对新生活的侵蚀，等等。当诗人严肃地直面现实时，他意识到了自己创作的不足。于是，他调整了自己的写作取向，一方面继续歌唱新人和新生事物的成长，另一方面也为他们清扫生存发展的场地。其实，这两方面都是出于诗人纯洁理想主义的诉求。在这种情况下，他写了一些讽刺的诗，揭露社会的各种不良现象和弊端。而标志着他创作重大转折的，则是小叙事诗《贾桂香》的发表。这首诗，来源一个真实事件，某农场一个青年女工为流言诬陷，遭受种种打击而自杀身亡。这一不该在社会主义社会发生的事件，给了诗人很大震动。出于义愤，他写了《贾桂香》一诗。贾桂香在诗中是一个单纯、热情、能干的青年建设者，然而使她致死的却是周围陈腐的封建观念和某些干部的官僚主义作风。所以诗人最后沉痛地发问：

告诉我，回答我，是怎样的，
怎样的手，扼杀了贾桂香？

应该说，这是诗人真诚看取现实的正义之歌。他比较偏爱这首诗。后来，曾说：“这首诗写得不够深刻，也还有失之天真之处，但确实是从我的血管流出的血，真诚的血。”但是诗人却为此付出了深重的代价。1957 年被打成“右派分子”，他的作品尤其是这首诗受到了严厉的批判，被不公正地说成是向社会主义倾泻仇恨的毒草。

从此，一个理想主义者开始蒙难，被投入没完没了的“思想改造”的炼狱。诗人从好梦堕入噩梦。然而，在迷茫的噩梦中，他也并没有立时醒悟，而是长期处于进退失据的生命矛盾状态。“思想改造”，本来对任何人都适用的，对于革命者尤其有正面的积极意义。那就是适应社会历史的客观演变而不断更新、转换自己主观的意识形态，以便更好地推进社会历史的发展。但是这种思想改造应当是自觉的、主动的。如果把“思想改造”作为一些人对另一些人的强加、甚或当作一种惩罚的手段，那么，这种“改造”就易于造成被改造者主体性的失落和灵魂的异化。诗人“思想改造”中的尴尬状态，不仅在于主动与被动之间的心灵熬煎，而且失去了方向感，陷入不知所往的境地。这就导致了他人格的分裂：一方面要回到“革命队伍”中来，为社会“所用”，他极力追随主流意识形态，他的写作要“更好地”为政治服务，在几近完全丧失独立思考的情势下，甚至只要“政治”，不要“艺术”，使自己的笔下沦为某种概念、政治意图的复述、图解、传声筒。而这仍一直摇摆在“紧跟”与“跟不上”之间。这样，他的创作就从过去真实的飞扬的“浪漫主义”下降到后来虚假的匍匐的“现实主义”。另一方面，他又心有不甘，心存疑惑：“我亦革命者，你亦革命者，为什么你有权处置我，而我竟无辩白余地？”“我也是一个人，跟你一样是人生父母养的，人生也有做人的根本权利，你凭什么剥夺了我的权利，让我屈辱地俯首听命？”进而想什么是真正的人生理想？为什么“对于天堂的理想，也可以把人们驱赶到地狱里”？（引文见诗人《找灵魂》一书第 7—8 页）在“驯服工具”与道德良知之间，在灵魂的失落与寻找之间，诗人内心的挣扎与搏斗是极为痛苦的。后来，他总结这一阶段的诗歌人生，用了这样两句话予以祭奠：

政治上无名的殉难者
文学上无谓的牺牲者

为了留下“历史现场与个人记忆”，诗人编选了一部题为《找灵魂》的私人卷宗，收录了一些少为人知和不为人知的作品（包括诗歌、散文和思想检讨等）。他在《作者的话》中这样写道：“我在再一次披阅旧日宗卷时，从文学写作的追求与失落入手，却发现了一个整个人格扭曲蜕变以至丧失良知的轨迹，这如此深刻地发生在自己身上，虽不完全意外，仍然十分震悚。我以为，以真相和本色示人，强似苦心孤诣以角色面具装扮和美化自己，既然已经悟到过去一个时期内的自欺欺人之可悲，那么，除了求真和求实的原则，还有什么能在有生之年减少新的遗憾呢？”

在这里，不仅表现诗人胸怀的真诚与坦白，也表现了诗人对历史、对后人的责任的担当！

陈寅恪说：“温旧梦，寄遐思。”经过噩梦中炼狱的磨难，粉碎“四人帮”后，诗人重返人间，获得新生，但他并没有戚戚于个人的伤痛，而是同人民一道，挥别历史，踏上新的人生旅程。他在《假如生活重新开头》的诗中，这样唱道：

假如生活重新开头，
我的旅伴，我的朋友——
还是迎着朝阳出发，
把长长的身影留在背后。
　　愉快地回头一挥手！

时间虽然不能倒流，但生活可以重新开头。这种含笑对动乱年代的告别，是悲喜交集的，是笑中带泪的，于轻快中负载着难言的沉重。然而在忍受了长久的荒芜和寒冷之后，历史的春天毕竟来临，人们再一次呼吸到自由、解放的新鲜空气。时代的车轮从停驶、倒退而开始重新启动。诗人谛听到了春的讯息，因此，在季节转换的方生方死之间，他又一次敞开了诗的情怀，创造了他诗歌艺术的二度青春。“复出”后不到十年间，他连续出版了八部诗集：《献给历史的情歌》、《含笑向七十年代告别》、《在远方》、《为青春作证》、《如花怒放》、《迟开的花》、《岁月如酒》、《邵燕祥抒情长诗集》。这些诗集，除收录了一些旧作和未发表过的作品外，多数为新创作的篇章。这些诗作，如果我们不做单篇解读，而是把它们置放在过去——现在——将来的宏大的坐标中，加以整体性的观照，就会发现它们作为一个互文本的潜在的有机的逻辑结构：历史与现实的对接，现实中隐含着历史的阴影，历史里孕育着未来的光明。三个维度共同聚焦于一个基本主题，这就是人之本位——自我、民族和人民融合如一。而这一切又都笼罩在青春奋发的时代气氛之下，建基于诗人已找回自由、独立的灵魂之上。此种建构，不仅使他的诗呈现了一种恢宏、舒放的艺术景观，而且也显示他作为一个成熟诗人的纯正而高贵的精神风范。

进入新的历史时期，诗人是欣喜与兴奋的，他仿佛又回到了50年代，沉浸在一派昂扬的气氛之中。他悼念“江边石”象征的已然献身的年轻的地质队员，他召唤作为青年比喻的“青青小树林”，和他一起在“田野上飞奔”，就像当年“到远方去”一样……，但是当他沉静下来，面对历史造成的一片现实的“废墟”，他突然意识到这短暂的“快乐”归于“虚幻”，“只有痛苦是真实的、沉重的、触摸得到的”。从此，他写下了一系列批判性、思辨性的表现社会主题的诗作。如《历史的耻辱柱》、《关于比喻》、《历史是公正的》、《不要废墟》等。不同的时代，诗的情感体验有不同的特征。在这些诗中，50年代那种单纯的诗情已被现实生活复杂的体认和感受所取代。然而，历史的进步还是要和进步的历史相接续，但由于反思中介的加入，此种接续就有了更为深刻的思想意涵。50年代，诗人写过《中国的道路呼唤着汽车》，如今他又写了《中国的汽车呼唤着高速公路》。前者昂扬，后者激越，从前者到后者，因为历史语境的转换，同样是表达民族要求实现国家现代化的愿望，精神气质却有了根本性的变化。后一首诗中，这样写道：

空话不能启动汽车，
豪言壮语也不能铺路。
但我们难道还不能铺一条
高速公路——
有这么多痛苦，
有这么多愤怒，
甚至有这么多的血肉，
化为我们特有的混凝土！

诗人的抒情长诗的写作，更扩大了思维空间和历史视域。他“走遍”中国“大地”，灵魂在古今漫游，不论是两千多年的万里“长城”，抑或是六朝古都的石头城“南京”，都聚集于他的笔下，但不是吊古伤怀，而是探索民族的历史命运，以古励今，鉴照民族的未来。他把值得骄傲的辉煌和难以摆脱的滞重，把民主性的精华和封建性的糟粕，把落后与进步、智慧与愚昧，放在时代现代性的文化语境下，给予人文理性的审视和评判，力图解开这一“死结”，而抽绎出民族精神与魂魄的彩带，以此创造新世纪的壮丽遒劲的历史旋舞。在这一过程中，诗人生命的欢乐与疼痛的体验都融入其中，历史的反思与自我的反省，相互结合，相激相生，从而使长期匍匐前进的民族和自我，真正站起来，大步前行。他要让历史的回溯和个人的记忆产生比痛苦更有力量的希望，把“结成盐粒的汗珠和泪滴”化作开拓民族美好前途的内驱力。要是说，在历史的天地间，只有一个问题：“做人／还是做奴隶？”那么，“我是谁”？则是一个做人不能回避的哲学人类学命题。诗人的探求，在极为矛盾的自我思辨和叩问中，得出的结论是：

然而我不是在外国人面前低首下心
在中国人面前趾高气扬的高等华人
我是中国民主中的绝对多数
又是这多数中小小的一个
我和十亿人口中九亿九千九百九十九万九千九百人一样
是挺起腰杆的低等华人，炎黄胄裔

他说："我是谁／难道这还是一个问题？／我表现了／我自己／又不仅仅是我自己"。诗人的"小我"与人民的"大我"已完全融为一体了。

诗人经历过好梦，也经历过噩梦，梦醒之后，获致彻底醒悟，醒悟中有激愤，有沉凝。诗人曾有纯净的灵魂，又丢失过灵魂，重新找到灵魂之后，得到了再生，再生里有完美，有提升。这一人生历程也是诗人的诗歌历程。他的诗就是他的梦，他的魂。他是一个真正用生命和灵魂写梦、写诗的诗人。他的为人，真诚，正直，心胸豁达；他的为诗，热忱，明净，意境高远。这样的诗人，灵魂与诗魂共生，人格与诗格并重；这样的诗歌，蒸腾着热血，挺拔着魂魄，耸立着人格，高标着人性。诗人说，"人不能没有梦，就如长途的旅人不能没有地平线一样"，我们祝愿诗人有更好更美妙的人生之梦。但现今总观诗人诗歌已经取得的成就，在中国当代诗歌发展中，虽然不能说是绝无仅有，但也超绝不凡，其在文学史上的地位、文化诗学的价值、诗歌的史学意义，我们认为，应当得充分的肯定和确认，它也必然将会给后来的诗人们以经典的示范和长远的影响。

这就是邵燕祥——一个我们时代不可或缺的重要而独特的诗人！

选自《诗探索·理论卷》2007年第2期

阿利卢耶娃的俄罗斯冰雪

——读邵燕祥《最后的独白》的旁白

任洪渊

旁白：这里，娜捷日达·阿利卢耶娃，不是一个历史名字，而仅仅是诗剧的第一叙事人称。是诗人给了她生命的意义。何况，谁见过历史?

冰雪 1

一切是从“冰封的叶尼塞河”开始。

娜捷日达·阿利卢耶娃，“可恶的彼得堡的人海里”一个“可笑的穿制服的女学生”，从彼得格勒走到莫斯科，走过了 31 年的冰雪：

终于走到 1932 年 11 月 7 日
十月革命十五周年的晚宴，
盛大阅兵的继续。

举杯交盏……

克里姆林宫，酒杯突然暗转：枪口，阿利卢耶娃对准自己的枪口。在绝命的瞬间，历史和现实，意识和潜意识的多重影像，互相切割、交叠在她的枪口。隐去了血，甚至隐去了黑暗，自杀的黑洞洞的枪口顷刻照亮了“白色的冰雪”——从窗上的冰花到风雪乱舞的边陲。冰和雪的俄罗斯！一个俄罗斯古老大地的也是俄罗斯近代文化的隐喻。俄罗斯走向西方的欧洲，却是一条向东的西伯利亚的冰雪之路，从十二月党人起到她阿利卢耶娃止，不管是放逐还是自我放逐。梦幻的达姬雅娜的冰雪之路。真实的伏尔龚斯卡娅的冰雪之路。在梦幻与真实之间走不尽的阿利卢耶娃的冰雪之路：

大地这一刻冻死了。
天空的泪痕冻成一条一条的暗云。
微弱如烛的太阳
在我胸中一寸一寸地熄灭。

连她的太阳也快要凋谢在冰雪中了。一枪自陨。阿利卢耶娃走进了她的俄罗斯冰雪，或者俄罗斯的冰雪丧服一样覆盖了自己的又一代女儿，又一个希望。她还不是最后一个。

冰雪 2

冰和雪和冻土层和凛冽的太阳，也顷刻覆盖了阿利卢耶娃黑洞洞的枪口。

至少对于我，从《战争与和平》中走出了娜塔莎，从《日瓦戈医生》中走出了拉丽莎，也从剧诗片断《最后的独白》中走出了阿利卢耶娃——走出了三位俄罗斯女性和属于她们的三种俄罗斯冰雪。

从娜塔莎参加的那一场家族节日般的冬猎，听六弦琴上的谣曲《大街行》，唱《夜来初落雪》的猎歌，跳土风浓郁的俄罗斯民间舞，到圣诞夜的雪野化妆驰游，雪橇队滑过与月亮连成一片的林中雪地，再到被她不惜毁灭自己的激情热狂了的一个严寒的冬日，差半步随一个浪子雪夜私奔，娜塔莎有了四季之外的第五季，一个芳菲的雪季。

1812 年，拿破仑在俄罗斯冰雪中的溃败完成了他在埃及骄阳下的远征，并且以放逐巴黎结束了他的巴黎凯旋。在《战争与和平》的《尾声》，娜塔莎也到底听从了托尔斯泰哲学，回到了家庭和厨房——仿佛就是为了成为一个未来伯爵革命家的母亲。

在瓦雷金诺，日瓦戈站在门廊积雪的台阶上，目送拉丽莎的雪橇远去。远方，从旷野开阔的雪地，雪橇飞驰过斜阳余晖的一刻，拉丽莎就是他的斜阳，更远，到峡谷那边雪原尽头蓝色的雪线，绛紫色落日沉下和雪橇一闪即逝的一瞬，拉丽莎就是他的落日。晚霞洒在雪地上的紫红色光点渐渐黯淡成濛濛的暮色，像是拉丽莎迷茫的回眸，仿佛还近在眼前，却已经远在天际。日瓦戈对映在自己身上的晚霞说，谢谢，用不着照我，他惆怅的目光也断在天边。Лала！

那个夏娃，像是几千年的最后怀念与最初的悼念，在一个末日还原了她创世的诱惑。一个世纪的惊疑需要她的眼神。一个世纪的怨诉需要她的嘴唇。一个世纪苦痛的全部主题需要书写在她的脸上。最主要是，一代同龄少男的青春需要她16岁少女“大胆的体态”。

也像《日瓦戈医生》的尾声是《战争与和平》尾声的续篇一样，随着希特勒在俄罗斯雪原漫画式重复了毁灭，1945年，从柏林回师的路上又走回了等待莫斯科早春的一代。而拉拉孤遗的女儿是第一声隐隐约约的春讯。

如果说，俄罗斯的冰雪，娜塔莎是她无邪的绚丽，拉丽莎是她还无边的袒露和无底的蕴藉，那么阿利卢耶娃就是她无穷无尽的覆盖、沉思和记忆，冰雪覆盖冰雪。还是那一条漫长漫长的冰雪路，阿利卢耶娃

在寄往西伯利亚的邮包里，
塞进对巴札罗夫的想象
和对英沙罗夫的忠诚。

又一个叶琳娜？ 19世纪的俄罗斯，因为在俄国找不到战场，罗亭只好倒卧在巴黎街垒，英沙罗夫也只能病死在远赴保加利亚起义的中途。爱和忠诚，英沙罗夫走到哪里，他的叶琳娜就追随到哪里，她随他一同走到天涯也消失在天涯。不过，同样的信誓，对叶琳娜来说，是实现，对阿利卢耶娃来说，是幻灭。枪响了，她

自己结束自己的梦。

不，阿利卢耶娃不再是叶琳娜们身后长长队列的最后一个。

但是阿利卢耶娃的枪下不是死亡，正像宇宙大爆炸也并非毁灭一样。枪响了，一个在 31 岁诞生在诗里的女人，走出深宫，也走出历史，走向我们，随同属于她的俄罗斯冰雪。

冰雪 3

只留下俄罗斯冰雪无言的沉思与记忆。

他“把耳朵贴在俄罗斯大地上”倾听着最微小的动静，却再也“听不见近在身边的”她的“心跳的声音”。他和她，一边是权力，一边是憧憬，他和她之间近得如此遥远。是什么变了，她只能自我追问：“我是谁？”

家中的反对派。
第一个抗议者。

一个 31 岁女人的回答。我险些失声说出什么“历史”的回答了。

第一个！是离最高真理最近的第一个怀疑。是离最高权力最近的第一个背叛。是从世纪第一悲剧第一幕中第一个退场的人。枪响了：

我无力埋葬一个时代，
只能是时代埋葬我。

但是，抗议是第一主题，而不是第一不协和弦。抗议的主题一再重奏，疑问，否定，反叛，直到俄罗斯的冰雪埋葬了一切，连同历史，连同时代。而且冰雪埋葬冰雪，每一年的冰雪都是新的。阿利卢耶娃是俄罗斯冰雪的一部分。

2007 年 4 月北太平庄铁狮子坟

选自《诗探索·理论卷》2007 年第 2 期

将进酒

——文盲随笔之五

高尔泰

灯下读邵燕祥诗，触绪纷呈。旧感来集，倍觉亲切。郁管哀弦，中有雷声殷殷。每于达人大观，忽见烈士壮心。最是节近黄昏，师友凋零，唱和凋零，斜阳影里说沧桑，字字消凝。谐而庄，柔而刚。淡而味，旨而切。而自谓打油，亦谦亦真。王国维云，词至后主而眼界始大。余云，打油至燕祥而格调始高。隔海遥寄，且喜我闻。

别来头并白，剪烛知何时？掩卷支枕，得四集句："每因不死曾为鬼，待到无求可做人。一天好景君知否，依依最是近黄昏。"借花献佛，亦自况也。

乱世荒诞不经，适我躬逢其盛，纯属偶然。万姓以死亡，而我得幸存，亦属偶然。三十未立，四十尚惑，五十不知天命，六十流落他乡，为鬼久矣。不知不觉，忽然七十。未学"辟谷"，而能无求。可以做人，不亦幸乎？幸则幸矣，非力以致之，还是偶然。历史本无序，偶幸即是福。人间重晚晴，何况风雨天？望尽夕阳山外山，血污游魂记当年。抚今追昔，能不感激命运？

但是感激命运，犹难免负罪之感。生而为人，当先尽人子、人夫、人父之责，而后才有资格负匹夫有责之责。无论客观如何，最起码要照顾好孩子。这种连动物都能尽到的责任，我没尽到。对不起孩子，也对不起她们的已经去世的母亲。不孝不慈，岂可委过于乱世？小雨身体单薄，跟着我离开了熟悉的北京，离开了熟悉而喜欢的博物馆工作，漂泊天涯，长才无所为用。备尝苦辛，无怨无悔。恩重难报，岂可委过于无能？

是知年逾古稀，未必能"随心所欲"，却定有不逾之"矩"。负罪感之外，我的矩是我的信仰真空。信仰是人性的需要，一生渴望，而终无所得。有一个价值观、有一种意义的追寻。但是历史无序，回头望而生疑。意义或者“主义”，作为信仰的替代物，似乎都是虚拟，一种无凭之凭。就像西西弗斯的石头，一种无为之为。不知道是我在推它，还是它在推我？

这种距离意识，或者说这种和世界的距离，是黄昏的美好礼物。它稀释“真空”的沉重，消解了西西弗斯的石头。我因此得以扫空身外闲荣辱，阅尽尊前旧辈流，观世事如观异书，写东西百无禁忌。放下即是实地，却有种陌生之感。也许是一个陌生的实地，一个“你从来不曾抵达过的他乡”（崔卫平语）。不论是内在的他乡，还是外在的他乡，能抵达都是幸运。

每当我抵达某处，都有无数船只飞过。他乡之外有他乡，无限行程望欲迷。于是自省之外，又学会了谦卑，一种更为深刻的开放。不似少年，胜似少年，晚霞晨曦同一光。背无面有，务虚踏实，“老夫聊发少年狂”，想要再写一本书。一本文盲随笔，或者局外人手记。不是奴性来潮，要向公众（谁？）表明自己的存在。更不是石头瘾发作，又要来推什么上山。只不过如纳兰性德所说，“点鬓霜新，遇酒需倾，莫问千秋万岁名”。

我的酒，是我的写作。一杯在手君无怪：不知何处是故乡。

选自《书屋》2007 年第 4 期

论邵燕祥 40 年代后期的诗歌创作

吴思敬

诗人邵燕祥，在回顾自己从 1945 年到 1976 年这 30 年的创作与生活道路的时候，曾说过这样的话：“假如为我那过去的三十年树一座墓碑，应该严肃地铭刻这样两行字：政治上无名的殉难者 / 文学上无谓的牺牲者。”①

两行字概括了邵燕祥的前半生。政治上的殉难者，联系邵燕祥被打成“右派”和一代中国知识分子的遭际，不难理解。文学上的牺牲者，恐怕只有联系邵燕祥的早期也即 40 年代后期的写作与 50 年代后的变化来思考，才会有更深的体会。

邵燕祥是一位早慧的诗人。他 1933 年出生于北京，少年时代就展现了写作的才华。在汇文中学上初一时，第一次作文卷子发下来，语文老师仇焕香先生批道：“……非率尔操觚者可比，是从何处抄来？”课后，邵燕祥向老师解释是自己写的，没有抄袭。老师将信将疑。待第二堂作文，他特别留意邵燕祥，见其果然是当堂独立完成，才相信了弟子，从此成了忘年交。1946 年后，邵燕祥开始向外投稿，从这年 4 月到年底，便在北平《新民报》的《北海》副刊，发表了 40 多篇小品。那时，他去位于东交民巷西口的新民报社去领稿费，编辑先生以为他是替家里的大人来，当听说他是领自己的稿费，编辑说：“看你的文章，以为是 40 多岁的人写的哩。”② 这时的邵燕祥做着文学的梦，他给自己规划了这样一条路：20 多岁写诗，30 岁以后写小说，40 岁以后写剧本。以邵燕祥少年时代出众的文学才华和异乎寻常的勤奋，如果赶上一个适宜的创作环境，他的创作规划是有可能实现的。不幸的是，后来面临的一系列狂暴的政治运动，使他的人生轨迹发生了重大转折，他那个美好的规划也成了泡影。

---

① 邵燕祥：《引言：历史现场与个人记忆》，《找灵魂》，桂林：广西师范大学出版社 2004 年 5 月版，第 7 页。

② 邵燕祥：《瑞金大楼》，《邵燕祥自述》，郑州：大象出版社 2003 年版，第 74 页。

邵燕祥的诗歌创作，是从1947年开始的。他的诗大多发表在北平的《平明日报·星期艺文》、《经世日报·文艺周刊》、《国民新报》、《诗号角》，天津的《大公报·星期文艺》，上海的《诗创造》等报刊上。此时的邵燕祥，初出茅庐，创造力正旺，头脑中没有后来的那么多的条条框框和清规戒律，所以这阶段他的写作尽管是锋芒初试，却已相当成熟，并隐然形成了自己的风格。

1948年7月27日邵燕祥在北平《国民新报》发表了一首短诗：

一手擎着匕首，一手擎着诗
我敢于走下地狱
到地狱和天堂的路只是一条
诗篇燃着熊熊的火……
我将冲过第十七层地狱
挂起地狱里从没有过的太阳
（《短唱·二》）

这是在风雨欲来的大变革的时代，诗人为自己画的一幅肖像。“一手擎着匕首，一手擎着诗”，体现了诗人的胸怀与追求。匕首是武器，也是战士的象征，这是诗人作为一个进步青年，在那个特定时代里必然的选择。诗，则是他的挚爱，他的追求，他生命中须臾不可离的东西。在邵燕祥看来，匕首与诗，战士与诗人，并不矛盾，是可以统一在一起的，应当说，40年代后期的邵燕祥，便是一手擎着匕首、一手擎着诗走过来的。

40年代后期正是解放战争进行得如火如荼的时候。北平还在国民党的控制下，但中共地下党和它的外围组织已十分活跃。这是腐朽的国民党统治与共产党为代表的人民革命力量决战的前夜。邵燕祥在日本投降之后，目睹国民党接收大员的种种恶行；城市经济的崩溃，人民生活的贫困化，使他把希望寄托在中国共产党身上。1946年初，邵燕祥从他的老师仇焕香先生处读到了一本油印的毛泽东的《论联合政府》，为书中所提的建立一个和平、统一、自由、民主、富强的新中国的理想所吸引。1947年他参加了“五二〇”反饥饿反内战运动，并于10月加入了中共地下党的外围组织“民主青年联盟”（民联）。此时的邵燕祥，在政治上是激进的，但是在文艺观上却还没来得及统一到党的文艺路线上来。如他所言："在 1949 年前的地下活动的日子里，我还没有读到过毛泽东《在延安文艺座谈会上的讲话》，没有形成文学要为政治服务的意识，那时诗里的抒情完全是直抒胸臆。"① 但是由于诗人生活在方生的与濒死的两种势力决战的前夜，他已有了自己对时局的看法，形成了自己的政治观念。尽管他主观上没想用自己的诗歌写作为政治服务，但是当他坦诚地把自己的情感倾泻到诗句中的时候，他的诗便自发地呈现了一种倾向性，表达了一个热血青年在这个特定时代的心声。

为了理想而献身，把生命与诗歌融为一体，使这阶段邵燕祥诗歌显出了英雄主义的品格。邵燕祥加入了党的外围组织"民主青年联盟"后，不止一次地为到解放区去的同志送别，并深深地羡慕他们，但他牢牢记住了一位被他当作兄长的大同志的话：你留下，每个留下的战士都是插在敌人身上的一把匕首。于是他这样写道：

我是犀利的匕首／插在敌人的胸上
我将使敌人流血而死／除非我被拔掉
而我是没有死亡的／因为匕首的身体是钢铁
你震惊于钢铁的声音吧？／你目眩于钢铁的闪亮吧？
是的，我是钢铁／钢铁，没有死亡！
（《匕首》）

诗句是那么强烈，情感发展又是那么自然。读着它，我们能体味出荆轲式的冲天豪情，夏明翰式的壮怀激烈。这样的诗句是与热血和生命一起喷射出来的，体现了诗歌与生命的同一。此诗无论是放到 40 年代后期的特定环境中，还是放到邵燕祥的全部诗作中，都是上乘之作。

这种匕首式的诗句在此时邵燕祥的诗歌中可多处见到。1947 年中共北平地下电台遭到破坏后，诗人写出了用以自励的座右铭："教我怎么不想起／鲁迅：／迈出大门，／不带回来的钥匙。//准备着牺牲，／做着敢死的事，／为的是光

① 邵燕祥：《引言：历史现场与个人记忆》，《找灵魂》，桂林：广西师范大学出版社 2004 年 5 月版，第 3 页。

明，／为的是生！//我们不能赤膊上阵，／学会壕堑战／在战壕中。//记住／鲁迅先生的话：／‘名列于／该杀之林／则可，／悬梁服药／是／不来的！’”（《韧的战斗》）《箭楼》一诗，则借古老的被遗落的箭楼，抒发少年壮志的胸怀：“我要驰骋在负载我的道路上／把荒野的尸布撕破／把天空的棺盖射穿……”（《箭楼》）

除去这种充满英雄主义的励志抒怀之作外，此时的邵燕祥还写了大量触及现实的作品，诅咒黑暗，鞭挞腐朽，饱含激情的句子中闪耀着强烈的批判锋芒。《病》一诗，透过主人公病中的感受，传达出了对黑暗时代的控诉：“可怜的世界是块溃烂的疮疤；／疮疤上长满肥白的蛆虫。／这是什么样的世界？天哪！／无罪的囚犯攀着铁槛，看着遥远的蓝天”。《蚊子》是对那些吸了血还要哼哼叫的邪恶势力的蔑视：“倘如你落在我的胳臂上，／倘如你只吸一口血，／我／对你‘原谅’。//然而我憎恶，／憎恶你的瞎唱：／在谈经典，还是说掌故？／我不再吝惜／一巴掌”。《金菩萨》则把批判的矛头指向当时的反动统治者：“你的命运注定毁灭和零落／感恩的歌声不属于你／连坟墓你也不配占据一座／因为那泥土是我们的／金发的太阳也只把我们抚摸……”

不过此时的邵燕祥，已不是一个旧的批判现实主义者，他已找到了革命的依靠力量，看到了胜利的前景，因此他在诅咒黑暗的同时，也有对自由的呼唤，对光明的向往。《给伏尔加河船夫》是对理想中获得了光明的国土的礼赞：“当我听见大北风／吹来了船夫的歌子，／我的眼睛在古中国之夜／看见了／伏尔加河上／在闪闪地发光啊。／在白天，在夜里，／白桦林还是在沙沙地唱呢。／而奴隶的命运／却已经死掉了，／已经死掉了，／被你们亲手埋葬了！”1948年正当解放战争进入决战阶段，人民革命武装节节胜利的时候，诗人写下了《风雨鸟》，呼唤风雨，呼唤革命：“太阳从瓦解的土地上／敛起了灰白的光辉。／我听到……远方海一样的天空／有呼唤风和雨的鸟在叫，／渐渐近了，渐渐近了，……鸟们叫来大堆亮灰的云彩，／我和酿雨的云彩赛跑而来。／风雨鸟飞近来了，／云的腿搭下来了，／风的足音雨的脚步杂沓来了！／整个的土地在骚动呵。”《长江上》则是在得知1948年中共中央发出“打倒蒋介石，建立新中国”的“五一”口号后，写下的解放军横渡长江的预言：“好像长白山的森林／一例被天雷劈倒，／带着狂啸的风／不尽的长江，从天边／滚滚而来了呀！//好像长白山森林里的白鸟／复活在长江上，／一队风帆／驭着滚滚长江水，从天边／展翅飞来了……”

纵观上述这些匕首式的属于时代强音的作品，可以发现，这全是邵燕祥心灵的自然流露，由于他此时已有了明确的政治立场，所以他的这部分诗歌有鲜明的政治倾向性。但是这种自然流露的倾向性与后来的“为政治服务”，则有明显的区别。如邵燕祥所言：“我与地下党没有组织上的隶属，党组织也没有干预到我的写作。而我逐渐有意地改变文风，改变题材的选择，那完全出于自愿。”[①] 正是由于没有受到促迫与干预，邵燕祥这类作品中还可以有自己的独特的判断。比如那首最先发表的新诗作品《失去譬喻的人们》，指控权力者宰割人民、发动内战，但具体指的谁，诗中并未点明，这在政治上也许是不鲜明的。但这种不点明，恰恰也使这首诗与一般的檄文有了区别，而成为一种历史现象的概括，在不同时代的读者读来，都可以有自己的联想与体会。

40 年代后期的邵燕祥在高擎着匕首的同时，又高高地举起了诗。他从没有忘记自己是诗人，他写的不是檄文，不是传单，而应是诗。那时的邵燕祥，很少直接阐明自己的诗学观点，但是从他的创作却可以看出，他已有了对诗歌本体的自觉。

率意而为，自由抒写，不受羁绊，是邵燕祥早期诗歌创作的重要特征。他在回顾 1947 年的创作时说：这一年“写得更多的是诗，长的短的，民歌体的自由体的。年末写了大量我名之为‘长短句’的小诗，次春陆续发表了一部分；说是诗，其实是分行记下的情感的波动，理性的闪念，只不过表明一个年轻人的思维很活跃，也很自由，没受到什么教条的羁绊”。[②] 邵燕祥这阶段的诗，呈现出他后来的创作中很少见的那种心灵的自由感，他想写什么，就写什么；想怎么写，就怎么写，没有矫情，没有造作。他的诗既有针对当时形势的剖析，又有个人情感的抒写；既有对现实的针砭，又有对光明的礼赞；既有直抒胸臆，又有曲笔隐喻；既有一二百行的长诗，又有两三行的超短诗……邵燕祥这阶段的写作不

① 邵燕祥：《找灵魂》，桂林：广西师范大学出版社 2004 年 5 月版，第 17 页。
② 同上，第 43 页。

过三四年的时间，但是就其涉及的内容的广泛、形式的多样、写法的无拘无束而言，却是他五六十年代的诗歌写作远不能企及的。在1985年出版的《晨昏随笔》中，邵燕祥谈到了他40年代后期一组《拟〈金沙江上情歌〉》的写作："1947—1948年顷，我读了刘吉原记录的民歌集《西南采风录》，沙鸥、薛汕编的《金沙江上情歌》，又读了李季采用陕北"信天游"写的长诗《王贵与李香香》，以及拟歌谣体的《马凡陀的山歌》。这些一洗书卷气的诗歌，以其刚健清新吸引着我，征服着我。我当时都有一些仿作。"[①] 下引的三首，便出自1948年初邵燕祥所写的《拟〈金沙江上情歌〉》，虽系模拟之作，从中却可以看出诗人的才情及多种笔墨：

哥是青天太阳伞，妹是山背朝阳花；情哥探头追到晚，小妹香遍一满洼。
韭菜妹吃恋到久，芹菜哥吃想得勤；一朝沿墙牵手种，半盅清水也散心。
郎是青草长年绿，妹是阳雀叫半春；青草年年青到远，薄情阳雀一时亲。

邵燕祥在"五四"的摇篮北京出生、长大，他求学的中法大学就在北京大学所在的沙滩附近，他也常常在北大的民主广场徘徊。"五四"精神和以鲁迅为代表的现代作家对他的影响是深入骨髓的。鲁迅对国民性的深刻解剖，对现实的批判意识，对邪恶势力绝不妥协的硬骨头精神，对邵燕祥心灵的塑造是终生的。何其芳、冯至、卞之琳、穆旦这些明显带有现代色彩的诗人，也在不同程度上影响了邵燕祥。现收在《找灵魂》中的《密誓》与《寂寥》，是邵燕祥少年写作的较早的文本，写唐明皇的两位妃子——杨妃和梅妃的情感生活，其绮丽的语言、阴柔的风格、唯美的色调，能够看出何其芳《画梦录》的影响。从"我们有绞死绞刑者的绞刑，／我们有颠覆阴谋者的阴谋"（《金菩萨》）这种融智力于激情的句子，我们能看出卞之琳智性与感性交融的现代主义技法的渗透。至于"生活像苛性碱一样腐蚀着光阴，／时间底里程还我以清新。／凄厉的丧钟凝止而飞散，／在镜里温习一遍自传，／堕落，和无边之感激，／乃埋在疑惧的心底"（《偶感》）这样的句子，其深奥的玄思与晦涩的表现，无疑能看到穆旦的影子。邵燕祥虽然没有追随冯至去写十四行，但冯至20年代诗歌中青春与爱的主题，其沉思的品格、独特的生命体验，对邵燕祥的影响却是深远的。冯至的《蛇》、《瞽者的暗

① 邵燕祥：《拟〈金沙江上情歌〉》，《晨昏随笔》，北京：三联书店1985年版，第125页。

示》启示了邵燕祥对象征的迷恋，冯至的长诗《北游》中的句子“这里有人在计算他的妻子，／这里有人在欺骗他的爱人，／这里的人，眼前只有金银，／这里的人，眼前只有毒菌”，无疑地启示了邵燕祥对现实的富于诗意的批判。

“五四”新诗发展对现代性的诉求，制约着邵燕祥 40 年代后期作品的风貌。比起 50 年代的《到远方去》、《在今晚的公路上》、《青春进行曲》等直抒胸臆式的作品，邵燕祥 40 年代后期的作品，其表情方式要丰富得多。这里特别值得提出的是象征与反讽的大量使用。

50 年代的邵燕祥多用描述性、铺陈性意象，40 年代后期的邵燕祥喜欢使用间接意象，特别是象征意象。象征意象尽管历史悠久，如黑格尔所说：“‘象征’无论就它的概念来说，还是就它在历史上出现的次第来说，那是艺术的开始。”① 但是被大量地集中地使用，还是在现代诗歌中。在现代诗人那里，象征体与本体的关系，有着一定的任意性，因而诗人可以尽情地发挥自己的创造性，读者也可以有各种各样的理解，这样便大大增加了情感的包容量与表现领域的宽度。

在国民党统治下的北平，当然不能有对解放的直接呼唤与歌颂，于是诗人便采用了曲笔，“要没有晴天就都得死／我们／命定是阳光的儿子∥歌颂晴天的，不是蝴蝶／是我们，是隼鹰／我们也都像隼鹰一样／扑着强健的翅膀／为晴天放哨∥我宁愿死去／若要我去做阴天的俘虏／我是多么喜爱晴天／可又是多么难得／我相思着，我守望着”。这里的“晴天”当然不是谈自然界的天气，而是用象征的笔法，表达了对解放的渴盼。与此相似，《港湾》则表现了对理想的憧憬：

向往着蓝绿的／港湾，／贝壳像滩沙／铺满。
在港湾，／忘不了海的／苦痛的痉挛；
在沙滩，／忘不了老蚌／悲哀的嗟叹。
然而我，依然／向望着／港湾。

《橘颂》从自然界的橘生发而来，但已不是作为植物的橘的再现：

你寂寞而悲哀，而对／冷然的欣赏的眼睛，／还以冷然的不睬／你怀念你的

① 黑格尔：《美学》第 2 卷，北京：商务印书馆 1981 年版，第 9 页。

母亲和兄弟们，/在遥远的温暖的土地。

你有一切美丽的文章和颜色，/宇宙底智慧之启示。/橙黄橘绿不是色彩底点缀，/从青到黄写着你生长底过程。/白花开出你底素洁，/绿叶泄露你底活力。……

你是自由底子民，/你是太阳空气与水底三和土。/光明烛照下长成底，/不是懦弱的子孙；/把你置诸荒庭中，/是屈辱了你底贞节。

这首诗借用了屈原的诗题和诗心，透过对橘的美好形象与高尚气节的描写，塑造了一位时代新人的形象，这既是诗人礼赞的对象，但也不妨看作是诗人内心世界的一种写照，是诗人的自我形象的一个侧面。

邵燕祥诗歌中反讽的出现，与40年代后期的政治环境与文化症候有关。在大动荡大变革的时代，原有的意识形态话语和价值观念被颠覆，反讽就成了一种颇有前卫性的变构力量。而且，反讽并非仅仅把矛头指向受讽者，同时它也深深受到诗人的气质与个性的制约。从邵燕祥40年代后期诗作，到50年代写讽刺诗而罹祸，到1958年后以旧体诗形式写的“打油诗”，到他的锐利而深刻的杂文，我们能感觉到邵燕祥眼光的犀利和骨子里的幽默感，这是他成功地运用反讽的心理基础。

即使是写那种匕首式的作品，邵燕祥也不全是金刚怒目式的愤怒声讨，而往往是巧用曲笔，以反讽出之。请看这首《钉子》：

好啊，钉子，/我曾见你/把耶稣/钉上十字架。

我们歌唱，/你跑上我们的嘴；/我们噤声，/你还紧钉住沉默？

如果义正辞严地声讨一下国民党箝制舆论固然痛快，但现在借用“钉子”这一意象，由把耶稣钉上十字架的钉子与封住现代人嘴的钉子，类比说下来，产生反讽效果，使小小的一首诗，既有了历史的纵深感，又有了锐利的思想锋芒。

再如《币》：“说大话，使小钱儿，拿张纸，说是金圆儿，这样的官家，溜了崖儿！这样的弦子，折了弦儿！”则是对国民党统治时期货币贬值的写照，平实机智的歌谣式语言后边，其矛头所指不言自明。

长诗《金菩萨》是对高高骑在人民头上的统治者的送葬歌：“这座古庙便是

你宫殿／还记得鸠工落成那一天／有多少高贵而佛心的善人／曾挂着念珠跑来欢宴／叫来个戏班子舞蹈歌颂／声震屋瓦地闹翻了天……／只是这古庙今天颓圮得可怜／无数砖瓦的缝隙裂在你眼前／好像是一万只侮辱的黑手／无情地撕破你镀金的脸……。”诗人没有疾言厉色，而是通过金菩萨这一意象，利用语言结构的对比造成的反讽，鞭挞了反动、腐朽、罪恶的统治者。

以上，我只是粗略地梳理了邵燕祥 40 年代后期的诗歌创作的大致脉络，更认真的研讨，有待于未来。我相信对邵燕祥那一阶段作品的研究，将会引起更多的读者和专家的重视，这是因为——

其一，对邵燕祥 40 年代后期诗歌创作的研究，可以充实现代文学史对这阶段诗歌创作的叙述。40 年代后期是邵燕祥诗歌创作的起步阶段，也是其创作成果相当丰富的一个阶段。但由于时代原因，邵燕祥 40 年代的诗作在解放后能与读者见面的极少，只是新时期以后在《邵燕祥诗选》等集子中有零星几首，直到世纪初才在《找灵魂——邵燕祥私人卷宗：1945—1976》中披露了一部分。由于很少接触到邵燕祥 40 年代的作品，一般论者和文学史评论邵燕祥，均是从他 50 年代写作开始谈起。现代文学史对 40 年代诗歌创作的叙述，邵燕祥也是缺位的。现在看来，邵燕祥这阶段的写作与“七月派”、“九叶派”在精神上有密切的关联，邵燕祥的某些作品，放到“七月”与“九叶”诗人中也丝毫不逊色。忽略对邵燕祥早期诗作的研究，对邵燕祥来说欠公正，对书写一部全面而客观的文学史也是一种损失。

其二，从对邵燕祥整体诗歌写作的研究来说，对邵燕祥 40 年代后期诗歌创作的研究，为邵燕祥后来诗歌创作的研究提供了新的视点。邵燕祥 50 年代乃至新时期以后的作品，都可以在 40 年代后期作品中溯到某些前因，这既包括他作品的长处，也包括某些局限。早期所写的《愁结》一诗，是对陷于苦闷中的同代人的慰藉：“你的眉毛／只为了深锁／才生得美丽。//成天在上面／打些个愁结，／怀念着明天／怀念过去，／怀念过梦境，／怀念现实。／这些怀念，／是愁结。//但是我祈祷／你打开这／美丽的愁结，／让眼睛的秋水／汩汩地流过去，／让我的凝睇，／从这一条秋水中／摆渡给你。”这是在阴霾的时代，一个年轻人对未来的憧憬，调子与 50 年代的诗全然不同，但是这种对青春的关切和对话式的表情方式，却与后者有着相通之处。邵燕祥早期写作中有时过于散漫而缺乏节制，这一毛病也沿袭到50年代。邵燕祥在《晨昏随笔》中说过这样一件事：他在1952年11月间写的《到远方去》初稿，有242行，严辰同志读后认为芜杂。他放了几个月后，重新删改与压缩，定稿时仅为40行。以这个眼光来衡量邵燕祥40年代写的几首长诗，也确实有可以压缩的余地。

其三，对邵燕祥40年代后期诗歌创作的研究，可以与邵燕祥50年代的作品做一对照，从而发现一个有才华的青年诗人，是如何被"规范"，被塑造成为一个"政治抒情诗人"，被引导到"为政治服务"的道路上，路子越走越窄的，从而让我们牢记历史的教训。以邵燕祥自己的个性、修养和偏好，假如没有40年代后期的烽火连天的战争，假如没有那时候山雨欲来风满楼的革命形势，假如没有参加进步学生运动和共产党的外围组织，邵燕祥也许会沿着30年代何其芳的道路走下去。但是40年代后期这风云变幻的时代，已不允许邵燕祥去构建自己的象牙之塔。等到1949年以后，随着文艺为政治服务的强化，邵燕祥40年代后期所写的大多作品就很难发表出来了。因为这种自发的政治抒怀，其内容不一定符合宣传规范。邵燕祥曾举一例："在50年代时，有一位党报的高级编辑，又是诗人，看到我1948年写的短诗《旗》'旗的手在招展，旗的心在跳……'竟问：'什么旗？为什么不是红旗？'"这种政治对创作的干预，官员对诗人的"修理"，使得邵燕祥在解放后不得不放弃自己的无拘无束的写法，而去努力适应新时代的要求，从而使诗风与40年代后期比有了重要的转变。

选自《中国现代文学研究丛刊》2007年第5期

论邵燕祥诗歌中的“远方”

段从学

早在1940年代后期，邵燕祥就在平津等地的报刊上开始了诗歌创作生涯，但诗人在中国当代新诗史上的基本形象，却是以《到远方去》为基础建立起来的。这部及时而迅速地反映1950年代中期开始的经济建设活动的诗集，不仅抓住现实生活中的热点题材，“歌颂了祖国的社会主义建设，显示了建设者为社会主义而献身的胸怀”[①]，而且把一个时代的梦想和期望，成功地凝结在了年青而朝气蓬勃的社会主义建设者身上，奠定了诗人在当代诗坛上的地位和影响。而《到远方去》的成功及其引起的反响，又反过来塑造了邵燕祥的创作心态和自我形象：从1950年代的《到远方去》，到1980年代的《在远方》，再到最近的《从远方归来》[②]，“远方”一直伴随着诗人的诗歌生涯，构成了邵燕祥诗歌的核心意象。在这个意义上，从“远方”这个核心意象入手，无疑是我们进入邵燕祥的诗歌世界，追踪其诗歌精神之发展变化的最佳切入点。

一

今天回头来看，《到远方去》这首诗中，诗人其实并没有真正“告别天安门广场”，走向真正意义上的“远方”。表面看来，诗人要去的是河西走廊，是西部的戈壁荒滩，“在我将去的铁路线上，／还没有铁路的影子。／在我将去的矿井，

① 《到远方去》初版本（新文艺出版社，1955年）扉页的“内容提要”。

② 1950年代的《到远方去》是邵燕祥影响最大的一首诗的题目，随后，新文艺出版社和作家出版社先后出版了以《到远方去》为题的同名诗集，但作家出版社的《到远方去》（1956年）实际上是此前出版的《歌唱北京城》（新文艺出版社，1954年）和《到远方去》（上海：新文艺出版社，1955年）两书合并而成，改动不大；1980年代的《在远方》（广州：花城出版社，1981年）是邵燕祥“文革”之后的第二部诗集，收录新作48首；《从远方归来》则是邵燕祥最近新作。

／还只是一片荒凉"，但事实上，这里的"远方"已经预先得到了保护性的承诺，与诗人脚下的天安门广场联结成了一个整体：

但是没有的都将会有，／美好的希望都不会落空，／在遥远的荒山僻壤，／将要涌起建设的喧声。//那声音将要传到北京，／跟这里的声音呼应。／广场上英雄碑正在兴建啊，／琢打石块，像清脆的鸟鸣。

因此，到"远方"实际上又是一种走向"中心"的行动："我们在北京重逢，／或者在远方的工地再见！"这种向着"远方"走向中心的特殊姿态，在邵燕祥"文革"后复出的诗歌作品中，得到了更为准确的揭示和表述："让我再一次携手迅跑，／当我们重又听到召唤的时刻，／向党报到，向祖国报到！"（《我的朋友》）

正因为如此，邵燕祥在书写和塑造从天安门走向"远方"的开拓者形象的同时，又多次表达了"远方"对北京的向往和渴望之情。《从边疆到北京》中，"各民族的兄弟将每年每年地／从遥远的边疆来到北京"，在《向北京》中，"远方"的电工、农民、战士和少数民族少女，都无一例外地随着飞奔的列车而奔向北京："列车飞奔，向北京，／向我们的心早已飞到的地方。"而置身于"远方"建设工地上的开拓者，则严肃认真地按照北京的标准和要求，努力把自己脚下的"远方"改变成中心的一个有机组成部分。

至于"中心"在这里的本质特征，则在《新的歌》中得到了完全的揭示和表达：

早来的春天来到了大地，／我们铲平了私有制的田埂！／百年老店扯起了合营的红幡，惊碎了走资本主义的迷梦！//条条大路通向社会主义。／我们浩浩荡荡走向天安门广场。／一声号召，千万声回响，——／党的力量，群众的力量！//让美国的老爷为"共产党中国"而遗憾、而不安、而咬牙切齿吧！／在埃及的棉田，在恒河两岸，／在日本的矿山，／我们的兄弟望着我们。//没有不斗争的胜利，／没有不胜利的斗争。／迎接新的节日，我们万里长征。／锣鼓喧天，鞭炮齐鸣。／这是攻打冬宫的大炮的回声。

一方面是居于中心者以到"远方"去的姿态走向中心，一方面则是"远方"按照北京的指令和标准自觉地走向中心，其结果是"远方"和"北京"最终构成了一个没有差异和区别的整体性存在。在《五月的夜》里，“远方”工地上的建设者“遥想着我们不夜的北京城”，和“北京”一起进入了狂欢：

虽然我们在远离北京几千里的地方／我们的幸福跟北京的孩子们一样；／虽然雪山的五月还是冻僵了手指，／想到北京城就像有暖酒喝进肚肠。//把篝火烧得更亮啊！／把锣鼓敲得更响！／忘记了寒冷，忘记了夜深，／我们跟北京同声起舞，同声歌唱！

在这种情形之下，邵燕祥的“到远方去”，实际上就在暗中蜕变成了一种中心对边缘的同化性扩张。在这一扩张过程中，“远方”被想象成了一片没有自己声音和色彩的“处女地”（《在夜晚的公路上》），一片等待着来自中心的力量来征服的“荒山僻壤”（《到远方去》），一个有待于被消灭的“地图上的空白点”（《内地来信》）。相应地，社会主义建设者的行动，则被视为一场新的战争，带上了浓厚的暴力色彩。在《到远方去》中，“到远方去”是继续刘胡兰的革命行动，“唱她没有唱完的歌”，“走她没有走完的路”的神圣事业，而《在夜晚的公路上》，从一个建设工地到另外一个建设工地的迁移，被比喻成了“士兵在换防”。直到1980年代，邵燕祥仍然延续了这种带有浓厚的暴力色彩的想象方式，把即将到来的新一轮经济建设活动与董存瑞的暴力革命行为联系起来看待，称之为“第三次战役”、“新的长征”（《追怀董存瑞》）。显然，正如其诗歌中的建设者形象负载着的是那个时代“历史性的期待和梦幻”[①]一样，邵燕祥这种想象“远方”的方式，同样不仅仅是其个人独特的艺术表现手段，而是一个时代共同享有的文化心理机制。换言之，邵燕祥实际上分享了“北京”对“远方”的暴力性想象方式，又回过头来以自己的写作实践，强化了这一时代的公共文化心理机制。

从世界范围来看，把“远方”想象成为一片有待征服的空白“处女地”，并从对“远方”的征服中获得肯定性力量，一直是浪漫主义者建构自我中心主体的一个重要方式。作为后发展中国家，当代中国的现代化进程，不仅在经济生活领域以“内卷化”的方式复制着发达资本主义国家的发展模式，伴随着资本主义在

① 洪子诚、刘登翰：《中国当代新诗史（修订版）》，北京：北京大学出版社2005年版，第65页。

全球范围内的扩张而兴起的浪漫主义文化心理机制，同样演化成了当代中国社会文化的内在元素。邵燕祥的《到远方去》及其激起的时代反响，显然正是这一文化症候的表征。

二

正如中心永远只能借助于边缘来确定自身一样，邵燕祥对“远方”的想象和书写，同样是诗人建构自身主体精神世界的一种基本形式。

因此，就在“远方”被“中心”同质化，北京和远方共同构成了一片没有内在差异的整体性存在的同时，诗人主体精神世界中的自我和他者的差异也就随之消失了。我们看到，无论置身“远方”的工地，还是奔走在路上，邵燕祥诗歌中的社会主义建设者，总是有着同样的理想，同样的热情，“互相倾诉过远大的梦想”(《在夜晚的公路上》)，共同倾听着来自北京的声音。与当时流行的政治抒情诗一样，邵燕祥诗歌中“到远方去”的不是个体性的“我”，而是“我们”。《我们架设了这条超高压送电线》和《青春进行曲——献给全国青年社会主义建设积极分子大会》，最鲜明地体现了“我们”在邵燕祥诗歌中的同一性特征。

相应地，当“远方”被想象成一片有待征服的“空白”的时候，也就意味着诗人征服“远方”的力量源泉，并不在远方，而只能是来自“北京”，到“远方”的目的也不是真正前往一个新的陌生世界，而是为了更好地回到“北京”。《北京湾》一诗，对此有过清楚的表述：

北京湾，北京湾！／我又要扬帆远航……／在你的不冻港里，／我已停泊得太久//你温暖的潮水，／把我船身涤荡，／你有力的双手／补好龙骨的暗伤。//在白日的海上，／怀想你林立的风樯；／银夜月明如水，／思念你粲笑的灯光。//祝福我吧，北京湾！／我又要扬帆远航——／等破万里浪归来，／带回一帆风、一帆歌唱。

显然，正如《到远方去》中的“到远方”是为了将来“在北京重逢”一样，这里的扬帆远航同样是为了重新回到“北京湾”。

这种以走向“远方”的方式走向“北京”的文化姿态，与诗人想象和抒写“远方”，渴望在征服“远方”中获得主体性地位的个人现实诉求，实际上存在着根本性的冲突。就理论层面而言，个人的主体性只能存在于自我和他者的差异之中，而非同质化的“我们”之中。同样地，中心也只有借助于边缘的差异性才能确立自身的存在，当“远方”被想象成一片空白，“北京”和“远方”构成了一个没有内在差异的整体性存在的时候，中心实际上也就成了一个空洞的符号性存在。就直观事实而言，邵燕祥诗歌中始终充满着一种永不停息地奔向“远方”，在没有终点和没有止息的奋斗中追求人生价值的生命激情。因了这种动荡不安的浪漫激情，诗人才会对“不断地奔向遥远的目的”(《瀑布》) 的瀑布发出由衷的赞叹，才会迎着“远方”的地平线“奔驰在原野上”(《地平线》),“召唤青青的小树林”和自己一起，“到原野上飞奔”(《我召唤青青的小树林》)。因了这种动荡不安的浪漫激情，诗人才会一遍又一遍地“在秋天的田野上／痴迷地眺望，寻找，倾听”(《在秋天的田野上》)，才会从 1950 年代到 1980 年代，始终呼唤着“速度！速度”，“高速度”。飞、飞奔、奔跑、奔向、飞驰、追、追逐等一系列带有强烈动感的行为动词，由此也成为了邵燕祥诗歌风格的标志性词语，和“远方”这个核心意象紧紧地联结在一起，共同建构了邵燕祥的诗歌世界。

没有这种动荡不安的浪漫激情，也就没有了邵燕祥独特的诗歌精神和风格特色。在《论诗》中，诗人曾经对此做了清醒的自我剖析：

> 我是风，走遍世界／寻找我的歌声∥我告别起伏的林海／到平阔的草原上滑行／在悬崖上碰壁／又推动河心的帆篷／追逐着浓黑的雨云／紫色的闪电，飞奔的白马／摇晃着紧闭的窗扇／匆匆地钻进烟囱……∥我停住脚步时／就失去了自己／离开森林、草原、河流、雷阵雨／再也寻不到我的歌声

这种动荡不安的浪漫激情，显然与走向“中心”的同一性要求有着根本不同的目标和诉求。

三

在邵燕祥诗歌中，这种冲突是沿着历史化和个人化两个方向展开的。

正如上文所说，以走向“远方”的方式回到“北京”，实际上中心对边缘的同一性扩张，其目标是把“远方”和“天安门广场”联结成一个没有差异的整体，因此对即将走向“远方”的诗人来说，“北京”首先就应该是一个没有内在差异的同一性存在。这种先在的同一性，乃是“没有的都将会有／美好的希望都不会落空”（《到远方去》）的前提性条件，也是诗人最终能够回到“北京”的根本保证。这就是说，只有“北京”的同一性存在不会在诗人走向“远方”的历史过程中始终不发生变化，“远方”和“北京”之间的同一性才能建立起来，诗人也才能最终回到“北京”的怀抱。

这种不会在时间中发生变化的同一性，显然只会是诗人的想象，而不是现实生活中的历史存在。1950 年代的现实生活，显然与诗人想象的不一样。

早在 1955 年的《多盖些工厂，少盖些礼堂！》中，“浪费了人民多少血汗钱”的空空荡荡的礼堂，就曾向日日夜夜“紧张劳动”着的建设者，“投来旁观的眼光”，尖锐地刺激过诗人的同一性想象，迫使诗人发出了“多盖些工厂，少盖些礼堂”的呐喊。随后，诗人又在《给同志们（一）》、《给同志们（二）》等诗中，发现了没有斗争和没有差异的中心同一性的虚妄。给诗人带来了 20 多年痛苦和灾难的《贾桂香》，则更是一个标志性的事件，它不仅从心理上，而且从生存境遇上打破了诗人对“北京”之同一性的美好想象。

1980 年代复出之后，历史现实与诗人的同一性想象之间的冲突，在邵燕祥诗歌中得到了进一步的发展。一方面，残酷的现实迫使诗人不得不正视并承认了这样的事实：美好的想象中的同一性整体并没有因为无数建设者的“血汗、贡献、青春、脚印”而变成现实，“共和国的青春／竟变成了废墟／而我们就在废墟边／咀嚼着火红的年光的记忆”（《废墟》）。与此同时，对真实的“远方”的发现和了解，也反过来打破了诗人的中心同一性幻象，意识到了所谓的“远方”并不是一片沉默的空白和荒凉，而是活生生的人的故乡。在《祝福》中，诗人实际上从中心对远方的暴力性想象关系提出了沉痛的历史反思：

在忍受了许多痛苦的民族面前／要怎样的祝福／才不显得轻浮和夸张／也许我还是重复我的战友们／三十年前走进村寨时／第一次的祝福吧／我举起酒杯／苦苦地思量//面对着朴实而诚恳的笑容／忽然感到我是有罪的／好像我就在这

里／推行了“第一次土改”“政治边防”／把无端的灾难／加到了这样好的人民头上／甚至把这些父老兄弟和姐妹／驱赶出他们世世代代的家乡／即使这一切都没有发生过／即使人民把我原谅／我也不能宽恕自己／仅仅因为这甘蔗林边的生活／没能像三十年前祝福的那样／而它本该比今天更甜蜜，更幸福，更安康//此刻，田野是恬静的／夜是恬静的／我举着酒杯，斟酌着祝福的话语／我的心激烈地捶打着我的胸腔。

对邵燕祥个人而言[①]，一旦“远方”不再是一片空白的“处女地”，而是有人居住的故乡，则以“中心”对“远方”同化和支配为基础的同一性想象关系，自然也就随之解体了。在不少以域外见闻为题材的作品中，邵燕祥甚至发现并欣然接受了这样的事实：“远方”的生活，实际上更幸福，更健康。

邵燕祥走出中心同一性幻象的另外一个途径，则是在坚持个人浪漫激情的同时，又把走向“远方”的行为逐渐从社会历史文化的整体性存在中剥离出来，最终使之转化成了一种追求和寻找生命价值的个人行为。

1950年代的“到远方去”的姿态中，本身就包含着一个悖论性的缺口。一方面，走向“远方”意味着把“把北京的光和热，北京的声音和力量／送到喀喇昆仑山、雅鲁藏布江”（《长安大道》），是一种有着具体的历史内涵的行动。另一方面，作为一个现代性的浪漫冲动，走向“远方”又意味着追赶时间，建立中国社会与现代时间的同一性。“谁也不许落后于时间”（《到远方去》）的焦灼，自始至终支配着诗人的行动和选择，贯穿了邵燕祥以“工厂、矿山和建设工程”为题材来塑造“祖国社会主义建设者的形象”[②]的全部作品。而在现代性的历史视域中，这里的时间乃是一个没有内在规定的线性物理进程，即所谓同质化的、空洞的现代时间。这种线性时间的空洞性，恰好为邵燕祥挣脱“中心”，整体性提供了可能。

如果不探究具体的历史内容的话，诗人讨伐所谓的“胡风反革命集团”的

① 不用说，邵燕祥既然在1950年代的诗歌中表现出来的“中心”对“远方”的暴力性想象分享了一个时代共同的文化心理机制，则诗人在这里的反思和忏悔显然也就不应该仅仅是一种个人行为。

② 邵燕祥：《邵燕祥诗选·后记》，《邵燕祥诗选》，天津：百花文艺出版社1994年版，第467页。

《就在同一个时间》，就在粉碎邵燕祥想象中的“北京”和“远方”的同一性幻象的同时，展示了“你们的时间”的存在及其终结，无意中触及了时间之个人化和历史化的可能。不同的是：诗人之所以揭示“你们的时间”之存在，其目的不是为了时间的多元化和个人化，而是为了最终消灭“你们的时间”，把“我们的时间”确定为唯一有效的时间。

真正标志着邵燕祥沿着现代时间的直线方向，自觉地把走向“远方”个人化的，是1979年写下的《假如生活重新开头》。这首诗一方面延续了诗人在1950年代的文化姿态和乐观信念“还是迎着朝阳出发”、“依然是一条风雨长途，／依然不知疲倦地奔走”等诗行，表明了诗人试图重新建构新时期与1950年代之同一性神话的努力，但“他们”的存在，却暗中消解了“我们的时间”的同一性：

假如生活重新开头，／我的旅伴，我的朋友——／他们不肯拯救自己的灵魂，／就留给上帝去拯救……／阳光下毕竟是白昼！//时间呀，时间不会倒流，／莫说失去了很多很多，／我的旅伴，我的朋友——／明天比昨天更长久！

显然，诗中“我们”与“他们”既然选择了不同的时间，不同的道路，而诗人也主动放弃了把“我们的时间”确定为唯一有效时间的努力。

这种“我们”与“他们”的疏离，为邵燕祥进一步把走向“远方”个人化打开了通道。在1979年底的《地平线》中，还保留了“我”和“我们”同时作为抒情主体交互出场的混杂现象，但在此后的《瀑布》、《在秋天的田野上》、《秋风起处》、《我召唤青青的小树林》和《燕子的歌》等一系列以永不停息的飞翔和追求为主题的作品中，“我们”最终被“我”所取代。在天安门广场的喧闹中，在“远方”和“北京”的狂欢中走向“远方”的“我们”，最终在邵燕祥诗歌中蜕变成了孤独而坚强地向着“远方”追寻个体生命的意义和价值的“我”。广场上的喧闹和整体性狂欢消退了，浪漫的青春激情却留下来，变成了支撑着诗人在孤独中坚持着个人理想的真实力量。

在这种个人化的选择中，邵燕祥才开始真正走向“远方”回到了自我的故乡。在1950年代的作品中，社会主义建设者和开拓者虽然身在“远方”，但却心在“北京”，始终“凝望着京城北京”，倾听着北京的心跳（《五月的夜》），时刻准备响应来自“北京”的召唤，把自己的“歌声又传回天安门广场”（《长安大道》）。但《再别屯溪》中，我们却读到了这样的诗行：

店家自在长街／卖着凉鞋、葵扇、茶叶／明月自在桥阑干／照着新安江上夜//萤火自在明灭／蠓虫自在飞鸣／我自在检点行李袋／梦着道边送客的旗亭//梦着樱桃，梦着枇杷／梦着石榴自在开花／绿叶浓荫里藏着的鸟／自在说着千年不变的话//好像有许多记忆／又像什么都没记得／了无牵挂，却忽然／有一股淡淡的离愁留我

显然，“远方”在这里已经取代了“北京”，变成了诗人心之所在。而最能说明这种根本性变化的，则是诗人对待“故乡”的态度。在1950年代的作品中，走向“远方”的姿态走向“中心”的邵燕祥，一直把“有村庄的地方就是家乡，／有老乡的地方就有爹娘”当作“真理”（《娘》），坚信随着“远方”向“北京”的同一性转化，就能够“平地建天堂，／处处他乡变故乡”（《故乡》）。但“总认为我没有故乡”，“也不懂得怀乡”，“从来没有怀乡病”的诗人，在1982年第一次造访远离“北京”的故乡之后，却留下了这样的诗行：“我回头向临浦镇走去／一步一步远离了／我第一次造访的故乡／不管走到哪里，我再也忘不了／世界上有一个／跟我有血缘的／二百五十户的村庄／有一棵古老的，比我的祖父年纪还大的樟树／有一方古老的，曾照过我父亲幼年面影的池塘”（《山阴道》）。对这次故乡之行，诗人后来有过更为详尽的说明：

1982年的萧山之行，使萧山之于我，从履历表上的籍贯变成情实可信的家乡。幼时曾听父亲悲愤难抑地诉说祖屋被日本军队烧毁，我终于站在这一片宅基前默默凭吊了。

短短几十分钟以后，离开下邵村，沿着浦阳江边步行去临浦镇的时候，我体验了本世纪初父亲少年离家的心情，仿佛我也正是从这里告别家园，走向茫茫人海，滚滚红尘。我确认自己是下邵人，是临浦人，是萧山人了。[①]

① 邵燕祥：《邵燕祥诗选·后记》，《邵燕祥诗选》，天津：百花文艺出版社1994年版，第467页。

套用理论术语，则可以说是诗人在“震惊”中回到了自己的故乡，确认了自己的个人身份。同1950年代由“他乡”改造而来的“故乡”相反的是，这里的“故乡”完全个人化，变成了只有在诗人个体生命体验中才具有真实意义的存在。

这种个人化的选择，一方面让诗人继续保持了走向“远方”的历史姿态背后的个体生命激情，同时又消除了中心对边缘的支配性的暴力想象，使得诗人真正走向了“远方”，摆脱了个人对“中心”的依附，找到了自己的精神归宿。在这个意义上，诗人最近完成的《从远方归来》，可以说是有意识地对自己的诗歌创作和生命历程进行的一次总结和回顾：

该把行囊收进壁橱了／默默向自己宣告／壮游到此结束／浪迹天涯乃少年之梦想。不期而遇是长长的流放／看过藏北的云／就不用看别处的云了／看过青海的星／就不用看别处的星了／手扶一树桃花／天下的桃花笑在眼前／身卧一地芳草／天下的芳草绿到脚下／把饥寒和颠簸的记忆／随手抛撒到路边／只记得夜行途中的灯火／清冷的井水 大碗的热汤／远方的远方有一座山／我就是那座山 沉默不语／远方的远方有一条水／我就是那条水慢慢流去／当我醒来 那远方的远方／村民和鸡犬也已醒来／当我晚饭 那远方的远方／牧人正赶着牛羊回栏／所有的人跟我一样地生活／没去过的地方我就不去了／况且节令已是晚秋／况且时间已是傍晚／我穿过炊烟四起的老街深巷／我走向树影渐长的小小丘冈／我面西坐下 闭上眼睛／感受着暖烘烘一片红光的抚摸／那是不疲倦地奔走了一生／此刻微微疲倦了的夕阳

诗中虽然也建立了某种同一性的想象关系，但这种关系已经没有了中心对边缘的暴力性：“所有的人跟我一样地生活”，也就意味着“远方”不再是空白的“处女地”，而是有人居住的“故乡”。对他者的态度和立场，实际上是我们对待自身的态度和立场的投射。诗人把“远方”当作他人的“故乡”的时候，也就找到了自己的“故乡”。

从以走向“远方”的姿态走向“中心”，到以从“远方”归来的姿态挣脱“中心”的暴力性支配，在经历了漫长的寻找和追逐，付出了痛苦和灾难之后，

诗人最终抵达了宁静而安详的“远方”。面对个人耐人寻味的诗歌生涯，我们显然有足够的理由随着诗人的创作道路和精神历程，认真反思和检讨那些曾经让邵燕祥陷入迷误，也让中国社会付出了沉重代价的文化心理机制。

选自《江汉大学学报（人文科学版）》2007 年第 6 期

穿越历史的“思想”道路

——论邵燕祥诗歌抒写模式的演变

张大为

邵燕祥的诗歌以富有“思想性”与“哲理性”著称。而现代的诗歌观念对于“思想”和“哲理”，正像不会如过去那样将它们与艺术简单地等同起来一样，当然不会将它们与诗艺对立起来。但尽管如此，在本文的标题中，“思想”之所以加引号，就在于这里所要讨论的重点是得到了艺术表达形式的“思想”，与由这种“思想”所决定的诗歌思维与表达模式的心灵原型。只不过，对于邵燕祥这样的诗人来说，这样的思想结构与思维倾向对于诗歌的表达模式来说，并非是一个可以轻易忽略的因素，而是一个必须要严肃予以对待的要素，而且，它很可能是解析其艺术层面的一个关键性的突破口。

一、指向历史的激情对话

但凡经历过中国新时期以前的当代历史的人们，都应该清楚地记得那个年代人们对于历史的那种激越感情。那是一种走出一个新生国家史前史的黑暗隧道的人们对于阳光的感情，那时的人们对于历史的感情是像阳光一样神圣而空洞的，但却绝非是虚假的。当然，这种“阳光”与“黑暗”的历史逻辑与意识形态语法本身，可能就包含有诗的成分、诗的因素，至少是它调动和利用了人们人性中的诗性情感，因而那似乎是一段天然的诗的年代、诗的历史：

——请问是谁

在自己可爱的国土上，

架起了第一条
最大的超高压送电线?

我——们!
(《我们架设了这条超高压送电线》)

邵燕祥的这一类诗歌可能不仅是他本人的，而且也是那个时代的典型的诗歌抒情模式原型。在那样的历史时刻，主体的心态是开放的，并对于历史充满了对话的激情与信任，“我们”的呼喊，作为对于历史的回答，这种实质上的自问自答，包含了诗人既是历史的主体又是对话的对象与客体的那种豪情与信念。因此，这种自问自答的对话，实际上最终是历史的自问自答与自我论证。诗人仿佛只是历史的美丽记忆而不是相反。在此，大部分诗人不仅在历史的阳光中没有给个性经验留下清凉的背阴之处，而且也没有主体间性支持的经验的复合性与复杂性，诗人被历史的阳光融化成宏大的“我们”:“一个人渺小得无足重轻，/但他是伟大集体的一部分。/我们关心二十四万万人的生活道路，/我们关心一万万个银河系运转的行程。”(《繁星》)在这种情况下，人们歌唱着的是一种共同的情感，或者不如说，是一种共同的情感借着诗人的喉咙来歌唱:“有一个波涛澎湃的大海/歌唱在每个人宽广的前胸。”(《在夜晚的公路上》)而邵燕祥的难能可贵之处就在于，他不仅写作了像《无题》(1959年)这样的带有强烈个性经验色彩的诗作:不管诗人这样命名这类诗作是否意在暗示或者强调它们与中国古典诗歌中惯常以此为题的诗歌题材的相关性，“无题”这样的标题正好说明了这样的一类思想感情在那个年代的非合法性与无名状态;而且，虽然邵燕祥也像那个时代的多数诗人所面临的艺术难题一样，个性经验面临被公共化、抽象化、意识形态化的问题，但在他的诗作中，那些片断的、侧面或背面的个性经验总是让我们今天的读者感到最为熨帖、感受温暖的地方。这在那个年代里是非常不易做到的。

在被“阳光”与“黑夜”逻辑激发起来的神圣情感中，诗人与历史的这样的一重激情对话关系，当历史被拟人化时，更容易看得清楚。比如《谒太行》中，作为历史圣地的太行山就被比喻为“鬓发斑斑”的“英雄的母亲”，它“慈爱又威严”地审视着后来者的前进的脚印。另一方面，这种历史的拟人化可能还带有一种略带神秘色彩的关于“历史”与“时间”的神学意味：

人们欢乐时我步履轻快，
人们等待时我一样焦虑。
人们称不出我的分两，
我却能带来沉重的真理。
（《时间的话》）

在这种历史拟人的神圣语境中，一种“诗性的共通感”被建立起来。这一点，可能是今天的人们所难以理解的，也是用今天的诗歌观念难以恰当评价的，然而却是我们考虑那个时代的诗性构成的机制所不应该忽视的问题：

无声中听到呼唤我的乳名
是你啊，我的祖国——我的母亲！
（《呼唤》）

由此，“与历史的激情对话”这样的诗歌抒写模式，当然主要还并非是诗歌的表面的表述结构、甚至语调句法结构层面上的，而更主要的还在于诗人的心灵机制与诗性思维意向所决定的情感与经验的组织形式。同样出于此，我们在审视那个时代的诗作的时候，不但不应该给予他们个人以过多的苛责，而且还应该敬重那些真诚而可爱的灵魂。

应该说，作为诗性构成的机制来说，这种与历史“对话”的机制总体上是排斥象征的。这并不在于这时不可以使用那种叫作象征的局部修辞或写作手法，不过从总体上说，象征要求情感经验与象征体之间的意义的不对称性、不可交流性，意义向着象征体方向的高度凝聚、凝缩，而以上这种对话机制恰恰代表了一种意义的近距离的对称与可交流性质，因此它是反象征的。比如邵燕祥写于1950年代的《琴》、《箫》等诗，应该说，都是那个年代难得的好诗，但它们在趋向完整而宛转的象征语境的完形的中途，由于转向对于现实经验的近距离隐喻而发生意义短路。从今天的眼光来看，在精巧的构思与独具只眼的观察力之外——这是那个时代诗人的智慧能够一显身手的不多的创造领域之一，较少诗性象征所包蕴着的丰厚的情感经验内涵与多向度、多层次的意义指向。

与历史的对话模式当然不只是对于历史的歌颂，同样也有对于历史的质疑、询问，这也是与历史对话的本来的应有之义，比如著名的如长诗《贾桂香》。不过，在这种诗歌抒写模式之下，对于历史的信念与信任是基本前提，对于历史的质询不可能导致对于历史的深度质疑和深层反思。如果说，在这种抒写模式下的此类写作，并没有人们所期待的应有的思想与艺术深度，那其中的原因之一很可能在于：诗歌抒写模式是作为思想与艺术的化合体，诗人在这样并非短时间内可以转换或者转变的抒写模式之下，他在质询历史中自身所经受的焦虑与痛苦，远远超过了他艺术创造的快乐，因而，阻碍了质询的深度展开。

二、告别历史的倔强省思

经历了历史的风烟，诗人重新回到了生活与诗歌的创作现场。现实生活既展现了希望的阳光，也布满了历史的废墟：“那触开我的眼帘的／不是夕阳，是晨曦，／我从焦渴中醒来，／面对着一片废墟。”（《沉思在废墟上》）这时的诗人对于历史不再是光明一片的单纯天真的看法，不再有“追求真理的／终将获得真理／歌唱光明的／终将听到回声”（《彩牌楼》）的简单轻信，而是认识到了历史构成的复杂性：“没有废墟就没有历史。”（《废墟》）诗人感叹“短暂的假面舞会／宣告终止／真正的假面舞会这才开始”（《小诗四题·假面舞会》）；诗人困惑“为什么／鼾声很古／而醒来后人心不古？”（《听蟋蟀》）因此这时，诗人虽然不无“假如生活重新开头”的期许，但总体上来说，这时诗人的内心世界毕竟复杂得多了，也成熟得多了。诗人的心境一方面是忧郁而又执着的：“我没有逃避自己的时代／无论是幸福或是灾害。／历史不是秘密／生活不是谜语。／如果我的眉宇间含着忧愁，／也不要担心，／我绝不会悻悻而死”（《中国，怎样面对挑战？》）；同时又是憔悴而又易于感动的：

你当然不知道，你妩媚的笑晕
曾经照亮我冻僵的心

你唤醒了我一度不知哭笑的麻木的感情，
你拯救过我，以你亲切的轻信的纯真
（《一朵小花》）

这样的心境，大概是一种最接近于诗的心境。在诗人看来，诗作为“寂寞又不甘寂寞”的“来客”，是“沉醉”与“清醒”之间的产物（《散文诗五则·诗》）：

沉醉的时分，只有沉醉
清醒的时分，只有清醒
寂寞的，又不甘寂寞的来客，只在我沉醉与清醒之间叩门。

忧郁而执着，接近于“清醒”，憔悴而易感，接近于“沉醉”。对于诗的构成的这种复杂性的体认，实际上对应着诗人对于历史、对于生活本身的认识与感受。因此，此时的诗人的心境，虽然渴望着与历史也与他人对话，虽然宣称“孤独，不是生活”（《沉默的芭蕉》），然而对话的激情不仅是一种个人的心境，而且也与历史的情势与场景相关，所以，诗人虽然渴望对话，但这种对话多数只能在内心中展开。对于对话的渴望，正好是诗人对于自己这种“沉默的芭蕉”式的苍凉寥落的心态的写照，诗人的忧愤与寂寞都使他转向内心的省思，对于历史、对于生活的执着而沉痛的省思。诗人将最具刺痛性的生活经验与历史感喟以哲理诗的形式表现了出来：哲理诗在这里体现的是一种思想的执着与沉痛，在这种执着与沉痛中还没有忘记了诗和艺术，表现了一种艺术的执着甚至倔强。哲理诗可以说是一种“倔强”而“沉痛”的诗的艺术：

一棵树看着一棵树
恨不能自己变成刀斧

一根草看着一根草
甚至盼望着野火延烧
（《嫉妒》）

在这里，经验自身的具体内容已经不是很重要，经验在这里是抽象化的，历史与生活经验的形式与结果本身就具有尖锐的思想力量，人们需要在这种思想的疼痛中感受诗意，或者说，只有在这种思想疼痛中才能感受到它的诗意。当然，缺乏对于哲理诗中的被抽象化了的经验的真实体味的人，对于它的理解与感受就差一些。因此哲理诗的前提大概是诗人与读者的在经验与情感内容方面的某种共通性。这可能是哲理诗这一诗歌形式本身的缺陷。

诗人固执倔强地以反思与反省的思路组织生活的经验，并竭力将其延伸到开阔与广大的领域，并且以思想的力量将其反向照亮，并提升到一个新的高度上。这种诗歌内部的思想要求，从省思式的经验组织与扩充方式到“卒章见志”的思想提升，构成邵燕祥一个时期的诗歌抒写的基本模式：

我有一条河流／我的河流／它总是从我的梦中流过／并且变换着它的颜色//时而闪着橘黄，时而碧澄澄的／时而漶漫，时而轻浅／时而激起雪白的浪花//这是我梦中的河流／流着我的岁月／流着我的欢乐忧愁／流着我的剪不断的思想／还有我执着的追求//流过蓝色的夜晚／流过白色的雪天／在早春的残冰下面／寻找大柳树渡口//我听到远的鼓声——／敲着船帮和船底／如果我是那条船／即将解缆放中流//再见了，青青河畔草／再见了，岸边芦苇已白头／再见了，我那河岸上苦苦待渡的日子／我那断了长流水的春秋//那时候，在焦渴的生活里／我梦着春潮齐岸／我梦着橹声轻柔／我梦着河流经过我门前／向大海流去／我梦着春水船如天上坐／甚至梦着随波逐流//我梦见我把简单的行装／我的爱情、我的理想／一起寄放在船头／又俯下身去／捧起只有在梦中／属于我的清凉的河水／洗一洗憔悴的脸／润一润枯涩的歌喉//从我的梦中悠悠流过／这悠悠的不知名的河流//只有潺潺的水声／始终如一的节奏／使我梦着／又把我唤醒：／自由！／啊／自由！

（《梦中的河流》）

这样的诗歌，超然的想象力与立体性的、多层次的诗境构成，意味着诗人基本上超越了对于艺术有妨害的历史创痛的近距离写照与直露反思的阶段，获得了一种艺术的也是心灵上的自由：心灵的凝定使得思想的锋芒内敛进丰富的情感经验结构中，从而使得诗歌意蕴也在对于经验与思想的单向反映的超越中具有了多维度多层次的所指。与此前的诗歌相比，这样一种抒写模式优势在于，在某种历史的间隙和诗人艺术上的过渡时期，它为诗人提供了一个比警句格言式的诗歌写作更具思想的包容性和艺术厚度的情感与经验组织形式，为诗人的反省深入到更复杂与广泛的领域提供了艺术路径和手段。但它的不足之处也仍然在于，有时依旧是“思想”统辖侵扰、涨破了艺术。它最终只能是一种思想和艺术的过渡时期的临时的选择，我们还可以期待诗人更为丰饶、更具魅力的艺术高峰的到来。

三、超越历史的生命象征

告别历史还不等于超越历史，更况且还是“含泪”的“告别”。邵燕祥在1950年代写出了确立他的诗人地位的著名诗集《到远方去》，这部诗集的重要性不仅在于它击中了那个时代的某种普遍的精神状态与集体意向，而且也确立了诗人自己的某种心灵原型与诗歌抒写的基本模式：“到远方去。”就诗人与历史的关系而言，“到远方去”可以有两种方式：1. 当诗人被判定为或“自认为”处于历史的“远方”时，“到远方去”就意味着走向历史的核心。在那个神秘化的历史时代，诗人和诗歌本身总体上仿佛只是“无题”的、含混的文化历史象征，因此在那个年代，诗人与诗歌自身被认为、可能也自认为远离历史的核心，是处于历史的“远方”的，而由此决定的对于历史的单向向往状态，并不能保证具体意义上的诗歌的优秀乃至诗歌自身的基本品质——诗人和诗歌竭力想进入历史的中心位置，他们只有拼命加强诗歌的透明性，直至于取消诗歌的自身的艺术品质。2. “到远方去”还可以意味着诗人自己的远离历史的自我放逐，这种自我放逐可能意味着某种心灵上的更大程度的自由与从容，它对于诗歌而言具有更大的意义：

当我成为背影时
不用忧伤不用叹息
请看我步履如此从容
不用问我到哪里去

（《当我成为背影时》）

这样的心境大概才更接近于对于历史的“超越”状态。超越历史不同于“假如生活重新开始”的期待，超越历史虽然不等于对于历史的彻底弃绝，但与历史之间显然具有一种更为超脱的关系。超越历史意味着“生命后的生命”、“世界外的世界”。这时，历史是处于生命的“远方”的东西，只不过诗人此时甘于远离历史的中心地带，以历史的“远方”自居。诗人借“菊花”思考着生命的意义：以“菊花”而言，它在历史上人们被赋予了种种含义，在屈原那里它是饮食的对象，在陶渊明那里它是隐逸的象征，甚至于在黄巢那里它还具有“我花开后百花杀”的称王称霸的意义。但这和菊花自身的生命本质有什么关系呢？

而菊花对此都置之不理／当向日葵也垂下头来的时候／矜持地抖擞精神，等待十一月／的风霜，每一瓣金黄的盔甲／默默守护着生命的意义

（《菊花的意义》）

在历史中生命被赋予了种种外加的意义，但这些跟生命本身并不相干，至少是不一定相干，《菊花》完成的是对于这些外加的生命意义的拆解。只不过，像《菊花》这样的诗歌本身，从抒写模式上看还主要停留于与前一阶段近似的“沉思”模式当中，它只是对于生命的象征意义的思考，而本身却不是作为诗人的生命象征的诗歌抒写模式。然而，诗人走向作为生命的象征的诗歌抒写是必然的。从某种意义上讲，象征中体现的就是一种“到远方去”的精神意向与意义模型：对于意义的远距离投射与凝聚。这样一种“到远方去”的心灵原型早已确立起来了。在《黑石礁》这样的诗歌中，虽然还有着比较多的主观的思想介入，但总体上也已是以象征完成了“省思”与思想提升。而像《南方的夜》这样的诗歌，有着类似于朦胧诗的手法，展示了一种诗人心灵的轻灵与自由，或许还有某种欢畅：

百叶窗一样的／桄榔叶，是天地的／睫毛长长//温热的大地呀／快张开眼睛／和我一起仰望//空中摇曳着／无数暗青色的花朵／密密的星星，花蕊叮当

（《南方的夜》）

对于诗歌写作而言，诗歌的象征主义，我们这里所说的生命象征不能停留在局部的修辞手法上面，这种局部的象征手法可能恰恰破坏与扰乱了完整的、整体意义上的象征语境的完形。生命象征本身需要完成的好像是对于生命意义整体的一种置换过程，通过这种置换，象征攫取和垄断了主观的生命情感与经验的意义，总体上客观化为一个自足的意义实体。它本身仿佛就是一个有着自己的逻辑的周全婉转的世界，有着自我生长的生命。象征体仿佛自己就是一个意义高度内聚的黑洞，它不需要与外界展开对话来展现自身的内涵，它甚至可以不去理会阐释的意图。象征的完成，仿佛是诗人全部生命向着诗歌的整体让渡：

感谢你给我／嫩嫩的桑叶／我咀嚼陌上的阳光／清明的丝丝雨//为了你作茧自缚／为了你蹈火赴汤／一丝一缕闪耀着／清明雨，陌上的阳光//生命后的生命，随你／走向世界外的世界／千里万里丝绸路／回头望陌上的桑叶

（《陌上桑》）

这首诗从艺术上讲，意旨蕴藉深厚而语言舒展自然，在诗思致密内指而又婉转超卓，应该是邵燕祥最好的诗作之一。作为生命象征的诗歌的完成，需要心灵的自由与意义的距离，诗人经历了天塌地陷的历史浩劫，也经历了历史废墟上的沉痛反思，劫难使诗人体验深沉，反思使诗人思想解脱。体验深沉，才能获得从高处和远处写照与组织生命经验的意义距离，而思想解脱，也才能获得心灵的自由与超越。而只有有了心灵的自由和意义的距离，才能将全体的生命经验与完整的生命意义从容而又节制地涵纳、映照进语言织体当中。这些都体现在了这首诗中。从主题上讲，无论是否符合诗人的本意，它都可以看作是诗人本人及其诗歌创造的象征的“元诗”：诗人正像是咀嚼着生活的阳光与春雨、也咀嚼着自己的生命的春蚕，诗人义无反顾地倾吐着自己的全部生命，而诗歌与诗境就仿佛是蚕丝编织出的丝绸锦缎一样，正是诗人生命的升华，是“生命后的生命”、“世界外的世界”。而诗歌与生活之间的关系，也正是丝绸与桑叶的关系，它拒绝任何简单化的理解。这样的诗歌，是切合着诗人最本真的生命意向与最深层的心灵原型的“诗歌的诗歌”。也正是因为其出自于可能是某种深度感动之下的心灵的双重劳作，因而无论多么优秀的诗人，这样的诗歌都是一生中不可多得的。

超越历史也不等于与历史绝缘，超越历史在某种意义上说是更深地走入历史之心，或者不如说是历史更深度地进入诗人的生命与心灵。因为这时，诗人的生命和心灵具有更强大的力量，它可以更自由地驱遣与挥洒历史经验。从而此时，诗人探究自己的生命也就是在探究历史。这是从诗歌抒写模式上讲，从主题意旨上讲，像《五十弦》这样的诗歌，可能就是在“无题”诗的表层主题之下钻探生命的意义，至少是它兼容了这样的意义的深度钻探。《五十弦》一弦一柱的繁密音调弹奏的正是无穷的生命的内蕴：“我们辜负过多少月光／空有月明如水／空有月色如霜／只剩夜凉如水／只剩心冷如霜／我们辜负过多少月光”（《第一首》）。《五十弦》从岁月流逝的古老浩叹开始，然而它所真正指向的却不仅仅是如此春花秋月的惆怅。这些是属于年轻人的悲哀，甚至是为赋新词强说愁的做作。诗人的经历、诗人的深厚的生命体验，使他在这样的表面的哀愁之下有着更为深沉的意旨，那就是对于生命本身、生命本质的悯惜、感动与欢喜：

阴郁的日子／下雪的日子／没有酒是寂寞的／没有炭是寒冷的//你从冰封的路上来／雪天的炭／而我是尘封的酒//你温我 热我 煮我／以你的火点燃我的火／我不忍见你焚烧成灰／你不忍见我横流一醉//窗上冰花如刻／斗室却如春 微醺着／感激与安慰

（《第五首》）

“人生”与历史相关，它可能是被历史纤维所编织出的暗淡纹络，它或许经历了种种失败与挫折：“春天夏天全都输给了岁月／换取一个失败的人生”（《第四十七首》），在这样的层次上，或许人们会认为诗人过于消沉、悲观。而实质上，诗人的深层所指的是“生命”意义的本体自在：

人生如歌／随早潮和晚潮退去／最值得追忆的／是再也听不到的插曲／被风声吹散的断句／被星光点亮的秘密／还有渐行渐远的／被春雪融尽了的足迹

（《第二首》）

在一个人的一生当中，最有意义的东西或许不是在历史剧场中演出的或辉煌或惨淡的“人生”情节，那些到头来只是“历史”所导演的一出又一出的戏剧，无论它是悲剧还是喜剧，自己在其中充其量也不过是一个或伟大或渺小的演员而已。那些都是别人的生活，不属于自己，甚至根本就不是生活，而只是一些荒唐的被编排的故事情节，是无根之水、无本之木。真正值得珍惜的是那些属于自己的生命印迹，它们或许不够宏大、壮阔，它们的构成或许不够情节曲折、引人入胜，但它们却很可能牵连着生命深处的波澜不惊的欢喜与感动。甚至连欢喜、感动都没有，只是那么一些简单的感觉、一点平淡的痕迹，但它们却同样论证着生命本真存在的意义。

选自《江汉大学学报（人文科学版）》2007 年第 6 期

革命·启蒙·“找灵魂”

——论邵燕祥新诗创作中的“宏大叙事”

王士强

邵燕祥的新诗创作典型地体现了它所处时代的精神风貌，这些诗所涉多为重大的政治性、社会性的“公共”命题，其题材、主题、风格都极大程度地体现了那个时代与社会的“宏大叙事”。本文拟通过对这种“宏大叙事”的解读与分析，揭示这种写作模式的特点和成因，并对之做出一定的反思和评价。

一

邵燕祥在1940年代后期便已开始了诗歌创作，其时他还只是10多岁的少年。他这一时期的诗歌热烈、活跃、明朗，其后的诗风已经初露端倪。当然如果比较一下诗人1940年代和1950年代的创作，也是可以看出些许变化的，1940年代后期“我所写，无论诗文，都是我想写的，我怎么想就怎么写，是我心灵的感发，是我对生活的认知，没有矫情，没有做作……有些作品，若放在1949年后，是不易发表出来的；不仅由于形式和语言的特点，而且因为内容不符合一定的规范，具体细微之处更经不起烦琐的‘宣传口径’挑剔”[①]。某种意义上说这一时期的诗还是有较多些的“个人”因素，比如描写个人生活、自然风物、青春情感的诗，有的还是近于朦胧和多义的，这某种程度上体现了艺术探索期诗人的尚未“定型”以及多向发展的可能性。而随着政治意识形态的改变和国家意识形态的建立，邵燕祥的诗歌也既不由自主又不无主动地发生着变化。

① 邵燕祥：《找灵魂——邵燕祥私人卷宗：1945—1976》[M]，桂林：广西师范大学出版社2004年版，第78页。

1950 年代的时代氛围是宏大、一元、亢奋的，这体现在小说中是“史诗性”追求，在诗歌中则是壮阔的“政治抒情”。就邵燕祥诗歌而言：“我第一本诗集《歌唱北京城》中的十几首诗，大部分写于 1950 年，都是摒弃了个人抒情的‘新的歌声’：《进军喀什城》歌唱了入疆部队的艰苦行军，《从边疆到北京》歌唱了各民族欢庆解放，《歌唱中长路》歌唱了中苏友好，还有一些歌唱了志愿军。”① 诗歌中的这种“宏大叙事”很大程度上是属于特定时代的，所发出的声音是时代的声音，所表露的情感也是“人民”的情感，如《我底歌，我底心》中所言：“我底歌也是千万人底歌，／我底心也是千万人底心，／千万人都歌唱：毛泽东！”这可以说典型地体现了那个时代的“意识形态”：一个人的歌同时也是“千万人的歌”，而千万人所歌唱的，是相同的政治理想和精神权威。邵燕祥 1950 年代前期的许多诗如《到远方去》、《我们架设了这条超高压送电线》、《中国的道路呼唤着汽车》、《我们爱我们的土地》等被命名为“政治诗”、“新闻诗”，“把我以建设为题材的诗也称为‘政治诗’的命名，把我的写作跟‘为政治服务’的要求衔接到一块，一直影响了我大半生”②。“这些诗，多数及时发在《人民日报》、《人民文学》等全国性报刊，有的并在中央台新闻节目和文艺节目中朗诵播出，当时有较为广泛的影响。”③ 需要指出的是，这些诗歌当时不仅在文学刊物上刊登，而且同时在党报党刊、广播电台等处登载、传播，这样它所发挥的作用显然不只是文学的，而更重要的是政治性的宣传、导引作用。建国后的文艺政策延续的是延安文艺座谈会以来“文艺为政治服务”、“政治标准第一，艺术标准第二”等的纲领，“政治正确”成为了至高无上的律令。这一时期的诗歌基本上都是政治性强的“宏大叙事”，诗歌写作被严格局限于与当时现实生活密切相关的“重大”题材，它们被认为是“有价值”、“值得写”的，实际上也是当时极少数被“允许”写的题材。

那个时代的诗歌发展被严重窄化、本质化了，政治意识形态所要求的是诗歌的“革命化”、“群众化”、“无产阶级化”、“社会主义化”。诗歌作为服务于政

---

① 邵燕祥：《找灵魂——邵燕祥私人卷宗：1945—1976》[M]，桂林：广西师范大学出版社 2004 年版，第 129 页。

② 邵燕祥：《我与诗与政治——诗与政治关系的一段个案》[J]，《西湖》2007 年第 1 期。

③ 邵燕祥：《找灵魂——邵燕祥私人卷宗：1945—1976》[M]，桂林：广西师范大学出版社 2004 年版，第 160 页。

治的“工具”之一种不但要加入时代的“合唱”，而且是被“委以重任”，要为时代“领跑”、“领唱”的，这既是诗歌的“荣耀”，同时也是灾难。新的社会制度带给了人们全新的期待，人们不知道新的社会到底会发展到什么程度，但没有理由不保持乐观，因为时下的矛盾被认定为只剩下“好”与“更好”的矛盾，它与此前的社会制度已经有了“质的区别”。社会上的每个人都仿佛进入了“青春期”，对社会和未来充满了乌托邦憧憬和冲动，对生活充满了期待。诗歌的任务便是为生活中的重大事件、公共事务摇旗呐喊，为社会主义革命和社会主义建设纵声歌唱。这里的诗人是一个代言者，他代表“大我”、群体、国家、民族来发言，现实生活中个体的人是被过滤掉的，不具备表达的合法性。邵燕祥在这一时期有过这样的看法：“有些任务我们是要‘赶’的，我们必须抓紧时间反映现实；这就要求我们有丰富的生活积累，更要求我们有强烈的反映生活的政治热情。”[①] 很能代表当时许多诗人共同的认识。这种空前的政治热情、“以天下为己任”的政治情怀，成就了诗歌极为微妙的地位：它本身既被本质化，成为了权力的附庸甚至组成部分，同时又受到权力的严密监控，“伴君如伴虎”，处于动辄得咎的危险境地。

在“干预生活”的潮流中，邵燕祥写过一些揭露、批判的作品，不过也确如诗人若干年后深刻的反思一样，“‘干预生活’的实践者，只是比另外一些‘为政治服务’的信奉者多走了一段路，五十步与一百步，也就是所谓‘第一种忠诚’与‘第二种忠诚’之别吧”。“在中国，文艺界的一些人，所以接受了‘干预生活’这一口号，并且身体力行，以文艺作品为进行社会批评以至参与政治的工具，程度不同地表现了不满于现状的困惑，寻求变革之路的意向。除了个别的投机者，也除了个别的先觉者，我想绝大多数都是书生气十足，真诚地‘为政治服务’的一派。这是不谙中国国情，昧于历史又昧于现实，以致被实际政治嘲笑、玩弄和迫害的悲剧。”[②] 诗人邵燕祥在 1957 年的被划为“右派”，便是当时的政治规则与文化逻辑发展的“正常”结果，是时代众多悲剧中的一幕。

---

① 邵燕祥：《找灵魂——邵燕祥私人卷宗：1945—1976》[M]，桂林：广西师范大学出版社 2004 年版，第 179 页。

② 邵燕祥：《我与诗与政治——诗与政治关系的一段个案》[J]，《西湖》，2007 年第 1 期。

二

在经历了从“反右”到“文革”结束20年的停滞之后，诗人重新开始了他的新诗创作，1970年代末到1980年代末是邵燕祥新诗创作的又一个高产期。当诗人“含笑向七十年代告别”的时候，他已经步入中年，诗歌也不再如以前的激情喷涌，而更多是睿智的哲思和从容的抒怀。当然，一以贯之的还是对于社会、时代、国家、发展等“宏大事物”的关怀，这可以说已经是构成其诗歌框架的基本“要素”了。他的诗歌《假如生活重新开头》代表了那一时代的共识：社会已经从重大迷误中走出来，重新走上正确的轨道，现在的一切已经“重新开头”，人们对现在和未来又恢复了信心。这与建国初期的精神文化氛围是极为相似的，两个时代主流的诗风也基本相同。邵燕祥这一时期另一首产生较大影响的诗歌《中国的汽车呼唤着高速公路》是对1950年代他的《中国的道路呼唤着汽车》的呼应，两者相得益彰，共同烘托了“大时代”发展、进步、向上的主题，也起到了为政治、为现实“歌与呼”的作用。这些诗歌都体现了“时代精神”，他认为：“时代精神，就是历史的趋向和人民的感情。为人民服务、为社会主义服务的方向，体现了时代精神。”① 这应该说体现着邵燕祥诗歌创作的某种“连续性”。同时，在这一时期的诗歌中，诗人也在逐步呈现其主体面目，对历史和现实问题进行了一些反思和批判，虽然由于历史尚未拉开足够的距离和政治气候、思想环境的乍暖还寒等原因不可能达到相当的深度，但这本身已经足够说明问题。至少，从这种反思和怀疑的精神来看，诗歌似乎已经不仅仅是正面地为政治服务，而是初步具有了独立的个人主体性因素，具有了某种对历史和现实的“发言”能力，这显然应该被视为诗歌的一种“进步”。

如果说邵燕祥前期的新诗创作主要表现为一种“革命叙事”的话（这里的“革命”自然也包括“建设”，两者有着近似的内容、结构与特点），那么后期则可以说是“革命叙事”和“启蒙叙事”两者的结合，或者说，有从“革命叙事”向“启蒙叙事”转变的趋向。这里的“革命”是由于相同的历史和社会境遇，而“启蒙”则是源于个体意识的苏醒和思想控制的松动。在这一时期诗人的创作中，

---

① 邵燕祥：《人间要好诗——对当前新诗一些问题的看法》[J]，《诗探索》1982年第2期。

“革命”与“启蒙”两者既相辅相成又不无矛盾，既互补又不无分裂，个体与群体、个人与时代之间有了更为微妙的颉颃关系。1980年代仍是一个“整体型”社会，在理想光芒的照耀下，全民族重新处于“再出发”的当口，人们的精神面貌焕然一新，时代的“共名”要求的是加入全民建设的热潮，形成强大的社会合力，“万众一心”，加快发展，政治激情和社会关怀的抒发是势所必然的。这从时间伦理上来说是进化论时间观的延续，也是“文学为政治服务”的延续。但同时1980年代又是一个思想解放、精神启蒙的时代，它要求的是解放个体、以人为本、破除迷信、充分尊重个人的尊严和价值。有基于此，我想，如果做一个大胆推测的话，邵燕祥的诗歌在这两者之间应该也有过困惑和犹疑：一方面他仍然在一些大的历史、社会、政治问题上进行着高密度的创作，而且比之此前有更多的长诗作品面世，[①]这肯定与个人的创作热情和诗歌抱负有关；而另一方面，诗歌中的个人主体呼之欲出，诗歌各因素之间不再是完全统一的，其戏剧性和叙事性更强，结构上也有反讽成分，思想取向上也并不与政治主流的解释和要求完全相一致。如果说前一时期诗人的激情使他丢失了自我，融入“群体”，唱出了欢快的“青春之歌”，那么这一时期的理性则使诗人个体的形象眉目清晰、性格显明，情感态度上则更多的是语重心长和感慨万千了。这样，启蒙本身的必然性和可能性、启蒙者的思想基础和社会的现实空间之间，都是有着根本性悖谬的，这使得这种关于启蒙的“宏大叙事”面临必然无效的危险。同样，在邵燕祥的诗歌中，他的这种“宏大叙事”便面临了极大的困难，抛开艺术观与艺术技艺上的问题不谈，仅就其写作方式而言，这种写作需要把庞大、恢宏、坚硬的事物与事件对象化、抽象化，使它们完整、“客观”地显现出来。但另一方面，诗人又无法与它们保持距离，他不愿再如以前那样“想象”和“加工”现实而更愿意“直面”和“介入”现实，这样他面对的就更多是一个个具体的问题而不再是此前虽然宏大实则空虚的政治“命题”。简单地说，他的艺术兴趣已经发生了转移，由“宏大”而“具体”，此前的诗歌表达方式已经不能很好地满足他的这种艺术冲动。如果说此前他使用的工具是望远镜、显微镜和广角镜的话，那么现在他需要的则是更

① 《邵燕祥抒情长诗选》所选诗歌便是其1980年代前期的作品。该书由花山文艺出版社1985年出版，作品所标写作日期为1981年3月21日至1983年7月2日。

为有力有效的手术刀，“宏大叙事”的诗歌总显得有些“隔”、“大而无当”，邵燕祥此后更多地转向了杂文、随笔写作应该说也是自然而然的。

三

诗歌中的“宏大叙事”是与社会的意识形态状况分不开的，与利奥塔对社会“总体性状况”的分析相同，只有当社会具有压倒性、一致性的主题，人们的精神思想处于一元化、一统化控制的时候，诗歌中才容易出现这种大规模的“宏大叙事”。在中华人民共和国建国后的数十年间，应该说这样的状况是一直存在的（而且在“十七年”和“文革”期间这几乎成为为政治权力所允许的唯一的诗歌形式），它不可避免地带上了特定时代的烙印，具有与那个时代“同构”的性质。故而，在政治任务转移，“工作重心”变化之后，这种“宏大叙事”的诗歌往往是随即不再能够“反映现实”，也不再具有“政治作用”而迅速地被取代和遗忘。这些诗歌本身并不是以艺术力量见长的，更多的不过是政治在披着诗歌的外衣进行“宣讲”。应该说这种“宏大叙事”本身就是包含有一定乌托邦色彩的，它很容易脱离个体的感受和现实的真实而进入理念的推演和虚空的想象，出现的往往是大批平庸、低劣的“虚假叙事”和“虚假抒情”的作品。归根结底，这是“宏大叙事”本身对艺术创作者的独特要求所致，它要求作者有更高的经验视野、驾驭能力和艺术素养。新的时代条件下对“宏大叙事”的反思可能会使诗人对这种艺术形式的“信念”有所动摇，创作上收缓甚至停滞。另一方面，由于社会风尚的变易，社会同一性主题逐渐瓦解，人们的生活更为开放、思想更为多元、政治控制逐渐松动，社会的宏大主题和宏大情绪往往不再具有“典型性”，“宏大叙事”存在的基础和对它的需求也不再如此前强烈。所以，我们看到基本与外在社会思潮同步，在 1980 年代末之后，邵燕祥的诗歌便很少再出现这种“宏大叙事”。另外需要提及的一点是，并不是只有在思想一元化的时代才可能产生这种“宏大叙事”，只是对于邵燕祥这一代的诗人来说，进入另外的时代中，他们并不能大规模置换此前的艺术方法和艺术格局，已经很难以原有的方式对新的时代做出表达了。毕竟，原来的精神构成和艺术经验已经深入骨髓，化为了他们的生命，改变它们殊非易事。

通过对于邵燕祥新诗“宏大叙事”的观照，我们可以看到一个人被时代潮流裹挟而下以及个人主体挣扎、觉醒、挣脱的过程。在这其中，是一代知识分子被改造、被利用的历史，这里或许也不无短暂的快乐和光亮，但更多的则是痛苦、黑暗和屈辱：他们并不自由，他们没有自己。作为一名知识分子，他们年轻时为政治所“洗脑”，以政治之是非为是非，“随波逐流”，与狂热的时代一起做着美妙然而虚幻的梦。政治运动到来之后，他们又迅即被打入“另册”，完全丧失个人的人格尊严和独立空间，精神与肉体备受摧残，欲求与政治“保持一致”而不可得，在政治的高压下瞻前顾后、战战兢兢，被“成功”地改造为时代和政治的附庸。自然，他们身上的知识分子品性并没有完全泯灭，但是只能隐忍在内心的最底层，毫无现实能力可言。如果按照萨义德在《知识分子论》的论述：“知识分子是社会中具有特定公共角色的个人，不能只化约为面孔模糊的专业人士，只从事自己那一行的能干成员。我认为，对我来说中心的事实是，知识分子是具有能力‘向’（to）公众以及‘为’（for）公众代表、具现、表明讯息、观点、态度、哲学或意见的个人。”① 作为代表社会良知和公共关怀的知识分子，在建国后很长时间里都是不具备身份合法性的，“我已经被改造成为一个基本上甘做‘驯服工具’，不乏奴颜媚骨而‘臣性’十足的人，已经基本上丧失了独立思考能力的人，从我说的要‘想党之所想，想毛主席之所想’来看，我是以毛泽东的是非为是非了。”② 这也是千千万万人被“强制改造”、被强暴和被阉割的历史。而邵燕祥在被“宏大事物”所吸引、蒙蔽、戕害、抛弃的过程中，他逐渐体会到了这种盲目信任的荒谬和虚妄，由此逐渐建立的是一种现代理性和“个人关怀”。随着这种个人意识的觉醒和强大，诗人逐渐对此前的自己、社会、时代进行着严苛的剖析和批判，他痛感以前的自己是没有灵魂的，故而需要“找灵魂”。这个“找灵魂”的过程，也正是不断否定自己、否定过去的过程，他自己便认为自己此前

① 爱德华 • 萨义德：《知识分子论》[M]，单德兴译，北京：生活 • 读书 • 新知三联书店 2002 年版，第 16—17 页。

②“找灵魂”与“人生败笔”均为邵燕祥人生实录集。《找灵魂——邵燕祥私人卷宗：1945—1976》由广西师范大学出版社 2004 年出版，《人生败笔——一个灭顶者的挣扎实录》由河南人民出版社 1997 年出版。

的许多经历都是“人生败笔”，这毫无疑问是具有浓重的悲剧意味的。

就这种“宏大叙事”的诗歌而言，“革命”被证明是虚妄的，抽空了个体根基，走向了狂热和盲从，而且其结果是导致了现实生活中个体的“被革命”。而对“启蒙”来说，觉醒的个体对于“宏大事物”是不信任的，“启蒙”与“宏大”某种程度上是对立和矛盾的，启蒙的“宏大叙事”被发现是不可能、无效、自否的。这两者的“宏大叙事”都是根基不牢、人云亦云、个体（灵魂）缺失的，从而也很难有足够的艺术力量来支持其自身。在这样的认识过程中，诗人也在对过去“宏大叙事”的诗歌做出质疑、反思甚至否定。[①] 毕竟，这样的诗歌的确属于它自己的时代，是特定时代的产物，虽然那里的热情、真诚、信念是并不缺少的，但是所有这些并不能构成诗歌的全部。不过，从当今的角度回顾它们，我们并不应该对此进行简单的肯定或否定，无论是对于诗人还是对于时代来说，这样的诗歌显然并不就是“败笔”，对于其中的精神渊源、艺术经验、美学奥秘，都有许多需要深入思考和挖掘的东西，我们的认识还并不充分。

选自《江汉大学学报（人文科学版）》2007 年第 6 期

① 邵燕祥先生 2007 年 3 月在首都师范大学中国诗歌研究中心的一次诗歌座谈会上便说，他的诗“时代的烙印比较深”，是“时代的产物”，更多是会“因时而生、因时而殁、风流云散”的。其中自然有自谦的成分，但与鲁迅先生“历史中间物”的思想颇为相似。

"失去比喻"的歌唱及其历史变奏

——论1950至1980年代邵燕祥诗歌的讽刺意识

张立群

在为了"含笑向七十年代告别"而写下的一首名为《失去比喻》[①]的作品中，邵燕祥曾写到"你们失去了比喻，你们就是你们自己"——这里，"失去比喻"究竟可以解释为怎样的一种思想？如果可以借用同首诗中的句子："你们不需要比喻；你们自身已成为比喻——"，或许正是以谴责"文革"的实证方式对"失去比喻"进行了某种界说。而由此回顾写于此前近30年的作品《失去譬喻的麦克阿瑟》[②]，其中"比一切丑恶的更丑恶，／比一切狰狞的更狰狞，／没有譬喻，也不用譬喻"的诗句，则更加直接地道出了"失去比喻"的精神实质：失去比喻不是不用比喻，而是被修饰者的自身已经形象地完成了这种修辞，它在不言自明中被突出强调，正在于抒情主人公对书写对象的一种冷漠的嘲讽。当然，以"失去比喻"的方式进行吟唱之后，也必然会在以下几个方面敞开诗人创作的艺术特点：而其中之一即为在直面现实和浓烈而冷静的抒情之余，思想的深度将得到空前的提升。

一

纵观邵燕祥的诗歌创作历程，以"早熟的酸果"[③]进入新中国；怀着对未来、理想的无限憧憬，年轻的诗人曾以《歌唱北京城》将浓浓的情谊和滚烫的诗篇

---

① 邵燕祥：《失去比喻》[A]，《含笑向七十年代告别》[M]，南京：江苏人民出版社1981年版。

②《失去譬喻的麦克阿瑟》，原为邵燕祥写于1950年冬的手稿，后收入《找灵魂——邵燕祥私人卷宗：1945—1976》，广西师范大学出版社2004年版。

③"早熟的酸果"指邵燕祥1947—1948年一段时期内的诗歌创作，见《岁月与酒》，浙江文艺出版社1985年版。

献给首都。在《到远方去》、《在夜晚的公路上》、《青春进行曲》、《中国张开了翅膀》等一曲曲近乎圣歌的鸣唱中，所谓“燃烧着火热青春的诗”正是诗人“为青春作证”[①]的历史见证。显而易见的，此时的邵燕祥正像其他诗人一样，歌咏着新中国和新的历史时代；而“远方”或者说时代本身也确然赋予了他以及同一时代诗人“闪光”的青春，这使得这一时期的诗人及其诗歌创作本身往往以自然的方式，融入到激动人心的历史浪潮中去。

邵燕祥曾自言早年阅读时，最喜欢闻一多先生的《心跳》与《洗衣歌》：“《心跳》中的这两句，在我开始尝试创作的时候，对我的方向有决定性的影响：最好是让这口里塞满了泥沙，如其他只会唱个人的休戚！”[②]由此可见，为时代、人民歌唱，回避“个人的休戚”，很早就植根于诗人的心中，这在一定程度上也决定了诗人未来的写作必将进入到一种“公共意识”的状态之中，并进而易于契合整个时代的主旋。当然，早年的阅读经验以及特定时代的年龄，也往往造就诗人创作的另一特点——“直面现实的抒情”，即他总是以爱憎分明的笔触，直指现实，而强调诗人的“生活体验”、“自我改造”，避免所谓“小资产阶级感情”[③]，恰恰是其诗歌创作理想的外化。

作为一位有强烈社会意识和责任感的诗人，邵燕祥诗歌中的现实性以及对时代的敏感很快使其进入另外一种“低沉”的歌唱：在完成于1953年“日记诗抄”《生活是严峻的》中，两节诗——“生活是严峻的：/绝没有容易胜利的斗争。/绝没有容易收获的幸福。/绝没有容易开花的爱情。//……历史是严峻的：/它鄙弃一切自私的灵魂/而以崇高的光荣的使命/鞭策忘我的人前进。”应当被视作正面抒情之余的一次现实性反思。此后，正如来自于一篇“反方文章”记录的那样——“邵燕祥近两年来的诗作中，讽刺诗占了绝大的部分”[④]。无论是适应

① 晓雪：《燃烧着火热青春的诗——序〈为青春作证〉》[A]，邵燕祥：《为青春作证》[M]，昆明：云南人民出版社1982年版。

② 邵燕祥：《今诗话十则》[J]，《文学评论》1985年第2期。

③ 邵燕祥：《诗和小资产阶级感情——读诗散记》，原载1950年2月3日天津日报《文艺周刊》，这里引证于《找灵魂——邵燕祥私人卷宗：1945—1976》。

④《邵燕祥创作的歧途》，见《找灵魂——邵燕祥私人卷宗：1945—1976》。书中注为“《诗刊》署名文章，原载《诗刊》1957年第3期”，与《诗刊》同期内容不符，故注为引自《找灵魂——邵燕祥私人卷宗：1945—1976》。

1956年开始的“干预生活”，还是为《中国青年报》“辣椒”副刊专栏写作而进行的嬉笑怒骂，邵燕祥都以“干预现实”的手法直面现实。这种出现于邵燕祥笔下的题材扩展、主题探索以及手法上嬗变的趋势并不是偶然的：在经历新中国初期普遍的“颂歌”模式之后，包括邵燕祥在内的一代诗人都不约而同地感同身受现实本身的复杂及其与理想之间的距离，因此，在以更为严肃认真的态度讲述诗人的使命感，即“我们的诗应该有助于新人和新事物的成长和胜利。那些阻碍我们前进的旧社会的残余还在发着臭味，我们必须用笔来把它们扫除干净”①，之后，一些“非歌颂”的作品走进了邵燕祥的诗歌创作，这使邵燕祥诗歌道路上出现了著名的诗篇《贾桂香》。

贾桂香是黑龙江佳木斯园艺农场一位年仅19岁的青年女工，因为管理员孙大叔喜欢这个天真可爱的姑娘：“孙大叔老把小贾当成小孩，／一点不像管理员对小队长；／晚上散会，骑车载着她回家，／就跟载着自己的女儿一样。”所以，就给她招来种种封建意识的议论，流言和批评“织成了一张网”。这个弱者终于在经受不住主观主义者和官僚主义者的围剿，自杀身亡。为了让现实生活中不再出现“第二个贾桂香”，邵燕祥在诗中大声疾呼：“中国不该有这样的夭亡”，而他的质疑也同样愤怒有力——

告诉我，回答我：是怎样的，
怎样的手，扼杀了贾桂香？！

“我对自己的诗，若说有所偏爱，那就是1956年11月的《贾桂香》。这首诗写得不够深刻，也还有失于天真之处，但确是从我血管中流出的血，真诚的血。”对于当时的写作而言，作者对《贾桂香》的偏爱，更多体现了一个现实主义诗人真诚的血性。这一点，在作者并未触及问题实质和仅从人格、道义的角度入诗上得到了具体的体现；不但如此，以叙述、罗列的方式进行铺陈和不时闪现的议论，也使《贾桂香》无法代表诗人全部的创作艺术。但《贾桂香》的出现却在于以“天真”的方式呈现了诗人思想成熟的深度和广度，它以强烈的情感意识和直接吟咏的结构方式实践着“失去比喻”，而由此引发的关于诗人自我的“厄运缠

① 邵燕祥：《做好写诗的准备》[J]，《文艺学习》1955年第8期。

身”乃至“复出”后的矢志不渝，或许正从另一侧面证明了这种思想意识。

二

在一本出版于1980年代并带有回顾历史性质的诗集序言中，邵燕祥曾写道：“诗天然是抒情的；多样的诗，抒多样的情。如同人的感情有多样的表达方式一样，诗也有多样的抒情方式。我认为我这些杂诗都是抒情诗，包括那些并不‘作抒情状’的如讽刺诗、谐谑诗，也是抒讽刺之情、谐谑之情的。”[①]这很容易使阅读者将诗人的讽刺和抒情结合起来，进而体现浓郁的主体精神。然而，这种“讽刺中的抒情”也同样由于时代的变化而呈现出一种“历史化”的进程。

如果说由1956年“双百方针”引发的席卷整个文坛的“干预生活”浪潮，使青年的邵燕祥写出了《贾桂香》这样的作品，那么，出现在这一时期的《多盖些工厂，少盖些礼堂》、《耳朵，你的头脑在哪里？》、《磨道驴》、《给一位工程公司的经理》、《关于一个同志的入党问题》、《拍马须知》、《抒情诗一章》（初稿名为“与郭小川谈官僚主义”）等出于反对右倾保守、反对官僚主义动机的作品，则更多是以“符合切身要求”的方式体现了时代赋予的某种创作上的“共鸣”[②]；而与之相对应的，是《“同人堂”文学杂志》、《“大众电影”一片颂声》、《给售货员出点主意》等以比较尖锐的语气，对现实生活进行了叩问。这一阶段，邵燕祥的诗歌作品主要鲜明地体现了“诗人，首先须是战士。抒情诗应该表现重要的题材和迫切的主题。诗歌的人民性首先在于它提出了与千百万人的生活利益有关的问题”[③]的现实主义风格。当然，由于受特定时代的文艺思潮的影响，所谓“诗之讽刺”也往往以直奔主题的方式得以完成，因而，其阅读效果也难免直白和浅露的叙述。

---

① “早熟的酸果”指邵燕祥1947—1948年一段时期内的诗歌创作，见《岁月与酒》，浙江文艺出版社1985年版 。

② 在《找灵魂——邵燕祥私人卷宗：1945—1976》中1955—1956年部分的概述中，邵燕祥曾写道：“这是文艺思想方面影响及于我的新动向；……‘扩大民主’，‘反对官僚主义’，符合我切身的要求，引起我的共鸣”，172—173页。

③ 邵燕祥：《罪与罚》[A]，《沉船》[M]，上海：上海远东出版社1996年版，第66页。

对于完成于1950年代的诸多讽刺性作品而言，邵燕祥的创作是一个"典型"。而这种"典型性"究其原因是与当时文艺思想、创作主流以及主观的理解有关。在因受马雅可夫斯基《初学拍马者指南》影响而写成的《拍马须知》中，邵燕祥曾以"阶梯体"进行了一次类似"政治抒情诗"的叙述——

拍马
　　本来只有一条原则，
就是
　　把一切原则
　　　　抛到九霄云外；
一切全在你
　　见风使舵，
千变万化，
　　灵活运用，
　　　　不断地学乖……

这无疑是一次注重形式和节奏感的写作，而且，为了能够"发泄"诗人"连想做个拍马者也很不容易的无限积怨"[①]，诗人也描绘出"见风使舵"、"不惜把灵魂拍卖"的拍马者，和专门被人捧场的被拍马者。但作为一首具有强烈主题性的作品，讽刺诗的形象性却在很大程度上被裸露的思想性所取代，进而在"失去比喻"后零零散散地缀在思想的枝条上。不但如此，对于所谓的"思想性"而言，源自自身理解上的困惑，也往往使批评仅能停靠在单一的"想象"维度之上。

以鲜明的爱憎和思想立意替代"形象思维"之后，邵燕祥的诗歌体现了昂扬时代青年特有的天真和单纯，然而，随着出于主人翁心态意识的针砭时弊迅速卷入历史的漩涡，"寒冷，是我真实的感觉。在那个寒冷的春天。因为我就死在那个春天。我死在一九五八"[②]的感受也接踵而至。而后，在1950至1970年代邵燕

① 邵燕祥：《罪与罚》[A]，《沉船》[M]，上海：上海远东出版社1996年版，第89页。
② 邵燕祥：《我死在一九五八》[A]，《沉船》[M]，上海：上海远东出版社1996年版，第1页。

祥诗歌创作上，更多出现的是“祖籍江南”式的明丽细致之作，这些诸如《走敦煌》、《钢铁》等，或者行吟，或者咏物的作品，暂时将诗人的另一个“自我”隐匿起来，只有偶然出现的“像泪水一样明净，／像欢笑一样单纯，／比鲜血更殷红，／比钢铁更坚韧。／——战士的心”（《战士的心》），才是诗人在特定情景中借以“自励”、“自慰”[①]时，闪现于精神支点间心理自喻。

三

从某种意义上说，邵燕祥诗歌的讽刺精神并非是完整意义上的讽刺诗，而更多是社会责任感在一个有良知诗人身上的集中体现。在解读写于“复出”不久而完成的《代拟关于〈孔乙己〉的处理意见请示报告》中，邵燕祥曾写道：“然而，我却终于发现文艺作品的各种社会效果中总有一种不知算是积极的还是消极的效果，即只要触及某些比较尖锐的社会矛盾的题材和主题，必然就难免开罪某些人，甚至招灾惹祸。讽刺作品尤其如此。”[②]因“《辣椒》副刊”而产生的“历史”已经远去了，但邵燕祥依然期待以反思和讽刺的方式实现文艺积极的社会效果。如果仅从文本的阅读效果，《代拟关于〈孔乙己〉的处理意见请示报告》已经呈现出极强的“反讽效应”：裹挟在“本来纯洁天真，／不慎误入迷津，／作案理论有据，／‘窃书不算偷’论”的“佯装无知”以及“戏剧化成分”，在某种程度上已经昭示了诗人本身对讽刺精神表达上的一种转变。

文学史上广义的“80年代文学”可以追溯到“文革”结束的1970年代末期，这是一个弥漫着“伤痕”和“反思”气息的时代，尽管从某些代表作品的名字上进行区分，二者可以被划分为两个阶段，但实际上，“伤痕”与“反思”基本上是结伴同行，并最终迸发出“生活的召唤”。在评价邵燕祥题为“含笑向七十年代告别”的诗集之中，有人曾指出：“告别”既可以被视为“指向一个历

① 邵燕祥：《找灵魂——邵燕祥私人卷宗：1945—1976》[M]，桂林：广西师范大学出版社，2004年版，第236页。

② 邵燕祥：《〈孔乙己〉诗话》[A].《忧乐百篇》[M]，北京：作家出版社1986年版。

史时期",同时,"在某种程度上也指向一种诗歌风格"。[①]对于发出"失去比喻"、"历史是公正的"之感叹的邵燕祥而言,1980年代诗歌创作中的讽刺精神体现了一种自我扬弃的过程——一方面,《敲门声》、《历史的耻辱柱》、《关于葱、姜、蒜和辣椒》、《诚实人的谎话》、《别名佚话》、《断章》等依旧延续着反思的路径进行着"政治抒情诗"的写作;另一方面,深感混合"痛苦一起咽下去"的"记忆之盐"在化入血汗之后"比一切痛苦更有力"[②],围绕邵燕祥诗歌中讽刺意识的转变也同样体现诗人写作观念和主体心态的变化。

正如反思历史对于诗人邵燕祥本身就是一次"精神炼狱"的过程,在"野火"静默的燃烧中,同样催生的还有"废墟"上年复一年的"野草"。在《嫉妒》《废墟》等作品中,"一棵树看着一棵树/恨不能自己变成刀斧//一根草看着一根草/甚至盼望着野火延烧";"没有废墟就没有历史"、"谁是历史的预言者呢?/请你仍去问断壁残垣间的野草……废墟,岂能永远是废墟?/而野草,生生不已"的诗句无论在意象营造,还是形象感上均呈现出前所未有的讽刺意味:邵燕祥在写作中明显加入了人性与历史思考的力度,他有意将讽刺从目的转向主体和某种"中介",在这一转变中,"愤怒的蟋蟀"、"黑石礁"以及"答顽石等"也就在缓慢、凝重的氛围和自喻的笔触下,揭示了一个执着者的心灵独白。

或许只有如此,才会理解如何在1980年代中期诗作渐少、转向杂文的邵燕祥身上,会读出鲁迅先生的味道。但在经历先生未曾经历的历史之后,颇具"劫后余生"的邵燕祥更能在阅读、延续鲁迅的过程中,将自己的思考和感受赋予新意。对于阿Q这一穿越历史的典型形象,邵燕祥曾以"环顾四周,今天不是也还有阿Q的'酷肖'(不是'不肖')的后继者么?"[③]进行质询——而事实上,在杂文中延续鲁迅精神的邵燕祥也同样在1980年代的诗歌创作中闪现这种未来的光芒;只不过,时过境迁之后,邵燕祥火一样的情感和强烈的自省意识,此刻已

---

① 洪子诚、刘登翰:《中国当代新诗史(修订版)》[M],北京:北京大学出版社2005年版,第134页。

② 邵燕祥:《记忆(代序)》[A],《含笑向七十年代告别》[M],南京:江苏人民出版社1981年版。

③ 邵燕祥:《鲁迅"丑化"了阿Q吗?》[A],《邵燕祥文抄(之三):梦边说梦》[M],北京:作家出版社1997年版。

为一种深邃的内敛所取代。

收于诗集《也有快乐 也有忧愁》中的短诗《中国多看客》，是一首描绘看尽万物和世相之后，才以卒章见志的方式指出——

中国多看客。

看客归去也！

这里，邵燕祥嘲讽的或许还有某种自我："看客"是一个普遍的现象，同时，又是一个个不折不扣的实体。"看客"以及"看客心理"是鲁迅以"哀莫大于心死"之后的一次痛苦的揭示，但"看客"之看的落脚点却往往在于麻木之后，再以麻木的方式离开，对于那"看不尽的风光、看不尽的闹热"，邵燕祥除了揭示其普遍性，还深入到"看客"的行为与心理，这种"冷幽默"的描述，显然对单纯的"失去比喻"进行了历史的超越。

当邵燕祥以"含蓄的微讽，不失为幽默"和联系小说《李有才板话》里快板书的方式区分"幽默"与"讽刺"——"幽默，是一种超脱于利害的，对于是非美丑特别是对于真伪的洞察明辨，经常流露在对现象与本质、因与果以及言行、表里相矛盾的含笑揭示之中。幽默感是由生活中存在的矛盾激发出来的。生活中的矛盾现象所激发的却不一定都是幽默感。……揭露这矛盾，已经不是幽默，而是讽刺。讽刺可以发笑，但往往是苦笑、冷笑甚至含泪的笑……讽刺又因所介入的矛盾的激化程度不同而分为不同的档次，激化到'时日曷丧，予及汝偕亡'，那就是诅咒、排击与声讨了。"[①] 邵燕祥的写作也必然会以嵌入幽默的方式把握"讽刺"的程度。这样，"失去比喻"的讽刺自然也会走向一种自身的成熟，并最终在诗人未来的创作中得到进一步的展现。

选自《江汉大学学报（人文科学版）》，2007 年第 6 期

① 邵燕祥：《幽默辨》[A]，《邵燕祥文抄（之二）：人间说人》[M]，北京：作家出版社 1997 年版。

诗歌的“重”与“力”

——邵燕祥诗歌近作印象

王 永

邵燕祥已经有超过半个世纪的“诗龄”了，他曾出版过《歌唱北京城》、《到远方去》、《献给历史的情歌》、《含笑向七十年代告别》等多部诗集，本文的评述对象则是他近年发表的诗歌（旧体诗暂不论及），着眼于邵燕祥诗歌中的核心部件，即“沉重的思想”。他的诗歌题材无论回望来路，还是观照当下，抑或自剖自省，更多贯注了与其杂文一脉相承的感时忧国、针砭时弊的精神，闪烁着传承鲁迅“韧”的精神而来的思想的锋芒——这些也是形成邵燕祥诗歌给人“沉重”感觉的因缘。他的近作给人印象深刻的还是“其中表现的精神人格，对生活不苟且的正直秉性和维护思想情感独立性所做的努力”①。

在邵燕祥的诗中，一代诗人不肯放弃的社会与历史的良知时时“不经意”地脱颖而出。比如，在一些“游记诗”中，邵燕祥看到的不仅仅是如画美景。《阿姆斯特丹》在开篇铺陈着北欧名城“斑驳陆离、五彩缤纷”的风景，然而，在诗的末尾，诗人笔锋一转，转向历史的深处，他想起了《安妮日记》的作者，那个藏身密室偷偷记录下纳粹残忍迫害犹太人的真实历史的小姑娘安妮·费兰克：“安妮就住在这多彩的运河边／彩色的生活她首先有份／但她被杀死了　死了五十七年／至今没抓到告密的凶犯”。意大利的比萨斜塔在诗人眼中是“存心报警，诗中也对那些“空心”的“游客”进行了小小的讥讽：“即使乱钟齐鸣／仍然昏睡不醒／醒着的快活地跑来／以托塔的姿态留影”（《比萨斜塔》）。在“罗马的假日”里，诗人想到的也是历史的“罪与罚”：“‘宁可让罪犯逃脱惩罚／也不可屈枉一人’／这古罗马的法典／是否当真／还是跟所有羊皮书上的历史／一样

① 洪子诚：《中国当代文学史》，北京：北京大学出版社 1999 年版，第 283 页。

恍惚如烟云／罗马的假日结束了／下一站去哪里？”（《远处》）

邵燕祥诗歌中也有自谓的“谐谑之什”，但“谐谑”背后自有沉甸甸的诗“思”存焉。《播种》一诗可以看作诗人诗观的一种自我表达：“热闹的马路不长草／当然也不长诗歌//那么，把诗歌的种子／播种到哪里，又用／什么来灌溉，清泉还是／浊水，蒸馏水，纯净水？//据说酒水浇愁又浇诗，那酒／却不是朱门的臭酒，沉香亭的香酒／而是天子呼来不上船的李白／在花间独酌的那一壶／白居易的家酿／在红泥小火炉上烫热／还有瞿秋白在某一个寒天／从长安市上沽来的。”这首诗用了唐玄宗与杨贵妃在沉香亭沉湎声色的典故，且化用了李白、白居易和瞿秋白的诗句——瞿秋白在题赠给鲁迅的七绝《雪夜》中写道：“雪意凄其心惘然，江南旧梦已如烟。天寒沽酒长安市，犹折梅花伴醉眠。”其旨在陈明：真正的诗歌不是追求“热闹”的潮流的，不是装饰“朱门”的工具，不是“蒸馏水、纯净水”样的清浅无味，而应该体现出诗人的独立精神并维护诗歌自身的“审美的傲慢”。在《戏咏木梳》中，诗人更是嘲讽了几种追求“诗外功夫”的诗人，在看似调侃的口吻中，表露出对“不平而鸣”的古老诗道传统的一种尊重：“只有‘义愤出诗人’的诗情如怒发／小木梳理不顺也梳不平”。

《夹边沟》就是由“义愤”的诗情喷薄而出的诗作，诗人由春日的沙尘暴想到了几乎被人们遗忘（而又实在不该遗忘）的“夹边沟”：“春日多风沙／从河西走廊来／从巴丹吉林沙漠来／从玉门关外的戈壁滩来／从盐碱地上的夹边沟来／裹挟着漫天的尘雾／血腥的沙砾／无数的墓碑都是粉饰和欺骗／被害者没有墓碑／甚至没有坟墓//口令　训斥　鞭挞和呻吟／都被风刮走了／血痕和泪渍／早被风刮干了／过去的一切全不在了／只有你们留在这里／以你们的白骨／历史被黄沙掩埋／比无名白骨埋得深／而你们的灵魂／至今流落何处//也许随着刺骨的朔风／一路呼吼　撼动所有的门窗／在这倒春寒的暗夜／寻找着／有多少颗心／敢听／你们／倾诉的／记……忆？”这首诗的结尾，短促的诗行所形成的节奏仿佛怦然心跳。在诗人沉郁劲哀的语调中，黄沙“掩埋”的历史又被拎了出来：夹边沟本是甘肃酒泉境内的一个昔日的劳改农场，1957—1960年这里关押了近三千名右派。在天寒地冻的沙漠中，与世隔绝，终日劳作，并经历了罕见的大饥荒，最后数以千计的右派活活饿死。然而“历史被黄沙掩埋／比无名白骨埋得深”——

这句相当“克制”的诗句底下蕴藏着多么沉痛的情感啊！或许，有读者认为这不还是“伤痕文学”嘛，早就不合时宜啦。然而，作为一位经历了太多的历史“故事”的长者，诗人正是由于历史的伤疤被很快地遗忘而感到了“比针扎更疼的疼痛”：“一生的伤痛集中于一个阴天 / 集中于健忘的老年 / ……比针扎更疼的是怎么苦苦回想 / 也想不起是何年何月在何处受的 / 老伤”(《老伤》)。在诗人心中，健忘的历史是更疼痛的“老伤”。在我看来，对历史的沉痛“念念不忘”，正是对鲁迅“韧”的精神的承继。这并不是因为个人所遭受的伤害而积怨难消、耿耿于怀，而是如果不深思历史何至于此，不做“刮骨疗毒”的工作，我们是否有历史悲剧不能重复上演的充分的自信呢？！

“战后三十年，陈尸现场 / 只为了证明真诚之为虚妄 / 一个游荡的灵魂隐入书里 / 找来找去，找不到失踪的自己 // 归来啊灵魂，走向末日的审判 / 曾经交给了上帝还是撒旦 / 沧海横流，日月穿梭一瞬 / 愚蠢的单恋，一个人的命运”(《找灵魂·跋》)。诗人编检自己的带着历史烙印的旧作，也是对过往的历史进行反思，对自己进行自我剖析，寻找“失踪的灵魂”。“我也到所谓晚年了吧，这才发现：只有自由思想、自由意志、独立精神、独立人格，才是一个人的灵魂。”① 到了晚年，才发现人的“灵魂”并不是以虔诚地“改造自己”为手段苦苦追求的“正确的政治观点”，而是“自由思想、自由意志、独立精神、独立人格”，这种迟到的发现对于诗人来说无疑是相当沉痛和悲哀的。诗人反观自己的旧作，由于作者的“灵魂”的丧失，那些处于“紧跟”和“跟不上”之间的旧作“不是一份文学读物，而是一份知识分子改造史的个案。徒具形式而不具备文学的品格；而且因为这些作品主要是作为作者世界观（具体到政治思想和文学观点）的载体以供考察”②。因此，诗人歆羡有名著遗世的拉辛和名曲流传的贝多芬——“我默默 / 我唯唯 / 附庸风雅的我 / 终于懂得 / 拉辛的灵魂 / 没住在故居 / 而是栖息在他的书里”(《寻拉辛不遇》)；“贝多芬 / 被命运囚禁在自己之内 / 任悲苦的鹫鹰 / 啄食 / 你的血肉 你的愤怒 / 但我说 / 你毕竟是幸福的 / 我纵有四千个方块字 / 每个字都挂着枷锁 / 而你有权调动 / 千军万马 / ——属于你的 / 自由的音符”。

---

① 邵燕祥：《找灵魂》[M]，桂林：广西师范大学出版社 2004 年版，第 1—3 页。

② 同上。

(《天地一囚徒》)在《找灵魂》一书的“引言：历史现场与个人记忆”中，作者说：“面对一堆废纸，或温和地说是一堆故纸，仿佛与那消逝的年代的故我重逢。有几分陌生了，但面对当年的自己，不能不痛切地感到，自己的历史是自己书写的，尽管有一只看不见的手不时左右着我的手腕以至心灵。”[①]这种沉痛而深刻的反思恰与其《文字垃圾》一诗形成一种“互文”关系——“时间使新纸变为故纸／尘封鼠咬虫蛀／并不遥远啊犹如昨夜／三十年五十年算什么历史深处//是现代的臣民／从现代的字盘检出／经过现代的滚筒机／印成方块的符篆//曾左右无数生灵命运的／竟是这些历史的沉积物／啊我明白了为什么／仓颉造字鬼夜哭”。正是对历史的反思，对自己的反省的那种“不识时务”的执着劲儿，才让诗人发出“并不遥远啊犹如昨夜／三十年五十年算什么历史深处”的浩叹！在“毛泽东时代”，邵燕祥曾唱出轻快的“颂歌”，其第一部诗集就名为“歌唱北京城”，而如今，我们读到的邵燕祥的诗作多为沉郁顿挫之作，给人以沉重之感。究其根源，或许正如王尔德所说：“如今我无法由衷地歌唱快乐，因为我已经懂得了痛苦。”

邵燕祥的诗歌自然不仅仅是“向后看”，也不乏对当下的观照。《落叶之舞》在对落叶形态的准确描写中灌注着诗人自身的生命体验；《火车叫》则流露出对逝去的峥嵘岁月的怀念和无奈。这些都是出于生命本真的歌唱，相当感人。但较之这样的将情感投射到一个核心意象的“抒情”之作，邵燕祥诗歌中更多的是在“叙事”中蕴藏着“思”的沉重，或者说，更多的是带有杂文的“打击力”。耿介的诗人有着爱憎分明的个性，有着强烈的社会干预意识和不容折衷的正义感，这些都在诗中尽露无遗。邵燕祥在1980年《怒江问答》中写道：“我不能容忍自己无动于衷／面对着有害的事物，人民的疾苦。”《美丽城》这首近作，以民生关怀为题材。“美丽城”本是巴黎的一个华人聚居的街区，以“美丽城”为诗题具有一种反讽的意味，“我的家在东北松花江上”这句众人周知的流浪歌谣的插入，不难看出诗人对失业下岗职工生活窘境的深刻同情和理解。“后来又有／被狼叼走的孩子／但是再也没有祥林嫂了”(《后祥林嫂时代》)，当受到损害，却无法或无处倾诉出来，这种沉默不是更悲哀，这种“后祥林嫂时代”不是更可怕吗？！《墓地天堂》一诗在叹息中夹杂着讽刺，更大胆，更尖锐，更让人拍案叫绝：“北京的天堂也

① 邵燕祥：《找灵魂》[M]，桂林：广西师范大学出版社2004年版，第1—3页。

渐渐多了 / …… / 天堂也按级别排列顺序”，“这里停息了一切纷争 / 二十四小时绝对安静 / 在这里谁都要适应寂寞 / 见了什么都无法再伸手 / 想看看鲜花只怕也看不见 / 闻不到花香供果更难尝 / 最难忍受的必得忍受天堂 / 封杀权力又禁绝欲望”。

我们生活的时代无疑是一个发达的技术时代，是各种现代传媒大兴其道的时代。邵燕祥在诗中也呈现了网络与电视等现代传媒的喧哗与热闹：“不要说无声胜有声 / 遥控器抓出——嗡嗡的六欲七情 / 天台山的丛林陷入后现代 / 新武侠，恩恩怨怨的官司与纷争 / 雁荡山的观音洞难逃衣香鬓影 / 靡靡的劲曲：正声还是郑声？// 远隔几千年，几万里外 / 沧海横流，却招之即来 / 密集的信息，抛出的档案 / 南亚的波尔布特，北欧的帕尔梅 / 告诉你被害者陈尸何处 / 却不说杀人者到底安在”（《空中的音像》）。“这是一个虚拟的世界 // 在这里 / 自由地驰骋 / 天地是虚拟的 // 在这里 / 自由的亲昵 / 爱情是虚拟的 // 在这里 / 自由地嬉笑怒骂 / 沙龙是虚拟的 // 在这里 / 自由地行使公民权利 / 宪法是虚拟的”（《网络》）。在这个发达的技术时代，对工具理性的狂热追求使得人们往往忽略了人文关怀，遗忘了历史的沉痛，弱化了独立判断能力、想象能力、自由精神。美国媒体文化批评家尼尔·波兹曼在《娱乐至死》一书中，曾深刻地分析了电视等现代传媒对我们生活的作用。它已经改变了公众话语的内容和意义：政治、宗教、教育和任何其他公共事务领域的内容，都不可避免地被电视的表达方式重新定义，而电视等现代传媒的一般表达方式是娱乐，因之，一切公众话语都以娱乐的方式出现，并成为一种文化精神，其结果是我们成了一个“娱乐至死的物种”。在这种“轻快”的、“虚拟”的娱乐化语境下，邵燕祥沉重的诗歌及其闪耀的思想的锋芒则具有了独特的分量和能让生命产生刺痛感的真实性。

通过阅读邵燕祥的近作，我们也可以看出诗人在写作上的历时性变化。诗人“复出”之初的诗作，虽然也有着对于历史和现实的取材倾向，但往往有着尖锐的论辩色彩，在情绪基调上也是激愤而炽热的，有着“广场诗歌”的调性（比如《中国的汽车呼唤着高速公路》、《地平线》）。而近年来的诗歌则有一种如老吏断狱般的冷静和深刻，具体表现为“视角的调整变化”：“大致说来，在 20 世纪 80 年代以前，大多数诗中的说话者，往往是直接面向时代的，而 90 年代以来，则更注意感受人在时代的命运，以个人记忆、感受与想象同时代对话。”[①] 这种视角的变化，使得诗人处理历史的题材，并不流于占据道德优势的控诉，而是把思性的锋芒指向历史深处，甚至诗人自身，从而增加了反思的力度和深度。值得一提的是，诗人在关注诗歌的“伦理力量”的同时，并不以损减诗歌的“艺术成色”为代价，这使其诗歌别具一种“力”——“审美的打击力”。

选自《江苏行政学院学报》2007 年第 6 期

① 王光明：《中国诗歌年选（2002—2003）• 序言》[A]，广州：花城出版社 2004 年版。

寻找灵魂与良知

——邵燕祥在当代诗坛的意义

吴思敬

2003 年 4 月，一个鸟语花香的季节，在廊坊师范学院，由中国当代文学研究会、廊坊师范学院、首都师范大学中国诗歌研究中心联合举办了“牛汉诗歌创作研讨会”。四年以后，还是这个鸟语花香的季节，还是在廊坊师范学院，还是这三家主办单位为另一位中国当代重要诗人邵燕祥先生举办了诗歌创作研讨会。这并非巧合，而是由于牛汉与邵燕祥这两位杰出诗人内在气质与精神上的相通。

我认为，学界为成就卓著的老诗人举办系列研讨会，不只是为老诗人的创作从学理层面上做一总结，寻求一个文学史上的定位，同时也是通过阐发老诗人的创作成就与创作精神，针对当下诗坛现状的一种发言，一种表态。

那么，我们为什么要举办邵燕祥诗歌创作研讨会，或者说研究邵燕祥对当代诗坛有什么意义呢?

第一，研究邵燕祥，是由于他是我们共和国的一位重要的、优秀的抒情诗人，他的诗歌创作成就，也包括某些局限与不足，有待于批评界给出公正、客观而科学的总结。

邵燕祥是一位早慧的诗人。他 1933 年出生于北京，少年时代就展现了写作的才华。在上世纪 40 年代后期风雨欲来的两种力量大决战的前夜，诗人“一手擎着匕首，一手擎着诗”，写出了这样的极有锋芒与个性的诗句：

我是犀利的匕首／插在敌人的胸上
我将使敌人流血而死／除非我被拔掉
而我是没有死亡的／因为匕首的身体是钢铁
你震惊于钢铁的声音吧？／你目眩于钢铁的闪亮吧?

是的，我是钢铁／钢铁，没有死亡！
（《匕首》）

诗句是那么强烈，情感发展又是那么自然。读着它，我们能体味出荆轲式的冲天豪情，夏明翰式的壮怀激烈。这样的诗句是与热血和生命一起喷射出来的，体现了诗歌与生命的同一。

我认为，40年代后期邵燕祥的诗歌，无论是自由地抒写心灵，还是题材的广阔、表现手法的无拘无束，都取得了相当高的成就，遗憾的是长期以来这些诗歌被淹没在解放前的过期报刊之中，除在《邵燕祥诗选》中曾零星地选了几首外，直到2004年由广西师范大学出版社推出的《找灵魂——邵燕祥私人卷宗：1945—1976》，才集中地披露了一批邵燕祥40年代后期的诗作。这批作品，很让人感到震惊，这是邵燕祥进入诗坛最早的亮相，却已显露出逼人的才华与厚重的内涵。

50年代的邵燕祥，是在由战争转入建设的时代最早为社会主义建设歌唱的诗人。他呼唤"到远方去"，到祖国建设的第一线去，他为"中国的道路呼唤着汽车"，他欢呼"我们架设了这条超高压送电线"，他礼赞"我们的钻探船轰隆轰隆响"……这阶段的邵燕祥，令我们感动的是他的单纯、热烈与真诚，他满怀欣喜地迎来了新生的共和国，他为此写出了一首首真诚的颂歌。正如谢冕作为邵燕祥的同代人所指出的："'颂歌'，是我们的经历，也是我们的命运。我们甚至可以说，不曾写颂歌的诗人不是'当代诗人'。但是，写了颂歌而不曾超越的诗人，不是优秀的诗人。因为太珍惜这生活，邵燕祥不能容忍那阳光下的阴影和黑暗。直到有一天，诗人以悲伤和愤怒的声音喊出：'告诉我，回答我，是怎样的，怎样的手，扼杀了贾桂香'的时候，邵燕祥完成了对颂歌时代的超越。"[①] 不过，在那种高度强调文学为政治服务、高度强调舆论一律的时代，当邵燕祥完成了由热情的歌者到冷静的思考者的超越的时候，也就埋下了罹难的祸因。在某种程度上可以说，邵燕祥的诗完整地记录了共和国建设年代的热血青年的心灵史。

70年代末复出以后，邵燕祥冲破了思想的牢笼，他的诗也从狭隘的意识形

---

① 谢冕：《与欢乐而悲苦的时代同行》[A]，桂林"邵燕祥诗歌创作研讨会"发言稿。

态写作中解放出来，他在《假如生活重新开头》中唱道：

假如生活重新开头
我的旅伴，我的朋友——
还是迎着朝阳出发
把长长的身影留在背后
愉快地回头一挥手！

这表明，当诗人的错案得以改正，重返诗坛的时候，他没有戚戚于个人的伤痛，而是以宽阔的胸襟，挥别那段阴霾的历史。他的《神秘果》、《我召唤青青的小树林》等诗，保留了真诚、热烈的浪漫主义的抒情风格：

春风轻浅地掠过林梢
我们一路吹着柳哨
春风猛扬起我们的头发
我们狂喜地向前飞跑
跑累了，就搀扶着站定
在月光下悄悄闭上眼睛
如果地面被春雨打湿
那是我们的热汗淋淋
来吧，青青的小树林
同我一起到原野上飞奔
（《我召唤青青的小树林》）

在面对历史造成的一片"废墟"的时候，他强调不忘历史的教训，这是他的《记忆》"记忆说：/我是盐。/别怨我/撒在你的伤口上，/让你痛苦。//把我和痛苦一起咽下去——/我要化入你的血，/我要化入你的汗，/我要让你/比一切痛苦更有力。"他的《历史的耻辱柱》、《童年——记十年大动乱中事》、《续〈泥鳅调〉》等诗，全是历史的记忆，在情感叙事中，闪耀出批判的、思辨的光芒。

新时期以来，思想解放的潮流和西方现代主义文学思潮的引进，对主要是在俄苏文艺思潮笼罩下成长的邵燕祥也产生了重要影响。这不仅表现在他对崛起的一代青年诗人的理解、同情与支持，也表现在他自己诗路的拓展。他在保留了对现实敏锐反应的同时，又加深了向心灵世界的掘进，诸如《五十弦》、《最后的独白》，以及他的命名为“打油诗”的某些旧体诗写作，与他的杂文、随笔等一起构成了一代知识分子的心灵笔记。

第二，研究邵燕祥，是由于邵燕祥是中国当代真正继承了鲁迅风骨的少数作家之一，在他身上有一种严于解剖自己的精神和冷静的对现实的批判态度。他不像某些中国知识分子，喜欢文过饰非，只愿讲过五关斩六将，不愿讲走麦城。他不回避自己的失败，他的《沉船》、《人生败笔》、《找灵魂》等著作，记录了一位青年作家从文学写作的追求与失落，到人格扭曲蜕变以至丧失良知的过程，是一份极有价值的知识分子改造史的个案。这样一位诗人，他在文学史上存在的意义，不仅在于他在不同阶段为诗坛奉献的作品上，而且体现在思想史心灵史的层面上，也就是说，我们可以在邵燕祥身上，看到这个时代知识分子复杂的内心世界，包括失去灵魂的焦灼与寻找灵魂的痛苦。

在《找灵魂》的引言中，邵燕祥说：

我们曾经被欺骗，我们也曾互相欺骗。我们不能再欺骗后人了。在我出版收录了包括检讨交代揭发汇报等私人档案的《人生败笔》后，有好心人以为是“自毁形象”。但我在再一次披阅旧日卷宗时，从文学写作的追求与失落入手，却发现了一个整个人格扭曲蜕变以至丧失良知的轨迹，这如此深刻地发生在自己身上，虽不完全意外，仍然十分震惊。我以为，以真相和本色示人，强似苦心孤诣以角色面具装扮和美化自己。既然已经悟到过去一个历史时期内的自欺欺人之可悲，那么，除了遵循求真和求实的原则，还有什么能在有生之年减少新的遗憾呢？①

邵燕祥以痛苦的经历、严格的解剖、沉重的忏悔和反思为代价，终于找到了自己的灵魂。他的这种精神履历，对于过来人说，是“灭顶者的挣扎实录”，对于年轻的一代，则是丹柯的心燃成的火炬，其意义是十分深远的。

① 邵燕祥：《找灵魂——邵燕祥私人卷宗：1945—1976》[M]，桂林：广西师范大学出版社 2004 年版，第 11—12 页。

在经历了地狱之火冶炼，经历了蜕变与重生，邵燕祥也像鲁迅一样，像牛汉一样，没有丝毫的奴颜与媚骨，就像他在那首《假如生活重新开头》中说的：“在喉管没有被割断的时候 / 该欢呼的欢呼，该诅咒的诅咒。”他在自己的杂文和后期诗作中显示的刚正不阿与勇于抗争，为缺“钙”的中国知识分子树立了一种精神榜样。

第三，研究邵燕祥，还可以对邵燕祥 40 年代后期诗歌创作与邵燕祥 50 年代的作品做一对照，从而发现一个有才华的青年诗人，是如何被“规范”，被塑造成为一个“政治抒情诗人”，被引导到“为政治服务”的道路上，路子越走越窄的，从而牢记历史的教训。

邵燕祥在《找灵魂》一书的引言中曾说过这样的话：“假如为我那过去的三十年树一座墓碑，应该严肃地铭刻这样两行字：政治上无名的殉难者 / 文学上无谓的牺牲者。”[①] 这两行字概括了邵燕祥的一生。以邵燕祥自己的个性、修养和偏好，假如没有 40 年代后期的烽火连天的战争，假如没有那时候山雨欲来风满楼的革命形势，假如没有参加进步学生运动和共产党的外围组织，邵燕祥也许会沿着 30 年代何其芳的道路走下去。但是 40 年代后期这风云变幻的时代，已不允许邵燕祥去构建自己的象牙之塔了。至于 1949 年以后，文学为政治服务的强化，编辑出版体制与作家管理体制的确立，邵燕祥 40 年代后期所写的大多数作品，恐怕是很难发表出来的。因为这种自发的政治抒怀，其内容不一定符合宣传规范。邵燕祥曾举一例：“在 50 年代时，有一位党报的高级编辑，又是诗人，看到我 1948 年写的短诗《旗》，‘旗的手在招展，旗的心在跳……’竟问：‘什么旗？为什么不是红旗？’”[②] 这种政治对创作的干预，官员对诗人的“修理”，使得邵燕祥在解放后不得不放弃自己的无拘无束的写法，而去努力适应新时代的要求，从而使诗风与 40 年代后期比有了重要的转变。如邵燕祥所言：“我从 1949 年起……只记住了为政治服务，当作教条来服膺；而对中国的国情党情，中国的现实政治，其实又蒙昧无知，可谓一窍不通：这样，在反右派运动中碰壁，遭到

---

① 邵燕祥：《找灵魂——邵燕祥私人卷宗：1945—1976》[M]，桂林：广西师范大学出版社 2004 年版，第 7 页。

② 同上，第 78 页。

政治打击，却未能就此走出误区，反而以为是为政治服务得不好或不够之故，因此要‘更好地’为无产阶级政治服务，就在几近完全丧失了独立思考、独立判断的情势下，越陷越深地令笔下成为某种政治概念、政治意图的复述、图解、传声筒。反右派运动后近 20 年里，我的写作一直摇摆在‘紧跟’和‘跟不上’之间，我的为人则一直徘徊在‘求用’和‘不为所用’之间。尤以‘文化大革命’十年为最。这时的我，已经从飞扬的‘浪漫主义’下降到匍匐的‘现实主义’，从‘不识人间有折腰’堕落到发誓遵命听话，以冀做一个驯服的宣传工具而不可得。”① 这样深刻的反思与自我剖析，不只对于我们了解邵燕祥的写作，而且对于回顾这一段文学史和思想史，都是极有价值的。

选自《江苏行政学院学报》2007 年第 6 期

① 邵燕祥：《找灵魂——邵燕祥私人卷宗：1945—1976》[M]，桂林：广西师范大学出版社 2004 年版，第 7 页。

论邵燕祥“打油诗”的品与相

梁彦玲

邵燕祥初以写新诗开始文学生涯，在学生时代就发表诗文作品。1949 年 10 月在《光明日报》发表长诗《歌唱北京城》，1951 年，他出版了以这首诗题名的诗集[①]，此后邵燕祥这个名字总是和诗联系在一起。“文革”结束以来的这 20 多年，他则以杂文、随笔和“打油诗”著称。人们鉴赏珍玩惯用“品相”作为标准，本文用品与相来衡量邵燕祥的旧体诗词，是因为这些诗作并非通常意义的“打油诗”。题中加引号也是因为笔者宁愿称其为旧体诗，而不愿习用“打油诗”的叫法。这些诗作歌哭悲欢、兴观雅颂，是托旧体之相而成寓庄于谐的杂文之品。

一、“为时为事”的杂文之品

唐代新乐府运动倡导者白居易在《与元九书》提出“文章合为时而著，歌诗合为事而作”的现实主义诗歌主张[②],并在其《秦中吟序》中言自己作诗是“闻见之间,有足悲者。因直歌其事”[③]。白居易的这一主张继承了汉乐府“缘事而发”的诗歌传统，对后世诗歌的影响是深远的。关注现实、讽喻时事是中国诗歌乃至中国文学的主脉。邵先生称曰“打油诗”的这一册广西师大出版社出版的《邵燕祥诗抄·打油诗》[④],收录诗人自 1958 年到 2001 年 40 余年间创作的旧体诗歌数百首，作诗时间由“反右”，经“文革”和改革开放，到世纪之交。其间历经中国

① 邵燕祥 :《歌唱北京城》[C]，上海 ：华东人民出版社 1951 年版。
② 白居易 :《与元九书》[A]，“白居易集”[M]. 北京 ：中华书局 1979 年版。
③ 白居易 :《秦中吟 • 序》[A]，“白居易集”[M]. 北京 ：中华书局 1979 年版。
④ 邵燕祥 :《邵燕祥诗抄 • 打油诗》[M]，桂林 ：广西师范大学出版社 2005 年版。本文所及诗作皆出于此诗集。

社会和知识界的数次重大变化，这些事件在邵燕祥的旧体诗中都有所反映。

关注民生，心忧黎元。邵燕祥的旧体诗中这一题材的诗作不在少数。《满江红》写于1961年，上片直书天灾肆虐，有“几多顷，禾苗枯槁，旱云明灭。忽报山东四月雪，又传河北多龟裂”的写实，下片“天若有情当雨粟，麦如无水难分蘖”的写意与起首句“何物苍天”的呼告呼应，托出胸中郁郁痛楚。《无题》和《清明》两首绝句写于1976年的春天，“无端泪冻碑前石，都为高天雪意深”（《无题》），“今又凄风兼苦雨，诔文写罢寄寒星”（《清明》），借早春时节的寒凉喻指动乱中神州无日不是魑魅横行的局面，悲愤和忧虑溅出字面。1989年的《人生》于首联颔联的“笑语”、“佯狂”之后，颈联“狗皮膏药能医病，人血馒头不解馋”和“才道夕阳无限好，九州同唱月儿弯”则是和血含泪的锥心之痛。“神州今日已无神，遥天我独盼观音。杨枝洒水千年愿，绿野青山不染尘”（《座谈环保有感》）不仅是对物化环境日趋恶化的忧戚，更是对神州大地再现清明的精神守望。

针砭时弊，申书民声。这类旧体诗多直面现实人生，显示了一个耿介的知识分子的心性与良知。“随人俯仰官如妓，见势逢迎妓似官。安得一除臣妾态，官场不屑效勾栏”（《〈为三陪小姐一辩〉书后》）；“葡萄美酒夜光杯，欲饮奥迪门外催。醉卧官场君莫笑，青云有路几人回”（《公仆生涯》）；“待要交班悔已迟，黄昏将近夕阳时。有权堪用直须用，莫待无花空折枝”（《五十九岁现象》）；“世间邪气自流通，今日官风杂市风。有奶是娘真理在，无权不克小包红。钱来神鬼皆推磨，权到儿孙岂放空？官场率先成市场，灵魂标价见殊荣”（《偶得打油一律请荒芜先生哂正》）；“彤云何事撒坑灰？惊蛰才迎夜雪飞。蝇子蚊虫纷出世，儒林宦海各生辉。狗分黑白归笼统，天合昏沉遮翠微。隔岁蝼蛄声在耳，守株敢望麦苗肥”（《惊蛰初雪》）；等等。这些诗作皆忧愤感慨而致嬉笑怒骂，性情毕现。正是诗人《题天台赤城山济公院》所言——“诗人与济公，千古为同调”。

邵燕祥的旧体诗不仅有别于通常说的“打油诗”，也有别于一般旧体诗。作旧诗多禁忌，比如称“人面”必曰“桃花”，说“酒”必曰“贤圣”，等等。饱读诗书的古人，因教养、熏习的缘故，感受的范围是甚为狭小的。中国的旧诗，并不把所有感受、事情和词汇作为诗材。邵燕祥所谓“打油”无非是突破旧诗取材范围，加入了杂文的敢直面不粉饰的嬉笑怒骂而已。“打油”似乎也是现代人生活大异于古代，感受的方式也有别于古代的缘故。拟写旧体诗要取近事以譬喻，若格以古代的标准，就难免会有“打油”之感。比如古代有迫害与贬谪，无“改造”与“洗脑”；有名士锻铁（如嵇康），无诗人拾粪；有污吏，无官倒；多商人傍官，少官傍商人；有歌优弄文，鲜见文人为娼；……这一类现代才有的事，入诗怕也难得风雅、难合“诗道”。事儿既然打油，诗也就必然打油了。50年来家国之痛，泣血椎心，或自嘲，或唱和，或讥刺时务，或咏古讽今，无不幽默机智妙趣横生。

广被圈内传诵的《咏第八次文代会》这首七律就是这方面的代表。“都是作家艺术家，出恭入定静无哗。不愁百万成虚掷，安得金人似傻瓜。已验几回诗作谶，可知何日笔生花。掌声拍报平安夜，大会开得很好嘛。”古代没有“文坛”，也无“作家”、“艺术家”的称谓。至于上千人济济一堂，公费飧餐，称颂升平如山呼，熟视民瘼如金人，如此麻木不仁比之当日鲁迅先生笔下“看客”与“帮闲”尤可叹可憎，以邵先生之耿介如何肖古人的“风雅之道”和“温柔敦厚之旨”？如此情形又岂止“文代”，君不见难计其数的大小会议，举手鼓掌间纷纷玩偶比比金人，虚掷的又何止是百万民脂民膏，更有立场与良知！掩卷始知“打油”非“打油”，乃为时为事之文章歌诗！

对于为什么要把自己的旧体诗歌命名为“打油诗”，邵燕祥在《邵燕祥诗抄·打油诗》序言中写道：“我把自己的诗叫打油诗，主要是缘于对中国源远流长的诗歌传统的敬畏。在令人高山仰止的诗词歌赋大家和他们的作品构成的众多高峰面前，我虽不因妄自菲薄而气馁，但终保持了不敢妄自尊大的一点自知。”①其实以上是谦辞，他之所以叫打油诗，是为了不受拘谨，从而有一个更自由的写作空间。“降格以打油，辞达而已矣”（《戏作夜梦杜甫》），可见以“打油诗”作为抒情写意的承载是诗人自觉的选择。歌哭悲欢、兴观雅颂，这些诗歌放在一起，构成了特定年代下一位知识分子的“心灵史”。“诗到痛时无比兴，直言为赋泪痕干”（《诗到》），为时为事的杂文之品是邵燕祥旧体诗的品骨之所系。

---

① 邵燕祥：《邵燕祥诗抄·打油诗》[M]，桂林：广西师范大学出版社2005年版。本文所及诗作皆出于此诗集。

二、且歌且吟的旧体之相

指言时事、哀而不伤，邵燕祥的旧体诗还兼具且歌且吟的旧体之相。品读邵燕祥的旧体诗抄，明月、妆镜（《明月篇》、《乙卯中秋夜未是稿》），楼台、平林、烟柳（《无题》、《过洞庭》、《读夏衍〈懒寻旧梦录〉二首》），秋水、空山、芳草、江畔、清泉（《游明江花山》、《题沅水大桥》、《赠袁鹰》、《赠聂华苓女士》、《衡山重游》），杜鹃、飞瀑、青苔（《我家住在山外山》、《南岳磨镜台》），黄鹤、阑干（《武夷山绝句其四》）等意象时见其间。从其善用的意象看邵燕祥的旧体诗是深得古典诗歌意境与意蕴的。这些诗所记的，正是这几十年里“人生何处觅清欢”的人生遭际和心路历程，所抒的是“及身不见黄河清”的悲凉和“他日重执手，胼胝话短长”的深情。因此虽名曰“打油”，某些诗也有散句口语入诗的“打油”形式，但旧事新典感愤人生，用心可比之风、骚；沉郁顿挫哀而不伤，风格似近于杜甫，与古时所谓张打油殊别。此类诗篇多见于自题诗和赠答诗。

自题诗多是感怀身世明志自励之作，如《咏鸡》篇：“荡气回肠不自哀，依稀灯火下楼台。岂知今日刀头菜，曾叫千户万户开。”此诗写于上个世纪70年代初，时值诗人下放干校劳动，发表权已被剥夺，只好采取这种不需铺纸拈笔又便于口占腹稿易于记忆保存的旧体。诗的首句开篇点题，借咏鸡以咏志。全诗慷慨悲凉，哀而不伤。此类诗作还有《半生》、《揽镜见白发》、《自赠》、《书愤》和《六十三周岁生日》等。“半生飞倦不知还，城郭平芜各有天。前路莫愁无慰藉，青山妩媚白云闲”（《半生》），抒发了身挫路歧不自哀，寄情山水慰平生的情怀。“只牵一发动全身，魂绕江河湖海滨。自信情根生热土，人间有味是红尘”（《揽镜见白发》），是伫立回眸，身处江湖之远，心系热土人间的积极人生的写照。《自赠》则是记写“十年岁月亦峥嵘，塞马临歧失所从”的彷徨，申抒“祸大何曾疑日远，身微今更觉恩隆”的矢志不移的意志。《书愤》化用中西神话意象，“干戚如今舞亦难，独来独往困刑天。头颅已斫何须好，肝胆犹存未忍捐。垂垂老矣吴刚斧，西绪弗斯上下山。上帝已死诸神渴，沧海横流剩一湾”，表达求索不已的志向。《六十三周岁生日》是诗人的铭志之作，“百年沧海我曾经，几度潮生月怒明。老蚌磨珠珠化泪，漫天泪雨堕成冰”。诗中潮生与月明一语双关，李义山“沧海月明珠有泪”诗句的化用可谓妙绝，既是诗人历经沧桑的辛酸，也是壮心不已的感奋。也许是昊天垂顾，邵先生吟哦此绝前三句的当下竟天雨冰雹，末句可谓天亦有情的神助之笔！[①]

赠答诗最早见于1972年的《赠京中友人》，至2001年30年间计40余首。这些酬赠友人的诗作既是知己之间的共鸣与互勉，也是诗人感愤人生歌咏情怀的心声。有共历磨难的惺惺相惜，“相交三十一春秋，昨夜西风俱白头”（《赠袁鹰》）。有相知相扶的彼此勉励，“我亦曾经沧海客，文章虽贱骨非轻”（《即事寄袁鹰》）；“敢担道义何慷慨，漫写悲欢岂矫揉。大度应容情万斛，笑他如棍复如钩”（《赠袁鹰》）；“打你三拳揉两揉，导师能放复能收。忙时干饭闲时粥，坐也失魂卧也愁”（《奉和苗子〈咏酒呈宪益〉》）。再就是借奉和酬答以诗言志，如“人间有味是微醺，何必微醺话始真？避席难逃文字狱，著书犹带辣椒魂”；“句句行行皆苦口，亦狂亦侠亦情深”（《安顺道上赠舒展》）。《赠友人》可视为此类诗作的代表，“年少头颅掷未成，老撑侠骨意纵横。长空万里书何字，鸦雀无声雁有声”。前两句是写实，后两句是写意。是友人人生羁旅的形象概括，也是一代知识分子心路历程的真实写照。这首诗意在题赠友人，也在互相勉励的同时抒发了凌空高蹈愈老弥坚的心志。其中包容了诗人生命的基本素质，甚至近乎预言谶语。

此外值得一提的是，《送妻子下放》、《鹊桥仙》等抒写儿女情长的诗作为数较少，但别具情味，在异化年代里愈发显得弥足珍贵。此类诗篇首推《明月篇》，作于1973年元月凌晨。其时诗人正“下放”，身挫时屯但却深情放达。诗歌触景生情，开篇以“人间又今夕，天上是何年”的问月问年起句，一似屈原的《天问》，苏轼的《水调歌头》，虽在尘凡而胸次超旷。最是“十五江潮连海平，东海潮来月怒明，夜半心潮摧万舶，不期明月堕怀中”几句，虽为“幽思难说”的怀人之作，却高接混茫，而又脚踏实地，自具雅量高致。“人如月，月照人”，以理遣情，两心相照，从共同赏月中互致慰藉。明月意象的内在意蕴既体现了悠悠哲思，又传达了“中宵肠百转，露冷肠内热”，“万里月明待我妆台侧”的拳拳深情。诗中的明月意象起到了渲染背景、寄托情感和寄寓哲理的作用。情景交融，浑然一体，如此复杂的感情，但却一气呵成。写景抒情笔法错综变化，而又相互

① 邵燕祥：《自序》[A]，《我的心在乌云之上》[M]，北京：作家出版社2004年版。

照应，形成了一个既有变化又和谐统一的艺术整体。

邵燕祥曾经在《找灵魂》一书的引言中回顾自己的创作与生活道路："假如为我那过去的三十年树一座墓碑，应该严肃地刻上这样两行字：政治上无名的殉难者，文学上无谓的牺牲者。"[①]由此书的副标题可见所涉及的时段是指 1945—1976 之间的 30 年，这期间，邵燕祥主要以发表自由体诗为主，而旧体诗的创作却是另外的情形。邵燕祥先生在回答《新京报》记者问时说过旧体诗写作缘起，"我写诗词开始于自娱。为什么呢？第一，我不准备发表，我 1957 年被打成右派，1958 年就准备下放劳动改造，已经被剥夺了发表权。写这种诗一方面便于记忆，也便于收藏。笔记本、香烟纸上都可以写。同时也排遣一下自己胸中的块垒"[②]。恰恰因为这样一个原因，使得邵燕祥的旧体诗写作获得了一个与他的自由体诗歌创作不同的心态，从而呈现出不同的审美取向。邵燕祥的旧体诗作与他的杂文互相映衬，形成相辅相成的互文关系。"排遣胸中块垒"，这让我想起鲁迅先生《小品文的危机》中对皮日休的《皮子文薮》和陆龟蒙的《笠泽丛书》的评价，说他们的小品文"正是一塌胡涂的泥塘里的光彩和锋镳"。赞许此二人虽生于末世自以为隐士，别人也称之为隐士，而其属文并没有忘记天下。鲁迅先生此文还指出"而小品文的生存，也只仗着挣扎和战斗的"[③]。"挣扎"与"战斗"，真性情真肝胆，也当是新旧诗歌应具的内在风骨。我认为邵燕祥先生的旧体诗是当得起这样的一个评价的。

选自《江苏行政学院学报》2007 年第 6 期

---

① 邵燕祥：《引言：历史现场与个人记忆》[A]，《找灵魂》[M]，桂林：广西师范大学出版社 2004 年版。

② 邵燕祥，http//book.qq.com，2005 年 12 月 28 日。

③ 鲁迅：《小品文的危机》[A]，《南腔北调集》[M]，北京：人民文学出版社 2005 年版。

梦的碎片之人生诉说

——读邵燕祥诗随想

孙玉石

邵燕祥于1947年14岁的时候开始发表新诗作品。今年适逢他诗歌创作60周年，这里谈谈对他诗的一些粗浅认识，以表示我的一点心意和敬意。

我可以算是诗人邵燕祥最早的“追星族”之一员了。那还是在上个世纪50年代初期，我这个从太子河边的农村来到辽南一个城市里的乡下孩子，中学读书的时候，开始接近文学，喜欢诗歌，并怀着梦想，学着乱写一些分行的涂鸦，那时候刚满20岁的才华横溢的青年诗人邵燕祥，就已经成了我心中崇拜的一个偶像。1955年秋天来北京上大学后，对他的诗喜爱与关注的热情，温度依然不减。当时他接连出版的《歌唱北京城》、《到远方去》、《给同志们》等几本诗集里的一些诗，不仅成为我的必读作品，有些诗还工整地抄录在小本子上，默诵在心里，而且他少年成名的经历和创作名声，也好像成了一种给人刺激和激励的“神话”，带给我追逐自己梦想的源泉和动力。这种刺激和激励，几乎一直延续到那个残酷的黑色的1957年之后。即使经过那场无情风雨摧残，未能幸免罹祸的诗人的名字，和他的那些曾给过我追逐青春梦想以激励的诗，也还长久地不能从我的记忆中抹去，消失。

经过20年的黯然沉默，诗人又重新开始自己的歌唱。他写诗，写杂文，也写旧体诗。如他自己说的：“近年来，不止一个朋友对我说：你的杂文比诗好；又说：你的旧体诗比新诗好。我理解这是含蓄地说我的新诗写得不好吧。好好坏坏，也就是这样了，无可更改，也无可补救了。”（《邵燕祥诗选》序）但是，在我看来，他的这些新写的分行和不分行的、新体或旧体的文字，里面都有一个共同超越于形式之上的坚硬的内核，即都蕴涵了一个重新获得做人的资格的诗人，经过炼狱般升华的灵魂，从一颗觉醒而倔强的心所迸发出来的生命体悟，蕴涵着如他诗里面比喻的，是“因愤怒而忘了纺织／因愤怒而忘了唱歌／因愤怒而张翅／，而伸颈／而凝神，而抖擞，而跳起角逐／而叮住不放的”那一个“愤怒的蟋蟀”（《愤怒的蟋蟀——读绿原为牛汉〈温泉〉所作序》），给我们送来的一曲虽然寂寞微弱但却更加令人震撼和深思的歌唱，一种平和舒缓而深沉愤怒的人生诉说。

他这些充满诗情的文字里面，都潜藏有于时代、于人生、于个人生命的叩问与思考，潜藏着作者心中焰火砥砺成熟思想而化成的滚烫诗情。我觉得无论读他用什么形式书写的文字，都可以读到一个直面不幸人生的邵燕祥笔下流出来的诗，一个以犀利的笔诉说各样悲剧性人生的诗人邵燕祥。

邵燕祥的诗，能够给予人们一种超越于艺术之上的沉思和震撼，也恰好因为它们是这样一曲令人回味难忘也令人沉重反思的人生诉说。诚如诗人自己在为《诗选》写的序里所说的那样：这些作品，都是在“用诗的口吻断断续续诉说的作者的人生”，诉说着“一个失败的人生”。他的自40年代末，至“归来”复出后所写的诸多诗篇，可以说都是在严酷的现实面前自己曾有过的无数“好梦”与“噩梦”碰碎后的一些“人生的碎片”。甚至因为突如其来的政治灾难给诗人带来的最痛苦的缄默，连这样的碎片也没有，留下的是一个诗人最旺盛创作期的长长空白，而“那些空白也是无声的言语，诉说一段历史”。

自上个世纪40年代中国那个最黑暗的年代里，一个刚刚迈入人生的少年，怀有进步理想之“梦”所写的一些朴实的短歌，唱出了自己凝视黑暗，追逐光明，为人生和真理而抗争的“倔强”和不屈。他藐视地狱的恐怖，也拒绝天堂的诱惑，坚守自己执着于大地和人生的“倔强劲”（《倔强》）。他赞美那只“呼唤风雨的鸟”，在整个天空变色和土地骚动来临的时刻，呼唤着年青的人们，“挺着被日光暴晒的风浇雨打的胸脯／飞奔而来／震天的雷雨轰然而来／拔步在泥泞里跑得更快，绞架在风雨的拳脚下塌了”（《风雨鸟》）。他凝望象征腐败政治势力的古城边缘那座“箭楼”的颓圮与残破，暗示包括自己在内的新生力量建设新世界的决心，“背弓者的心却像拨云见日／不肯在云堆里沉落∥我要驰骋在负载我的道路上／把荒野的尸布撕破／把天空的棺盖射穿……”（《箭楼》）。他用一个刚刚十四五岁少年那支稚嫩而早熟的笔，写下的那几首发表于报刊的短诗，文字内外，已经透露出在他的诗情世界里，一开始就将诗的写作与个人、与劳苦大众的人生紧紧连接在一起的悲悯与爱的情怀，透露出一颗向慕光明而不屈抗争的心，和与黑暗势力抗斗中所显示的无所畏惧的傲骨。邵燕祥自己，就是一只暴风雨到来之前高声歌唱呼唤时代新生的“风雨鸟”。

进入50年代，邵燕祥迎来了自己诗歌创作的第一个黄金时期。这时的一些作品，是刚刚步入青年时代的人生诉说，充满了热爱生活与献身精神的歌唱。《到远方去》、《在夜晚的公路上》、《五月的夜》、《在大伙房水库工地上》等这些洋溢着建设者豪情和青年人跃动脉搏的诗篇，因为将诗人的全新自我体认与同龄人生命意义实现完全融为一体的生命诉说，一代青年青春燃烧的律动和渴望祖国新生憧憬的罗曼蒂克的真情书写，很快触发了许多青春生命燃点的共鸣。蓬勃的生活，闪光的理想，流淌的激情，朴素的语言，清新而富于音乐感的句式，使得他的这些诗，一见诸报端，就不胫而走，不仅成为一代青年精神生活景慕的坐标，也成了同龄人与后来者诗歌艺术创造的样板。当时还很少有诗歌作品，像他的诗那样获得活跃于最广大生活领域里的年青心灵的共鸣。

倘若从另一个视角来看，诗的另一面，也多少被遮蔽了。读者接受诗的激情的同时而忘记了诗的审美，甚至这种激情的点燃的呼唤，也被认为就是诗的审美本身了。这种诗歌创造艺术的偏执，不仅仅是邵燕祥个人的事。当时那个被高亢颂歌笼罩一切的时代，整个诗歌创作与接受，已经走入了比较狭窄单一的“一律”化思维，而缺失了某种多元艺术创造追求的清醒，乃至稍有异端，即遭挞伐，压制扼杀。20年代以来属于个人沉思的朦胧化的现代诗歌潮流完全停止了歌唱。邵燕祥那时已经是别无选择的。

难得的是，在邵燕祥的集子里，我读到了1956年诗人写过的这样一首小诗：“有朋友从酒泉来／赠我一对夜光杯∥哪儿能得这样的美酒——／使我燃烧而清醒不醉”（《夜光杯》）。可惜，在那个不允许个人“清醒”的时代气氛之下，最终还是这种“清醒”的集体匮乏，导致了后来整个时代不得不吞咽的人生和艺术双重压抑酿成的诗美苍白的悲剧。

邵燕祥于1957年早春天气到来之前发表了《时间的话》一诗，我至今认为，这首诗是诗人自己创作艺术上一个值得注意的突破。诗里用“人问‘时间啊你在哪里'" 这一设拟的提问开头，全篇均为“时间”的答语，在流畅的旋律里，诗人努力将自己思考的人生与自然、现实与玄思、生活与哲理，通过“时间”的叙述，很自然地纠缠融汇在一起，到了诗的末尾，问者，也即诗人自己，才如此回答说：“时间啊，你是公正的，／你又宽厚，你又严厉。／正当我在向少年时代告别，／感谢你给了我许多警惕。／我在你的长河中扬帆远航，／永不搁浅在缓流的滩里。”这时候诗人才 24 岁。它预示了诗人艺术探索走向转折的突破，从颂歌抒情走向沉思书写的迹痕，给人一种令人兴奋的新诗另一种创造局面出现的期待。从《贾桂香》等一些大胆“干预生活”的诗开始，诗人邵燕祥离开颂歌的模式而开始进入揭露时弊和为民鼓呼的歌唱。他的诗更切近生活的另一个侧面。这样的尝试给他带来了没顶之灾。随着邵燕祥的，也是整个 20 年代诗歌走向艺术多元突破的流产和介入现实的获罪，不少诗人生命在“缓流的滩里”“搁浅”的悲剧，不可避免地发生了。

人们很久之后才从懵懂中醒来，真正体会到这样的真谛：痛苦磨砺的人生就是这样的“美酒”。诗人邵燕祥 1957 年后遭遇的厄运，使他耽饮了这样的“美酒”。他几乎以整个生命为代价才在 20 年后获得了这种至为宝贵的人生清醒。新时期开始诗人复出后的创作，许多都是用这生命痛苦换来的尝尽苦难生命的清醒之歌，愤怒之歌。高张启蒙大旗的鲁迅的精神血脉化入了诗人的灵魂，在他的诗和杂文的字里行间流淌呼啸。

从 1977 年秋天写成的《江边石》这首咏物诗开始，诗人的书写，有意摆脱了少年时代那种颂歌直白式的诉说人生的模式，进入了一个以蕴蓄型意象创造为核心更为深厚坚硬的人生诉说。对于一个 50 年代在祖国荒凉边远区奉献青春的地质队员人生价值的思考，凝铸在自己偶然遇见的江边的一块石头的想象和沉思里。“青山不老啊人不老，／我一直相信总能相见。／我终于又看到了你的身影！／你闪光的眼神，你黑的脸！//你的心，我的心／曾经为同一理想而发颤。／让万里江山长作证，／我们的心永远不变。”这里既有比较曲折隐蔽的诉说，又保留了诗人自己固有议论抒情的流畅格调，使这些生命诉说里多了几分凝重，也多了几分沧桑。诗的“江边石”是一位地质队员生命的象征，我大胆地猜测，这里面又何尝不是诗人在“逝者如斯夫”的慨叹中面对自己青春逝去的一种诉说呢！

自此为开端，《江边石》所预示的诗人这种诗美学的转折，在它的许多作品里得到了体现。这种新的趋向，就我自己阅读的观察，可以不甚准确地概括为表现于三个侧面。第一，是注意物象的捕捉，在诗的意象中蕴藏自己的人生诉说。他写于80年代初的《春歌》、《君山》、《地平线》、《记忆》、《沉默的芭蕉》、《永恒的花朵》、《梦中的河流》、《愤怒的蟋蟀》、《阿美利加的豪雨》，咏物抒情中多了一些如40年代冯至诗歌师法里尔克所追求的“沉思”和“凝定”，结合以一些拟人手法的生气与活泼。第二，如《怒江问答》、《黑石礁》、《关于犹大》、《雪》、《风帆》、《假面舞会》、《孤独的狍子》等诗，也多从物象捕捉诗情，但更多掺进了杂文式的议论成分。这些诗中，有思辨，有议论，有抒情，也充满了具体意象和生活实感，但更多地渗透着杂文式的精辟思辨和犀利驳议的色彩。诗人在亲身经历和历史的沉重反思中，不断质疑时代，质疑生活，质疑生命，也质疑自己，如《生活是这样吗——影片〈悲惨世界〉观后，兼致某批评家》、《问自己》等诗，更有蕴蓄于内心无法压住的一腔愤火，深埋其中，那些发自一个“受伤的战士”心灵深处的“纠缠如毒蛇　执着如怨鬼”肺腑之声，给我们以在别处难以获得的另一番的生活诉说。有些诗，读了不仅令人沉思，令人愤怒，更感到一种灵魂的“颤栗而心惊”。它给予今天或后来的读者们的，是超越于19世纪雨果赞许波特莱尔诗给人的那种灵魂的“新的颤栗”。第三种，属于诉说人生方式，传达情感的隐藏度转折的调适。如写自己人生的两次不同的“等待”的《等待》，写在古老泉州曾经沧海的故人雨中相望的迷人情景的《山那边有雨》，写既是自然又是人情“踪迹难寻又无所不在／厮守身边却默无一语”的《空气》，写美国密西西比遮住一切的漫天大雾的《雾》，写模糊了“戈多是我？我是戈多？”的界线而慨叹人生世事的《观剧》等等这样一些作品，在多了些生活形象刻绘性的吟咏里，也更多了不少隐藏性和朦胧美的追求。邵燕祥的创作经历和自身思考，属于更加个人情感世界或不便直接诉诸接受题材的诉说的需要，加上年逾五旬之后多元艺术传达方法的自觉尝试与追求，使得有些作品透明清晰而又朦胧惝恍，容得下更大的猜想空间，给人一种“老来渐于诗意深”的审美韵味。

邵燕祥的杂文，他的许多旧体诗，是与他的诗诉说一样的人生而根据需要所做的不同文类的自觉选择。这些杂文和旧体诗，因此可以说是在以另外一种形式，或直接、或隐曲地诉说着诗人所焦灼思考的人生与真情，诉说着诗人灵魂深处葆有和守望的另一番自由和忠诚的人生。有些旧体诗里，容纳了新诗不便诉说的一些话，深度地透露了诗人的情感思绪和深潜心境的信息。

这些文字流溢的悲情和隐痛，诉说的世事和人生，不是与他的那些新诗完全一致，能够真切地映射出一个我们尊敬的诗人所一直坚守的诚爱和愤怒交织的阔大襟怀与光亮人格吗？

选自《文艺争鸣》2007 年第 8 期

诗·历史·记录者

——邵燕祥诗歌的“诗史性”及其对当下诗歌创作的启示

陈　亮

邵燕祥曾说过：“我们希望我们的诗能够当之无愧地称为诗史。”① 这是他对青年诗人的期许，也是对自己的要求。以诗证史，这是阅读邵燕祥诗歌的一个切入点。所谓“诗史”，一是要求诗歌有“现实性”，二是要求诗歌有“政治性”。邵燕祥自少年起就参加政治活动，是坚定的“少年布尔什维克”，及长却因政治罹祸，“文革”之后，他又积极参加公共话题的讨论，可以说，一生都与政治脱不了干系。然而，邵燕祥对于政治的态度，在上世纪50年代和“文革”结束之后有着明显的变化。这种变化，使得他的诗歌在与历史的对话中产生了更丰饶的意义，“诗史”也呈现出更复杂的面目。

邵燕祥自少年时代起，就有比较强烈的政治意识，很早就参加了共产党的外围活动。他写的诗一开始就烙下了政治的烙印。在写于“文革”之后的一首诗中，步入人生中年的邵燕祥这样回忆自己的少年时代：

那时，是一九四九年四月
我生命中的第一个春天
那时，我完全没有意识到
那就是我将永远亲切地记起的初恋
（《那时》）

这是一个少年布尔什维克的淳朴的、纯洁的而又炽热的情感。带着初恋般

① 邵燕祥：《人间要有好诗——对当前新诗一些问题的看法》，引自《赠给18岁的诗人》，广州：花城出版社1984年版。

圣洁的情感，邵燕祥热烈欢呼新中国的诞生，用自己的诗歌加入到了万众的合唱。从不自觉到自觉，青年邵燕祥始终把诗作为为政治服务的工具。描写基层生活，讴歌时代精神，成为此时邵燕祥诗歌的主题。以工业建设为题材的诗作，是邵燕祥这一时期影响最大的作品。包括《到远方去》、《在夜晚的公路上》、《我们的钻探船轰隆轰隆响》、《我们架设了这条超高压送电线》、《在大伙房水库工地上》、《中国的道路呼唤着汽车》等诗作，传唱一时。究其原因，正是因为邵燕祥准确地把握了当时的时代精神，得到了新中国公民广泛的共鸣。这些诗歌因此也具备了"史"的性质，不仅具有审美价值，也具有认知价值。今天的人们要去了解 50 年代初期，中华人民共和国甫建时的社会状况，除了读史，读邵燕祥的诗歌，也是有效的途径。所谓"诗史"，不能被正史取代的地方，就在于它具象地表现了历史中人们的生活，表现了时代的精神，时代的氛围。这是枯燥的统计数字和严谨的历史叙述所不能表现的。今天我们关于唐开元盛世的印象，更多地来自于"忆昔开元全盛日，小邑犹藏万家室"，关于天宝年间社会颓败的记忆，更多地来自于"朱门酒肉臭，路有冻死骨"，来自于"黄昏胡骑尘满城"。一般的人不会去翻阅《旧唐书》、《新唐书》，这就是诗作为"史"的力量。1950 年代初期邵燕祥创作的诗歌，再现了那个时代万象更新、春潮涌动的崭新面貌。邵燕祥写下了"有一个波涛澎湃的大海，歌唱在每个人宽广的前胸"，写下了"记住，我们要坚守誓言：谁也不许落后于时间！那时我们在北京重逢，或者在远方的工地再见！"（《到远方去》）这些诗句曾让当时的青年热血澎湃，真实地记录了他们的心态和情感。虽然诗句中的情感可能会让今天的人感到陌生，却为我们保留了一份真实的记忆。邵燕祥这一时期的诗深深地打上了"50 年代"的烙印，他用自己青春的笔记录了一个青春的国家的勃勃生机。

"文革"结束之后，邵燕祥重新拿起了笔。他写下了《假如生活重新开头》、《问自己》、《愤怒的蟋蟀》、《我是谁》、《不要废墟》等控诉"文革"、反思历史、重审自我的诗作。这些诗作反映了一代人艰难的心路历程，忠实的信仰被利用，黄金般的岁月被虚度，他们理想中的美好的祖国满目疮痍，几成废墟：

我痛苦地认出了
这就是我自己的共和国

(《不要废墟》)

这一代人站在他们深爱却充满苦难的家园上，忧患，焦虑，不得不深沉地思索：

废墟审视着我
我审视着我自己
(《不要废墟》)

痛苦而坚定的反省，是邵燕祥这一时期诗歌的主要精神风貌。他拒绝遗忘，即使回忆使人痛苦：

记忆说：
我是盐
别怨我
撒在你的伤口上
让你痛苦

把我和痛苦一起咽下去——
我要化入你的血
我要化入你的汗
我要让你
比一切痛苦更有力。
(《记忆》)

拒绝遗忘历史，拒绝回避现实，成为邵燕祥自“文革”以后文学创作的基本态度。他之后写的《中国的汽车呼唤着高速公路》等影响一时的诗，都是“歌诗合为时而作”的现实题材的作品。这些作品，又深深地打上了“文革之后”和“80年代”的烙印，记录了人们从灾难中走出，重建家园的心路历程。邵燕祥诗歌自50年代到80年代的“诗史性”，就在于他不仅表现了时代生活，更表现了时代氛围，时代心态。他的充满时代感的诗作为一份弥足珍贵的历史记忆，充实了对50年代和80年代的历史书写。

邵燕祥主动地对“诗史”的追求，体现了他一贯地对政治的热忱，对现实的关注，这使他区别于那些专注于内心世界的诗人。邵燕祥上世纪50年代的诗歌和80年代的诗歌有很大不同，这种变化，不仅仅是源于时代的变迁，诗人对时代感受的不同，更重要的是，诗歌的抒情主体已经发生了根本的改变。诗人体察时代的原则、立场、方式都发生了变化。这使得诗中呈现的“史”也有了不同的内涵。

在上世纪50年代，邵燕祥诗歌的抒情主体多为集体“大我”，这表现在抒情主人公大多是复数的“我们”：

我们的年纪十八、十九
顶多不过二十挂零
（《到远方去》）

我们有许多的同年
兄弟、姐妹、顶亲密的朋友
（《在夜晚的公路上》）

我们冒着狂风扎好帐篷
牛粪堆在暮色里冒起青烟
（《五月的夜》）

我们的钻探船轰隆轰隆响
（《我们的钻探船轰隆轰隆响》）

我们在我们的土地上
建设着强大繁荣的社会主义祖国
（《我们爱我们的土地》）

在“我们”的掩盖之下，诗人只成为一个代言者，替青年建设者发言，继而替人民发言。“我们”取消了不同的“我”对时代的不同的感受。“我们”中间没有矛盾，没有分歧，对时代的感受必然是相同的（因而能够被代言），完全一致，完全和谐。这个“我们”实际上是意识形态构建和想象的“我们”。“我”被取消了，诗歌也就拥有了公共属性，不再是“个人”的歌唱。诗人不再拥有自己清晰的面孔，而只成为一个话筒，传达出“我们”的声音。邵燕祥回忆这一段的创作时曾说：“……这时候我已经有一种被迫的自觉，就是摒除属于个人的感情，认为所有属于个人的感情都是卑微的,琐屑的……”[①] 虽然代人民立言的抒情方式是当时的主流，也正体现为当时的氛围。但是，缺乏个体生活、个体经验的历史只是历史的一个侧面。在邵燕祥这一时期的诗歌中，历史只存在于高端的宏大叙事中，而缺少对芸芸众生世俗生活的关注，这样的历史就只能是不完整的历史。从邵燕祥的诗中，我们了解了建设者的群像，却不了解每个建设者独特的个人，不了解钻探船上的某个人，不了解大伙房水库的某个人，更不了解他们在工作之外的日常生活。作为话筒的抒情主体，固然能传达出群众的心声，但有时，放大的却只是意识形态的声音。这个声音只能歌颂时代高歌猛进的部分，而不能说出时代更复杂的场景，包括荒诞，也包括苦难。当“我们”开口，唱出时代赞歌的时候，有一些敞开了，有一些则被遮蔽了，甚至有一些被歪曲了。邵燕祥曾反思自己50年代的一些诗作，在“为政治服务”的律令下，丧失了真实性。（比如为三门峡水库写的赞歌。）这些诗歌不是以诗记录了“史”，而是把史“诗”化了。当“我”试图脱离“我们”，单独开口说话的时候，实际上是脱离了意识形态的控制，违背了意识形态的要求。因为只有一致的“我们”才能代表统一的意识形态，单独的一个个的“我”难以被辨别和控制。“我”拿掉了“我们”之前的话筒，开口说话，这是一件违禁的事。所以当邵燕祥用自己的声音，写出《贾桂香》那样的针砭时弊的诗的时候，他遭难的命运也就在所难免了。

经过近20年的磨难和思索，当邵燕祥重新拿起了笔,《贾桂香》中的“我”被放大了,《到远方去》中的“我们”逐渐消失了：

① 邵燕祥：《我与诗与政治——诗与政治关系的一段个案》，引自《新世纪中国新诗国际学术研讨会论文集》。所引邵燕祥诗歌选自百花文艺出版社1994年版《邵燕祥诗选》，上海文艺出版社1983年版《如花怒放》，花山文艺出版社1985年版《邵燕祥抒情长诗集》等诗集。

是的，我至今
纠缠如毒蛇
执着如怨鬼
爱我之所爱
恨我之所恨

…………

在亲者与仇者面前
我就是我
我是受伤的战士
不是替罪的牺牲
我永远是快乐的
尽管也有过悲愤和酸辛
我是快乐的 无论活着或死去
尽管我还不是一只牛虻
（《问自己》）

这个“我”同“我们”不同，是有着独立意志的个人，不代表一个庞大却显得空幻的群体。“纠缠如毒蛇，执着如怨鬼”的“我”的形象，不禁让人想起鲁迅《野草》中独异的个人。“我”也身处时代之中，却能不被时代的狂潮裹挟而去。同“我们”相比——可以称作时代的“弄潮儿”——“我”则可称为时代的“同路人”。邵燕祥自觉地从“我们”退回到了“我”，实际上是由一个体现万众一声的歌唱者的立场回到了一个独立知识分子的批判立场。从“我们是年轻的接力人”（《到远方去》），到我是“愤怒的蟋蟀”，“叮住不放的那一个”（《愤怒的蟋蟀》），这种巨大的变化是如何发生的，已非本文所能讨论，这段心灵史的个案，无疑是我们珍贵的经验。邵燕祥有一首长诗《我是谁》，诗人从一个个“我”出发，最终抵达了对全部中国人的反思和追问。但这已不是在意识形态主导下对一个群像的想象，而是个人对历史、对民族的真诚的抚摸。在邵燕祥能以“我”的身份发出声音之后，个人情感也能进入他的笔触，如他的

《五十弦》。这是一首描述诗人心路的作品，其中的细腻、柔情、一唱三叹，为邵燕祥之前的作品所罕有。但邵燕祥从来不是为自我吟唱的诗人。“我是风，走遍世界，寻找我的歌声。”（《论诗》）诗人还是希望自己在世间得到回应，得到共鸣。即使是《五十弦》那样的诗，诗人也在对自我心路的总结中折射出了一代人的经验。

上世纪80年代以来，邵燕祥越来越自觉地对公共话题发言。可能是出于更直接表达思想和观点的需要，邵燕祥更多选择了杂文，诗作渐少。但邵燕祥并未搁下诗笔，在他的诗歌创作中，也有着和他的杂文中一样的知识分子的风骨。他的一些诗歌甚至“杂文化”了，如他的打油诗就是此类，嬉笑怒骂之间有讽刺，有嘲弄，有抨击，有批评。他的诗作《最后的独白》，借用斯大林妻子阿利卢耶娃的口吻，对那个时代做出了反思。这完全是一个独立思考的知识分子的反思，完全脱离了集体话语的阴影。

邵燕祥诗歌上世纪50年代同80年代的不同，最根本的就在于抒情主体的不同。如果我们把邵燕祥的诗歌看作是对历史的记录，那抒情主体就是记录者。正是这个历史记录者的身份和立场发生了变化，邵燕祥笔下的历史也呈现出了不同的风貌。邵燕祥自觉选择了做一个独立的记录者，而不是御用的记录者。

但邵燕祥始终如一的，是他对时代的敏感和关注，他推崇杜甫和白居易，有着济时补世的理想。从“为政治服务”到参与政治建设，邵燕祥的诗歌同现实政治一直有紧密的联系。而自上世纪80年代中期以来，诗歌与政治渐行渐远。90年代以后出现的“知识分子”写作阵营和“民间”写作阵营，虽然在“怎么写”上有着分歧，但他们关注的几乎都是个人的生活空间（或者形而上的，或者世俗和日常的）。诗人韩东曾呼唤诗人摆脱“文化动物”、“政治动物”、“历史动物”三个“世俗角色”，以抵达“诗到语言为止”；而诗人王家新则说，首先是一个知识分子，然后是一个诗人。这样的观念对于诗歌摆脱政治的束缚，对于诗歌的自身建设，无疑有着积极的作用。然而在今天这样的历史转型期，在这样发生深刻变化的“大时代”，如果诗人总是逃避公共话题，总是“躲进小楼成一统”，不仅是一种遗憾，也会是一种失职。

在当代诗人中如邵燕祥这样，有着“公共知识分子”身份的，即使不是绝无仅有，也极为罕见。王家新所说“首先是一个知识分子”，意在强调诗人的专业知识分子的属性，强调作为一种特殊知识的诗歌。我们相信诗歌是一门专业的知识，亦是一门精粹的手艺，但同时，是不是也应该有这样的诗人：他“首先是一个公共知识分子，然后是一个诗人”。

这还是诗人如何介入公共讨论、诗歌如何介入公共话题的问题。邵燕祥的诗歌并没有给我们一个完美的答案，但至少，给了我们一些启示。

选自《文艺争鸣》2007 年第 8 期

秋山方郁郁 璀璨起烟霞

——邵诗说“变”

子 张

一

通常人们习惯于把邵燕祥归入“归来者”或“复出”的诗人群。在1980—1985年的6年间，邵燕祥一手写诗，一手为文（杂文），成为那段时期最活跃的中年诗人之一。其诗人之名，常常与公刘、白桦、流沙河、胡昭、孙静轩、昌耀等有着共同成长经历和政治遭遇的诗人列在一起，而其杂文家之名，更已为人熟知。单就社会影响力而言，杂文《论不宜巴望“好皇帝”》和《人是有尾巴的吗？》似乎已超过了诗作《假如生活重新开头》与《愤怒的蟋蟀》。不过，在这6年间，邵燕祥出版的诗集是8种，杂文集却还尚未问世，从创作数量上看他主要还是一位有成就、有影响的“归来者诗人”。

可是随后，这种情况很快发生了变化。最显著的标志是：在1986—1996年的10年间，邵燕祥却出版了19种杂文随笔集，而只有4种诗集。这给人留下的印象是，作为诗人的邵燕祥已然渐渐淡出，作为杂文家和思想者的邵燕祥方才步入炉火纯青之境。以至于在将近20年之后，王伟明对诗人进行访谈时，提出了因访美而“弃诗就文”的疑问。

即使是在1997—2006年的又一个10年间，就出版的著作说，邵燕祥的28种回忆录与杂文随笔集更是远远多于两种诗集（香港版的《短诗选》和大陆版的《打油诗》）。如果说“变”，不知这算不算创作文体与数量比例方面的“变”？

另一方面，也还存在一种说法，就是王伟明在访谈时问到过、诗人本人也数次提到过的“杂文比新诗好”以及“旧体诗比杂文好”。无法核实说这些话的人提到的“新诗”是作者哪一阶段的作品，也不知道说这些话的具体背景。而在诗人，却有着属于自己的苦衷和辩解：“我以为，在我的写作生涯里，首先是自由诗，写了大半辈子，虽有很多败笔，其中毕竟有我的梦、我的哀乐、我心中的火和灰……”（《自序》，《邵燕祥诗抄·打油诗》）

那么，如何看待诗人邵燕祥在1986年以后诗集出版远不如文集出版的数量这一现象？又如何理解所谓“杂文比新诗好”的评价以及诗人自己的辩解呢？

不错，在1986年之后，邵燕祥在言论、思想方面的社会影响远远超过了他的诗人身份，写作的重点也的确已不在诗歌方面。但另一方面的情况，正如诗人回答王伟明提问时所说：“那段日子没有弃诗就文（以后也从未弃诗就文）”，在临近1990年代以至此后的20年（1988—2006）里，其对现代诗的写作反而呈现出令人惊讶的自觉状态。只不过除了《也有快乐也有忧愁》和《邵燕祥诗选》，绝大多数新作没有单独结集出版而已。如果说，在言论、思想方面的自觉大幅度提升了邵燕祥杂文思想力度的话，那么这种自觉同样对其诗歌写作产生了重大推动力，可以说，从早期单纯、热情的“政治抒情诗人”，此时的邵燕祥已经因年龄、思想、艺术等诸种因素的影响而成为一个沉思型的思想者诗人。一个诗人的成就显然不能仅仅从诗集数量的多少加以评定。

至于“杂文比新诗好”，也还有需要推敲的地方。一是所谓“好”，其含义是什么？是思想性更强因而社会影响力大还是艺术上更具功力？二是这里所说的“新诗”是邵燕祥所有的新诗作品还是某一阶段（比如50年代至60年代或者70年代至80年代）的新诗作品？这里不去推测其具体所指，且说个人对邵诗在近20年间思想、风格、艺术表现诸侧面嬗变的点滴印象。

二

还在1980年代之初，邵燕祥回忆过自己作为新中国建设者和青年诗人对当时所谓“政治抒情诗”从不自觉到自觉的个人经验，由人民日报文艺组的来信使他“比较明确了‘政治抒情诗’这个概念，力求从政治的高度来处理工业建设之类的题材了”。此后，尽管这种全心全意的忠诚并不被理解，甚至反复遭到质疑和诘问，其从事写作的“政治的高度”还是保持到诗人“归来”后的1980年代。因为在“归来”之初，虽已有“伤痕文学”、“反思文学”依次出现，而“伤痕”还只是与“时代”同步、对政治创伤浅层次的个人倾诉，“反思”也不过是站在主流政治的角度以今日之“是”反思昨日之“非”而已，离“五四”文学的宗旨尚远，更遑论真正意义上的现代启蒙主义或理性式反思。因此，对1970年代末直至1980年代初邵燕祥类似于“伤痕”、“反思”式的抒情诗，我以为仍然可以视为特定意义上的“政治抒情诗”的延伸。

要达到真正意义上的现代启蒙主义或理性式反思，客观上固然需要形成滋养启蒙精神和理性精神的文化环境，但更需要的是主体个人的启蒙与自觉。以这个标准检验当代诗人甚至所有从事文学写作的当代文学家，不管他是工农兵文学家还是知识分子文学家，恐怕没有几人能够经得起检验。

大多数人只能做到在外在文化环境的推动下逐步由蒙昧状态开始自我启蒙，在“归来者”当中，穆旦、蔡其矫可能是最早摆脱政治迷信的诗人，而在1980年代，整个文学、文化界开始大声疾呼“人道主义”、“文学现代化”、“主体性”的气氛中，邵燕祥从先驱和后进那里获取精神资源，逐渐成为在“思想解放”（姑且借用那时的流行语）方面走得最远而又义无反顾的一个。不过他所使用的不是“思想自由”或“启蒙主义”这些术语，而是以“良知”或“良心”透视社会历史特别是当代社会。而且，这种“思想解放”也并非一次性完成，而是逐步深化、由情感体验渐趋理性思考的。

“良心”、“良知”，现代版《辞海》均以《孟子》为典范例句，并说明前者谓“本然之善心、仁义之心”，后者“指天赋的道德观念”（所谓“不虑而知者”）。可知属于儒家学派的道德术语。而在今天，一般说都不是特指，比如“良心”乃指“存在于内心的是非、善恶之认识”，却仍然属于道德范畴。至于这道德所含的具体的是非标准，是否与“五四”以来的“人道主义”和“启蒙主义”一致，则应到邵燕祥的诗中去寻找答案。

1979年12月9日的诗《地平线》已经出现了“人”的形象：“每一个普通人／都要像人那样生活。”1980年2月写的《谜语》标举出了“良心”两个大字；1982年的《长城》提出了“天地间／只是一个问题：／做人／还是做奴隶？”1986 年元旦写的《拟哈姆莱特》又一次提出了“是人？是畜类？／这还是一个问题”的问题。这种种宣告与提问，就如年轻一代的北岛所要求的“在没有英雄的年代里／我只想做一个人”，固然是另一种意义上“时代的最强音”，但从艺术的角度着眼，却显得浅显、浮泛，“人”只是一个影子，没有血，也没有肉，而且缺少具体的历史背景，感觉不到切入“当代生活”的灼痛感。反而不如 1956 年的《贾桂香》那样真切，尽管那个“呐喊”还属于生命本能而非自觉的反映。

在 1994 年“百花”版的《邵燕祥诗选》中，我以为压卷之作《最后的独白》是以人道主义的“良知”为典范的不可多得的力作。这是关于人类历史上第一个社会主义国家最高领袖的一首诗，独白者是与这位领袖共同生活了十几年而终于郁郁寡欢开枪自杀的年仅 31 岁的妻子。作者称其为“剧诗片断”，令我揣想，若是写出全剧，该是多么宏伟的史诗！且说这个“片断”，有九段是主人公的“独白”，最后一段是“诗人的话”，似乎只是轻描淡写地提示：“一个不期望历史理解的／三十一岁的俄罗斯女人的魂灵／在人海里发现了寻找她的眼睛。”实则暗示了时间（历史法则）对暴力和专制必然的审判。在主人公的九段“独白”中，透过柔弱、孤独但却选择了独立的倾诉者对那位“克里姆林宫里的疯子”最后的告别词，“我憎恨你／像你憎恨世界”，女性的尊严和暴君的冷酷渲染出的戏剧般的紧张感扣人心弦。奇特的是，除了少数直白式的宣告（“也许能忍受没有爱情的家庭，但不能做不受尊重的人”，“我走我自己的路”），这首诗主要由女性化的、柔韧细腻的心理性语言构成，力量饱满而又有节制，反而更能触动阅读者的心弦。

表面上看，《最后的独白》是一出“家庭剧”，其所涉及的却是当代社会历史一个尖锐的问题：政治制度自身的问题与领袖人物个人的政治作风、个性特征与道德品质的问题。因为在整个 20 世纪，社会政治制度及其领袖人物对人类生活的影响之大，不得不使人们思考这个问题。特别是社会主义国家在这个问题上出现的相似的历史教训，更促使人们深思制度本身与领袖品质究竟有什么内在的关联？《最后的独白》以诗的方式，从家庭或女性的视角进入这一问题，让读者看到一个政治上的“疯子”在家庭当中又是如何的粗暴、冷酷，究竟是这种个人品质影响了其政治决策还是政治制度的缺陷强化了个人品质？

那么，这种问题仅仅是当代政治才会遇到的吗？似乎正是为了回答这个提问，邵燕祥在写出《最后的独白》将近十年之后，又写了《金谷园》。巧合的是，该诗也是一个政治和道德题材的诗，其主人公也是一位与政治人物有特殊关系的女性“绿珠”，不同的是，悲剧主人公绿珠是距今1600多年的东方女子，不为“自尊”而是为“野蛮”殉葬、“生逢乱世的一个出身寒门的弱女”。绿珠坠楼殉节，或许不失为一个具有东方传统道德内涵的美丽故事，然以理性的、人道主义的道德观视之，则不过是一个彻头彻尾的生命悲剧，它映射出的也只是男权文化以及与其互为表里的专制文化对女性尊严的践踏与剥夺。只是，诗人似乎不希望绿珠仅仅作为殉葬品而死去，他试图赋予绿珠以某种对自我、对生命的自觉：

听项羽唱到“虞兮虞兮奈若何”
虞姬知道到了必死的时刻
一下认清了西楚霸王这个英雄
你也从“奈何奈何”认清了石崇
人生短暂痛苦殊多
做富贵者的玩物，算什么人生
与其再沦于缇骑，不如撒手
告别曾经做过的那些好梦

在那样的时代，绿珠这样一个出身寒门的弱女，能否像20世纪的娜捷日达·阿利卢耶娃以死亡捍卫女性的自尊，是令人怀疑的。但诗的重心似乎并不在这里，而是对逼使绿珠做出殉葬选择的那种野蛮文化的道德性反思。一方面是：“一颗闪现又委弃在荒烟蔓草的明珠／诉说千百万被蹂躏的草根的无辜”，另一方面则是：“活着，不得不为主人取悦客人／死了，谁说是情愿以身命相殉？／我要问历史：是自杀还是他杀／历史告诉我：夺色谋财又害命。”还有，在诗的最后一节，诗人表达了对艺术的期待：

但，经过了八王之乱以至奥斯维辛之后
世间仍有诗，诗比野蛮更长久

不妨把1956年的《贾桂香》和这两首长诗并置在一起考察，同与不同，变与不变，也许会显得更为清晰。诗人笔下的三个悲剧性的女性人物，尽管有着“上下两千年、纵横十万里”的距离，而命运却惊人地相似，这固然值得深思，而更值得思考的也许还是诗人在写作这三首诗时的观念性或曰思想性动力。

在 1950 年代，邵燕祥接受的文学观念，要求诗人必须从“政治的高度”实则是从文学工具论出发去从事写作，但另一方面的诗教却又告诉他“文章合为时而著，歌诗合为事而作”，还有一点，也许是诗人自己并未意识到的，即作为一个具有潜在自觉性的“人”的天然的道德力量的支撑，才使写出了《贾桂香》那种从“人”的立场出发的诗作。

故而，当邵燕祥以白居易和别林斯基的理论为《贾桂香》辩护反而被“嗤之以鼻”的时候，诗人“陷入深深的困惑”实在是自然不过了。革命的理想是美丽的，革命的实践却令人意想不到的复杂。鲁迅早就说过：革命是教人活而并非教人死的。然而一旦涉及具体的人，无论是革命者还是被革命者，情况可能就完全不同了。

《贾桂香》有发自生命深处的激情的呼吁，但缺少的是透彻的、坚韧的思想的力量，而几十年后的《最后的独白》与《金谷园》，已经是革命者和人道主义者的作者在道德自觉和理性建立之后的思想性产物。相比之下，后两首诗的厚重、辩证显而易见。

思想本身并不就是诗，然而如果没有对人和历史的深度思考做支撑，诗的灵魂似乎也就无所依托。

三

最近阅读一部关于当代启蒙文学的著作，其所引述的康德一段话不妨照抄在这里作为理解邵诗的参照：“我们是有理性的存在物，我们的内心道德律使我们独立于动物性，甚至独立于感性世界，追求崇高的道德理想，摆脱尘世的限制，向往无限的自由世界。这才真正体现了我们作为人类的价值和尊严。”（康德：《实践理性批判》，商务印书馆 1996 年版，第 164 页）内心道德律的要求使人性最终抵达启蒙人格的完成，故作者接着申说：“人性启蒙的过程于是成为自由与自律相统一，理性与信仰相统一，欲望与意志相统一的过程。完成了这一过程，人就不复是单纯由欲望决定的人，即‘欲望的人’，不复是单纯由情感决定的‘情感的人’，也不复是单纯由理性决定的‘理性的人’或‘单面的人’，而是真正成为启蒙了的、道德的和自由的人。”（张光芒《中国当代启蒙文学思潮论》，上海三联书店 2006 年版，第 12 页）

这当然是极高的精神境界，但毕竟是属于人所能达到的境界。只要一个人不甘于被蒙蔽，还有着对自由的追求，则其与生俱来的道德意识总会突破种种内心的欲望和外界的压力而助推整个人格的启蒙与自觉。这大概也就是“知识分子改造政策”“虽然有效、然而有限”并最终失败的原因。不错，时至今日，仍然有大量的所谓“知识分子”道貌岸然地捍卫着令他们丧失良知与判断力的东西，但这种现象，除了暴露出其蒙昧和膨胀的私欲而外还能说明什么呢？欲望与无知压倒了道德意识，人格的启蒙也就谈不上了。

再说邵诗之“变”。我以为，1950—1980 年代，邵燕祥的“政治抒情诗”其实并不仅仅是政治责任的产物，也是作为诗人的内在真诚的产物，因而至今读来，也还能感受到那个时代的某种真实感，《贾桂香》是如此，《地球对着火星说》也是如此。问题只在于，这种“真诚”还只是单纯的信仰、情感而不是上述“自由与自律相统一，理性与信仰相统一，欲望与意志相统一的过程”。到了 1980 年代后期，或者从《我的乐观主义》、《关于犹大》甚至《也有快乐也有忧愁》这部诗集开始，那种单纯的热情渐渐退去了，随之出现的是对世界、对生活丰富性、复杂性的体认。《最后的独白》、《金谷园》写了不同时代、不同国度女性的柔弱与自尊，而柔弱与自尊的背后则是共同的“野蛮”，“野蛮”不应当是人的本质。然而在人类的社会活动包括政治活动中，“野蛮”却又如影随形地影响着这些活动。这就是社会生活“现代化”过程中的矛盾和难度，更是 20 世纪社会主义政治制度建设中普遍存在的矛盾和困难。对这一切，苏联和当代中国知识分子都有着切身的体验，如果在经历了数十年的“苦难”之后最终以人格的启蒙获得理性，从而找到超越、摆脱这种困境的路径，或许就是对人类文明极其有意义的贡献。我愿意将邵燕祥的杂文和诗看作是对此一路径的个人性的探索。

也只有在获得这样一种思想力量和人格力量之后，才能谈得上诗的升华，由此获得的风格的成熟和诗艺的提高才具有了意义。不错，与《贾桂香》比较，《最后的独白》、《金谷园》以及不少的抒情短章，在整体抒情风格上，在细微的诗艺构成上，也都有了容易感知到的新的语调、新的色彩、新的成分。当我说到“新”的时候，多少有点犹豫，因为“新”的含义在这里并不确定，以之描述邵诗之“变”是否准确尚需斟酌。因为这“新”是相对于“政治抒情诗”时期的邵诗而言，对于整个新诗传统，这种“变”毋宁说是“旧”的，或者说是一种奇异的“回归”。譬如说诗体，较之马雅可夫斯基的“楼梯体”，《最后的独白》所用的戏剧独白形式与《金谷园》所用的十四行形式是最传统的；譬如说语调，较之早期激情的直白式的“前进”，1990 年代以后《五十弦》、《母语写作》那种对“失败人生”的沉思和絮语，更像是无奈的“退却”。自然，有些因素是无所谓新旧的，譬如修辞和整体风格方面的“变”，诗章内的跳跃、空白增多了，诘问和辩难增强了诗思的张力，沉郁和澹定融汇为秋日黄昏般的苍茫诗境。诗人似乎说过：“从我个人的爱好来说，作为诗的读者，我是那种情感型，而不是理智型的。”（《读任洪渊》）然就其近年的诗作来说，仅仅以“情感型”视之似已失之简略。特别是 2000 年以后冠之以“母语写作”的数十首抒情短诗，虽仍不失“抒情”的本分，然这种“情”的根底却基于对社会历史、对生命、对自我的理性沉思。人渐沉着诗渐老，如果“老”并非一定意味着进化论意义上的“落后”乃至“无意义”，而是生命与艺术境界的臻于自由，则我愿意用这个字表达对邵诗之“变”的理解。

“老”，是完成但不是终结，是生命最高的和谐与一致。

我不否认对这些诗句的喜爱：

战后三十年，陈尸现场／只为了证明真诚之为虚妄／一个游荡的灵魂隐入书里／找来找去，找不到失踪的自己

归来啊灵魂，走向末日的审判／曾经交给了上帝还是撒旦／沧海横流，日月穿梭一瞬／愚蠢的单恋，一个人的命运

一个早慧的诗人，不结果的谎花／谁能告诉我，自杀还是他杀／做破了的梦，再不能忍受强奸／未来：能不能把梦做得好点

矛盾。悖论。自我的冲突与纷争。一个真实的生命感受到的紧张与无奈。但最后的转折："唯一的安慰把心撕裂／手上没沾过别人的鲜血"，却没有把这种紧张保持下去，反而重新归于平衡，顿然使诗情的浓度和诗章的结构出现了松动之感。这固然不只是诗艺问题，只是这现象究竟算不算一个"问题"，却还需要细细推敲。

四

逐日青春路，
苍茫看菊花；
秋山方郁郁，
璀璨起烟霞。
一个人文主义者的美丽黄昏。

选自《文艺争鸣》2007 年第 8 期

鸦雀无声雁有声

——读《邵燕祥诗抄·打油诗》心得

王忠范

我很年轻的时候，就喜欢邵燕祥先生的自由诗，抄写背诵，大为雀跃。用现代语形容：粉丝。

1984年那个难忘的8月，在呼伦贝尔市与邵先生做梦般相识，并陪他去满洲里，去巴尔虎草原，去达赉湖，从此成为朋友。去达赉湖那天，阳光很好，傅天琳说达赉湖蓝成蝴蝶了。邵先生眼望烟波浩渺的湖水，满怀激情地跟呼伦贝尔文联主席、老作家冯国仁吟咏酬唱。他写下《游达赉湖和冯国仁》："玛瑙针茅供采撷，波纹云影共徘徊。晴秋八月毋相忘，千里诗思任剪裁。"邵先生的新诗情重又深刻敏锐，而旧体诗也这么好，令人为之赞叹叫绝。以后我就留神去读他的旧体诗，却只在《湘泉之友》读到《杂诗一打》，其中《人生》和《不问》我能一字不错地背诵下来。

又是北京见暖的春日，我再一次去华威北里拜访邵燕祥，幸得他刚出版的诗集《邵燕祥诗抄·打油诗》。邵燕祥先生告诉我：这些原先只是写给自己，或顶多是二三友人传看的格律诗——我叫它"打油诗"。这本诗集的封面设计高雅淡洁，颇具诗意，也显示出一种人格和艺术的力量，确是不凡。

每每拜读邵先生的诗作，我都选择在月光如水的夜晚，或是朝霞初露的清晨，心明心净亦心静，方能品味和享受他的诗意诗情。以编年体方式编排的这部诗词集，记录着邵先生从1958年到2001年这一截生活历程，内含岁月深处的真情和思考、念想、憧憬。他敢爱敢恨，固守道德，何惧沉重，把对生命和人生的体验化作诗行。《半生》诗云："半生飞倦不知还，城郭平芜各有天。前路莫愁无慰藉，青山妩媚白云闲。"平静安然，意蕴悠长，一曲心态和谐之音。不攀比，无所求，走自己的路，风景独好。可见诗人之坦荡胸怀，豁达、大度、磊落和阳光，实属人生绝唱。该牢记什么，该忘却什么，乃人生的道德和本领，做到谈何容易。邵先生的文化底蕴和精神境界，使他的诗大气、鲜明，总会给人带来不尽的启迪。

邵先生63周岁生日的那天下午，正沉吟间，天雨雹，遂成绝句《六十三周岁生日》："百年沧海我曾经，几度潮生月怒明。老蚌磨珠珠化泪，漫天泪雨堕成冰。"这一见景生情之作，情深义重，铿锵有声，直击心灵，感人至深。邵先生的灵魂始终飞扬在时代和社会惊心动魄的发展变化之中。尽管磨珠化泪、泪堕成冰，他依然沉思、呐喊，承担诗人、作家的责任，表现出独特人格的阳刚之气，给人带来振奋与鼓舞。而"人生何处觅清欢，有味无聊亦怪圈"（《人生》），"我亦曾经沧海客，文章虽贱骨非轻"（《即事寄袁鹰》），这一系列富有哲理的诗句总把人带入感悟之中，也让人正义、光明。李辉感叹：文坛幸有邵公在。谁都赞服。

写山水风景的旧体诗很多，而邵燕祥先生却别具一格。他用属于自己的文化心理和审美观念观察体验，巧妙地把情感与大自然紧密相连，真实地去表达、去抒发、去想象，从而形成出新出奇的意境美、情韵美。如《题回雁峰，以我别署雁翔也》。游回雁峰，想到自己的名字，情景相生相融，机智、活泼、生动，耳目一新："飞去飞来回雁峰，如何垂翅失其声。我亦逐群一北雁，待将雁字写长空。"又如写张家界索溪峪景区的《黄龙洞》："乳笋洞中生一寸，人间转瞬已千秋。长寿如君思不朽，何如立地化石头。"工笔素描，洗练对照，那种世事沧桑、生命意识跃然纸上，令人深思、感叹。邵先生的山水诗时而变幻色彩，古雅灵动："半空衡山云，一夜潇湘雨。"（《南岳歌》时而怡然活泼、妙趣盎然："幽径无人抄近走，白云有意擦边来。"（《黄山二绝句》）对仗美，节奏美，现代口语美，把人带入高卓、深远的艺术境界。

这部《邵燕祥诗抄·打油诗》，有不少寄赠唱酬的篇什，大多都是与名流、大家来往之作。这些原先只是相互传看的诗词，情深深，意浓浓，韵味深长，让人温暖与充满激情。有的浩然奔放，意蕴纵横："长空万里书何字，鸦雀无声雁有声。"（《赠友人》）有的抒情励志，简约精深："纵马何愁花落去，春风不趁趁秋风。"（《赠蓝翎》）有的相忆记趣，感叹岁月："秋晴共记此登楼，浮世光阴哪用偷。”（《秋晴寄朱正》）有的健朗浑然，富有启示：“已向花间留晚照，更从秋后觅阳春。一天好景君知否，依依最是近黄昏。”（《读“夕阳何惧近黄昏”句再柬小如》）因为实话实说，真情真唱，又注重格律、章法，所以这些闪烁人性光辉的诗尤显情感、意境和声韵的完美，着实耐读与值得回味。

这本书的外编，收入了邵先生为丁聪先生和方唐先生的漫画所配的绝句，一画一诗，别有其味也。意从画而来，形象、贴切、深刻，对社会上那些阴暗、丑恶、腐败等现象给予抨击鞭挞，体现了诗人的责任感。笔调自然诙谐，却尖锐透彻，读来便悚然动容。《老虎屁股可轻摸》写道：“过街过市总招摇，称霸称王尾巴高。刚才洗了桑拿浴，此时屁股可轻挠。”轻松、幽默、可笑，像小品，把那种猖狂霸道讽刺挖苦得淋漓尽致，叫人甚觉痛快。“葡萄美酒夜光杯，欲饮奥迪门外催。醉卧官场君莫笑，青云有路几人回。”这首《公仆生涯》写得朴实而直接，可那弦外之音却是那样尖辣、透明、强烈。还有《不堪一击》：“只出总结不出粮，政绩夸称入百强。但得上峰能首肯，落花流水亦文章。”有声有色，又鲜活风趣；入木三分，且余音缭绕。

读邵燕祥先生的诗词，人生之快事也。

选自《中华诗词》2007 年第 10 期

与欢乐而又悲苦的时代同行

——在邵燕祥诗歌创作研讨会上的发言

谢　冕

他是我们的同时代人。他的身上，准确地说，是他的诗中，保留了我们时代全部鲜明的印记：光荣和耻辱、建设和破坏、歌颂和批判、欢乐和悲哀、认真的工作和漫长的苦难。他为我们撒下了一路的欢歌和笑语，也留下了一路的泪光和血痕。这里我说的是鲜明的时代“印记”，其实，对于他来说，这一比喻也许过于轻松，我想说，甚至是抹之不去的“鞭痕”，甚至更是经历了刀山火海的、刻骨铭心的“烙印”。他就是今天我们在这里讨论的邵燕祥。

我从刚开始读诗时，就读邵燕祥的诗，是他的忠实读者。后来我发现，我比他年岁还大，但是，我觉得，邵燕祥的艺术、思想，最重要的是人生的成就，是走在我前面的。邵燕祥是早慧的，我读他的诗文，觉得非常亲切。这是一位同代人在说话，他在代替我们说话。我佩服他的地方在于，他能以艺术的方式打入我们的时代——这个非常复杂的时代，欢乐而又悲苦的时代。他有“人生败笔”，但不是失败的人生，在这个欢乐而悲苦的时代，他完成了自己对时代的认识。所以，他拥有一个非常丰富的人生。他对现实生活，对所经历的历史的那种锐利的把握能力，那种思想的锋芒，是我们这些同代人所难以到达的。特别成功的是，在这个痛苦的时代里，他造就了独立而自尊的人格。

邵燕祥是中国新诗转型时期的重要诗人。我所说的“转型”，指的是，上个世纪中叶，在共和国的大地上，随着硝烟的飘向远方，一批战争的歌者完成了时代的使命，那时节，饱经创伤的大地到处响起了马达和车轮的轰鸣，新的生活开始了。从邵燕祥开始，把目光转向建设，在他面前出现了壮丽的、美好而又艰难的建设场景。他是一位建设时代的诗人。

他是最先用诗歌向人们呼唤“到远方去”的一个人。那时的远方正在战争的废墟上展开轰轰烈烈的建设。诗人行迹所至，如同报春的燕子那样，向我们传递那让人激动而又陌生的消息：“我们架设了这条超高压送电线”，“我们的钻探船轰隆轰隆响”。① 是他诗意地再现了新生活的第一代工人艰苦劳作的动人场景：那是“第一汽车厂工地的第二个雨季”，那是“冰雪也融化，岩石都冒火光”的大伙房水库火辣辣的工地。是他为贫穷而停滞的中国破天荒地喊出：“中国的道路呼唤着汽车！”②

邵燕祥的诗歌明亮、热情、单纯、真诚，还有难得的天真，人们会说他“不成熟”，但我认为，这几个词可以成为“50年代精神”（或者称为“共和国精神”）的代表。在思想艺术一体化的年代里，他所带来的我们时代的全部复杂性，其中包括了苦难，包括了苦难之后的坚韧和坚定，以及最为可贵的人格的自省和对历史的反思的精神。所以，我说，邵燕祥给予了当代最珍贵的精神遗产。从《歌唱北京城》、《到远方去》到《含笑向七十年代告别》，再到《也有快乐，也有忧愁》，邵燕祥以他饱含着欢乐、激情、还有带着伤痕与血泪的沉重的歌唱，在漫长的岁月中以勤勉的创作，完成了一部丰富而复杂的诗的“当代史”。“我们希望我们的诗能够当之无愧地称为诗史。诗史，应该是指一个时代的人民感情（情绪）的历史。”③ 通观邵燕祥的诗歌创作，包括新诗和旧体诗，在传达和保留时代和人民的真实情感方面，也许与他所心仪的“诗史”是非常接近的。邵燕祥他就是这样，用自己的诗作，展示了作为诗人最可贵的品质，那就是始终以赤诚的心拥抱生活，悲欢与共，忧乐与共，即使为此蒙难，也义无反顾。

邵燕祥说过，一个时代有一个时代的诗人，我认为，只要是算得上杰出、优秀的诗人，他就应该是“当代诗人”④。一个对当代生活不仅隔膜，而且冷若冰霜，却又宣称是为“永恒”而写作的人，是非常可疑的。他与他所处身其中的

---

① 以上两处引号内的文字均是邵燕祥的诗题。

② 这也是他的诗题。大约过了三十年，他为开放的中国再次喊出激动人心的呼唤：“中国的汽车呼唤着高速公路。”此是后话。

③《人间要好诗》，《赠给十八岁的诗人》第84页。广州：花城出版社1984年9月版。

④ 我的看法在邵燕祥的论述中得到了支持，他在《人间要好诗》文中说：“一个时代有一个时代的诗。”这观点与我的“所有的诗人都是当代诗人”很相近。语见邵著《赠给十八岁的诗人》，广州：花城出版社1984年9月版。

“当时”尚且缺乏热情，他又如何能够感知并把握“永久”？我们读前人的诗，总是从他的“当代”读出了“永恒”。我们考量一位诗人的业绩和贡献，也是以此为出发点，从他对现世的投入和关注，进而论定他的诗意空间的恒久性。正是在此意义上，我说，邵燕祥是真正的“绕不过”的诗人。

邵燕祥写作的前期，诗的颂歌时代已经形成。为新开始的时间以及为蕴涵其中的时代精神歌唱，这是那个特定时代的诗人们的共同承担。邵燕祥行进在这样的队伍中，他是那样的单纯、天真而热情，他是共和国最年轻的诗人。他满心欢喜地迎接了新时代新生活，他为此写出了一首又一首真诚的颂歌。“颂歌”，是我们的经历，也是我们的命运。我们甚至可以说，不曾写颂歌的诗人不是“当代诗人”。但是，写了颂歌而不曾超越的诗人，不是优秀的诗人。因为太珍惜这生活，邵燕祥不能容忍那阳光下的阴影和黑暗。直到有一天，诗人以悲伤和愤怒的声音喊出：“告诉我，回答我：是怎样的，／怎样的手，扼杀了贾桂香？！”的时候，邵燕祥完成了对颂歌时代的超越。他以全面而充满锐气的诗歌写作，回答了人们对他的期待。所以，他是一位重要而优秀的诗人。

另外，我请大家注意邵燕祥诗歌创作中的艺术语言的实践。这方面研究的人不多。这里，我所指的不是《歌唱北京城》，《歌唱北京城》所具有的对形式、对语言、对节奏的把握，是一种很好的政治话语研究的问题。我指的是《走敦煌》和《谒太行》这两首诗。我曾被它们的节奏感、韵律感所迷住，它们的形式给人以启示。作为一位在北京诞生的诗人，邵燕祥是如何将北京地区的大鼓书等传统曲艺和古典文学修养运用到新诗中去的，这是值得研究的。

2007 年 4 月 20 日于廊坊师院

选自《诗刊（上半月刊）》2007 年第 7 期

世事沧桑话“火车”

——《火车叫》的文本细读

王　永

美国第一位桂冠诗人 R.P. 沃伦有一首名诗《世事沧桑话鸣鸟》，诗中写道：“多少年过去……我最怀念的，不是那些终将消逝的东西，而是鸟鸣时那种宁静。”沃伦怀念多年前的“鸟鸣”，而我们读到的邵燕祥这首近作《火车叫》怀念的则是儿时的“火车叫”。

人是容易“念旧”的，过去的事物在回忆的湖面的影子总让人充满回味和想象。“念旧”大多需要一个触媒，普鲁斯特“追忆逝水年华”的触媒是一种气味，即玛德琳糕点的气味，而邵燕祥怀念过往岁月的触媒则是一种声音——火车的叫声。在这首诗里，诗人怀念的是过去的蒸汽机头发出的“火车叫”，而对现在“轻快的提高了八度音的”汽笛，诗人并不以为然，就像我们共有的一个体验：回忆中儿时非常美味的食物，如今再去吃却往往物是“味”非，索然无味。当然，这只是这首诗的显在意思。

在《世事沧桑话鸣鸟》中，沃伦把抽象的大自然具体为“鸟鸣”，智慧而准确地传达了对宁静的大自然以及与其对等同构的心灵深处的静谧澄明之境的留恋和渴慕。邵燕祥这首《火车叫》，虽不长，却包含了诗人复杂的感情和体验：有对当年壮怀激烈的豪情的缅怀和向往，有业已结痂的疼痛，有作为一个守望者的落寞和微微的自嘲，也有历经峥嵘岁月后的清醒，同时还有对思想独立性的省悟和坚持。

这首诗的核心意象是“火车”。诗中写道：“把我从梦中唤醒的／儿时的火车头／曾经满腔悲愤地叫着／多么粗犷　多么深沉／震撼着大地　和／大地上每一道窗棂”。由此可以看出，“火车”是具有“从梦中唤醒”（启蒙）功能，是具有情感（“满腔悲愤”）的，而不是冰冷的，不近人情的。诗人发出“多么粗犷，多么深沉”的由衷赞叹，可见“儿时的火车”是诗人所敬仰的。而第一节的结尾，从“大地”这样的远景镜头直接推到“一道窗棂”这样的大特写，既写出了“火车叫”深远的影响力，同时，这样的视觉落差又似乎预示了不祥、不安的突然降临。

由第一节末的“窗棂”衔接到第二节的“梦”，由窗外到窗内，过渡自然，然而这里的“梦”却是“撕成碎片”的。“梦”，在我们通常的语义中往往是具有理想色彩、给人以安慰的，故有“梦想”之谓。梦的破碎，“随着一列列火车远去／伴着每一声火车叫”，由此可见，“火车”又具有破坏功能。值得注意的是，这里用的动词是“撕”而不是“打”。“打破”具有一次性，而“撕碎”则具有多次性、反复性，恰与诗中的“一列列”、“每一声”相契合。至此，联系诗人的生平、经历，我们不难推断“火车”的隐喻，即中国20世纪历史上一次次的“革命”（或“运动”）。在《找灵魂》一书的“引言：历史现场与个人记忆”中，诗人说：“毛泽东时代的中国，主导内容和主流精神就是革命。从我来说，以1957年为界，前半是主动参与，后半是被动参与；也就是从革命到被革命吧。”这段自我叙述可以作为这两节诗很好的注脚。诗人将火车与毛泽东、与革命联系起来，构成一种隐喻关系，这也是诗人经历和体验的凝结，与当时的历史语境相关。我们知道，在“革命年代”，火车的机车前面经常挂有领袖像，而一些“革命组织”也不乏以“火车头”命名的。而且，火车的一些特征也与革命的某些特性相契合，比如，火车的强力与“打碎旧世界”的暴力特征，火车的速度和“一万年太久，只争朝夕”的革命浪漫主义激情。值得注意的是，第二节诗仅三行，是五节诗中最短的，然而却对应了诗人的梦被“撕碎”的漫长过程（诗人从“被革命”到“复出”历经20余年）！因此，这种举重若轻的“克制陈述”与这三行诗所蕴含的沉重而复杂的内容构成了一种审美的张力。

如今，历尽劫波，岁月消磨，诗人已成为一个“破落的小站”，却依然“鹄守水泥剥落的站台”。这里既写出了诗人作为一种守望者的落寞，同时写出了诗人对信仰（“童年的梦”）的某种坚持。“我只是听着火车叫／却不登上无论哪一节客车”，这里，运载着许多人的“客车”可以视为某种大规模的集体“运动”的隐喻，一旦登上这列喧闹的“客车”，就会被滚滚的车轮裹挟而去，就有丧失自主性的危险，只能听凭“客车”把你运到指定的目的地。因此，这体现出诗人历经沧桑后的一种省悟和清醒。“不登上”是诗人自主的行为，体现了诗人的主体精神，完全不同于“登不上”的被弃感。同时，我们也可以将之视作是一向敬仰鲁迅的诗人对鲁迅的怀疑精神的承继和发扬。另外，“火车”无疑是与“远方”相联系的。我们似乎可以说，邵燕祥是有着“远方情结”的诗人，他曾在上世纪50年代写过《到远方去》，在“复出”之初写过《在远方》，而在诗人的近作中也有两首“远方诗”——《远处》和《从远方归来》。前两首诗充满了激情和对理想的确信，而近来的两首诗则可以看出诗人对“远方”的疑虑。“‘宁可让罪犯逃脱惩罚／也不可屈枉一人’／这古罗马的法典／是否当真／还是跟所有羊皮书上的历史／一样恍惚如烟云／罗马的假日结束了／下一站去哪里？”（《远处》）罗马作为古老文明的发源地，自然是一种“理想的远方”，然而诗人到了那里，发现却是历史的谎言。“下一站去哪里？”在这个看似轻描淡写的句子里却包含着诗人深刻的怀疑：到底哪里才有“理想的远方”呢？而在《从远方归来》中，诗人甚至说“没有去过的地方也就不用去了”，此语恰与《火车叫》一诗中的“我视来日如往日／那里有我熟悉的一切”形成一种互文关系，诗人的沧桑阅历使他获得足够的经验和教训来洞悉世事变迁，因此他有了一种《圣经》所云的“太阳底下没有新鲜事”的领悟——这并不是说诗人已经麻木了，而是诗人放弃了“明天更美好”的简单的线性历史观。由此，我们也可联系到鲁迅对“黄金世界”的弃绝。

就题材而论，邵燕祥这首近作还是对历史的反思，然而，我们明显会感觉到，它已完全不同于“复出”后的那些“广场诗歌”，那些诗歌具有尖锐的论辩色彩和愤激而炽热的情绪基调。这就是王光明论及邵燕祥时所说的“视角的调整变化”：“大致说来，在20世纪80年代以前，大多数诗中的说话者，往往是直接面向时代的，而90年代以来，则更注意感受人在时代的命运，以个人记忆、感受与想象同时代对话。”（《中国诗歌年选2002—2003》序言）这首诗最值得称道之处在于它很好地保持了诗思与诗艺的平衡。它不涉理路，将抽象而复杂的情绪和体验凝聚于一个具体可感的意象“火车”，而诗行中反复出现的“火车叫”，又形成了这首诗的内在节奏。值得一提的还有结尾一句话的切分，修饰“叫声”的有五个“的”字，且单独成行，这就形成了奇特的阅读效果：我们仿佛看到诗人陷入了回忆、留恋的情境之中，同时，又使全诗在仿佛是车轮渐行渐远的节奏声中结束。

选自《名作欣赏》2007 年第 15 期

与邵燕祥一首西子湖诗华年相遇

孙文涛

知道邵燕祥这个名字，是“文革”不久，我念中学，大约是 1967 或 1968 年，我在长春客车厂工人俱乐部图书馆翻书，看到一本姚文元的文学评论集，内有一篇批判邵燕祥文，当年能叫姚文元批一回很不简单，书里看姚是有才华的，抽掉政治观点不论，文章写得也好，我借回读了一遍。于今这书究竟都写了啥，早记不清，但印象深刻却是文中引用邵燕祥 50 年代的一首青春诗，记述游西湖的：

不是乱花浅草三月，
不是飘香桂子中秋，
雨雪霏霏，冷风穿袖，湖上寻舟，
船娘笑我痴兴浓如酒。
……
……
苏堤依旧，白堤依旧，
山外青山，楼外又新楼，
西湖歌舞，从今真个永无休，
还他格律，还我歌喉

姚在“还他格律，还我歌喉”上下了重点批判语，认为作者想逃避大时代旋律，专门唱个人小调！

诗人邵燕祥一生写了很多诗，可是我却只背下这一首，看来能记住一首诗纯凭偶然，而且是在那种奇怪的环境，可见诗歌的魅力。当年我是刚升上初中不久的一名学生。

第二次印象邵燕祥，是 1980 年，我在吉林的工厂工作，身边的一位青年诗友于克给《诗刊》投稿，竟得一回信，落款日期大年初一，回信人是时任编辑的邵燕祥。他的敬业精神给我印象很深。后来知道，他那时也是刚恢复名誉不久，调来《诗刊》工作才一年。

90 年代读过邵燕祥不少杂文，右派诗人里一个公刘，一个他，晚年都写杂文随笔，都不次于早年的诗，这才叫诗人，诗人精神！他贴近民本，坚持人文，反腐败倡民主，都给人难忘印象。

若说这首西湖抒情诗究竟有什么“问题”，得回到当年。从我当年的感受，嗅觉，这首诗确有点“小资情调”，你想，一个无产者、革命知识分子，在 50、60 年代，脱离时代不去讴歌主流，而是单唱个人情感，甚至还有点“软绵绵”的……但我还是喜欢诗里弥漫的某种说不清的美感，竟而完全忽略过内容有什么“错误”！

——人这东西真怪，越“禁”啥越想啥。等到这个东西“泛滥成灾”又恐逃之不及。这就是我对今日许多所谓“情与爱”、“个人情调”，及“假小资”们喜欢的影视、小说等的基本概观。

2006 年 12 月 16 日京郊

选自孙文涛：《大地谈诗》，香港金陵书社出版公司，2007 年版

解读邵燕祥诗集《在远方》

蓝棣之

邵燕祥在20世纪80年代文学的新时期，创作力旺盛活跃，其成就引人注目，他先后有两本诗集获中国作协诗歌奖，一本是《在远方》，还有一本是《迟开的花》。《在远方》是他80年代初的诗集。《云南驿怀古》是一首借怀古来抒怀的诗，诗人选择了古驿道上一些有代表性的历史遗迹来评说，阿房宫的奢侈，华清池的淫乐，以及“一骑红尘妃子笑，无人知是荔枝来”的封建特权，都是人们所熟悉的。而今诗人在古驿道上奔驰，时代不同了，十年浩劫结束了，诗人自认为已经历尽兴亡。月亮依然是秦代那一轮，关隘依然是汉朝的，然而写“秦时明月汉时关”的唐代诗人早就不在了，那些曾经不可一世的君王们也灰飞烟灭了，剩下的是荒凉的驿站，和阿房迷宫的废墟，诗人真是见得太多了，因此他说“我是历史”。然而同时他又以历史的身份疾呼：从来草野高于庙堂，也就是说，人民是决定一切的，民族的脊梁应该有负重致远的精神。这诗很富于历史的深度和思想的力量，而细节的选择、语言的含蓄和诗的激情，给诗带来强烈的艺术效果。《沉默的芭蕉》是一曲新颖别致的抒情诗，是热情的诗人旅途试笔之一。旅居南方，窗前植有摇曳的热带植物芭蕉；有时，恰是这株芭蕉给游子带来孤独感。这本是很多人都有过的体验。然而，邵燕祥的高超诗艺，使得这日常的体验转化成了审美的结构，而且一唱三叹，一波三折，饶有兴味。诗句写得很平淡，很自然，仿佛信手拈来，其实，诗人的体验与沉吟并不是很简单很容易的。从感觉上说，最吃紧的是诗人抓住了芭蕉姿态的前后变化：一开始是沉默，是枝叶离披，神态矜持而淡漠，后来终于开口，款款地把幽思陈说。中间插入李清照、曹雪芹庭院芭蕉的舒卷活泼，以此作为对照，现代诗人的感受有了厚度。难得的是，诗人并没有因为昔日有吟咏芭蕉的名人名篇而限制甚或代替了自己的心眼；古人的作品在他只是一种对照，现代诗人的感受因此而更丰富更有意思了。

《生命》是一首意味深长的诗，它遥远地从浮云写起，从浮云写到积雪，从积雪写到石林，写到石林长久的存在，永恒的没有动弹，不露表情，没有言语。诗人认为，石林是不朽的，然而它是没有生命的；浪花的生命也许是短暂的，然而它有活力、有生命、有生气，它敢于放声喧哗，投身阳光，它变化无穷，可以为云，可以为雨，当渗进大地的时候，它是不灭的种子。这诗的构思是很有创造性的。这本来是一首人们写过千百次的吟咏石林的诗，然而诗人从石林想到海浪，从石林的不朽想到海浪的翻腾，一个很好的奇思就产生了。这肯定是一首吟咏石林的很独特的诗，当然如果不会理解的话，石林公园的管理人员会对这诗不感兴趣，因为在这里诗人对石林取了大不恭的态度。有人乐山，有人乐水，看来邵燕祥是属于后者。《无题》可以按照通常的解法，解作情诗。这诗一共三节，一节比一节向前发展。第一节里的“青青的苹果”和“大地走向成熟”可以理解为写景，也可理解为暗喻；前者可以隐喻少女逐渐长大，后者可以隐喻中年男人在感情上迟来的成熟。诗人十分成功地把这两个形象统一在“秋天的阳光”这一境界之下。“枝头悬挂着半熟的苹果，／有什么东西成熟在我心头？”是很惊警的诗句，既明白，又含蓄，感情饱满，很新颖。第二节的意思好像是说对方是一位歌手。你的歌曾经在我忧愁的时候带来欢乐，而现在听你的歌声，却感觉欢乐中有忧愁。第三节写爱的渴望：“我的心迷恋着，迷恋着生活”，渴望飞翔，渴望自由。这些诗句都写得不隐不显，婉转而又明朗，明朗而又得体，吞吞吐吐而又可以登大雅之堂。总之，《在远方》里好诗是很多的。邵燕祥诗最大的特点是以独创性的诗思，表现真挚深沉的感情。他的诗的文学性水准是很高的，他对于诗的悟性是很高的，然而他却不刻意去苦求，因此他的诗显得自然、平易、朴素，没有斧凿的痕迹。

选自蓝棣之：《现代诗名著名篇解读》，人民文学出版社，2007 年版

解读邵燕祥《云南驿怀古》

蓝棣之

“怀古”这个题目往往触及一些严峻的现实课题，或者使现实课题带上纵深的历史感。邵燕祥这首“怀古”诗，自然也不例外。云南驿道是当年为唐明皇的宠妃杨玉环飞马传送鲜荔枝的道路，秦始皇建立的阿房宫，也在此驿道上。而今诗人有机会重走此驿道，感慨自然很多。诗人叩问人民：“秦王朝为何如此短暂”；诗人指点尘土，谴责唐明皇晚年的昏庸；诗人悲失路，他深知从来草野高于庙堂。这首政治抒情诗总结历史经验，鲜明地提出了人民在国家中的地位与作用的问题，有勇气，有魄力，对于刚刚结束了“文化大革命”，正在拨乱反正的中国，是非常及时而有现实意义的。

作为一个诗人，邵燕祥既有高瞻远瞩的眼光和深沉的历史感，又有很好的诗的直觉。他每天在古驿道上奔跑，就好像自己变成了“历史”，仿佛秦月汉关，烽台驿站、迷宫阿房、华清池水都在向他倾诉盛衰兴亡的故事，历史的遗迹也一再暗示他历史的经验。深沉的历史眼光与敏锐的直觉的完美结合，给这首诗带来艺术魅力与思想力量。

选自蓝棣之：《现代诗名著名篇解读》，人民文学出版社，2007 年版

激情转冷峻　豪气兼婉约——论邵燕祥的诗

刘士杰

在共和国建国初期的50年代，邵燕祥的诗是以热烈奔放、赤诚纯真而赢得人们的赞美的。50年代，刚刚结束了血与火的战争，年轻的共和国举国上下，掀起了生产建设的高潮。这既符合广大人民的愿望，更是时代的要求。那时邵燕祥有机会到工厂矿山采访。迎面扑来的新鲜经验撩动着诗人青春的激情。不同年龄的工人、技术人员忘我地为国家工业化建设而奋斗的实践，深深打动了诗人。那时邵燕祥的诗满怀激情地讴歌战斗在生产建设第一线上的劳动大军、青年突击队，以及热气腾腾的建设场面。《到远方去》是他的一首很有名的诗，在当时影响很大。以今天的眼光来看，这首诗未免写得直白，平铺直叙，可是在诗行中所涌动的纯真的、高扬的理想主义激情，虽然时隔半个多世纪，依然令人感动，特别是对那些亲历过那个历史时期的人来说，更觉亲切，好像又回到那个如火如荼的火红的年代。值得注意的是，诗人并不仅仅止于单纯歌颂生产建设者，也不仅仅停留在赞美建设者为国家做贡献这一层面上，他是将自己心中的英雄情结赋予他所讴歌的普通劳动者。他写道："心爱的同志你想起了什么？／哦，你想起了刘胡兰。／如果刘胡兰活到今天，／她跟你正是同年。//你要唱她没唱完的歌，／你要走她没走完的路。""在英雄辈出的祖国，／我们是年轻的接力人。""青年团员走在长征的路上，／几千里路程算得什么遥远。"做英雄的"接力人"，50年代初，就提出走"长征的路"，可谓难能可贵。他是将建设者提到继承先烈遗志的革命者的高度，把建设事业视为重走"长征的路"的革命事业。足见诗人当时有着何等强烈的英雄情结，有着何等昂扬的理想主义情怀！

此后，诗人写出了一系列这样讴歌生产建设的诗篇。诸如《在夜晚的公路上》、《我们架设了这条超高压送电线》、《在大伙房水库工地上》、《我们的钻探船轰隆轰隆响》等，单从这些诗题也可看出诗人对生产建设倾注了多大的关注和热情！而他的脍炙人口的名篇《中国的道路呼唤着汽车》之所以被传诵一时，是因为该诗不仅是诗人内心的呼唤，更道出了亿万人民的心声：

我们满怀着柔情与豪情，
大声地告诉负重的道路：
——我们要让中国用自己的汽车走路，
开足马力，掌稳方向盘，
一日千里，一日千里地飞奔……

这里的汽车已是中国的象征，诗人热切地渴望中国像汽车那样“一日千里地飞奔”，早日改变“一穷二白”的面貌。在《五月的夜》一诗中，诗人身处雪山下狂风中的帐篷，望着“牛粪堆在暮色里冒起青烟”，却“遥想我们不夜的京城”，无限深情地向祖国倾吐衷肠：“祖国！你的胜利就是我们的幸福。／祖国！你的繁荣就是我们的骄傲。”

由此可见，50年代的邵燕祥是一位激情如火的诗人。他的单纯和真诚，使他把所看到的世界都涂上了理想主义的美丽虹彩。

邵燕祥后来在回顾这一时期的创作时说：“我写劳动者，写工业建设，在题材上填补了空白，得到承认；至于我自己，以‘我们建设者’为抒情主人公来抒写自己的真实感情，却得免于按照小资产阶级面貌偷换工农兵形象的指责。这些带有某种纪实性的抒情诗，尽管存在着这样那样的不足，但不同于图解概念、宣传政策的纯政治诗，留下了当时生活的一些光与影。”一方面要“免于按照小资产阶级面貌偷换工农兵形象的指责”，另一方面又不满那种“图解概念、宣传政策的纯政治诗”，即便在蒸蒸日上的50年代，已露端倪的左倾思想观念的压力，已迫使富有个性和才华的邵燕祥纵然在高唱赞歌时，也不得不有诸多顾忌，而采取富有智慧的生存策略。

随着时间的推移，生活中的矛盾、问题，甚至弊端不断地出现。一脸困惑的诗人终于看到阳光下的阴影，生活给他上了重要的一课，他终于明白，对现实过于理想化只是不切实际的幻想。当然，他原本可以继续高唱赞歌，像当时不少诗人所做的那样。然而，作为一位正直的诗人，他可不屑违背自己的良知，唱那种廉价的赞歌。于是，诗人勇敢地站出来，满怀着对无辜的弱女子贾桂香的无限同情和不平，对主观主义者和官僚主义者的愤怒和谴责，写下了长诗《贾桂香》。在诗的末尾，诗人愤怒地责问：

到底是怎样的一股逆风
扑灭了刚刚燃点的火焰？
海阔天空任飞翔的地方，
折断了刚刚展开的翅膀！

告诉我，回答我：是怎样的，
怎样的手，扼杀了贾桂香？！

此诗写于1956年，正是高唱颂歌的年代，在一片歌功颂德声中，独有诗人唱着不和谐的反调，宜乎被人讥为不识时务。诗人邵燕祥因此获咎，在所谓的“反右斗争”中，被错划为右派，被开除党籍。在十年动乱中，诗人自然未能逃过劫难，他被批斗，被剥夺了写作权利达20年之久。邵燕祥不趋时媚俗，坚持操守，正是正直的知识分子最可宝贵的品质，也表现了传统的知识分子的人文精神。

诗人复出后，创作风格有很大的变化。由激情趋向冷峻，由一位乐观向上、热情奔放的诗人一变为善于思索、富有理性美质的诗人。《记忆》一诗就不同于他50年代的诗，虽然很短，是首小诗，却写得极有分量，是那么沉痛，那么深沉！倘不是从那个不堪回首的年代走过来的人，怎能有如此痛彻心扉的真切体验？诗人用拟人化和虚实结合的手法，把记忆的创巨痛深形容到极致：

记忆说：
我是盐。
别怨我
撒在你的伤口上，
让你痛苦。

把我和痛苦一起咽下去——
我要化入你的血，

我要化入你的汗，
我要让你
比一切痛苦更有力。

对于一位正直的、有社会责任感的诗人来说，十年动乱所带给他的不仅仅是个人的劫难和痛苦，或者毋宁说，比起国家与人民的命运和前途，个人的苦难和委屈是无关宏旨的。尽管诗人遭受到不公正的对待，历尽苦难，但是，我们却没有在他的作品中找到渲染他个人苦难的诗篇；却满怀柔情和爱心，写下了《童年》一诗。此诗以一个孩子的口吻，写到在十年动乱中，父母都被抓去办学习班，孩子们饥寒交迫，苦苦盼望父母归来的令人心酸的一幕。读着这充满天真稚气，却丧失童趣的诗句，似听到孩子们和着泪水带哭的呼唤。令人震撼！最后，孩子们天真地以为是“学习班”带走了他们的爸爸妈妈，于是，向“学习班”发出了稚嫩的诅咒：“‘学习班’！‘学习班’！/你的名字多么好听！/‘学习班’！‘学习班’！/你干了多少坏事情！”在这里，诗人在对受害儿童这样的弱者表达温婉的人文主义的关怀的同时，字里行间更燃烧着愤怒谴责的烈火。

这种愤怒的烈火在《怒江问答》中燃烧得更为猛烈。诗人借怒江之口写道：“说起十年人间不平事/恨不能到处擂动堂鼓”，“我不能容忍自己无动于衷/面对着有害的事物，人民的疾苦”。邵燕祥还是50年代时的邵燕祥！我们又看到《贾桂香》中诗人那刚正不阿的影子。诗人的刚正不阿在他遭受迫害，被隔离审查时表现得尤为突出。在《问自己》一诗中，他面对横逆，仍高傲地宣告：“爱我之所爱/恨我之所恨”，并且勇敢地责问颠倒黑白的荒谬：“我只是要问/为什么一夜之间/有用的人变成多余的人/同志变成敌人”。受审问者竟成了审问者。最后，诗人坚定地这样回答宵小们的审问：“在亲者与仇者面前/我就是我/我是受伤的战士/不是替罪的牺牲”，表现了一位正直的知识分子的尊严。

正因为他关注的是国家和人民的命运和前途，“十年人间不平事”、“人民的疾苦”在他心灵上留下如此深刻的烙印，所以他在诗中痛定思痛所深思反省的，是造成十年动乱的社会根源。在《吊汨罗》一诗中，诗人一反前人发思古之幽情的写法，一针见血地指出，“封建的土壤”正是造成十年动乱的社会根源：“讥谗起家，罗织为业，害人成性，/封建的土壤滋生过多少奸佞强梁？/这一切，我们若没有亲身经受，／读一千遍《离骚》又何从想象？”

我们说复出后的邵燕祥诗风的转变，并不意味着诗人以理性取代抒情，从此不写单纯的抒情诗了；恰恰相反，随着改革开放后，思想解放运动的展开，新时期开始了，中国的历史再一次走到十字路口。经济建设被提到中心地位。岑寂已久的诗人的激情如火山般喷发出来，诗人讴歌生产建设的热情被唤醒了。就在《中国的道路呼唤着汽车》发表 24 年后，诗人又发表了著名的《中国的汽车呼唤着高速公路》。这两首诗堪称姊妹篇，都顺应时代的潮流，历史的要求，符合人民的愿望。在《中国的汽车呼唤着高速公路》中，诗人急切地呼唤："不要牧歌，／不要讲古，／要的是速度！速度！速度！"如果我们把这两首诗相比较，就会发现，后一首诗在抒情中带有批判的成分。"小米加步枪"打败"飞机和大炮"，"木船打军舰"，以及"靠两条腿"追赶"轱辘"，历来是被肯定甚至歌颂的；而诗人对此却大胆地加以批判和否定："我们新的征途，／再不能仅仅靠小米加步枪，／再不能靠木船打军舰，／再不能靠两条腿，／去追赶十轮卡的轱辘！"在"文革"中，极左思潮强调路线方向，"方向盘"成为富有政治含义的象征物。而诗人却无情地加以批判和颠覆："前进是唯一的路。／再不能只是夸耀方向盘，／而安于老牛破车的速度！"这样的诗句也只能出现在思想解放运动开展的 1978 年。充分显示了浓烈的时代精神。不仅如此，诗人还在诗中尽情宣泄了对当时中国现状的强烈不满："高速度，／高速度；／渴望了十年、二十年，／但是直到一九七八年，／中国还没有高速公路！"接着，诗人历数落后的道路所带来的"多少次磨蹭、停滞、梗阻！"最后诗人以近乎悲壮的情感大声疾呼：

空话不能启动汽车，
豪言壮语也不能铺路。
但我们难道还不能铺一条
高速公路——
有这么多的痛苦，
有这么多的愤怒，
甚至有这么多的血肉
化为我们特有的混凝土！

急切焦虑之心溢于言表。与前一首诗相比，此诗更为凝重深沉。这正显示出邵燕祥诗风的变化。

然而更能体现他诗风变化的是他的抒情长诗。邵燕祥经过数十年坎坷曲折、风雨沧桑的人生道路，虽然诗人的赤子之心始终不变，但是他的诗风却发生了变化，变得沉郁凝重、恢宏壮美。从邵燕祥的抒情长诗中，我们不难看到诗人洞察历史和现实的自觉性，看到历史和现实的结合。所以即使像《长城》、《南京》这样以传统的凭吊古迹为题材的诗，也没有写成吊古伤今之作，而是站在历史的高度俯瞰现实，展望未来，因而显得有相当的深度和力度。例如在《长城》一诗中，诗人从“长城是中华民族的脊梁”这一象征性的意象出发，这样写道：

我要进入你们的灵魂
同你们一起歌唱
“把我们的血肉筑成我们新的长城”
我要进入你们的身体
化作刚硬的骨骼，坚韧的脊梁

我交到你们手中的
不是锁
而是一串钥匙
召唤你们
准备去开启
新世纪的铁门

对于秦淮风月、六朝金粉的南京城，多少文人墨客以诗词抒发式微之叹、黍离之悲。然而诗人的眼光却注视着现实：

虽然摩挲残碑
我没有怀古病

我关心市民的居住面积
远胜于李香君的故家

为什么如此破落
我高兴绿树荫荫
使炎热的火炉平均降温一度
远胜于寻问鸡鸣寺
为什么寺号鸡鸣
（《南京》）

别林斯基曾经说过："在构成真正诗人的必要条件之中，一定非包括有现代性不可。诗人比任何人都应该是他时代的儿子。"① 邵燕祥自觉地意识到自己是"时代的儿子"，因而在他面对历史遗迹的诗中，闪耀出时代精神的光辉。同时，在他的另一些面对现实、时代气息非常浓厚的抒情长诗中，又贯穿了历史精神，使这些诗不显得空泛、浮浅，而显得更为深沉，有一种深厚的力度。歌唱劳动和建设，曾经是邵燕祥 50 年代诗的主旋律。然而在 80 年代，当他"重新唱出第一支歌，还是劳动的歌"时，这支《劳动》的歌却打上了十年动乱的历史印记，是显得那么沉重，那么撼人心魄：

我宁愿浑身散发着
猪尿和牛粪的气味
好让那些教训别人劳动
而自己逃避劳动的宣传队
掩鼻让开

同样，诗人从司空见惯的敲门声，引发了奇思遐想，从战争年代到"文革"，历史的红线贯穿始终。"敲门声"使"我又想到了文化大革命，／想到了两千多年封建专制的严刑峻法，／想到了横行一时的第三帝国的党卫军，／想到了中国人民同'四人帮'的惨烈的决死的／战斗，／想到了战斗中牺牲的有名与无名的英魄，／想到了幸存者和后来者的沉重的责任。"（《敲门声》）从邵燕祥的抒情长诗中，我们分明可以看到历史潮流冲击"今天"的岩石所激起的浪花的虹彩。

① 《别林斯基选集》第一卷，第 216 页。

除了上述历史和现实的结合外，邵燕祥抒情长诗的另一个特点是思辨与诗情的结合。邵燕祥在说到写作这些抒情长诗的缘起时说："我想要发议论。"确实，从《我是谁》、《不要废墟》、《与英雄碑论英雄》、《走遍大地》等诗中，我们仿佛听见诗人在纵论天下事，诗人的胸中包孕着世界、历史、民族、祖国、社会、人民的命运，意蕴深远地提出了理想、英雄、生命的价值等严肃的人生课题。当然，这并非抽象枯燥的议论，而是饱含着诗人的血肉感情的。一方面，诗人从自己坎坷的人生道路中寻求这些人生课题的解答，因而更能激起诗人的强烈情感；另一方面，这些人生课题也正是当时人们，特别是青年一代所时时思考的问题。诗人提出这些人生课题，正是把握了社会的心理情绪，感受到时代脉搏的跳动，一种阔大恢宏的诗情就伴随着深邃隽永的思想油然而生了。思想是能产生感情的："因为这个思想在诗人头脑里产生出来之后，给了他的有机体以推动力，激动并且煽起他的热血，在他的胸膛里波动起来。"[①] 思想产生感情，而感情又使思想充实，深沉。请看这样的诗句：

让每一寸国土
不再出现历史的废墟
让每一寸心灵
不再出现精神的废墟
像咬一颗圆圆的透明的红樱桃
我认真又爱惜地咬着"建设"两个字
（《不要废墟》）

前四句堪称警句，耐人寻味；而后两句极其生动形象的比喻，道出了诗人对得来不易的"建设"极为丰富、深厚和珍惜的感情。像这种熔思想、形象、情感于一炉的佳句，在诗人的笔下比比皆是。如"可能最终算不上英雄，／但你要有一点英雄主义"，"是非之心高于利害之心，／为你所爱的人民而献身——或是电光石火的一瞬，／或是辛勤劳动的一生。"（《与英雄碑论英雄》）"我愿像高压线一样／带着电／走向天涯地角／我愿像长河水／流贯焦渴的大地／但是不夹带泥沙"

① 《别林斯基选集》第一卷，第 237 页。

（《走遍天地》），“我是中国民主中的绝对多数／又是这多数中小小的一个”（《我是谁》），这些诗句体现了思想和情感的交融，哲理和形象的结合，思辨美和诗情美的交相辉映。英国湖畔派诗人柯尔律治很强调诗的“思想深度与活力”，他曾说：“从来没有过一个伟大的诗人，不是同时也是个渊博的哲学家。因为诗就是人的全部思想、热情、情绪和语言的花朵和芳香。”① 邵燕祥虽然不是哲学家，但是他却是一位著名的杂文作家。邵燕祥的诗中所体现的深邃的哲理、思辨的美质，应该说与他杂文家所具有的深沉冷峻的智性素质密切相关。

邵燕祥的抒情长诗的风格是恢宏壮美与细腻柔美的结合。就像一幅山水长卷，既有怒涛排空、气象雄浑的大江，又有涓涓细流、蜿蜒曲折的小溪。他的抒情长诗给人总的印象是辽远、壮阔、深邃、气象万千，但其中也不乏细腻清丽之作。《怀念篇》是一曲真正的朋友的赞歌。诗人歌颂了“在缺少温暖和信任的年月”里，给了他“太多温暖和信任”的朋友。诗人写朋友的胸襟是如此豪放开阔：

朋友，我们靠得这么紧
我们都有
至少九百万平方公里的
胸怀

但是写到朋友之间的友谊却又那么拳拳深情：

朋友，对你们
我没有任何秘密
只怕我小小的胸廓
装不下对你们的记忆
和你们对我的友情

在这首诗中，诗人还满怀深情地回忆起房东大嫂怎样看着他“把烤得焦黄喷香的饼子吃下去”，而大娘则把他当作“又一个亲生的儿子”。这种细腻的细节描写，充分体现了诗人真挚、深厚的情感，使全诗呈现一种婉约柔情的色彩。

---

① 引自《欧美古典作家论现实主义和浪漫主义》，第 728 页。

读着邵燕祥的抒情长诗，令人既感到振奋鼓舞，又得到艺术享受。这是因为诗人谙熟抒情长诗的艺术特征，熟练地掌握它的艺术规律的缘故。诗人在重视抒情长诗的深邃的思想、热烈的感情的同时，没有忽视形象、联想、比喻等诗的艺术要素。《荒原》是一首带有召唤性的抒情长诗，令人想起诗人在50年代写的另一首带召唤性的抒情诗《到远方去》。与后者的单纯、质朴不同，《荒原》在艺术上更加圆熟，除了像号角那样激动人心外，还很有艺术感染力。如下面这样的诗句：

啊，我们——
瀚海中的篝火
尽管缺氧
仍然炽烈地燃烧着
五十年代的精神
可还在八十年代的胸膛里燃烧？

把荒原的开拓者喻为“瀚海中的篝火”，何等贴切形象！而在诗的最后一节，诗人以拟人化的手法写荒原召唤开拓者，很是感人，具有一种低回不绝的韵味：

你可听见了
西北风吹送来的
她的悲歌
她的呼吁
她的粗犷而殷切的召唤？！

上文说到邵燕祥的抒情长诗有婉约柔情的一面。其实在他的不少短诗中，也有婉约清丽之作。简直很难想象，一位擅长写大气磅礴的抒情长诗的诗人，一位参透世态百相的冷峻机智的杂文家，居然能写出如此如泣如诉、似爱似恨、柔肠百转的爱情诗：

我心中有一个秘密的爱
一半是恨
一半是债

这死扣要生命才能解开！
（《我心中有一个秘密的爱》）

全诗的形式颇像元曲中的小令。《再别屯溪》同样有小令的韵味，写得清新不俗，雅致优美：

梦着樱桃，梦着枇杷
梦着石榴自在开花
绿叶浓荫里藏着的鸟
自在说着千年不变的话

邵燕祥知识丰富渊博，用典贴切，可谓“信手拈来，皆成文章”。他的《遐思》一诗，写得挥洒自如，才气横溢。诗中大量运用古今中外的典故，从苏武到秋瑾，从拿破仑到伏契克，有的是明用典，有的是暗用典，一路写来，流畅自然，毫不涩滞。正因为他旧学功底好，所以他写的新诗文采斐然，文字优美。丰厚的古典文学基础、广博的知识结构无疑使他的新诗锦上添花。

其实，邵燕祥精湛的古典文学造诣还不止于此，他能写堪称上乘的旧体诗。而且一写就是40余年。《邵燕祥诗抄·打油诗》收入诗人自1958年至2001年间所写的旧体诗数百首。所谓“打油诗”是诗人对自己旧体诗的自谦之词。据诗人称，聂绀弩、黄苗子、杨宪益、荒芜都把自己的旧体诗称为“打油诗”。新诗诗人兼写旧体诗，这真是新诗史上一个独特的现象。一些彪炳史册的新诗诗人如俞平伯、何其芳、辛笛、臧克家等，都能写非常出色的旧体诗。这也许因为无论新诗或旧体诗，形式虽不同，其诗心则一的缘故吧？

邵燕祥先生在新诗、旧体诗和杂文三个领域都取得了杰出的成就，赢得了人们的敬重和爱戴。然而，更令人钦佩的是，年逾古稀的他依然保持一颗诗人的赤子之心，依然充满好奇地关注现实生活，关注寻常百姓，时有新作问世。2006年11月4日的《北京青年报》发表了邵燕祥先生的《痛悼子尤》一诗。邵燕祥先生这样一位大诗人，却为16岁的少年诗人写悼念诗，诗行中溢满悲恸痛惜之情，可谓一字一泪，读了令人悄然动容。这首《痛悼子尤》也许不能与诗人其他的名作相比，但是，相信它在读者中间的影响是巨大的，这意味着大诗人的诗是如此亲近民众，关注普通人的生活。读着这首诗，人们很自然想起诗人当年的《贾桂香》和《童年》两首诗，遭受迫害的普通的女工、“文革”中盼着父母回家的饥寒交迫的孩子，曾打动多少读者的心！读着这首诗，令人再一次感受到诗人那悲悯的人文主义关怀。人们传诵着这首诗，不仅仅是为了悼念那位逝去的天才少年，更是为诗中所体现的诗人邵燕祥先生的人格力量所震撼，所深深感动。

邵燕祥先生用他的为人和天才诗作告诉人们：什么是真正的诗人。邵燕祥先生虽然年逾古稀，但是诗人的青春永驻，衷心祝愿他健康长寿，不断有佳作问世。

作于 2007 年 4 月 11 日
北京芳城园寓所

选自《上海大学学报（社会科学版）》2008 年第 1 期

我读邵燕祥其诗其人

——在邵燕祥诗歌创作研讨会上的发言

姚振函

邵燕祥是我十分尊敬的诗人。但我坦白地承认，他出版过的二十几本诗集中，我一本也没读过，只读过一些选本上的十几首。我对他的尊敬，主要不是因为他的诗，而是他的人品。

但这个会既然叫诗歌创作研讨会，我也斗胆在各位诗人、学者、理论家面前谈点浅薄的看法。

我认为，邵燕祥是真正与共和国一起成长起来的诗人，可以说，他的诗思的每一次跳动，都是和共和国同步的，共振的。他的诗行是有良知的中国人民半个多世纪思想情绪的真实记录和文字化石。研究共和国建国以来思想史和心灵史的人，完全可以从他的诗中找到根据。我想举出他两首著名的诗，即 1954 年的《中国的道路呼唤着汽车》和 1978 年 12 月写的《中国的汽车呼唤着高速公路》。这两首诗可以看作时隔 20 多年的一次遥远的呼应。前者是对建设工业化新中国的向往和憧憬，所以在诗的结尾诗人喊出："我们要把中国驾上汽车 / 开足马力，掌握方向盘 / 一日千里，一日千里地飞奔……" 后者则是对阻碍实现四个现代化的僵化保守的条条框框的批评和对改革开放、高速发展生产力的渴望，因为他看到"狭窄的公路"，"磨蹭，停滞，梗阻"，"红灯"和"障碍物"。这首诗中急促的节奏和语速，反映了诗人对于改变落后现状的急不可耐的心情。关于这两首互相关联的诗的时代意义，在诸位高明面前我不再啰嗦，我只想请大家注意，这后一首的写作时间（1978 年 12 月 26 日）正好和具有重大历史意义的十一届三中全会的时间相吻合，这足以证明诗人的敏感和作品鲜明的时代性。只是在当时的具体语境下，也许诗人有些急不择言吧，有些诗句显得直露了些，类似于口号，如

“高速度！ / 高速度！ / 这就是国家的安全， / 民族的富强， / 人民的幸福！” 但设身处地地想一想，在当时，或许不这样直抒胸臆，就不足以淋漓尽致地表达诗人的真实感受。所以对此我们不便苛求。

我还想把邵燕祥的另外两首诗放在一起谈一下，在一定意义上这两首诗也是一种呼应。这就是写于1952年11月23日的《到远方去》和写于1979年11月19日的《假如生活重新开头》。如果说前面举出的两首诗主要是为时代、国家和社会代言，抒情主人公是大我，是“我们”，那么现在举出的两首诗则参与了一定的个人成分。《到远方去》是将青春融入新中国建设的一种豪情，而《假如生活重新开头》则是在20世纪70年代末这个刚刚开始的新的历史时期，作为青春不再的诗人，面对扑面而来的新生活，重新燃起了创造的渴望，这是一种经过人生挫折，进而经过一番理性思考后的积极、乐观的内心诉求。请看这样的诗句：“还是迎着朝阳出发”，“依然不知疲倦地奔走”，“仍旧要一起举杯”，“还要唱那永远唱不完的歌 / 在喉管没有被割断的时候”（这两行诗让人联想起张志新的悲剧，有很明显的历史反思的意味），“莫说失去了很多很多 / ……明天比昨天更长久”。

关于邵燕祥的诗歌，在座的诸位已论及的和将要论及的，我就不说了。以下我只想说一说和我本人有关的两首诗。第一首是1981年秋天写的《鸡鸣》，诗末标注：兰考归来。这首诗发表于我们衡水文联出版的《农民文学》双月刊1982年第4期上。当时我是该刊的编辑，具体情况忘记了，很可能是我向他约稿后他寄来的，因为我的马虎，也因当时我对书法还不懂得欣赏，竟把他的复信弄丢了。但是我要说，这首长达100多行的诗是诗人的一首力作，佳作，它满腔热情地表达了对广大农村改革开放现实的喜悦之情和对农村美好前景的展望，祝福，它意境开阔，既有浓密的、细腻的、具体而微的、承载了社会历史内涵的生活细节，又有高屋建瓴、气势恢弘的诗意概括。在这里，我想多占用一点时间，多摘录一下这首诗的有关诗句：“一百里黄河故道 / 我又听见了鸡鸣”；“这是那新起了门楼的院里的鸡 / 这是那挂满金黄玉米种的泡桐树下的鸡 / 这是昨天一早娃娃们赶进枣林啄虫的鸡 / 这是上午在公路边吃饱了谷粒的鸡 / 这是勤谨的主妇傍晚用菜叶喂过的鸡…… / 我听见你们洪亮的嗓门了 ： / 欢乐而不浮夸 / 高亢而不悲凉的 / 鸡鸣”；“宣告 / 我们是土地和二十四节气的主人 / 我们是锄、镰和粮囤的主人／我们是自己的家庭、自己的队里真正能当家做主的主人／社会主义农业是一万万户农家切身的事业／是我们每一间苫了新草或换了红瓦的屋檐下／十指连心的大事情”；“多么好！在这一带曾经听不见了鸡鸣的大地上／在我的多灾多难的人民的家园／在滚滚东流的黄河水／跟陇海路西去列车的汽笛声道不尽沧桑的对话间／远远近近，此起彼伏着／永不陌生的 温暖的鸡鸣”。真是汹涌澎湃啊，真是大气磅礴啊。邵燕祥把这样难得的好诗寄给一家低级别的地区级刊物上发表，表明了他真正的大家气度。我想如果这首诗发表在声名显赫的刊物上，说不定会产生更大的影响。这首诗和我还有一层关系，我也写过一首同题的《鸡鸣》，发表在《长城》1986年第3期上，后被收入人民文学出版社出版的《1986年诗选》。我的这首《鸡鸣》是受了邵燕祥的那首《鸡鸣》的启发而写成的，诗中也是用了大段大段的排比，但气势就逊色多了。

邵燕祥另一首和我有关的诗是1983年写的《青海》。这首诗两行一节，用一连串互为矛盾的有张力的文字大开大合地状写青海的方方面面，显示了诗人开阔的胸襟和高超而又坚实的驱遣文字的能力，以及以具象达到抽象的概括功夫，特别是水到渠成的最后一句：“青——海——啊！”真可以说是气势非凡，力拔千钧。而我在1997年5月写了一首《致香港》，发表在《河北日报》上，竟也是两行一节，最后也是以“香——港——啊／香——港——啊”结尾。别人不知道，我自己是知道我写《致香港》是以邵燕祥的《青海》为参照对象的。我说这些的目的是，仅仅以我为例，说明邵燕祥的诗歌创作影响了一些人，他对于推动中国诗歌的发展是有贡献的。

记得在2003年，也是在廊坊，召开了“牛汉诗歌创作研讨会”。牛汉和邵燕祥都是我尊敬的诗人。我认为牛汉和邵燕祥都是有良知的中国知识分子的代表，他们的身世都留下了共和国坎坷曲折的历史辙印，他们的作品都丰富了中国当代文学。他们的灵魂具有相同的底色，那就是真实、正直和有尊严。两个人的区别在于：牛汉是梦游者，而邵燕祥是思想者。所以他两人的诗歌面貌也天然地显出了差异。我个人武断地认为，牛汉的诗歌更多地显示了个体生命切肤的疼痛和喜悦，但他的个体生命的命运和时代的命运是息息相通的；而邵燕祥的诗歌则更多地抒发了集体和时代的情绪，但这种情绪又是经由个体生命经验的，是以鲜活的个人感情为支撑的。

我开头说过，我对邵燕祥的尊敬，主要还不是因为他的诗，而是他的人品。但要我准确地说出他是一个怎样的人，我还真没有这个能力。除了刚才我对牛汉、邵燕祥两人共同的灵魂底色所说的真实、正直、有尊严以外，我也说不出更多了。我想借用 2007 年 1 月作家出版社出版的《君子之交如水》的一段话来描述我心目中的邵燕祥。这本书的作者章立凡是 1936 年“七君子”事件中章乃器的儿子，在书中他这样解释“贵族”的含义：尚无一定的标准，但多已广义化，非专指家谱学意义上的血统贵胄，大抵类于传统意义上的博雅而有操守的“君子”。他们是文化积淀的产物，不同于暴发户。贵族的气质非财富所能赋予，也不是“贵族学校”所能出产——有知识不等于有文化。文化意义上的贵族教养与学养兼备，一般会比较低调；淡泊名利，闲适中感受人生；不尚奢华，体面中淡出品味；取之有道，竞争按游戏规则；恪守底线，有所为有所不为；富同情心，患难中济困扶危；时穷节现，隐蔽中无愧青天……培育这种人需要人文的乳汁，非急功近利的技术思维所堪造就。

关于邵燕祥的人品，就我所感知到的，我想举出下面三件事。一是大家都看到的，就是这次研讨会之前他写给吴思敬先生的信。信中说：“希望大家不要把我当作一个期待安抚和慰藉的老人，相信我有听取批判性以至挑战性意见的承受力。对我的任何批评和鉴定，不仅会使我反思过去，也将有助于我今后的写作和做人。”读了这些话，联想到某些为满足虚荣心和赚取浮名而开的研讨会，怎能不对他坦诚磊落的品格油然而生敬意。第二件事是我从他的《小蜂房随笔》（百花文艺出版社 1989 年出版，印数只有 1000，我竟拥有一本）中知道的，他打破自己的一条戒律，破例为一位住在县城的名不见经传的老作者的散文诗集写序。他说：“一个住在县城里的诗人和作家，并不就比住在省城的、通都大邑的以至首都的诗人作家矮一头。一个不知名作者严肃认真地拿出的作品，比起名家粗制滥造的率尔之作来，毕竟更值得尊重。”这是件小事，但体现了邵燕祥可贵的平等思想。第三件事就更小了，我说的是他写信用的信封。2000 年以后我接到他的三封信，都是从邮局里或文具店里买的那种最普通的信封。除了我天津的姐姐的来信以外，这么多年来，如邵燕祥所用的这种信封，在我所收到的信中是独一无二的。人们见惯了的情况是，一些人（比如我本人）甚至退休多年还在使用堂而皇之印着单位名称的信封，更个别的还盖着邮资总付的戳记。我看这不单单是占不占公家便宜的事，相信那些用公家信封的人也不是为了占那点便宜，这里面微妙的心理感觉值得思考，那就是一个人是不是能放下架子，真正把自己看成一个普通老百姓。我正是从这个角度感受到邵燕祥那种甘愿以平民自居的高贵品质，并为此而深深感动。我们不是常说于细微处见精神吗。

邵燕祥令人尊敬之处多矣，他的诗作、杂文、随笔和所有文字基本上完整地记录了一个真实的自己，是他以自己的言行为自己树立了一座令人景仰的纪念碑，纪念碑上只写着一个大写的“人”字。

2007 年 3 月 19 日

选自《廊坊师范学院学报》2008 年第 1 期

1949—1976：当代新诗思想史视阈中的邵燕祥

霍俊明

政治上无名的殉难者
文学上无谓的牺牲者
——邵燕祥

1949—1976年间的新诗发展史实际上就是作为知识分子的诗人在频繁而激烈的阶级斗争和政治运动中尴尬而复杂的精神改造史和灵魂“成长”史。

建国后历次的政治运动都使得作为知识分子的诗人卷入漩涡之中，一些诗人主动或被迫地放弃了原来的诗歌写作模式甚至也随之放弃了知识分子的良知，然而尤为可怕和令人震惊的是即使“文革”已经结束，当代诗人的反思精神、检讨意识和自我忏悔仍是长时间的缺席，只是到了90年代这种反思和自省意识才逐渐显现于历史地表。自90年代中后期以来，一些特殊时期的新诗资料，如“反右”、“文革”，也部分地得以公开和解密。1998年以来，坊间出现了与反右运动和“文化大革命”相关的作家（知识分子）书信、回忆录、日记、随笔和纪实性的研究文章。① 确实，相关的重要资料收集更能使文学史家和研究者回到现场深入理解当代诗人和

① 如《无罪流放——66位知识分子五七干校告白》（贺黎、杨健采写，光明日报出版社，1998年）、《胡风回忆录》（人民文学出版社，1993年）、《我与胡风——胡风事件三十七人回忆》（宁夏人民出版社，1996年）、《思忆文丛》（《六月雪》、《荆棘路》、《原上草》，牛汉、邓九平主编，经济日报出版社，1998年）、《思痛录》（韦君宜，十月文艺出版社，1998年）、《1957年的夏季：从百家争鸣到两家争鸣》（朱正，河南人民出版社，1998年）、《牛棚杂忆》（季羡林，中央党校出版社，1998年）、《沉沦的圣殿》（廖亦武编，新疆青少年出版社，1999年）、《野百合花丛书》（共6册：《王实味——野百合花》、《胡风——死人复活的时候》、《王造时——我的当场答复》、《顾准——民主与“终极”的》、《储安平——一条河流般的忧郁》、《罗隆基——我的被捕的经过与反感》，叶永烈编，中国青年出版社，1999年）、《我的祖父——诗人公木的风雨年轮》（中国广播电视出版社，2004年）、《一百个人的十年》（冯骥才，时代文艺出版社，2003年）、《禅机：1957——苦难的祭坛》（胡平，广东旅游出版社，1998年）、《减克家回忆录》（2004年）、《我和萧军风雨50年》（王德芬，中国工人出版社，2004年）、《找灵魂——邵燕祥私人卷宗：1945—1976》（广西师范大学出版社，2004年）、《血色流年》（冀汸，复旦大学出版社，2004年）、《唐达成文坛风雨五十年》（溪流出版社，2005年）等。

作家复杂的知识分子心态和多变的时代状貌。一般意义上的史料工作包括收集和整理、研究作家的手稿、版本、译本、书信、日记、文学报刊、档案资料、照片、录像、文物（对作家作品、文学事件的报道、有关文学的广告）等，值得注意的是人们往往注意这些“死材料”而往往忽视“活材料”（口述史）。“死材料”是指那些业已形成文字、收录进档案的史料，“活材料”则指仍健在的当事人的存留在人脑或口头的史料，而“活材料”则往往处于自生自灭的状态。而学术研究的长期停滞不前则在一定程度上源于大批重要历史见证人的离世和相应史料挖掘的空白。正如一位哲人沉痛指出的每一个老人的死去，就像是一座图书馆的遭到焚毁。同时由于当代新诗发展过程中极其复杂的政治和时代背景，一些文学史和文学研究中涉及到的史料由于特殊的原因并非是原初的、真实的而是经过修改或涂写的，从而对历史真实造成了遮蔽甚至歪曲。历次的政治运动和思想“清洗”致使“说真话”这一本应是诗人写作的底线却成了至今仍是一个很高的标准，而随着“拨乱反正”和清理历史的开始，“活史料”的发掘和抢救就提到了日程。

应该说，邵燕祥是当代新诗史写作和研究中不能不提到的一位重要诗人，很多新诗史著作也给予不同的篇幅进行叙述，但是限于学术视野、文学史观和史料的欠缺，这些新诗史对邵燕祥的叙述多粗疏且大同小异。就是在这种“刻板”的历史印象中，邵燕祥的丰富性、复杂性乃至新诗思想史的意义都被消解掉了，而随着邵燕祥在晚年所撰写的个人历史回忆录和重要的带有历史文献、档案性质的报告、总结、检讨、交待等史料的首次披露，都将一段隐秘而丰富的当代诗人的思想史和精神履历呈现出来。在此意义上，邵燕祥在80年代初期整理的关于个人在1957年反右运动中经历的人生实录《沉船》，1998年整理出版的《人生败笔——一个灭顶者的挣扎实录》，书信集《旧信重温》以及2004年由广西师范大学出版社出版的《找灵魂——邵燕祥私人卷宗：1945—1976》的出版都具有相当重要的思想史意义和史料价值。

在邵燕祥的个人记忆中，在大量的检讨、批判发言和各种历史细节的回忆中，历史的现场感穿透尘封的烟云变得愈益清晰、显豁，而这正是邵燕祥作为一个知识分子对当代政治运动、当代诗坛、诗人的灵魂史的深切反思和自我批判，而这种自我反思的精神在当代并不多见。邵燕祥的这些实录体性质的回忆录的问世无疑是献给当代新诗发展史和知识分子的一个最好的礼物甚至“墓志铭”，因为这“都是为了拒绝遗忘，抢救记忆，给那一段不堪回首又必须审视的岁月留下的一些细节、脚注，也是在场者的证词；其中档案性或准档案性的材料，更是当事人在现场留下的物证”①。

在新的时代转折点上完成的转换或蜕变

1949 年新中国的成立，无论是在政治、经济、生活、文化体制上，还是在思想、艺术生产上都可以说产生了前所未有的转换与变化。持续多年的战争终于结束，一切进入了百废待兴的社会主义和平建设时期，那么包括诗人在内的人民大众对新社会和新生活的向往，其喜悦与激动之情是溢于言表也是发自肺腑的。邵燕祥结合自己的亲身感受谈到 1949 年共产党进城之后知识分子的普遍感受：

我那时还不能算是一个知识分子，充其量叫作知识青年吧，但我相信我接受或靠拢共产党的前后，跟当时国统区许多成年的知识分子大体类似。依我看，在抗日战争前后投向延安的中青年知识分子，其中多数主要是由于对国民党在对日抗战方面的表现不满，相信共产党真心抗战，而对社会主义共产主义则只是朦胧的憧憬，还来不及做认真的理论探讨。抗战时如此，1945 年后亦然。在国民党统治下，经济凋敝，毕业即失业情况尤甚，于是在读书人里和在市民中一样，流行着“此处不留爷，自有留爷处；到处不留爷，爷去投八路”的民谣。至今我也认为这是民间自发的，共产党地下组织或同情分子顶多参与传播，不会像“闯王来了不纳粮”那样由李自成的队伍编造的。②

当我们两次回溯当代新诗发展史时不能不正视这样一个事实：知识分子在历次的思想改造运动中以小资产阶级的身份反复得到“洗礼”和“升华”。当代

① 邵燕祥：《找灵魂——邵燕祥私人卷宗：1945—1976》，桂林：广西师范大学出版社 2004 年版，第 1 页。

② 邵燕祥：《1949 和 1976，我有过两次狂欢》，收入《世纪学人自述》，高增德、丁东编，北京：北京十月文艺出版社 2000 年版。

新诗写作的话语转型不能不与当时整体的社会政治、文化语境密切相关，而建国后诗人写作的转向除了《在延安文艺座谈会上的讲话》的全面贯彻，第一次文代会的召开，以及中国作家协会所组织的诗歌讨论的巨大影响外，一个不能忽视的重要原因就是建国初期在全国范围内展开的对知识分子的思想改造运动。知识分子思想改造运动又称“洗澡”运动，这是因为它的基本方式是要求知识分子根据其职位高低、名声大小、“错误”轻重，在规模不同的群众集会上公开地、反复地做自我检讨，接受群众批判，“‘洗’去身上污垢，最后由群众决定其是否‘过关’。显然，执政党在指导这个运动的时候，沿用了延安整风的经验”①。

在历次的思想改造和政治运动中，诗人作为知识分子的角色反复得到“清理”与改造，而诗人作为小资产阶级知识分子的特殊身份只能是在改造中不断向工农兵学习，其写作也只能是为工农兵大众服务。在当代新诗史上，由于特殊的政治文化规范和频繁政治运动对知识分子的反复整肃，诗人在这样的背景下的选择只能是跟随时代唱应时的颂歌和赞歌，或者是因受难而沉默喑哑，或者因经受炼狱而继续歌唱。而这种沿用的战争年代的暴风骤雨、风扫庭院般的对知识分子的思想改造运动就不能不体现在具体的新诗写作与文学创作当中。郭沫若、臧克家、冯至、何其芳、汪静之、沙鸥、卞之琳在这场知识分子的思想改造中成为重要的新诗史现象，提供了一个又一个知识分子思想改造的典型个案，而知识分子的良知和诗歌写作的个性则逐渐被搁置。

在这场新的政治体制与文化机制以及新的国家想象的巨大洪流的冲击下，诗人们是在焦灼、紧张而又充满热望的复杂情绪中进行转换与蜕变的。在工农兵诗学和民间文化的潮流中，诗人的知识分子身份首先遭到了时代的质疑与批判。在一体化的文艺体制的规范面前，任何不和谐的声音，“越轨”的行为都是所不容许的，甚至要遭受批判乃至牢狱之灾。从 1957 年的反右运动到此后的 20 余年的时间内，邵燕祥和其他同时代的大多数的诗人一样在政治运动的漩涡中挣扎，处于人格的矛盾、焦虑的尴尬状态。在强大的话语规范面前，邵燕祥作为一位青年诗人同样面临着思想改造和精神“升华”。

---

① 于风政：《改造 1949—1957 年的知识分子》，郑州：河南人民出版社 2001 年 1 月版，第 208 页。

反右派运动后近20年里，我的写作一直摇摆在“紧跟”和“跟不上”之间，我的为人则一直徘徊在“求用”和“不为所用”之间。尤以“文化大革命”十年为最。这时的我，已经从飞扬的“浪漫主义”下降到匍匐的“现实主义”，从“不识人间有折腰”堕落到发誓遵命听话，以冀做一个驯服的宣传工具而不可得。①

而邵燕祥在建国前的诗歌写作大多没有受到时代局势的限囿，无论是抒发单纯的个人情怀还是关注社会现实都是缘于本心，没有做作和矫情。但是建国后邵燕祥已经意识到自己建国前的这些作品乃至自己的写作方式在建国后是不符合规范的。“有些作品，若放在1949年后，是不易发表出来的；不仅由于形式和语言的特点，而且因为内容不符合一定的规范，具体细微之处更经不起烦琐的‘宣传口径’的挑剔。”② 如邵燕祥在1948年写有一首名为《旗》的诗,其中有这样的句子：“旗的手在招展，旗的心在跳”，而在50年代一个重要党报的高级编辑、诗人却对此诗大为不满，认为该诗倾向性模糊：“什么旗，为什么不是红旗？”

实际上我们读一下邵燕祥1948年的一些诗作就会明显地感受到这时期邵燕祥的写作很多已经属于不折不扣的时代颂歌，如《朝阳花赞》：

朝阳花啊／在朝阳的山坡上／在朝阳的水岸上／到处有你的踪迹／有阳光的地方就有你／因为阳光于你不是道金箍／因为阳光牵着你手前进……夜里，你结着第二天的蓓蕾／喇叭，向明朗的天空吹响起来//像夜合花一样坚贞／有向日葵一样美丽的灵魂／你不变的太阳的守节者／早晨的吹手啊／你小香息有如太阳乳汁的芬芳／使我们当卷起你的花唇，吻你／痛饮着露水时，忘不了歌唱//像对太阳一样，我们对你／照样唱一百个定情的歌曲……

但是即使是颂歌在建国后越来越严苛的偏狭的审美观念和政治语境中也同样面临着严格的筛选甚至是批判的可能，正是在建国前后的巨大转换之下，邵燕祥作为一个诗人感受到了写作所面临的尴尬和困境。

① 邵燕祥：《找灵魂——邵燕祥私人卷宗：1945—1976》，桂林：广西师范大学出版社2004年版，第7页。

② 同上，第78页。

从1949年开始，邵燕祥投稿多次碰壁，显然他的写作方式已经不被当时的规范所接受。在整整近一年的时间里，邵燕祥写了大量的诗作，但最终只有3首诗得以发表。邵燕祥在《伏尔加河之歌》中高声赞美斯大林，“我看见了斯大林，我看见了人民，／我永远的父亲和爱人！／在伏尔加河上，我们开始了胜利，／斯大林引导我们向胜利前进”。诗人的声音已经被集体的齐声高歌所淹没，如其中的一首《歌唱，红色歌手们》：“人民要你们歌唱什么，／你们就歌唱什么。／人民要天翻地覆，海啸山崩，／必然就天翻地覆，海啸山崩，／你们知道自己是没有声音的，／只因为歌唱人民才感到光荣；／人民是大海沸腾，／你们不过是贝壳，／你们的声音是海的回声。”在新的时代转换面前，邵燕祥开始努力寻找适合时代规范的诗歌写作方式。在暴风雨的洗礼之下，邵燕祥同大多数诗人一样经受着艰难的转化过程，“当一个暴风雨进行的夜晚／当我迷惘地陷入了／四周庞杂的声音里／当我的瘦弱的身躯不住打颤／我跌倒在地上／并且马上地晕厥了过去”。诗人不得不试图在新的时代语境中如蝉蜕一样获得新生：“是的／我的声音变得粗犷了／这样才能与红红的车轮声合拍啊／是的／我底灵魂舒平了皱褶／当着太阳／歌唱蓝天底明朗／是的／啊——／感谢暴风雨／蜕壳使我重新得到了宝贵的／生命！”[①]但是诗人所努力寻找的“新生”却是以牺牲自我为代价的。就新诗写作而言，毛泽东所倡导的“新诗的出路，一是民歌，一是古典”使得西方诗歌传统甚至五四新诗传统遭到排斥，而古典诗词传统尤其是民歌则受到越来越广泛的倚重，这在1958年的新民歌运动中发展到了极端，而处于这样的语境之下的邵燕祥的诗歌写作也不能不一度向民歌化学习。

就50年代之后的诗歌写作而言，邵燕祥的抒情诗大多明显地向政治和时代主流话语规范靠拢，尽管诗人仍保留了一部分属于自己的话语个性。不管如何，邵燕祥已经感受到了时代的压力，当建国初期他的一些诗作被冠以“忧郁”的“旧知识分子”习气时，邵燕祥无论是在思想上还是写作上都不能不被强大的时代力量同化到一个轨道上来。“我的所谓‘忧郁气质’就正是旧知识分子的气质，这种气质的残留，说明我的改造还很不够，还需要到群众中去生活学习，彻底改造自己的立场和观点。新的时代需要新的歌声了，假如自己不赶快跟上去，就会落得更远更远了。”[②]

---

① （汉野平）邵燕祥：《蜕》，刊于1948年8月31日北平《国民新报》。
② 邵燕祥：《囚徒歌——读诗散记》，1950年3月3日《天津日报·文艺周刊》。

而归根结底，在建国后近30年的诗歌写作中，最重要还是诗人知识分子身份的反复被质疑和颠覆、改造，尤其是当衡量一部作品的标准完全落在思想层面甚至阶级立场、政治倾向的时候，诗人就有可能因一首诗而获罪，而事实正是如此。

建国初期的邵燕祥尽管如诗人自己所言处于“停止”或“休整”状态，其间有试验也有苦恼，但诗人不能不加入到宏大的时代高歌之中，国际题材、阶级斗争题材、妇女问题、政治运动、国家事件的重大题材都出现在诗人笔端。值得强调的是在1951年莫斯科印制的日历中，在12月26日毛泽东诞辰的背面就是经过译介的邵燕祥的诗《毛泽东》(系《歌唱北京城》一诗的节译)。邵燕祥读后写了一首诗赠给俄译者，即《我底歌，我底心》，其中有这样的诗句：“我底歌也是千万人底歌，／我底心也是千万人底心，／千万人都歌唱：毛泽东！”直至1952年秋或更准确地说是1953年，随着第一个五年计划和经济建设的展开，加之亲自到建设工地采访、体验，诗人邵燕祥才逐渐找到了诗歌的兴奋点，并逐渐形成自己的特色，渐为诗界认可。在这一时期诗人的主要诗作有《到远方去》、《我们架设了这条超高压送电线》、《中国的道路呼唤着汽车》、《第一汽车厂的第二个雨季》等。邵燕祥的这些“工业”题材的诗作与当时主流的同类题材的诗歌写作还是有差异的，或者说这些诗带有属于邵燕祥自己的诗歌个性，这就是这些诗作中都融入了诗人自己的感情，应该说邵燕祥的这些诗在个体与时代之间找到了较为稳妥的结合点。正因如此就与其他完全是淹没个人情感和声音的集体诵调有了缝隙，而这也是多年来历经起伏较大的诗歌史写作范式的转变而邵燕祥仍然受到关注的原因。而我想强调的是，邵燕祥的这些“工业”题材的诗作在当时的语境之下却是被看作“政治诗”的，首发《我们架设了这条超高压送电线》的《人民日报》以文艺部的名义给邵燕祥所写的信件中就强调和鼓励邵燕祥的这些“政治诗”写得更多更好。

可见，在50—70年代的时代语境中，任何题材的诗作都是被最终归结为“政治诗”来看待的，这也能较为准确地说明当代诗歌写作的偏狭与尴尬。邵燕祥已经认识到在一个泛政治化的时代语境之下，个人是不可能存在的，而随着左倾和阶级斗争的激化，邵燕祥的那些针对社会现实的带有讽喻性特征的诗作最终也成了政治上有问题的“毒草”而打入另册。更为可怕的是，邵燕祥的同事居然趁他不在偷偷翻看他未发表的诗稿并在公开场合进行批判。连个人隐私和写作都被控制和监视的时代，写作和为人不能不说是困难的。

“找灵魂”的思想史意义和反思

多年后，邵燕祥在一些回忆和反思性的文章中将1957年后的20年时间称为是一个充满了偏见的时代，而同样值得注意的是与邵燕祥同时代的一些诗人至今仍对这段历史保持缄默，甚至至今有一些诗人仍在沿用着僵化的政治思维。“我们经历了一个充满了偏见的时代。任何时代都有偏见，但把权力者的偏见通过课本、报刊及各种宣传品包括文艺形式的宣传材料，以至通过会议、文件等指令性的方式，强加给大多数人，则是特定的体制下所独有。”①邵燕祥对自己严于解剖的精神更能呈现出一代人的分裂人格和内心的巨大痛苦。

一个不懂政治的人，不懂中国的政治史，更不懂外国的政治史，于政治理论只有灌输的一知半解，于实践层面对政治操作一窍不通，只会响应号召，奉命行事……在个人的顺境或逆境里都在力争做一个“为政治服务”的“宣传工具”。这样的“工具”注定是驯服的，自愿唯“组织”和“领袖”之命是从的，因此在历次政治运动中，不但写过“肃反”的诗、“反右”的诗、“四清”的诗，直到“文革”结束的前夜还在写紧跟的诗。②

邵燕祥的第一本诗集《歌唱北京城》中的大部分诗作写于1950年，按照诗人自己的说法都是“摒弃了个人抒情的”的“新的歌声”，但这些诗作今天看来已是相当“粗糙”。邵燕祥在建国后的时代转换中已经认识到文学写作和广播宣传没有什么区别，这也正是1949—1976年间中国新诗发展的悲哀。

广播宣传工作必须遵守的方针政策和审稿标准，无形中对我业余写作中的取舍也不无影响。总之，一来二去形成了在“新社会”要“以歌颂为主”的观念，批判、揭露、斗争，则是针对敌人的。③

而更为可怕的是很多诗人最终还抛弃了知识分子的良知和灵魂，而多年后，

---

① 邵燕祥：《找灵魂——邵燕祥私人卷宗：1945—1976》，桂林：广西师范大学出版社2004年版，第11页。

② 同上，第302页。

③ 同上，第130页。

对于一直寻找灵魂和良知的邵燕祥而言无疑代表了同时代人的共同境遇，不同的只是一些人彻底放弃了寻找灵魂和自我反思的机会。

在建国后长期的知识分子思想改造运动中，诗人、作家这些知识分子以小资产阶级身份反复得到“洗礼”和改造。在此语境之下，邵燕祥也以阶级意识和思想觉悟作为批评一首诗好坏的唯一标准，在一些文章中对陈敬容、聂绀弩等诗人进行了批评。

在1949年9月末的《光明日报》上，聂绀弩发表了一首名为《山呼》的诗，其中有这样的诗句：“抱起随便一个街上的孩子，/要吻就尽量地吻吧，/他不会是地主的儿子，/因为已经没有地主了。//碰到随便一个不认识的人，/要倾吐肺腑就倾吐吧，/他不会是敌探，/因为已经没有敌探了。……爱一切人，/爱一切物，/因为再也没有可恨可憎的了。”邵燕祥认为这首诗不仅“情感”有问题，而且“思想”上更有问题。“从这一节诗来看，难道仅仅存在一个‘情感’的问题吗？这里面还有思想上的毛病。如果可以说的话，这是小资产阶级感情的‘狂热’冲昏了头脑。这一首诗的毛病，比曹禺先生引过的‘我要伏在地上，让革命的行列从背上踏过’的诗句毛病还要大些。”[①]

作为九叶诗人之一的陈敬容在建国后基本上停止了诗歌写作，很多新诗史著作和研究者大多认为陈敬容连同九叶诗派一起在当代诗坛上整体消失了。实际上，陈敬容建国初期在《诗刊》和《光明日报》等报刊上是发表过诗作的，并且这些诗作与40年代的诗人已经差异非常之大，诗人的个性和现代主义特征消失殆尽，留下的只是毫无个性可言的集体欢呼。“响亮的歌声，/愉快的劳动，/我们的工人同志/生产战线上的英雄。//还有翻身的农民，/光荣的战士，/解放的妇女，/幸福的儿童。//我们都是/新中国的/主人翁！……伟大的中国人民/勇敢而坚定，/克服一切困难，/走向社会主义的明天。”（《人民的第一个新年》，《光明日报》，1950年1月1日）邵燕祥认为这首诗不论是在政治性上还是艺术性上都是“较差的”。[②] 另外值得注意的是，同是在写于1950年《诗和小资产阶级感情——读诗散记》这篇文章中，邵燕祥在原稿中曾经批评过邹荻帆的

① 邵燕祥：《找灵魂——邵燕祥私人卷宗：1945—1976》，桂林：广西师范大学出版社2004年版，第133页。

② 邵燕祥：《诗和小资产阶级感情》，1950年2月3日《天津日报·文艺周刊》。

诗句，但是在这篇文章最终刊出时相关部分却被删掉了。那么，这背后的文化和政治意味就更为耐人寻味了。

在50年代中期越来越尖锐的语境中，在一些特殊的情势下邵燕祥也说了一些错话和违心的话。这些现在看来存在问题的话有的是当时认识局限性导致的，有的则是诗人迫不得已时说的话。而不管现在我们如何认识，这些实际上已经成为实实在在的历史事实，值得当事人和后来者反思。对于诗坛而言，建国后影响最大、涉及面最广的批判运动是对以胡风为首的所谓“七月派”诗人的“整肃”。1955年6月10日，中科院通过《关于建议依法严惩胡风反革命集团的决议》，使对胡风文艺思想的批判上升为建国后的一场政治事件。①1955年2月中国作协主席团举行扩大会议决定对胡风的文艺思想进行全面而彻底的批判。②很快这场政治批判运动在全国范围内全面展开，从1955年5月开始的一段时间内，全国几乎所有的大小报刊都掀起了批判胡风集团的热潮。当时的郭沫若、臧克家、艾青、沙鸥、田间、冯至、李季、阮章竟、袁水拍等在《人民日报》和《文艺报》撰文或写诗进行尖锐的批判，③当时的青年诗人邵燕祥写有《就在这同一时间》：④

① 这场全国范围内的清查“胡风反革命集团”的运动中，共触及2100人，逮捕92人，隔离62人，停职反省73人，正式定为“胡风反革命集团”分子的78人（内有党员32人），其中划为骨干分子的23人。而同属于七月诗派的艾青、田间、邹荻帆、天蓝等人由于种种原因没有牵连到胡风冤案当中。

② 1955年5月13日《人民日报》发表舒芜从胡风给他的100多封信中摘录编排的《关于胡风反党集团的一些材料》（一般称为第一批材料），5月24日和6月10日先后发表第二批和第三批材料。毛泽东亲自为这三批材料和《关于胡风反革命集团的材料》一书写了大量的按语、注文和序言、批示，确定胡风反革命罪名。在《关于胡风反革命集团的材料》的序言中毛泽东对胡风事件进行了定性：“我们所以重视胡风事件，就是要用这个事件向广大的群众，首先是向具有阅读能力的工作干部和知识分子进行教育，向他们推荐这个‘材料’，借以提高他们的觉悟程度。这个‘材料’具有极大的尖锐性和鲜明性，十分引人注意。反革命分子固然注意它，革命人民尤其注意它。只要广大的革命人民从这个事件和材料学得了一些东西，激发了革命热情，提高了辨别能力，各种暗藏的反革命分子会被我们一步步地清查出来的。”（《建国以来毛泽东文稿》第5册，北京：中央文献出版社，1991年2月，170页）

③ 如郭沫若在《严厉镇压胡风反革命集团》（《文艺报》1955年第11号），沙鸥的《原来如此》（《文艺学习》1955年7期），李季的《读了罪犯们的密信》（《文艺报》1955年第11号），袁水拍的《两条舌头》（《新观察》1955年11期）等。

④《人民日报》1955年6月18日，后来收入到邵燕祥的诗集《给同志们》（作家出版社，1956年）。

在我们广阔的国土上，／爱国的人民千千万万！／但是也绝不只有一个胡风，一个阿垅……／也绝不只有一个胡风集团。／亲爱的人们，提高警惕，／肃清一切反革命分子！／不管他们黑皮黑心，红皮白心，阴脸阳脸，／不管他们潜逃到天边地角，／还是钻到了我们的堡垒中间。

这首在今天看来明显捏造和歪曲现实的紧跟时代形势而严重违背现实主义创作原则的诗作，在当时是产生不小影响并受到很高的评价的。“这首诗的主要优点是把社会主义建设事业与肃反斗争做了巧妙的、紧密的结合。这是诗人忠实于生活和在技巧上逐渐熟练的结果。诗人用从生活中得来的形象丰富了这首诗，使人不能不警惕，不能不仇恨胡风反革命集团和一切暗藏的反革命分子。诗中鸣响着警钟似的声音。”①

多年之后的邵燕祥对这段自己所犯的“时代的错误”进行了深刻的自我灵魂的解剖，《就在同一个时间》“形象地表现每时每刻的日常生活中，都同时有‘反革命分子’在到处活动。这无疑也是在为无限制地扩大怀疑制造舆论。这首诗中点了一连串胡风一案受害者的姓名，并做了丑化的描写”②。我想，这种勇气可能也只有为数极少的几位诗人能够做到，我们不能不注意到一个事实：在 80 年代中后期以来出版的当代诗人的文集、选集和全集中，很多重要的 50—70 年代之间的“不光彩”的文章、诗作都被删掉了，而同时删掉的是更为重要的诗歌史史料和当事人的反思意识。

而在当代新诗命运多舛的发展过程中，50—70 年代充满了不可预见的悖论和荒谬。在由 1956 年的百花齐放的早春天气到 1957 年的全国范围内的反右运动的迅即转换中，大量诗人纷纷受难，邵燕祥也不能幸免。当邵燕祥在一些诗歌和文章中强调政治以外的个人感情、反对题材决定论和主张“干预生活”时，即将到来的灾难就可想而知了。正如邵燕祥在多年之后所回忆的当时梦魇般的感受：

现在回忆已经遥远的 1957 年，像是一卷褪色的电影胶片或录音带，在快放时又搞乱了套。一片行色匆匆，然后是一连串意想不到的事突如其来，来不及定

① 沙鸥：《年青人火热的声音》，《文艺报》，1956 年 1 月号。

② 邵燕祥：《找灵魂——邵燕祥私人卷宗：1945—1976》，桂林：广西师范大学出版社 2004 年版，第 168—169 页。

下心来好好想一想，又迷迷糊糊地被人推向另一段陌生路程。[①]

在反右运动中，邵燕祥自发或应约写了不少反右的诗，但不久邵燕祥也遭受到了批判。[②]1958 年 2 月，邵燕祥因“创作了不少反党反社会主义的作品，堕落成右派分子”罪名被开除出党，撤职降级，下放劳动改造。在改造期间，邵燕祥在写检讨和总结的同时也写了一些应时之作，当然这些诗不可能公开发表，像邵燕祥此时的身份已经失去了发表作品的机会。而他在 1959 年 9 月份的一段时间所写的一些不再立足于歌颂而是有着诗人真实个人感受的《芦苇》、《传说》、《无题》等诗则无疑有着重要的价值。在 1962 年的阶级斗争扩大化和“文革”中，邵燕祥仍难逃厄运，他的散文《小闹闹》和《广州木棉》等诗都受到了批判，而写于 1964 年冬天的带有自况成分的《广州木棉》更易让人联想到流沙河的《草木篇》：“木棉挺拔木棉高，/不识人间有折腰。/待到三春花事好，/盛于焰火艳于桃。”

值得注意的是邵燕祥在“文革”期间诗歌写作的双面性特征，按照诗人自己的说法就是这期间所写的新诗都是与主流合拍的，而他的那些旧体诗倒是呈现了人格分裂的特征。实际上，在“文革”期间或更早时期，胡风、聂绀弩、沈从文等人的旧体诗作都不同程度呈现出诗人内心的真实的隐秘图景。在新诗发展进程中旧体诗在特殊时期的“复苏”呈现了怎样的“传统”和当下的关系？

邵燕祥的意义恐怕不只在于他在不同时期在新诗写作上所呈现出来的特点和贡献，对于当代新诗发展而言他的意义一定程度上是思想史层面的，换言之就是邵燕祥所呈现的正是一个知识分子在不同历史时期的复杂的内心世界和矛盾的灵魂。在经历多变的历史烟云之后，邵燕祥终于找到了自己的灵魂，尽管这是以巨大的忏悔和痛苦的反思为代价的。

我在再一次批阅旧日卷宗时，从文学写作的追求与失落入手，却发现了一个整个人格扭曲蜕变以至丧失良知的轨迹，这如此深刻地发生在自己身上，虽不完全意外，仍然十分震惊。我以为，以真相和本色示人，强似苦心孤诣以角色面具

① 邵燕祥：《找灵魂——邵燕祥私人卷宗：1945—1976》，桂林：广西师范大学出版社 2004 年版，第 196 页。

② 可参见《邵燕祥的创作歧途》、《邵燕祥——一个狡诈凶险的右派分子》等批判文章。

装扮和美化自己，既然已经悟到过去一个历史时期内的自欺欺人之可悲，那么，除了遵循求真和求实的原则，还有什么能在有生之年减少新的遗憾呢？！[①]

邵燕祥的反思和自省呈现了一段真实的历史本貌，更为重要的是给没有经历过那段历史的人以重新进入历史的视点，当我们批判那些当事人在50—70年代缺乏灵魂的自我解剖和丧失人格的时候，我们是否正视了这些当事人在特殊语境下的复杂、真切而隐秘的内心世界。从邵燕祥这里我们能够更为真切地看到历史的复杂性，尽管邵燕祥在反右、“文革”的历史语境之下已经认识到了自己的缺陷，但是更认为这种“缺陷”是时代所共有的，是“革命者”应有的选择，并没有像今天这样能够清醒地回视和反思当年的自己甚至整个时代的“错误”。这正是当代新诗研究者所应该注意到的复杂现象。

邵燕祥在晚年回忆和反思几十年的诗歌之路和做人之路是弥足珍贵和振聋发聩的，因为这种久违的知识分子的良知、反思精神和自省意识的声音我们听得太少了。邵燕祥写于2001年的一首诗可以看作中国50—70年代知识分子动荡、分裂、挣扎的灵魂史的生动写照，兹录如下，以警来者。

战后三十年，陈尸现场／只为了证明真诚之为虚妄／一个游荡的灵魂隐入书里／找来找去，找不到失踪的自己∥归来啊灵魂，走向末日的审判／曾经交给了上帝还是撒旦／愚蠢的单恋，一个人的命运∥一个早慧的诗人，不结果的是谎花／谁能告诉我，自杀还是他杀／做破了的梦，再不能忍受强奸／未来：能不能把梦做得好一点∥唯一的安慰把心撕裂／手上没沾过别人的鲜血

选自《廊坊师范学院学报》2008年第1期

① 邵燕祥：《找灵魂——邵燕祥私人卷宗：1945—1976》，桂林：广西师范大学出版社2004年版。

文人风骨的自在行吟

——论邵燕祥打油诗中的讽刺作品

刘晓翠

邵燕祥在《邵燕祥诗抄·打油诗》的自序中写道："曾有人说，我的杂文比新诗好，我的旧体诗又比杂文好。"① 这是对他旧体诗歌创作的肯定，而邵燕祥却将自己的旧体诗称为打油诗，而且他的打油诗中以自我解嘲的成分居多，突出了它"在市井和草野间行吟"的自由色彩。

打油诗作为一种具有中华民族文化特色及汉语特征和汉诗传统的艺术形式由来已久。打油诗一般分为两类：一类出自才气一般的文人或者民间劳动人民，此类诗的极致也便是在《全唐诗》外流传已久的张打油的咏雪诗："江上一笼统，井上黑窟窿，黄狗身上白，白狗身上肿。"另一类出自创作者本身有很好的旧体诗功底，却又不愿被格律束缚，于是选择了打油诗这种自由而活泼的形式并兼用旧体诗简洁明快的语言结构方式来抒一己之情的人。自古以来很多文人都选择此种表达形式，远至李白、苏轼，近到鲁迅、胡适，皆创作过打油诗。邵燕祥显然属于后者，他的诗对古典诗词信手拈来，又加入"今典"充实其内容，四言、五言、七言乃至填词灵活运用，能够将创作与文学形式有效结合，他的精神、才气与风骨尽在其中。

打油诗在内容上大致可以分为如下几类：自嘲、讽世、咏史和纯幽默抒情。综观邵燕祥的打油诗，其分类亦是多样，有对社会现象的讽刺，如《戏咏五次文代会》、《座谈环保有感》等；有题赠诗，如《戏赠谢冕》、《赠人三章》、《题徽砚》等；也有友人之间的唱和之作，如《和朔望同志旅大二律》、《奉和黄苗子题〈刘罗锅骑驴图〉诗并跋》；还有游记诗，如《游明江花山》、《桂林》、《南岳歌》等；读书观事偶感亦成为其写作之对象，如《读萧乾文章用其意》、《戏作夜梦杜甫》、《观电视新闻有感》等，以打油为题的也不在少数。

---

① 邵燕祥：《邵燕祥诗钞·打油诗》[M]，桂林：广西师范大学出版社 2005 年版。

一、讽刺之下的生命状态关注

打油诗最重要的文体特征是讽刺和幽默，邵燕祥的打油诗中不乏用讽刺手法针砭时弊之作，这充分表现了一个文人对社会现实的人文关怀。与诗人个人的关注角度相关，他的诗作也有很多杂文的批判意识。这种批判有对自我的辩证性审视，也有对社会时代现象的揭露与讽刺，有时二者的分界很明确，有时则含混难以分辨，在自嘲之时亦含有讽世的内容。

邵燕祥的诗歌作品在他的第一个创作黄金期——20世纪40年代至50年代便显示出了他对于时代脉搏的敏锐感知，他的诗集《歌唱北京城》、《到远方去》记录了一个特定年代的青年人的激情与感动。这种兼济天下的情怀也在他的打油诗作中体现得十分明显。写于三年困难时期中1961年的《满江红》充满了与天灾对抗并坚信可以战胜的豪情。“长江水，无日竭；抗旱志，坚如铁。”坚强的意志也是那个时代民族精神的集体印记。

反右斗争以及“文革”是诗人记忆中沉痛的烙印，他1976年所作的《清明》、《无题》两首、《时事》两首以及《丑奴儿近》与《点绛唇》二词中都有表现。讽刺中夹杂着批判，他的诗歌中多有鲁迅的风骨，如《丑奴儿近》中如此写道：

风雷震荡，革命岂容装假。纵皮画麒麟，毕竟心狼脚马。
滔滔万里，数十载混杂泥沙。横行把水搅浑，一蟹不如一蟹。
篡夺于朝，撩乱于野，小人暴发。称霸称王，胃口越撑越大。
恶贯满盈，“四人帮”秋梦一眨。人民八亿，同声申讨，皆曰可杀！

他痛斥“四人帮”的狼子野心，称之为横行的螃蟹，将国家搅得鸡犬不宁，终在人民的愤怒中结束了其罪孽的政治生涯。“文革”后期，当被压抑了十余年的情绪释放时，愤怒及感慨万千统统化作高声咆哮，此种情绪在词牌的规范之下却一改风格，豪放甚至流于畅快淋漓地指斥，用打油诗来称也不为过。在打油诗嬉笑怒骂皆成文章的定义之下，他的打油诗愤怒之辞不显粗鄙，却又能与诗人情绪相得益彰，不失为命名与内容形式的巧妙结合。他的《声声慢·斥江青》亦是对于词牌的调侃性解构。借著名的表达愁思的慢词的体式改为批判之用，一句

“暮年踪迹，庭上狱中，不掩旧时本色。西望东张作态，惯还撒泼”将江青晚年落魄时的骄横之态漫画式地勾勒出来，她再一手遮天也最终不过落得比杨玉环、赵飞燕更不如的下场，而且她不用加以丑化便得来十分真切。在此类所谓打油诗中，诗人对旧体诗信手拈来，加以改造，得心应手地应用于其写作中。

在他自反右开始被打成右派直至“文革”结束后近20年的时间内，当他的新诗及文章创作被禁止之时，他用古体诗的形式记录了一个倍受迫害却又坚强面对现实的诗人的心路历程。他这样解释自己写旧体诗的缘由：“选择格律小诗这种体裁，一不须铺纸拈笔，郑重其事，二便于口占腹稿，易于记忆保存——我写的自由体新诗，自己也记不住，但自写的七绝七律之类，好歹也能记下来一些。”①

由于打油诗这种题材特有的功能，讽世诗因其怨刺作用在其中独具特色。在20世纪70年代末至80年代末的邵燕祥第二个诗歌创作高潮时期，他的打油诗著量颇丰，此时他的关注点已经扩及到以一个文人自觉的道德自律以及社会良知对他所闻所感的事件进行书写，这些诗句有诗人对于人性的解剖、世事的洞察，也有对于国民性的反思，这皆是一个对生命、对社会、对国家充满热爱的诗人的深刻的思想性的表现。写于1984年的《整人五绝》中的讽刺妙笔俯拾皆是：“算账人称常有理，你们拉套我扬鞭”、“露尾藏头缘底事，翻云覆雨且折腾”、“嗤点众山皆右派，一峰独左好风光”、“帽子扣人时要大，明朝再送小鞋来”、“有权堪用直须用，不闻逝者如斯夫”。调侃与讽刺和谐统一于诗人对世态炎凉的洞察之中。

二、自嘲中的自我审视

邵燕祥的诗歌创作中自嘲与讽刺有时也有混合到一起的现象。打油诗中的自嘲有时是来自自谦，有时也含有自负的成分。在早年诗作《戏作夜梦杜甫》中，邵燕祥认为自己：“新诗鲜意趣，旧体乏功力。初学古近体，率多宝卷气。扪心窃以喜，有别文案吏。降格以打油，辞达而已矣。”与杜甫的诗才相比，诗人自认为相差分外遥远，因此作打油诗以区别，但这种“宽于律己”的做法也有矛盾

① 邵燕祥：《邵燕祥诗钞·打油诗》[M]，桂林：广西师范大学出版社2005年版。

之处，“诗岂无达诂，理应有正义”的解答虽在，梦也仅仅是梦，“杜叟安在哉？惺松书落地”玩笑也仅仅是在梦中，诗人真正的内心深处想必还是对杜甫的“诗史”之笔有敬仰之情，焦虑感仍存在于他的创作之中。

自嘲的另一面是对世事理解的旷达，对于自己的创作他也加以调侃。在《戏为民歌答吕剑》中他写自己下颌长出如核桃般大的肿瘤时，他写道他人对自己的“幸灾乐祸”：“小子活该罪应得！什么杂文与随笔，什么讽刺与幽默；动辄指手更画脚，牢骚七嘴夹八舌。此前翻车竟不死，这番难逃一刀劫。教他欲言难开口，教他吃饭费咀嚼。轻狂横议自由谈，教他自由由不得！理当预拟割舌狱，但操鸡刀只一割。”若到了割舌只须鸡刀的份上，面对这番调侃仍面不改色可是真够洒脱！经历了车祸重创及恶疾缠身，他以从容之态应对，将之归结到自己写作中横眉冷对不公之事（尤其是杂文写作），而玩笑过后仍是：“莫谈国是非吾徒，人微未忘匹夫责”，他仍要“以文为诗诗为柬，草成欲寄水天阔：君傍白天鹅以飞，抑在流花湖畔歇？昔歌革命与战争，今歌改革与建设。重为赤子学咿呀，心与人民同脉搏。”这番借无名氏以自我解嘲常常是玩笑中的语言艺术，用打油诗的形式开自己的玩笑，以此平衡了由犀利的杂文所引发的一些思想碰撞。其中的自嘲与讽刺也多为善意的，打油诗的特殊文体功效之一便在于此。

邵燕祥的打油诗题目中，有的直接以“戏咏”、“打油”之类标注形式，自我解嘲的意味更加浓烈。他所作的打油诗《戏咏五次文代会》是与翻译家杨宪益《咏五次文代会》的唱和之作。以“掌声拍报平安夜，大会开得很好嘛！”作为尾联，对过程流于程式化僵硬的会议制度做了玩笑式揭露，身为其中一员也有无奈也有不满，在一己之力量薄弱下只能哂笑而为。这种谐笑中见讽刺的手法，也是诗人以此摆脱身在其中的尴尬状态与自我悲哀的消解之法。此处表面的欢笑与内心的悲哀并行不悖，二者之间的模糊界限也是打油诗的特性之一。

三、独特的文人风范

在邵燕祥创作中，自由诗、旧体诗与杂文随笔兼备，而他也被誉为当今文人中具有鲁迅风范之人。相较于他自由诗的激情澎湃和杂文的犀利，他的打油诗则多了些烟火气息，不论是他与文友的唱和之作还是他自作的打油诗，在讽刺与自嘲之中均可窥见诗人的良好心态。

古代文人作打油诗以自我暴露或者自我贬抑为手段的为数不少，旧文人在自怨自艾中所作的愤世嫉俗的冷嘲式打油诗是那个时代文人在自我生存境遇面前无奈的表现，在他们类似于阿Q式的自我解嘲中，人往往陷入苦闷。“睿智与幽默是近代艺术的一大境界。20世纪的中国文人打油诗很多都显示出这样的境界，有的比白话自由诗更广为流传。”①

邵燕祥的打油诗虽然也有讽刺与自嘲，但这两种绝不是建立在自我贬抑与自我暴露的基础之上。他的打油诗有戏谑却没有刻薄，有讽刺却不流于尖酸，他在结构文字中更多运用了克制性讽刺，即在面对特定的人或事时并不过多地发表议论评判，而是就事论事、点到为止，这一点尤其表现在他后期的诗歌创作中。这种方式使得他创作的讽刺诗庄与谐并存，在其背后则是诗人对于诗歌、对于文学乃至生命的庄重态度。他的打油诗所表现的正是他思想中随时发生的真情与诗情的碰撞。也正因为他对于生命意义的珍视，使他善于发现生活中的细节，如1970年他下放干校学习时在节日中聚餐有鸡，便写道：“荡气回肠不自哀，依稀灯火下楼台。岂知今日刀头菜，曾叫千门万户开。”艰苦岁月中本是改善生活的事，诗人却从中看到了沉痛，由此思及自己一代人的经历，从不经意间的小事中显露出对现实的反思。可见，一位具有人文精神关怀的诗人无论在何时都不会失却其赤子之心的。

在经历了反右运动、“文革”之后，邵燕祥特有的文人风范不仅源自于其坚毅的性格，不屈的斗志，更源自于他对人自身生存境遇的关注，对社会及人性的理性思考。他用感性的诗笔抒发理性的情怀，从一个文人敏锐的视角出发，在这个多变的世界发出坚强的声音。他的讽刺来自对于生命以及人类的珍视，讽刺背后所显现的旷达及真诚则是他生命的真实回响。

选自《廊坊师范学院学报》，2008年第1期

① 王珂：《打油诗的文体特征、价值及传播方式》[J]，《文史杂志》2002年第4期。

邵燕祥的情感世界

赵　东

邵燕祥生于上个世纪30年代，这个年代生人有着他们独特的思想情操和道德坚持。1930年代是中国现代文学第一次高峰期，邵燕祥天资聪颖，以早慧而著称，十几岁就开始从事文学创作，相信他的文学上的第一步与1930年代中国文学的繁荣不无关系。那些有关邵燕祥的逸闻掌故每每读来就像他的一本文集的标题“沧海遗珠”——我们曾丢掉了多少美好的事物，在他身上我们又看到了多少已经遗失的珍宝。有人总是爱抱怨我们的作家都太正常了，言下之意，我们缺乏那种为了真理献身，或为艺术九死未悔的冲动。其实邵燕祥就是这样一位富有浪漫情怀和正义感的文学家。从他大学期间的辍学举动到他1950年代后漫长的右派经历乃至他复出以后的文学活动可以看出他的特有的中国文人气质。这种弥足珍贵的气质和屈原、鲁迅是一脉相承的。

邵燕祥首先是一位诗人，而且是一位新旧体诗兼而有之的诗人，在古体诗歌濒临失传的今天这种才能尤显珍贵。很多写诗的朋友告诉我，希望能写点古诗，这个愿望对于当下的新生代诗人来说几乎不太可能，文化背景和心态已经完全改变，写旧诗谈何容易。在新诗史上许多大诗人以古体诗见长，辛笛、臧克家、何其芳等都是写旧体诗的高手。旧体诗歌在经历上千年的淘洗和锤炼，在节奏、韵律上登峰造极，在技巧层面上炉火纯青，写旧诗可以对新诗有启发和规范作用。一个写旧体诗歌的人在写新诗时可以很好地贯彻古为今用的原则，不至于让文化的血脉出现断层现象。解读中国诗人内心的最好方法就是从他的诗歌入手，游历诗人的情感世界。读邵燕祥的诗歌既有对历史的唏嘘，更有对多彩丰富的诗人内心情感的感动。

邵燕祥著作甚丰，文体多样，他的杂文有鲁迅遗风，却多了些平易和天真，他的诗歌以执着、质朴，长于抒情为特色。要是撰写邵燕祥的文学评论的确不能抛却杂文不论，而本文就要将笔触瞄准他的诗歌，特别是现代诗的创作。平心而论，如果仅从他的现代诗歌出发难以全面欣赏他的文学成就，可是一孔之见也能窥得诗人的风采。邵燕祥进入1980年代后的诗集和诗选约八九种，其中有很多影响深远的艺术佳作。因时代因素，邵燕祥以政治抒情诗著称。我们如果抛开政治标签不管，只是以抒情诗的眼光来欣赏他的诗歌，会发现邵燕祥就是一个不折不扣的纯粹抒情诗人。

“感谢你给我／嫩嫩的桑叶／我咀嚼陌上的阳光／清明的丝丝雨”（《陌上桑》）。感谢、歌颂题材一度是我们诗歌的流行主题，甚至成了某个时代的关键词，邵燕祥要感谢“嫩嫩的桑叶”、“陌上的阳光”还有“丝丝雨”，这些意象取自天然，配以叠字，既有古典诗歌的韵律美，又有现代诗歌简洁直接的特点。他的诗歌和当时那种假崇高、假豪放的诗风完全不同，有清新自然和骨气刚健的魏晋风骨。邵燕祥的诗歌最显著的特征在于他不是那种为艺术而艺术的唯美派，除了美之外他的诗歌有着罕见的坚硬质感和敏感、尖锐的气质。

“一排云从海那边来了／灰黑的云，挟着风威／驾着成排的浪／紧贴海面而来／从海平线那里来的／搅翻了海平线／以强弩之势／宣告雷电暴雨／即将越海而来”（《黑石礁》）。诗人的气质、胸襟让人强烈感受到来自诗人内心本质上的一种刀子般冰冷的威严和蔑视一切的伟岸。从现代诗歌来看，这种超越性正是诗人艺术成就的重要标志。邵燕祥的很多诗歌犹如巨石重重地压在这个世界上，很多文章在介绍邵燕祥时都提到他是一个诗歌重镇，这个重镇的说法源自诗人的抒情方式和诗歌本身蕴涵的艺术效果。他好像一个手执屠刀的巨人，而那刀尖却是指向诗人自己，他在一次次地将自己砍翻之后，又一次次地从血泊中倔强地爬起来，像鲁迅先生说的“真的勇士，愤然而前行”。他的长诗意象密集，感情饱满，犹如集束炸弹排头猛轰过来，给人酣畅淋漓的阅读快感。“你看我什么变了　什么没变？／你可望见我望你的眼睛？／说是近　却还是这样的遥远／未来的岁月又是这样的无穷／今夜　天地间这样安静／只有一颗星在讲话　对着另一颗星……／是不是所有的星　全都夜夜合不上眼？／是不是所有的星　全都燃烧着渴望的心”（《地球对着火星说》）。邵燕祥的诗歌成熟、稳重中透着大手笔的严谨，长期的创作和阅历使他的语言节奏、力度、色彩都把握得游刃有余。

我们记得最多的是他的那些短小的抒情诗，比如说“善良的心啊／你要拥抱一切人吗／他／会以拥抱你的手／猝然掐紧你的咽喉／登时把窒息的你／掷翻在地”（《善良的心啊》）。这首小诗几句之间就把历史的积怨和对人世的大爱浓缩进去，达到以有限化无限的境界。正所谓没有恨，哪有爱，正是对这世界爱恨交织的情感才造就了诗人非凡的艺术创造力。中国现代诗歌在经过长期的艰难探索和对异域诗歌的借鉴，慢慢形成以抒情为主，辅以洞见人生智慧的艺术特色，邵燕祥的诗歌无疑是其中一个重要的代表。回想 1980 年代诗歌，一批当时的新生代诗人接受了西方现代主义思潮影响，大有标新立异的势头，而邵燕祥以其深厚的古典诗歌和俄罗斯文学修养独树一帜，可以说是难能可贵的。“阴郁的日子／下雪的日子／没有酒是寂寞的／没有炭是寒冷的／你从冰封的路上来／雪天的炭／而我是尘封的酒”（《（五十弦）第五首》）。诗人的嗓音在冬天变得异常敏感而干净，这声音穿透时空而来，混合着林中的积雪和酒后的狂喜，当年郑板桥说眼中之竹不是胸中之竹，而手中之竹又非胸中之竹，其中起化学反应的是包含着想象的强烈情感。诗人在冬天歌唱，在林中舞蹈，诗歌从起源上说来自原始冲动，人类本真的自我在诗中得以释放。

2008 年 1 月 7 日

选自《诗歌月刊》2008 年第 2 期

邵燕祥与他的“打油诗”

张宝林

一

邵燕祥早慧。13岁在报纸上发表杂感，14岁开始写新诗。像比尔·盖茨一样，大学只上了一年，但不是为经商，而是为革命。丁酉落难，时年24，已是有名的诗人了。“文革”后复出，以杂文写作为主，著述甚丰，诗集也出了多种。还有一本在文坛引起巨大反响的著作：《人生败笔——一个灭顶者挣扎实录》。这是一本奇书，收录的是他“文革”期间所写的各种交代材料，如检查报告、思想汇报、批斗会记录、大字报底稿等原生态“文革”文本。他在书的前言里痛心疾首地说：“无论违心的或真诚的认罪，条件反射的或处心积虑的翻案，无论揭发别人以划清界限，还是以攻为守的振振有词，今天看来，都是阿时附势、灵魂扭曲的可耻记录。在我，这是可耻的十年……”我还记得读这本书时的感受，那就是仿佛看见一个人手持利刃，划开自己的胸膛，把灵魂掏出来让大家看。邵燕祥是“文革”的受害者，完全可以不做忏悔，但他忏悔得如此彻底，如同前西德总理勃兰特在波兰犹太人墓前的惊人一跪，让我对他充满尊敬。联想起某些人在“文革”中本有污点（并非大恶），却不肯有一字罪己，甚至竭力掩饰，其境界判若云泥。

邵燕祥是多面手。但按他的说法，他首先是新诗人，写了大半辈子，其中有他的梦，他的哀乐，他心中的火和灰。说来惭愧，我没有读过他的任何一本新诗集，尽管他的新诗集有八九种之多。但他的杂文，绝大部分我都读过。上世纪80年代，杂文这种文学形式，很是火爆了一阵。那时候，任何一家报纸，副刊上都会辟出一块小天地，用楷体排印，加上花边，通常还会放在头条。我当时在一家报社编副刊，也学着写杂文，所以格外留意杂文栏目。那时常写杂文的，有不少老作家，也冒出了许多年轻作者。风格各不相同：有金刚怒目的，有菩萨低眉的，有喜欢掉书袋的，也有模仿鲁迅笔法而不得要领绕来绕去把自己也绕糊涂了的，还有人鼓吹“新基调杂文”，不过响应者寥寥，最后无疾而终。

在这许多杂文作家中，我特别喜欢邵燕祥。他不卖弄，不张扬，不剑拔弩张，语言是温润的，语速是舒缓的，绝无语言暴力，总是不紧不慢，娓娓道来，但字里行间，有着强大的逻辑力量，像一个武林高手打太极拳，绵里藏针，内功十足，谁想和他交手，恐怕难以近身。

虽然喜欢他的文章，但直到上世纪末，才有幸识荆，于是知道他的文章一如他的为人：谦谦君子，古道热肠，柔中带刚，疾恶如仇。

也是在那时，我知道他的旧体诗（他自称“打油诗”）写得好。

二

打油诗，可说是诗中的杂文。我喜欢杂文，也喜欢打油诗。“打油人家”的诗集，比如聂绀弩的《散宜生诗》，荒芜的《纸壁斋集》、《纸壁斋续集》，黄苗子的《牛油集》，杨宪益、黄苗子、邵燕祥的《三家诗》等，我都反复诵读过。认识邵燕祥之后，他有时还把未曾发表或不便发表的新作通过“伊妹儿”发过来，使我先睹为快。

这次，邵燕祥把他的数百首旧体诗，结集为《邵燕祥诗抄·打油诗》，交由广西师范大学出版社出版，并承在第一时间惠赠，使我在击节赞叹之后，有了广为绍介的冲动。

自古“诗言志”，但“志”却有高下之分。或仅是个人琐细卑微的情怀，或在“陶冶性灵，发挥幽郁”的同时，饱含时代元素和社会气息。严羽为什么说“唐人好诗，多是征戍、迁谪、行旅、离别之作”？就因为这类诞生于颠沛流离的诗作，个体的审美体验被置于一个宏大的社会背景之中，必有深刻的思想内容。

我猜想，这个道理，在童年邵燕祥的小脑袋里就已萌芽了。在2003年出版的《邵燕祥自述》中，他说十一二岁上小学时，最早会完整背诵是这样两首唐诗：

时难年荒世业空，弟兄羁旅各西东。
田园寥落干戈后，骨肉流离道路中。
吊影分为千里雁，辞根散作九秋蓬。
共看明月应垂泪，一夜乡心五处同。

（白居易）

夫因兵乱守蓬茅，麻纻裙衫鬓发焦。
桑柘废来犹纳税，田园荒尽尚征苗。
时挑野菜和根煮，旋斫新柴带叶烧。
任是深山更深处，也应无计避征徭。

（杜荀鹤）

他回忆，这两首“状写民生疾苦的诗”，使他“苟安一隅的童心知道，人间有大忧患在”。

邵燕祥的《打油诗》也记录了许多“人间大忧患”。

比如，1961 年，他写了一首《满江红》，上半阕是：“何物苍天！连年价，与人作孽。几多顷，禾苗枯槁，旱云明灭。忽报山东四月雪，又传河北多龟裂。没来由，更起打头风，横肆虐。”这是“三年困难”时期天灾人祸给农村带来的深重灾难。又如：“酣舞狂歌乱入云，华堂别有暖风熏。无端泪冻碑前石，都为高天雪意深。”“问天何日是清明，有泪如江未敢倾。今又凄风兼苦雨，诔文写罢寄寒星。”（《无题》、《清明》）这两首诗记录 1976 年的一件大事：一个伟人死了，老百姓心中郁积着的怒火愤然迸发了。他们虽然遭到镇压，但“有泪如江”，还能遏制多久？果然，不到半年，“四人帮”就轰然垮台。

这部诗集中的作品，时间跨度从 1958 年至 2001 年。这 41 年，中国经历了“反右”、“大跃进”、十年浩劫和改革开放等不同的发展时期，社会在冲突、激荡和变革之中艰难行进。诗人在“反右”中落马，在“文革”中受难，41 年倒有一半时间处在社会最底层，唯其如此，他避免了作“应制诗”（虽然不乏“检讨书”），当然也没有闲情逸致无病呻吟。改革开放以后，闲暇“打油”，也常常以旧体诗为反思工具，绝不作无聊的应酬文字。他在《贺韦君宜八秩大寿病中》说：“已经痛定犹思痛，曾是身危不顾身。”这话移赠他本人也一样恰当。我们是幸运的，他“这些并非刻意只是偶然写出来的东西，总算保留了一些私人记忆”（《后记》），对于我们，却无意间获得一笔财富，因为它们是一个时代的真实细节和剪影。

让我简单举几个例子吧。“天旷云轻白露滋，一星如月看多时，纵然银汉千秋隔，差胜参商无见期。”秋夜如水，孤旅天涯，是谁，为什么，在这旷野里梳理愁思？“墙角瞿瞿灶马鸣，窥窗日暖篆烟轻，劳人安得此闲情？”“高原日出早，沙梁月落迟，只闻啁啾不见鸟，失眠却得诗。”在苦役之余也不放弃鸣唱的，分明是一个被放逐的诗魂。“如云应记，民工百万，奋臂战此冈峦……漫道神工鬼斧，算来输与钢锨。多情日月，高悬照我，志在移山。”在劳动中洗心革面，是那个时代的典型场景。“暮年踪迹，庭上狱中，不掩旧时本色。西望东张作态，惯还撒泼。”这当然是“白骨精”被审判的镜头……这些“立此存照”式的图像，似可做历史教科书之外的辅读。

三

有人说邵燕祥的杂文比新诗好，旧体诗又比杂文好。他不这么看，他把旧体诗列在新诗和杂文之后，说这些诗最初是“写给自己，或顶多是二三友人传看的”。那么，其实不妨把它看作一个知识分子心灵的剖白。

少小追随革命，真诚向往光明，却无端被视为异类，打入十八层地狱，他的内心世界还有亮色吗？我们在诗中读到：“寸心未许杂痴黠”、“岁月难磨意态真”（《无题——拟龚自珍》，1972），“不摧眉，不折腰，蔑权贵，付一嘲。左脸哭，右脸笑，开心颜，长啸傲。诗人与济公，千古为同调”（《题天台赤城山济公院》，1994）。看来他的精神脊梁依然挺拔。他坚持认为诗必须有风骨。“诗岂无达诂，理应有正义。”（《戏作夜梦杜甫》，1962）他借物咏志：“木棉挺拔木棉高，不识人间有折腰。”（《广州二题・木棉》，1964）他高唱：“我亦曾经沧海客，文章虽贱骨非轻。”（《即事寄袁鹰》，1984）“史贵存真人贵信，讲真话者即吾师。”（《贺陈沂同志从事新闻工作六十周年》，1992）贫贱不移，坚守信念，见贤思齐，还是一个堂堂正正的大丈夫！

“卒章显志，诗三百之义也。”真正的诗人，无论何时何地，总还是要用诗发言。

在中国大地上，有一段时间，人性、人权、人道主义，凡沾“人”字的东西都是禁区。邵燕祥偏要这样写：“年少头颅掷未成，老撑侠骨意纵横。长空万里书何字，鸦雀无声雁有声。”（《赠友人》）“飞去飞来回雁峰，如何垂翅失其声。我亦逐群一北雁，待将雁字写长空。”（《题回雁峰》）邵燕祥别署雁翔，他借大雁说事，他就是要打破万马齐喑的闷局，大声喊出“人”字来。“长空”“鸦雀”两句不胫而走，成为传诵一时的名句。

他极端厌恶“斗争哲学”。为整人者画像，常常激发他的创作灵感，成就了他的许多绝妙好诗。1984年创作的《整人五绝》就是代表作。他模仿整人者的口气，反复吟咏“整人之乐”——乐陶然，乐无穷，乐泱泱，乐快哉，乐何如——因为他们的拿手好戏是“永远保留批判权”、“作浪兴风变色龙”、“取义由来靠断章”、“捣蛋调皮有后台”、“有权堪用直须用”，一针见血，毫不留情，整人者的嘴脸被他刻画得入骨三分。

他痛批社会上的丑恶现象。对于公款大吃大喝，他嘲讽道：“为爱横行高蟹价，不缘小吃上天桥”，“药膳养元能不老，官家付款醉无妨。”（《筵席二首并跋》）对于妄想不朽的人，他揶揄说：“长寿如君思不朽，何如立地化石头。”（《黄龙洞》）“欲使万民齐仰望，君身何不入悬棺。”（《看武夷悬棺》）对于“权钱交易”，他怒斥：“有奶是娘真理在，无攻不克小包红。钱来神鬼皆推磨，权到儿孙岂放空？”（《偶得打油一律请荒芜先生哂正》）对于那些昏官庸吏，他丝毫不留情面：“随人俯仰官如妓，见势逢迎妓似官。安得一除臣妾态，官场不屑效勾栏。”（《〈为三陪小姐一辩〉书后》）对于文坛庸碌之辈，他更是极尽调侃之能事：“分田分地真忙也，却道峥嵘岁月稠”，“遥听武场锣鼓点，夜深犹作跳加官”（《文坛三咏》）。

他喜欢和诗友唱和，他的诗他们最能心领神会。这类诗因对象不同，诗风亦稍有差异。赠夏衍、冰心等前辈老人，一般比较郑重；普通交往则有感而发；对后起之秀语多勉励；而与黄苗子、杨宪益、荒芜、吴祖光、何满子、黄宗江等老友的酬答，则因际遇相似，志趣相投，所以海阔天空，汪洋恣肆，嬉笑怒骂，百无禁忌，充分显示其“打油”的本色。

《祝寿打油七绝句》是为杨宪益贺寿的。杨善饮，被呼为“诗酒”神仙，所以首首不离“诗酒”二字，皆诙谐多趣。其三曰：“开门七事何无酒？搁笔多年尚有诗。天籁偶然收腹稿，吟成每在举杯时。”其七曰：“有诗无酒不精神，有酒无诗俗了人。人头马不识平仄，也随贺客到杨门。”赠黄宗江的“杂文推许别家好，老伴夸称举世稀”。题杨守松册页“或因糊涂到公卿。或为糊涂误一生。莫言同性不同命，各自糊涂各不同。”信手拈来，堪称好句。这类诗作如果涉及往日遭际和眼前世象，就更要放胆调笑一番了。如奉和苗子有：“打你三拳揉两揉，导师能放复能收”，贺吴小如大寿有：“是非只为曾遵命，得失终缘太认真”，慰吴祖光有：“修到无官又无党，几分梁甫几分骚？”和杨宪益咏五次文代会有：“掌声拍报平安夜，大会开得很好嘛！”都是戏谑之中饱含辛酸，脸上含笑心中滴血的诗行！

诗集中为丁聪、方唐两位漫画家配画绝句60余首，则是十足的讽刺诗，仅看诗题就可一窥全豹：《傍大款的“猫”》、《老虎屁股可轻摸》、《伯乐“惜马”》、《不要沐猴要孙猴》、《内耗》、《皇家产品》、《公仆生涯》、《今天没有新精神》、《五十九岁现象》……诗画各擅其妙，精彩纷呈，相得益彰。

四

邵燕祥的打油诗，形式很多，有近体，有杂言歌行，也有长短句，题材也十分广泛；题材不同，艺术风格也各各不同。

他的状物写景诗并不多，在集中只占很少的篇幅，但给人印象颇深。这类诗描摹毕肖，取喻精准，情景相生，清新可诵。“直入白云疾如鸟，一片云随马去了。行行马似泥丸小，但见风吹原上草”，写内蒙古那达慕大会赛马，骏马疾驰，转瞬不见，读之如临其境。写黄山之“曲径无人抄近走，白云有意擦边来”，状春日之“水阔云贴岸，林空鸟唤人”、“神追蝴蝶失，风动菜花黄”，以及“泉声漱漱，清清泉水来何处？寻路，寻路，阶坎台阶无数”等诗句，如速写白描，平和冲淡，却不锤而炼，不琢而工。

邵诗中数量最多的，还是感时议事的篇章。诗中议论过多，历来为人诟病，因为这类诗容易写得干枯沉闷，但邵的渊博学识、通达思想和深厚的艺术功底，往往化解了“说理诗”的块垒，反而加厚了诗的醇度，读来备觉苍凉沉郁，雄浑悲壮。特别是诗人谦冲平易，幽默达观，他亦庄亦谐，借古讽今，声东击西，指桑骂槐，再沉重的话题，都举重若轻，别开生面。正如袁枚评赵翼诗：“说理愈精，英光愈迸露，真足为天地间另辟一境。”

活用典故，也是邵诗的一大特点。写旧体诗，若不用典，则如白开水，寡淡无味。但用典要巧，要羚羊挂角，无迹可寻，就像茶色融入水中，汤色一体，清香沁人。邵燕祥用典其实不少，但读来毫无窒碍，就是用得巧妙。“独对停云有所思”、“但有知音不在琴”、“依依流水尚能西”、“白云苍狗狮子口，绿女红男老虎滩”、“甘棠何处是，酸子树葱茏”、“两岸晴花如绣颊，七根竹筏似流觞”、“等闲千载苔生绿，犹报铜山昨夜崩”，都用了典，但你几乎并无觉察，一来这些典故不生僻，二来运用得当，这是功夫。

邵燕祥等“打油大家”，在用今典上更下气力。我曾在一篇文章中说：“我甚至怀疑这是他们的兴奋点所在。举凡人名，地名，时间，事件，俚语村言，洋文俗字，都信手拈来，牵入诗中。”而这种今典的使用，主要是在律诗的对仗上。

中国的诗歌，自《风》、《骚》以还，体式屡变，至唐而百花齐放，尤其是律诗臻于完美。喜欢旧体诗的人，没有不喜欢律诗的；喜欢律诗，其实就是喜欢它的对仗（绝句如有对仗亦称律绝，七律有两联，排律则更多）。邵燕祥曾对媒体记者说：“七律里面有两联对仗，对仗对好以后很快乐。一个人没有思想，搞这个就是游戏。如果在这当中注入了你的思想以后，它的意义就超越了文字游戏。”

我统计了一下，这本诗集总共选诗 289 首（不计配画诗），其中律诗 105 首（包括律绝），占三分之一强。加上其他诗里也偶或使用，整部诗集应当包含了近 200 副对子，单独排列，也蔚然大观了。

这些对联，佳构多多，试举数例：

“领导未闻曾闹事，群氓难得不糊涂。”（《题〈小题反做〉赠马识途》）

“欲除两面派，不要一言堂。”（《五律二首》）

“一样文章归老辣，几番炉冶美纯青。”（《赠蓝翎》）

“海内何妨存异己，人间难得是知音。”（《赠台湾乡土派作家王拓先生》）

“不必牺牲皆壮烈，从来冠冕总堂皇。”（《十月二十七夜不寐作》）

“每因不死曾为鬼，待到无求可作人。”（《挽沈从文》）

“闭户耽吟非雪夜，拂衣不去是闲愁。”（《秋晴寄朱正》）

“武穆曾经邻武二，白公依旧伴苏公。”（《楼外楼打油一首》）

“狗皮膏药能医病，人血馒头不解馋。”（《人生》）

“二流堂已频思过，六部口须紧锁门。”（《读夏衍〈懒寻旧梦录〉二首其一》，二流堂为抗战时期文人聚会之所，“文革”中被打成反革命组织，并诬夏衍为后台，六部口为夏衍居处地名。）

“闭户读书甘寂寞，隔墙有耳保平安。”（《元宵》）

“辞职可嘉称引咎，为官难得是能捞。”（《侵晨口占劝善诗一首》）

“读史向来伤板荡，吟诗不复叹伶仃。”（《回归期近寄香港同胞》）

“才学三一律今古，艺能十五贯中西”，“艳阳柳堡情成曲，烈血高原义举旗”。（《题〈卖艺黄家〉二首》，把黄氏演过的戏，写过的剧本，巧妙入联。）

“少年布尔什维克，老境烟斯披里纯。”（《读〈狂欢的季节〉》，“烟”，灵感旧译。）

“人近庙边犹啖肉，雾迷山道不知愁。”（《打油赠同游》）

“小道可闻幽一默，大言不及酒三盅”，“世纪居然一再跨，立春还有两三天。”（《赠杨宪益》，2001年才跨世纪，报刊2000年已反复宣传）

“血中毒时非癣疥，气难通处是膏肓。”（《夜不能寐记忧口号》）

“醉里笑谈小赤佬，梦回畅饮老白干。”（《读宪公自挽联“乐不思奥，寿已超英”妙极戏作》）。

好对太多，恕不一一列举。

曾有人说旧体诗寿数不长了，但这么多年过去，它还顽强存在，近年还有回潮之势，实因语文本来分体，建立在古代书面语言基础上的艺术，怎能说灭就灭？邵燕祥《打油诗》的出版，又为我们提供了一个新的例证。

选自《文学界（专辑版）》2008年第5辑

再次把自己献上祭坛

——邵燕祥的《一本书的跋语》

王光明

“跋语”自然与“正文”有着特定的互文性。《找灵魂——邵燕祥私人卷宗：1945—1976》主要收录作者1949年前所发表的少年习作，50至70年代未刊发和未收入集子的作品（其间穿插若干个人在政治运动中的报告、总结、检讨、交代，并附录了少数相关的批判文章和专政“规定”等）。这是一本有趣的书，如果从“文学性”去衡量，正如引言所说，是作者为自己1976年之前的写作树了一座墓碑。然而，这是一座“政治上无名的殉难者/文学上无谓的牺牲者”的墓碑，一部活生生的当代中国文学的“变形记”，它以众多失败的创作真实体现了当代意识形态改造诗人思想和想象方式的胜利。

因此，这是一本“从文学写作的追求与失落入手，却发现了一个整个人格扭曲蜕变以至丧失良知的轨迹”的书。然而，这不是别人的故事，而是“如此深刻地发生在自己身上”的悲剧，“陈年旧货怀着恶意向我招手”，“我”如何面对自己的历史，如何向读者交代心事？

如果说，本书的“正文”是当代中国文学一份完整的个人“档案”，那么，这首以十四行诗的形式所作“跋语”，便是对这份“档案”和与它联系在一起的30年人生经历的感怀了。本书所收作品，始于1945即“二战”结束那年，止于1976年“文革”结束，因而是“战后三十年，陈尸现场”。但“战后”却还“陈尸”，却又赋予了这30年的隐喻与悖谬色彩。在本诗说话者的心目中，它该是另一种形式的战争吧，虽然发生在“战后”，没有硝烟，却仍然有许多真实的或象征的生命无端消失。不过，这行诗又可以看成作者编选时的感受与意图，应该将“陈”作为一个动词来读，意谓把这些无文学生命的作品公之于众，做历史的见证。

当然名词也罢，动词也罢，甚而作为历史“标本”引起戒惕或授人以柄也罢，都不是本诗说话者关心的问题。面对“陈尸”，最让作者震惊的是：30年中怀着理想和热情想走向天堂，却来到了地狱；追求灵魂的升华，甘心情愿接受改造，蜕皮换骨，却连灵魂在什么时候迷失也浑然不觉。鲁迅曾在他的散文诗《希望》中以“虚妄”的真实性同时否定了绝望与希望（“绝望之为虚妄，正与希望相同”），从而为生命实践找到了一条反抗绝望的道路；但他是否也体验和想象过“真诚之为虚妄”的“黑色幽默”？本诗作者在《引言：历史现场与个人记忆》中说：“追求的既没有得到，怎么能说失去的恰是所追求的？追求要付出代价，牺牲却没有代价。”又说：“一个一个失去了的个人，一个一个迷失了的灵魂，如其灵魂在渺茫中迷失，还有哪个灵魂为迷失的灵魂招魂？30年间，政治被称作灵魂无所不在，而无数个体的灵魂却在时代的祭坛上，也许原想奉献给上帝，结果说不定交给了谁。”——这，该是哪个隐入书中的灵魂，找不到失踪的自己的一个注释吧？

震惊于结局对追求的反讽，便有“归来啊灵魂”的呼喊，有接受“审判”的期待。但这里的“审判”与其说是他审，不如说是自审，或者说是反思：它让你注意穿梭岁月里“愚蠢的单恋”，让你注意一个早慧的诗人有花无实的悲剧（“一个早慧的诗人，不结果的谎花”在本诗的语境中或许意指自己早得诗名却写了许多不真诚的诗。但也可能与1981年写的《答友人》有互文关系：在那首诗中，作者反对把创伤当作花朵，“那样的花是谎花／假如它不能结果”），让你注意个人的悲剧与历史喜剧之间的反讽性。

“做破了的梦”当是“一个人的命运”的概括，也是自审产生的意识吧？面对一堆梦的碎片，自然是百感交集，此时喊出反抗强权的呼声倒也顺理成章，但是否要做如此直接的表达和用好梦来替代噩梦？不过，结句那两行诗写得真好！从内容上说，它既是寻找灵魂的最后交代，又是对“陈尸现场”意图的交代，同时还是对“自我”的交代；是言志，又是抒情；是“安慰”，也是叹息，也是呼吁。而从艺术上看，它既是一个非常有分量的收束，又荡出了一个新境。十四行诗是一种很能考验诗人功力的诗体，类似近体诗中的律诗，思想感情的表现讲究层次与发展，重视抒情理路的起承转合，而在这一切中，结句又是高出众山的险峰，是最难攀登的。

我的阅读在“唯一的安慰把心撕裂”这行诗句中停了很久，为这份正视社会与个人历史的勇气，为那颗因担忧自欺欺人的历史重演而再次把自己献上祭坛的心。假如巴金倡议的“文革博物馆”能够建成，是否也可以陈列邵燕祥的这本《找灵魂——邵燕祥私人卷宗：1945—1976》？然而，我应该承认，我曾为“本月推荐”是否选这首诗犹豫再三：人们还会对历史中的“变形记”感兴趣吗？要知道，当卡夫卡《变形记》中的主人公格里高尔为自己的变形而苦恼和寻求拯救时，他的家人已很不耐烦。而今天，市场社会从供求关系出发堂而皇之把文化变成“产业”的时候，有人连言情、武侠小说的美人泪和英雄血都嫌不够刺激了，我们还会一再反思找灵魂的悲剧，还会重新去寻找灵魂吗？

选自王光明等著：《开放诗歌的阅读空间——读诗会品赏录》，
社会科学文献出版社，2008 年版

洗尽铅华的爱情诗

——邵燕祥的《银婚》

王光明

爱情更多地属于青春，无数动人的情诗都由青春的激情催生灵感和想象，爆发出辉煌耀眼的光彩。那么，在人生的漫长旅途上相濡以沫的中年或老年人的爱情呢？邵燕祥的《银婚》让我们看到了这种爱情的魅力。

“银婚”，即结婚25周年之意，全诗直接从这里切入，“不知不觉，我们走过了／短暂又漫长的四分之一世纪”。朴素、平淡，25年多少值得追忆的往事似乎都不值一提，全被诗人一笔轻轻带过。然而，“四分之一世纪”的日子过得如此的“不知不觉”，难道会是爱情内容的贫乏？也许，只有涉世深广、感情深厚的人，才可能以这样平淡的口吻来谈论这样漫长的感情岁月；只有对人生有透彻领悟的人，才会在谈论这激动人心的主题的时候显得如此的平静。这种朴素、平淡的语气贯穿全诗，构成了它的基调。诗人几乎摒弃了一切“诗的技巧”和华丽的辞藻，似乎唯恐奇丽的想象和着意的雕饰会干扰了真挚而深情的纪念，因此连诗中最关键的比喻也摒弃了传统惯例，选择了毫不惹眼的形象：蚂蚁。虽然在诗的第二节中，熟悉诗人生活经历的读者，可能会从那诡论式的诗句中悟出其中的反讽意味，但这意味与其说是诗人有意安排的效果，不如说诗人道出的恰是现实人生的真相：真实的、日久天长的感情生活，不会都是那种卿卿我我的相依，花前月下的厮守，要死要活的啜泣；相反，它“多的是散文，少的是诗”。然而，蚂蚁自有蚂蚁的忠贞、勤劳和坚韧，散文式的生活里更见朴素的诗心，——深沉就在这里：“我的随和成了你的性格／你的任性成了我的脾气”；它出入在日常平凡的生活中，出入在梦里，伸展进儿女的记忆。爱情并没有离去，它像盐一样溶化在平凡、琐碎的日常生活中，它以一种伟大、深沉的力量，改变着双方，使双方升华，并在对方中显示了自己的存在。

“尽都是些渺小的悲欢”，却有着弥足珍贵的感情秘密。这是真正的普通人的爱情，充满着朴素的人生真味的爱情；这又是成熟的爱情，充满着生活感悟和哲理的爱情。这种爱情不像青年人的爱情那样新鲜、浓烈，但如陈年老窖，醇厚干冽。诗人越是把成年人的爱情生活写得朴素、平淡，越是显示出了爱情的动人美丽和沉甸甸的分量。这是一首“洗尽铅华见雪肌”的爱情诗，它昭示人们：爱情，是卑微者们共同的财富，不是物质和精神奢侈者们的专利品。

选自王光明等著：《开放诗歌的阅读空间——读诗会品赏录》，
社会科学文献出版社，2008 年版

人格化了的意象小夜曲似的意境

——《沉默的芭蕉》赏析

周平涛

邵燕祥是当代著名诗人，他的诗自然多属于新诗，但当我们读起他这首《沉默的芭蕉》时，我们却感受到古典诗歌般的韵味，小夜曲似的意境，不由自主地沉醉其中。一首小诗，之所以有这样的效果，是因为它具有以下特点：

1. 拟人化的手法，塑造了人格化的意象。

这首诗像优美的童话，诗人将本来是无情物的一株芭蕉“活化”为有情物，它“神态矜持而冷漠”，它“舒卷有情”，它“终于开口”，而且还有童话里才有的情节：人与芭蕉对望、问答、斟酒相敬。这有思想、有情感的“活芭蕉”，这远离喧嚣的“边乡风雨夜”，令人神往，引人玩味。

事实上诗人的心态，并不像童话作家那样轻灵。邵燕祥从前有过“舒卷有余情”的青春年华，可从上世纪 50 年代后期开始，他的笔封冻了 20 年。当这杆笔重新活动，再追忆久违的童话梦境时，难免带着余寒中的微微颤栗。因此，名义上写芭蕉，实际上芭蕉正是诗人的对象化，是诗人自己的化身，不过，与古人的“一任群芳妒”的孤芳自赏、“寻寻觅觅”的封闭自守有所区别，诗人并没有始于沉默，终于悲哀，而是庄重地自励：“孤独，不是生活。”

“情自心出方感人”，这首诗之所以让我们沉醉，正是在于她写出了诗人此时此刻的丰富的精神世界。

2. 自然贴切的用典，营造了小夜曲般优美的意境。

《沉默的芭蕉》虽属新诗，但诗人却多处运用古典诗歌的手法。特别是在“用典”上，自然贴切，不事雕琢，不露痕迹。这些典故的运用，为全诗的意境营造提供了“场地”，酿造了氛围。同时，诗人精心选择意象来创设意境，如：

风雨黄昏，雨打芭蕉，征人临窗，对灯孤眠……这些意象与古典诗词相仿，增添了诗的“书卷气”、意韵和情趣，使诗歌的情感、意境显得那么优雅缠绵。读着它，我们不由地会想到流沙河的《就是那一只蟋蟀》，郑愁予的《错误》，戴望舒的《雨巷》。

另外，诗歌句式整齐，注意押韵，使得全诗琅琅上口，韵律优美，让人读来爱不释手。

选自《中学语文园地（高中版）》2009 年第 6 期

解读邵燕祥《老伤》

邓荫柯

邵燕祥是新中国第一批崭露头角的青年诗人之一，谁也没有想到，他会成为“反党反社会主义”的右派分子。

往事如烟，共和国历史上最不光彩的篇页之一已经被投入忘川，那些荣获这顶桂冠的右派分子们都慢慢老去，甚至死亡，这场长达22年的政治迫害也成了往事。这些风华正茂的人无端丧失了青春年华中最美丽健旺的22年，碌碌无为地度过了一生。其中一部分特别的不幸者蒙受的耻辱和折磨更惨重，有的在“文化大革命”中作为“老运动员”再度遭受打击，身心交瘁，伤痕留在身体也留在心灵，那些老伤依然在某些日子、某些部位隐隐作痛。在这些特别的不幸者中，邵燕祥又是一个幸运的人，他有一支笔，可以把这种伤痛写出来，而绝大部分的不幸者只好隐忍到生命的终结。他不但有一支飞扬纵横的笔，而且有一颗千锤百炼充满了凛然正义和严峻思考的心，不但写自己的伤痛，而且写对历史和规律的思索，他的写作已经进入“中国智慧和良心”的境界。邵燕祥的《老伤》是写给自己的，也是写给那些受伤者的。也许他本人身体上心灵上就留下了这么多老伤，也许他同时在为共同的罹难者包括“文革”中的罹难者发出一阵呻吟和申诉。

说了这么多题外的话，再回到这首诗本身。一位老人在一种宁静而略带伤感的格调中诉说他的伤痛，让读者在心灵受到一步紧似一步的收缩和震撼之时，没有机会分析或品味他的诗歌技巧。而当第一波感情浪涛退去后，你会发现，邵燕祥的诗是如此成熟，炉火纯青，每个字都在全诗中担当不可或缺的职责，几乎是一字不易。每一小节都是以“一生的伤痛集中于”这句话开始，而不感到重复和呆板，因为下面的每一个伤痛点都不重复，都痛彻心扉。让人尤为为之心折心摧的是那留在心脏和腰膝的老伤：“一生的伤痛集中于心脏／曾经因欢忭因悲伤因恐惧而／心律失常的心脏／／一生的伤痛集中于腰膝／问你还折不折腰／问你还下不下跪。”

中国人相信“男儿膝下有黄金”的格言，对男子汉动辄下跪是深以为耻的，那一次次的折腰、下跪，直到今天还折磨着我们的灵魂，邵燕祥的这厉声责问，是针对他自己的，也是敲击在广大（对不起，在此处用了这个词）曾经折腰下跪的同伴心上的呀。回顾往事的文章见得多了，都不大愿意提起这一节，这样厉声拷问自己灵魂的诗句并不多见。

以苦苦回忆到底在何年何月受的老伤结尾时，把老伤二字分行排列，如同一支插在肌肤里的石杵，那种沉重感、尖锐感真是“跃然纸上”，这要感谢汉字神奇的表现力。

选自邓荫苛编著：《1916—2008 经典新诗解读》，
中国青年出版社，2009 年版

怀古云南驿

——介绍邵燕祥的一首诗

郭　娟

中国的历史太长了，秦时明月汉时关，上下五千年，多少兴亡，引人喟叹，以至于中国的文学传统中特有一种情怀、意绪，叫作“怀古”。

略想一想，在那些我们耳熟能详的诗词歌赋中，有许多怀古之作，什么《阿房宫赋》、前后《赤壁赋》，什么“可怜夜半虚前席，不问苍生问鬼神”、“东风不与周郎便，铜雀春深锁二乔”……这些古代诗文已潜移默化于我们的头脑与心灵。而当代文人之作，比如余秋雨的散文、李国文的随笔，也正属于这个“怀古”范畴。邵燕祥直接题为“云南驿怀古”的诗作，从形式到内容都颇为严格地秉承了“怀古”的诗歌传统，是一首当代诗人的怀古佳作。

云南驿怀古

我是历史，奔跑在古驿站的道上，
多少星霜。天天践着晨霜上路，
直跑到西山山影落在东山上。
清冷的星斗筛进马槽，
秦时明月汉时关，历尽兴亡。

奔跑过多少烽台堠望，
驿站荒凉。荆棘蔓草
长满了当日的迷宫阿房。
我叩问人民：秦嬴政

怕不如一曲民歌寿命长。
驿道上，也曾有鲜荔枝飞驰而往，
红尘飞扬。百姓长年陷身于水火，
而华清池四季温汤。
李隆基，我不忍呼你淫棍，
你早年曾是一个有为的君王。

永远是如此行色仓皇，
漏夜奔忙。说什么关山难越悲失路，
负重致远的才是民族的脊梁。
从来草野高于庙堂，
莽苍苍，一万里关山风起云扬

1980 年 3 月 6 日

古驿道，见证了多少征人北上、商旅西行？车辚辚，马萧萧，盛世的一骑红尘妃子笑，乱世的烽火连三月，家书抵万金，爷娘妻子走相送，万里长征人未还……在云南古驿站，诗人心生感怀："我是历史，奔跑在古驿站的道上，多少星霜。"诗的第一阕，以奇警的起句和古驿道的意象以及"秦时明月汉时关"的古诗句，将读者的目光引向历史深处，发怀古之幽思。中间两阕写中国历史上的两个皇帝：秦始皇、唐明皇。秦皇的阿房宫已一片荒凉，荆棘蔓草覆盖其上，往日耀武扬威、不可一世的始皇帝，在诗人的眼中，"怕不如一曲民歌寿命长"。而驿道上的荔枝红尘、华清池的温汤，与身陷水火中的黎民百姓相对比，构成了现实世界的两极，传达出诗人对于统治者的严正的批判。诗的最后一阕，诗人直抒胸臆——"从来草野高于庙堂""负重致远的才是民族的脊梁"——以这样一种民重君轻的历史观结束全诗。

历来怀古或咏古都有一定现实指向，所谓"借古讽今"、"借古喻今"。历史的故人旧事，通过诗人感怀，生发出今日之境应有的题中义。一般来说，写作怀古诗的诗人都有着强烈的政治诉求、民生意识，有宏观的视野，不做浅吟低唱。诗人邵燕祥在上世纪 80 年代更是一位抨击时弊的杂文家。杂文家的名声甚至比诗人的名号还大。他关注现实热点，具有问题意识。他执着于历史记忆的翻检，权力、人道、自由、民主，都是他思考与写作的主题。常常是，在历史的幽暗背景下，现实问题更为突显。无论是写杂文还是写诗，邵燕祥关注的首先是现实，是当下。比较一下，诗人们的怀古姿态是各有不同的——

“故国神游，多情应笑我”，是一种；“白头宫女在，闲坐说玄宗”，是一种；“俱往矣，数风流人物，还看今朝”，也是一种；而这首《云南驿怀古》是以诗作政论，诗人的姿态是批判者的姿态，是演说家的形象。

联系到此诗创作于粉碎“四人帮”不久后的1980年初，特别是联系到自1959年一直重压诗人20年的“右派”问题于1979年获得平反这一诗人自身境遇变化，就不难理解诗人在这首诗中直截了当、不吐不快的政治热情，而忽略了、原谅了诗的内容与形式都稍显单薄的不足。

不过，诗人在直抒激情，得出历史结论之前，还是没有忽略诗美。他以“古驿道”、“烽火台”、“关山”之类的古意象，以“秦时明月汉时关”之类的古诗句，特别是以阿房宫、华清池、荔枝妃子笑之类的典故入诗，构筑诗篇，并在前两阕以辞赋式的长短句营造内敛、低回的情绪节奏，都为这首现代怀古诗平添了一种厚重的历史感、一种苍茫辽远的古意，从而丰富了诗的内涵，提升了诗的美学境界。

选自《语文建设》2010年第2期

以邵燕祥为例谈“旧体诗”的当代价值

李文钢

邵燕祥在写作“自由诗”的同时，还创作了大量的“旧体诗”，这是他“归来”之后的诗歌创作中非常值得注意的现象。邵燕祥曾在一次访谈中这样说：“对我来说，我总是比较被动的等待诗来找我。如果找我来的是新诗，我就写新诗，旧体诗找我来的时候，就写旧体诗……新诗和旧体诗互相间不可替代。”①

在邵燕祥那里，“旧体诗”并不是“随便”写的，他说：“倘写旧体诗，就该是真正的旧体诗，认真遵守在古代汉语基础上形成的相当完备精严的格律，以及有关的规范。”②要如此“麻烦”地遵守这些格律规范，邵燕祥为什么还会乐此不疲呢？曾经被胡适等人视为“枷锁镣铐”的格律规范，在邵燕祥这里具有怎样特别的意义？或许答案就在于这些格律规范本身的力量。关于这种“有规律的音调”的作用，朱光潜先生曾经这样表示：“至少也可以把所写时意境和尘俗间许多实用的联想隔开，使他成为独立自足的世界……用美学术语来说，音律是一种制造‘距离’的工具，把平凡粗陋的东西提高到理想世界。”③他还举例说：“比如母杀子、妻杀夫、女逐父、子娶母之类故事在实际生活中很容易引起痛恨与厌恶，但是在希腊悲剧和莎士比亚的悲剧中，它们居然成为庄严灿烂的艺术意象，就因为他们表现为诗，与日常语言隔了一层，不致使人看成现实，以实用的态度去对付他们，我们的注意力被吸收于美妙的意象与和谐的声音方面去了。”④当邵燕祥的诗情落在了经过近千年中国古代文明浸润所保存下来的“旧体格律”中的时候，依赖这种形式自身的光环，邵燕祥的旧体诗创作相对于自由诗创作便取得了天然的美学优势。在邵燕祥那里，这些“枷锁镣铐”的意义或许首先就在于可

① 邵燕祥，崔勇：《唯知音者倾听》[J]，《文学界》2008年第5期，第19页。
② 邵燕祥：《晨昏随笔》[M]，北京：三联书店1985年版，第250页。
③ 朱光潜：《诗论》[M]，桂林：广西师范大学出版社2004年版，第90—91页。
④ 朱光潜：《诗论》[M]，桂林：广西师范大学出版社2004年版，第90—91页。

以更好地帮助他过滤掉那些非诗的因素，在这些格律的规范下有节制地表达，以更好地实现由现实生活到艺术世界的飞跃。

沈从文先生在致邵燕祥的一封信中曾这样提道："照近年诗作成就倾向看，不少熟人用旧体诗表现思想感情，多见出一定深度，白话诗，或由于笔下运用辞藻不灵，一般印象似还不易达到卅年代某些散文见诗意。似乎是个问题。"①他在这里所指出的某些"白话诗"似乎较"旧体诗""诗意不足"的缺陷在邵燕祥的一些"自由诗"创作中同样存在。其根源则在于如王光明先生所述：在中国新诗理论建设之初，"精神与内容的考虑显然优先于美学的考虑，存在着把自由诗浪漫化和简单化的现象"。②

钱理群先生曾经指出："坚持新诗的创作，必须不断地注入新的创造活力与想象力，创造力稍有不足，就很可能回到有着成熟的创作模式、对本有旧学基础的早期新诗人更是驾轻就熟了的旧诗词的创作那里去。"③之所以会如此，是因为散文如同"走路"，而诗歌则如同"跳舞"，④需要一种不同于散文的语言，需要"跳起来、舞起来"才行。邵燕祥就在他的"旧体诗"创作中更好地实现了诗歌的"舞蹈"，"枷锁和镣铐"在此时不但不是一种限制，反而成为了一种帮助。这或许正是邵燕祥的一些朋友认为"你的旧体诗比新诗好"的原因，这正是诗歌格律的力量。

邵燕祥不肯放弃旧体诗创作的另一个重要原因，用他自己的话说就是："律句则往往不止一层意思，因而加强了内部张力。"⑤可以利用旧体诗的形式来表达一些不便直接抒发的情感。比如他写于70年代初期的一首《咏鸡——干校节日聚餐有鸡》，"荡气回肠不自哀，依稀灯火下楼台。岂知今日刀头菜，曾叫千门万户开"⑥，写作此诗时的邵燕祥正被"下放"在河南淮阳的"五七干校"接受"劳动改造"，其精神的困窘之境我们可以想象。但本诗的首句竟是"荡气回肠不自

① 邵燕祥：《旧信重温》[M]，武汉：武汉出版社1999年版，第202页。
② 王光明：《自由诗与中国新诗》[J]，《中国社会科学》2004年4期，第161页。
③ 钱理群：《论现代新诗与现代旧体诗的关系》[J]，《诗探索》1999年第2期，第101页。
④ 邵燕祥：《邵燕祥诗选》[M]，天津：百花文艺出版社1994年版，第2页。
⑤ 邵燕祥：《晨昏随笔》[M]，北京：三联书店1985年版，第90页。
⑥ 邵燕祥：《邵燕祥诗抄·打油诗》[M]，桂林：广西师范大学出版社2005年版，第15页。

哀”，他哀的是节日聚餐上的一只“曾叫千门万户开”，而今却做了“刀头菜”的鸡，于是，在这“不自哀”但却“哀鸡”之间便形成了一种十分有趣的张力关系。实际上，“不自哀”这三个字在中国古诗的传统中已经形成了一种特殊的“内涵”，奠定了这一“内涵”“基础”的，是陆游的一首被人们广为传颂的诗篇《十一月四日风雨大作》。在这首诗里，与“僵卧孤村不自哀”相对应的是“尚思为国戍轮台”这样宏阔的胸襟和悲壮的情怀，于是“不自哀”在读者的心中便从此具有了“为国为民”而“哀”的特殊含义。但邵燕祥在这里的化用却具有另一种独特的“内涵”，他并没有由“不自哀”转向“哀国”、“哀民”，而是转向了“哀鸡”。“鸡”这样一只渺小的“家禽”与“国家”、“民族”的恢宏庄重遥遥相对，这样，原本沉淀着深厚文化因素的“内涵”被“滑移转换”，便使得全诗具有了那么一点戏谑的意味。联系当时的“文革”背景，我们就会发现，在作者表面“哀鸡”的“外延”之下，其实深藏着一种更深的“内涵”。“鸡”其实正是诗人自己和许多与他有着相似命运的、在“文革”中遭遇迫害的一代人的一个“换喻”，其中的张力关系正暗示了诗人不想“自哀”却又难以“不自哀”的矛盾。孙玉石先生对邵燕祥的旧体诗曾有这样的评论：“有些旧体诗里，容纳了新诗不便诉说的一些话，深度地透露了诗人的情感思绪和深潜心境的信息。”[①]这番话正道出了旧体诗的一种独特魅力，这种魅力使得它那虽然略显古旧的“形式”仍旧对诗人构成了别样的“诱惑”。

此外，旧体诗词讲究合律、对仗，这种用字、谐声的文字技巧是进行旧体诗创作必备的功力之一，正因为它对技巧的要求很高，反而可以使人获得一种智慧的愉悦。毛泽东曾说：“诗当然应以新诗为主体，旧诗可以写一些，但是不宜在青年中提倡，因为这种体裁束缚思想，又不易学。”[②]旧体诗词的规律不好掌握，正好可以检验创作者的智力，这正是朱光潜先生所说的“战胜技术的困难是艺术创造的乐事，读诗的快感也常起于难能可贵的纯熟与巧妙”[③]。邵燕祥在评论聂绀

① 孙玉石：《梦的碎片之人生诉说——读邵燕祥诗随想》[J]，《文艺争鸣》2007年第8期，第41页。

② 杨匡汉、刘福春：《中国现代诗论（下编）》[M]，广州：花城出版社1986年版，第68页。

③ 邵燕祥：《梦边说梦》[M]，北京：作家出版社1997年版，第90页。

努的旧体诗时曾这样说："绀弩选择旧体诗作他喷吐积郁的突破口，有他偶然的因素，但又不完全是偶然的，每日劳累不堪，但是块垒难消，叶韵对仗，有'好玩'之处，于是不惜以缚虎屠龙来事雕虫了。"①这"好玩"之处，或许不仅在于"叶韵对仗"是百无聊赖之中的一种"游戏"，更在于可以在森严的监管之下用旧体诗这种特殊形式隐晦地传达出自己真实的情感而不为"督察者"所觉所带来的一种苦涩的"乐趣"，这体现了创作者一种更"高级"的智慧。聂绀弩如此，邵燕祥也是如此。

邵燕祥不肯放弃旧体诗创作的原因或许还在于，一些微小的杂感更适宜用旧体诗来表达，特别是寄赠记游之类。以邵燕祥的《邵燕祥诗抄·打油诗》一书为例，全书除外篇之外共收旧体诗 250 首左右，其中寄赠酬答之作就占了五分之一。旧体诗在中国古代就曾经"起过一种非常社会化的作用"：在中国古代，旧体诗"并不满足于仅仅作为沉醉于大自然或个人密室中的孤独的诗人所孕育的产物……所有的婚礼、葬礼或者节庆，人们都要为之作诗，而且这些诗以书法和张贴的形式公之于众。文人朋友的聚会，均以每位到场者按照众人一致同意的韵律创作一首诗为其高潮。凿刻的座座石碑矗立在那里，以便铭记重大功绩；片片丝帛陈列在那里，以便记载烈士最后的以诗来表达的思想……"②。与有意排斥诗歌的上述"功用化"倾向，相对更注重"独白"的新诗相比，旧体诗的严格形式要求使得它更容易拉开与现实生活的距离，产生"陌生化"和"间离"的艺术效果。

总之，"旧体"格律这一艺术形式本身在今天仍显示着强大的艺术魅力，律句中便于蕴蓄丰富张力，它相对更适宜抒写微小的杂感，并且可以给读者和作者两方面同时以审美的享受和智慧的愉悦。邵燕祥正是恰到好处地充分利用了"旧体诗"的上述特点来为自己的"表达"服务，使得这种古老的艺术形式在他的笔下再一次展现出了独特的艺术魅力。

选自《绥化学院学报》2010 年第 4 期

---

① 邵燕祥：《梦边说梦》[M]，北京：作家出版社 1997 年版，第 539 页。

② [法] 程抱一，涂卫群译：《中国诗画语言研究》[M]，南京：江苏人民出版社，2006 年版，第 26 页。

论“归来”诗人邵燕祥的精神世界

李文钢

诗人邵燕祥在1950年代曾因写出了《到远方去》等著名诗篇而“红极一时”，但在1957年“严重扩大化了”的“反右运动”浪潮中，他被打成了“右派”，并由此开始了漫长的“炼狱”。在沉寂了20多年以后，邵燕祥终于“归来”，再次提笔创作了大量诗歌。与1950年代的那个单纯乐观的抒情主人公形象相比，他“归来”之后的诗作呈现出了何种新的精神面貌，这将是本文所力图探究和呈现的。

一、一颗有璺[①]的心

与邵燕祥同样在1950年代后期被错误地打为“右派”的汪曾祺先生于1991年这样总结他们的命运：“曾被打成右派的那一代人，除了已经死掉的，大多数都还在努力地工作。他们的工作的动力，一是要证实自己的价值。人活着，总得做一点事。二是对生我养我的故国未免有情。但是，要恢复对在上者的信任，甚至轻信，恢复年轻时的天真的热情，恐怕是很难了。他们对世事看淡了，看透了，对现实多多少少是疏离的。受过伤的心总是有璺的。人的心，是脆的。这是没有办法的事。”[②]邵燕祥的心，也正是这样的一颗带着璺的心。

邵燕祥自己曾说：“父母和兄弟都不是自己选择的，党是我自己选择的，选择了党，也就是选定了我一生的理想、道路、事业，这是不可更改的……但是我

① 璺：音wèn，指器物上的裂痕，见《新华字典》，商务印书馆1998年修订本，第515页。
② 汪曾祺：《随遇而安》，见《汪曾祺自述》，郑州：大象出版社2002年版，第163页。

无法解释为什么这种崇高的爱,在许多年里却沦为几乎是一厢情愿的单恋。”[①]“原想奉献给上帝,结果说不定交给了谁”[②],当原本怀着一腔赤诚的邵燕祥在 1957 年被错误地打为右派，当他曾经信任的同志偷偷撬开他的抽屉寻找用来揭发他的“材料”，当他在“文化大革命”中被斥为“牛鬼蛇神”，当他无奈地承受着一场接一场残酷的“大批斗”的时候，我们可以想象得出，在他的心中堆积着怎样的痛苦，沉淀下了多少彻骨的忧伤。即使很多年过去了，创伤的记忆仍旧常常在不经意间闯入他的生活，时时在咬噬着他的心，曾经的往事不是“愉快地回头一挥手”[③]就能“告别”得了的。正如他在散文《早秋情怀》中的记叙：

“世事一场大梦，人生几度新凉”，如今，秋天的风，秋天的阳光，秋天的感觉，近乎奢侈，是曾经沧海以后的闲情逸致了吧？……八月二十三日，天气晴好，让人心旷神怡，似乎没有什么不愉快、不舒畅的理由。我却又想到三十年前今日，一早大约九时许，被本单位自发红卫兵揪斗，剃了阴阳头……总算有位年轻的朋友高飞用他自己的推子替我把剩下的半边头发去掉，好歹理成个光头回家。记得那天也是赤日炎炎，阳光灼灼，好像要把人心里翻腾的东西都煮开了似的。[④]

在这一段看似平淡的叙述里，深藏着他的伤与痛。这些伤痛是他心中的鳖，也是他诗中一道深深的印痕，弥漫的伤痛渗透到了他诗中的每一个角落：

嘤嘤的啜泣
哀哀的哭号
愤怒的控诉
从我的胸膛里
赶跑了青春的旋律
赶跑了快乐的音调

① 邵燕祥：《沉船》，上海：上海远东出版社 1996 年版，第 121 页。

② 邵燕祥：《找灵魂——邵燕祥私人卷宗：1945—1976》“引言”，桂林：广西师范大学出版社 2004 年版，第 8 页。

③ 邵燕祥：《假如生活重新开头》，见《含笑向七十年代告别》，南京：江苏人民出版社 1981 年版，第 102 页。

④ 邵燕祥：《早秋情怀》，见《中华散文珍藏本——邵燕祥卷》，北京：人民文学出版社 1998 年版，第 113—114 页。

我不能强颜作欢笑

（《我不能强颜作欢笑》）①

于是，与50年代初那个青春、单纯、乐观的诗人形象不同，在邵燕祥“复出”之后的诗里，我们看到了一个孤独而又忧伤的抒情主人公形象。他忧伤地感叹着：“我要汲一瓶河水，汲上的，却是半瓶泥沙//我要寻含笑的眼睛，寻到的，却是远去的背影”②；他自问：“为什么一夜之间／有用的人变成多余的人／同志变成敌人”③；他寓意于“孤独的狍子”，不无怨忿地说：“我已倒下，热血汩汩地流／持枪者却不敢站出来／面对我的眼睛”④；陪伴着他的，是那“不知向着谁的／日日夜夜 月月年年／总也听不到回响的／徒然的呼唤，呻吟，倾诉”⑤。

孤独的他也要“去寻找孤独的人做伴”⑥，于是，在他的笔下，出现了大量历史上或传说中曾遭受种种失意、冤屈的人物：留下了终天遗恨的屈原（《吊汨罗》）；孤苦的贝多芬（《天地一囚徒》）；出使北庭十九年生死不明的苏武（《大雁的羽毛》）；因为给饥饿的孩子们偷了一块面包而被判十多年苦役的冉·阿让（《生活是这样的吗》）……诸如此类的人物谱系在他“归来”之后的诗中逐渐成为了主角，他不断地为他们的命运而发出慨叹。他在“烟花爆竹”声中不忘追问：“数数吧，多少无辜遭受了火刑”⑦；他在“夹边沟”的风沙中祭奠“无名的白骨”：“无数的墓碑都是粉饰和欺骗／被害者没有墓碑／甚至没有坟墓”⑧；在“海牙国际刑事法庭”，他想的也是“公正总是迟来”，“无处就位的幽灵们／只得在海牙／蔚蓝的天空游荡”⑨。甚至当他在游览“阿姆斯特丹”运河，“畅饮杯中的汉尼根啤酒”的欢愉时刻，也不能彻底摆脱心中深藏的伤痛：“突然酒水变苦了／

① 邵燕祥：《不要废墟》，见《邵燕祥抒情长诗集》，石家庄：花山文艺出版社1985年版，第7页。

② 邵燕祥：《无题》，见《迟开的花》，北京：北京十月文艺出版社1984年版，第50页。

③ 邵燕祥：《问自己》，见《邵燕祥诗选》，天津：百花文艺出版社1994年版，第124页。

④ 邵燕祥：《孤独的狍子》，见《邵燕祥诗选》，天津：百花文艺出版社1994年版，第240页。

⑤ 邵燕祥：《寂寞》，见《邵燕祥诗选》，天津：百花文艺出版社1994年版，第181页。

⑥ 邵燕祥：《遐思》，见《迟开的花》，北京：北京十月文艺出版社1984年版，第79页。

⑦ 邵燕祥：《烟花爆竹》，见《西湖》2006年第4期，第52页。

⑧ 邵燕祥：《夹边沟》，见《人民文学》2006年第9期，第107页。

⑨ 邵燕祥：《海牙国际刑事法庭》，见《绿风》2003年第5期，第70页。

欢愉转为忧悒了／因为我想起1942年／月黑风紧的夜晚／那个藏身密室偷写日记的小姑娘／十三岁的安妮·费兰克／她比我早生了四年//安妮就住在这多彩的运河边／彩色的生活她首先有份／但她被杀死了 死了五十七年／至今没有抓到告密的凶犯”[①]。虽然笔下写的是别人，却无一不映射着他自己内心的伤痕。

在他的诗里，除了上述这些显在的英雄受难、无辜者蒙冤的“模式”以外，在一些不易察觉的地方，我们常常也能分辨出这样一颗受伤的心灵的呻吟。如他的这首题为《致空气》的诗：

星光因你而闪烁
波光因你而摇曳
我的质朴到透明的朋友
你无所不在
又难寻踪迹

光明离我而去时
我沉在黑暗里
人们离我而去时
我沉在孤独里
失眠时，我从鼾息听到了你

只有你不肯把我抛弃
在我将要窒息的时候
掀动我的鼻翼
在我生命如丝的时候
陪伴着我呼吸

哪怕那污浊的地牢
使你也染上污染
但你轻轻嘘着我的面颊

① 邵燕祥：《阿姆斯特丹》，见《山花》2003年第1期，第91页。

许我以湿咸的海风
森林草野的青气

直到走上自由的街头
路灯照着垂拂的柳丝
我还疑是布景和道具
你把丁香的芬芳吹送给我
这才是真的，真的春天的气息

踪迹难寻又无所不在
厮守身边却默无一语
影子会有离开的时候
你从不离开我，我也离不开你
永不分离，永不分离，到最后一息
（1984 年 5 月 13 日）[①]

这首诗入选了 2003 年语文出版社出版的《八年级语文》下册，在关于本课的教学设计中，很多教育者把本诗讲解成了一首颂歌，认为“写的是空气在作者生活最困难时带给他的体贴入微的帮助，由此使人联想到那种至真至纯而静默无声的人间真情”，“既是对真情的赞美，也是对真情的期盼和依恋”[②]。然而，正如罗兰·巴特所言：“系统中一个成分的不存在正与它的存在同样是有意义的”[③]，作者并没有直接说出口的深悲剧痛实际上在这里仍然清晰可辨。如果我们稍加分析，就会发现，这首诗与其说是一首颂歌，倒不如说是一首悲歌。邵燕祥在这里之所以会选择“空气”这样一个物象符号，正是因为他意识到了“空气”之外的一切事物都有可能“离开”自己，甚至连影子也“会有离开的时候”。在这个世界上，竟然只有空气才会在“最后一息”之前永远厮守身边，其中潜藏着作者多

① 邵燕祥：《致空气》，见《人民文学》1985 年第 4 期，第 48 页。
② 吴丽娜：《〈致空气〉教学设计》，见《语文建设》2006 年第 2 期，第 17 页。
③ [法] 罗兰·巴尔特：《符号学原理》，李幼蒸译，北京：生活·读书·新知三联书店 1988 年版，第 61 页。

少失望啊。当“路灯照着垂拂的柳丝”，都有可能是“布景和道具”的时候，邵燕祥似乎也只能在“空气”这个符号中寻找到自己的希望了。

何其芳曾在他的散文中写过这样一段话：“理想、爱、品德、美、幸福，以及那些可以使我们悲哀时十分温柔，快乐时流出眼泪的东西，都是在书籍中容易找到，而在真实的人间却比任何珍贵的物品还要稀罕。那些悦耳的名字我在书籍中才第一次遇到。他们于我是那样新鲜，那样陌生，我只敢轻声读出它们的名字。真实的人间教给我的完全是另外一些东西。当我是一个孩子的时候，我已完全习惯了那些阴暗、冷酷、卑微。我以为那是人类唯一的粮食，虽然觉得粗粝、苦涩、难于吞咽，我也带着作为一个人所必须有的忍耐和勇敢，吞咽了很久很久。”[①] “阴暗、冷酷、卑微”的生活也同样给了邵燕祥以炼狱般的磨砺，何其芳曾经“吞咽了很久很久”的，邵燕祥必然也一样“吞咽了很久很久”。在经历了这样一番“吞咽”之后，要想再继续保持诗人以前的那一份天真、单纯和透明的乐观已经是不可能了，要想再继续保持他过去那种“以单纯热情为‘底色’的清水出芙蓉式的诗风”[②] 也已经是不可能了。于是，我们看到了邵燕祥的又一次“蜕变”：开始变得沉郁忧伤、冷静深沉、清醒而又倔强，他的诗风也逐渐转变为了“素淡中见深刻、热情里见苍劲”[③] 的风格。然而，不变的却是他对于“理想、爱、品德、美、幸福”的信念，如他所说：“何其芳早年向往的‘理想、爱、品德、美、幸福’，至今仍然是悦耳的名字，珍贵的东西，当它们同并非抽象而是具体的人民、祖国、人类相联系时，不但不该摒弃，而且应该成为我们的出发点。”[④] 有了这样一个出发点，邵燕祥也就找到了一个属于他自己的“根据地”，他终于可以从这个“根据地”再出发，于“暮云凝望入苍茫”[⑤] 的沉郁忧伤之中努力寻找新的方向，而不是“徘徊”以终老。我们正是在《致空气》一诗中的“空

① 何其芳：《街》，见《何其芳全集》第 1 卷，石家庄：河北人民出版社 2000 年版，第 262 页。

② 王光明：《在诗中寻找新的“自己”——论邵燕祥和他的诗》，见《文学评论》1983 年第 1 期，第 60 页。

③ 同上。

④ 邵燕祥：《何其芳的遗憾》，见《雨花》1994 年第 1 期，第 38 页。

⑤ 邵燕祥：《十月二十七夜不寐作》，见《邵燕祥诗抄 • 打油诗》，桂林：广西师范大学出版社 2005 年版，第 62 页。

气”——这个令人悲伤的世界所能寻到的唯一一个给人温暖的象征符号里，看到了邵燕祥“在绝望中寻找希望”的努力，看到了他对于理想倔强的执着和坚守。

二、人格理想的倔强坚守

在 20 世纪，“我们从过去那个充满各种相互冲突的确定性——不管他们是与科学、与伦理学还是与社会系统相联系——的社会走来，现在正步入一个令人满腹狐疑——其中也包括对各种确定性的内在可能性的怀疑——的社会”[①]。于是，现代主义文学得以风行于世：“近百年来西方社会各个阶级对时代精神当然持有不同的理解，但就中小资产阶级，特别是其中的知识分子、作家艺术家这个阶层来说，这个时代的主要精神特征无疑是反传统、反理性、怀疑一切、悲观主义和虚无主义。从 19 世纪末尼采宣布‘上帝死了’到 20 世纪 70 年代贝克特声言‘人死了’，这一精神特征在现代派文学中是一以贯之，而且日益严重的。尼采否定了上帝，还可用超人来代替，来重新评估一切；贝克特否定了人，人文主义者眼中的世界就什么都没有了，走到了彻底的、完全的虚无之境。”[②] 在这一时代背景下，如果同样“满怀疑惑”、伤痕累累的邵燕祥随着这样的文学潮流顺势而下，本也是顺理成章的。然而，邵燕祥并没有选择这样的艺术道路，而是坚定地“怀疑应该怀疑的一切 / 笃信值得笃信的一切”[③]，他“不因受过骗 / 就总是满心疑惑”，而是继续“诚实地倾听、拼命地工作”，[④] 他自勉着：“不能因为有滥砍的斧头，就不再播撒树种”[⑤]，这股倔强的劲头一如他早年的一首诗：

从地狱出来，

---

① [美] 华勒斯坦等著：《开放社会科学》，刘锋译，北京：生活•读书•新知三联书店 1997 年版，第 85 页。

② 袁可嘉：《欧美现代派文学概论》，桂林：广西师范大学出版社 2003 年版，第 47—48 页。

③ 邵燕祥：《诺曼底》，见《人民文学》2003 年第 2 期，第 112 页。

④ 邵燕祥：《鞭炮》，见《在远方》，广州：花城出版社 1981 年版，第 130 页。

⑤ 邵燕祥：《痛心的教训》，见《如花怒放》，上海：上海文艺出版社 1983 年版，第 16 页。

便不再有恐惧，
如拒绝了天堂，
也便永远不回去。
——要这一股
倔强劲。[①]

于是，当悲观与狐疑之风盛行于世之时，在各种文学思潮和流派风起云涌的日子里，我们看到邵燕祥并没有随波逐流，他倔强地坚守着自己的文学理想和他所特有的表达方式。正如布罗茨基所说："诗歌是一门极端个性化的艺术，他敌视各种主义。"[②] 邵燕祥正是在对自己"本色"的坚持中使自己成为了一个独特的存在。

邵燕祥"歆羡"并"尊敬"[③] 的诗人昌耀曾经写过这样一首诗：

人生困窘如在一不知首尾的长廊行进，
前后都见血迹。仁者之叹不独于这血的真实，
尤在无可畏避的血的义务。[④]

如果说大多数现代主义作家们都止步于写出了这"血的真实"的话，那么邵燕祥则承担了这"无可畏避的血的义务"。之所以如此，原因大抵在于在他的心中，还是坚定地存在着对于"理想"的信念。我们对比一下波德莱尔和邵燕祥笔下的巴黎，便可以明显地看到这种不同。波德莱尔的笔下盛开的是"恶之花"，一如他《巴黎的梦》：

我重开冒火的双眼，

---

① 邵燕祥：《倔强》，原载于北平《经世日报》，转引自《邵燕祥诗选》，天津：百花文艺出版社 1994 年版，第 6 页。

② [美] 布罗茨基：《文明的孩子》，刘文飞等译，北京：中央编译出版社 2007 年版，第 88 页。

③ 邵燕祥：《有个诗人叫昌耀》，见《惟知音者倾听》，武汉：湖北人民出版社 2004 年版，第 46 页。

④ 昌耀：《仁者——为蓝海文博士〈留在世上的一句话〉撰稿》，见《昌耀诗文总集》，西宁：青海人民出版社 2000 年版，第 471 页。

又看见可怕的陋室，
我重返灵魂，又痛感
可咒的忧虑的芒刺；

挂钟的声音好凄惨，
粗暴地敲响了正午，
天空正在倾斜黑暗，
世界陷入悲哀麻木。[①]

在波德莱尔那里，“世界藏身于黑暗”[②]，似乎没有留下一丝光明的迹象，而在邵燕祥的笔下，相对于在“可怕”的巴黎美丽城的“流浪”，世界上还存在着一个可以被称为“家”的地方：

回家吧 回家吧
下决心回家吧 别再流浪
整整你的头发 整整衣裳
美丽城的街角是可怕的地方[③]

在“家”这个温暖的名字里，寄托着作者的希望，也正是因为有了这一理想的存在，才使我们找到了一个对立于“黑暗”的、充满“光明”的“参照系”。有了这个“参照系”，邵燕祥才不会止步于“虚无”之中忧郁伤感，而是顽强地将其杂文的笔触伸向现实，在对现实的批判中寄希望于未来。于是，一如在绝望中“反抗绝望”的鲁迅先生，邵燕祥决心“清醒地面对着各种疑难、麻烦以至艰险，不仅不允许早在鲁迅就要掀翻的陈列醉虾的筵席重见于今日，更要准备以几代人的韧的战斗，建设一个富裕、民主、文明的社会主义社会”[④]。于是，在一个不断

---

① [法] 波德莱尔：《巴黎的梦》，见《恶之花》，郭宏安译，北京：中国戏剧出版社 2005 年版，第 88 页。

② [法] 波德莱尔：《夜静思》，同上书，第 122 页。

③ 邵燕祥：《美丽城》，见《松花江》2003 年第 1 期；转引自王光明编选：《2002—2003 中国诗歌年选》，广州：花城出版社 2004 年版，第 218 页。

④ 邵燕祥：《一个杂文作者的困惑》，见《梦边说梦》，北京：作家出版社 1997 年版，第 320—321 页。

地崇尚“解构”的时代里，我们看到了邵燕祥倔强的“建构”：

你说世界是荒谬的吗
我们要纠正这荒谬
你说人生是痛苦的吗
我们正艰辛地创造着欢乐
你说世界是这样塌陷的
我们已从废墟里站起来
你说你的路就是彷徨
我们已从彷徨中找到了路[①]

这种执着的理想正如邵燕祥诗中“永远不会背叛”的“地平线”一样：“谁也夺不走，／亲切地悬在大路前边——／日里，伴着灯光辉煌，／夜里，伴着星辰灿烂。”[②]在理想的召唤下，邵燕祥不再只是沉吟于往日的痛苦记忆之中，而是要把痛苦的记忆当成“盐”一样咽下去，让它化入自己的血与汗，从而让自己变得“比一切痛苦更有力”[③]。邵燕祥的一句诗行即说明了他的选择：“我为一切美丽的选择／为崇高的探险而歌唱／如果我突然感到沉重／那沉重的，不是翅膀”[④]。于是，我们看到邵燕祥这个曾经“受过伤”的战士再一次焕发出了“九死而不悔”、“我不入地狱谁入地狱”的战斗精神，在他的诗里出现了一个“奋不顾身地追求”的抒情主人公形象。

邵燕祥的诗中的抒情主人公，有着鲜明的倔强个性：他绝不甘于庸碌无为、明哲保身，他的选择是：“哪怕只尝一滴尝一滴蜜／何妨代价是就此死去”[⑤]；他因

---

① 邵燕祥：《海之歌》，见《邵燕祥抒情长诗集》，石家庄：花山文艺出版社 1985 年版，第 133 页。

② 邵燕祥：《地平线》，见《含笑向七十年代告别》，南京：江苏人民出版社 1981 年版，第 106 页。

③ 邵燕祥：《记忆》，见《含笑向七十年代告别》，南京：江苏人民出版社 1981 年版，第 1 页。

④ 邵燕祥：《到南极去》，见《也有快乐，也有忧愁》，南京：作家出版社 1988 年版，第 117 页。

⑤ 邵燕祥：《五十弦・第三十五首》，见《邵燕祥诗选》，天津：百花文艺出版社 1994 年版，第 277 页。

“深知不会有 / 再一次的花期”，而要“拼一生的情思 / 开放这一次”，“即使只开放这一次 / 即使只开放一天 / 也是幸福的”[①]；在“所有的船和水手”都“祈祷着风平浪静”的时候，只有他在期待着“罗累莱”[②]用歌声来驱散他“郁积的忧愁”，来把他的灵魂“震撼”，哪怕这歌声“掀动波澜”，他“宁愿如醉如狂地沉没，也将死而无憾”[③]。

在邵燕祥的诗里，我们还常常可以看到一个不断跋涉、不停寻找的抒情“模式”：“好像生来就是为了 / 步量这漫长的漫长的路……我紧紧赶路 / 昼夜兼程 / 奔波不息……我如陷在宁静中 / 总是感到不安 / 我总是从无声处 / 听到来自没有尽头的大路那端的神秘的召唤”[④]。一旦停下了脚步，就会感觉“失去了自己”[⑤]，所以他要不断地追寻：他寻找“秋风起处”[⑥]，他寻找“音乐的耳朵”[⑦]，他“寻找一根失落的羽毛”[⑧]，他在“秋天的田野上”寻找“云的影子”、“遥远的雷声”[⑨]，他在“废墟”中“苦苦寻找快乐的音调”[⑩]……有时他“找到了”，更多的是“交臂错过”。但在邵燕祥笔下这不断的跋涉和寻找中，我们看到了他对于理想的执着，看到了一个人生理想追求者自我煎熬式的探索。

正是因为邵燕祥坚定地相信着理想，“梦着未来”，所以他才会执着于现实，

---

① 邵燕祥：《开花》，见《也有快乐 也有忧愁》，北京：作家出版社 1988 年版，第 82 页。

② “十九世纪以来，德国民间一直流传着关于罗累莱的传说。据说，每当皎洁的明月升起，一个叫罗累莱的美丽的魔女便出现在这块山岩上，唱着一支动人的歌，许多船夫划到这里，都被这美妙的歌声深深地打动，他们往往只顾侧耳倾听，忘记了划船，于是船便触礁沉没，无数船夫就这样在罗累莱的引诱下丧了命。”引自丹雯编译：《罗累莱的传说》，见《世界文化》1986 年第 1 期，第 52 页。

③ 邵燕祥：《罗累莱》，见《邵燕祥诗选》，天津：百花文艺出版社 1994 年版，第 244 页。

④ 邵燕祥：《命运》，见《邵燕祥抒情长诗集》，石家庄：花山文艺出版社 1985 年版，第 153 页。

⑤ 邵燕祥：《论诗》，见《如花怒放》，上海：上海文艺出版社 1983 年版，第 33 页。

⑥ 邵燕祥：《秋风起处》，见《如花怒放》，上海：上海文艺出版社 1983 年版，第 49 页。

⑦ 邵燕祥：《音乐的耳朵》，见《如花怒放》，上海：上海文艺出版社 1983 年版，第 70 页。

⑧ 邵燕祥：《到南极去》，见《也有快乐 也有忧愁》，北京：作家出版社 1988 年版，第 118 页。

⑨ 邵燕祥：《在秋天的田野上》，见《如花怒放》，上海：上海文艺出版社 1983 年版，第 22 页。

⑩ 邵燕祥：《不要废墟》，见《邵燕祥抒情长诗集》，石家庄：花山文艺出版社 1985 年版，第 5 页。

才会“纠缠如毒蛇／执着如怨鬼／爱我之所爱／恨我之所恨”[①]；才会告诫自己：“假如生活背叛了你，你不要背叛你自己”[②]；才会化身为一只愤怒的蟋蟀：“因愤怒而忘了纺织／因愤怒而忘了唱歌／因愤怒而张翅，而伸须／而凝神，而抖擞，而跳起角逐／而叮住不放的／那一个！”[③]于是，我们看到，坚信“最英勇的诚实／莫过于——／活着，并且开口”[④]的邵燕祥，痛快地对一切虚伪的现实和丑恶的人性展开了深刻的怀疑与批判。毫无疑问，这一点在他的杂文创作中表现得更为淋漓尽致，但在他的诗里，也常常会以一种更为心灵化的方式展现。

我们可以在邵燕祥的诗中看到，他在激愤地揭露世风的日下：“蝇子蚊虫纷出世，儒林宦海各生辉”[⑤]，“有奶是娘真理在，无攻不克小包红”[⑥]；他在为那些煤矿事故中死难的矿工追问：“亿万年前的地裂天崩／把海样的森林压成了煤／今天是什么天灾人祸／把活生生的青春变成了骨灰”[⑦]；他在揭露“犹大”之流的丑恶灵魂：“当耶稣说‘你们当中有一个人／出卖了我’的时候／不但没有羞愧，而且／格外地义愤，忠诚，可爱”[⑧]；他痛心于“中国多看客”：“看遛鸟。看游街。／看出殡。看出嫁。／看车祸。看打架”[⑨]；他用一把锋利的剑戳穿了人们的“嫉妒心”：“一棵树看着一棵树／恨不能自己变成刀斧//一棵草看着一棵草／甚至盼望着野火延烧”[⑩]；远在异国旅途中的阿姆斯特丹，他也毫不留情地揭发荷兰人曾经的殖民主义罪行：“你们／灯红酒绿中／穿燕尾服的海盗／抹去东印度公司／

---

① 邵燕祥：《问自己》，见《邵燕祥诗选》，天津：百花文艺出版社1994年版，第123页。

② 邵燕祥：《布谷鸟》，见《迟开的花》，北京：北京十月文艺出版社1984年版，第49页。

③ 邵燕祥：《愤怒的蟋蟀》，见《岁月与酒》，杭州：浙江文艺出版社1985年版，第177页。

④ 舒婷：《人心的法则》，转引自邵燕祥《晨昏随笔》，北京：生活•读书•新知三联书店，1985年版，第51页。

⑤ 邵燕祥：《惊蛰初雪》，见《邵燕祥诗抄•打油诗》，桂林：广西师范大学出版社2005年版，第80页。

⑥ 邵燕祥：《偶得打油》，见《诗词月刊》2007年第7期，第59页。

⑦ 邵燕祥：《哀矿难》，见《文学界》2008年第5期，第8页。

⑧ 邵燕祥：《关于犹大》，见《也有快乐 也有忧愁》，北京：作家出版社1988年版，第18页。

⑨ 邵燕祥：《中国多看客》，见《也有快乐 也有忧愁》，北京：作家出版社1988年版，第216页。

⑩ 邵燕祥：《嫉妒》，见《岁月与酒》，杭州：浙江文艺出版社1985年版，第172页。

如抹去罪证”[1]；甚至他还在“端午节”“讨人嫌”地说：“要吃粽子就吃粽子／要赛龙船就赛龙船／干嘛要挖空心思／硬说是纪念屈原？……若真牵念个屈原在肚里／龙船打转，粽子也不甜”[2]。

而所有这些“不合时宜”的批判和质疑的目的也只有一个，那就是为了“建构”一个理想的世界。因为如果这个世界只是一个“吃人者竟无罪”[3]的世界，如果我们没有“绞死绞刑者的绞刑”，没有“颠覆阴谋者的‘阴谋’”[4]，那么理想和秩序又如何能够建立？于是，我们需要有人能勇敢地从“沉默的大多数”中站出来。邵燕祥站出来了，但他不是像1950年代那样因为时代“需要”这样一个人才站出来，而是因为他自己正想站出来。因为他“不能容忍自己无动于衷／面对着有害的事物、人民的疾苦”[5]，因为他不愿遵守懦弱的“沉默哲学”，因为他“敬仰这样的民族性格：／哭泣，被视为软弱”[6]。在一个崇尚轻松地娱乐，人们不断地在给自己的精神“卸载”的时代里，邵燕祥却是一个不停地在给自己“加载”的人。在这层意义上，我们可以说，邵燕祥的诗美在“文心”，有时是不能简单地以文野粗精去加以苛责的。

正是在邵燕祥的这种倔强和执着中，我们看到了他对于这人生“血的义务”的勇敢承担。而他之所以会如此的义无反顾、英勇决绝，其秘密或许还在于——邵燕祥是在让自己用一双“临终的眼”看世界。

三、用“临终的眼”看世界

首先要说明的是，这里所说的“临终”只是一种心态，而与年龄无关，是

---

① 邵燕祥：《偶感》，见《绿风》2003年第5期，第69页。

② 邵燕祥：《端阳》，见《岁月与酒》，杭州：浙江文艺出版社1985年版，第167页。

③ 邵燕祥：《老榕树抒情》，见《含笑向七十年代告别》，南京：江苏人民出版社1981年版，第85页。

④ 邵燕祥：《金菩萨》，见《献给历史的情歌》，北京：人民文学出版社1980年版，第10页。

⑤ 邵燕祥：《怒江问答》，见《在远方》，广州：花城出版社1981年版，第54页。

⑥ 邵燕祥：《黑龙江上沉思》，见《也有快乐 也有忧愁》，北京：作家出版社1988年版，第105页。

诗人对自己的一种主观要求，而与实际状态无关。正如邵燕祥本人所说："要用‘临终’的眼，看这曾经跋涉的世界，有多少话，要以‘临终’的心，如实地无保留地说给亲人、朋友和后人……那些在嘴上、在笔下、天花乱坠唯独没有真话的人，也许自觉来日方长，把‘更正’留给未来的日子吧。比起至死言行皆恶的人来，能够做到‘人之将死，其言也善’，就很不错了。但如果不到将死之年，其言就善、就真，不好吗？"[①] 本节所说的"临终的眼"，正是就这个意义上而言的。用这样一双"临终的眼"看世界，让邵燕祥的诗具备了沉思的品质，充满了从容的智慧，充满了脉脉的温情，更充满了深刻的自省。

如果说1950年代的邵燕祥是被时代"赋予"了"意义"的话，那么"归来"之后的他则是在痛苦中开始重新思考"生命的意义"这一重大的人生课题。在这样一个严肃的思考过程中，一双"临终的眼"逐渐增添了他从容的沉着和淡定。在刚刚"复出"之时，邵燕祥的思考可能还稍显简单，对当时的他来说："天地间／只是一个问题:／做人／还是做奴隶？"[②] 从人和奴隶的二元对立中我们就可以窥见作者内心的急切，从一个被"规训"了的"奴隶"到争取做一个"独立"的"人"，确实是他那时最迫切的目标，但这也许只能算是一个"最低目标"。五年之后的1987年，他在《断句》一诗中发出了这样的疑问："走在／秋天的田野上／我问老托尔斯泰：／一切／成熟了的／都必须低垂着头么？"[③] 从不做一个"奴隶"的"踌躇满志"，到绝不为了成为一个"成熟者"而"低垂下头"，邵燕祥的思想也更"成熟"了一步。又一年以后，邵燕祥在《当我成为背影时》一诗中写道："如送一片云 一阵风／如送落日不再升起／如送不知所往的流星／人人都将成为背影／天地间一切都是过程"[④]，在这样一个不可抗拒的过程中，即便是摆脱了"奴隶"般命运的"人"、即便是一个"成熟了的"人，也显得是多

① 邵燕祥：《说"临终"》，见《我代表我自己》，北京：中国文联出版社2008年版，第337—338页。

② 邵燕祥：《长城》，见《邵燕祥抒情长诗集》，石家庄：花山文艺出版社1985年版，第24页。

③ 邵燕祥：《断句》，见《也有快乐 也有忧愁》，北京：作家出版社1988年版，第219页。

④ 邵燕祥：《当我成为背景时》，见《邵燕祥诗选》，天津：百花文艺出版社1994年版，第242页。

么的渺小无力！不要说人，就算是“拔地雄关，也从历史指缝间 / 漏作了一滩沙砾”[①]。面对着这注定只是一个“过客”的有限人生，应做出怎样的选择呢？是“人生得意须尽欢，莫使金樽空对月”式的“醉生梦死，及时行乐”，还是“潇洒”地“归隐山林”？面对着这自古以来就是中国文人排解人生苦闷的两条重要路径，邵燕祥并没有选择其中的任何一条。他“拒绝酒精”[②]，拒绝麻醉，而是要清醒地去从容面对人生的苦难：“我不得不从容走去 / 既然苦难又已经迎面而来”[③]。在邵燕祥的眼里，“人生就是跋涉 / 人生就是开拓 / 人生就是与苦难争斗角逐”[④]，“生命就是对死亡的抗争”[⑤]，这样的“抗争”与庸俗化了的“无为”哲学必定是不能相融的。但邵燕祥的“抗争”却也不是急切焦躁的，而是一种更得老子“无为”哲学精髓的从容淡定的坚守，他的《火车叫》一诗就是对这一境界的最好诠释：

如今只剩下 一个破落的小站
枯坐在长长的铁路线上
那就是我
鹄守水泥剥落的站台
听火车叫
想念过去的汽笛

眼前的铁道
一头通向过去
一头通向未来
我只是听着火车叫

① 邵燕祥：《阳关何处》，见《邵燕祥诗选》，天津：百花文艺出版社 1994 年版，第 210 页。

② 邵燕祥：《平安夜》，见《人民文学》1999 年第 6 期，第 54 页。

③ 邵燕祥：《五十弦·第五十五首》，见《邵燕祥诗选》，天津：百花文艺出版社 1994 年版，第 299 页。

④ 邵燕祥：《荒原》，见《邵燕祥抒情长诗集》，石家庄：花山文艺出版社 1985 年版，第 171 页。

⑤ 邵燕祥：《殉道者》，见《人民文学》2007 年第 4 期，第 116 页。

却不登上无论哪一节客车
我视来日如往日
那里有我熟悉的一切[①]

邵燕祥在这里化身为“一个破落的小站”，“鹄守水泥剥落的站台”，保持着他对死亡的“抗争”姿态。同时，一双“临终的眼”似乎又让他“看破”了世间的一切，使他可以从容地“视来日如往日”，仿佛一切个人的荣辱都已无法惊起他心中的波澜。因为他既不向往天堂，也不惧怕地狱，而只是真实地面对着自己的内心，在守护着“生命的意义”。

“人生只有一次，选择也只一次”[②]，这双“临终的眼”让邵燕祥“直取”他所认为的对于“生命”最重要的部分，而对于其他“无关紧要”的部分则都毫不留恋地放弃。“抗争死亡”的过程其实也就是一场与时间的赛跑，把自己有限的生命投入到最有价值的部分无疑是智者的选择，所以自甘于边缘的邵燕祥只希望能过一种简单的生活：“一个人需要多少平方米？／我不要客厅，也不要墓地／白天——立锥／夜晚——一席//一个人需要多少饮食？／不问维他命，不问卡路里／粗茶——解渴／淡饭——充饥”。而对于他所珍视的，他则要求自己“只要一息尚存／干到死而后已”[③]。于是，他要以书为岛：“左边是书／右边是书／没有伙伴也不孤独”[④]；他要以诗为家：“诗非诗／我遂无以为家了……我的家在韵脚上／每一步／不再归来”。邵燕祥视“捕捉思想”如“捕捉蝴蝶”，“活泼泼的白蝴蝶黄蝴蝶／落在纸上”，即便“憔悴／成了黯淡的标本”，“惟触须还在／还在微颤”[⑤]。一切都将消逝，但已经“落在纸上”、“微颤着触须”的思想却可以永存，期待着后来的知音。在被他视为“家”的诗歌中，居住着一个诗人真实的灵魂。这就是邵燕祥用“临终的眼”凝视人生之后的一种淡定的选择。

有了这样一双“临终的眼”，还让邵燕祥更加珍惜人间的真情，使他的诗不

① 邵燕祥：《火车叫》，见《人民文学》2006 年第 9 期，第 105 页。
② 邵燕祥：《五十弦·第十二首》，见《邵燕祥诗选》，天津：百花文艺出版社 1994 年版，第 260 页。
③ 邵燕祥：《我的需要》，见《在远方》，广州：花城出版社 1981 年版，第 116 页。
④ 邵燕祥：《书岛》，见《人民文学》1999 年第 6 期，第 55 页。
⑤ 邵燕祥：《一本书的题记》，见《人民文学》1999 年第 6 期，第 54—55 页。

再只是忧国忧民，而是笼罩上了一层脉脉的柔情，那些曾经被他自觉摒弃的“渺小的悲欢”此时都已成为了他的诗中“珍藏的秘密”：他感谢那些“弦断犹听”[①]的知音，他感谢那些“当别人袖手的时候”“伸出手来”的人[②]；他歌唱真诚的友谊：“人的价格／也许会随风浮动／而真正的友情／不会如潮水涨落”[③]；他歌唱洗尽铅华的爱情：“我平生所尝的／乃尽是弱者的失败／幸有妻在旁扶持／凄风苦雨中的温暖”[④]；同时，他又伤感于那些“没有重逢的生离 就是死别”[⑤]，无缘再见的人、无缘再叙的情，也是他心中永远的痛。所有这些诗句都以质朴平实的语言直接说出，几乎没有任何附加的加工修饰，但却更见其用情之深。

用“临终的眼”看人生，让他更多添了一分悲悯之心，但他的悲悯并不是泛泛地抛洒，而是有着他自己的原则。他“关心市民的居住面积，远胜于李香君的故家”[⑥]，他只把悲悯献给那些“值得”悲悯的人：“聚宝门前聚拢的人／津津乐道沈万三的财宝／却不知吴敬梓为了取暖／寒夜里沿城疾步缓行”[⑦]，那些“聚拢的人”只让邵燕祥痛心，坚强而又无奈地承担了自己命运的吴敬梓，才真正唤起了他无限的悲情。他沉痛地提醒着人们，真实的人间有时只是一个“假面舞会”，你不能在这个舞会上拥抱每一个人：“善良的心啊／你要拥抱一切人吗／但你只不要拥抱他／他／会以拥抱你的手／猝然掐紧你的咽喉／登时把窒息的你／掀翻在地”[⑧]。即便是在唐山大地震的幸存者中，也依旧是：“人还是人／蛆还是蛆”[⑨]。

---

① 邵燕祥：《五十弦·第五十首》，见《邵燕祥诗选》，天津：百花文艺出版社1994年版，第295页。

② 邵燕祥：《五十弦·第五十五首》，见《邵燕祥诗选》，天津：百花文艺出版社1994年版，第298页。

③ 邵燕祥：《怀念篇》，见《邵燕祥抒情长诗集》，石家庄：花山文艺出版社1985年版，第57页。

④ 邵燕祥：《滑铁卢》，见《山花》2003年第1期，第92页。

⑤ 邵燕祥：《五十弦·第四十一首》，见《邵燕祥诗选》，天津：百花文艺出版社1994年版，第285页。

⑥ 邵燕祥：《南京》，见《邵燕祥抒情长诗集》，石家庄：花山文艺出版社1985年版，第150页。

⑦ 同上。

⑧ 邵燕祥：《善良的心啊》，见《岁月与酒》，杭州：浙江文艺出版社1985年版，第162页。

⑨ 邵燕祥：《走遍大地》，见《邵燕祥抒情长诗集》，石家庄：花山文艺出版社1985年版，第47页。

邵燕祥希望自己“不到将死之年，其言就真、就善”，而能够勇敢地说出“真实”，少给人们一点虚伪的麻醉，其实这正是最大的“善”。邵燕祥曾说 :“人生在世，大概总难免要被一些人喜爱，又难免被一些人厌恶的，只看是什么人喜爱又是什么人厌恶罢了。我将坚持我的理想和原则，是我所是，非我所非，爱我所爱，恨我所恨 ; 对讨厌的就说他讨厌，对可恶的就说他可恶。而在讨厌和可恶的人面前，我也不惮为‘讨厌’的人和‘可恶’的人。”[①] 从中我们可以看出一位诗人的真性情。

最为难能可贵的是，邵燕祥不只说出了他所看到的真实人间，还深刻地反省了真实的自己 :“对自己有过的致命的天真 / 对自己有过的迷茫和软弱 / 对自甘麻木的市侩之心 / 对玩世不恭的犬儒之道……”[②] 对自己曾经的迷途，他都毫无保留地自我袒露。在人们争相“自欺”地为自己辩护的时代里，把“解剖刀”伸向了他自己的邵燕祥尤其凸显了自己的信心与无畏。

综上所述，沉醉之时，他满腹的忧伤，清醒之际，他一身的倔强，在清醒与沉醉的背后，是用“临终的眼”来看世界的坦荡。这就是我们理解邵燕祥“归来”之后的诗歌的一把钥匙。

选自《江汉大学学报（人文科学版）》2011 年第 3 期

---

① 邵燕祥 :《说讨厌》，见《梦边说梦》，北京 : 作家出版社 1997 年版，第 483 页。

② 邵燕祥 :《不要废墟》，见《邵燕祥抒情长诗集》，石家庄 : 花山文艺出版社 1985 年版，第 9 页。

娜佳：最后的绝望和最后的救赎

——读邵燕祥长诗《最后的独白》

唐晓渡

一、悖谬

1988年在《中国诗人》创刊号上读到《最后的独白》，当即珍藏。1993年与谢冕先生联合主编“当代诗歌潮流回顾”丛书（六卷本，北京师范大学出版社），在由我编选的“长诗·组诗卷”《与死亡对称》中收入了此诗，并于序言中有所论及：

郑敏对死亡的把握在生死之间进行，邵燕祥的《最后的独白》则在死亡和拯救之间进行。诗中的主人公、斯大林的妻子阿利卢耶娃的命运整个儿是一个巨大的悖谬和嘲讽：那最初拯救她的人，就是最后促成她走向死亡的人。这是怎么回事？其间发生了什么？又意味着什么？所谓“最后的独白”是否包含了一个无可避免的结局？如果不是，主人公为什么会毅然选择死亡？如果是，那么使之变得无可避免的界限又在哪里？是什么力量使主人公产生了不可遏止的自我毁灭冲动？那迫使她产生这种冲动的毁灭性力量又是什么？……

尽管诗人对主人公的内心世界进行了细致而周密的探索，但这首诗还是留下了足够多的谜团和纠结。它们显然不仅仅关系到一个人的生命和情感，还关系到她（他）的信念。由于造成了主人公命运悖谬的不是一个普通人，而是一个“睿智的”革命者和历史性的“大人物”，所以她的死亡远远超出了个人悲剧的范畴，而那把他们联系在一起的婚姻之索也因此成为权力的象征或隐喻。当然，这里说的是一个异邦故事，但它真是一个异邦故事吗？把这首长诗称为“剧诗片断”在我看来同样是意味深长的：既是“片断”，就另有上下文，包括本文中的断裂和空白。就这样，一个人行将赴死，却在身后留下了巨大的联想和思索空间。

20余年后再读这首长诗，我发现首先抓住我的仍然是主人公命运的悖谬：那最初拯救她的人，就是最后促成她走向死亡的人。这固然表明多年来我的少有长进，却也表明了悖谬本身的持恒引力。

悖谬即心结，既无从摆脱又必须摆脱的心结；而这样的心结，往往正是诗意的渊薮。这里的诗意当然涵括了戏剧性，并且是最残酷、最深刻的戏剧性。

就本诗而言，主人公命运的悖谬不仅在语义层面上象征性地指向了历史的悖谬，而且作为全诗的结构枢机和张力所在，凸显着文本自身所体现的诗和历史的悖谬。

三重悖谬三重渊薮——只有那些心怀如此渊薮的人，才能真正听懂主人公"最后的独白"，才能深切感受那既来自"一个不期望历史理解的／三十一岁的俄罗斯女人的魂灵"，又来自一双寻找她的中国诗人的眼睛，二者混而不分，或彼此共鸣的空谷足音，其沉痛郁结一如其锐利淋漓，都直击人心，而又因人心的空旷格外回旋不已。相对于凝神倾听这样一支心曲，诸如这部当代诗歌付出惨重代价才收获的杰作在其谱系中的地位如何，为什么长期以来它没有得到应有的重视之类的问题，尽管并非无足轻重，但终于只是些第二义的问题。

二、从"本事"到情境

娜捷日达·阿利卢耶娃死于1932年苏联十月革命节之夜。她的死从一开始就是一个谜，至今仍然是谜，并将继续如此。换句话说，无论人们怎样探究，都不会有所谓"真相大白"的一天。

从真实发生过的"本事"到追述的"谜团"之间，有时只隔着一张纸或一根舌头的距离。一桩荒野中的普通血案，在当事人和目击者都未缺席的情况下，尚会导致"罗生门"式的叙述歧异，指望那在戒备重重的"第一家庭"私邸里发生，并立刻令所有闻知者讳莫如深的"最高机密"，居然会有什么真相大白的一刻，难道不更是一种虚妄吗？

除了枪声，只有"急性阑尾炎手术失败"的谎言是确凿的，其余的说法都带有明显的失语征候，更像是从强迫性沉默中生出的种种想象、蠡测和巧舌。"最高领袖”作古，独裁者的禁忌消弭，有关的陈说却变得愈加云山雾罩。历史叙述的脆弱性在这里可以被概括为德谟克利特的一个著名悖论，在他看来，所谓真相（本事），就是“那个无底洞的底”。

然而无底洞又如何？正是在脆弱的历史叙述陷入混乱之际，诗人挺身而出。诗在历史却步的地方起步。

这当然不是说诗人更有能耐，可以侦破、还原那不可企及的真相——不，此一意义上的“真相”从来就不是诗的属意所在。诗人不侦破，只勘探；不还原，只揭示。如果你愿意，也可以说他所致力勘探和揭示的，是另一种真相：心灵和情感的真相。

正是立足这一角度，诗人在题记中认可阿利卢耶娃死于自杀的说法，进而抓住相关本事留下的一条最重要的“踪迹”（或悬念——据称死者当晚曾有遗书，但被斯大林看后即刻毁掉），不仅从中生发出本诗的特定文体（剧诗片断），而且据此规约了本诗的特定情境（临终书信）。在这样的情境中，对逝者自杀动机的探询追索被转化成主人公的自我探询追索，作为缘起的本事踪迹循着回溯的因果链，激荡并集合起更多的本事踪迹。它们既是材质又是元素，既彼此构造又彼此照亮，在互为前景和背景中结成一张巨大的心理冲突之网。在这样的情境中，本事层面上墓木已拱的主人公重新复活并开口说话，而她自我揭示的心路历程表明：是谁的手指最终扣动了那把枪的扳机，其实并不重要，因为她的死首先是一个精神事件，其必然性超越了任何刑侦学的分类。相对于肉身的即将陨灭，其精神的死亡早已先行发生；它并非一个怦然的瞬间，而是一个隐秘的过程：

她还没有死，但是一脚跨进坟墓的门槛。／她已经死了，／死于最后的绝望。

然而，无论是精神还是肉身的死，都没有理由成为无声无息的死，一种白白的死。这里，与“最后的绝望”对称的，恰恰是“最后的独白”。独白即心声；最后的独白：彻底敞开的心声。就其彻底性而言，它不仅直接通向诗，而且可以被视为一份超级证词：正像它并没有指证任何凶手，却把施害者永远钉在了耻辱柱上一样，它在诉说主人公为什么会选择死的同时，也证明了她的精神不死以至不会死！

尘封的历史大幕倏然开启，哀伤而激愤的主人公独坐聚光灯下。这到底是谁的身影？是曾真实存在于某一时空的阿利卢耶娃，还是化身为阿利卢耶娃的诗人？没有人会强作区分，因为这情境、这“最后的独白”，本来就是两颗心灵、更多心灵的彼此印证。时空和身份的分隔于此毫无意义，在诗中复活的阿利卢耶娃已属于我们——让我们还是叫她的爱称“娜佳”吧。

三、拒绝虚无：我是谁

“只要人们没有发现生命的游戏是愚蠢的，他就会期待它；人们一旦能够认识它的愚蠢，就会自杀，这是我将要做的。”老托尔斯泰笔下的安德烈（《战争与和平》中的主人公之一）如是说。

然而这桩被事先张扬的自杀案却始终没有发生。这当然不是因为安德烈介身其间的生命游戏不够愚蠢，或他面对这样的愚蠢不够聪明，或他本来就是个轻佻无信之人，而是因为生命主体本能地倾向于使自身成为优先的考虑；是因为这种优先考虑的首要意义是有所期待而不是游戏，故它总能超出一切游戏，包括对它的认知；是因为他所谓的游戏无论多么愚蠢，都没有完全封闭来自他生命自身的期待，令他退无可退，陷入“最后的绝望”，换句话说，安德烈绝望得还远远不够，充其量只是抵达了通常所谓的“虚无”。他决定终老领地尽管表明了内心虚无感的深化，却也表明，他和他对生命意义的认知之间尚大有妥协的余地；而从虚无的方向看，他最终的死于卫国战火，简直可以称得上是理想的归宿了。

从安德烈到娜佳的距离，就是从“虚无”到“最后的绝望”的距离。最后的绝望：生命的黑洞。它是对生命主体，对其存在的全部价值和意义，包括人格尊严，甚至也包括虚无的绝对否定。

据此可以引申出“最后的独白”的对称定义，即最后的救赎。所有被“最后的绝望”吞噬的，在这里都将重见天日，成为生命能量守恒的一个极端例证。

毫不奇怪，对娜佳来说，“最后的救赎”是从质询“我是谁”开始的。这一质询两度出现在第一章有特定所指，且混合了幽怨、抗辩、讥刺以至申斥的上下文中表明，她对自我身份的辨认更多地不是基于危机突降时举目惘然的迷失，而是基于长期煎熬后有所定见的持守，不是一个起点而是一个结点。身为妻子却被丈夫“面对面”地忘怀，身为丈夫却早已听不见妻子“近在身边”的心跳，身为父亲却不吝对儿子滥施残酷到足以致命的羞辱，如此反伦常的情感冲突可以并不因为发生在“第一家庭”而显得特别不可思议，却无疑因此具有了格外的严重性：

然而，你总在燃烧的胸中／一颗心为什么骤然冰冷？

更可怕的问题在于：这颗心的“骤然冰冷”意味着什么？这一在追忆中被尖锐指陈的突变，在可以预见的未来又将导致什么？如果说这种突变早已令所有和初衷有关的记忆，包括“你”曾经的大地情怀、拯救行为和精细入微的睿智变质，以致走向反面，成为不为人知的悍然背叛或自我背叛的话，那么，这种变质，这种背叛或自我背叛所牵动的，会仅仅是个人恩怨的情感层面，仅仅事关“第一家庭”的崩盘与否吗？

由此主人公的命运悖谬同时指向历史的悖谬，对“你”的质询同时成为对变幻的时代风云的质询，而主人公的自我身份辨认也跳出了“你”的巨大阴影的笼罩，成为死志已决的娜佳对真正的娜佳的辨认。当否定的手指掠过“那个溺水的女孩”，掠过“那个可笑的穿制服的女学生”，逐一叩响“妻子？主妇？朋友？伴侣？抑或只是你麾下的千百万士兵和听众里的一个”时，我们和娜佳一样知道，所有这些曾经是，或可以是她身份标志的，尽管都对应着她某一层面、某一局部的生活经验，却从来不是真正的娜佳，即便加起来也不是——非但不是，还构成了对后者的幽禁和遮蔽。真正的娜佳活在所有华丽的表象之下，活在她一天天被命运的悖谬撕裂，被“最后的绝望”吞噬的心里，更准确地说，活在她当下即刻“最后的独白”之中。在这样一个方死方生的救赎区间，两个娜佳将合而为一，枪声中将升起她饱受摧残而又不屈不挠的灵魂——真正的娜佳，就是她那虽然在痛苦、孤独、幻灭中业已破碎不堪，但仍不失高傲，仍有足够的勇气和力量做出最后抉择的自由的灵魂。

是的，自由的灵魂——这是娜佳最初的，也是最后的身份。正是这一身份使“我是谁”的质询同时也是回答，使“最后的救赎”同时也是，并且只能是自我救赎。据此娜佳通过选择死亡而拒绝了死亡，与此同时也拒绝了虚无。

四、命运·反刺

在娜佳最初和最后的身份之间并没有横着一道万里长城，只隔着斯大林，隔着她与斯大林的婚姻。在某种意义上，斯大林就是她的长城，就是她的命运。

是斯大林，在她 3 岁不慎溺水时出手相救；是斯大林，让她在 17 岁那年成了一个革命者的妻子；仍然是斯大林，使她年不及二十五，就成了“奥林匹斯山上的第一夫人”。

令多少人眼热和膜拜的“第一夫人”！有谁会将其与“土耳斯后宫的女奴”，与“挂在别人的脖子上的女人”联系在一起？

确实，二者之间并不存在必然的因果关系，就像这场婚姻并非从一开始就是一种错位一样。是斯大林，仍然是斯大林，使之变成了比必然的逻辑更坚硬的现实——使长城变成了囚牢的院墙（这正是我们在第二章中看到的情景），使曾经的倾心相爱者变成了“孤独的一对陌生人”，使婚姻本身成为娜佳不得不忍受的持续羞辱。

为什么会是这样？婚姻本该是一条维系共同命运的纽带，为什么它所实际维系的，却是一条命运的绝对的不等式？这是强权无限大的特权吗？

娜佳对此是否也有责任？当然。因为作为这一不等式趋于无限小的一方，她居然对自己的处境心怀不满甚至心有不甘，换句话说，既不以“第一夫人”的神圣和荣耀为意，也不懂得恪守“第一夫人”的本分；因为她居然不知道“揣摩上意”，始终和最高领袖保持一致，更有甚者，居然认为自己比那些“聪明人”还聪明，祈求领袖正视人民深陷贫困、乌克兰正经历大饥荒的现实；因为她居然没有想到，在既“不容虚伪，但也不容真实”的领袖看来，诸如此类的直言不讳，无异是在代行只有苏维埃的敌人才会进行的攻讦和污蔑。

娜佳的最终责任：她居然不能因应命运的变化，居然不能容忍业已发生深刻变化的命运篡改自己作为一个人的本色。为此她必须付出代价——既然“性格就是命运”，那她就只能经受不容命运篡改本色的性格所必然经受的命运。

娜佳怎样看待自己的命运？

诗中有四处直接写到了娜佳对命运的意识，分别出现在第二、第三、第四和第十章。尽管作为“最后的独白”，它们理应被视为不同的心理层面做共时的解读，但也不妨从发生学的角度，将其读作一个历时的过程。其中转折点出现在第四章：如果说“命运在敲我的门／还是我在敲命运的门”（第二章）还只是在忧伤中隐隐透出了不祥，而“丑小鸭本来会有别的命运／为什么一定要变成孤独的天鹅”（第三章）已经蓄积了足够多的幽怨和追悔，那么，从本章“最后的祈求”中排闼而出的激愤和无告就表明，她对命运的承受早就达到了心理的极限：

命运！／不是命运！／我不祈求命运！／茨冈女人还会怎么说？／我掌心里有长长的爱情线／和长长的事业线，／已经证明是命运的欺骗；／还有一条长长的生命线，／残存的痛苦的财富，／但我，为什么不能对命运／最后来一次无力的反叛？

与“最后的祈求”相对应的，是多年前曾经的祈求，二者之间隐藏着一个只能是魔鬼制造的秘密，由此娜佳和她的同学、朋友在同样无辜的情况下以不同方式跌入了各自的深渊；而娜佳经历的甚至更加残忍：相对于那些莫明消失在“沉默的烟圈后面”的同学和朋友，她的特殊角度足令她能很快察知这一秘密，却又无从公开，于是不得不让莫须有的“告密者”在心中发酵成一种真正的罪责，并不得不独自承担这一罪责。不难想象，如此卑鄙、龌龊和险恶的把戏出于那个睿智的大脑会给娜佳造成怎样的羞辱和毁损，因为这次受到羞辱和毁损的，已远不止是曾把他们结合在一起的爱情或早已病入膏肓的婚姻，而更多的是人类起码的良知，是她从少女时代即已投身其中，且与他的名字密不可分的理想和事业，是她对他残留的最后一点信任。巨大的受骗感不仅导致了同样巨大的幻灭，也使她的命运突然变得透明：

生活在秘密太多的国度，／命运对我却不再是秘密。

换句话说，她已反身洞察了命运的秘密：这样的命运已不只是要篡改她本色的性格，而是要完全剥夺和埋葬她的一切。有充分的理由相信，正是从那一刻起，偶像彻底坍塌（尽管它早已开始坍塌），“最后的绝望”开始无可救药地深入她的骨髓；正是由此带来的彻骨寒意，使她此后的内心生活越来越像第五章那亦真亦幻的梦境所揭示的冰雪世界；也正是从这铺天盖地的冰雪世界深处，最终升起第十章中她那坚定、冷峻、决绝的宣示：

如果是上帝决定我的命运，你就是上帝。/ 如果是魔鬼决定我的命运，你就是魔鬼。/ 无论你是上帝还是魔鬼，/ 我第一次不再听命运的决定。// 随你怎么说——/ 家中的反对派。/ 第一个抗议者。// 我走了。/ 我走我自己的路。/ 但是不，我就留在这儿了，/ 我不去高加索！

与之对称的是娜佳形象的变迁。这一形象在第二章中意味深长地与石油贵族祖巴洛夫的家属们的形象叠映在一起，在第三章中于反差巨大的种种追忆、虚拟和现实的角色（工学院的学生、涅瓦河畔的少女、伏拉季米尔大道上的革命者、灰堆旁的普通农妇、挂在别人脖子上的女人）之间流转不定，而到了第四章，却几乎已经变得和陀斯妥耶夫斯基笔下所有被侮辱和被损害的俄罗斯人毫无二致。陷身“已不再是秘密”的命运她和他们一样孤苦无助，唯一的区别只在于他们面对的是一直如此的生活，而她面对的是被打碎后“难于重建的生活”；只在于她不准备继续忍受这暴虐的命运：她将通过一次反叛——即便是无力的——表达她对这种命运的蔑视。为此她将动用她同样是唯一的手段：她将掷出自己的生命。

那曾经抓住过安德烈的巨大虚无感此时也抓住了娜佳，就像曾经抓住过类似境遇中的布洛克、叶赛宁、马雅可夫斯基一样；然而，由于这最后的一搏，她的名字将不会出现在前者，而是后者的行列。由此将铸定她最后的形象。这一形象将超度她前此所有的形象，包括第五章中被冰雪的大氅紧紧包裹的形象，第七章中“一条小木船拖在一艘巨轮后漂荡 / 一头小牝鹿拖在高驾的马车后狂奔”的形象，而与第九章中那只 20 年代撞死在空旷后宅里的白羽鸟的形象熔焊在一起，从而不仅成为她本质清纯的表征，更成为她捍卫生命尊严终极自主的表征。这一形象不是、也不可能是对“难于重建的生活”的任何意义上的代偿，恰恰相反，是对那迫使生活变得不可重建的命运禁锢的悲壮反刺，是表明被强权掌控的生活不值一活的惨烈指证。

五、忏悔和祈祷：复合的声音

在开头提到的那篇序文中我曾写道："长诗是诗人不会轻易动用的体式。就通常的表现需要而言，短诗所具有的弹性已经足够了。换句话说，一旦诗人决定诉诸长诗，就立即表明了某种严重性。"

那么，邵燕祥创作这首近500行的长诗表明了什么样的严重性？

《最后的独白》发表于1988年，写作时间当更早。其时苏维埃帝国尚未来得及在全世界的注视下訇然解体，福山（F. Fudnyaman）还要等到更晚，才能宣布他所谓的"历史的终结"；然而，对完整地亲历了从"反右"到"文革"的灾难岁月，只是由于侥幸才得以存活下来的邵燕祥来说，那个以庞大的乌托邦为始基和表象的时代早就崩溃了——无须任何外在的标志性事件，他首先在自己的命运中，在自己被一再摧残和扭曲的内心深处看到了这种崩溃。

1981年他把曾在"文革"中被抄没的部分书信、检讨和文章编成一书，取名《沉船》。尽管用他自己的说法，"当时，我还没能站在历史的高度来反思自己"，但仅仅是这种同代人中绝无仅有的做法，就体现了其绝无仅有的思致：正像他不喜欢展示伤疤一样，他也不惮于自揭疮疤。从这揭开的疮疤感同身受地往里看，就会发现那被他轻描淡写谓之"档案"的，其实正是昔日灵魂血肉横飞的战场、法场以至奴隶斗技场；而无论从哪方面说，他都是一个悲惨的失败者。他的内心和戕害他的时代一样狼藉和肃杀。

然而，也正是从这样的一片狼藉和肃杀中，邵燕祥开始了其"找灵魂"的独特心路历程。所谓"痛定思痛"，对他来说尽管同样指向历史，但首先指向灵魂的自我反省、自我清理和自我重建。这里的"找"不是简单的"觉今是而昨非"，或大而化之的"否定之否定"，而是一个在隐秘的炼狱之火中反复审视、质问（有时甚至是拷问）、辨析、甄别、剥离、汰洗和聚合的精微而复杂的过程。从《沉船》到《人生败笔——一个灭顶者的挣扎实录》（1997），再到《找灵魂——

邵燕祥私人卷宗：1945—1976》(2004)，在前后20余年的时间内，他之所以一而再、再而三地“自揭疮疤”，且范围逐次扩大，力度逐次增强，恰恰与此因应：艰难的自新同时意味着漫长的告别和深沉的忏悔。

而《最后的独白》就深植并生成于这一“找灵魂”的过程之中。它不是基于一个异邦故事而是基于灵魂间的彼此叩问。不要以为这里揭开的仅仅是历史的疮疤，它同时也是诗人自己的疮疤，是几代人共同的疮疤。“奥斯维辛之后写诗是野蛮的”(阿多诺语)，然而，奥斯维辛之后的遗忘或故意遗忘才真正野蛮。

但为什么是娜佳？

因为她是那个以庞大的乌托邦为始基和表象的时代最早的牺牲；因为她在如此靠近权力核心的地方，以如此尖锐的方式，于如此短的时间内，经历了千百万俄罗斯人和更多的非俄罗斯人(包括诗人自己)其后注定要经历的命运；因为支配她的命运逻辑就是支配所有后来者的命运逻辑，尽管其时它还来不及充分展开，还是某种神秘；因为她虽然拥有“第一夫人”的名义，本质上却属于沉默的大多数，正如诗中所说的那样，是“巨大的椴树干上的一只蚂蚁”，是“涅瓦河的一圈水纹”，她的死因此也成了“像星星一样沉入海水深底的姓名”，成了“远海漂来的密封的信瓶”。

共通的历史记忆和历史迷雾……娜佳基于比生命和爱情更高的理想与斯大林走到了一起，却以意识到对方不齿于人类文明的底线为契机决裂。她被生命中不可承受之重和不可承受之轻合谋击倒。她的死或非通常所谓的先知或烈士之死，也不足以照亮她身前身后所有的罪恶和黑暗，但已足够照亮她自身的灵魂，足够成为自我救赎者的一个巨大启示。

对邵燕祥来说，这样的启示不可能不牵动他太多的隐痛，甚至本身就是一种隐痛。在《找灵魂》一书的序诗中他写道：

一个早慧的诗人　不结果的谎花／谁能告诉我，是自杀还是他杀／做破了的梦，再不能忍受强奸／未来，能不能把梦做得好一点

缘此，探询娜佳心灵的真相很大程度上也是在探询他自身心灵的真相，以第一人称道出的“最后的独白”，许多情况下也渗透着他的自白。这就是为什么

尽管娜佳在史载“本事”层面上留下的“踪迹”极为有限，她的遗言（据说只是一张纸条）更是除了斯大林没有人见过，但长诗本身却沉郁顿挫，跌宕起伏，饱满丰实，一气呵成，既涵括了巨大的历史和人文深广度，又极具情感的说服和感染力的原因；也是为什么尽管诗人采用了“剧诗片断”的体式以造成必要的间离效果，但我们总能透过主人公随着具体场景的变化而不断变化的语姿和声音，辨析出诗人自己的语姿和声音的原因。如果说戏剧性的“独白”和日常性的“自白”可以互通，而日常性的“自白”又和宗教性的“忏悔”可以互通（在英语中它们本来就是同一个词），那么，能把三者融溶为一的，就只能是灵魂寻求自我救赎的息息相通。据此即便是第四章中狭义的忏悔也大大溢出了高度个人化的语境——在我看来，这正是全诗感人至深而又最具震撼力的部分：

我无权祈求你们的饶恕，／来日的墓志铭不可能再说：／我虽然没有建立过功勋，／但没有给任何生灵带来灾祸；／我的手上和良心上／不曾沾着同伴的鲜血。／……//我无权像那小小的蓝色花／祈求：勿忘我！／但我也无权祈求遗忘，／因为我是有罪的。

而读着以下的诗句，你又怎么能分得清，这到底是主人公还是诗人在说话，那揽镜自问的，所问者到底是主人公还是诗人自己：

你曾经梦想过怎样的人生，／人生如梦，你将梦见什么？／你自己不能决定。//无可挽回的梦。／无可救药的寻梦者。（第六章）

或者：

你可曾发现揉皱了的理想／像年轻时揉皱了珍贵的花头巾。//我可怜她不该受这样的惩罚，她这样年轻，又这样纯真。（第七章）

按照富恩斯特的观点，造就一个人需要好几次生命，换句话说，同一个灵魂很可能有不止一次的人生经历。《最后的独白》中诗人对主人公的精神世界表现出如此深刻的理解和同情（本义的同情），以至我有一个强烈的感觉：就灵魂而言，或许娜佳正是诗人的前世，而诗人正是娜佳的今生。

不管怎么说，九泉之下的娜佳可以安息了：由于一个中国诗人，她自由的灵魂终得获救并不朽——对于死于“最后的绝望”的她，还有什么比这更大的告慰呢？尽管当年她已预感到自己的丈夫将无可挽回地成为又一个“恐怖的伊凡雷帝”，但她暴烈的死成了对暴君的终生诅咒却只能是后者咎由自取；而作为一个母亲，她撒手人寰时最放不下，或唯一放不下的应该就是她的两个孩子，感谢诗人，让她心中最后的祈祷成了她最后的形象的一部分：

愿你们比我有更好的命运，／愿厄运来不及追上你们。

然而那巨大的厄运还是追上了他们，追上了更多的孩子。她最后的祈祷和她最后的反叛一样无力。那么，当巨大的厄运似乎已经远去，越来越成为历史的背影时，面对生活在或自以为生活在新时代的人们，在诗中复活的她又会说什么呢？说“希望”无论有多么柔弱，但终究会战胜“钢铁”[①]，因为时间从来就站在希望一边吗？也许吧；不过照我的揣度，她更想说的或许还是前引诗人在《找灵魂》一书的序诗中所说的：

未来，能不能把梦做得好一点

这同样是一句祈祷，但首先是对所有“无可救药的寻梦者”的祈祷。而她之所以要和诗人一起发出这样的祈祷，是因为历经沧桑和涅槃后他们比后来者更清楚：人类不可能没有梦，不可能缺席寻梦者以至“无可救药的寻梦者”，而无论这些人所寻的是什么样的梦，他们对人类似乎天生自由，却无往而不自由的灵魂，对其在种种灵魂的冲突和搏击中展开的命运，从而对其未来都负有更大的责任；是因为他们都深深地知道，未来的孩子们是多么希望不再听到任何“最后的祈祷”，就像他们是多么希望，《最后的独白》中所有“最后的”，都确实是最后的一样。

2011年，秋意渐深。

选自《扬子江诗刊》，2011年第6期

① 在俄语中，“娜杰日达”意调“希望”，而“斯大林”意调“钢铁”。

后唐宋体诗举要：启功、邵燕祥

——“后唐宋体”诗话·之七（节选）

王尚文

我国古代向有所谓“四大奇书”的说法，如果要评选我国当代第一奇书，又如果我们老百姓也可以投票，那么我会毫不犹豫地把票投给邵燕祥的《人生败笔——一个灭顶者的挣扎实录》：奇就奇在作者以第一手资料真实地自曝其人生败笔，历来似乎只有自我粉饰者、自我辩护者，哪有自曝其丑者？光凭这一点，就足以让人啧啧称奇的了。而且，他绝对不是自虐狂；他是本着一个现代知识分子的良知来反省、痛悔、控诉，这需要多么巨大的道德勇气，多么坚定的社会担当！众所周知，他是一位著名的诗人、杂文家。他在《邵燕祥诗抄·打油诗》（广西师范大学出版社2005年版。本节所引邵诗均出此书）一书的自序中开头就说：“曾有人说，我的杂文比新诗好，我的旧体诗又比杂文好。”我没有认真研读他的全部著作，对此很难发表意见；我所能说的是，在他的旧体诗里，后唐宋体作品要比唐宋体好。好就好在前者比后者更加接近《人生败笔》中体现的人格高度和精神深度，其中或有个别艺术上的瑕疵，但在人生信念、态度上绝无败笔。

1985年《戏为长歌答吕剑》一诗云：

人言沉默胜黄金，黑白当前敢缄默？
莫谈国是非吾徒，人微未忘匹夫责。
万物唯有人能言，非真不语人之则。
无怖于生无惧死，两间但求无愧怍。

可以看成是他诗歌创作的宣言。1986年又有《题铸钟厂》云：“愿铸诗情如铸钟，一身血肉一炉红。”令人动容。古今中外以诗明志、相勉者，时时而见，激昂慷慨，感天动地，临事挺身而出者固不乏其人，自食其言者亦往往有之。邵燕祥在关键时刻并没有让大家失望：

从今谁复补苍天？梦里星芒坠百千。
文字焚余呈妩媚，笙歌劫后变疑嫌。
耻同魑魅争光焰，甘以锱铢点俸钱。
天若有情天亦老，茴香豆飨李龟年。
（《从今》）

干戚如今舞亦难，独来独往困刑天。
头颅已斫何须好，肝胆犹存未忍捐。
垂垂老矣吴刚斧，西绪弗斯上下山。
上帝已死诸神渴，沧海横流剩一湾。
（《书愤》）

两诗字字句句均掷地有声，即古人所谓“吾戴吾头来矣！”诗因人而作，人以诗言志，两者本来难解难分，然其言行是否一致，一时或尚难验证；但此时此刻，所言即其所为，诗即人，人即诗，以诗见人，其诗即其人也。其诗可圈可点，其人可钦可敬。这就是后唐宋体追求的境界。

诗集中此类诗琳琅满目，如《读〈点灯集〉》、《赠王澈》、《八月九日关于胡风会上作》、《人生》、《不问》、《筵席二首》、《七夕有感》、《贺韦君宜八秩大寿病中》、《戏咏五次文代会》、《惊闻胡胆遇难，口占一绝以慰胡征》、《奉和苗子〈咏酒呈宪益〉》等等，美不胜收。如：

又到天凉好个秋，几多小鬼闹神州。
也曾挥泪屠功狗，是处贪官跳沐猴。
焦大忠诚输赖大，红楼金粉胜樊楼。
者番不预曹家事，谁道先生只窃钩？
（《读苗子先生和诗有作》）

联想跌宕腾挪，取譬自然熨帖，字字锋利，句句入骨。又如《整人五绝》：

整人之乐乐陶然，永远保留批判权。
算账人称常有理，你们拉套我扬鞭。
（其一）
整人之乐乐无穷，作浪兴风变色龙。
露尾藏头缘底事？翻云覆雨且折腾。
（其二）
整人之乐乐泱泱，取义由来靠断章。
嗤点众山皆右派，一峰独左好风光。
（其三）
整人之乐亦快哉，捣蛋调皮有后台。
帽子扣人时要大，明朝再送小鞋来。
（其四）
整人之乐乐何如，兰不当门也要锄。
有权堪用直需用，不闻逝者如斯夫！
（其五）

一唱五叹，曲尽整人之乐、之妙、之毒、之丑，其无耻、邪恶，无处藏身，所谓力透纸背者也。

他山之石，可以攻玉。《八月九日关于胡风会上作》一诗尾联“人价岂能攀物价，脸长三尺枉凝眉”将《红楼梦》中“枉凝眉”借用至此，顿时生色不少。

诗人说“吾爱定盦破戒诗”，诗中活用之处多处可见。除已注明的“月怒明”，如《岁暮》“妆台独依望黄河”，当从《己亥杂诗》“风云才略已消磨，甘隶妆台伺眼波。为恐刘郎英气尽，卷帘梳洗望黄河”脱胎而来。《祝许老七秩大寿》“兰不当门也被锄”当是《己亥杂诗》“香兰自判前因误，生不当门也被锄”的紧缩。《自温旧稿》“为有平生未报恩”也与《己亥杂诗》“鹤背天风堕片言，能苏万古落花魂。征衫不渍寻常泪，此是平生未报恩”相关。龚自珍《己亥杂诗》中

《咏史 · 金粉东南十五州》有句“避席畏闻文字狱，著书都为稻粱谋”，意在讽刺那些无节文人，卑躬屈膝歌功颂德。邵燕祥《安顺道上赠舒展》“避席难逃文字狱”，改“畏闻”为“难逃”，描述了舒展和自己等作家的险恶处境；而“亦狂亦侠亦情深”亦出自《己亥杂诗》“亦狂亦侠亦温文”。《四月二十三夜偶成慰吴祖光》“几分《梁甫》几分《骚》”则出自《己亥杂诗》“二分《梁甫》一分《骚》”，似比原句更为空灵。

当然邵燕祥不是只取龚自珍一家，而能“转益多师”。如《清明》“东风不放柳条青”，出李白《劳劳亭》“春风知别苦，不遣柳条青”；《答常德曹菁先生留别》“惆怅无为在歧路”，出王勃《送杜少府之任蜀川》“无为在歧路，儿女共沾巾”；《书法》“才从饭颗山前见，又向兰亭会上逢”，出李白《清平调》“若非群玉山头见，会向瑶台月下逢”；《题〈卖艺黄家〉》其二“笑看长安似弈棋”，出杜甫《秋兴》“闻道长安似弈棋，百年世事不胜悲”；《谒翠亨村中山故居》“革命先行者，栖栖一代中”，出唐玄宗《经邹鲁祭孔子而叹之》“夫子何为者，栖栖一代中”；《读“夕阳何惧近黄昏句”再柬小如》“一天好景君知否”，出苏轼《赠刘景文》“一年好景君须记，最是橙黄橘绿时”；《生日打油四绝句》“白眼鸡虫小”，则出鲁迅《哀范君三首》之一“华颠萎寥落，白眼看鸡虫”。此外，还有取自其他诗人及《世说新语》等书甚至佛典者，限于篇幅，兹不一一列举。更有用前人之构思者，如《不要沐猴要孙猴》：

闺中少妇不知愁，春日凝妆上翠楼。
忽见陌头猴把戏，耻教夫婿觅封侯。

只是改了四个字，就赋予了它新的灵魂。《公仆生涯》也有异曲同工之妙：

葡萄美酒夜光杯，欲饮奥迪门外催。
醉卧官场君莫笑，青云有路几人回。

还有的是两个典故的有机整合，如《顶峰》：

蜗牛两角亦峥嵘，蛮触分庭夸顶峰。
忽报南柯随梦折，槐安国破蚁群空。

《暴发户》则是前人名句和民间谚语的有机整合：

家事昨夸无产者，今朝骑鹤下扬州。
国库无银三百两，对门阿二不曾偷。

诗人像个语言的烹调艺术家，能用前人的现成材料烹调出色香味俱新俱佳的美味。

诗人十分重视字句锤炼，取得了很好的艺术效果。前引《戏为长歌答吕剑》"黑白当前敢缄默"一句中，"敢"也可用"能"，但"敢"更有深意：此"敢"乃不敢之意。为何不敢？因对自己的信念有敬畏之心；在"敢"面前，"能"就显得软弱无能了。《题〈卖艺黄家〉》其一颔联："才学三一律今古，艺能十五贯中西。"句法为诗人的独特创造："律"、"贯"连上分别为名词"三一律"、"十五贯"，连下又是动词，分别带宾语"今古"、"中西"，可谓妙绝古今。

诗中好的对仗也是锤炼的结果，如《韦君宜八秩大寿病中》"已经痛定犹思痛，曾是身危不顾身"；《七夕有感》"当时流血兼流汗，今日捐班算接班"；《挽萧军》"一生尽是盘陀路，八月曾经生死场"等等，不胜枚举。《祝许老七秩大寿》："鱼能入海犹相忆，兰不当门也被锄。"语浅意深，出句基于《庄子》"相濡以沫，不如相忘于江湖"，"犹"字才有着落，也才有力量；对句因有古人之"兰不当门，不锄何害，锄之何益"，方可见出整人者之残暴冷酷。

诗人《赠蓝翎》颔联云："一样文章归老辣，几番炉冶羡纯青。"用于邵燕祥自身，也甚为贴切。但由于种种原因，有少数诗作如《时事》或个别语句失之晦涩。平心而论，有时候是难怪诗人自己的。当然也有的似可商量。如《马克思之愤》：

千古风流马克思，但开思路不为师。
求神拜佛成何事？念念口中尚有词。

这是一首配画诗。画的是一群人在马克思著作封面的马克思像前焚香膜拜。此诗第三句（即所谓起承转合的"转"句）用"求神拜佛"，与上文、与画作似乎都连得不紧，好像另起一头似的，愚意不如改为"拜如神佛"。《修正》：

为官之道在韬光，难得糊涂难得装。
修正板桥谁执斧？曾呼皇帝俭衣裳。

“谁”“曾呼”？该是《皇帝的新装》结尾处那个男孩吧？果是，则他惊“呼”的是：“他什么都没穿啊！”显然和“俭衣裳”完全是两码子事，表达似乎没有到位。《五十九岁现象》：

待要交班悔已迟，黄昏将近夕阳时。
有权堪用直需用，莫待无花空折枝。

“莫待无花空折枝”，古人成句，用在此处，别有谐趣。可商者唯“待要交班悔已迟”，我身边好几位读者都理解为所“悔”者是没有找好接班的却就要“交班”了，因而可能贻误工作，此其所以“悔”也。此乃读者未联系全诗之误。但此句本身似亦可两解，为避免歧义，“待要交班”能否改为“班待交时”？“交班”、“交时”都是两平，却突出了“时”或可不致引起误读。

集中收有近六十首配画诗，诗、画相互发明，珠联璧合，诚为一大特色。诗人说是“命题作文，诗为我所写，意从画而来”。考诗和画的关系，大体上可分如下三类：依画照说、延伸发展、借“画”发挥。看来依画照说较为容易，其实要“说”好也难。不过后两种毕竟价值更高。《皇家产品》，画家所写的说明是：“带皇家标记的东西是‘颠扑不破’的，但却易从内部腐败。”诗人的配画诗是：

曾闻池浅王八多，太液池深起浩波。
气数桓灵存一线，景升豚犬奈天何。

画作着眼于物——“东西”，诗作由“物”延伸至“人”，可谓层楼更上。《困》，画家所写的说明是：“人类有史以来不断抛出各种治世理论，想当救世主，但仍不能根治贫困。”邵燕祥诗曰：

饱汉怎知饿汉饥，如星唾沫满天飞。
讨钱半为填空腹，半为诸公树像碑。

“想当救世主”的理论家未必是坏人，从动机看往往是好人。诗作却借题发挥，讽刺了那些为了钱财充当特殊利益集团代言人而有意瞒骗大众的所谓学者专家，入木三分。《唯唯学派》异曲同工：

指向东来不向西，你哈哈则我嘻嘻。
争栖乌宿衙前树，不羡林间自在啼。

不过，也有个别作品，诗、画并不相配。《瞻仰》画的是两座雕塑，一骑骏马作奔腾状，一骑蜗牛，骑者右手指向前方，两者都是同一方向。诗曰：

堪笑八仙张果老，颠颠簸簸倒骑驴。
向前看乃朝后看，却云座下是良驹。

诗确实写得很好，奈何与画有风马牛不相及之嫌。吹求之见，不敢自是。

初看《邵燕祥诗抄·打油诗》的书名，我还以为书中包含“邵燕祥诗抄”、“邵燕祥打油诗”两个部分，马上就发现我错了。照书名，理应还有一种解读：这本“打油诗”是“邵燕祥诗抄”中的一个部分，显然也不对。细读诗集的目录，有的直接标明是“打油”，有的则没有，似乎是将打油诗与非打油诗混编在一起。再看封面勒口上的内容简介，方知“打油诗”是作者自谦。关于打油诗，作者自序所言颇富见地，也有值得商榷之处。

“自序”引打油诗鼻祖张打油的首句为“江上一笼统”的开山之作，说：“看来，它的特点主要是以口语入诗。”我认为打油诗并不是真正的诗，若认同此说，所谓“以口语入诗”就站不住脚了，只能说是以口语为之。从这首著名的打油诗看，形式上根本不讲声韵格律，内容只是今天所说的搞笑而已，不具任何诗的意义、意味。但“以口语入诗”却道出了后唐宋体的一大特点。打油诗不是诗，何以许多诗人甚至是大诗人却“偏偏都把自己的作品称为打油诗”呢？此无他，自谦也，没有别的更多的理由。邵燕祥找出来的理由，似乎都并不充分，如说它具有“在市井和草野间行吟”的“自由色彩”，“必定属于民间”，就未必完全符合实际，“庙堂和贵族”有时也兴打油，如薛蟠“闺房钻出大马猴”之类。诗人们为了自谦，把真正的诗说成打油诗，原可体谅；我们读者若认起真来跟着也称他们的诗是“打油”，就有点让人啼笑皆非了。“自序”还说：“有一位老先生就质问说，你这里还有悼诗，怎么能叫‘打油诗’？当时我心里想，怎么，张打油就不许写悼诗吗？”显然，“我”是偷换了概念：这位老先生说的是悼诗不能“打油”，把悼诗写成打油诗是极不合适的；而“我”说的却是许不许张打油这个人写悼诗的问题。换句话说，两位说的不是同一个命题。

说到“以口语入诗”，我认为是大解放，大进步，需要大才能。记得《三家诗》出版不久，我在广州开会，发现朋友手中有此书，借来一读，爱不释手。于是就厚着脸皮向责编姚莎莎女士讨要，她说已经没了。我没有就此收兵，软磨硬泡，后来她终于偷偷塞给我一本，还让我不要声张。整本诗读下来，当时让我笑得前仰后合，至今没有忘记的就是一首诗的一句口语：“大会开得很好嘛！”这首诗的作者就是邵燕祥，全诗如下：

宪益先生赏酒并以五次文代会上诗见示。今秋作江南游未得躬逢其盛，打油凑趣。

尽是作家艺术家，出恭入定静无哗。
不愁百万成虚掷，安得金人似傻瓜。
已验几回诗作谶，可知何日笔生花？
掌声拍报平安夜，大会开得很好嘛！
（《戏咏五次文代会》）

结尾一句确实是神来之笔，好像把一条活泼泼的鱼放入一个池塘，把整个池塘也都搅得活泼泼的了。此乃后唐宋体之所以胜过唐宋体的主要法门之一。我们为什么一定要死死守住“典雅的文言”这道门槛不可呢？为什么一定不许利用当代口语这一无限丰富、宝贵的资源呢？我实在百思不得其解——当然声韵格律还是要讲的，以口语入诗，首先是努力使其就“范”，其次是实在不能如“大会开得很好嘛”者就网开一面。如果我是编辑，有开稿费的权利，这最后七个字，稿费十倍与之！

手头邵燕祥这本诗集，作品收至 2001 年，其实 2001 年后，他也写了许多后唐宋体的好作品，遗憾的是我没有认真搜集。2008 年 3 月友人吴非兄以邵燕祥的一首新作见示：

谁云多难便兴邦？邑有流民叹小康。
遍野尽哀高玉宝，岂因一个世仁黄。
红包续得红旗谱，白骨堆高白玉堂。
五十八年夸解放，黑窑奴在黑窑场。
（《感事（山西黑窑场）》）

我以为颈联胜过杜甫的"朱门酒肉臭，路有冻死骨"远矣。赞叹之余，不揣浅陋，奉和一首：

特色鲜明真大邦，问心无愧享安康。
山西个别砖窑黑，天下半条扬子黄。
虎照为真言凿凿，功臣殉酒事堂堂。
病生一指诚难免，不废翩翩歌舞场。

诗曰：
白玉堂通白虎堂，黑砖窑现黑心肠。
滔滔不尽源头水，七字十年魂梦香。

选自《名作欣赏》2011 年第 16 期

思想之力与艺术之美的遇合

——关于邵燕祥长诗《最后的独白》的对话

主持人：罗振亚
对话者：陈爱中、刘波、卢桢

时代政治下的个人命运与尊严

罗振亚：作为当时苏联的“第一夫人”，阿利卢耶娃和比她大 20 岁的丈夫斯大林之间原本有一段令人企羡的婚姻。后来由于斯大林暴君式的专制、焦躁与嗜酒成性，她们的婚姻渐渐出现裂痕。特别是进入苏联强制推行农业集体化的 20 世纪 20 年代末期，就读于莫斯科工业学院的阿利卢耶娃，回家后把从老师、同学那里听到有关农民饥饿和被流放等真实情况反映给斯大林时，斯大林气愤至极，没多久工业学院成了“大清洗”的重灾区，不少和阿利卢耶娃接触过的人被捕，这无疑加重了阿利卢耶娃对丈夫的失望情绪。1932 年 11 月 7 日，在庆祝十月革命十五周年的晚宴上，饮酒过量的斯大林当众和一个女子调情，令阿利卢耶娃妒忌、生气，而且对阿利卢耶娃异常粗暴，用连名字都不叫的“嗳”的强硬口吻让她喝酒，把烟头和橘子皮往她脸上扔。受不得侮辱的阿利卢耶娃愤怒地离开，第二天早上，人们在斯大林的别墅里发现她倒在血泊中身亡，身旁放着哥哥帕维尔·阿利卢耶夫送给她的瓦尔特牌手枪。对这位年仅 31 岁女性的夭亡，官方宣称是死于急性阑尾炎，而后有人又说她是自杀，甚至怀疑是斯大林除掉了她。总之，她的死至今仍是一个解不开的谜。

尽管对阿利卢耶娃的悲剧有所耳闻，但是当今年 7 月底站在莫斯科新圣女公墓的阿利卢耶娃雕塑前，望着她似沉思又似眺望、神情忧郁的美丽头像，听着解说员读着墓碑上的碑文时，我的心还是被强烈地震动了，想了很多、很久。其中，也自然地想到了邵燕祥的长诗《最后的独白》。它所展现的时代政治和个人命运之间的关系如何，邵燕祥的人称视角选择是出于什么目的，对于那一段逝去的异域历史记忆，邵燕祥是怎样把它转换为一种诗性体验，他的转换是否成功，读者能够从中悟到一些什么？我想这个话题的讨论和思考是很有意义的。

陈爱中：《最后的独白》写的是一个女人为争得尊严，不惜以死亡的极端方式和命运、时代抗争的故事。阿利卢耶娃拥有的荣耀无人可比，但这些在她的眼里远远抵不上生命尊严的重要。她无论是作为妻子还是作为学生甚至是作为母亲，都无法真正践行其中的任何一个角色，特殊的身份决定她不能如普通人那样获得自由的生活，只能作为斯大林的影子符号而活着。共和国第一夫人的称号在成就她的政治生命同时，也毁灭了她作为女人的人生内容。在先验的命运安排面前，迷失的阿利卢耶娃要么继续彻底迷失，要么重新出发，寻找属于自己的辙迹。这是沉重而悲壮的选择，无论选择哪条路途，最终都是以死亡为结束。“丑小鸭本来会有别的命运，/为什么一定要变成孤独的天鹅？”追问之下，阿利卢耶娃选择了重归个体生命的尊严，“就是最柔弱的花蕾/也不在粗暴的叱令下开放”，诗展现了另一样式的宫廷人文画卷，一个足以母仪天下、内心却孤独无依的皇室家庭女性。

刘　波：最后的独白，来自斯大林的妻子阿利卢耶娃细腻的女性口吻，但给人一种震撼人心的力量。虽为独白，却也是一次对斯大林的公开批评，更是写给那些苏联人民以及所有追求自由理想的苦难者。全诗有着温情的回忆，美好的体验，也带着幽怨的伤感，深深的屈辱，这一切都源自一个31岁的苏联少妇之心。“第一夫人”光鲜的面纱背后，内心却积存着诸多的痛苦愁绪和不满。她的独白是将那个时代高压政治下的个人命运，做了一种真实的还原，既是对时代悖谬的记录，也是权力毁灭人的见证。这样敏锐的时代捕捉，能让很多有着苦难经历的人产生情感共鸣。诗中虽未直接书写斯大林的罪行，但已从侧面反映了他对国家实行强权，对妻子和孩子冷漠而残忍。阿利卢耶娃看似是在权力中心的主体，实际上已成为了斯大林时代的边缘人，这就是那个时代的政治给阿利卢耶娃所带来的悲壮。在那样的时代政治下，她没有随声附和，而是出示了自己不屈的信念，甚至不惜以死亡来做最后的救赎。

卢　桢：邵燕祥的诗向来不刻意追求个体心灵与世界外物之间的秘密对应，而是基于时代现实进行抒情。在共时性的历史追忆中，阿利卢耶娃对命运的怀疑、追悔乃至反戈一击又形成一个历时、清晰的反思流程，她决心“对命运／最后来一次无力的反叛”，然而“我无力埋葬一个时代，只能是时代埋葬我”。明知失败的结局，为何还要以肉身去撬动时代的砧板？大概，从反抗“土耳其的后宫女奴”这一角色开始，她走向死亡的命运便已注定。受到俄罗斯文化传统对于生存的坚韧和原罪意识的浸染，诗人将主人公设置为“我是有罪的”，其罪孽并非源自性恶论所诠释的“原罪”，它无法通过个体的祈求消失，更不能依靠政治体制的自我改造化解。如果想做一个“听话者”，就必须成为它的卫道士甚至帮凶，因此人之“罪”恰恰是由时代所赋予和规训的，诗人揭示出自由个体和政治体制紧张而不可调和的对立关系。救赎需要依靠人本能的提升，甚至要借助“死亡”才能回归完满。肉体死亡的失败，恰是灵魂抬升的开端，死亡的救赎，消解着隐含于“无力的反叛”这组悖论之中的苍凉与无奈。作者为主人公赋予道义的力量，她的痛苦与解脱不仅属于个人、也具有一种整体性的话语指向，这是对集权政治下卑微个体生存的总体性隐喻，并不断唤起我们对本民族深层精神结构和历史阴暗面的思考。

高贵灵魂的跨时代对话

罗振亚：我在一些场合说过：作为泱泱诗国，中国的抒情短诗已臻出神入化之境，但史诗与抒情长诗传统却相当稀薄。因为史诗与抒情长诗既需历史提供机遇，又要诗人具备兼容大度的艺术修养；东方式的沉静与个人经验、承受力、客观理性的牵制，也绝不允许中国诗人过分涉及艾略特《荒原》似的领域，进入当代诗歌的历史时段后，这一缺憾表现得愈加显豁，诗人们在艺术探索的过程中，或则激情难以一以贯之，或则想象力不够丰富，或则视点过于散乱，和表现对象之间无法实现理想的契合。而任何一个诗人或诗歌运动成熟的标志就是史诗与抒情长诗的诞生，否则都难以企及辉煌。我阅读《最后的独白》时比较欣慰，它在艺术层面有不少突破，其中最主要的是它在近五百行的抒情长度中，以持续不衰的激情状态，达成了作者和阿利卢耶娃这两颗高尚灵魂跨国度、跨时代的内在对话。虽然文本时刻演绎着阿利卢耶娃的心理戏剧，但是由于苏联与中国历史辙痕、体制构造的相似，由于作者邵燕祥“文革”后和阿利卢耶娃一样遭遇过“找自我”、“找灵魂”的心理体验，以及对阿利卢耶娃同情之理解的书写态度，所以诗歌又总是充满“弦外之响”，不断输送能够激发被观照者、作者、读者的灵魂共振源，这样就在一定范围、程度内改写了中国抒情长诗的历史风貌。

刘　波：诗像出自阿利卢耶娃之手，尤其是那语气和情感，那孤独和困境。但它却是一个中国诗人在“找灵魂”的过程中所写，这或许才是诗令人信服的原因。阿利卢耶娃自杀前究竟有无如此表白，无从可考。但邵燕祥替她在告别之言中深情地回顾了一生，其中有感激和理解、怨恨与愤怒，有忏悔和反思、悲悯与同情。在诗里邵燕祥是转达者或独白的记录者，实则也是诗的灵魂。他需要感同身受地切入阿利卢耶娃内心，通晓她的人生经历，更需明白她自杀前绝望的挣扎和痛苦的纠结：一方面做情感独白，另一方面历数罪恶，虽然一个人的灵魂之痛会随死亡消逝，但另一个人的罪行和千百万人的苦难何时会是尽头？邵燕祥通过阿利卢耶娃之口，透露了斯大林的冷漠和残暴。开篇的“你的记忆里有几页／关于我的？”质问应是夫妻间的秘密私语，可阿利卢耶娃却将这一冷遇公开化了，“我是谁……”在斯大林眼里，妻子也是奴仆和役从，更何况他人？她也揭示了当时的生存真相：“乌克兰的粮仓成了饿死者的棺椁”，一些人“已死于秘密的枪决”。整个国家的辉煌下面隐藏着身体的压抑与煎熬，思想的管制与禁锢，以及与自由相悖的精神屈辱。阿利卢耶娃和邵燕祥，都是有着不畏强权的高贵灵魂，唯其灵魂高贵，才显出了这首诗在对历史承担中的悲情与厚重。

卢　桢：诗仿佛上演了一台独幕剧，主人公化身为“我”，倾吐吊诡的命运历程和情感波折，“我”的话语统摄力异常强大：对丈夫形象的勾勒、对命运的重新假设、对俄罗斯景色的刻画、对晚宴的追叙……种种片段叙事都被“我”的意识流所整合容纳。不过，诗人使“我”的抒情仍有“古典的克制”。他设置了内在的倾听者，亦即“你”的形象，用以指代斯大林以及女主人公的亲朋好友。在第七章中，“我”走出红场，凝视广场上的鸽子，人称突然连续转化，先是全知全能的声音响起，接着仿佛是源自上帝对主人公的询问，随后又好像是神祇的喃喃自语，人称不断变幻，“隐含作者”与主人公话语重叠，清晰地为我们揭示出诗人与抒情主体的内在联系。他借助神性的声音吐露对女性生命的怜悯，而主人公对精神世界的坚守，也寄寓了诗人的理想追求。从这个意义上说，这首诗便不再单纯是“灵魂的怜悯”，而上升到“灵魂的对话”。邵燕祥说到晚年才发现“只有自由思想、自由意志，独立精神、独立人格，才是一个人的灵魂”，并用“临终”的眼不断地“找灵魂”，热爱生活又不屈从于生活，《最后的独白》可视为邵燕祥一次自我剖析与自我启蒙的完成。

陈爱中：《最后的独白》以丰沛的想象、细腻的文笔，再现了阿利卢耶娃之死的缘由。当它把事件原因都围绕斯大林和阿利卢耶娃的家庭情感纠葛展开时，这种文学书写显得生动有力，跃然纸上。而第一人称的叙述视角，为无法公开表述的愤懑情感的抒发、控诉提供最佳的言说方式，它从追问开始，将阿利卢耶娃和斯大林十多年来的生活轨迹、思想矛盾与情感变化一一具现出来，这种类似于遗书或日记体的私语式语调，既增加了人物感情的悲凉，又加剧了人物之间的情感冲突，凸显了阿利卢耶娃的悲剧性格。诗的作者邵燕祥在长达 21 年的“右派”生活中，充满了人生的怅惘和屈辱，其境遇和漂泊、孤独之感，和阿利卢耶娃有相似之处，写起来自然鞭辟入里。他说他写作就是要“睁眼看世界”、“睁眼看中国”、“睁眼看自己”，这种对民族、国家、自我的反思和忏悔精神借助诗的抒情主人公之口表述出来，具有纵向的历史反思精神的同时，也具有了横向的悲怆共鸣，无论是邵燕祥还是阿利卢耶娃，他们所思考的绝不是个体的、特殊的单一命运悲剧，如果考虑曾经有一个很长时期，中国和苏联之间的“同质同构”关系，那么《最后的独白》彰显出的就应该是众多的中国“阿利卢耶娃”的独白。

情感“不等式”与斯大林的起伏

罗振亚：一般说来，属于内视点的诗歌艺术是以抒发情感为旨归的。但是在具备一定长度的抒情诗内，时常也会有带着某些性格、心理特质的人物形象隆起。典型的抒情佳构《最后的独白》中，就闪回着抒情主人公阿利卢耶娃及其丈夫斯大林的影像。“我”真挚而炽热的情绪宣泄里，有两句令人非常喜欢，“就是最柔弱的花蕾／也不在粗暴的叱令下开放”，它堪称阿利卢耶娃人格与性格的形象写照。她的隐秘心灵天平上，自由要远远重于地位与荣耀，所以洞穿了自我身份是丈夫的妻子、朋友、伴侣、士兵、听众，更是奴仆和役从的真相后，“宁可玉碎、不为瓦全”，毅然奔赴死亡的约会，以捍卫自己的尊严，尽管她为遗下的一双儿女牵肠挂肚，对故乡、同学和一切美好的记忆百般不舍。她是敢对强权说“不”的人，是勇于揭穿和谐假象的“斗士”。而她眼中的“他者”斯大林，在政治场上拥有辉煌的过去，能够为事业和理想献身，坚强无私，而同时也是独裁、冷漠、残暴的化身，对妻儿、下属和国民概莫能外，曾经爱过的人他可以视若草芥，对持不同政见者能够大开杀戒。这个形象完全解构了人们心目中那个伟大、智慧、磊落的领袖印象。

卢 桢：新圣女墓地上阿利卢耶娃的头像被安置在雪白色的大理石方柱上端，纯洁的白色与墓主人高洁的灵魂形成互文，这也是雪的标志。在诗中邵燕祥有意将“雪”打造成沉重的积雪、狂风卷起的雪崩、埋葬马匹的雪堆，它们共同充当着严寒的帮凶。可以说，主人公对雪与严寒的伤痛记忆，都指向了丈夫斯大林以及由他所象征的权力符号系统。这既包含着对斯大林个人的残暴与偏执的否定，也揭示出集权体制冷漠的特质。女儿斯维特兰娜曾说，母亲和父亲就像是一支小船系在一艘远洋巨轮上，充满了不和谐。而阿利卢耶娃的悲剧正在于对这情感“不等式”的执着与坚守，她也一直生活在这种梦想里。爱上了爱情本身，胜过自己的孩子、青春和生命，然而她眼中曾经的那个坚强、勇敢、值得依靠的高加索青年，如今却异化为滥权者和独裁者。她不清楚丈夫的心里她是什么身份，也无法觅得一个完整的自我，身份的错置感使她倍感迷惑。也许从“你相信酒”开始，她的情感悲剧便开始了。

陈爱中：在苏联时期和建国后的中国，斯大林都是以导师和崇高角色出现的。这是神坛上的斯大林，而非人间的斯大林。《最后的独白》通过阿利卢耶娃的视角揭示出另一个面孔的斯大林，专断粗俗，冷酷无情，“你总是燃烧的胸中／一颗心为什么骤然冰冷？”面对“乌克兰的粮仓成了饿死者的棺椁／回答我的祈求的，／竟是英明的伟大的沉默”。她的嘲讽道出了一个被个人崇拜冲昏了头脑的高傲的斯大林，他显然不会关注妻子的喜怒哀乐，体会其内心的苦衷。一屋不扫，何以扫天下？没有舔犊情深的天伦关怀，没有耳鬓厮磨的情人私语，自然无法将苍生搁置在心上，善良、正义自然无法提及。列宁在其政治遗嘱《给代表大会的信》中就认为斯大林为人太过粗暴，不适合做苏共总书记，应“任命另一个人担任这个位置，这个人在所有其他方面只要有一点强过斯大林同志，这就是较为耐心、较为谦虚、较有礼貌、较能关心同志，而较少任性等等”。联想后来发生的大清洗运动，真让人感叹，《最后的独白》描述的斯大林和列宁的评价、建议的斯大林，一个视死为安慰的枕边人和一个生命垂危的政治导师，得出的结论竟然如此惊人的一致。

刘　波：诗以告白的方式，抒写了阿利卢耶娃自杀前绝望的呐喊。她无法在现实的意义上说服自己活下去，因为灵魂不能安稳地落实下来。虽然贵为奥林匹斯山上“第一夫人”，但她宁愿别人不知道她，更不愿做“挂在别人脖子上的女人”，她只愿过普通人的生活。在国家权力的最高层，她觉察到了自身的渺小乏力，无法改变丈夫的强权意志，更无力改善被流放的“十二月党人”的境况；但她一生做人问心无愧，她没有像丈夫那样做杀人的刽子手。“我的手上和良心上／不曾沾着同伴的鲜血。”这才是富有尊严的言说，与其苟活在世，不如以死相抵。因为她懂得：“人活着／不仅仅为了面包”，还需要有更高的生活权利。她的死亡，对更多苏联人应是一种警醒：你们必须起来反抗强权。她对斯大林的抱怨，最后都化作了死亡的嘲讽：开始拯救她的斯大林，最后将她推向了死亡。“上帝是公正。/上帝是权力。/刽子手得不到惩罚，/上帝在哪里？”将希望寄托于斯大林身上，已无可能，她转而追问上帝时也遭遇了难题。阿利卢耶娃需要通过一种了结来为短暂的人生画上句号。

独白中的两种修辞

罗振亚：《最后的独白》的话语方式恰切地外化了阿利卢耶娃内心的“风暴”，它便于调控节奏的轻重急缓，“我”的意绪喷涌如酣畅而遒劲的瀑布，具有一气呵成的情绪动势和情思冲击力，直指人心；但是它也潜伏着很大危险，稍有疏忽即会滑向单调、沉闷的泥淖。好在诗人和抒情主人公内在精神世界的丰富压着阵脚，同时独白中穿插的“剧诗”和象征两种修辞手段，或则以“我”与丈夫及身边世界关系的建立、日常生活场景与细节的引入，加强抒情指向的客观性，或则以言此即彼的形而上含义追寻，扩大意象、人物和全诗的内蕴容量，从而使诗避免了走向自闭或失控窘态的陷阱。像阿利卢耶娃想到死后世人的反应时写道：“谁留心巨大的椴树干上的一只蚂蚁？/谁记得涅瓦河的一圈水纹皱起又归圆寂？……一切比我活得长久的，你们/谁会怀念起一个小小的女人？/我无权像那小小的蓝色花/祈求：勿忘我！”几乎每个意象都饱含既是自身又有自身以外含义的功能，诸多意象组构的情绪空间自然带有言外之意，它像是自言自语，又像是说给朋友、后人，自己心理的矛盾和同他者的潜对话，都充满了一定的戏剧性。

陈爱中：《最后的独白》表面上看是阿利卢耶娃的独语，离开人世前“顾影自怜”的悲语。但实际上诗中贯穿的却是俄罗斯人近现代的悲怆历史。诗中提到的名字叶赛宁、布洛克、马雅可夫斯基，皆为同时期的俄罗斯诗人，身前都面临婚姻爱情的困扰，最后皆自杀身亡。十二月党人革命失败后虽被流放，但却唱出了俄罗斯最伟大的爱情悲歌，他们的妻子为爱情不离不弃，宁愿放弃优越的生活，陪同夫君奔走远方。邵燕祥在写于1995年的《悼安娜·拉林娜》中说“正像我们读旧俄文学和历史作品，把涅克拉索夫长诗《俄罗斯女人》所写的伏尔龚斯卡娅等人笼统叫作‘十二月党人的妻子’”，她们“是在为自己的丈夫，同时也为丈夫的也是自己的信念做出的牺牲中，完成了独立的人格”。但对于阿利卢耶娃来说，慷慨赴死却有着更悲壮的意义，“我是娜娃，不是伏尔龚斯卡娅，／却赶赴十二月党人的／荒凉的西伯利亚”。命运的乱点鸳鸯谱，造成了俄罗斯近现代历史上的众多情爱悲剧，而阿利卢耶娃因为困窘于现实和理想的巨大鸿沟而尤显得悲凉。因此她的独白也就超越了个人，象征着俄罗斯民族的情爱历史与不堪命运的抗争历史。

刘　波：该诗的突出特征是“独白体”的运用。自始至终，诗人均以文辞优美的独白表现一种深沉的现代意识，一种拒绝和解的公民立场：“我无力埋葬一个时代，／只能是时代埋葬我。”时代的悖谬在此是一个巨大隐喻，它是有良知的人对抗时代的重负。因此这首诗很大程度上带有“我控诉”的成分：不仅控诉个人，也控诉那个荒谬的时代。这可能才是该诗契合独白体的重要体现。在诗中诗人还娴熟地运用了象征手法。它多处以当时的社会状况影射强权给人民带来的苦难，在厄运和“难于重建的生活”之间，在“嫁给权力”和奔赴死亡的边界上，阿利卢耶娃就象征着苦难的人，她以自我的遭遇指证了一个时代的空洞。这种象征写作所呈现的不仅是深刻的思想，更接续上了俄罗斯白银时代诗人们崇尚正义的传统。诗人很好地把握住了诗意和史实之间平衡的尺度，使这首诗在20多年后的今天仍具有历史价值和现实意义。在经历了众多劫难后，邵燕祥在80年代写下的这份控诉文字，看似在写苏联的强权灾难，实则也引出了一代中国人所遭遇的人生之困。这或许就是借他人之口抒自我胸中块垒。现在读来，这部长诗不仅有语言之美，更有思想之力；既是对历史的自我反思，更对当下现实有借鉴之意。

卢　桢：本诗中的两种修辞体式值得注目。一是“戏剧独白体”的运用，

《最后的独白》可谓诗歌与戏剧“文体互渗”的典范。艾略特曾将诗的声音分为三种，其中第三种是当诗人试图创造一个用韵文说话的戏剧人时自己的声音，这时他说的不是他本人会说的，而是他在两个虚构人物可能的对话限度内说的话。阿利卢耶娃和斯大林，正是艾略特言及的这“两重”虚构人物。在文本空间内，女主人公即将选择自杀以摆脱丈夫的话语控制，这构成充满极端化色彩的戏剧情境。其临终的精神排遣方式则是向文本中的“你”即斯大林这个“无言的听话人”遣情排忧。同时，诗人在副题中提到的“剧诗片段”这一修辞文体也值得注意，为什么不是“诗剧”？又为什么只写一个“片段”？按作者的说法，他将区别于一般抒情诗和叙事诗的戏剧片段称为“剧诗”，并成就了这首长诗。众所周知，长诗的写作不太可能依靠瞬间的灵感爆发一蹴而就，更多需要诗人“形而上”的积累。这首长诗正融合了浪漫主义的情感表达与现实主义的人文关照，又绝非审美泛化意义上“两结合”，它扬弃了纯粹浪漫式的主观抒情，走向了更为沉静的精神内省，使情感在隐显之间张弛有度。

选自《扬子江诗刊》2012年第1期

妍丽蔷薇　高挺青松

——论邵燕祥的诗

洪　迪

邵燕祥是佼佼的多面手。“近年来，不止一个朋友对我说：你的杂文比诗好；又说，你的旧体诗比新诗好。我理解这是含蓄地说我的新诗写得不好吧。”[①]这有实情。自1986年以来，他出了杂文随笔集46本，不仅在数量上超过全部诗集20本的一倍多；而且文名日见盖过诗名。旧体诗也出了《三家诗》（与杨宪益、黄苗子旧体诗合集）和《邵燕祥诗抄·打油诗》二种。并被赞为“亦庄亦谐，借古讽今，声东击西，指桑骂槐，再沉重的话题，都举重若轻，别开生面”，侧身聂绀弩、黄苗子“打油大家”之列。[②]但更多的是自谦。邵燕祥本质上是诗人，且首先是新诗人，是百年新诗人中的佼佼者。

诗人邵燕祥主张：“没有诗人和诗评诗论家的独立人格和独立风格，就没有诗。／诗是独创性的，不该是寄人篱下的，也不该是人云亦云的／每一个诗人，每一首好诗，都应该是独特的。／这是我们的常识，也是我们的理想。”[③]邵燕祥60多年的诗歌创作，忠诚而卓越地践行了这个主张。他从妍丽蔷薇长成高挺青松。

一、知识分子的诗心

似迎春更似蔷薇。在中国新诗苑中，邵燕祥是发自卓然独立人格而标显独立风格的一株特秀长艳的清芬花树。早慧的诗人，14岁便发表诗作，处女作是写于

---

① 邵燕祥：《邵燕祥诗选·序》[M]，天津：百花文艺出版社1994年版。
② 张宝林：《邵燕祥与他的“打油诗”》[J]，《文学界》2008年第5期。
③ 邵燕祥：《写在新诗边上》[J]，《文学界》2008年第5期。

1947 年 4 月发表在同年 9 月的北平《平明日报・星期艺文》上的两首诗。[①] 建国前的 1947 年、1948 年，是他“写诗写得最多的年月”。[②] 此时的诗作，虽被自谦为“早熟的酸果”，[③] 实则“熟”固甚“早”，“酸”却未必。其中拔萃者在相当程度上已显出，为尔后 60 年诗歌定音的意味。写于 1947 年 12 月的《倔强》：[④]“从地狱出来，／便不再有恐惧，／如拒绝了天堂，／也便永远不回去。//——要这一股／倔强劲。”倔强，不再有恐惧的倔强。既已冲出了地狱，便为争取天堂而倔强地不息奋战。这就是独立知识分子带点迂的硬气。而《共伞》：[⑤]

你走了，我送你到门外的马路上……//忽然，乌云的山崩落了雨和雹子，／凄烈的雷闪织着风丝。//你没有伞，／我却想得到你的勇敢的样子。//我想你正握了拳向风雨冲去，想起你的话我放了心——//是的，你说过：／我们同是在一柄大伞的底下……

写于 1948 年 7 月，是少年诗人在解放前的北平读书时参加迎接解放活动中的作品，显然是当时心境与生活的实录。只一个镜头闪光的定格，如此细致生动，情真意切，凸显了上路者形象的毅然勇往，平凡而高大。足见少年诗人自觉不自觉地掌握了诗美创造的瞬时艺术的高超。在《晴天》[⑥] 中，这位革命少年更以诗傲然宣告：“要是没有晴天就都得死／我们命定是阳光的儿子”；“我宁愿死去／若要我们做阴天的俘虏／我是多么喜爱晴天／可又是多么难得／我相思着，我守望着”。“共伞”，“我们是在一柄大伞的底下”，“我们命定是阳光的儿子”，诗人一再确认自己的新知识分子身份。“什么是知识分子，我以为在读书人中，只要认为精神价值超过物质追求的，就应该是知识分子。”[⑦] 知识分子固然是读书人，而读书人并非都是名副其实的知识分子。知识分子的根本在于“不要忘记精

---

① 收在《找灵魂——邵燕祥私人卷宗：1945—1976》，并有说明。桂林：广西师范大学出版社 2004 年版。
② 邵燕祥：《岁月与酒》[M]，杭州：浙江文艺出版社 1985 年版。
③ 邵燕祥：《岁月与酒》[M]，杭州：浙江文艺出版社 1985 年版。
④ 邵燕祥：《邵燕祥诗选》，天津：百花文艺出版社 1994 年版。以下凡见于此集者不另注。
⑤ 邵燕祥：《献给历史的情歌》[M]，北京：人民文学出版社 1990 年版。
⑥ 原载《诗创造》1948 年 8 月第二辑。
⑦ 邵燕祥（崔勇整理）：《惟知音者倾听》[J]，《文学界》2008 年第 5 期。

神价值”。[1] 最主要的精神价值有两条：一是心怀兼济天下，即使身居草野，乃至泥淖，依然忧国忧民；二是坚持独立思考，其思考的中心点是科学民主，民富国强。而新知识分子就新在：一有社会主义、共产主义理想；二以“我们”自居，能摒弃孤僻的个人主义。宣告“共伞”、宣告“我们命定是阳光的儿子”的邵燕祥，无疑是一位新知识分子。当然，这种少年诗人的宣告和自居，只是一种萌芽，一种长成的意向与可能。而尔后60年的风风雨雨，60年的欢乐与苦难、锤炼与考验、坚强与成长、圆熟与开拓，确确凿凿造就了邵燕祥一颗新知识分子的诗心。

诗人邵燕祥总结：“60年的主要感受，应该说是‘言为心声’。写诗第一位是‘心声’，第二位是‘言’。心应当是真心，心声应当是真诚的。”[2] 正是本于“心声”与“言”的有机统一，邵燕祥建构了自己的诗美创造主体。从这颗真诚的知识分子诗心，从这个特秀长艳的诗美创造主体，锐敏而应时地源源生发出邵燕祥诗之花朵来。一半似迎春，一半似蔷薇，间几丛妩媚的毋忘我。而愈至晚近，更长成高挺的青松。

二、锐敏的时代感应

锐敏的时代感应，是邵燕祥诗美创造主体的一个最优异的特质与特征。诗人的心弦时时为时代、时事的变化而颤动。这在一开始便凸显出来了。在迎接解放的年月，他写了《风雨鸟》，感到“整个的天空在变色啊”，“整个的土地在骚动啊”。而“我们，年青的人们哟，／挺着被日光曝晒的风浇雨打的胸脯／飞奔而来，／震天的雷霆轰然而来，／拔步在泥泞里跑得更快，／绞架在风雨的拳脚下塌了……／感谢呼唤风和雨的鸟！”他更写了《早安，新中国》、《手的山峰》、《黄昏，天上的红布……》等诗，呼唤他“所向往的解放区，也寄托了建设一个人民当家做主的新中国的理想”。[3]

---

① 邵燕祥（崔勇整理）：《惟知音者倾听》[J]，《文学界》2008年第5期。

② 同上。

③《早安，新中国》注。这几首诗皆见于邵燕祥《岁月与酒》，杭州：浙江文艺出版社1985年版。

他所呼唤的新中国轰然建立起来了，风雨鸟一下子变成了沐浴于灿烂阳光中的布谷鸟，诗人的纵情高唱，理所当然。他写了《到远方去》、《我们架设了这条超高压送电线》、《中国的道路呼唤着汽车》等脍炙人口的名作，大多收在1955年出版的《到远方去》。青年诗人一举而成为颇享盛名的政治抒情诗人。1978年底，他又写了《中国的汽车呼唤着高速公路》，宣告自身的复出，更宣告一个改革开放新时代的来临。1980年出版诗集《在远方》，并获奖。2006年，还写了《从远方归来》。可以说，邵燕祥具有“呼唤”情结，“远方”情结。在建国前，他呼唤新中国的诞生。建国初年，他呼唤“我们要让中国用自己的汽车走路，／我们要把中国架上汽车，／开足马力，掌稳方向盘，／一日千里，一日千里地飞奔……”[①] 在新中国经历十年浩劫面临改革开放的复兴时期,他更呼唤“高速度!／高速度！／这就是国家的安全，／民族的富强，／人民的幸福！”[②] 邵燕祥呼唤情结的核心是远方情结。他在《到远方去》中，以勇毅的上路者向心爱的送行者放言：“在我将去的铁路上，／还没有铁路的影子。／在我将去的矿井，／还只是一片荒凉”；“我将在河西走廊送走除夕，／我将在戈壁荒滩迎来新年，／不管什么时候，只要想起你，／就更要把艰巨的任务担在双肩”。远方情结中蕴涵着满怀希望的豪迈的拓荒精神。邵燕祥在共和国与自身的两度青春期中，唱出了时代与个人相统一的心声之强音。

难得的是在一些优秀的政治抒情诗中，邵燕祥善于将公共话语融化于个人话语之中。“诗或诗人，如果沦为一种共性的符号，是可悲的。／诗一旦离开个人的话语，而沦为‘公共话语’，则诗亡。”[③] 就说他的两首“呼唤”吧，前一首是他1954年“在长春第一汽车厂的时候写的”：后一首是“那年秋天，作协组织去白洋淀，回来路上老是堵车，老乡们就把自家的谷穗摊开晒在路上，怎么能不堵车？当时有了对高速公路的期待。写出来，此意与刚刚开过的十一届三中全会精神暗合，发表之后有一些影响”。[④] 好一个“暗合”！只要是好诗，尤其是好的政治抒情诗，都需要个人话语与公共话语相合。要妙在于这“合”必须是“暗”

① 邵燕祥：《中国的道路呼唤着汽车》。
② 邵燕祥：《中国的汽车呼唤着高速公路》。
③ 邵燕祥：《写在新诗边上》[J]，《文学界》2008年第5期。
④ 邵燕祥（崔勇整理）：《惟知音者倾听》[J]，《文学界》2008年第5期。

的，不能是“明”的。明暗的根本区别何在？在于出发点，在于诗创作时从抽象理念出发，还是从主体的真情实感出发。只有真情作美之升华才是真诗。

诗人的感应时代，比锐敏更根本的是真实。虚假了，便无所谓感应的迟钝与利捷。新中国是在旧中国的废墟上建立起来的。需要拓荒与建设，同样需要除旧与清污。就在出版诗集《到远方去》的次年，邵燕祥写了长诗《贾桂香》。此诗根据报载的真人真事写成。贾桂香死得比窦娥更冤，因为找不到控诉的具体对象。孙大叔关爱小贾，“晚上散会，骑车载着她回家，／就跟载着自己的女儿一样”。于是，一个无头而常见的推论来了：“小丫头成天跟你在一块，／你们的关系一定不正当……”这莫须有的“流言还只是一阵风，一片云，／会上的批评织成一张网。／这是怎样的一张网呵，／没头没脑罩住贾桂香。”贾桂香成了生活在新社会的祥林嫂。这是“流言”杀人。“流言”起于封建意识与“看客”心理。更可怕的是主观主义者和官僚主义者又以“组织”、“领导”名义放大并官方化了这流言，成为一种“围剿”。诗的结末出以义愤而冷峻的控诉：“告诉我，回答我：是怎样的，／怎样的手，扼杀了贾桂香？！”

生活中的某个时期或某个侧面，往往比诗人天真的想象更为残酷。在《贾桂香·附白》中，邵燕祥说：“读之心怦怦然，因写这首诗呼吁：不许再有第二个贾桂香！”谁知在这首诗的呼吁后不久，却来了一场有组织地大量炮制“贾桂香”的风暴。诗人本身亦竟以此诗为重要“罪状”而成了第 n 个“贾桂香”。

邵燕祥就是邵燕祥，具有一颗倔强的真正知识分子的诗心。他在 1978 年复出以后，在再度唱着《春歌》、《假如生活重新开头》、《开花》的同时，更瞩目对于阻挠民富国强、残害科学民主、摧伤人之所以为人的或隐或显的种种丑恶。在他重放的鲜花中，不乏二度迎春，而更多的是滴血的蔷薇，滴着社会和自身的心中的血。比如《吊汨罗》：

把补天的石头偏填了沟壑，／引蠹鱼进书斋，养白蚁于庙堂。要问屈原的终天遗恨，又何必端阳，何必汨罗江。//又岂限于两千年前的荆楚？／又岂限于洞庭与潇湘？／你没听到孟姜女哭倒长城后，／花鼓女又曾含泪唱凤阳？讥谗起家，罗织为业，害人成性，／封建的土壤滋生过多少奸佞强梁？／这一切，我们若没有亲身经受，／读一千遍《离骚》又何从想象？//屈原曾问天，而苍天默默不语。／芳草还是旧时碧色，人间已几度沧桑！

堪叹的是几度沧桑以后，某些丑恶的礁石依然凶险，只是应时地改换着服饰与嘴脸。你看《嫉妒》："一棵树看着一棵树／恨不能自己变成刀斧//一根草看着一根草／甚至盼望着野火延烧"。诗人对于不惜同归于尽的嫉妒的深知，确是入骨三分，因为他曾一再身受。正因为切肤身受，才有《空气》中的炙心之言："光明离我而去时／我沉在黑暗里／人们离我而去时／我沉在孤独里／失眠时，我从鼾息听到你//只有你不肯把我抛弃／在我将要窒息的时候／掀动我的鼻翼／在我生命如丝的时候／陪伴着我呼吸"。可惜生活中的空气时常感到稀薄，尤其是身遭患难之际。反而《中国多看客》：[①]

看云。看月。／看灯。看雪。／看花。看叶。／云有散。月有缺。／雪有化。灯有灭。／叶有凋。花有谢。／看遛鸟。看游街。／看出殡。看出嫁。／看车祸。看打架。／看杀猪宰羊。看杀人流血。／看不尽的风光。看不尽的闹热。／中国多看客。／看客归去也！

然而"从四面奔来，密密层层地，如槐蚕爬上墙壁，如蚂蚁要扛鲞头"[②]的中国众多看客，从鲁迅《野草·复仇》早就在看了，至今不肯"归去"。感应着社会现实的种种，无怪乎深沉的诗人要在《小诗四题·拟哈姆莱特》沉思深究：

是人？是畜类？
这还是一个问题

更在长诗《长城》中郑重宣布：

天地间

① 邵燕祥：《也有快乐也有忧愁》[M]，北京：作家出版社 1988 年版。
② 鲁迅：《野草》[M]，北京：人民文学出版 1952 年版，第 19 页。

只是一个问题：
做人
还是做奴隶？

做一个大写的或者说真正的人，是邵燕祥感应于我们时代的全部诗歌的总主题。且老而弥坚。

三、特秀的诗美创造

邵燕祥崇奉写诗的根本在于“心声”与“言”的有机统一，一生倾心于诗美质体的独特创造。“人在诗美创造中倾注自己的生命，倾注自己的人生体验，自己的思想、意识、直觉、情感、想象和幻想，自己心灵的内在节奏与旋律，并将这一切凝结成语言，成语感的流动。这便是诗的质体，便是诗美。”这个诗美质体，“若喻之为球，中剖之，即可见剖面上有四个同心圆，显出四层结构，依次互为表里。亦可喻之以桃子，即为皮、肉、核、仁四层。表层为形式美，次层为形象美，三层为情感美，核层为意蕴美。外两层可统称为表现美，内两层即为内涵美。而结构美、意境美、语言美和气韵美通贯全诗，将四层结构融合成浑然一体。意融于情，情显为象，象凝成形，赖语言以表之，即为具体的诗”[①]。邵燕祥深谙此道。他在有趣的《小精灵》[②]中自白，他有“七个小精灵”，名叫“幻想”、“理智”、“惆怅”、“爱和快乐”，“第五个小精灵／藏在我右手中指的茧子里”，“第六个和第七个／我一直也分不清／谁叫沉默／谁叫憎恨”；他说“只有她们同时主宰我／我才能写出真正的诗”。他将诗美创造的内驱力和创作过程的辛劳都说到了。他还在《一本书的题记》[③]中说：

我捕捉思想蝴蝶，//粉翅薄如水，／飞过栅栏，飞过蔷薇……//活泼的白蝴

① 洪迪：《大诗歌理念和创造诗美学》[M]，上海：上海社会科学院出版社 2008 年版，第 38 页。
② 邵燕祥：《也有快乐也有忧愁》[M]，北京：作家出版社 1988 年版。
③ 这是邵燕祥随笔集《捕捉那蝴蝶》的《题记》，广州：花城出版社 1993 年版。1999 年改名发表。

蝶黄蝴蝶／落在纸上／憔悴为／暗淡的标本——//唯触须还在，还在微颤……

这首谈诗的诗，本身就是好诗。当然有理智有思想，本来就在为随笔写题记。但有激动的情感，且已显然“意融于情，情显为象，象凝成形”，赖生成性的语言而呈现。那就不着意于写诗而诗自成。诗的灵感羽化成蝴蝶，落在纸上，“触须还在，／还在微颤……”

邵燕祥十分注重诗美意象的鲜活创造。写于1948年的《箭楼》便有：“箭楼像一滩野鸟的粪便／孤零零地遗落在荒野里／古老的城堞，一堆灰色的砖石//箭楼像搁浅的船只／或受伤的小兽剥秃了毛／蹲伏在旷野里梦着咆哮”，是三个动态的明喻意象的叠加。而《共伞》，更以“风雨”与“大伞”为全诗的中心象征意象：“乌云的山崩落了雨和雹子，／凄烈的雷闪织着风丝”云云，都用了隐喻与象征等手法。到了1986年，还在旅美中写了“拟H. D.”的《早雁》：①

故乡是温暖的／云路是迢遥的//雁群高高掠过／一路留下挂着白霜的羽毛／和随风远逝的叫声／不知是欢悦还是悲伤//飞往佛罗里达的阳光／照耀下的金黄的沙滩／让故乡的温暖的海水／洗一洗疲劳的双翅//圣诞节一过，春风吹／来自墨西哥湾／却又匆匆向北／赶在春天的前面//依然叫着，一声声／短，一声声长，悠悠／留在35号公路上／飞向北方绿草丛生的湖边//一颗心／两个故乡//春春秋秋／飞渡双重的归路／一副翅膀／两倍乡愁

H. D. 在意象派诗人中最享盛名，常被人称为真正的意象派。她的脍炙人口的《奥丽特》，即以大海等同于松林为中心意象而展开，令人沉浸于无际的“绿”中。在H. D. 的诗体小说《枝条上的花朵》中说到“大雁”，说到“双重的思念”云云，②不知所谓“拟”是否与此有关。但有一点是可以肯定的，邵燕祥是在汲取意象主义诗歌特重意象呈现的长处，而又在走自己的路。实际上，《早雁》就比《奥丽特》更硬朗、深情而耐人沉思。它并不自囿于“绝对不使用任何无益

① 邵燕祥：《也有快乐也有忧愁》[M]，北京：作家出版社1988年版。
② 彼德·琼斯编：《意象派诗选》[M]，裘小龙译，桂林：漓江出版社1986年版。

于呈现的词”。①

邵燕祥也有呈现一个中心意象依靠象趣而成诗的。比如《蓝伞》“镀金的阳光下／蓝天如伞∥阴雨的街道上／伞如蓝天”，便是以“蓝伞”为中心意象而结构成诗，再配以“蓝天如伞”与“伞如蓝天”的语趣，更相得益彰。即无深意，仍有盎然诗趣。邵燕祥诗美创造的过人之处，尤其在于对诗的切入点或曰诗意生发的原点以及诗美结构方式的多样而独特的发现。比如《磨光的五戈比》。100戈比才为一卢布。这种币值极小的辅币有什么诗可写呢？不，正是这“小”中有诗。再凸显它已是“磨光的”，那就更有诗可写了。用它来调侃或一种人。什么“遥想当年，五戈比／乍到人海浮沉，／就已经自命不凡，／到处都铿锵作声”，什么“如今光芒暗淡，／面目模糊不清，／仍然爱打转转，／但是头重脚轻”，什么“碰到别的戈比，／咬牙切齿响叮叮，／跟这个比大比小，／跟那个较量轻重”云云，不是活画了生活中常见的或一种人可笑可鄙的嘴脸。比如《地球对着火星说》，是邵燕祥极少的爱情诗之一，也许可以称作“望星诉隐”。这首诗借当年火星走到地球最近的距离这个“天象”来表现情爱，标题便是诗的切入点。很自然，一开头便有：“在满天的繁星中间，我寻找着你，／我凝视着你，你知道吗？／谁说你远在天边——／你是这样地热烈而分明。”双关的隐喻，亲切而自然。“……闪光的睫毛，握手的余温，／交臂错过的一瞬，永远难了的衷情……／在太阳系里，我愉快而矜持地运行；／但是谁懂得一种难言的隐痛！”前两行似星更是人，后两行又似人更是星。全诗便这样以地球对火星的娓娓倾诉，独白着两情近近远远“难言的隐痛”。

《山那边有雨》是一首难得的好诗。开头和结尾相同：“山那边有雨／泉州有雨”。有三个关键词：山那边、泉州、雨。山那边是远隔，不仅是空间上北京与泉州的千山万水，且更是时间上的十年浩劫与二十年的蒙难。情感上的真挚、关切、沉重，自当不言而喻。泉州显出地方特色，“刺桐树下刺桐雨／枇杷树下枇杷雨／菩提树下菩提雨／涌着云山，隔着路／我听到雨声沥沥”、“你走在聚宝街上／还是井亭巷里／路上石板经多少／风萧瑟，雨淅沥／开元寺的南面／可不是

---

①《意象主义》[M]，见彼德•琼斯：《意象派诗选》，裘小龙译，桂林：漓江出版社1986年版，第150页。.

还叫旧馆驿”云云，正是以特定的泉州为根据，借此而铺展。雨，更是酿情之酒，抒情如绵绵凄泪的象征物。“微凉的雨／温暖的雨／愿好风如扇雨如帘／你在帘里？／我在帘里？”“海到无边天作岸／隔着雨丝和风片／你眺望我／我眺望你”。诗人与故人都沉浸在如帘的雨里。哦。“山那边有雨／泉州有雨”！这怀人之雨正从北京飞去。

邵燕祥多短诗，亦不乏长诗，组诗却颇少见。然而标明为组诗的《河西走廊：一次匆匆的旅行》，[①]连《序诗》一共9首，几乎首首都不错。《魔幻地貌》很能凸显河西走廊地理特色，单是开头三节便将白天黑夜、现状历史、悄静暴动全都写到了，形神兼备，令人身入其境，骇异不已，当然是好诗。《兰新公路》又从这一条孤岛新路，深感其间天地的寥廓、肃穆、威严、莽莽！但又让人赞同“不是在前人脚印上踏步／这是需要巨人的时代／这是需要巨人的地方”。诗的氛围创造极好。诗人1986年“去见见美国”时写下的从《谁也没有见过月亮的那一半》到《Aloha》等13首诗，[②]虽没有标明也可当作组诗看，因为它们写美国也写于美国。其中《林肯》短短10行，如“你骑在马上风驰过草原／盖茨堡燃烧着你的言语∥你还在为自由和平等辩护／传递人们渴望的信息”等，生动地概括了伟人的一生。《美国印象》也不过28行，散点式地画出了确为美国的总体印象。“一个城市绝似另一个城市／但没有两幢孪生的房子∥没有墙的前院向世界开放／有门的小屋却是关闭的”、“老杯盘送到古董市／新餐具扔进垃圾桶”、“在均等的机会里以拔尖为荣／却拔掉草坪上出头的蒲公英”云云，显示了诗人善于抓特点、抓对比、抓体现本质的细节这些绝活。“诗歌即意味着创造”[③]，而创造奠基于发现，这些绝活的泉眼就在诗人的善于发现。

邵燕祥特秀的诗美创造艺术，倔强地走着自己的路。“我不属于文学上的什么主义，什么流派，什么诗歌团体。”[④]的确，他也是一位“独行侠”。他的诗，意蕴美、情感美、形象美与形式美之间，既富于张力，又大多比较均衡；兼顾内涵

---

① 邵燕祥：《也有快乐也有忧愁》[M]，北京：作家出版社1988年版。

② 同上。

③ 阿波利奈尔：《新思想和诗人们》[Ml，《法国作家论文学》，上海：三联书店1984年版，第54页。

④ 邵燕祥：《写在新诗边上》[J]，《文学界》2008年第5期。

与表现，注重结构与语言趣味，自有一种意境与气韵之美。不能说他所出的20本诗集中，字字珠玑，首首杰构，但其中颇多的佳作肯定会长久留存的，绝不会落入“连背影也匆匆消逝”的“遗忘”。[①] 历史肯定会向秀杰的诗人致敬。

四、长艳的艺术生命

邵燕祥诗美创造艺术生命颇为健康长寿。新发表于《文学界》2008年第5期上的一组诗作便是有力的证明。他对于时代、时事的感应还是这样锐敏，有《后祥林嫂时代》、《京矿难》等诗；而对于人生、人性的感悟更加开宏深沉，这组诗中几乎首首皆是。且看《老伤》：[②]

一生的伤痛集中于一个阴天／集中于健忘的老年／老年的秋雨连绵的一天//一生的伤痛集中于心脏／曾经因欢忭因悲哀因恐惧而／心律失常的心脏//一生的伤痛集中于腰膝／问你还折不折腰／问你还下不下跪//一生的伤痛集中于／打折了肋骨的前胸／打折了牙齿的面颊//一生的伤痛集中于／淅淅沥沥的阴雨／一针针扎着的所有地方//比针扎更疼的是怎么苦苦回想／也想不起是何年何月在何处受的／老伤

句句是切身感受，句句是素朴直白，脱尽了诗的铅华。才显露骨彻髓的好诗。尤其是第三节，将伤痛归于对自己的斥责，更深中社会的哀痛；尤其是结末，“想不起”正在于想不尽，无处更无法可想。

邵燕祥艺术生命的健康长寿，绝非偶然。这在根本上取决于他诗美创造主体建构的全面性与行进性。邵燕祥这位50年代的青年诗人，就其诗美创造活力而言，即使在50年后的今天仍然年青。他始终处于诗美创造主体建构的行进性中。他不仅在学习上从不逐流跟风，却善与时俱进，绝不固步自封。他的诗美创造艺术的基调，可以说是开放的因而是宽广的现实主义，他忠于现实，也忠于自己新知识分子的诗心。但他又多方吸取浪漫主义，意象主义，象征主义，现代主义等

① 邵燕祥：《当我成为背影时》。
② 邵燕祥：《集外自由诗》[J]，《文学界》，2008年第5期。

等的精华与长处，为我所用。从14岁开始就有在日记本上写诗的习惯。即使在公开发表的路子已被堵死的日子里，他仍在日记本上创作不辍。《国庆十周年》① 最后一节说：“我的妻，当你在天安门行进，／你要唱得双倍地响亮，／我在远方正和你同声而歌，／向着你，向着祖国，向着全世界歌唱。”这位受到冤枉与虐待的诗人，对于祖国的赤诚真正之死矢靡它。《无题》是他在渤海边的“中捷友谊农场”劳动改造时写给妻子的。“真的，这不算异想天开。／海上生出一片云彩。／把千言万语交付它，借一阵风把它吹向西北。//西北有高楼，楼上有人在等待，／不要说人家都在我不在；／你没有白白地眺望海角，／我给你寄来一片云——一个大海。//它挟着白热闪电，迅猛的风雷，／激荡着所有善感的胸怀。／一天夜雨拍打着你的窗扉，／让你想象着海涛澎湃。//让你想起海边的潮水，／每逢初一、十五准要涨一回。／而我将做一个不速之客，／突然在你的意外归来。”忍不住将全首抄了下来。何等真挚的深情，何等奇丽的天开异想，何等浅斟低唱的惆怅缠绵而又透露着自信与乐观。极其个性化而又拨动着千万人共颤的心弦。如此难得的佳唱竟诞生于这等境地。亦可见宝刀不老得益于不论境况的时时磨砺。

杂文随笔与诗歌比翼齐飞，旧体诗与新诗分头并进，是邵燕祥近20年创作独特而亮丽的风景。现在我们要说的是诗人这种特秀的风景，正是他新诗长艳的重要原因与助力。邵燕祥的杂文随笔，旧体诗与新诗在情感意蕴上是内里相通的，但在文体特性上有质的区别。试比较一下杂文《说“看客心理”》② 与新诗《中国多看客》吧，更是极好的证明。同样的意蕴，同样的情感，不同的说法，不同的表现，重而不复，相得益彰。邵燕祥的杂文有诗味，而他的新诗有更多杂文的深刻与犀利。这大概也是他深受鲁迅熏陶的一种表现吧。

至于旧体诗与新诗，邵燕祥说：“我总是比较被动的等待诗来找我。如果找我来的是新诗，我就写新诗，旧体诗找我来的时候，就写旧体诗。”而且，“我觉得有些题材是不能写旧体诗的，1979年，我去南岳，写了一组《南岳歌》，是旧体诗，五言绝句12首。但我当时还有一个印象不能忘记，后来写了一首新诗

---

① 邵燕祥：《岁月与酒》[M]，杭州：浙江文艺出版社1985年版。

② 邵燕祥：《杂文自选集》[M]，天津：百花文艺出版社1996年版。

《胡子问题》(收入诗集《岁月与酒》)，那诗思就不能写成旧体诗。新诗和旧体诗互相间不可替代”。[①] 于是诗人便左右开弓，落雁纷纷。邵燕祥旧体诗的确堪与新诗双峰并秀。比如《悼吴祖光》：[②]

满怀忧愤满头霜，大丈夫谁吴祖光。
堪佩立言兼立德，忝居同案胜同窗。
无心旁骛争民主，生正逢时忆国殇。
风雨凄其从此去，令人长忆二流堂。

工整对仗，平仄押韵，标准七律。而思想情感则为新的，炼句尤精警过人。正是杂文随笔与旧体诗同新诗的齐飞并进，更促使邵燕祥新诗的清芬花树常青长艳。

事实上，上世纪80年代以来，邵燕祥新诗创作收获甚丰。其中最为人所称道的是1988年的长诗《最后的独白》与1990—1991年的组诗《五十弦》。《五十弦》一大组，共55首。“实际上也不全是写爱情的，爱情啊，友情啊，都有，虽然题记里引了曹雪芹的‘忽忆及当年所有之女子……’,但拒绝索隐派。”[③] 何必索隐呢。诗乃情之美。诗中最打动人的总是某种激情、情绪或心境。《五十弦》是邵燕祥最抒情的诗作了，最精妙的是一些当时惘然、追忆心动的介乎爱情与友情之间的“模糊”韵味。比如《第三十六首》：

是单调的风景　单调的轮声／还是我的絮叨使你厌倦／你睡了　如果我不在你的身边／你是否也睡得这样安恬／一只小鹿睡在林中草地上／梦见奔跑在深山饮在清泉／一切轻信都是危险的吗／你信任　不需要诺言／守着你　我必得学会温柔／想轻轻吻你　又不敢／你鼻翼翕张　毕竟不是小小孩／列车颠簸　也毕竟不是摇篮／不敢碰破你梦中的笑靥／笑靥中的梦　永远永远／让列车载着你　也载着我／纵然颠簸　但永不到站

这是有情节和细节的。也有全是情感意绪的，比如《第十二首》：

---

① 邵燕祥（崔勇整理）：《惟知音者倾听》[J]，文学界2008年第5期。
② 邵燕祥：《集外旧体诗》[J]，《文学界》2008年第5期。
③ 邵燕祥（崔勇整理）：《惟知音者倾听》[J]，《文学界》2008年第5期。

生生灭灭/一劫多少年月?//一百次情缘/一千次邂逅/在茫茫人海中/难道是偶然遇到你//某年某月某日某时/某一株草花上/栖息着一只蝴蝶//人生只有一次/选择也只有一次。

这当是写给早已用诗贺过《银婚》长期共患难的爱妻的。也可另作别解。再如《第五首》:

阴郁的日子/下雪的日子/没有酒是寂寞的/没有炭是寒冷的//你从冰封的路上来/雪天的炭/而我是尘封的酒//你温我 热我 煮我/以你的火点燃我的火/我不忍见你熄灭成灰/你不忍见我横流一醉//窗上冰花如刻/斗室却如春 微醺着/感激与安慰

这种患难夫妻相濡以沫的超级爱情弥足珍贵。值得注意,在爱情诗的素质与色调领域的开拓上,《五十弦》有自己独特的贡献。

《最后的独白》是邵燕祥长诗之最。洋洋400行只着重写了一个“人”字。诗的副题是“剧诗片断,关于斯大林妻子娜捷日达·阿利卢耶娃之死”。阿利卢耶娃显然是个特殊人物。她是斯大林的妻子,比丈夫年轻22岁,死时年仅31岁。她的死更特别:1932年十月革命节之夜在克里姆林宫住所里开枪自杀。她直接致死的原因似乎出奇的细小与简单:丈夫向她吆喝:“嗨,你,喝一杯!”然而这是一个比贾桂香之死远为惨痛而深刻的悲剧。诗人的大手笔正是从宽阔的社会历史背景上,尤其是从人性觉醒、人的尊严上,以剧诗的形式尖锐而深刻地揭示了这个真实的历史悲剧的核心意义。诗中当然要写到斯大林,并未简单化。“你从遥远的泰加森林/和冰封的叶尼塞河口/走来,把耳朵贴在俄罗斯大地上,/连草在拔节都能听见”;“然而,你衔着烟斗,眯起眼睛/看世界,在袅袅的烟雾中/格鲁吉亚人是否都变形?/不容虚伪,/但也不容真实!/你比所有的人全都聪明,/而那么多聪明人在你面前/变成傻瓜,倾听你机智的概括/雄辩的推论、斩钉截铁的讲话”。诗中更写到独白者自己,在与丈夫斯大林相互关系中的自己。“在你睿智的眼里/我是谁?依旧是那个溺水的女孩/不懂感谢她命定的拯救者?/还是可恶的彼得堡的人海里/可笑的穿制服的女学生,/考试《圣经》能得5分,/而在寄往西伯利亚的邮包里/塞进对巴扎罗夫的想象/和对英沙罗夫的忠诚？”“我是谁？我是你的妻子？主妇？／朋友？伴侣？抑或只是你麾下的／千百万士兵和听众中的一个？//你曾把耳朵贴在俄罗斯大地上，／连簌簌的草长都能听见，／但我相信你早已／听不见近在身边的／我的心跳的声音。”正是这种“听不见”的漠视和不尊重才是独白者致死的根本原因。而在这“听不见”中，有着婚后14年生活的日积月累，更有着深广的社会与个人身受的深刻原因。其中一个抹不去的原由是：“我曾经祈求我的丈夫／在埋怨晚餐只有一只鸡／把它抛出窗外以后，／走下楼梯，走出专车”，去看看听听“我失踪的同学，无辜的朋友”所“悄悄地告诉我”的民间“不安的诅咒和凄苦的哭诉”，而“回答我的祈求的，／竟是英明的伟大的沉默。//而你们就在沉默的烟圈后面消失了，／至今不知道是死是活。//你们不知道我是谁的妻子，／而我不知道我成了告密者”。婚后14年的生活是优裕的。然而，“你相信酒，／我相信音乐。//命运在敲我的门／还是我在敲命运的门？”“这墙，这楼，这草坪，／也曾经是石油贵族祖巴洛夫的／家属们的囚牢吗？//椋鸟跳来跳去。／麻雀啁啾。//飞出这别墅，／可有我自由的天空？”终于怵然觉悟：“不要人们知道我的姓名，／不做奥林匹斯山上的第一夫人；／不是土耳其后宫的女奴，／也不是挂在别人脖子上的女人；／也许能忍受没有爱情的家庭，／但不能做不受尊重的人。”不自由，毋宁死！不享有人的尊严，毋宁死！“我终归是丑小鸭，终我的一生／唱不出一句天鹅之歌。／我无力埋葬一个时代，／只能是时代埋葬我。”终于既偶然更必然的最后时刻到了：“你竟敢吆喝：／嗨，你，喝一杯！／我憎恨你／像你憎恨世界。//就是最柔弱的花蕾／也不在粗暴的叱令下开放。//我起立，／离开餐桌。／推门而出”。这是曼妙而精警、哀婉而沉思的关于真正的人的剧诗。邵燕祥《最后的独白》足以与郭沫若《凤凰涅槃》、艾青《向太阳》和昌耀《慈航》等杰出长诗一起，在百年中国新诗史上长久辉耀。

“庾信文章老更成，凌云健笔意纵横。”[①] 邵燕祥确为“愈老愈发金石之声的诗人”。[②]《北纬30° 线》[③] 这首200多行的长诗便是最好的证明。此诗以“一说北

① 杜甫：《戏为六绝句，其一》。
② 韩作荣：《西湖汉诗栏目主持人按语》[J]，《西湖》2009年第11期。
③ 邵燕祥：《北纬30° 线》[J]，《西湖》2009年第11期。

纬 30° 线／想到的是神秘／更是灾难//如果没有画出北纬 30° 线／地球上就没有那些神秘的灾难吗？”开头，结尾是“75 岁的威尔斯为自己／写下了墓碑碑文：／‘上帝将毁灭人类　我警告过你们’／75 岁的邵燕祥／不准备传播可怕的谶言／只是要疾呼　天地间／灾难正在临近//他相信／可以预言的灾难不是灾难//没有预言／而灾难来了//此时此刻／诗已没有意义”。中间是一些可以独立成诗的章节片段。诸如：

那枯坐在岩石岸上／眺望远洋的老水手／抚摸着自己航海的雄心／淡出了潮声晨雾//是谁枯坐在古老的地图前／为更古老的杞国的天空／忧心如煎//那不带地图的旅人／渐行渐远　迎着轰炸机群／冲过硝烟的火网　全身而归／却落入地图从不标志的陷阱//把星图还给星空／把海图还给大海／回返世俗

诸如：

哦／新奥尔良！//厄尔尼诺是圣婴的名字／上帝该有许多圣婴／那给新奥尔良带来灾难的／圣婴一定不是／从上海的暴雨中升空的／那一个//究竟是上帝还是魔鬼／命令它带着那一股冥冥中的力量／带着使百慕大三角区扑朔迷离吞噬舟船／使柏拉图描绘的美丽岛国一夕失踪／使自贡成群的恐龙灭绝／使绿洲成为大沙漠／使火山灰埋没生活／使天地颠倒　使木乃伊逃出墓穴／使灾难成为灾难……／的咒语　挟着狂风暴雨如海啸登陆／洪水滔滔　连夜叩门//门已不在　窗已不在／没有窗户　连墙也没有了／没有屋顶　还不如帐篷／这不是家　这是废贝／锈迹斑斑的汽车没顶的杂草／床垫被枕桌椅电视报纸游戏机孩子的玩具／通通陷落了 陷落到蚊虫世界

等等。此诗的行文颇具意识流的意味，曲折而散漫，开阔而宏远。而中心和要旨非常凸显而沉重：“只是要疾呼　天地间／灾难正在临近”！此诗一、二章“写于‘五·一二，大地震前”，三章则写于“震后”。而汶川、新奥尔良和百慕大都正好在北纬 30° 线上。真正是神秘的灾难，灾难的神秘！此诗“写的是‘痛苦永存’的人类的命运。是无法预知的天灾与人祸交织的世界”；是“深深的宿命感和诗的无力。然而，诗的背后却是大悲悯和对整个人类的爱”。[①] 这是一首激情与沉思交融，抽象艺术与意象艺术交织的大气而重厚的大诗。

邵燕祥 60 多年诗歌创作硕果累累，遍及短诗、长诗、组诗、剧诗各种形式。早年虽以政治抒情诗人称著，但他持之以恒的不竭的创造力，驱动他与时俱进，老而更成。邵燕祥不只是属于上世纪 50 年代，更是属于跨世纪的诗人。他的诗独树一帜，在诗美内涵与诗美表现之间，既富于张力又比较均衡，既刚直犀利又温文尔雅。他全部诗作的总主题是奉献一颗新知识分子的良心，做一个有尊严的真正的人。而以《最后的独白》和《北纬 30° 线》标志其诗美创造的高度。在百年中国新诗的苑圃中，邵燕祥是妍丽的蔷薇，更是高挺的青松。愿青松般高挺、蔷薇般妍丽的老更成的诗人邵燕祥，人寿与德艺齐馨！

选自《台州学院学报》2012 年第 5 期

① 韩作荣：《西湖汉诗栏目主持人按语》[J]，《西湖》2009 年第 11 期。

邵燕祥印象

吴　嘉

我知道邵燕祥这个名字，是在1954年初。听前辈作家说起邵燕祥在几乎可以说还是少年儿童的时代，就发表了不少散文、诗歌、小说。

1960年后的几年间，我在《诗刊》编辑部工作，那段时间邵燕祥因被错划“右派”没有多写诗，但我们编辑部的同志还是常谈到他。1962年以后，我们还说过要找个时间去看他。但不久便开始了“千万不要忘记”的学习，检查刊物，检查编辑思想。接着便是“文化大革命”。直到1978年我才见到邵燕祥的面，这年年底他调来诗刊社。不久我也从外省回来，我们在一起工作了。

起初，我只知邵燕祥是个有才华的作家、诗人，在一起工作了一段时间之后，才知道他还是一个好的编辑。

邵燕祥在编辑工作中有细心、严格的作风，无论是对于稿件的内容，还是对标点符号、插图编排、字体字号，都极其认真，不肯马虎。邵燕祥尊重所有的来稿者，处处为他们着想。例如，有一个第一次给《诗刊》投稿的作者寄来了诗并画，邵燕祥审读后在稿签上除写了对作品的意见外，并写道：“画虽是临摹的，但作者珍藏了30年，制版时一定不要搞坏，最后退还本人。”在“制版时一定不要搞坏”下面还特加了一条着重线。又如，他在某件诗稿的稿签上写道：“原稿写得很认真，最好不要在上面勾改，以便将选余稿件完璧退还。”

邵燕祥尊敬诗歌界的前辈，也关心年轻的诗人。他为青年诗作者争取发表园地，鼓吹给优秀青年诗作者出诗集。他说：“我们应该像前辈关心、爱护我们那样对待比我们年轻的同志。”

有人和邵燕祥开玩笑：“你这样‘捧’青年诗人，不怕‘捧’出来后他们超过你吗？”遇到这类问题，他常常是笑而不答。邵燕祥不相信有谁的成功是靠别人捧出来的。长江后浪推前浪，一般说来，后一代人总要超过前一代人的。每当我看到邵燕祥热心地支持青年，协助别人改善创作条件的时候，我便看到了他的进取精神：他一定是有信心和同辈的诗友以至更有希望的年轻一代进行友好的竞赛的吧？

邵燕祥从1957年秋天开始，之后20年里，只有1962年一度被允许发表作品。

他的散文《小闹闹》，发表于这一年的《上海文学》第6期。文章写小闹闹出生后爸爸妈妈在一年一个月零二十天里的感受。“怜子如何不丈夫”，然而如此率真地，如此淋漓酣畅地表现舐犊之情，却是一些年来文艺作品中所仅见的了。散文结尾处对将来长大以后的小闹闹说：“我知道，那时候你若有机会看到这篇文字，也许会满正经地戳着爸爸的鼻子，说：‘哼，你若是以这样专注的热情，用心的态度（指精心养育幼小的婴儿——引者注）对待工作，工作一定可以做得好得多！’”从这自嘲的笔调不难看出，作者意识到他这篇散文可能受到“满正经”的指责，但他未必会想到，这种不是来自长大了的小闹闹、而是来自批评家的指责，仅仅在几个月后就出现了。批评家说：这篇作品“所收集的只是生活的渣滓”，充满了“庸俗的卖弄”，表现出作者的“渺小的胸怀”，“是烦琐的‘家务事’和卑微的‘儿女情’相结合的典型”等等，等等。

那年，邵燕祥在编写了一批《红楼梦》唱词的同时，还根据范钧宏、吴少岳的同名京剧剧本改编了京韵大鼓唱词《强项令》。鼓词内容是叙述汉光武年间洛阳令董宣拦舆怒斩杀人犯——湖阳公主的侍从赵彪的故事，鼓词称道董宣“宁折不弯真傲骨，直言敢谏自峥嵘”，“从不肯折腰俯首向霜风”，这篇鼓词在1966年作为邵燕祥的“反党反社会主义反毛泽东思想”的罪状之一列入了“定案材料”。

事隔20年，今天的读者对《小闹闹》和《强项令》不难做出公正的评价，对上面提到的对这两个作品的“批评”和“判罪”，也自会做出自己的评论和判断。因为在十年“文化大革命”中，人民身受了林彪、“四人帮”真正反党反社会主义的动乱，也见识了比“渺小”更为渺小的“伟大”，比“卑微”更为卑微的“崇高”。我想的是邵燕祥在遭受到长时间误解、刚刚被允许发表作品的时候，为什么不学得“聪明”一点，选择无伤大雅的题材，却偏偏写些可能要惹麻烦的东西呢？这从他的诗集《献给历史的情歌》后记中可以得到回答：

只要他们（指人民——引者注）说，“这些诗虽然平庸——诗与平庸是不相容的——，毕竟还不失真诚”。就是对我最大的褒奖了。

在向70年代告别的时候，邵燕祥写了《假如生活重新开头》：“……迎着朝阳出发，/把长长的身影留在背后。/愉快地回头一挥手！”意境颇为豪放。我不是评论邵燕祥的诗，而是想通过他的诗寻找他的性格。这首诗给我们的消息，不是他的豪放，而是他的安详：把记忆和痛苦一起咽下去，让它像盐一样，化入血，化入汗的安详；相信“生活却能够重新开头”，“明天比昨天更长久”的安详。在遭受不幸以后，由于对人民满怀信心，由于对个人得失置之澹泊，邵燕祥始终保持着安详，“依然不知疲倦地奔走”。

然而，邵燕祥的安详，不是月下的平湖，而是黄昏中的瑞丽江。他在《瑞丽江的黄昏》中写道：“瑞丽江水是宁静的/江心又隐现着旋涡。”在涉及个人得失时，他往往比较安详宁静。事关是非曲直时，他又每每容易激昂不平。这在他的作品中，特别是在一些杂文中可以明显看见。他的杂文针砭时弊积习，语多慷慨，正如他的一首诗中所说：“说起十年人间不平事/恨不能到处摇动堂鼓”。为什么呢？“因为不是淡淡的哀愁/是酸甜苦辣搅翻肺腑”（《怒江问答》）。

安详宁静中隐着激情的旋涡，这是邵燕祥性格的一个侧面。

1980年以来，邵燕祥先后出了诗集《献给历史的情歌》、《含笑向七十年代告别》、《在远方》。在赠我《在远方》以后，邵燕祥知道我读过了，问我在这个集子里我最不喜欢哪几篇。我不假思索地把我的直觉告诉他，有两三篇是我比较不喜欢的，其中之一是《我的需要》。这首诗的第一段是：“一个人需要多少平方米？/我不要客厅，也不要墓地。/白天——立锥。/夜晚——一席。”也许因为我的思想境界较低，倾向于调子低的作品吧？但似乎又不尽然。有时我也喜欢那些诉说信念与理想的警句，例如范仲淹的“先天下之忧而忧，后天下之乐而乐”，虽然那种胸怀对我来说也许是不可企及的。

我不太喜欢《我的需要》，不完全是由于诗的本身，可能倒与我去过他家所得的印象有点关系。他一家四口，大儿大女，只正式占有一间 13 平方米的房间，另外在同一单元的邻居家有一个女孩子的铺位。去年他住校的儿子患病回家休养，我只知道他每晚使用活动床，但几乎想象不出他那斗室内还能有哪个空隙可以支架活动床。直到不久前，他们一家从他爱人工作单位借到一套房子，居住情况才有所改善。我赞同体谅北京市的住房困难，我钦佩把生活上的不方便不挂在心上的同志，但我不认为一个人对空间的需要仅仅是“白天——立锥。夜晚——一席”。

吃过告密苦头的人，不能没有戒心。邵燕祥虽然经过风雨，却在《沉默的芭蕉》中写到要“打破费尔巴哈式的寂寞”，希望人们“要谈心请拿我当朋友／要争论请拿我当对手”，可以想见其为人。“芭蕉，芭蕉，且让我暖了搁冷的酒，凭窗斟给你喝／夜雨不停话不断”，这就是邵燕祥笔下的人与人之间的关系。“孤独，不是生活”，这就是他心中的境界。

由于历史和现实的种种原因，即使是相知很久的朋友，在思想交往中未必全无保留。孙犁同志不是深深慨叹“故人”加一撇便变成了“敌人”么？可是我却感到邵燕祥不论对故人还是对新交，都能够以诚相见。就像他自己说的：“我不因为受过骗／就总是满心疑惑”（《鞭炮》）。同他一道访问南斯拉夫的翻译王歌同志对我说：“我相信邵燕祥的孩子一定敢把自己的任何想法跟他爸爸说。”我不知道他这话是来自实际观察还是自己的推测，但我却从他的谈话中感觉到，他与邵燕祥虽然相识不久，却已经是可以互相谈心的了。

我和邵燕祥同在一个办公室里工作，他不但同我商量工作，有空时也同我谈他对一些社会问题的见解，谈他个人的高兴和烦恼。他待人是直率的、诚恳的。有一次我把“瞠目结舌”中的“瞠”字说错了，邵燕祥就给我指出来，年轻时遇到这样的事，过十分钟便忘记了，随着年龄增长，做编辑工作的年头多了，这样的意见是比较难听到的了。因为偶尔读错一个字似乎无关宏旨，可以提，也可以不提，有时候又怕提了让人不好意思，如果“客客气气”便不提了。在这里也可以感到邵燕祥不但直率、诚恳，而且也很认真。

邵燕祥对自己也是认真的。他在《献给历史的情歌》后记中提到自己有不少缺点和弱点，说他自己在三十年里“说过蠢话，办过傻事，写过不好的作品，也错误地批评过别人”。我就听他沉重地说起过，在50年代的政治运动中，他也曾经在诗文里伤害过绿原、徐放、刘宾雁、张明权等好同志。他甚至说这就是巴金同志所说的“往同志身上扔石块”的事情。我想，也许正因为他这样看待自己，这样看待同志和朋友，他才没有失去过去的同志和朋友，并且赢得了许多新的同志和朋友。我也正是从这里更理解了他在诗中写的：“假如生活重新开头，／我的旅伴，我的朋友——／我们仍旧要一齐举杯，／不管是甜酒还是苦酒。／忠实和信任最醇厚！”

1982年3月

选自《文汇》1982年第7期

在密林中不断寻找的人

——记诗人邵燕祥

彭荆风

去年4月间，我去北京参加军事题材文学座谈会。会后，我急于和白桦继续未了的滇西行，又匆匆飞回昆明。回来后，由于种种杂事滞留昆明多日，不能立即下去，我才有些后悔，没有在北京多住几天，看望平日想念的朋友。

我所想念的就是邵燕祥！

我认识邵燕祥时间不长，第一次和他的交往是1978年冬天。

那时，我正改完了长篇小说《鹿衔草》，准备束装南归。突然收到云南一位50年代写过不少诗、受迫害多年、那时还在劳教单位劳动的人的四首诗，要我找个刊物帮助发表。这使我很作难，一是我不懂诗，二是我自己还名列另册，哪有力量推荐一个还在劳教单位的人的作品呢？

有天上午，我冒着大雪去冯牧同志家辞行，围炉闲谈中说起这位诗人和他的诗，正患着喘病的冯牧同志，激动地大喘了起来："诗在哪里？你怎么不拿来给我看？"

我被他那念旧而又关心老部下疾苦的真挚之情所感动，立即踩着尺余深的厚雪，走了几站路，回到住处把诗拿来给他看。他一边看着，一边喘着气说："有些写得太晦涩了，不过改动几句，还是可以！"

他又叹息地说："公刘不在，你又不会写诗，去找白桦吧！就说我请他帮助改改。"

我又踩着深深的雪，去找白桦。

过了几天，白桦把其中的两首诗交还了我，说："那两首我改过了，由我寄到上海去试一试。这两首，你再想办法吧！"

找谁呢？我不敢再烦劳冯牧同志了，他在病中，而且，“凡是”们攻他正凶。

我伫立街头，对着那飘舞的白雪，真是没有了主意。我突然想起，试试去找邵燕祥吧。听说，他刚进《诗刊》工作。我从友人处读了他的一首诗，还记得其中的诗句：“不要躲我呀，我不是猎人，／虽然我在密林中不倦地寻找。”

我和邵燕祥素昧平生，为什么要躲开他呢！我又踩着雪，爬上电车，到了虎坊桥的《诗刊》社。偏偏他不在，而我又买好了火车票，第二天就要南归。只好留下一封短信给他和邹荻帆，简要说了诗作者多年来受迫害的情况，请他帮助发表这两首诗！

回到昆明不久，那个诗人来看我，说他已收到了《诗刊》的电报，约他去北京参加诗歌座谈会。

我真是为他高兴。尽管那时候我还没有见过邵燕祥，但我从此把他当作了好朋友！

在第四次文代会期间，我曾参加一次晚会，身边有两个人在愉快地低声谈着。过了一会儿，年轻的女作家叶文玲叫着名字把我介绍给刚来的一位同志时，旁边那位穿灰色衣衫的人立即站起来笑着和我握手：“是彭荆风吗？我是邵燕祥，去年，你给我写的条子……”

啊！我紧紧握着他的手，“总算见到你了！”

那天我们谈的时间不长，他给我的印象是朴实、敏锐、重感情。从谈吐上看他比我老成多了，其实他却比我小 4 岁！这当然同他写诗早（他十三四岁就发表了至今读来还感到有质量的诗）、阅历广、坷坎多、善于思考有关……

又过了一年，九个边远省份的刊物在昆明集会，他代表《诗刊》来旁听。这次，我们有更多的时间谈创作、谈生活、说过去和未来，更加深了我对他那朴实、忠厚、敏锐的印象。但是，路见不平，他也会拔剑而起——当然，他的剑是诗！

3 月 21 日在翠湖宾馆的茶会上，给他安排了一个节目——朗诵自己的诗。他即兴念了一首题为《谜语》的诗：

有人有它
有人没有它

有它的人珍贵它　爱护它
真正的人不能离开它

没有它的人说世上从来没有它
却在市场上零整出卖它

有人因为它而流离颠沛
但得到它的安慰

有人曾因没有它而飞黄腾达
但受到它的责骂

它会化为道义的鞭挞
它会化为历史的惩罚

它又具体，它又抽象
请你猜一猜，它是什么……

他对人世间的善良的歌颂，对丑恶的鞭笞，是这样的鲜明！大厅里响起了激动的掌声。当天，他把这首诗抄送了给我，我感谢他的深厚友情，我将长久珍藏！

会后，他去了滇西边地，沿途所见所感，又写了不少好诗，在《怒江问答》中，他的激情跃然纸上，“我不能容忍自己无动于衷 / 面对着有害的事物，人民的疾苦”。在大理，听说以演唱民歌《泥鳅调》等而著名的剑川县 73 岁白族老歌手张明德含冤致死，长久得不到平反时，他又愤怒了，写了一首《泥鳅调》的续调，辛辣地讽刺了那些整死人还不认错的人：“抛出一条小泥鳅，/ 保住乌纱破帽头。/ 只是人前怎开口——/ 鱼刺鲠在喉！”

为这，引起了剑川县文教局局长的暴怒，追问：“这邵燕祥是哪个公社的人呀？是谁的笔名？是谁给他提供的材料？”

1980 年 7 月，我和白族作家晓雪、张长去北京开“民族文学创作座谈会”，邵燕祥约我们去他家吃饭。他住在八层楼上的一间斗室里，真如他的诗所写的：“白天——立锥。/ 夜晚——一席。”这仅只十三平方米的小屋，既是卧室，又是书房、饭厅、会客室。我们去了三个人，有两个人要坐在床上。

当他那位与他长久共患难、贤惠而又能干的妻子谢文秀正炒着鸡蛋时，煤气突然用完了，邵燕祥立即扛起那沉重的煤气罐，从八层楼上，一层又一层往下跑到煤气站。一个小时后，他满身大汗地回来了，很高兴地说："还好，回来的时候，电梯开动了！"

过了好长时间，想起这事时，心里仍是如同压了一个煤气罐那样沉重。当万万千千诗歌爱好者读着他那些名诗佳句，为他的"西北有高楼，楼上有人等待，／不要说人家都在我不在；／你没有白白地眺望海角，／我给你寄来一片云——一个大海"而迷住、惊叹；当他在贝尔格莱德吟送别情，南斯拉夫友人为他的诗才而击节称道时，谁也不会想到他不少好诗是出自那只可"立锥"的"一席"之地，是从八层楼上扛着沉重的煤气罐一步步走下去，构思、吟成的吧！

也许人们会问："他受了那么多折磨，怎么还这样旷达？对共产主义事业这么坚定？"细读他的诗，就一切都会明白了。他 1980 年 10 月写的"亲爱的、亲爱的、亲爱的党，／我是你永不改悔的儿子。／我要含泪告诉那迷惘的眼光／忠诚不都是盲目，爱并不是白痴"，就强烈地表达了他的信念。他还在另一首诗中写过："信不信由你。／反正我相信，／沙漠吃不掉北京——又站起来了：吹不倒的防风林／就是我们自己。"初次和邵燕祥接触的人也许只欣赏他的朴实诚恳，而常易忽略他那"砍不倒"的性格吧！他正是因为这样坚强，才能熬过那么多苦难，才会有那么多好诗、那么多朋友！

1983 年 2 月昆明

选自《羊城晚报》1983 年 4 月 19 日

诗人邵燕祥纪事

周良沛

这样的事情，我已经不知道看过多少次了。

燕祥家里，桌上总准备有待客的香烟火柴，他是一家当然的主人，可是，只要他自己从中抽出一支烟来抽，碰到他女儿甜甜在场，姑娘的声音也是甜甜的，却噘着嘴说："爸爸——你又污染家里的——空气——了！"

"就抽一支——"燕祥在女儿面前，声音的温和，是因为他是长者，又是在取得女儿的体谅，想划火柴，又踌躇地顿歇了一下，捏起烟卷就往外走："我出去抽——"

这对父女，讨价还价，像对小伙伴；相互尊重，通情达理，有一种比长者的威严更威严的感情在制约着这一家。要是儿子闹闹在场，这支烟就要引出一个家庭民主会，哥哥要对妹妹的意见投否决票。妹妹学医，把尼古丁危害健康的知识从课堂搬来，计算对这一家四口的威胁；哥哥是学载波通讯的，只想着生命载波在运行中发光的科学，他懂得爸爸忙碌、奔波，还得挤空读书、写作，倒愿烟卷能慰劳爸爸。从这支烟的纠纷看，这对孩子都爱自己的爸爸，而燕祥写的《烟》说："想起来挺有意思／几百年相沿成风／碾碎一种植物的干叶／点起文火熏喉咙／还要深入地熏肺叶／再拿鼻孔当烟囱／不管多严肃拘谨的人／自得其乐，乐在其中……"这种时候，我见燕祥点着烟，既不能说他有愁要解，似乎也难说"乐在其中"，尽管他眯着眼在微笑。

这一家子人，文秀作为主妇，天不亮就得把吃的喝的给大家弄妥，把各人带的饭盒装好，就这样，还是得在六点之前把燕祥叫起来。文人，到了老年，虽然在听客人说着话的时候，都可能打起瞌睡来，可是一定能早起；但在还没老到那一步的前一刻，自然还得为读为写而晚睡，却很难早起。《诗刊》又不是剧团，晚睡没人管，上班的时间却不能由你改。有人也说：不论早退晚到也不影响工作；燕祥却怕不能严于律己而有不好的影响。即便城里有什么需要参加的活动，时间只允许从家里直接奔去，他也是事先和社里的同志打个招呼。还得把头天在手头没有了结的工作有个交待，对要办的事提出自己的意见。有时锁了办公室要回家了，在大门口还会碰到外地的诗作者想要见见《诗刊》的同志。这几年，燕祥确实是很认真地看过、处理了经过他手头的稿件，从诗笺上不论是看到一颗诗星的光芒，还是一时看不到发展前途的作者，写诗半生的他是深知写诗之苦的。来访者只要自报家门之后，他就能很具体地知道客从何来，写过什么东西，作者与编者之间本来就从诗笺相识，初见一叙，往往一见如故。办公室里他不备烟，一杯清茶，反而把他对人诚恳的深度显了出来，尤其对那些写得勤奋，稿子却不容易发表出来的作者，他是既注意保护对方的创作积极性，又能很坦率地提出对方创作上的问题。我也是从初学写诗的道上走来的人，很能理解那时渴望进入诗苑，渴望自己也能被诗人理解的心情。那时，不要说看到一位著名的诗人，就是对一个普通的诗歌编辑，在某种情况下也可能是他诗稿命运的主宰者，也是既敬且畏，内心会泛起一种莫名的神秘感与神圣感。这也不怪啊，在一个人执着地、甚至虔诚地追求诗时，诗，看来就是圣洁的。作者渴望这么取一次经解决创作上所有的问题是不切实际的，与自己慕名的诗人促膝谈诗，不论他以后写诗取得成功或遭到失败，都会难忘。当时既怕耽误诗人的时间，实际上又怕把话说断。在午间，你要不忍心吃他用匙从饭盒里扒出一半饭菜，他就得拿出“方便面条”来招待。机关没有食堂，周围也没有饭馆，任何客来，都只能如此，既简单，却感到亲切热情。要是在下午，天暗了，上灯了，他就怕人家外地来，人生路不熟，总得问清人家要到哪儿去，告诉怎么搭车换车之后，才背上一个鼓胀胀的咖啡色挎包回家。包包里的饭盒已空了，带回家看的稿、复的信，却是按了又按，包包才能拉上拉链。这些年，也是形成了一种风气，投稿人投稿有的就是不寄编辑部，爱从刊物后的编委名单上找一个收稿人，有的投稿者也确实遭过不负责任的退稿，才希望能直接“通”到负责人的手里，这时稿子再给判了“死刑”，自己也才死心。拿到这样的信稿，自然马虎不得，就是诗友、知名人士的信稿，哪里又好处理呢？当然，有的是带来友情、关怀，有的却是发火泄愤，找人出气来了。搞编辑工作是少不了要碰到几个这样难侍候的人，不问自己写得怎么样，只嫌别人对他尊重不够，稿子发迟了一些也怪压了稿。工作啊，谁都少不了有不周全之处，可是，一些不是他经手的事情，这时，也得代人受过、受骂。但是，燕祥从不表白自己，既准备得罪人，又尽力能善后。作为编辑部的一员，编辑部有什么问题，他就感到有自己一份责任。虽然大家相处得很好，清官还难断的家务事呢！有事相推，工作就更难做了；事事能够顾全大局，又谈何容易呢？

我们要同桌吃饭，若有会喝酒的在场，他就会说我不像个写诗的，因为我不会喝酒。燕祥确实是有诗人风度，算位饮客。诗与酒结了缘，诗人似乎都该潇洒，风度飘逸。燕祥遇问题考虑周到，办理负责；有点拘谨，却勤勤恳恳；热情，却内向。比之过多浪漫气息的“诗人”风度，看到燕祥我就想：世上的好诗人，未必全要好在这“风度”。

于是，当我看到他点着烟抽的时候，是不相信他能“自得其乐，乐在其中”的。“人无聊烟受罪”的固然有，种田的，下矿的，倚锄出井的抽烟的时候，却会说：那烟真能解乏啊。每天每天，燕祥回家也是精疲力尽，他怎么不想抽支烟？何况等家里人休息了，他又得对灯默想，伏案挥写！要把头天未写完的文稿，要把整天被烦琐的事务所切断的诗情又连接起来。其实，这样写诗文的本事，就是一篇好诗文。

他，这样工作，他，这样写诗。第二天一早，又得倒三次车，走九十分钟才能赶到机关上班。有时，也蹬自行车，“顶着风骑车／比爬山还艰难／我扑下身子／如逆水拉纤的船夫”，在冬天，“浑身浸入冰水／但是热汗淋漓”。诗人身在风沙中逆风向前时，想到“海外惊呼／北京有一天将变成沙碛”时，几乎是愤慨了：

沙漠吃不掉北京——
又站起来了：砍不倒的防风林
就是我们自己。

人民就是这样面向所遇到的困难。人要做忙诗人，自然得是“砍不倒的防风林”中的一株树。沙漠在“砍不倒的防风林”前是吃不掉北京的，燕祥迎着风沙“如逆水拉纤的船夫”的形象，我却感到包含着他更多的人生体验。

这多年，我还没有问过燕祥过去的事，只知道我们同庚，是1933年生，又是一位老北京。燕祥二字，就是指燕京的祥瑞。我有次准备为他 1948 年写的《共伞》写点注文，见到他过去的老师吴小如，才知道他家是书香门第。爬书架，也算他儿时游戏的节目之一，一摞书看他一次能抱几本，也能算出他长了多少力气。看到“皇军”趾高气扬，弱者不甘示弱，幼者不再服幼，他心里为眼前严酷的现实骚动。胜利后，他和大学生一道上街游行，高呼“反饥饿、反迫害、反内战”的口号。老作家沈从文和杨振声教授等主编的报纸文艺周刊及其他报刊发表了他写的散文、小说、诗歌。编者全不知道作者是个 13 岁的孩子。现在我们看到他写的《共伞》就是当年的作品：

> 你走了，
> 我送你到门外的路上……
>
> 忽然，乌云的山崩落了雨和雹，
> 凄烈的雷闪织着雨丝。
>
> 你没有伞，
> 我却想得到你勇敢的样子。
> 我想你正握了拳向风雨冲去，
> 想起你的话我放了心——
>
> 是的，你说过：
> 我们同是在一柄大伞的底下……
> （1948 年 7 月 21 日）

一个同志冲向“暴风雨”而去，诗人既为同志没带伞而焦虑，又相信大家头顶有柄大伞，原来那就是“没有伞”也能照样勇敢地“向风雨冲去”的人生信念。这首诗，比他的简历更能帮助我了解他的那段生活。思想、艺术，都在早熟。

解放后，燕祥在电台工作，除了诗，不再写小说散文了。1951 年出版了诗集《歌唱北京城》，随后又有《到远方去》、《给同志们》，儿童诗集《八月的营火》、《芦管》等。最近，他从中选了些诗，题为《为青春作证》出版。一个诗人的作品，本身就是诗人最公正的评传。那是他人生的黎明，诗的黎明。“我们是

火，燃烧着火热的青春”，而

> 中国的土壤是温暖的土壤，
> 有什么美好的种子不能萌芽？
> （《我们爱我们的土地》）

诗人献身于社会主义建设的理想——他的诗篇，就是投入祖国沃土中的“美好的种子”。他“登上脚手架”迎着东升的朝霞，喷薄而出的红日，喷发着共和国的光焰。诗人的青春，祖国的青春。这些诗尽管由于诗人写它时不可能像他以后的诗那么成熟，却用自己的青春写出了时代的青春。过来人重读它，会沉浸在对一个美好时代的回忆里。当时读者的掌声，是给予他诗“时代精神”的评价。那时，一群诗的幸运儿，是他们幸运地投身在那个时代歌唱，但在当时的同辈诗友中，燕祥又是成绩颇为显著的一位。1957 年他还参加了耀邦同志主持的青年社会主义建设积极分子大会。转眼之间，一场政治风暴后，一直到 1978 年复出，人们就再也听不到他的歌唱了，中间是整整 20 年。

这 20 年，他一直沉默着，虽然今天我们看到他这几年拿出来的作品，有的也是那时写的，人们那时却无法读到。可是他今日的丰收，就有那时的播种，表现当前的生活，有些也是基于那时积累下的人生体验，他的诗讲眼睛“不会背叛”自己，因为它已被泪水洗净，才能把生活看得更真。他那《中国的汽车呼唤着高速公路》，标题，就有令人深思的寓意了。

> ……空话不能启动汽车，
> 豪言壮语也不能铺路。
> 但我们难道还不能铺一条
> 高速公路——
> 有这么多的痛苦，
> 有这么多的愤怒，
> 甚至有这么多的血肉
> 化为我们特有的混凝土！

好一个“特有的混凝土”，凝成它的痛苦、愤怒、血肉，不正是这多年说不完的惨痛教训么？我们不是能用这些教训铺一条高速公路，使祖国高速前进么？祖国的青春就是诗人的青春，这条用痛苦、愤怒、血肉的混凝土建设的“高速公路”，不又是诗人的诗的高速公路么？他的诗，内涵更深更丰富了，题材和表现手法也更丰富多样。燕祥恢复名誉后，这几年陆续出版了诗集《献给历史的情歌》、《含笑向七十年代告别》、《在远方》、《为青春作证》。比起多产的几位，四本书可能只是人家一年的产量，可是这半生，他总是在业余的业余，是在不敢亵渎诗时写下的诗啊，何况还有 20 年，他被剥夺了创作的权利！

这 20 年，我跟他有段相同的伤心史，所以事后从不提这 20 年。若想以此赢得别人眼泪，我认为是很不道德的。倒是那些年我虽然在边远地区，总是直接间接地与作家寒风保持一些接触和联系。寒风就住在广播电台的宿舍，与燕祥同住一个大院。也就能听到燕祥的一些情况。那时候，那已叫作“宽大”了，给燕祥算是留下工作，在广播剧团给木工打下手，制作布景。文秀虽然留在编辑部，也是写入另册的“右派”家属，两个人还拖着两个孩子，那日子，可想而知。寒风说他们很少说话，见熟人，只是笑眯眯的闭着嘴，也不知道是由于乐观，还是道地的辛酸。后来我看到他在打倒“四人帮”后写的《记忆》：

记忆说：
我是盐。
别怨我
撒在你的伤口上
让你痛苦。

把我和痛苦一起咽下去——
我要化入你的血，
我要化入你的汗，
我要让你
比一切痛苦更有力。

当我们都想在工作中夺回那失去的 20 年的时候，读到这样的诗，对过去，也再不想说什么了。可是，当年对他宣布过“摘帽”以后，听说在纪念曹雪芹逝世200周年时，他还以《红楼梦》中的情节编了几段唱词，周总理听到了，颇为称赞，问是谁写的。虽然不让公开发表作品，可有总理做听众，对作品也是最大的公开了。60年代，不仅是传说，我也确实感觉到是要给自己落实政策了：星期天，已经允许我外出、进城。有一次见那颇为冷落的剧院门口，忽然小车成行，人们相挤，水泄不通。我想到，也许是重要的领导人莅临。这种场合，越挤越有人挤来凑热闹。听人私议，才知道里面有“内部演出”。我们看过的一些“内部电影”、“内部演出”，看来有的完全可以公开，可是一标上“内部”，就是后来已经公开，但它还在“内部”时，就弄得神秘得不得了。“内部”到何种规格，持的戏票就是那种规格内的身份证明。这种演出，不可能等到飞票，却总是有人候着能侥幸钻进去看一眼。大家也没闹清是什么戏，只说是“进行思想教育的好戏”，事后碰到文化界的熟人，他们没同我议这出戏，却说到燕祥是这出戏的编剧之一，由此为一些在运动中给搞错了的同志叹息。当时，我几乎是哑然失笑，自己也不知道应该为燕祥又为人民做了一件好事高兴，还是为一位所谓的“右派”写出“进行思想教育的好戏”而不解。一个人为人民服务的权利剥夺得了么？我又不能不说，他也确实被人剥夺过！

今天，又像每夜他要把整天被烦琐的事务所切断的诗情再接合起来，燕祥新的作品，在受到好评时，又和20年前的创作接合起来了。可是，想到他那20年，又不想再提它时，不是无聊，也不为解乏，我这从不抽烟的人，也不得不问他女儿：“甜甜，拿一支烟给我！”

1982年5月12日芜湖

选自蔺美璧、吴开晋主编：《中国当代文坛群星》，北岳文艺出版社，1986年版

邵燕祥印象

黎焕颐

我与燕祥，结识于诗的广场久矣！但，当初只是识诗而未识其人。1948 年春夏之交，我住在河北唐山市伯父黎仲苏家里。当时我曾经向在北平出版的《华北日报（文学周刊）》和天津的《大公报（文艺）》投杂文稿。常见有署名邵燕祥和汉野平者发表诗。诗风于灵秀清颖中带点社会的不平之鸣。一望而知，汉野平和邵燕祥是一个人。但，到底是何许人，我是不了解的。

50 年代初期，诗坛群星璀璨，从《中国青年报》、《人民日报》和《人民文学》上，常常读到邵燕祥的诗。其中《到远方去》、《我们爱我们的土地》、《中国的道路呼唤着汽车》，以其阳刚之美，青春勃发的气息，潇洒宕荡，宛如脱巾独步，引吭高歌于阳光灿烂的原野，激起了当时包括我在内的不少青年人的共鸣。不久，相继在当时的新华书店买到由作家出版社出版的他的两本诗集：《到远方去》和《给同志们》。这样他给我的印象就更具体化了，于是，从诗的风格我想象其人：有如幽篁千竿脱颖而临风独啸之秀者。但，这也只是心仪而已。从未通过一次信。

50 年代中期，我在少年儿童出版社当文学编辑，他的两本儿童诗集《八月的营火》和《芦管》相继于 1956 年的元月和 1957 年的 6 月先后出版。这两本诗集，都是我当责编。按照当时的编辑作风：编辑和作者通信联系，从不署编者的名，一律以编辑部的名义出现。因此，我和他之间，尽管书信来往，但，仍是缘悭一面。他不认识、更不了解我为何许人。直到 1980 年的春天，我们在北京第一次见面，谈及此事，彼此在感慨之余，才莞尔一笑。

是的，我和燕祥的第一面，是在党的十一届三中全会之后不久：1980 年的 5 月。当时我已从青海回到少年儿童出版社工作一年多了。才新婚。社长陈向明大姐给我说："你到北京去参加全国儿童文学评奖大会吧！把你爱人小范也带去，一方面开会，一方面做蜜月旅行。这22年，你够苦了。来往路费，由社里报销，但，只这一次。”于是，我和新婚的妻子一起到北京，趁开会的空隙，去看望旧雨新知。燕祥，我心仪已久，自在拜访之列。

当时他住在中央人民广播电台宿舍楼的最上一层，斗室一间，除安放一张双人床之外，环壁皆书，连床头沿上也堆满书。我们就在斗室外仅可容四人就座、厨房饭堂两用的屋子娓娓而谈。他儒雅蕴藉，说话不快不慢，谈锋机智偶尔流出幽默感，令人听了笑里带点苦味、辣味、乃至泪水的咸味。看来，多年忧患，使他才情内敛，风味人生，不像他以前写的诗，倒有点像他现在写的杂文。那一天，我们谈得很愉快。然而，当他听到我在青海高原的生死挣扎时，我看见他眼里充满泪水……他夫人谢文秀亲自下厨房，做饭肴来款待我们；有蒸鸡、有鱼、有虾、有香肠……边吃边谈，我说：“从今后，我们再也不会与鱼虾同运了！”他神会我的意思，接着便说：“总会‘细雨鱼儿出’的！”我说：“好！那就‘微风燕子斜’吧！”他夫人听了，发出会心的微笑。第二天，他陪我去另一个地方拜访另一位颇有才情的女诗人。归途中，他对我说：“女人而有才情者历来不多！”我说：“是的。但有才情的女人，历来不外两型：一是蔡文姬、李清照式；一是武则天、梁红玉式。前者命薄，后者霸气。大都为风尘所羁、政治所累。惜哉！”

自1980年以后，我们的友谊与日俱增，或稿件来往，或尺素交递，我北上必扣其门，他南来必西窗共话。他的国学根底不浅，外国文学的修养也厚，文章道义我从他身上得到不少教益。每次谈到文人的价值取向，我们之间几无异识，一致认为：观点，思想倾向，人各有志，不能勉强，不能求同。但心术德行，则必须有品，必须立位，而后始有格。有格者虽志趣互异，亦可以为友。他说：“海内何妨存异己。”倘使风大随风，雨大随雨，争名逐利，出处进退，一切以个人的得失为枢纽，有奶便是娘，即市井小民亦不屑为，诗人、作家如此，又焉能不令社会齿冷？又焉能不腐蚀文坛？所以，每次一谈起已经逝去的鲁迅翁和健在的巴金、艾青老人，无不肃然起敬。近年来，他的杂文、随笔，几卷其诗名。我对他说：“你以诗鸣世，还是应当多写点诗。”他则以杂文题宽材广作答。的确，许多题材、社会现象，是无法入诗的。当前一些不正之风，以权谋私，以势压人，常常令人忧思如焚。他知道：一种负面的东西，一旦成风，要把它纠过来，不是几个书生的一支笔所能为的。他也知道：以文陈世，大之伴来文网，小之惹来是非。他更知道：若为自救计，一是读书明志，独善其身；二是倘写文章，或调侃生活，或抒情山水，或侈谈饮食文化，或笔逸儿女情怀。总之，不拘一格，只要不嬉笑怒骂，以其名，以其才，皆可疏烟淡雨不愁没人登门求稿。然而，诗人和作家的使命感，他不能这样心安理得。用他的话来讲：叫作“位卑未敢忘忧国”。有一次，我们谈到近代史，他对龚自珍和林则徐两个颇为钟情，对龚自珍他写了龚的戒诗、禁诗，而终于无法自戒、自禁的年考的随笔。其苦心孤诣，可以想见。对林则徐的苟利国家社稷、生死以之可以的明志，尤为心香瓣瓣。他说：“作为中国正直的知识分子，理所当然，应当继承这名节。作为一个共产党人，我更应以此自镜。”但对于拜金主人的拜金狂，权势热的权势狂，则嗤之以鼻。可不是：在这类人眼中，什么人品文品，国格人格，饥不能食，寒不能衣，迂阔之物耳。于是在文场官场掂斤计两。每一谈及此种负面现象，我常常拍案而起。他对我这种性格，常有针砭；直到对我在家庭生活中对妻子女儿的态度……前年他们夫妇来沪，回京以后写给我的一封信，不妨节录：“公刘过沪见及否？……和文秀多次忆及你们夫妇的热情照拂与款待。我们很惦记小范还有小佑佑。十年以来你有了这一个小窝从而才无后顾之忧，去忙事业，去致力于诗的创作，小范实在是半边天，功不可没。你应该加倍体贴她，尊敬她才是——别的年长于妻的丈夫却是这样做的。而我和文秀感到你有点大男子主义的遗风，不是你迁就，而多半是她服从你；致使孩子，你所心爱的小女儿，似也有些怕你。我完全理解你，大半生坎坷，曾有多少郁积于胸的块垒无从宣泄。而今日与各种人周旋，自会有许多不如意，只有回到家里可以不戴任何社会面具，还我本真。然而，是否在这种情况下，在妻女面前就可以任性？一如有些少年儿童在学校表现正常，但到家里则任性……这比喻，不尽贴切，你理解我的意思就行了。你耿直正派，心直口快，绝不矫饰，有时直斥宵小，是你为众人不及之处。但在家庭生活中你在维护自己的生活‘习性’等方面，是不是有些率意随份，听不进意见，也就是稍稍克制呢？——我以为不是在任何情况下，‘想怎么说就怎么说，想怎么干就怎么干’都是一种美德。想到公刘，他的遭遇也可以叫多次遇人不淑吧？

因此，他缺少一个温暖的家，一个窝，一个安定的后院，这恐怕不仅影响他的写作、工作，也影响心情、健康。相形之下命运在80年代对你厚待甚于他。我以为我们要珍惜这一切……”他的信，正如他的文，从不矫情，而他的人，正如他的文，很少矜才使气。这是一种文化涵养，这是中国知识分子特有的气质。于是：我以得这样的诤友而自幸！

选自《山花》1994年第9期

读邵燕祥《读吴小如》感怀

吴小如

燕祥笃于故旧，写了一篇《读吴小如》作为我们近半个世纪的友谊见证，我读后深受感动。燕祥比我年轻 11 岁，1948 年初见他时，我固然仅 26 周岁，而他则只有 15 岁，即孔夫子说的“志学”之年。所以彼此都感到惊诧。

燕祥从事文字生涯，第一个发表他作品的周定一先生，要比我年长，而且当时已是教师了。对燕祥作品感兴趣并予以在刊物上发表的，我大约是第二个或第三个人。而且当时给报纸副刊当业余编辑的，只有萧离和我是大学生。萧离年龄比我大得多，北大自昆明复员后他又跑回来复学，竟和我同班。新中国成立后他仍在报社工作，很早就退休了；而我是 1991 年才退休的，虚岁已过七十。这是题外话，表过不提。

燕祥的作品彼时不仅被我采用，还不断为他推荐。不客气地说，我在处理燕祥作品的态度上，是有意识仿效沈从文先生对我的提携的做法的。当然燕祥比我有出息，更有才气，我是在搞创作的道路上自知无望才钻进故纸堆的。全国刚一解放，燕祥即脱颖而出，很快的便以青年作家的声望名满海内；而我本人，直到 1954 年，才写出第一篇勉强可称之为学术文章的《吴敬梓及其〈儒林外史〉》。至于新中国成立前所写的大量书评，早成明日黄花，有的甚至于在一次次运动中被举为罪证。“十年浩劫”中底稿荡然无存，并非命该如此，而是理所当然。现在能找到的旧时“少作”不足十篇，已分别收入拙著《诗词札丛》和《书廊信步》中，不过是敝帚自珍，聊存雪泥鸿爪之意。有人读后给我来信，说“先生也是京派文学的传人之一”，我读了也同燕祥一样，只有苦笑。

1948 年与燕祥神交阶段有两件事尚值得一提。一件是燕祥写的小说《沙果林记》，在我编的文学副刊上发了一整版，那一期只有这篇“大”作。报社的总编是个国民党人，表面谦和实际却是个老辣的家伙，为此向我提出异议，认为这样一个无名之辈的作品竟占了一整版篇幅，未免与报纸的身价不相称。我脾气素来不好，动辄光火，这次竟同他拍了桌子，说："这个副刊到底是你编还是我编？"由于版已排好，我又坚决不肯撤换，终于照发。另一件事是我曾为燕祥写了介绍信，他乃专诚拜访了沈从文先生，而且与沈先生始终保持联系，直到"文革"结束之后。沈先生病逝，人们为先生编印纪念文集，主持者找了燕祥写文章，却没有找我和在西南联大时即为沈先生所赏识的吕德申兄。古人说"君子之泽，五世而斩；小人之泽，五世而斩"；我和德申沐从文师之雨露是40年代的事，仅仅过了"一世"（古称三十年为"一世"）有余便已不为人知。倘无十一届三中全会拨乱反正后的政治局面，历史究竟用什么样的面目与后世相见，真是未可逆睹也。

燕祥文中也有因事隔多年记忆有误而"读"错了的地方。我写的《梦之谷》书评确是在《经世日报》上发表的，但并未分两次而是一期刊完，这有报纸复印件为证。当时实际编那份副刊的人是今天远隔重洋的金隄兄，不知他的《尤利西斯》中译本已脱稿否。

再有便是关于我大醉而归的描述。那次倒不是"有酒无肴"，而是燕祥特意买了不少熟食，折柬相招，邀我去赴他的"冷餐会"的。当时他夫人公出南行，晚上只有我们两人对饮，因此就没有节制了。记得我们一共喝了两瓶酒，一瓶是烈性白酒，另一瓶是葡萄酒。据说饮酒不宜把两种酒混合着喝，那样是容易醉的，而我们则每人每种酒各饮了半瓶，直到酒瓶见底，绝无余沥才"不得不止"。酒后为了证明我们都没有醉，还联袂去拜访住在附近的陈道宗兄（已故），争相询问我们是否有了醉意。道宗见我们都已酒气熏天，只好说虽多喝了几杯神智却依然清醒，我们这才满意告辞。我从真武庙燕祥的住处居然搭末班车回到北大，还敲开大门。所幸妻和子女都未睡下，而我却进了屋门便顺墙根溜倒在地，然后由家人扶掖上床，倒不是如燕祥所说在地上睡了一夜。上述细节，是经过与燕祥和道宗在事后核对明白，并由妻和子女于次日详加评述，"考证"属实的。这次老伴在读燕祥大作时又帮我追忆了一下，故"版本"较为可靠。后来李宗仁先生自海外归来，举行过一次大型"冷餐会"，我和燕祥曾沾沾自喜，认为这样的宴请方式还是由我俩先行发明的呢！

燕祥在文章结尾处录下他惠赠给我的七律，而我赠燕祥的俚句却不止一首，只是有些并未留稿，有的虽留底而一时也难重觅。不过这首七律我倒是有答诗的，今检出录之如下：

明知来日渐无多，犹自强颜发浩歌。
棋罢何尝人换世，春归依旧雀投罗。
少年意气风兼雨，晚岁牢骚叟共婆。
永夜静思惭一笑，蛇神牛鬼入诗魔。

另外还有一首我赠燕祥的七律，由于曾在香港《文汇报》上发表，至今犹存于记忆之中。姑亦写在这里，“立此存照”吧：

太息书生举步难，文章问世亦辛酸。
枯鱼入肆江湖寂，落木惊秋风雨寒。
愧我无心云出岫，羡君矢志笔回澜。
从来天意怜幽草，愿假馀霞子细看。

1996年国际劳动节写讫

选自吴小如：《红楼梦影——吴小如诗友回忆录》，北京大学出版社，2012年版

会思想的芦苇

——记邵燕祥

邢小群

平时，很憷和名人打交道。有些人，不管他是有意识还是无意识，行为举止似乎总在告诉你，如果不是很必要的话，他并不希望与你相识。和邵燕祥结识，没有这种感觉。即使是十年前，那次偶然地点头相识，几句随意交谈，便产生了一种平易与自然的信任。他温文尔雅，徐缓的话语透着书卷气。十年后再次相遇，依然如故。

在一般读者心目中，邵燕祥的名字总是和诗联系在一起。我最早接触他的文字，也是诗。那是他50年代的诗集《到远方去》。后来才知道，这并不是他最早的诗集。1949年10月，在那段不寻常的日子里，《光明日报》上一首《歌唱北京城》，让人们知道了邵燕祥的名字。当时他只有16岁。1951年出版了以同名结成的第一本诗集。第一个五年计划期间，他到中央人民广播电台做工业记者，足迹及于许多新兴的工业区，宣传报道之余，意犹未尽，笔下就流出了诗。《到远方去》是他的成名作。今天看来，那些诗中蒸腾的理想激情，已成为那一代人遥远的记忆。但就是在当时，他那建设者的颂歌也没能唱多久，1957年的劫难，剥夺了他歌唱的权利。

然而，邵燕祥对诗坛的影响，却不仅仅是过去。

打开了潘多拉的盒子

邵燕祥重返诗坛可以说是1978年9月。严辰主编的《诗刊》9月号，头条刊出了他写的《中国又有了诗歌》。不久，他到《诗刊》做编辑。当时正值《诗刊》和中央电视台举办大型诗歌朗诵会。会上朗诵了艾青的《在浪尖上》、白桦的《阳光谁也不能垄断》等作品。诗歌再次披甲上阵，充当尖兵，为“四五”运动正名，让正义的豪情再享荣光。邵燕祥也投入了这项活动。

然而，这种整个诗坛同仇敌忾的局面，并没有维持多久，很快就出现了新的分野。这就是圈绕着所谓朦胧诗的一场大交锋。在这场交锋中，诗坛崛起了一代新人，诗歌发生了历史性的转折。不少人都把新一代的崛起，同邵燕祥的支持联系在一起。当“新的崛起”成为责难对象时，邵燕祥曾表示承担他所能承担的责任。今天，这一段往事已经成为历史。当我重提时，邵燕祥说，我因为当时在那个位置上，做了一些分内的工作。

邵燕祥在《诗刊》实际工作的时间并不长，1985年以后就不再参与编务了。他说，我不过是在几位主编的领导下具体做了两件事：一是把地下的诗歌引到地上；一是让消失的诗人重新露面。北岛、舒婷那些后来被称作是朦胧派的诗，最初通过他们自己办的《今天》杂志在社会上流传。作为编辑部主任，邵燕祥力主在《诗刊》上选发一些。他的理由是：假如说我们进入了百花齐放、百家争鸣时期，就应该把地下诗歌引到地上；社会主义诗歌也要搞统一战线，《今天》可以当作反“四人帮”的同盟军。尽管《诗刊》多数编辑热情赞成，但在忽冷忽热的环境里，不得不慎之又慎。在《诗刊》1979年3月号纪念“四五”的一组诗里刊出的《回答》，在4月号一组爱情诗里刊出的《致橡树》，是北岛、舒婷第一次在《诗刊》亮相。位置排得很不起眼，但读者仍然能从上百首诗中看出这两首诗迥异的光芒。邵燕祥说，这两首诗在那时的确突出，也符合我心目中对好诗的要求。

但当时旧的欣赏习惯还左右着诗界。他举例，《诗刊》1979年5月号发了艾青一首诗，名《绿》，用打翻了的绿墨水瓶来形容他看到江南浓浓绿色的心理感受。其中有这样的诗句：“刮的风是绿的，下的雨是绿的，流的水是绿的，阳光也是绿的。”不想，竟然收到很多读者来信，说莫名其妙，看不懂。邵燕祥很感慨：音乐造就听音乐的耳朵，诗歌造就懂得诗歌的心灵，如果我们再用锣鼓词、顺口溜一类的东西供应读者，中国这个诗的王国就将走到尽头了。诗从内容到形式，都应该有一个根本的转变，使诗更像诗。

同年7月号《诗刊》又发表了舒婷的《祖国呵，我亲爱的祖国》、《这也是一切》。当时舒婷正遭遇围攻，她还在灯泡厂当女工。有人质问：女工怎么能写这种诗？言外之意，灯泡厂女工不写灯泡，写什么橡树，成何体统？对此类偏见，最好的办法就是不予理睬。1980年的第一届青春诗会，《诗刊》还是邀请了舒婷。两年多以后，《诗刊》受中国作协委托，举行全国首届优秀新诗评奖，舒婷的《双桅船》得票很高，评上了，并和其他9位获奖者一起收到了通知。又有人向上级告状，说让舒婷得奖，方向有问题。邵燕祥气愤地质问：难道评委会只是橡皮图章？评委会表决到底算不算数？无奈，组织者还是想出了个权宜的办法，把10名获奖者分成一、二两等，以示区别。也不能把舒婷一人降为二等呀！于是，又把另两位诗人也拉下来陪绑。一等奖7名，二等奖3名，构成了一个罕见的倒金字塔。想起这些往事，邵燕祥不禁哑然失笑。

与此同时，1979—1980年《诗刊》的确让一大批在历次政治运动中封闭了歌喉的诗人重新出现在读者面前，于是我们看到了艾青、公刘、流沙河、白桦、曾卓、绿原、林希、梁南等人“归来的歌”。邵燕祥说，这些作品的发表凝聚着编辑部全体的感情和劳动。

对此，也有一些人大为不满：潘多拉的盒子一打开，魔鬼就都跑了出来。从此以后，“天下大乱”，旗帜林立。年轻人的诗，他们看不顺眼，而“归来的歌”，他们又觉得不中听。有人甚至说，邵燕祥在《诗刊》，《诗刊》就成了“右派”刊物了。而一批青年人的感受却相反。最初他们寄希望于名望很高、又被他们认为早年就有现代追求的老一代诗人，不想正是这些“泰斗”给了他们当头棒喝。而理解他们的却是邵燕祥、谢冕、孙绍振这些中年人。

邵燕祥说，我与青年诗人们的个人交往并不多，我这个人不善交游，而且信奉君子之交淡如水。有人猜想我家常有青年诗人聚会，实际侦察了一番，大出意外。我与青年诗人的友谊，多半缘于我当编辑还比较认真罢了。诗作者投稿往往一次寄来一组，大概觉得有挑选余地，采用率会高些。邵燕祥当时负责三审，但他要求编辑，把淘汰的部分一并附来。有些编辑不理解，因而不愉快。但邵燕祥用心良苦，他说，当编辑每天看大量的稿件，难免因疲倦而走神。一首诗，刚上班时看，和快下班时看，感受就不一样。他希望把遗珠之憾减少到最小最小。他说，我们每月刊发几千行诗，编排时总要把留下的几万行诗重新看一遍，再筛选，所以有的人诗没发过几首，名字却特别熟。

现在，虽然他已经不再做诗歌编辑，但他对青年诗人的热情支持却一如既往。直到今春，中国作家协会召开主席团会议，他因故未能出席。在给王蒙等人的信中，他明确提出："前两天有《诗刊》的朋友相告，唐晓渡、邹静之申请入会未获批准。唐晓渡诗歌评论的劳绩，凡熟悉文学评论和诗作情况的人所共知；邹静之是知青一代诗人，散文亦佳，有一书加入'蝈蝈丛书'第一辑六册（包括冰心、王蒙等）中出版。他们固无须借作协的会籍而彰显，不加入作协也并无碍于他们的著作、开拓、探索。只是与此相对照，据说作协书记处这次审批通过的新会员，恰有在创作和评论方面都无法与唐、邹相提并论，在文学组织工作中亦不知何所建树的人……，这就未免成为笑柄了。"由此，可见邵燕祥的为人。

不自由撰稿人

原来以为，邵燕祥不写诗了，才写杂文；后来才知道，他写杂文的历史也很长。诗和杂文属于两种思维方式，诗注重感性，杂文注重理性。一般人是年轻时写诗，年纪大了才写杂文。但专门研究 40 年代中国知识分子的谢泳告诉我，他发现邵燕祥 40 年代末就是《观察》杂志的作者。储安平主办的《观察》不同于文学期刊，是当时自由知识分子表达思想见解的首选媒体，其撰稿者基本上都是中国的著名教授，如现在人们比较熟悉的费孝通、钱钟书等。邵燕祥十几岁就能侧身其间，可见其思想的早熟。

我曾问他，您觉得更适于写诗，还是杂文？他说从绝对数量看，几年的杂文压倒我大半生写的诗。我不刻意做诗，总是诗来敲我的门，没有诗情时绝不硬做，所以诗的数量比较少。但杂文是我敲它的门，平时思想总在活动，有时溅起浪花，有时迸出火花，都是稍纵即逝，我不愿平白舍弃，记下来就成了杂文。他在《绿灯小记》中说："在半个多世纪前的无声的中国，还有以鲁迅为代表的杂文作者群，难道在今日中国，天籁人籁之间，就不需要杂文，就不需要杂文作者的条分缕析，指陈时事，以至嬉笑怒骂、呼吁呐喊之声了吗？”鲁迅作为特立独行的知识分子，对世间的大事总要做出自己的反应。但解放后，有人认为知识分子再不需要充当这种角色，所以特立独行的知识分子几乎绝迹。80年代以来，邵燕祥就是想和同道努力证明：在中国，鲁迅精神没有过时。

什么是知识分子？按以往的常规认识，知识分子意味着受教育的程度。过去，中学生就是小知识分子，现在教育普及程度高了，大学毕业算知识分子。但邵燕祥只有9年学历。小学6年还算完整，中学上到初二时，他就参加了反内战、反饥饿的学潮，到期末考试，化学不及格，让补考，他心想，考也是不及格，就以“同等学力”考上了另一所中学的高中一年级；在这里他参加了地下党外围组织，又加上爱文学写作，三角又不及格，只好持假证件，以“同等学力”投考大学，1948年秋便上了中法大学法国文学系。但大学上得并不安生，短短几个月里，经历了紧张的“护校”斗争；1949年1月解放军入城，2月10日在天安门庆祝解放，3月就去河北正定，到华北大学接受革命的“政治训练”去了。要按学历标准，他这个知识分子是该打点折扣的。

我们说邵燕祥是知识分子，当然是在另一种意义上。哈维尔有个说法：“知识分子应该不断地使人不安，应该作为世界之痛苦的见证人，应该因独立而引起异议，应该反抗一切隐藏着的和公开的压力和操纵，应该是体制的权力及其妖术的主要怀疑者，应该是他们的谎言的见证人。因此，一个知识分子就不能去扮演分配给他的角色，也不能屈从于胜利者们所写的历史。”邵燕祥正是这种意义上的知识分子。他的表达方式，就是杂文。

70年代末，邵燕祥重新写杂文的契机，是就张志新一事，给《读书》寄去一篇《有感》。当时冯亦代主编这本杂志，感到来稿非常及时，立即撤下一篇已经发排的文章，把这篇稍长的文章“削足适履”，填补进去。这件事启发了邵燕祥：生活中缺少这样的议论，应该多写这样的杂文。1980年8月，他在《北京晚报》上发表了一篇杂文《切不要巴望好皇帝》，对提倡唐太宗“纳谏”式的“民主”质疑，引起议论纷纷，廖沫沙为此还写了《议论皇帝好》。谁料一道指令下来，不让再发这类文章了。

10年来，邵燕祥已有12本杂文集问世。虽然有几年他并不能出书，连姓名见报也犯忌，有些报刊编辑向他约稿不得不委婉地请他化名，但他从未中断思考、中断写作。何西来对他的杂文说得很中肯：犀利而不流于偏颇，明快而不失其沉稳。看了他的杂文《有感于墙报的杰出与卑鄙》，很容易联想到当今文坛上文品与人品分离司空见惯。邵燕祥却因文品与人品二者的统一，显得突出起来。他说，最有力的事实是真话，能说真话就不容易，说真话的同时还要着力揭露假话、谎言，这和说真话是一而二、二而一。杂文的作者是“不自由撰稿人”，只能就接触到的问题发言。我不把杂文看作纯文学，而是当作普及性读物。杂文不像论文那么严密，不像学术那么精深。前几年不是提出要把经济搞活吗，我写杂文就是希望“把思想搞活”。的确，他所涉及的问题，总是贴近社会的脉搏、思想界的锋面。梁漱溟曾把知识分子分为两种——学术中人与问题中人。邵燕祥正是问题中人吧。

80年代，他的杂文主要是否定“文革”，呼吁民主；90年代他更关注法制问题。随着外资、合资企业的增多，无视中国工人的人身自由和权利的现象突出起来。前些年，他应台湾《中时周报》约稿写过《一张剪报寄台胞》，从南方一台资企业火灾造成工人重大伤亡谈起，尖锐指出，在对待大陆工人问题上，台湾、香港的企业老板不如日本、韩国。日本、韩国不如欧美各国。为什么中国人更把中国人不当人？欧美国家法制传统悠久，可见法制秩序应是人道主义的逻辑起点。对待国内的非法现象，他有一篇近作认为，不怕出现黑社会，怕的是公检法黑了，公检法好，黑社会的黑是有范围的，公检法要黑了，整个社会就黑了。正巧，从最近一期的《南方周末》上，看到他的杂文《今日是何年？》。今年，联合国定为国际宽容年。如果不是邵先生提起，一桩世界性的大事居然成为我国传媒的空白。从这篇小文章，也不难看出邵燕祥杂文的特殊意义。

还有一事值得一提。当初，为了摆脱无谓的纷扰，邵燕祥从诗的编辑岗位上抽身退出；今天，为了拓宽思想表达的天地，他却主动给自己增添了另一项编辑业务。这就是他和林贤治共同主编的《散文与人》。他说，知识分子的使命就是出思想，没有熊熊大火，思想火花也是可贵的。

叩问自己的良心

邵燕祥为人为文，还有一个突出的特点，就是在犀利地解剖社会的同时，不留情面地解剖自己。近半个世纪以来，中国文坛上一个运动接一个运动，每个文化人不是扮演整人者就是充当挨整者，或者先整人后又挨整，很少能置身局外。过去谁挨整大家唯恐避之不及，后来平反了，又纷纷诉苦，只谈自己走麦城，不提如何过五关斩六将了。巴金老人晚年写成的《随想录》是一本自我灵魂拷问的大书，引起了广大读者由衷的钦佩。邵燕祥没有专门写这样的大书，但他对自己的解剖，也同巴老一样坦诚。

80 年代初他写过一篇回忆文章《沉船》。回忆他被打成“右派”的经过。除了翔实的背景材料，便是非常具体的回顾和思索自己对一些事情当时是怎么想的，一次次追问为什么会这么想。这是他少有的数万言长篇文字。尽管今天看来仍有认识的局限，他也知道人们读起来会嫌冗长，但与其说是给别人看的，不如说是他对灵魂的一次清洗，对孕育“旧我”的政治历史的一次清算。他不回避自己从 1955 年“反胡风”到 1957 年“反右”前期都很积极。文中谈到最初他是反右斗争领导小组的成员：“在完成把王世甫塑造为敌人形象的事业中，我也充当了刀笔。王世甫也许会因我跟着蹈上覆辙而原谅我，……我却不能原谅自己。但我也庆幸我终于被推入泥潭，丧失了在萁豆相煎的比赛中做拉拉队的资格。我将主要由痛感对不起党和人民，而不是对不起很多个人而受到良心的谴责。”说到对不起他人，邵燕祥在文中还谈到，一些读者因与他通过信而受牵连，境遇很惨。

邵燕祥还在一篇题为《代自传》的文章中自我叩问：“对于当时已肇其端的不仅给首当其冲的几十万‘右派分子’，而且给五百万知识分子、亿万劳动群众、整个社会主义事业造成深重痛苦和危害的左倾灾难，作为 1957 年以前已经入党的共产党员，我就没有一份应该承担的责任吗？”

“文革”中，他已被剥夺了充当“革命动力”的资格，不可能参与整人。但他仍不回避当初的盲目——“我曾写过一组诗词，歌颂毛泽东、红卫兵和文化大革命，包括‘九州神俊，号令风雷迅’的大串连，以及为保护红卫兵殉职的蔡永祥烈士；写的时候没有任何具体的功利目的，悉由自发，十分投入，就像 50 年代初期歌颂五年计划建设时一样。这不能仅仅归因于只有《人民日报》一条信息来源，而是多年的训练所形成的思维、感情和行为定势。”

现在，不少人谈起自己过去挨整，总要把自己打扮成一贯正确，其实，在那种严重扭曲人性的历史环境中，能始终保持清醒头脑的有几人？今天人们并不苛求过来人要一贯正确，只希望能够直面当初的不正确。可惜的是，能像邵燕祥这样坦言自己历史局限、特别是忏悔自己过去不该做的忏悔的，还是太少太少了。

邵燕祥到底是怎样一个人？我觉得三言两语也说不全面。他很喜欢 17 世纪法国思想家帕斯卡尔的一段话：“人是一根芦苇，是所有生物中最脆弱的生物，但这是会思想的芦苇。一滴水可致他死命。但是即使整个宇宙来反对他，他仍然高于自己所有的凶手，因为他能够认识死亡，而盲目的力量是没有意识的。”

“所以我们全部的优点就在于我们能够思想。”

他说，即使不能成为帕斯卡尔所指意义上的“会思想的芦苇”，至少我也该做一根会唱歌的芦苇。在晚秋时节唱出心底的悲欢和身历的沧桑，做一根发议论的芦苇，在阵阵疾风中倾吐出肺腑之言的真话。

“会思想的芦苇”，这正是他在我心目中的剪影。

选自《今日名流》1995 年第 10 期

燕祥的诗心和文心

何西来

燕祥“此人可用”的话并未让我飘飘然

我与燕祥交往，始于 1982 年。那时他正做着《诗刊》编辑部的常务副主编，他细心、勤奋、开明、敏锐，发现和支持过不少诗坛新秀，编辑部内部关系也协调得不错，刊物颇受欢迎，是发行量最好的时期。

那年仲春，《诗刊》编辑部在屯溪组织了一次抒情诗讨论会，我应邀参加。同往的有诗人青勃、沙白、周良沛、刘祖慈，流沙河也从四川赶来与会，评论家有谢冕、吴泰昌和我。那次会由燕祥主持，后来从唐晓渡那里知道，邀我与会正是他的主意。我虽然喜欢诗，自己并不写诗，新时期以来，除了在 70 年代末作为听众参加过体育场的几次大型诗歌朗诵音乐会外，当代诗歌评论很少写，也没有做过诗歌理论方面的专题研究。燕祥邀我与会，据说是因为看过我刊发在《美学论丛》上研究杜甫的文章。《美学论丛》是我们研究所理论室编印的一种不定期学术刊物，印数不多，发行范围很小。我的文章虽然写得很长，却卑卑无甚高见，能够被燕祥注意到，实在是缘分。人家告诉我，燕祥看过文章，曾对人说："此人可用。"刘勰在《文心雕龙》里有“觇文辄见其心”的话，我推想，燕祥这样说，很可能因为我的文学观念在某些点上与他的主张有了重合，产生了共振。比如，他一向看重为文的真挚，以真论诗，以真衡文，以真取人，主张人和文的统一。而我的观点，正是把真作为诗人美学思想的核心来看待的，这显然契合了燕祥崇尚本真的基本文学观念，于是“此人可用”，于是我便得以备员参加由他主持的抒情诗研讨，得以从此与他相交，并结识其他诗人和评论家。

其实，我还是有点自知之明的。自己并非廊庙之具，亦无经天纬地之才，作文处世，放言无忌，常惹麻烦。燕祥写诗造文，虽然总在国运民生，属于“铁肩担道义，妙手著文章”一路，却始终远离“要津”。因此，他给我以“有用”的评价无非是觉得此人还能弄弄笔墨，不干伤天害理的勾当，不是肚子里塞满了草的废物罢了。这大约也是我听了“此人可用”的评价后没有得意忘形，没有欣喜若狂，没有飘飘然的原因。

燕祥的诗才和文才

早在50年代，燕祥就以诗名世。诗思热情明畅，激越而见锋芒。在共和国的早晨，他是那一群很有才华、很有希望的年轻歌者之一。他唱的是晨歌，歌颂建设，歌颂理想，歌颂新生活，洋溢着积极进取、开朗乐观的情绪。然而，正当他引吭高歌时，他被扼住了喉咙。贾桂香事件震撼了他，他为这位年轻姑娘的死而深感不平，写了著名的《贾桂香》，要抓住把贾桂香逼上死路的那只手。他因此而罹祸，而被错划为“右派”，并且开始了20余年的政治贱民的生活。

他像其他政治贱民一样，被剥夺了写诗和发表诗的权利，连正常的做人的权利、正常人的生活也被剥夺了。前些年，他把这段生活间类似于自传的纪实文学写成一本《沉船》。今年春节我去看他，他又送我一本新出的《人生败笔》，收录了几十年间，特别是“文革”中他自己的检讨，人家对他的“上纲上线”的揭发与批判，以及他对这些揭发与批判所做的回应（包括说明、解释、澄清、认罪等）。在中国，权力者，权力觊觎者，一向都把自己装扮得一贯正确，因此文过饰非，委过于人的事，所在多有，史不绝书。就是草民，卑贱如阿Q者，也嘴硬得不肯承认自己有什么罪错。喜欢抬出祖上的光荣来为自己贴金；要“大团圆”了，还不忘记喊一声“二十年后……”以博得看客的叫好。古往今来，真正敢于承认自己走过麦城，有过败笔而又无所保留，无所忌讳的人，是大智大勇者，属于鲁迅所说的脊梁一类。

现在是世纪之交，中国的知识界正在反思，反思我们民族的世纪行程。来路上充满了血与火的悲壮，有辉煌的业绩，有鲜花和焰火装点的胜利，也有屈辱，也有弯道，也有败笔。反思需要清明的批判理性，这才既不会沉溺于往日的胜利与辉煌，又不至于因为败笔而变得气馁与颓唐。知识界的反思，回望的是过去，指归却在未来，在已经隐隐听到扣门声的新的一百年和纪元的第三个一千年。燕祥的《沉船》和《人生败笔》，证明他是这股反思潮流中的健者，反映了这一潮流的中坚取向。虽然他是从解剖自己而走向历史的，但一己运命的休咎与升沉，对他并不十分重要，重要的是，这沉船和败笔绝不仅仅是他个人的。燕祥无疑是一位禀赋极高的知识者，然而这充其量不过是一种资质与可能，真正磨炼了他的诗才和文才的，却是与沉船和败笔纠缠在一起的那些经历。这很像钢的淬火和酒的酿造。因此，从一定意义上可以说，燕祥的诗才和文才，是在沉船和败笔的痛苦体验中得到升华。

燕祥少年成名，用他的诗行编拢的花簇，装点了50年代的诗坛。他单纯、年轻的诗情和诗心，很让那一代年轻人激动不已。但他的诗歌真正走向成熟，却是在20余年的“右派”生活之后，涅槃之后，炼狱之后。虽然说“亦知身被才名折，二十三年折太多”，未免太残酷了点，但劳筋苦志，蚌病成珠，谁的好文章不是用苦难换来的呢？

燕祥接续50年代才名的诗作，多少敛起了英雄清纯之气，现出苍老、沉着的内蕴来，但因为理性在反复的磨砺之后，有了更强的穿透力，反而更显得锋芒逼人与冷峻。这在他的许多经过精心结撰的抒情长诗中表现得尤为突出。其实，不少小诗也如此。燕祥很少写情诗，《贝尔格莱德别情》是为数不多的情诗中我特别喜欢的一首，写于80年代访南斯拉夫归来。他那次访问，是南斯拉夫作家协会的一位女秘书波芭接待的。送别那天，波芭说，她这一辈子没收到过一首情诗。这是不是一种委婉的暗示呢？反正燕祥回国后便写了这首《贝尔格莱德别情》，请人翻译了寄给她。“我是一片叶，偶然一阵风／把我吹到你的面前”，“也许此后再无缘重逢，却相问相约／什么时候再见”，写得柔情缱绻，悱恻缠绵。然而，这是中年以后的情诗，已颇有些沧桑之感了，用“古堡斜阳，偶然一杯酒／为告别，也为了刚刚相见”这样的意象开端，绝对是历尽白云苍狗的世情变幻后才会有的感受。当燕祥写到“世上有多少偶然，又不都是偶然／我不信命运，却相信有机缘”时，人们是不难窥见其中苍劲的理性体悟的。

他的诗终于写到了《五十弦》系列，诗境沉郁蕴藉。这组诗的酝酿与写作，差不多与《沉船》的编撰、《人生败笔》的编排在同一时期，把他坎坷的人生作诗意的浓缩与升华。“锦瑟无端五十弦，一弦一柱思华年。”《五十弦》其实也是他作为诗人对世纪反思的一种参与。

80年代中，燕祥的杂文、随笔类文字渐渐多起来，并且一发而不可收，显露出犀利的文才，引起了文学界和读者的极大关注。他开始不仅以诗名世，更以杂文名世了。

鲁迅精神

我是后来才知道，燕祥的创作生涯并不是以诗起步，而是在14岁时以杂文起步的。他读中学时，就受老师的影响，读过许多鲁迅的书。尽管未必能全部领会鲁迅作品的深邃思想，但他的确景仰鲁迅，崇拜这位思想和文化的巨人，读得很投入，很沉迷。鲁迅的艺术风格和人格魅力熏陶了他，培育了他，引导了他此后的人生。他的处女作之所以是杂文，而不是诗，大约可以从这里得出某种解释，窥见一点消息。其实，何止一篇处女作，在时隔半个多世纪以后，燕祥有了那么多作品，那么曲折的人生，观其文而察其人，我们完全可以说，鲁迅作诗、作文、做人的影响，对于燕祥，是终生的，铭心刻骨的。

不过，杂文处女作的发表并没有接着把他引向持续的杂文创作，他选择了做诗人。这也许有多方面的原因：一是少年和青年时代对于人的个体生命来说，正是一个充满梦幻和诗性的年龄段，不仅睁开诗的眼睛看取世界，而且从外部世界获取的信息，也多被诗情晕染着。因此，敏于感受、忧乐过人的燕祥，把他的精力投入写诗，就比较容易理解了。二是杂文需要丰厚的营养和知识累积，还需要有足够的人生阅历和对人生的深刻理解，这些，对于少年燕祥来说，都不具备，尽管他好学覃思，是同龄人中的早熟者。三是外部条件不利于杂文的发展与繁荣，哪怕是50年代前期，也被认为早已不是杂文时代。不是因为没有了杂文可以针对的弊端和阴暗，而是因为这种文体在主事人心目中变得不合时宜。邵燕祥写诗，尚且未能逃过1957年的劫难，何况写杂文。

重出以后，燕祥主要还是写诗。他是80年代初期享有盛誉的桂冠诗人之一。但也开始写杂文了，到了1983年和1984年，则写得相当多了。当时的《光明日报》、《人民日报》上常可以看到他文风老辣犀利、切中时弊而又痛快淋漓的杂文。他多用真名，有时也用杜妹芬、谢家胥一类需要经过诠释才能了解涵义的笔名。这是他杂文创作的最初的喷发期，他的许多影响颇大的杂文名篇，就出在这一时期，如《元宵话起哄》、《娘打儿子论》、《有感于培根的杰出和卑鄙》等。

他把这一时期的杂文收为一集，取名《蜜和刺》，集稿后，我曾先睹为快，并且写了一篇评论。他原说好请夏衍老写一篇序，后来夏衍老因为身体不好，精力不济，没有写成，付梓时便用我的这篇评论权充代序。在这篇文字中，我发现了当代中国知识分子非常可贵而又久违的胆略和器识。这胆略和器识，虽经历次左的政治运动和摧残，仍然活着，不曾泯没，我感到非常振奋。

《蜜和刺》问世后，有一次碰到燕祥，他忽然说："我的本行是写诗，不能老写杂文，还是该打住，回头去专心写诗。"我说："你的诗常见耀眼的理性，这种理性有时作为哲理，给读者以启示。转化得好，则使诗意深永，耐人寻味；但也多有未经很好审美转化的，则反而使诗思过于直露，破坏诗美。不过这种理性，在你的杂文中，则成为'眼'之所在，警策之所生，美之所在。"我建议他，得到的材料，引发的感兴，适合作诗则作诗，适合作文则作文，不必在吟诗和作文上给自己划框框，自缚手脚。"

实际上，那一时期，他之于杂文，可谓感兴云集，文思泉涌。自己说是，"心里常有六七十个题目要写"，平均一天有千五百言的产量，大抵可以日成一篇，有时一日两篇。这就是说，他想刹车去专心写诗，也不可能了。他就是这样，逐渐完成了从诗人到杂文家的角色转换。

80年代末，中国作家协会创研室在文化部教育楼举行了"邵燕祥杂文研讨会"，这是建国以来由作协出面，为当代杂文家个人举行的第一个研讨会。蓝翎在发言中说："50年代中国杂文的代表是徐懋庸，60年代的代表是邓拓，80年代的代表则是邵燕祥。"我以为这是的评。不仅80年代，就是到了90年代，燕祥仍然是中国当代杂文的主要代表人物。

80 年代末，我在研究了燕祥此前的全部杂文创作后写了一篇叫作《文格和人格》的拙文，刊发在当年的《文学评论》上。那篇文章曾遭左爷攻击，并加整肃，争议颇大。但那是我经过研究以后得出的学术结论。在没有得出足以推翻那些结论的材料和证据之前，我是不会轻易放弃的，当时如此，现在也如此。

燕祥嫉恶如仇，敢于抽刀向强者，敢于大胆进击，不是左右偏倒的小草。他看来文弱温雅，骨头却是最硬的。他的杂文，是现代中国知识者的良心，是社会的良知。如今他杂文的数量，已经远远超过了他的诗作。可以说，他作为杂文家的成就，超过了他作为诗人的成就，尽管他杂文中也不乏诗情和诗笔。

我以为在燕祥的杂文创作中，最珍贵的是他的人格，他作为知识者的精神。这种精神，是他从鲁迅那里自觉继承下来的，从血气方刚的少年时代，到白发丹心的晚年，未稍懈怠，未少减弱。

1998 年 3 月 9 日于山东大学留园

选自《时代文学》1998 年第 3 期

鸿鹄安知燕雀之志

——说说邵燕祥

雷 霆

邵燕祥，浙江萧山人，1933 年生于北京，十三四岁开始发表诗歌等文学作品，并参加进步学生运动和革命活动，一度因被反动派追捕而流亡到山东，上大学比一般人早，加入中国共产党时年龄也较小，解放后在中央人民广播电台工作，可能在工业组。50 年代发表了大量为人所熟知的诗歌。20 多岁便官至处级，可谓少年得志。1957 因出国访问，未赶上“鸣放”，但赶上了“反右运动”，戴上“右派分子”的帽子，降级，开除党籍，留机关劳动。1979 年“改正”，调诗刊社工作，并恢复文学创作，发表大量诗歌、散文、杂文、随笔。后离诗刊社从事专职文学创作，并连任两届作家协会主席团委员至今。

上面写的这一段，不是正式文件，只是我个人的印象，如作为档案和资料，都有待考证。其实有时个人印象比档案资料更加准确可靠。在我印象里，燕祥是个有良知有责任感的优秀诗人、优秀作家，是个难得的称职的编辑家，是个一点儿也不像官的文化官员，是个从不改变革命初衷的共产党员——那种真正让老百姓尊敬的共产党员。我这样说，好像有些落入俗套了，然而这又是实实在在的，对他生活履历的印象与日常生活中对他的印象是完全一致的。

如果再进一步概括的话，应该说燕祥是个典型的书生，有中国特色的书生。他所出身的家庭算不算书香门第，我拿不准，但至少是个有文化的家庭，他本人自幼好学、饱读诗书，则是没有疑问的。读书和写作，应该说是他一生中一直坚持着的两件事了。他身高不满一米七，面皮白净，说话总是慢声细语，却又透着一股硬气。他所交往的人，主要也是文人，历次政治运动中被误伤了的文人。

他比我只大 4 岁，但他成名早，从 50 年代开始我就读他的诗，如《到远方去》、《我们架设了这条超高压送电线》、《中国的公路呼唤着汽车》等。给我印象最深的，是他的一首长诗：《我们热爱我们的土地》。这首诗的标题，也是诗中的点睛之句，多次出现。开始读到时，觉得两个“我们”读起来有点拗口，多读几遍之后，就不再拗口，反而非常顺口了。当时我正在青岛上大学，业余参加青岛市人民广播电台组织的诗歌朗诵活动，这首长诗是个保留节目，由四方机车车辆厂的一位男演员和一位女演员合诵，诗好，朗诵得也好，每次朗诵这首诗时，我都从头听到尾，而且每次都很激动。后来听说作者被打成右派分子，但对这首诗的良好印象从未磨灭。

1978年燕祥调到诗刊社工作，开始任编辑部主任，后来任副主编。我和他就成了同事，直到他离职去搞专业创作，前后有六七年光景。他刚到诗刊社时，我们有过一次谈话，谈到我们一个共同的朋友诗人孙静轩。我在济南上中学时，孙静轩是山东青年报记者，后来他在北京的中央文讲所进修了三年，到四川定居，1957年我们在青岛又有一段难忘的交往，不久他被打成“右派分子”，遂销声匿迹。“文革”期间我去四川找他，但失之交臂。直到1978年我才到四川新津找到他。多年不见，仍情同手足。静轩和燕祥都是50年代成名的诗人，在北京也有过交往，又都命运多舛。60年代广播文工团到重庆演出，燕祥作为勤杂工随团前往，静轩闻讯到剧场后台与燕祥见了一面。静轩跟我谈到这次会见时，他非常激动，而且眼圈都红了。而我与燕祥谈及此事，燕祥却比较平静，而且说了一句“君子之交淡如水”。与燕祥相处久了，我感到他是个很重朋友很重友情的人，但他比较内向，很少表露出来。

在编辑部共事期间，我看到燕祥业务精熟，工作兢兢业业，里里外外都盯得住，是个真行家，上上下下都满意，与共事者相处十分融洽。他个人的诗歌创作也恢复了，比青年时代更加老辣成熟。他经过了20年的磨难，这一阶段应当是他最舒心的时期了。

作为诗友，我们也得以常在一起推敲诗艺。我曾将打倒“四人帮”前后的一些短诗整理出来向诗刊投稿，得到他的赞许，他对其中一首《十年》提出修改意见，我原诗为六行，他建议把后两行删掉。我认为他提得很准。正击中了我写诗常犯的毛病，狗尾蛇足。云南的于坚也对我另一首诗提过相同的建议。他们的意见准确、中肯。我对他也是无话不说。有一次我说他有的诗太理念化，太注重思辨。他承认，但又说，“聊备一格吧！”事后我觉他的话很有道理。诗歌，文学，本来就应该是多种风格的，应当因人而异。平时自己也讲“百花齐放”，但遇到具体作品，难免容易偏爱。再说燕祥那些作品，也是有分量有特色的，非他这种有头脑的人是写不出来的。他若不这样写，恐怕难以表达他的情绪，不吐不快。后来，他写了许多杂文，更是痛快淋漓。同时他的诗，如《五十弦》等也更偏重抒情了。我想这个演变过程是相当自然的。

说到燕祥的杂文，令人拍案叫绝。有人说他的文章比诗好，这也许有失公允，但也说明读者是非常爱读他的杂文了。凡能看得到的，我总是不放过，要仔细品味一番。给我印象最深的，是他一篇驳斥“娘打儿子论”的文章。所谓“娘打儿子论”，就是说在历次政治运动中被错伤的同志，不应当计较，而应当想，这是娘打儿子，是为你好，怎么能和娘计较呢？这种论调在新时期中非常流行，这种有悖于共产党理论的论调已经合法化了，打人的说，被打的说，在正式会议说，在公开文章里也说。大家似乎也就见怪不怪了。即使觉得不妥，也常常会说这是出于“朴素的阶级感情”，一言以蔽之了。什么“朴素的阶级感情”！其实是有人爱听，有人听了心里舒服，哪还顾得上原则不原则？燕祥却要较真儿，硬是一层层地剥，最后露出个赤裸裸的丑态来。还要问上一句“在共产党组织内，每个党员都是平等的，谁是娘，谁是儿子？”一语中的，一针见血，让我不能不佩服燕祥纯洁的党性和坚定的原则性。前面我说燕祥是个让人尊敬的共产党员，确实不是给他戴高帽，也不是落俗套的吹捧。

有几次机会与燕祥一同到外地访问。这种时候，可以摆脱一切杂事，可以朝夕相处，可以彻夜长谈。1983 年，我们一同到青海访问，同行的还有刘祖慈、赵恺。我们一同到了青海湖、长江黄河的上游、昆仑山、日月山、倒满河，还顺便去看了敦煌。有一天，我们到格尔木附近的阿尔顿曲克草原上，在哈萨克牧民的帐篷里度过了大半天。热情的牧民款待了我们，在酒足饭饱之后，不禁歌之咏之、舞之蹈之。牧民们唱了好多歌，最令人难忘的是一位很老很老的妇人的歌。歌词大意是：趁死神还没有传来消息，让我们尽情地享受欢乐。一是为之感染，一是来而不往非礼也，我也唱了一曲青海的“花儿”《站在高山望平川》。我在青海下放过两年，所以熟悉“花儿”。之后，没想到燕祥也唱了一曲“花儿”，名叫《下四川》。他的嗓音和技巧都很好，这已经够让我惊讶的了，但更使我感觉到，还没有听到哪位歌唱家或者民间歌手能把这首歌唱得如此到位。歌词无关紧要，而曲调是高亢而悲凉的。我不知道燕祥是什么时候喜爱上“花儿”的，不知他什么时候学会了这首《下四川》，又是在什么情况下唱过它。事后我也没问，一问便俗了，便寡味了。只是想到，艺术这东西，技巧是必要的基础，但不是最重要的，只有人的某种经历、某种体验、某种感悟才起决定作用。唱歌也是如此。

燕祥不是歌唱家，甚至平时也没听他唱过歌。他不显山不露水。他的字也写得很好，却没听说过他以书法赠人。他没想当书法家。

1992 年，我们又一同到过西藏，同行的还有邹静之、雪兵、简宁、曹宇翔、林染、王鸿。燕祥是团长，我负责跑腿打杂。我们从青海出发，由省军区给安排了一辆旅行车，我常坐在靠门口的一个座位上，没注意别人都坐在哪里。有一次，坐在最后一排的燕祥招呼我过去坐。起初我以为他有什么事情要交待，后来也没什么事，我才意识到，他是拉我到后排坐，把好座位让给其他诗友。我也才意识到，他始终抢着坐后排。事情虽小，但这是燕祥的一贯作风，干工作抢前头，享受总是往后退。有一次，我们一同参加四川五粮液酒厂办的笔会。在成都住在一个度假村，条件很好，名家们都住单间、套间，可是他借口要与叶橹多谈谈，便要求住到一个标准间去。这不是一次两次的，而是总这样，不能不说这是一种品质了。

在拉萨期间，晚间没处去，就坐在房间里谈狐说鬼。有一次，我们说到儿时唱的歌，也有不同的，也有相同的，勾起许多童年的回忆来。我说，我小时候唱过一个童谣，到现在也不懂是什么意思，歌词是：“监牢狱，监牢狱，把你送到监牢狱，做个好朋友。”曲调很简单，我唱了一遍，在座的都很感兴趣，我又教他们唱，只一两遍就教会了。只是我的疑问并未得到解答。回北京不久，邹静之告诉我说，老邵把那首童谣写成了一篇文章。我把登着这篇文章的《南方周末》找来读了。果然写得不错，也算对我的疑问做了一种解释。他是说，他确见过一种人，把你往监狱里推，断你前程，夺你自由，令你家破人亡，还要你把他当作朋友，还要你认为他所作所为都是为你好。后来又读到燕祥的一本书，叫《人生败笔》，写的是他被打成右派时所做的交代，以及其后的“思想汇报”等等。我对这类事有了更进一步的认识。难怪同样一个素材，在我这里只是一个废料，而在燕祥手上就能演化出一篇好文章来。这不仅仅是才华高下的不同。如果没有那种混着血泪的体验，他也是写不出来的。体验之后，还须有对美丑事物的正确和鲜明的态度，还须有责任感和勇气。这些燕祥都做到了。因此，我喜欢他的作品，也喜欢他的为人。有好几次都想为燕祥作一张画，只因功力未到火候，不能动笔。但是我把题款早想好了，那就是把陈胜的一句话反过来用：

鸿鹄安知燕雀之志！

选自《时代文学》1998 年第 3 期

布衣燕祥

何镇邦

青年诗人邵燕祥，这在50年代的诗坛，是个很响亮的名字。我那时作为一个痴迷着诗歌的少年，是很崇拜他的。当朗读他的《到远方去》、《我们架设了这条超高压送电线》、《我们热爱我们的土地》等热情洋溢的诗篇时，多么希望能见到这位诗人，同他交谈啊！然而直到80年代初，我已人到中年并调到作协工作，有机会见到燕祥时，他已不再年轻，而且已不再怎么写诗，而用大部分时间和精力写散文、随笔和杂文，诗人邵燕祥已成了散文家、杂文家邵燕祥了。

记得第一次见到邵燕祥并同他交谈是在江苏省作协举办的太湖笔会上。此次笔会于1984年秋举行，历南京、苏州和无锡三地，与会者既有来自北京、上海和其他地方的文艺界朋友，又有江苏的一些新老朋友。燕祥当时正担任着《诗刊》的副主编，记得在南京金陵饭店第一次见到他时，还把他同另一位著名的杂文家蓝翎弄混了，因为他们的相貌实在有点近似，当然细细分辨，还是可以看出燕祥那儒雅的特点的。之所以把他混同于蓝翎，正说明对他的生疏。在太湖笔会上，由于是初次认识，谈得不多。交谈得较多的是当年在北京举行跨年度的中国作协“四大”上。那次会，我是工作人员，在简报组工作，而燕祥是与会正式代表。就在那次会上他以相当多的票数被选为中国作协主席团的委员。但这种身份的不同并不影响我们之间的交谈；记得这种随意的交谈大多是在餐桌上边吃边聊，有时是在走廊上见到聊几句。

1985年之后，很少见到燕祥，因为我是不大喜欢到处串门的人，而且同燕祥在业务上又没有什么联系，他写他的诗和随笔、杂文，而我好几年中又把全部精力用于当代长篇小说的研究和评论。只是常常听到燕祥日子不怎么好过的消息，但是，燕祥照样理直气壮地生活着，战斗着。常常可以从报刊上读到他那文笔犀利、忧国忧民的随笔和杂文。

到了1995年1月，我与童庆炳教授一道主编的《文体学丛书》以及童庆炳主编的《文艺新视角丛书》出版，云南人民出版社很重视这两套丛书的出版，拟在北京召开一次研讨会，请北京的学者、评论家和作家一起来议论议论这两套颇有些新意的文艺理论新著作。在讨论邀请名单时，很多人一齐想到请邵燕祥同志。于是，我同出版社负责这两套书责编的编辑来到位于虎坊路的燕祥寓所送书，请他参加研讨会。燕祥稍作谦逊便痛快地答应了。时届严冬，从虎坊路到北京师大路又远，临别时我一直嘱咐燕祥到时打个“的”到会场，“的”费照例是可以报销的。到了开会那天早晨，天空飘起了小雪花，我因为参与会议的一些工作提早赶到会场，发现早早赶到会场的几位朋友中就有燕祥，当问他是怎么来的、准备给他报“的”费时，他还若无其事地说是坐公共汽车来的。这就是邵燕祥！这就是邵燕祥布衣本色的具体表现！时下，人们大都很注意官阶和规格，注意各种待遇，注意新闻报道的名单排列和会上的座位安排，好像非如此不足以表现自己的身份和价值。在这方面，燕祥是完全超凡脱俗的！照说他是中国作协主席团委员，又担任过《诗刊》副主编，是著名的诗人、散文、杂文作家，是名人，且享受厅局级待遇，应该有点“谱”，但燕祥最痛恨就是这种“谱”，他绝没有名人的那种“派头”，也绝不摆厅局级的“谱”儿。乘公共汽车参加研讨会，只是他布衣本色的一点具体的表现。

到了1995年3月间，正是江南莺飞草长仲春时节，停了好几年的中国主席团例会在上海召开。邵燕祥作为主席团委员，照说应该赴会，因为这次会是主席团例会被无端停了好几年才召开的，巴老又亲自出面主持，更应该参加。但他可能有别的急事不能与会，便给会上写了一封信。此信当时在会上是作为会议简报发的。此信不仅表现了燕祥的凛然正气，而且文字也好，现全文抄录如下，供读者共赏之：

王蒙副主席并转

张锲书记：

作协党组、书记处以巴老名义召集的主席团会议，我已函巴老请假。

作协这几年丑闻迭出，有人事上的因素，亦有体制上的根源，懒于闻问久矣。你们知道我向主宽容，以后，认为不整人就是好人，退而求其次，虽整人而知所节制，不往死里整的也可以算是好人了。以言作协，倘有可能，多少做些有利于从事文学劳动的作家的实事固然好，但至少须不干或少干坏事：这该不是陈义过高的要求吧？

前两天有诗刊的朋友相告，唐晓渡、邹静之申请入会未获批准。唐晓渡诗歌评论的劳绩，凡熟悉文学评论和诗作情况的人所共知；邹静之是知青一代诗人，散文亦佳，有一书加入“蝈蝈丛书”第一辑六册（包括冰心、王蒙等）中出版。他们固无须借作协的会籍而彰显，不加入作协也并无碍于他们的著作、开拓、探索。只是与此相对照，据说作协书记处这次审批通过的新会员，有在创作和评论方面都无法与唐、邹相提并论，在文学组织工作中亦不知何所建树的人，这就未免成为笑柄了。

因此，补充陈建功等四位比较熟悉作家作品和文学界民情的人员入书记处，以补原有书记处成员之不足。或可少出现太不像话的事——但愿如此。

主席团会议就增补书记处书记一事投票时，不妨加我一票；此信权充委托书，不知当否。

此祝

春安

邵燕祥

（19）95年3月21日

此信原为诗刊唐、邹二位青年同志加入作协申请未获批准之事而发，历数作协1995年之前的怪事和丑闻之点滴，表示他作为一位诗人和一个正直的人的愤慨之情。读此信，为燕祥的仗义执言、疾恶如仇的凛然正气所折服，而这同他平时儒雅的风度、谨慎谦逊的作风形成鲜明的对比。这就是燕祥为人的两个侧面，有时是横眉冷对，蔑视权贵，有时则俯首为牛，平等待人。当然，燕祥信中所说的事是作协1995年之前的事了，至于1995年以后的中国作协，据说已成了众鸟栖息的“美丽的树林子”，这大概就不至于有燕祥信中所指责的那种怪事和丑闻出现了！

燕祥对于青年人是如此关怀，他们受到不公正的对待，他即仗义执言，为他们讨个公道。面对年长于他的老作家，他也是十分尊敬和关怀备至的。1996 年春节前，老作家汪曾祺乔迁新居，与燕祥为邻，就受到燕祥一家不少的照应。有一次，我同汪老以及燕祥夫妇一道参加一个活动，因汪老年事已高，行动不便。是我带车去接他老人家的，此事让燕祥夫妇知道后，他们俩一致表示，要由他们送回去，觉得他们没去接汪老很不应该。此虽小事一桩，但也颇让我感动。燕祥也是年过花甲的人了，但在汪老面前，常以晚辈出现，这种谦逊的态度当然也是很说明问题的！

燕祥在当今的文坛上，毫无疑问是位名人。时下，名人真不少，可是能保持布衣本色的名人却不多见，照我看来，作为布衣的燕祥更加可敬！

1998 年 3 月 3 日深夜

选自《时代文学》1998 年第 3 期

且说邵燕祥先生

韩石山

以邵燕祥先生眼下的名气说，我和他是沾不上边的。就像圣贤也会遇上盗贼一样，再有文名的邵先生，真要和我一起开一次会，我也会遇上的。他要怨只能怨会议的组织者，不能怨我。古人说薰莸不同器，汉贼不两立，可没说过贤否不共天。

按说他开他的，我开我的，又不同抢一碗饭，本可以互相见而不识的。只是因为我和他曾有一面之识，且对他印象很好，这一来就不一样了。

我和人交往，全凭印象，尤其是第一次见面时的印象。印象好，就往跟前蹭，印象不好，就躲着点。我只是个普通人，不负什么领导责任，用不着对谁都来个全面考查，正确看待。犯不上，你又不能提拔人家。

对邵先生印象好而至于很，是有来由的。

是 1995 年吧，《太原日报》的双塔文学副刊，开了个一百期还是二百期的纪念会，声势极大，请来了全国文学界的许多名流学者。光和邵先生年龄差不多，近年来以写杂文蜚声文坛的，就有牧惠、蓝翎、方成诸人。

会前谢泳告诉我，说邵先生来信，这次来太原有个心愿，想去山西大学看望常风先生。会议期间，一天下午，谢泳陪他去山大了了这一心愿。

就是这件事，让我留下了很好的印象。

常风，山西榆次人，早年毕业于清华大学，与钱钟书同班。曾执教于中国大学、北京大学。解放初回到山西，在山西大学外语系当教授，1957 年被打成右派。早在 30 年代，常先生已是中国文学界有名的书评家，后来结集出版的有《窥天集》、《弃余集》等。抗战前，协助朱光潜主编《文学杂志》。抗战胜利后，1947 年 6 月《文学杂志》复刊，仍由他负责具体编务，直到 1948 年 11 月停刊。大概就是在停刊前不久，邵燕祥给《文学杂志》投稿，常先生采用并已编起，时局突变，杂志停办，常先生还是给邵发了稿费。这年邵 15 岁。

一位是要发表而未发表的编辑，一位是投稿而最终未被刊出的作者，两人的情谊仅此而已。稿子和稿费都是由吴小如转交的，邵燕祥从未见过常先生。

就是这么点情谊，让邵先生记了将近半个世纪。以邵先生如今的名声，别说这么一点小小的“恩情”，就是再大点，也可忽略不计。该忽略不计的，他记住了，一记就是近半个世纪，这是多好的记性，多好的德行。

这样的人，别说他还写得一手好文章，就是一个字不写，你都得敬重，见了都格外的亲切。

常听文学界的人说，邵先生人缘好。自从知道了这件事后，我总觉得这样说邵先生，多少有些轻慢。说谁人缘好，每每会给人“乡愿”的感觉。对邵先生来说，该是人品好，儒雅的风度，磊落的情怀，一种久违了的品格和风范。

且说那天上午，邵燕祥开始发言了。我心里直嘀咕，邵燕祥来开会还用发言吗？坐在那里，看看人，让人看看，就够了。

听听，还真是专家水平。邵先生新近出了两本书，一本是他在“反右”中的笔记，一本是他在“文革”中的检查。要在别的场合，那该是随笔或纪实文学了，这会儿叫他那薄薄的嘴唇一吧嗒，原来都是传记文学。与会者的评价还不低，说这才是正牌的，是历史的实录，真正的传记文学就该这么写，不光有文学价值，还有历史文化价值呢，就差说该“宣付国史馆立传”了。

邵先生发言的时候，人人都支楞耳朵听。有骨头有肉，还有血。那语调，叫你由不得就想听，还得用心听。邵先生是北京人，老北京人。好多北京人说起话来，跟大舌头似的，连嘴唇都懒得张，就那么随随便便的由着舌头在嘴里搅和，听清了是你的福气，没听清那是你不配。邵先生没这个毛病，说起话来缓缓的，文文的，吐字清爽且字正腔圆。若旁边有人敲上小锣，那就是地道的京剧念白了。对了，准确点说，邵先生的话语，有那么种丝竹之气。

会议休息时间，我过去跟邵先生套近乎，他居然没有忘了我这个山西人，还问起常风先生的病情。上次见面时，常先生已卧病不起。好多年了一直是这个样子。

此后几天里，一有空儿，我总爱跟邵先生说说话。邵先生是名人。名人都有名人的架子，邵先生也不会例外，可邵先生的架子是揣在怀里的，不像有的名人，把架子挂在脸前当徽章，撑在腿上当高跷。一次去他住的房间里小坐，闲谈中说起我的那篇《谢冕：教人怎么敢信你》。

我问邵先生的看法，他说："什么看法都可以说，何必那么尖刻呢。谢冕这个人还是不错的。"

我无言以对。若是别的人，我会辩白一番，可当着邵先生，我不想多说什么。年龄在那儿放着，德行在那儿放着。

事实上，在那篇文章里，我也伤着了邵先生。在谈到谢冕为了凑足百年之数，不惜将刚刚发表的文章收入他《经典》时，我举的例子是 1996 年《天涯》杂志第 2 期上的一篇散文。该文的作者便是邵先生。别人看不出来，邵先生该是一眼就能看得出的。

邵先生和李辉一个房间，去那儿，也有看望李辉的意思。不管怎么说，像我这样，当着他的面在会上批评他的书，总是违于常情的。记得那天开会休息时，我就笑着对李辉说，外国评价一个人的著作的价值，常是看被引用的次数，我这不过是给你的著作增加一点价值罢了。不管我说什么，他是笑眯眯地应对着，干瘦的身材，马上给人一种大肚能容的伟岸感。

"邵先生——"我要说什么了。

"是邵，不是勺，四声邵。"他轻轻地说。

我羞愧得什么似的。想来对我那粗俗的山西普通话，他早已忍无可忍了。可他这么不经意地说出，你只能叹服他的涵养。古代的士子，都讲究个"唯名与器不可假于人"，你把他的姓念错了，就等于是亵渎了他。

闲谈了一会儿，便告辞出来。请教学问的事，我是做不出来的。

"邵，sh、ào 邵，四声邵。……"避过人我反复练了多少遍，总算是纠正过来了。

邵先生不光风度好，那模样先就叫你喜欢，或者说是敬重。不高不矮的个儿，不胖不瘦的身段，白白净净的脸盘，总那么笑意盈盈的。稀稀疏疏的花白头发，柔柔地朝后梳去，披覆在浑圆的脑袋上。60 多岁的人了，眼神还那么活泛。瞅着他，我总在想，晚年的胡适之，就是这么一副人见人爱的模样。

后来我发现，在张家界那几天里，喜欢邵先生的不光是我一个。

他是个星，老有人在追。他是股气，老有人在嗅。

张家界的空气，那真是清新极了，有到过美国的人说，比什么什么海滩的空气还要值钱，合五美元一公升。可与会者都知道，张家界的空气再清新也只是清新，只有加上邵先生，这空气才称得上祥瑞，一种人与自然的和谐。

开饭了，饭厅离住处有好长一段路，邵先生下了楼，悠悠然地走着，旁边总跟着几个人。不是紧紧地簇拥着，就那么疏疏地护卫着，交谈么，也不交谈，着急么，也不着急，此时此刻，任谁也得承认，在张家界的路上，就得这么走。邵先生的走法，你不能评价，你得品，像啜名茶一样的品。那叫走吗？太俗了，那叫“行”，“行行复行行”的行。若用京剧的角色来比喻，该是比老生快三分，又比小旦慢三分；小旦没有他稳重，老生没有他灵巧。

吃饭的时候，能跟邵先生坐在一起，那才真叫惬意。烧熟了的菜，每种只会是一种做法，邵先生边吃边聊，能给你说出七八种做法。他是皇城根长大的，平日云游四方，什么样的山珍海味、奇里古怪的菜没有吃过，说出来的比厨子炒出的还要香。因此上，陪邵先生吃一种菜，等于没花钱就吃过了七八种菜，且色香味俱佳，久久难忘。

游山了，最好能跟邵先生一路走。他不让你扶，也不让你拽，只是让你多操一份闲心，多添一份飘逸的兴致。走快了，你可以等等他，走累了，你可以陪陪他。他就那么不紧不慢，悠闲地走着。你看看山，再看看这个人，你就会觉得，这山只有配上这人，才有那么股子灵气，才绿得那么可爱，才高得那么值当。

当然了，你没这个耐心，尽可以勇往直前，不管不顾，但是，不管你走得多快，当你自以为得计，自以为捷足先登，同时又像条狗似的气喘吁吁的时候，一扭头，就会惊奇地发现，邵先生像是从云端飘下似的，慈眉善眼地站在你的面前，脸不涨红，口不气喘。

“邵先生——”你不安了，搓搓手，像是做了件不名誉的事。

“嗳，爬山步子得匀，悠着点。”

邵先生笑笑，还教了你点什么。可怎么个匀，怎么个悠，怕你这辈子也学不会。

我这人，老大不小的了，总像古往今来的小人那样，“远之则怨，近之则不逊”，一和这样一位好老头儿在一起，就没大没小的想逗个笑儿，撒个野儿。

一次宴饮，邵先生已在首席落了座，旁边是位小姐，我离邵先生远了点，便冲着邵先生说：

“邵先生，跟你说个话！”

他不知是计，离开座位过到我这边，我说，你坐在这里吧，反正你坐在那儿也没用处。

“噢，你们有用处。”邵先生不愠不恼，在我旁边落了座。

酒酣耳热间，我那轻薄的老毛病又犯了。一会儿和这个碰杯，一会儿和那个对饮，情知在劫难逃，事先已预备下一玻璃杯冷水捣鬼用。这杯水搁在我面前容易露馅，便放在邵先生和北大的仲先生之间。席上的酒是有名的“酒鬼”酒，又舍不得不喝。这样一来，就存在个调度的问题。外桌上的人来和我碰杯，我得用冷水对付，我自己喝时，又得是货真价实的“酒鬼”。亏得两位老先生调度得法，从未出过差错。更有意思的还是席间的谈笑。我旁边坐着一位小姐，不知哪位笑话我，说我想当“大众情人”，邵先生接过话茬，顺手就幽了我一默：

“他呀，是想当个小众情人！”

在张家界的几天里，最热闹的是最后那天晚上，宴饮过后，兴犹未已，主办者湖南文艺出版社，一时心血来潮，让客人跟他们来场乒乓球赛。操持此事的小邓，不知怎么想的，让北京大学的仲先生和我当裁判。那种小球，我长这么大从没玩过，顶多拿起来看看又放下，什么比赛规则一概不知。好在仲先生是行家，凡事都听他的，我只站在对面跟上大呼小叫，壮壮仲先生的声威。只是有几次，眼见得主队快输了，硬是以副裁判的资格，叫客队让了两个球。不是存心偏袒，只是为了增加点欢乐的气氛。

比赛结果，客队赢了。客队队员全是教授、博导，比赛时凶猛得很，临到领奖的时候，又扭捏起来，要把奖品让给主队，主队队员全是年轻编辑。这可难为了我们的颁奖人。

颁奖者何人，邵先生也。

“要是准备上两份奖品就好了。”邵先生是谁家也不得罪的。

两边还在推让着，看得出来，客队客气得快用完了。

“都听邵先生的！邵先生放个屁都是香的！”我喝得多了，出语也就格外的惊人。

“哈，石山这句话最香了。”

邵先生说时，还用手在面前扇了扇。多聪明老者，轻轻一句话，又把我这个草寇给宰了。

从张家界回来后，山东《三联报》的编辑，托我给她介绍几个当今的文章好手，我未加思索，就把邵先生的地址给了她，过后又觉得不妥，便给邵先生去了封信说明原委。不久，接到邵先生的回信，道是——

石山先生：

我在外“云游”，11 月中始归，得读 10 月 22 日来信。所嘱为山东《xx 报》写稿，一时恐顾不上，未敢因轻诺遂致寡信也。张家界之游，十分快活，现在记得的都是当时的欢谈笑语，已将传记文学云云忘到脑后了，没出息如此，不可悲乎！握手并问谢泳好。

燕祥　11 月 24 日

写稿不写稿，我并不看重。我喜欢的是邵先生这封小札。白纸，巴掌大小，墨笔竖写，秀逸的字体，不多不少，正好八行。这样的短札，编到《明人小品》里，也是佳作。若以我的小人之心度之，他老人家或许以为这次是端起架子来了，殊不知正好上了一个大当。

我给一位年轻朋友看了此信，又讲了我在张家界的种种劣迹，年轻朋友说，人家邵先生是客气，实际上就没把你放在眼里。我说，这话就错了，对自己敬重的人，就不该考虑对方是不是把你放在眼里。若对方把你放在眼里，才去敬重，那不是太势利了吗？在这上头，那些“追星族”堪称表率，不管对方喜欢不喜欢，我就是喜欢他，敬重他，这才是真的喜欢，真的敬重。

最近收到邵先生寄来的一本书，河南人民出版社出的，叫《人生败笔——一个灭顶者的挣扎实录》。就是他在张家界开会时说的两本书中的一本，收入他在“文化大革命”中写的检查和申诉材料。记得他说过，他所以能保存这些资料，是因为他是北京人，亲戚多，可以妥善转移并保管。留下资料，总有日月同光的那一天。当时我就佩服他的这种史识。

这是一本真实的书。并不是人人都敢出版的。你得有与那个时代彻底决裂的勇气，还得有“无事不可对人言”的胸襟。

选自《绿洲》2001 年第 3 期

《诗刊》：诗人恩怨催人老

张　弘

朦胧诗争论

在唐晓渡的记忆中，有关朦胧诗的争论后来出现了很不正常的状况……

李小雨是1976年进入《诗刊》的。刚进去没几天，唐山大地震发生了，她和编辑部的成员一起去了唐山，回来以后还写了诗。作为诗人李瑛的女儿，在此之前她也有创作。但是，这一次显然不同于以往。

此后，在工作之余，她一直坚持着诗歌创作。这时的她万万没有想到，自己的诗歌会成为“靶子”，由此展开了一场关于朦胧诗的大讨论。

1979年，《诗刊》先后刊出北岛的《回答》，舒婷的《致橡树》、《祖国啊，我亲爱的祖国》等诗。此时，邵燕祥、王燕生已经进入诗刊，邵燕祥负责刊物的二审。其时，1980年，全国许多刊物争相刊登这些青年诗人的作品。按照李小雨的说法，“这段时间，顾城、食指、裘小龙等人都开始在《诗刊》上发表诗作，整个诗歌界异常活跃。能把诗发表在《诗刊》杂志上，是一件比天还大的事。这时的《诗刊》发行量最高时达到54万份，它是千千万万文学青年出人头地、命运转折的捷径。因为《诗刊》，他们由普通工人变成名满天下的诗人”。

在1980年4月南宁“全国诗歌讨论会”上，以《今天》为代表的诗人的作品成为争论的焦点。当年8月号的《诗刊》上，广州军区的作家章明发表了《令人气闷的“朦胧”》，举出老诗人杜运燮的诗《秋》和李小雨的组诗《海南情思》（发表于1980年2月22日《人民日报》）中的《夜》的诗作为“朦胧诗”的例子，指出这些年轻诗人的诗歌“叫人看不懂”甚至“晦涩”，揭开了所谓“朦胧诗”的大讨论。章明也没有想到，他对这类诗歌颇含贬斥意味的命名——朦胧诗，竟然成为了中国诗歌的一个重要流派。

其后，《诗刊》连续刊登了一些争论文章，其中就有顾城的父亲、诗人顾工的一篇。

顾工在文章中说，刚开始读顾城的诗的时候，感到很气愤，但是顾城认为，这些诗歌是自己个人的审美视角。顾工认为应该予以宽容，并对自己进行了反省。

在唐晓渡的记忆中，有关朦胧诗的争论后来出现了很不正常的状况。据他回忆，在1983年3月举办的“中国作家协会第一届（1979—1982）全国优秀新诗（诗集）奖”颁奖仪式上，朦胧诗代表之一、获奖的舒婷只说了一句话，泪水就忍不住喷涌而出。

关于舒婷的落泪，唐晓渡还说：“其时频繁出入《诗刊》的某诗人以自己的方式为此做了‘笺注’。我曾两次听到他向刚接任主编的邹荻帆先生‘进言’，评说舒婷的《往事二三》一诗。第一次说得还比较隐晦，邹先生也只是含糊其词；第二次称这首诗分明写的是野合，并质问《诗刊》为什么不管，结果遭到邹先生严词拒斥。”多年之后，唐晓渡才知道，某诗人成为舒婷的主要批判者，并不仅仅是因为创作思想的分歧。而这一点，邵燕祥称在当时就比较清楚。

三个“崛起”遭批判

最终使那位老诗人狼狈不堪的却不是这几个年轻人，而是吉林老诗人丁耶……

1980年5月7日，《光明日报》发表谢冕的文章《在新的崛起面前》，率先探讨了“新诗潮”的意义；1981年3月号《诗刊》发表孙绍振的《新的美学原则在崛起》一文，从思想解放运动和艺术革新潮流必然对“权威和传统的神圣性”构成挑战的前提出发，论述了“新诗潮”的哲学基础和美学特征（4月号《诗刊》发表程代熙《评“新的美学原则在崛起”》一文，对孙文进行批驳）。1983年，《当代文艺思潮》公开发表了徐敬亚于两年前在大学时期创作的学年论文——《崛起的诗群》。这三篇文章都是对新时期以来的新诗（主要是朦胧诗）持肯定态度的，后来被称为“三个崛起”。

唐晓渡说，1983 年 9 月份，在新疆石河子举行的绿风诗会上，某诗人在背后一再给舒婷“上烂药”之后，有意要当一回明星。他不仅在大会发言中一人占了三人的时间，而且拿腔拿调地模仿广播员，用记录速度宣读他事先准备好的讲稿。在痛斥了所谓“三个崛起”之后，他摘下挂着金链的眼镜，声音也变得阴沉。他说：“你给他们讲学术，人家可不跟你讲学术。不是说要用不同的方法解决不同性质的矛盾吗？那好，是学术就用学术的方法来解决，不是学术，就用不是学术的方法来解决嘛……”

唐晓渡记得，当时本来没有几个人在认真听他发言，但这句话犹如往一缸浑水里投下了一把明矾，乱哄哄的会场转眼间变得安静下来。许多人都不太相信自己的耳朵，仿佛受到突然袭击一样彼此交换目光：他哪来的这股杀伐之气？他仗着谁的势？他想干什么？整整一个中午，几个年轻诗人议论的中心话题就是如何惩治这个为老不尊的人，并设想他比如挨了一颗突然从天而降的“西瓜炸弹”后会是怎样的狼狈不堪，并为此而乐不可支。

但是，最终使他狼狈不堪的却不是这几个年轻人，而是吉林老诗人丁耶。唐晓渡说：“就在当晚，一心想诉诸非学术方法‘解决’问题的某诗人气急败坏地敲开了我和邹荻帆先生合住的寝室房门，怨愤交加地嚷嚷道：荻帆你到底管不管？丁耶个老疯子，居然骂我是‘混蛋’，还说要揍我！”

邵燕祥辞职

邵燕祥和该副主编后来合作不愉快，所以在 1984 年提出了辞职……

10 月 3 日，邵燕祥等人参加了“重庆诗歌讨论会”。“三个崛起”被上纲上线。唐晓渡称，当年《诗刊》12 月号发表了这次会议的“综述”，这次会议是由重庆作协的一批负责人士轮流主持的；莅会的中国作协书记处领导也在发表的文章中使用了“祝贺”的语气，并谦称“是来听取意见，向大家学习的”。然而大家都明白，由一个省辖市的作协来主办这样一次事关新诗发展的“方向”、“道路”的会议，分量显然不够；而上级领导的低调大都包含着策略的考虑。尽管如此，这次会议的声威仍然足够吓人。由于使用了纵览全局的视角，且通篇充斥着“指出”、“一致认为”、“一致强调”等庄严而铿锵有力、体现着集体意志的字眼，会议“综述”读起来更像是一份有关诗歌的决议公报，更配得上用记录速度广播。它充满了特有的战斗色彩和激情，以及简化问题、径取要害的直接性，其严厉程度又足以使之成为一篇讨伐檄文。在此次会议上，邵燕祥奉命非去不可，但他发言时打了“太极拳”。他当时已经预感到了某些不寻常的东西。

在某诗人对“三个崛起”上纲上线之后，雷抒雁和纪鹏也进行了批评。这次会议本来还想把谢冕当作靶子进行批评，但谢冕没有去。此外，朱子奇、柯岩等人对“崛起论”进行了措辞激烈的批判，并指出《墙》(舒婷)、《空隙》(顾城)等是“有严重错误”的诗。最终，徐敬亚迫于压力在某报发表了自我批判，这场争论由此结束。之后，他去了深圳特区。

回北京后，《诗刊》某副主编在首都剧场召开了“重庆诗歌讨论会”传达会议精神。

北京的很多刊物都派人参加，邵燕祥称胸闷、憋气推辞未去。在唐晓渡的记忆中：“邵燕祥和该副主编后来合作不愉快，所以在1984年提出了辞职。”回忆这段经历，邵燕祥说：“我进入《诗刊》时有两个心愿，一是帮助一些老诗人重新在《诗刊》亮相，经过几年时间大家差不多都亮相了，二是希望牺牲自己的一些创作时间，能够推一些青年诗人出来。这两点在借助天时、地利、人和的情况下大家一起努力做到了，加上大部分编辑理念与我接近，所以我向文联领导唐达成提出了辞职。”

选自《北方音乐》2006年第9期

碎片——一个右派妻子的回忆

谢文秀

回想起来真是幼稚，少年时总以为当皱纹爬上眼角、双鬓飞霜的时候，一个秋日的黄昏，自己会翻看书里夹着的枯萎的花朵，感叹如梦如烟的人生，思念往昔的时光，玩味淡淡的哀愁。

青年、中年一次又一次的震撼仿佛使我清醒一些，代替玫瑰色梦幻的是实实在在右派妻子的处境。比起那些随丈夫发配到边疆的妻子，我的不幸自然也只是“淡淡的”，甚至还算是“幸运”的。从没离开原先工作的新闻单位，下放过几次，也是名正言顺的下放干部，不算劳改。

幸耶，不幸？只有自己心里明白。从没有挨饿受冻，更没受过批斗，只是那些平平凡凡的日常生活，竟然也像强烈地震时甩出的揉着惊悸、辛酸、无奈也还带着一丝温馨的碎片，深深地嵌在脑海里，化不开，忘不了。

罗　网

即使在邵燕祥蒙受种种耻辱打入另册、我处境不佳的年代里，我也不能把一切不顺心乃至倒霉的命运全算在他的账上。在一些人看来，我并不是无辜的。

有人说：瞧，这才是一对呢，都是右派言论。

这句话，我是1958年夏天在河北沧县整风时听说的。

我知道这意味着我也要被划成右派了。

为什么？

很简单，是我又一次自投罗网。

1958年初，刚进沧县窦店村不久，住在一户下中农家里，这家日子过得很艰难，几乎很少吃到纯粮食，我和他们六口人一起除了没吃过观音土以外，各种代食品都尝遍了，黄菜盘子（一种野菜籽儿）、棉籽饼、萝卜条、糠，还有我叫不上名儿的能填肚子的各种野菜、野草。户主叫韩崇悌，生产队长，生活的重担压得他除了下地干活，总是一言不发。瘦得皮包骨头的大娘看着三个正在长身体的孙儿孙女缺乏营养，忍不住数落了高级社的种种弊病，说还不如初级社。在一次团支部会上，我转述了房东大娘的看法，自以为是如实反映了下中农的呼声。

没几天团支部又一次开会，是对我的批判会。记得有一位党员干部列席，团支部书记定调，指责我下放以来不好好改造思想，还否定农业合作化，说什么高级社不如初级社，还有句话在心里没说出来，就是初级社不如单干。

尽管我在一年前刚在解放军胸科医院开过刀：因先天性动脉导管未闭动了结扎手术，从小体质又较弱，可在窦店干活毫不惜力，从未嫌苦怕累；我没下过农村，更没尝过饥饿的滋味，看着农民吃糠咽菜，自己咬着牙也挺过来了，没有任何怨言。但是没用，谁让你说不合时宜的真话了。这又一次埋下了祸根。

这到底算是第几次，我也说不清。

参加工作以后，我这个经历简单（从没参加过任何“反动党团”包括其外围组织，也没接触过国民党员和三青团员）、头脑更简单的学生，因为直言，一度居然成为肃反的审查对象。

我在学校并不用功，可是少年时代学的知识多少在脑子里沉淀下一些印象。我记得中学的外国地理课本明明白白说：波罗的海三国立陶宛、拉脱维亚、爱沙尼亚原先并不是苏联的领土，二次大战爆发以后才并入苏联。不知什么鬼使神差，我在某一次会上阐述了这一观点。我又喜欢跟一些同学打桥牌、听音乐会，偶尔还去喝咖啡。这在一些人眼里，无疑是坚持资产阶级生活方式，甚至还有反革命小集团至少是落后小集团之嫌。

肃反运动，我不是明确的审查对象，开了几次会“帮助”我，找我谈话，让我揭发。我揭发了别人，如巴金所说“跟在别人后面丢石块”，为的是保护自己过关。

肃反的罗网，我算是擦边而过，因为我真的跟反革命没有任何瓜葛。当然也因为当时主持电台对内部（即中央人民广播电台）工作的顾文华是位大事从不糊涂的领导，他对我被支部列为肃反审查对象大概也觉得荒唐。在他的领导下，对我的审查也就真成了走过场。

1957 年鸣放时，我因忙于业务，没在任何所谓煽风点火的大字报上签名，而燕祥，起初也没卷入。后来风向一变，我这个后知后觉的人对大祸临头没丝毫预感，非但不感到忐忑不安，甚至还要对人民日报社论《这是为什么？》说三道四。同时表示不理解甚至愤慨的还有比我大几岁、金陵女子大学毕业的李宜。

燕祥被划为右派，我做梦也没想到，国庆节前开了党支部扩大会，扩大到团支部，当然不包括我这个团员。我知道党支部在“帮助”他，他不告诉我开会的内容，我也不问。那会儿的人，包括我这个被视为典型资产阶级小姐的青年，实际上组织纪律性极强，从不打听任何所谓党内机密。我大概太懵懵懂懂了，不知道他已陷入天罗地网，国庆假日，他留在宿舍写材料，我却还有兴致和同学一起去听傅聪的音乐会。

没多久，对邵燕祥的斗争不再保密，党支部书记何光在一个局党组成员的支持下导演的一批又一批揭露他“罪行”的大字报出笼了，一次又一次批判他“罪行”的会议召开了，何光还专门找我谈话，让我揭发邵的问题。我虽然心情矛盾、痛苦，但是经历过政治运动的我，知道自己辫子不少，也担心被揪出来，只能表态要划清界限，还列举了我知道的他寄出而尚未发表的诗文。

1957 年我和李宜都被定为中右，却没划为右派。几十年后才知道，我这是沾了李宜的光。本来我和李宜的“右派材料”已经在部分人中传阅了，只因李的姑母、姑父是李伯钊（中央戏剧学院院长）、杨尚昆（中共中央办公厅主任），投鼠忌器，不看僧面看佛面，支部要对李宜网开一面，我也跟着从网边闪过去了。

1958 年沧县整风补课时，让每个人写大字报交心，我竟然贴大字报说想不通邵是右派，还引经据典：苏联的杜金采夫虽然写了《不单是靠面包》受到批判，但并未因此成为敌人云云，还说如果邵是右派，那么，我更是右派。急得一位下放在同村的好心人、电台工业组的同事，比我要明白几千倍、几万倍的夏佛生恨铁不成钢地批评我：你根本不懂思想改造。是的，我真不懂。都到这个时候了，什么阳谋、阴谋早已公之于众，哪个知识分子不是噤若寒蝉，我也是好不容易才逃出反右这一关，到补课了，还要自投罗网。

没料到的是我又一次幸免于难。当时不明就里。后来得知，下放工作团的领导核心五个人中，有三位老同志：重庆新华日报来的陈竞寰，胶东老区来的王治本和山西老区来的马映泉（前二位已去世），力保我过了关，理由是：已经有一个右派了，别让一家子都成右派。真是菩萨心肠。以后的日子里，他们多次见过我，从不提这事；燕祥和我从侧面了解到当年的实情，也没当面感谢过他们。

我不是教徒，但我真诚地祈求上帝：去世的二位上天堂，在人间的马老健康长寿！

门　槛

从那以后，不论是邵燕祥，还是我，都曾多次虔诚地检讨、认错，他总算在 1959 年秋被摘了“帽子”，回电台不宜留在编辑部，调广播文工团；而我，虽不适合当记者，尤其不能搞工业报道（是怕我里通外国泄密，还是担心我到重点工程搞破坏？），从沧县回电台调离工业组，到新闻组当编辑。60 年代初期，周恩来、陈毅在广州为知识分子包括“右派”说了点好话，我的处境也有微妙的变化，一度居然把我调到记者组。没过多久，“千万不要忘记阶级斗争”了，我自然又调离记者组。我常说，别看我这个小人物，我的工作调动还总是和大气候紧紧关联着呢。

尽管对我的工作时有调整，我也绝对没有什么怨言。看着那么多的右派家属随着丈夫去宁夏、内蒙古落户，我除了感激，还有什么可说的。

那些年，我真诚地感谢组织对他的挽救，感谢组织对我的帮助。几乎每次运动，每次年终小结，都像祥林嫂说她的阿毛被狼叼走一样，痛骂资产阶级家庭，检讨阶级立场，又针对多年不驯服的毛病，表示决心当驯服工具。

就像祥林嫂因为两次嫁人怕到地狱被两任丈夫扯成两半捐了门槛赎罪一样，燕祥和我在那些年里，自我批判、自我否定，悔过、认错、改造，甚至紧跟。1959 年反右倾运动，他刚从河北黄骅农场调回北京，根本闹不清运动的背景，更不知道庐山会议批的是彭老总，反正《红旗》杂志上批同路人，也就跟着批。记得他写的批判文章还被机关内部的小报刊登了，发表时没有他的名字，只说是根据会议记录整理。60年代初期，他又主动配合反修斗争，把苏联作家柯切托夫维护斯大林的小说《叶尔绍夫兄弟》改编成话剧，经过孙维世等人指点修改后演出。“摘帽右派”参与的剧本，居然成了党团员内部观摩的话剧，尽管他本人已被开除党籍。真是极大的讽刺！

1963年生的第二个孩子是个女儿，起名叫甜甜。我们两人已经改造得绝没有自己的意志，以为从此可以四平八稳地过平常日子，我们希望生活像蜜一样甜，哪还会去反党、反对伟大领袖呢！再说他也劳改过了，我也没少劳动，应该说已经赎了罪。可是“七八年再来一次”！捐了门槛还是有罪！

他那么样的夹起尾巴做人，从文艺界小整风开始，又成了批判对象。只能说在劫难逃啊！

门槛啊，门槛，如果是屠格涅夫笔下的《门槛》，那是他心甘情愿的。他从解放前参加地下党外围组织起，就是抱着那样的信念：

——呵，你想跨进这门槛，你知道等待你的是什么吗？

——知道。——姑娘回答说。

——知道寒冷、饥饿、憎恨、嘲笑、蔑视、侮辱、监狱、疾病，甚至死亡吗？

——知道。

——知道你会跟人世隔绝，完全孤零零一个人吗？

——知道，我准备好了……我愿意经受一切苦难，一切打击。

——知道不仅要躲开敌人，而且要抛弃亲人，离开朋友吗？

——是的，……都可以离开他们。

——好吧。你情愿去牺牲吗？

——是的。

……

如今，门槛怎么成了鲁迅笔下的祥林嫂了。

而我，理所当然要受株连。

更大的风浪终于来了。

冬 日

32 年前的冬天——1966 年的冬天格外冷。

我住一间朝北的小屋，暖气似有若无，隔夜烤在暖气上的袜子没干。我又给孩子们找出两双袜子，一双有个小洞，赶紧找针线缝上。

每星期一早上都是这么紧张。不到 5 点半就起床，自己收拾停当，给两个孩子准备好干净衣服，轻轻地叫醒儿子、女儿。

闹闹、甜甜，乖，起床，该上幼儿园了。

儿子多少知道钟点，老大不情愿地问，妈妈，几点？

6 点都过了，起来吧！

不，幼儿园班车 7 点半才来呢，我再睡一会会儿。

儿子说得不错，班车离宿舍很近，7 点起床也不晚，可是……

闹闹，乖，起，妈妈还要送妹妹上报国寺托儿所呢，晚了来不及。听妈妈话。

甜甜似醒未醒，使劲揉眼睛。

“妹妹都醒了，闹闹懂事，自个儿穿衣服。我帮妹妹穿。”

全利索了，又给孩子穿上大衣，戴上口罩，到宿舍院儿里，天还没全亮。

6 点 45 分，我把闹闹送到候班车地点——小马路的南边，那里挨着北京电台的大门，门前有一片空地，比较宽敞，即使有来往车辆也不至于碰着孩子。他照例是第一个，也是半小时内唯一的一个。天还没全亮，马路上静悄悄的，我替他把大衣领上的扣子扣紧，围巾围聚，一再叮咛：“千万别走远，实在冷得不行，就跺跺脚。闹闹勇敢、能干，不用妈妈送上班车，自个儿能行，是吧！”儿子痛快地答应了，分手时还说了声“妈妈，再见！”

甜甜走得慢，我只好抱着她往汽车站赶。本来 19 路车直达报国寺，可那年修广安门桥，当中要下来走一截。广安门下车，我实在抱不动了，拉着她的手过临时搭的便桥。桥周围一片空旷，扑面的大风刮得我衣服仿佛被吹透了。低头看女儿，穿的是哥哥的小大衣，有点短，更挡不住凛冽的寒风。我眼圈儿一红，责怪自己真不是好妈妈，怎么就没想到给孩子准备件厚大衣呢，虽说幼儿园、托儿所都备早饭，大冷天，我怎么就不让孩子吃一口再出门呢！“甜甜，这儿冷，咱们快走，过桥上车就好了。”她紧紧拉着我手，依偎着我的身子，尽可能赶上我的脚步。一边走一边又怯怯地重复了多次的要求：“妈妈，星期六早点儿接我，每次你来，小朋友都走光了。”女儿的要求不高，可是我没法答应，又不忍心拒绝，只好拐了一个弯：“你看，每星期六，妈妈总是顾着接你；哥哥坐班车回宿舍，都是邻居阿姨、叔叔帮着接，妈妈对你好吗？”“好！”“对，甜甜也好。好孩子，妈妈晚接也不闹，是吗？”她点点头。

从托儿所回来的路上，才又想起儿子。我安慰自己，班车会按时来的，他不会老在冷风里独自站着，也许还能遇上熟悉的叔叔阿姨，跟他说说话，把他送上车。再说他也习惯了，将近半年都是这么过来的。有个经常送孩子上班车的好心人告诉我，每次车一启动，人家小孩儿总是挤在靠窗口的地方吱吱喳喳向爸爸、妈妈招手再见，而他，一个孱弱白皙的小男孩儿，安静地坐在那儿，一动不动。

是的，小时候有名的闹闹，现在仿佛变得特别乖。我不也是么，都说我个性强，如今不也得比谁都知趣。

8点差5分，我准时到办公室。

离 婚

没人硬性规定我每天必须按时上班，是我给自己立下的规矩。

倒也不仅仅因为“文革”的风暴，从小受的教育就是要遵时，守信用。工作以后也习惯了按时上下班。又何况如今！

别人家里有事能晚会儿来、早点走，我不能，谁让我丈夫是专政对象，进了政训队呢。据说已内定开除公职，到湖南洞庭湖边的农场劳动改造。我无法改变命运，但是我要靠自己加倍的努力，表明我对革命事业忠诚，对革命工作绝对认真负责、一丝不苟，也许这样能稍稍改善一下处境。我一再表明，准备跟丈夫离婚，给儿子邵小哨改姓名，叫谢立新。女儿1963年生下来就跟我姓，理由自然是男女平等，不过下意识里也想过，万一再有风浪，非离婚不可，一双儿女一人一个也好。没想到，不幸而言中。

几天前，我已把母亲留给我作纪念的几样首饰交到部门的“文革”领导小组；前不久父亲在上海病故，我为表示与资产阶级家庭划清界限，只发了一个电报给顶门立户的哥哥：请酌情办丧事，我不返沪。

我还能干些什么呢？唯一可表白我心迹的只有拼命工作。记得1958年下放结束时，不少右派妻子调到宁夏，我却如期回到电台。一位被认为原则性极强的女上级沅华善意地透露了缘由：“像你这样努力的业务干部，中央电台还是需要的。”其实这只是一种说法，要不是广播局的梅益等领导有意让邵以后（当时他还在黄骅农场劳改）调回机关，我再努力也徒然。不过，听了这话倒让我多少明白一点：我没有任何优越条件，出身不好，爱人是右派，只有业务是我唯一的救命稻草。

受或多或少的株连，我算是过来人。可这回来势不善。儿子5岁多，女儿才3岁，还有头几年刚寡居的婆母。怎么办？

早在他被隔离前，我们就商议好：孩子由我一个人管，住机关宿舍。根据以往的经历，我存有侥幸心理，也许还能留在电台工作；他回家跟老母亲住，周末假日孩子也不去，最好让孩子慢慢忘了他这个爸爸。记得最早是由我提出的，他没意见。

联想起1957年那个让人揪心的日子，我们结婚才半年多，大难临头，我还傻得全然不明事理，表示即使他没工作我也要养活他。这回，可真应了那句人们熟悉的话，“夫妻本是同林鸟，大限来时两分飞”。选择“分飞”无非是觉得可以暂时保住自己和孩子不受冲击，至于能不能飞出去，能不能飞到一片安稳的树林，谁能预料？“两分飞”对我来说最大的代价是要忍受人们心头的非议。那些年不管人们口头上如何革命，可善良的人心中总有是非。我把他撵回家，还不让孩子跟奶奶见面，我还是为人妻、为人母的女人吗，简直是没情没义的势利小人。可想想两个年幼纯真的孩子，我别无选择。宿舍院儿里，电台第一个被揪出来的少儿部主任郑佳，除被抄家外，连宿舍的房门口也贴满了勒令低头认罪的大字报，我要不坚决点儿，过不了几天，我们住的宿舍也会遭到劫难，孩子脆弱的心灵怎能经受住这样残酷的折磨！我从不期望领导表扬我立场坚定，只是怕惊吓着孩子。

分别时，我忍不住哭了，什么也说不出来。他没流泪，一再说让我多保重，

“要想开点，一个人一辈子什么日子都要过的”。一个夏日的夜晚，他带着简单的衣物离开了机关宿舍。

那几个月，我跟他没有一点点联系。

没人相信我会真离婚。从延安来的老播音员齐越对他说，你们是假离婚吧！

是真是假，我也说不清。形势一紧张，我就觉得怕早晚得办正式手续，甚至考虑得十分具体：离婚大概得上居委会或是法院办手续，在那种场合，我能昧着良心严词厉语指责他如何如何反动，表明坚决离婚的决心么？恐怕不能，我担心自己终究控制不住感情，会流泪，甚至泣不成声。那样的离婚徒然落话柄、挨批判，倒不如先拖延些时日再说，也许时间长了，疏远了，感情也就淡薄了。

我真是这么想的，从没告诉过任何人，燕祥也不清楚，直到今天。

后来批判资产阶级反动路线，他从政训队出来，我也没敢让他公然回家，都说右派要到运动后期处理，谁知道会落个什么下场。1967 年春节前，邻居两夫妻带着孩子回老家探亲，孩子们平时在托儿所，一个单元里日常就我一个人，他偶尔晚上悄悄地来，深夜或凌晨待院儿里基本没人时再离开，合法夫妻的“非法”活动隐秘而短暂，连孩子都不知道爸爸来过。没过多久，邻居回来了，我们又恢复两不相干的生活。

大概预计到新的一轮冲击将波及到他。在这期间，他给我带来过两封信，原信早就销毁，大意是让我放心，再大的委屈、折磨，他都不会自杀。他永远记住鲁迅先生的话：名列于该杀之林则可，悬梁服毒是不来的。

果然，1968 年春，他又一次被揪出来，说是妄图翻案的右派。

离婚分手的事又在我心头翻腾开了。

我找谁商量呢，想来想去，有一位老同事，早在 50 年代后期就与右派丈夫离了婚，之后一直带着女儿过。我登门拜访，她不感意外，只是告诉我，如果不再结婚，离婚后处境也改善不了多少，怎么说也是孩子的生父、自己的前夫；这个重要的社会关系不可能甩掉。本来我天真地以为离了婚孩子往后的日子会好过些，少遭些白眼，少受些歧视，从未想到还要再找个什么人结婚。既然如此，我也只好还是老主意，拖，拖，拖……

后来，受冲击的人越来越多，那么多反革命、黑帮、五·一六、叛徒、特务，有时简直像走马灯，今天还是一派头头，明天成了黑手；这会儿是革命干部，过一阵又成了叛徒，他们或她们的家人大都照样过日子，我责怪自己：干嘛那么惊慌失措，自寻烦恼，还是得过且过吧。

尽管我下过几次决心，一刀两断，划清界限，最终还是齐越说得对：是一场假离婚。

我从少年时就耳濡目染了那么些良心、情义等等价值观念，遇到思想不通强迫自己采取某一项行动时，好像心灵无时无刻不受熬煎，有时也想学着硬硬心肠，快刀斩乱麻，不行，心里发虚。我大概命里注定，一辈子也成不了翻手为云、覆手为雨、识时务的聪明人。作为妻子，只能是划不清界限的女人；作为编辑，我则是个只认死理而不会“转弯子”的迂者。

要　强

我自以为是个要强的人。

那一阵工作、开会、学习，哪头也不敢耽误。“文革”开始刚兴背“老三篇”时，我和同办公室同年龄的张赫玲很快就把“老三篇”和林彪为《毛主席语录》写的“再版前言”背得滚瓜烂熟，一半虔诚一半逞强，还夹着几分不得已。反正，我这个注定每次运动都“落后”（不说你反动就是十分客气的了）的人其实是从来不甘也不敢“落后”的。

不管心情如何，在公开场合我不愿失态。1957年我跟他同一个部门，批他的大会、小会，凡是让我参加的，我都不动声色坐在一旁，听着各种上纲上线的批判，瞥一眼各种人投来的目光：幸灾乐祸、冷淡，更多的却是同情。这次运动来势更猛，下跪、剃阴阳头这些至少在电台前所未闻的侮辱人格的种种，他无一幸免。

那天早上，我一进广播局大门，就感到异样，几个年青人恶狠狠地嚷嚷，把黑帮梅益揪出来！接着中央电台有人呼应，把郑佳揪出来！又有人喊，把……我赶紧快步走到办公室坐在桌前，不管走廊里有什么动静，我总是一声不吭，低头编稿，尽力掩饰自己的不安。我认出门口的年青人中有一位是广播学院刚毕业不久的女学生，是对外部（国际电台）的文艺编辑，总还会有对内部（中央电台）的人参加，都是些谁呢？事后听说把黑帮头发剃成阴阳头的是60年代初复旦大学新闻系毕业的，曾跟我在一个部门工作过；那个特地找来剪刀的我还比较熟悉，是个极为幼稚的小录音员。应该说在广播局当时的一帮风云人物中，他们绝对不算最坏，可是偏偏我认为人品还算过得去的人会有这样的“革命行动”，真是不可思议。事后想起来，觉得运动一来，那种疯狂，那种“斗、斗、斗”的氛围，还有历次运动过后积极分子被提拔的实惠，真是把人性中最最丑恶、最最残酷的那一部分充分调动出来了。这几十年，我还多次遇到那位复旦的低我好几班的校友和那位录音员，我们相处很好，有时还能说些真心话。谁也不提当年那些个事。

那些年在公众场合，不管听到什么，看到什么，我总是装作无动于衷的样子。委屈、眼泪只能往肚里咽。每天上班，特地穿得整整齐齐，个别极熟的朋友半真半假地说，你啊，越是日子不好过越穿得笔挺。笔挺显然是夸张，不过确实不愿给人以可怜兮兮的印象。女儿1967年转进广播局幼儿园，周末、周一早上不用兵分两路，疲于奔命，我感到轻松多了。运动一开始那种焦急、畏惧的情绪也稍有减轻。

两个孩子诞生时，我们的经济情况可以，高兴时给孩子缝点衣服，偶尔回上海，亲人送、自己买，孩子穿得不算差。“文革”后，孩子长高了，原先的衣服嫌短嫌小，到商店看看，不管大人孩子都是四个兜的中山装，价钱又不便宜。我想想，还是自己动手吧。平时开夜车怕影响第二天工作，万一犯困出了差错，可担当不起。星期六晚上孩子们睡下后就是我做针线活的时间，缝纫机经常踩到半夜两三点。会缝纫的大姐也曾给孩子做几件夹克衫寄来。哥哥和二姐也没忘了给我两个孩子买几件童装。就这么着，儿子从小到成年没穿过一件千篇一律的中山装。我还记得，女儿有一件浅蓝色灯芯绒外套，又短又小，我把它改成一件后边开的背心，还镶了深蓝的边，她穿了好几年。可能是1969年，形势稍许缓和一些，上海的哥哥出差来京特地为女儿带来了当时最时兴的小军装，女儿挺喜欢，我始终没让她穿，转送出去了。铺天盖地的草绿色，我不只是看烦了，还有一种说不出的恐惧：得意扬扬自以为天生高人一头的红卫兵，抄家时用皮带抽人的红卫兵，成天绷着脸训斥人的军宣队，哪个都穿着一身绿。

以往节假日孩子都上奶奶家，奶奶家去不成，我就设法带他们上公园，让他们也跟健全家庭的小朋友一样，有欢乐的童年。

“文革”开始一两年，我还参加节日报道或重大报道的最后复制合成工作，外出采访自然就免了。复制合成时间性强，容不得出一点差错，好在这些活我干了多年，并不怵，麻烦的是晚上播出后还不算完，必须等姚文元审定的新华社稿来以后，以钦定稿为准修改。这样，白天干了一天，晚上休息片刻又要接着工作。改完还不能走，谁知道什么时候又来个改稿呢，得到第二天清晨拿到《人民日报》大样，我才算完成任务。

在机房时，我尽可能镇静、细心，动作敏捷，除了眼前的录音带、文字稿，什么都不想。出了机房，有点空闲，就要想这想那，想起那一双没人接的儿女，该在幼儿园园长老安伯伯家安睡了吧。老安伯伯是位老革命，文化水平不高，心眼儿好。每逢节假日谁家孩子没人接，他理所当然地把孩子安顿在自家。我那一儿一女是老安家节假日的常客。直到现在，我还清晰地回想起他微微弯曲的身躯，带着浓重南方口音的普通话。每次我从他家接回孩子一再表示谢意，他和老伴只是轻轻地说，孩子挺好，快走吧，带孩子好好玩玩。

是的，那天我上幼儿园接孩子已经是5月2日早上快8点了。第二天一早，他们又该回幼儿园过集体生活，这仅有的一天，不能委屈孩子。“走，咱们上北海公园去！”两个孩子一边跳着蹦着，一边抢着告诉我头天夜晚怎样在老安伯伯家的房顶上看天安门放花。虽说连续工作了一天一夜，看孩子们这么兴奋，倒也不觉得困乏，“真好看，妈妈，轰一下，半边天全亮了，紫的、黄的，银色的，比在奶奶家都看得清楚。”“你们怎么上的房？可要小心啊！”“老安伯伯家的大哥哥、大姐姐把我们弄上去的。没事的。”

国庆节夜晚看放花，北京人得天独厚的享受、乐趣，对我仿佛已经陌生了。1956年的国庆，燕祥要写一篇节日夜晚的特写，我陪他走在西长安街上，望着星空一簇又一簇的焰火，我们随便谈着，他说起火树银花，我忽然联想到在上海看过的美国歌舞片《火树银花》，不过没好意思说出口，当时他正真诚地帮助单纯得近乎幼稚的我，多读苏联的革命题材的文艺作品，我怎能念念不忘少年时看的美国电影呢！我一直觉得他比我革命得多，甚至认为过于刻板，不会跳舞、不会打桥牌，不会……我做梦也没想到，才一年时间，这个温文尔雅的共产党员被批成青面獠牙反党反社会主义的敌人。

唉，越想越远，想哪儿了。

忘了哪一年，可能是1967年，六一儿童节正赶上星期日，我们三人起了个早儿，到颐和园门口才7点。清晨的公园空气分外新鲜，我带着他们登万寿山，游昆明湖，照了几张相。兄妹俩有两张单人相片后来放大了：在十七孔桥上，哥哥的那张笑容有点尴尬，是硬逗出来的，妹妹倒是抱紧了斜挎的军用水壶，乐开了花。谁能猜到这是一对享受不到父爱的孩子！

第二天上班，说起头天的活动，同事说我真是好兴致，精气神儿足。我也不知道那几年哪儿来的用不完的劲，过三十的人，又不是多好的身体，不说是身心交瘁也是勉为其难，居然顶下来了。人，大概就靠绷着一股劲儿，松不得，软不得。

闹　钟

1968年初，儿子回家到附近的育民小学上学。

一直到临开学我才把他从幼儿园接回来。他所在班的孩子春节前就走空了，老师知道我家没人照应，就把他安排在小班，帮着小弟弟、小妹妹系鞋带，叠被子，就这样凑合了一个多月。

学校开学了。好在学校离得近，上学放学不用家长接送，放学后也没什么功课，他总是在院子里和小伙伴玩一会儿，等我下班。发愁的是晚上不好办，除了星期四、周末、星期日，机关里每晚有活动：开会或者学习。

我跟闹闹规定好：晚上妈妈不在家，不去院儿里玩，要按时睡觉。我特地买了个白色的小闹钟。每天下班后，我匆匆忙忙胡乱做点晚餐，母子俩吃完，替他洗脸洗脚，然后往放在地上的搪瓷壶灌点儿开水（不敢让孩子动热水瓶，怕不小心烫伤，两个孩子直到10来岁，都不习惯喝热开水），然后把闹钟铃拨到8点，要求他闹铃一响，就脱衣服上床。“要是害怕，可以不关灯。”

几天下来，同一单元的邻居直夸闹闹乖，说闹铃一响，他准忙着睡觉。我也相信他守信用，每晚回家，屋里灯亮着，人却睡得熟透了。

有一次，不知道有什么紧急任务，我没能回家吃饭，也就不可能给他上闹钟。邻居高阿姨两口子是广播学院老师，学校不上课，经常在宿舍，一看6点多了，我还没回家，就让闹闹跟着她家吃了晚饭。

到8点我还没回家，高阿姨提醒说，闹闹，该睡了。

"不，我等妈妈。"

"8点了，到睡觉时间了。"

"不，我妈的闹铃还没响呢。"

"你妈今晚没回来吃饭，没拨闹铃，闹铃不会响，别等了。"

"不，我等。"

就这么大概等到快10点实在睁不开眼了，才在邻居的督促下胡乱洗了洗上床。

第二天早上，我叫醒他，他还问呢，妈妈，你昨天怎么没给我上闹铃？

我心疼地嗔怪他："傻孩子，以后别老等闹铃响，妈妈工作忙回不来就听阿姨的话。"

到秋天，加强战备的一号通令下来，让各家老小尽可能疏散，我想一家三口绝不能再分开，再说我也没地方安排孩子。共住一套房的邻居把孩子送回江苏老家，走了；对门单元和中间单元的几户，有的请假去外地安排老小，有的也是晚上开会学习。到晚上整个四楼经常只有闹闹一个人。再不用什么闹钟，吃完晚饭，洗完，就让他钻被窝，还一再嘱咐，谁叫门也不开。开始孩子不愿意，说太早睡不着，可想想一个人玩也没意思，也还有几分害怕，最后终于同意。那一冬，熟人看见都说闹闹又白又胖，其实没别的法宝，就是睡得多。

白闹钟是为儿子上学买的，按时擦闹钟也就成了他的专职，很长时间钟的外表显得白净、明亮，可是机芯慢慢衰老了，开始拿到钟表店加点油，又嘀答嘀答走起来，再后来钟表店师傅说你这钟该淘汰了，加油也白搭。毕竟艰难时期跟我们做过伴，我把闹钟放在五屉柜的玻璃门里，时不时地看它一眼。可家里破旧东西实在太多，终于恋恋不舍地把它扔了。那个五屉柜最终也处理了，我还记得柜门上留着的印痕。那会儿浴室两家合用，零七八碎的都放屋里，他们个子矮，我在五屉柜抽屉圆把手上挂两条小毛巾，天长日久，水渍的痕迹再也抹不掉了。

抹不掉的又何止是水渍！

师 傅

我始终相信好人任何时候都不会泯灭良知，即使在疯狂年代。

做梦也没想到，工宣队的范师傅毅然决然做出决定，不让我上郊区短期劳动。

从50年代以来，我是单位里理所当然最需要改造的，1958年下放劳动，1964年“四清”，还有每年半个月的劳动，我都是不可缺少的劳动力。

1968年秋天，我所在的部门要派一人到郊区劳动半个月，支部书记邹大昌通知我去。决定自然不是随便做出的，部门十几个人，年青的单身汉就四五个，有孩子的也都不是单亲家庭，只有我一个人带两个孩子。我清楚：这是有意出难题。以往，我跟这位农民出身的支部书记没有任何龃龉，“文革”开始从他揭露走资派的大字报中，才揣摸出一些思路：领导没让他当“官”，就是打击工农干部，可是我这么多年连个小组长也不是，碍他什么事；也许因为我是所谓业务骨干，客观上得罪了他。对了，运动开始作为部门“文革”领导小组的他整过张赫玲：一位少年参军，后来调干上大学的女党员，只因为她当《阅读与欣赏》节目编辑时十分尽责，落下的罪名是散布封资修大毒草，为复辟资本主义做舆论准备。运动一开始，张赫玲成了挨批的重点，我为张打抱不平，当然又得罪了他。第一重“得罪”实非故意，第二重“得罪”，是咎由自取，我怎么又忘乎所以仗义执言了呢，真是“改也难”。既然如此，我也只能吞下苦果。

我筹划了一下：在机关幼儿园全托的甜甜周末不接，请老安伯伯老两口再辛苦一两次；上学的闹闹怎么办，三顿饭、早晚全靠我一人照应。作为爸爸的他，一个被专政对象，正在郊区农村劳动，当然帮不上忙。我对支部书记说：“我可以去，但是孩子只能住到崇文门内奶奶家。”一个不到8岁的孩子每天乘公共汽车上学，还得过两条马路，我想，他要是还有一点起码的同情心，会犹豫的。他不也有儿女吗，他难道就舍得自己的孩子冒这样的风险。哪知，他还是执意叫我去。我有什么办法，只好给孩子买月票，准备第二天开始“试运转”。

刚来几天的工宣队那位稍胖的范师傅听说这事，果断制止了。占领上层建筑的工人阶级来临，我做了足够的思想准备，以为他们对我这个敌对阶级的子女、妻子不会有好脸色，没想到范师傅不仅长得慈眉善眼，说话也很温和，全然不是想象中横眉冷对的形象。他对我说了一句，让这么小的孩子乘车来回过马路，太不安全，你别去了。

简单一句话，拂去了我心头的愁云。师傅多好啊。

我从学校毕业后，下乡当过农民，但从来没进工厂当过工人，也从没有过师傅，而范师傅，是我唯一的也是毕生难忘的师傅。

我记得进驻电台的工宣队是北京内燃机厂派出的。近年来听说这个大厂很不景气，比我年长10来岁的范师傅该早退休了，不知老范师傅身体可好，还记不记得当年的事。我可是永远记住了他的音容笑貌：穿着一件浅灰的布棉大衣，一口北京话，和颜悦色的，多咱也没听他恶声恶气训人。

姥　姥

也许真是天无绝人之路。班上有位工人师傅挡着不时飘来的凄风冷雨，邻居姥姥的爱心又使我一进单元门就感到人间的温情。

姥姥姓高，随着女儿女婿住。我们共住两居室的单元房。姥姥来时就住厨房，小夫妻带着孩子住朝阳稍大的屋，我住朝北的小屋。做饭的两个蜂窝煤炉子就放在窄窄的过道里。

姥姥是徐州人，勤快，大脚，有把力气。一次我提着二三十斤白薯上四楼，正一步一步往上挪，她见了一把拿去扛上了肩，噔噔一气儿到四楼，弄得我惭愧不已。她认字不多，可明白事理，热诚，好学，擅长做面食：擀饺子皮、馄饨皮，蒸馒头包子都是能手。用鏊子烙又香又脆的薄饼，那明快、麻利的动作看得我眼花缭乱。烙薄饼不用煤气炉，走廊里临时用柴禾架起鏊子，右边放着面板，她边擀面，边添柴，掌握火候，烙完一张，用擀面棍轻轻一挑，白白的饼就飞到了另一旁的笸箩里。她看我一个单身女人带着一双儿女，勉强会焖饭炒菜，什么面食都不会做，想换换口味，只能上食堂买，这太浪费。她教我干这干那。我跟她学会花两毛钱买肉馅包馄饨，秋天大白菜便宜，稍稍放点肉末或油渣蒸大馅包子。连闹闹都学会了擀饺子皮、馄饨皮。高姥姥戴着花镜，跟我学会用缝纫机。

可能是1969年夏天的一个晚上，天还没全黑，我正在班上开会，忽然天气骤变，一场大冰雹从天而降。办公室有孩子的无不惦念着，尤其是汪玉芝和我。不久前汪爱人所在的地质学院外迁，她跟我一样，一人带着孩子。随着一阵阵雹子劈啪落地，楼里的玻璃窗被土豆大的冰雹砸得哗啦啦散落到院儿里。这么大响动丝毫改变不了会议的进展，真是雷打不动。我们虽然坐立不安揪着心也不敢请假。好不容易熬到散会，一出门就觉得像深秋季节，凉嗖嗖，地面上铺满了没化开的大大小小的冰雹。汪和我匆匆返回宿舍，才进大院儿，见到一个可怜巴巴的小孩踩着冰茬站那儿，穿得单薄，脚上是塑料凉鞋。小女孩见到汪玉芝，委屈得都快哭了："妈妈，妈妈，我害怕。"我，顾不得安慰这母女俩，赶紧回去。往常这时候孩子们该睡了，这天他们和邻居的小男孩儿在暖融融的屋里玩得正高兴。闹闹毕竟大些，有条有理地告诉我，朝南的大房间有块玻璃碎了，已经用硬板纸挡上，咱家朝北的屋玻璃好好的。下冰雹的时候，高姥姥担心我和妹妹害怕，让我们先别睡，先到大屋待着。孩子们说：人多不害怕。一场冰雹，我的一儿一女安然度过，而汪玉芝的女儿从此落下了关节炎。

不记得在这之前还是之后，部门安排人参加"拉练"。当时工宣队已经撤了，仍然是那位支部书记说了算。不明白为什么，先后派两人去，偏偏是汪与我。如果说我因言行不慎应付出些代价，汪可是无辜的。她的困难比我更多，我毕竟有高姥姥可依靠。我知道姥姥挺辛苦，除了淘气的外孙，又添了个小外孙女，我把食堂饭票、零用钱都交给闹闹，让他带着妹妹到食堂吃饭，按时睡觉，尽可能自力更生。"拉练"回广播局那一天我疲惫不堪，想不到还没进机关大门，远远就看见高姥姥领着兄妹俩笑盈盈在路口等我。"怎么知道我今天准回来？"孩子们回答：姥姥打听来的。一泓暖情，不，是亲情，涌上我的心头。

著名的单弦演员马增蕙也是我的患难之交。"文革"时她们两夫妇受到不小冲击，政治处境比我好不到哪里去，甚至更差，但是风暴稍一平静，她们没少帮我。她们也是两个孩子，大女儿谢艺是50年代生的，比我儿女都大，儿子谢东年岁跟甜甜差不多。闹闹上学后，甜甜还在广播局幼儿园，班车一到，我经常不能准时去，马增蕙骑车，前边一个后边一个，把我女儿一起接到她们家，谢艺先陪着玩。多少年了，孩子们还记得马增蕙阿姨，谢凌霄伯伯，还有谢艺姐姐。当年的小顽皮谢东，从小就是一副好嗓子，他成为歌星也是意料中的。

数不清多少好人关心过我们。广播局共事多年的朋友大都不认为燕祥会是什么敌人，由于种种可以理解的原因，干部不好公然表示同情，而工人倒可以毫不含糊表明自己的态度。

那几年，他不少日子被隔离或挨批斗，但是锅炉房的工人、清洁工、司机经常转告他我和孩子的情况。女儿猩红热后疖子长到耳朵眼儿里他知道，儿子上学功课不错他也知道。我的一动一静无不在这些好心人的洞察之中。直到现在偶尔在机关见面，他们还惦着他：有的叫他诗人，有的管他叫“干部”，有的仍然称他小邵。

大约是他在干校的时候，我在电台收到多年没联系的老同学来信，是位女同学，但笔迹刚劲，全然不像出自女子之手。我很奇怪，这封信被拆过。广播局收发室的同志我大都熟悉，他们从不干这类事，偶尔信件错转到听众来信组被拆，退回时必注明。想来想去可能是有人出于对他的关怀，唯恐我有“外心”。时过境迁之后，提起这事，他也这么看，开玩笑说：“他们替我监视你哪！”

孩　子

朋友都知道，我从来不是爱读诗的人。1987 年，复旦新闻系比我低一年的女同学孙惠群到我家来，提起 1953 年欢送我们毕业时，她朗诵的正是邵的诗《到远方去》，而我，真的，好像没一点印象。

我很少为好诗所感动，大概缺少这方面的艺术细胞。但是，有一次，我却为他的一首不算出色的诗《童年》而动情。

原谅我占一些篇幅，稍稍引用这首诗：

太阳藏在大楼背后，

妈妈还没回来，
冷风刮得小树摇晃，
妈妈还没回来。

妈妈怎么还没回来？
电线杆上路灯都亮了。
妈妈怎么还没回来？
地上的树叶都哗啦啦跑光了。

妈妈，你快回来吧，
妹妹的鼻子在玻璃窗上贴扁了。
妈妈，你快回来吧，
妹妹的肚子早就咕噜咕噜响了。
……妈妈，自从爸爸不再回家，
我和妹妹多听你的话：
妈妈，你可别也不回家，
那让我跟妹妹怎么办哪！

妈妈，回家来吧，
我的肚子也饿得慌啦。
妈妈，回家来吧，
我把棉衣给妹妹披上啦。
……妈妈，妈妈，妹妹老是哭，
不是妹妹不听话：
妈妈，不怪妹妹，不怪她，
我也是又饿又害怕。
……

其实，我从未告诉他我一个人带领两个孩子时的处境。他大约也是凭想象，猜测哥哥和妹妹盼望妈妈回家的心情。

读着读着，眼泪扑簌簌流了下来。

想起那些日子，孩子上小学以后，每次回到我那间 12 平方米的宿舍，孩子们都亲热地围着我说这说那。而我，有时心情不好，加上工作太忙，只是像机器人一样忙不迭地催他们快吃饭，快洗脸，快做功课。只有快，才能让我按时到班上开会或学习；只有快，才能让军宣队或支部书记找不出岔子（当然，即使你开会再准时，工作再努力，也挡不住他们在别的地方挑你的错）。等我晚上回到宿舍，他们都已经安睡，第二天一早，还是一个劲催，快，快，快。

有一天晚上，开完会就听说要下达最新指示。那正是战备的年代，邻居奉命疏散回江苏，单元里没人，我急忙回家照看一下。回到宿舍，轻轻叫醒儿子，告诉说我得半夜才能回家，这一折腾，女儿醒了，问我上哪儿，我说去游行。

“那么晚了，妈妈别走，我害怕！”女儿不让我去。一个单元里，只剩他们兄妹俩。

儿子毕竟大两岁，没吭声。

“不怕，妈妈不一会儿就回来。”

我明白自己是说谎，谁知道什么时候能回？

我匆匆走出宿舍。

等游行结束，已经是下半夜了。我轻轻推开房门，兄妹俩睡着了。妹妹紧紧拉着哥哥的手。

第二天一早，闹闹像小大人一样告诉我：妈妈，你走了后妹妹老说，害怕，害怕，我就让她拉着我的手，她就不闹了。

当时我的心即使不是铁石心肠，也已经磨砺得粗糙而麻木了。我只是淡淡地表扬了一下闹闹，又忙着张罗他们加快动作，赶紧上学。

相依为命的日子是悠长而平凡的，一日三餐，上班下班，开会学习。

最让我揪心的是孩子有病。一个星期一的早晨，甜甜直喊难受，试试体温，有点发烧，我把闹闹送到候班车的地点后，急忙带甜甜去儿童医院。经验丰富的大夫很快诊断出是猩红热，还指给我看她身上的小红点点，嘱咐要隔离，要多吃水果。怎么办？只能送甜甜上幼儿园，是的，这是唯一的选择，那时的气氛怎么可能请一个星期事假在家看孩子呢！到幼儿园，我倾诉了自己的困难，请求老师们帮助，他们一口承担了看护孩子的责任，极为负责地把闹闹也从班里叫出来，因为他跟甜甜接触多，怕已受感染。我给老安的爱人也就是幼儿园的会计留下点钱，请她为孩子买点水果和营养品又匆匆上班去了。第二天，我抽中午时间去了幼儿园，兄妹俩住着两间紧挨的平房，里边住着妹妹，外边住着哥哥。两个孩子跟小朋友完全隔离，相互之间也不直接接触，但是两人可以说说话，倒也不很寂寞。我真是感谢石碑幼儿园的老安和众多的老师想得这么周到，安排得这么好。我也感谢两个孩子懂事、听话，直到甜甜的猩红热好利索了才回家。

"文革"初期的狂风暴雨过去了。他已经上了"五七干校"，机关里漫长的斗批改、清理阶级队伍、整党、一打三反，还有战备等等对我来说都算不了什么风浪，我日复一日地等着，等着，等着孩子长大，等着他回来，等着自己一天一天憔悴、衰老。

有一阵，邻居家的姥爷来了，小小的单元里住着老少九口，连过道里也老有人。

一个冬日，我白天参加体力劳动，出了一身汗，晚上回到宿舍，草草吃完饭就把走廊里做饭的小炉子搬到浴室洗澡。那会儿，宿舍的暖气不热，我们两家洗澡都把烧旺了的炉子搬进去，微微打开浴室的门。大家都很默契，谁也不在过道走动。可刚到北京探亲的姥爷不知晓这些，我也就紧紧关上浴室的门。洗到一半，觉得胸闷、呼吸急促，我知道让煤气熏了，想往外跑，可是听到老人仍在过道，只好挣扎着穿衣服，勉强穿上我就冲出浴室往屋里跑，然后就什么都不知道了。朦胧感到儿子叫我，妈妈，妈妈怎么了？原来我已经躺在地上，才意识到自己中了煤气，还好脑子没糊涂，赶紧喊，闹闹，开窗！开窗！闹闹开了窗，一股冰冷的北风刮了进来，我这才慢慢爬起来，让闹闹扶着拽着上了床。

多少年过去，随着时光的流逝，孩子们对童年的记忆越来越模糊，我也从没向孩子们复述过当年的情景，是我太理智、太冷漠了，还是往事不堪回首？我说不清。

负　疚

心理学家认为，对孩子期望越高孩子越可能成才。

听到或看到类似的报道，我就有一种负疚之感。

望子成龙是中国人比较普遍的心态，而我们，从孩子一生下，两人就有一种共识：别让他们立大志向，太拔尖。一辈子过平安乃至平庸的日子就好。平安就是福。

过来人会理解我们。他那些年如果不是太拔尖（反右派时的批判还大致围绕所谓“罪行”上纲，当右派后行政级别被降四级，“文革”批判时仍有人念念不忘他 19 岁时定为行政十四级，可见十四级真是害苦了他），也许会幸免于当右派的厄运。而我，也吃亏在除了日常上班，过日子，太喜欢想这想那，不安分，不驯服，该装胡涂的时候过于“清醒”，该随大流表态转弯子时又太执着。1957 年我对人民日报发表《这是为什么？》的社论转入反右派想不通，并且公然说了出来；1958 年整风补课时，我没接受教训，竟然贴大字报说想不通他是右派。

在那个时代，现实生活也不可能让我对下一代有什么过高的期望。我是碰运气才上大学新闻系的，如果晚几年考大学，像我这样的出身，充其量也只能念上师范，还得各门功课优秀。

我们的一儿一女生于 60 年代初，那是物质生活虽然匮乏政治气氛还不那么逼人的年代。我们大约过了两三年平安日子，也没敢忘乎所以想培养孩子成名成家。没多久，文艺界开始小整风，他就陷入越织越密的罗网，直到又一次灭顶之灾。我更加牢记“历史的经验”，千万不要出人头地，千万不要有不切合实际的梦想。

“文革”前，孩子由婆母照料，我不知怎样感谢善良的婆母给孩子的温暖和教育，她对任何人都和颜悦色，不功利，对心疼的孙子孙女从不打骂，可孩子真听她的。跟她一样，两个孩子从小就不虚荣，对人真诚、热心。孩子们永远怀念慈祥的奶奶，她去世已十余年，没预先约定，孙儿孙女几乎每年都去八宝山公墓看望她老人家。

那几年，我好像工作忙得头都抬不起来，基本不管孩子，记得婆母健在又心情好时，半真半假地说我简直像后妈。我笑笑，反正是亲的，只不过顾不上就是了。

“文革”中，我无言地承担起一切，承受了，不等于能很好地担起。

我很矛盾，鸿鹄之志实现不了固然痛苦，完全让孩子当个随遇而安的庸人又心有不甘。

他们的学习，我几乎不用操心，我担心的是他们对渺茫的未来缺少足够的准备。尽管70年代初就有工农兵大学生，而在我家，直到1977年，上大学是我们绝对不敢提及的敏感话题。70年代中期，“走后门”这一名词家喻户晓时，我再三对孩子说：“别人家也许有这样那样的‘后门’，走后门上学，走后门参军，我们家只能靠自己。”是靠自己学习深造，还是靠自己成就一番事业？我都没法说，我总不能说靠自己只为混碗平安饭吃吧！反正我的所谓“教育”是含含糊糊、躲躲闪闪的。

从1966年夏天到1973年底他从干校回京，将近八年时间，我在辛劳、不安、无望又有所期盼的等待中度过。我本是温室长大的任性女子，对他，对孩子，从没耐心，以往我对孩子发火时，婆母或他可以缓冲一下，如今，全靠我一个人。当我情绪比较平稳或理智时，格外心疼孩子，耐心告诫他们学习要认真，做人要诚实。当无法抵御的厄运来临时，在众人面前，我不得不冷静、从容；回到家里，不能也无法跟孩子说清自己的心境，充塞在心头的忧闷、委屈越积越多，越积越浓，终于有一天，爆发了。

大约是1968年冬天，闹闹刚上一年级，有一天中午回家忘了戴帽子，我坚持让他返回学校取，他说丢不了，下午还要上学。半年前，孩子的父亲被军管小组宣布为专政对象，这无疑相当于最后定案，那一阵我的心绪坏到极点，终于控制不住了。我可以找出许多理由说不全是跟孩子撒气，是的，那一阵我确实想得很多：谁知道以后会把我们一家发落到哪儿，儿子将来会面临什么样的命运？从现在开始全家就要格外节俭……先是板着脸教训，他很拗，不肯到学校取，两人相持不下，我动了手，他还是不去，气愤之下抽了他一个耳光，他躺在地上嚎啕大哭。邻居高姥姥过来相劝，他终于委委屈屈地回学校取来了帽子。他走以后，我也暗暗哭泣，我是怎么了，难道孩子不去学校找帽子就犯下了弥天大罪，我委屈，心里苦，怎能迁怒于他一个才七八岁的男孩儿。闹闹从小最受爷爷奶奶疼爱，爷爷去世后，奶奶更是爱这个孙子，燕祥也是好脾气，说话从来都是细声软语，只有我偶尔给过他“厉害”，那也是雷声大雨点小。这两年，我只含糊其词地说爸爸不住这儿，奶奶家也很少让去，他也不多问，更没有为不让上奶奶家哭闹过。多懂事的孩子！我委屈，孩子难道不委屈？

事后，我有点后悔，可过于要强的个性又不允许我向年幼的儿子道歉。后来他长大了，“再怎么说，你不该打我”，我终于为不止一次的粗暴做了检讨。

如今，闹闹、甜甜都已长大成人。他们的童年、少年虽说没吃过苦，但也确实成长在一个没有父爱的家庭，而我对孩子又没有足够的温存和耐心。这样的家庭环境对孩子的情商发展终究有不利影响。当然，我一直注意培养他们正直、诚实的好品德。我很自信，他们不会为虚荣所惑，为钱财所害，但是我又很迷茫，我担心，过于执着、正直，会给他们带来什么？会不会为此付出代价？他们的人生道路还很漫长，他们大概不会像我们一样一次又一次地陷入阶级斗争的罗网，但是他们能逃脱生活中形形色色的其他罗网吗？我也真没把握。但愿他们能做个无愧于良知又不至于受到太多挫折的知识分子，我也只能这么企盼。

记得 80 年代，我读过高红十的一篇散文，说起她们那一代知青在农村足足锻炼了八年还多，她说，有些人因为有了八年（大约是指抗日战争）而受人尊敬，并且得到种种优厚待遇，而我们最好的八年献给了农村，却连工龄都不算……从 1966 年初夏到 1974 年他从干校回京，是我难忘的八年。作为受冲击的右派家属，我不能说受过多少折磨，我遇见了很多好心人，我所在的部门，甚至没人贴我一张大字报。但是这八年在我确实是难熬的，朋友们赞许我为工作、更为维护这个家尽了力，我，只有我，心头永远感到不安，歉然，内疚。

我自认为是一个在任何条件下都尽责的编辑，一个多少经历过坎坷的妻子，但我并不是一个好母亲。

1997 年春

1998 年末改定

选自邵燕祥《别了，毛泽东——回忆与思考：1945—1958》，
香港牛津大学出版社（中国）有限公司，2007 年版

邵燕祥：时代的良心、正直知识分子的代表、思想者

屠　岸

邵燕祥，1933年生，浙江萧山人，比我年轻10岁，却是我所敬重的诗友。或者，亦师亦友。

上世纪70年代末的某一天，我应邹荻帆之约到虎坊桥诗刊社去送稿，在编辑部见到一位年轻人（其实已是四十五六岁人），互通姓名，才知道他就是邵燕祥。一见如故。我说，早就读过你的《贾桂香》、《中国的道路呼唤着汽车》等。他说读过我译的莎翁十四行诗。他目光炯炯，神采奕奕。自此结下了友谊。

1995年10月13日参加《随笔》杂志社来北京举行答谢作家的宴会，我对邵燕祥讲，他那篇《假充外行》非常妙。他说是刺H和L的。H已写不出政治抒情诗，便改写新古诗，完全失败。而L却写文章来分析H诗如何好。L是懂古诗的，假充外行。我说，我跟你的看法一样，但我不会写文章去得罪人。邵燕祥说，得罪就得罪吧。

许多年后，一次开会，L也来了。我看到他们握手。我问邵燕祥，L不生气？邵燕祥说，不生气，我们是老朋友。

1984年12月，在京西宾馆开第四次作代会，丁玲突然发言说，邵燕祥怎么写出那种文章来？说得很厉害。邵燕祥写文章认为，农民花一千元吃一餐饭，不是公款吃喝，是他们的自由。邵燕祥的观点是可以讨论的。丁玲批评说是鼓励浪费。丁玲用了过分犀利的语言。过了一阵，邵燕祥写来信，附一首诗，也很厉害：

一声呵斥出西厅，
唾玉喷珠已血腥。
我亦曾经沧海客，
文章虽贱骨非轻！

邵燕祥后来也不回避，把这首诗收到自己的诗集里。但他没有注释。我知道这是针对丁玲的。

2003 年 4 月 19 日，到廊坊参加牛汉创作研讨会，我跟邵燕祥住一个房间，他让我睡里边的床；出门总是让我先走，他在后面关门，进门前总是他去叫服务员开门，用电梯也是让我先进、先出。

我跟邵燕祥提到京西宾馆一事。他说："你还记得？"我说当时我在场。邵燕祥说："我不在场。丁玲误以为我是周扬线上的人，其实我不是。"

开牛汉作品研讨会那天，也是吴祖光遗体告别日。邵燕祥说，他考虑了一下，觉得逝者已去，还是到廊坊来参加生者的会好。

邵燕祥说他与吴祖光是北平中法大学同学，不同班。1957 年同被错划为右派。我请他给我写下他悼念吴祖光的七律作纪念。我开玩笑说，你的"墨宝""真迹"，我死后，留给后人，很值钱，而且价值会越来越大。燕祥写了给我：

满怀忧患满头霜，大丈夫谁吴祖光。
堪佩立言兼立德，忝居同案胜同窗。
心无旁骛争民主，生正逢时忆国殇。
风雨凄其从此去，令人长记二流堂。

悼吴祖光录奉屠岸诗家存念
邵燕祥癸未年谷雨前夕于廊坊

吴祖光是我的常州同乡。我佩服他直言敢谏，急公好义，为此他一生吃尽苦头，却终不悔改。硬骨头，好样的！邵燕祥在牛汉诗歌研讨会上发言说，牛汉是硬汉，而他则是软弱的。这是邵燕祥谦虚。2006 年 4 月 8 日，在南开大学召开的"穆旦诗歌学术研讨会"上，轮到邵燕祥朗诵诗，他说："我要朗诵自己写的诗，朗诵完毕后请不要鼓掌，因为这样的诗不应该鼓掌。"他朗诵的第一首写的是在巴黎遇见的卖身求生的中国下岗女工，第二首写的是有人在网上发议论，网上的东西都是"虚拟"的，但此人被抓。燕祥诗的最后一句说："监狱不是虚拟的。"燕祥也是个直言者，敢言者，自称"言责自负"，也是个硬骨头，好样的。

2007 年 4 月 21 日，"邵燕祥诗歌创作研讨会"在廊坊师院文学院四楼会议室举行。朱先树提到当年邵燕祥任《诗刊》副主编的一些事。如邵燕祥嘱咐其“下属”办什么事，即使在隔壁屋里，也不口头讲而是写条子。在1989年“六四”事件后，邵燕祥竟自请处分。最后是“投票表决”，不赞成给邵处分的占了多数。邵燕祥补充：“是不赞成给予处分的票数和弃权的票数加起来超过了主张给予处分的票数。”坐在我左侧的牛汉对我说，邹静之告诉牛汉，当时邹荻帆、张志民都不赞成给邵燕祥处分。

我发言说，在年龄上，我比燕祥大10岁。但我始终把他当作我的师友来看待。他的诗和杂文散文达到了很高的水平，都有了杰出的成就。他是我们时代的良心，是当代中国正直的知识分子的典型代表。我的妻子生前非常喜欢燕祥的杂文，她的枕边放着燕祥的杂文集，她离开这个世界已九年，而燕祥的杂文集还放在枕头边。我读燕祥的杂文和诗，是把它们当作一面面镜子，从这些镜子中，我照见了自己的“浅”。从燕祥的杂文和诗，可以看到燕祥思想的敏锐、犀利、深刻、切中时弊。燕祥是善于思想的作家。能否称他为思想家？也许作为思想家，需要有思想体系，要能影响一整个时代。称他为思想家也许过高了？那么可以称他为“思想者”。罗丹有雕塑“思想者”。并不是任何能思想的人都能被称为思想者的，而燕祥，至少是“思想者”。

邵燕祥说，他有点出乎意料，“对我说的好话太多了，好像在对我致悼词，其实我还未到盖棺论定的时候。（他含笑而说，带有自嘲意味，故无唐突发言者之感。）有人问我，你自认为哪些诗写得最好。我不学时髦，说什么自己最满意的作品还没有写出来。我已到这般年龄，自忖以后也未见得能写出更好的诗来。大家认为《五十弦》还可以，那也就是了。一些朋友说我早慧，少年成名。其实，在新中国成立之初，一些老诗人忽然换了一个新环境，一时还适应不过来，诗就少了，他们处在一个适应过程中。即如屠岸，也要从原来的轨道上下来，换车……”

我插话：“那时我也想紧跟，但是跟不上，不知道如何下笔，写不出。”

邵燕祥说：“所以，那时候的我，正好填补了这一块空白。有人认为我的杂文比诗好。我自己倒是把诗看得更重些。我写杂文，是针对现实。鲁迅曾说，希望自己的杂文速朽，因为他的杂文是针砭时弊。他希望时弊早日消去，他的杂文也就失去作用，故曰‘速朽’。其实鲁迅那时的时弊，今日仍有。鲁迅的杂文是不朽的。我写杂文，总是写得匆忙，因为也是针对时弊。1989 年政治风波中，我请求处分，缘于我坚持不改变观点以求饶恕。……”最后邵向大家表示感谢。

在静园餐厅午餐。燕祥感谢我赠他“墨宝”，我说，我的毛笔字只是小学生水平，甚至不如有些小学生的书法作品。燕祥又调侃说：“这次，我既是婚礼上的新郎，又是葬礼上的逝者。”我说：“不对，你是寿宴上的寿星！”

我与邵燕祥现在主要是书信往来。前一阵，我收到他的一封信。信中谈到小说与诗歌。“我每想到中国在整个一个时代的苦难，以及种种现状，便觉现在的诗歌，总体上不如小说，能有点‘分量’。大量小说中虽有许多迎合市场的媚俗之作，但还是有敢于面对惨淡人生之作。诗歌无须面对市场，本应该是自由的吟唱与倾诉，却让人感到许多年轻诗人浪费了这份自由，他们甚至对不起自己（他们的物质生活和精神生活远不是快乐而自由的）。”

选自《生正逢时——屠岸自述》，生活·读书·新知三联书店，2010 年版

风雨苍黄

——读《别了，……》致邵燕祥

顾 骧

燕祥兄钧鉴：

春节期间，静静地拜读所赠《别了，……》，是一种享受，一份沉重，更是灵魂的洗涤与升华。

进入社会主义历史新时期以来的30年，您的文学生涯（以下简称“你”，失敬了）从文学样式划分与实践的递进，经历了诗、杂文、纪实传记三个阶段，第三个阶段有作品《人生败笔》、《沉船》、《找灵魂》、《别了，……》，其历史与人性的深刻价值，达到了我们时代文学的高峰状态。20年前，我在你的作品研讨会上说过，当下文学的最高成就，新时期文学的代表，是你执掌大纛的杂文（从文学艺术反映历史与生活的深度来说）。又过20年了，如果说已经出现了具有世界影响、能够无愧于我们时代、具有强大的人道主义力量的作品，便是你的《别了，……》。你以无畏的勇气“抉心自食”，用平静的精神分析，让人看到了中国千年的臣妾意识、奴性文化如何被最华丽的词藻包裹起来，让一代知识分子人性异化、人格扭曲、本性迷失。

我想到了《日瓦戈医生》。反映1917年“十月革命”重大历史事变前后俄罗斯知识分子命运的，有两部著名小说：小托尔斯泰的《苦难的历程》三部曲与帕斯捷尔纳克的《日瓦戈医生》。小托尔斯泰回国后已被斯大林收买作为“文学泰斗”供奉起来，实际上已成为“御用文人”。他被现实所蒙蔽，在《苦难的历程》第三部中，歌颂斯大林对知识分子的“改造”。而帕斯捷尔纳克的《日瓦戈医生》，则写出了一代知识分子的苦难命运，维护的是人性自由、人格尊严与人道主义信念的神圣高贵。你的作品与之相同的是反思历史、反思知识分子的命运；

相异的是，他采用小说的形式，你用的是纪实的方式和否定反衬的方式。《日瓦戈医生》的问世不容于赫鲁晓夫掌权的后极权主义时代，哪怕斯大林已拱木成灰。帕斯捷尔纳克被作家协会开除会籍，伴侣遭到迫害，当局不让人民知道这本书，却操纵人们批判。当年《日瓦戈医生》在西方出版并获得诺贝尔文学奖，被称为是“人类文学和道德的伟大事件之一”，这本书是“关于人类灵魂的纯洁和尊贵的小说”——不知如此确评，是否可以移赠阁下？苏联存在几十年，出版了这一部小说，也对得起他们从普希金到老托尔斯泰的祖宗了；如今有了《别了，……》，文学也对得起这个时代了。

以上是就文学本身而言。在你身上还可验证道德与文章的统一。我观察了30年，深深歆敬的首先是你的高尚人格，和一以贯之的高尚人品。你的立身、行事、为文，饱含着对祖国人民深深的爱恋，你嫉恶如仇，刚正不阿，无私无惧，具有现代意义的独立人格，具有怀疑、批判、反思精神。在“四人帮”刚垮台，人们盼着出现新的救世主时，你就提醒人们“不要盼望好皇帝”。你还曾甘冒对周总理不敬之嫌，写出“有感于总理指示过”，对人们习惯于依傍前人、拘泥经典的思维方式进行匡正。你不是在口头上标榜而是在实际行动中表现出对名利的鄙薄，比如对“××协会主席团”委员的职位，也许别人求之不得，而你则不屑一顾。你崇奉中国士大夫优良传统，为了多艰的民生，毁誉不计，荣辱不问，“明知不可为而为之”。

我曾有一个疑问：为什么在斯大林神话破灭后，在斯大林统治及影响下的一些国家会出现那么一些思想家，如德热拉斯（南斯拉夫）、沙夫（波兰）、哈维尔（捷克），还有反思国际共运的葛兰西、卢卡契……而中国呢？噢，有了：顾准、王若水、李慎之，还有朱厚泽、邵燕祥……这样一些思想界的先进。

我曾对知识界的现状感到沮丧：在市场经济消费主义影响下，知识界精神萎靡，犬儒主义蔓延；但看到了进行韧性战斗的你，当然还有一批文化精英和耄耋高龄的“两头真”人物，一批崭露头角的年轻学人，我感到宽慰。我记得你给顾准先生的赞语是“你为知识分子赢得了名声”，因为有了你，有了那么多我所尊敬的朋友，我看到了中国知识分子挺直的脊梁。

读了你的书，自然而然地产生与另一部书的联想与比较。两书的作者都曾是怀揣自由与民主的理想，怀有浪漫幻想的少年，在国民党统治最黑暗的年月里，投向中共，甚至参加了中共组织或外围组织，成为“少年布尔什维克”；然后又在共和国早春的时候，双双成为有才华的青年作家。1957 年大转折时，两人同样“沉船”，在底层生活 20 多年；“新时期”到来后又同时重登文坛。如今差不多时间，都写了这一段历史回忆录性质的书。两本书的命运与价值却大不一样，一本在市场上被炒得红得发紫，一时洛阳纸贵，据说稿酬达百万元之巨。而另一本，根本无法出版。这也不奇怪，另一本书的作者我曾对之抱有尊敬，“左”派们曾将之作为“资产阶级自由化”代表人物来攻讦，他坚持了文人的气节，丢官不惜，我始终赞佩他横溢的才华并期待他能领军文坛。然而看了这近 20 年，我失望了。

现在学术界有鲁迅、胡适优长之争，这是从学理层面上的争论。胡适 60 年来坚持自由主义，现在虽已平反，但评价仍嫌不足。鲁迅作为思想家、文学家独树千古，在你我等人心目中的崇敬之情，无人可替代。20 年前我在一篇文章中写下：“窃以为，当今之世，年长一辈不论，邵燕祥是师承鲁迅，颇得‘鲁迅风’真髓的第一人。”（此文发表后，被一位文学前辈将前置语弃之不顾，抓住辫子问责。）可冷静地思索，对当前现代化建设极为重要的自由主义思想资源，也许从胡适那儿可发掘得更丰富一些。而你，这一点也是特色鲜明，所以我认为，你在思想上是师承鲁胡。

“五四”时期，就文章而言，二周（周树人、周作人）可称双璧，但二人文风迥异，一个清峻、冷峭，说理绵密；一个飘逸洒脱，舒徐自如。你晚年文风兼济周氏昆仲之长，析理严密，简约中见热烈，庄谐杂出；而又平和絮语，平易亲切，潇洒幽默。你的文笔、风神、韵味、格调兼济二周。即以此作为一联相赠吧——邵燕祥：“师承鲁胡，笔兼二周”，以为然否？

另，谢文秀嫂夫人所写作为“附录”的《一个右派妻子的回忆》，是本书不可或缺的部分。少了，视角就不完整。文章写得也好，同样的朴实，真切，自然，与全书风格统一。好在她写的是“一个右派妻子”，没有写成“一个十二月党人的妻子”，可贵。

20 世纪 20 年代，中国经历了本世纪的第一次思想启蒙运动，那是从封建主义文化枷锁下启蒙的；到了 80 年代，中国经历了第二次思想启蒙运动。第一次启蒙运动文学上产生了《狂人日记》、《阿 Q 正传》、《野草》等；第二次启蒙运动中，《别了，……》诞生了。

向你并嫂夫人致敬！

祝愿你健康、快乐，希望“流水”不断（该书又名《流水十三章》）。

于戊子年元宵

选自《同舟共进》2011 年第 2 期

附录一：邵燕祥诗歌创作年谱

李文钢

1933年

6月10日（旧历五月十八日），生于北平，家境小康。

父亲邵骥（1891—1964），字志千，无党派。生于浙江萧山临浦镇下邵村，1915年上海同济大学医科毕业，民国初年落户北京，曾任医生、讲师、教授、职员，沦陷期间赋闲，抗战胜利后在北平“联勤总医院”供职，为“上校军医正”。1949年后相继在国家卫生部、人民卫生出版社工作。

母亲程瑛（1908—1986），北京人，满族。

1939年秋—1945年夏 6—12岁

先在灯市口育英小学（灯市口小学）读书至1943年12月，后因迁居转至盔甲厂小学（汇文一小）。

1944年 11岁

7月3日，写散文《密誓》。

11月8日，写诗《寂寥》。

1945年 12岁

暑假后，入北平汇文中学初一。

秋，一个人创办壁报《五十年代》，由四张十六开纸拼成，毛笔抄写。创刊号共四版，全部独自撰写，多为时评、杂感，第四版为小品剧本《流线型》。

10月20日，写杂文《打破“老”的迷信》。

1946年 13岁

春，参加“自由读书会”，创办者之一陈秉智（陈凌）为中共地下党支部书记。

4月29日，在北平《新民报》（北平版）《北海》副刊发表小品《鸟语》，署名燕祥，随后到年末年初陆续发表四十多篇小品，包括《蝶恋花》、《关于听雨》、《骑驴》、《星星》、《绿杨处处》，以及《郑板桥诗》、《寒山诗》等。

6月7日，在《新生命报》（锦州）发表杂文《由口舌说起》，署名燕祥，是第一篇正式发表的杂文。

秋冬，写了一篇批判侦探小说的短论，指斥侦探为私有制和有产者服务。投稿《新民报》（北平版）的《天桥》副刊，未刊出。

12月22日，在《华北日报·华北副刊》发表书评《介绍〈我是希特勒的女侍〉，兼谈报告文学》，署名燕翔。

12月27日，在《世界日报·学生生活》发表短评《为清苦教师请命》，署名燕祥。

1947年 14岁

春，不止一次乘清华校车到海淀燕京大学参加群众活动。

2月14日，杂文《莫做狗熊》发表于《华北日报·华北副刊》，署名“翔”。

2月，外国儿童文学名著《爱的教育》等的影响而写儿童故事一篇，未投稿。后以《习作无题》为题收入《找灵魂——邵燕祥私人卷宗：1945—1976》（广西师范大学出版社，2004）。

4月，写诗《橘颂》、《失去譬喻的人们》、《偶感》、《病》等，投寄沈从文。

4月下旬，写诗《风，风呵，风》等。

5月，在校内参加“五二〇”反饥饿反内战运动。承担了一部分刻印蜡版的工作，还参加突击排练活报剧《凯旋》，反串其中的乡村女孩小凤一角（原定6月2日演出，因军警包围学校形势恶化而取消）。

上半年，由汇文中学党支部联系人周世贤带动，参加一个在校和社会上文学爱好者混编的外围组织“文友联谊会”活动多次，朗诵和讨论艾青的诗和《马凡陀的山歌》等。

夏，以同等学力身份跳级投考育英中学高一，暑假后入学。

暑假，写小中篇《蜗迹——或爬的故事》，写冯谖（驩）为孟尝君效犬马之劳的故事，投稿应征《新生报》连载小说征文，未获发表。

9月17日夜，写诗《给伏尔加河船夫》。

9月28日，诗作《失去譬喻的人们》、《偶感》发表于北平《平明日报·星期艺文》（沈从文、周定一主编）第23期，这是最早发表的新诗作品。

同日，写诗《山里红》。

秋，写诗《囚徒歌》、《满月》。

10月19日，诗作《橘颂》发表于《平明日报·星期艺文》。

10月19—20日，写诗《遥远的敬礼》。

10月，加入了中共外围组织“民主青年联盟”（简称民联）。由北平地下党中学学委老丁（李营）主持宣誓。

11月15、16日，在《北平日报·凯旋门》发表散文《病》，署名汉野平。

11月17日，写短篇小说《窗花》。

11月24日，在《北平日报·凯旋门》发表散文《枣树》，署名汉野平。

12月4日，开始以近于日记的方式，大量写短诗，总题为《长短句》（其中有数十首分三次发表于北平《经世日报·文艺周刊》（杨振声主编）。这些“长短句”中，有未曾发表过的《蚊子》、《钉子》二首收入2004年出版的《找灵魂——邵燕祥私人卷宗：1945—1976》一书。

12月5、6、7日，散文《雁》、《塔》、《鬼》依次发表于《北平日报·凯旋门》，署名汉野平。

12月18日，在《华北日报·华北副刊》发表散文《花鸭》，署名汉野平。

12月31日，在《北平日报·凯旋门》发表散文《祝福》，署名汉野平。

1948年 15岁

1月4日，诗作《病》发表于《平明日报·星期艺文》，篇末署“三十六年四月风沙日”作。同日，在《经世日报·文艺周刊》发表小诗《坟墓》、《老人》、《夜雪》、《犬吠》、《蜘蛛》、《火柴》、《鞭马》、《干戈》、《沉思》、《霞彩》、《畸形》、《棋盘》、《赏赐》、《给予》、《葬仪》、《绳子》、《冬天》，总题为《长短句》。

1月7日，写诗《采石者》。

1月26日，写诗《韧的战斗》。

2月1日，在《经世日报·文艺周刊》发表小诗《牡丹》、《睡眠》、《追逐》、《岛屿》、《手杖》、《生命》、《鞋子》、《忘记》、《名字》、《妓女》、《油灯》、《摸索》、《安慰》、《蛀食》、《愁结》，总题为《长短句选录》。

2月3日，写诗《我想念你》。

2月13日，写短篇小说《滟滪堆》。

2月22日，在《经世日报·文艺周刊》发表《长短句》:《星光》、《喷泉》、《港湾》、《蜜蜂》、《风尘》、《时间》、《倔强》、《鸩酒》、《树木》、《茧子》、《朝代》、《爆炸》。

2月29日（或3月7日），在《平明日报·星期艺文》发表诗作《春天断句》。

3月14日，写诗《晴天》。

3月19日，写《拟〈金沙江上情歌〉》，未发表。

3月28日，在《平明日报·星期艺文》发表短篇小说《窗花》。

3月30日，写长诗《望祖国》，后发表于11月或12月的《平明日报》。

3月，写诗《春天，生命在跳跃》，投稿未刊出。

3月，短篇小说《滟滪堆》发表于《经世日报·文艺周刊》。

4月3日，根据《华北日报·文学》周刊编者意见，重写散文式小说《葭水之恋》。

4月25日，写诗《早安，新中国》、《手的山峰》、《荼靡花开》、《风雨鸟》、《传说》、《火的瀑布》、《金菩萨》。

4月，写诗《夜歌》。

同月，写故事《喇叭》。后于6月《时风》杂志（谢冰莹主编）创刊号发表。

5月5日，在《经世日报》副刊发表短诗《故事》。

5月8日，写诗《红霞》、《长江上》、《鲛人的泪》。

5 月 15 日，写诗《黄昏，天上的红布……》。

5 月 29 日，写诗《布谷鸟》、《彩牌楼》。

5 月 30 日，写诗《朝阳花赞》。

6 月 30 日，写诗《箭楼》。

6 月 30 日起，诗作《传说》、《火的瀑布》、《风雨鸟》陆续发表于《国民新报》，署名汉野平。

7 月 3 日，写长诗《烟囱之歌》。

7 月 7 日，长诗《金菩萨》发表于北平《国民新报》，署名汉野平。

7 月 9 日，写诗《预言》。

7 月 13 日，诗作《朝阳花赞》发表于北平《国民新报》，署名汉野平。

7 月 18 日，散文式小说《葭水之恋》在沈从文主编、吴小如执编的《华北日报·文学》周刊发表。

7 月 20 日，诗作《箭楼》发表于北平《国民新报》，署名汉野平。

7 月 21 日，写诗《共伞》。

7 月 23 日，写散文式小说《沙果林记》，后经吴小如手发表于 10 月间《华北日报·文学》周刊。

7 月 27 日，诗作《短唱》发表于北平《国民新报》，署名汉野平。

同日，写诗《航海》。

暑假中，一直沉浸在对于解放区的浪漫向往之中，按《猎人笔记》的样子凭想象写从北平到解放区去的行程，未终篇。

8 月 3 日，组诗《伞及其他》发表于《国民新报》，包括《伞》、《匕首》、《叛逆》三首短诗，署名汉野平。

8 月 4 日，写诗《桥与太阳》，10 日在北平《国民新报》刊出，署名汉野平。

8 月 10 日，参加中法大学入学考试。系持假证件营口一中在校证明，以同等学力身份报考。

8 月 17 日，《平明日报》刊出中法大学新生榜，邵被录取为法文系一年级新生。

8 月 24 日，《国民新报》发表诗歌《蝗虫》，署名汉野平。

8 月 26 日，写长诗《蜕》，31 日发表于《国民新报》，署名汉野平。

8月，诗作《晴天》在上海《诗创造》（第二辑）发表。

9月8日，长诗《金菩萨》重发于天津《大公报·文艺》，但诗中“我们有颠覆阴谋者的阴谋，我们有绞死绞刑者的绞刑”一句被删。

9月，进入中法大学学习。

秋季某日，正在北大就学的吴小如骑车来访，两人惺惺相惜，从此建立了信任和友谊。

冬季某日，经吴小如引荐，到中老胡同北大教师宿舍与沈从文见面。

11月2日，写小故事《币》，抨击国民政府发行金圆券“圈钱”。12月在上海《新观察》杂志发表。

11月7日，诗作《采石者》在天津《大公报·星期文艺》（冯至主编）发表。

12月5日，写短诗《冬》。

12月，北平被第四野战军围城，邵积极参加中共地下党布置的街道调查和校内各项活动。

本年，还写了短篇小说《太平愿》（发表于6月间《平明日报·星期艺文》）、诗作《我等待着你们》、杂文《走板政治》等。

1949年 16岁

1月3日，写短诗《南下》。

1月30日下午，部分解放军从西直门进入北平城。邵燕祥在东四牌楼面向路人宣讲中共军方发布的“约法八章”，这是他第一次作口头宣传。

1月31日，北平宣告和平易帜。

2月3日，在东交民巷夹道欢迎参加入城式的军队后，急就《骑兵》一诗。投稿未获发表，1980年收入诗集《献给历史的情歌》。

2月12日，在《北平日报》发表《警告美帝新闻记者》一文，署名汉野平。

2月15日，响应党组织要求带动同学投考华北大学等政治训练组织的号召，到华北大学招生处报名。报名后口占一首诗——《这就是春天》。

2月19日，在《北平日报》发表《美国人民的耻辱》一文，署名汉野平。

3月2日，写短诗《黄昏》。

3月3日，到华北大学招生处应考，归途中做歌词《到达》。（连同《这就是春天》、《黄昏》二诗，均见回忆录《别了，毛泽东》，香港牛津大学出版社，2007年版。）

3月10日，写诗《告丘吉尔》，署名汉野平，刊于3月15日出版的《诗号角》丛刊《在毛泽东的旗帜下》一辑。

3月12日，写诗《第一只船》。

3月13日，写诗《清明祭》。

3月16日，到铁狮子胡同三号的华北大学报到，开始进入了一种“准军事化”的生活方式。

3月—4月，陆续写下一组记录华北大学生活的短诗，总题为《追求》，未发表。

4月8日，邵随所在区队迁往河北正定，乘坐货运“闷罐子”车出发。

4月10日，邵所在区队到达华北大学在正定天主堂的老校址。

5月底，邵等少数学员被调回北平，与他同一区队的大部分同学随即随军南下。

6月1日，到北平新华广播电台上班，成为资料编辑科一名见习编辑。

6月6日，为纪念普希金诞生一百五十周年，写诗《普希金和他的剑》。

7月1日，集体到先农坛参加建党二十八周年庆祝大会，会上第一次见到毛泽东。

7月10日，写诗《歌唱，红色歌手们——为纪念七一七而作》（按：七月十七日为聂耳忌辰）。发表于7月19日《光明日报·文艺》副刊。

10月1日，随广播电台队伍到天安门广场参加开国大典。北平改称北京，北平新华广播电台改称中央人民广播电台。

10月4日，写诗《歌唱北京城》，投稿《文艺报》，由《文艺报》副主编萧殷转给《光明日报·文艺》于10月17日发表，署名邵燕祥。萧殷称赞此诗“有泥土气息”。

10月末，写短诗《收果实》。

12月19日，为庆贺斯大林七十寿辰而写长诗《伏尔加河之歌》，未获发表。

12月，写诗《马车》，旋在《光明日报》副刊发表。

1950 年 17 岁

1 月 9 日，在《人民日报》发表随笔《词汇语法和修辞式》。

1 月 18 日，写诗《到民间去》。

本月，根据报纸上大量发表的工人诗歌作品写通讯《从工人诗歌看北京解放一年的变化》，在中央人民广播电台播出。此时，邵已调中央人民广播电台专稿组。

2 月 1 日，写诗《进军喀什城》。

2 月 3 日，在《天津日报 · 文艺周刊》发表《诗和小资产阶级感情——读诗散记》一文。

2 月 22 日，写诗《歌唱中长路》。

3 月 3 日，在《天津日报 · 文艺周刊》发表随笔《囚徒歌——读诗散记》。

同日，在《人民日报》副刊发表诗作《歌唱中国长春铁路》。

3 月，诗作《进军喀什城》在《人民文学》1950 年第 3 期（第 1 卷第 5 期）发表。

春，中央人民广播电台创办《中央报纸摘要》节目，由邵燕祥试点“编播合一”：每天早晨浏览北京出版的重要日报，十点前写成广播稿送审，审定后由邵于中午十二时直播。前后近半年时间。

4 月 19 日，《中共中央关于在报刊上开展批评与自我批评的决定》，邵写诗批评电车公司把铁轨弃置街头以至生锈受损无人过问，投稿未获发表。

4 月，在《大众诗歌》第 1 卷第 4 期发表诗作《粮食进关》。

5 月，写诗《娘》。

7 月 23 日，写诗《给朝鲜人民军》、《送绿茶》。前者 7 月 28 日在《人民日报》发表时改题《唱吧，高唱你们的战歌！——献给英勇的朝鲜人民军》。后者 7 月 30 日在《天津日报》副刊配合“八一”建军节发表（此诗在收入诗集《到远方去》时做了大幅修改）。

9 月，邵作组诗《北京颂》四章，为建国一周年献礼，但只有表现各民族大团结的一章，改题为《从边疆到北京》在《新观察》杂志 1951 年第 2 期发表。

10 月，中国政府宣告组成志愿军入朝作战，邵亦报名，未获准。

10 月，写诗《致越南人民军》。

11月，写诗《邮工歌》，后发表于《光明日报》。

11月，写诗《十一月二十三日——感恩节》，未获发表。

11月，写诗《慰问信——寄朝鲜前线的中国人民志愿军战士》，发表于《新民报》副刊。

12月，长诗《美帝与死神》由张仃、张光宇配画发表于《人民画报》。

同月，写诗《没有敦刻尔克》，未获发表。

秋冬之际，应《人民文学》编辑部之约，到东总布胡同22号作协机关会见诗人严辰。严辰和夫人逯斐、诗人吕剑留饭，同座有杨犁、黎阳夫妇。

冬，写诗《失去譬喻的麦克阿瑟》，未获发表。

1951年 18岁

1月3日，写诗《把他们叫醒》，未获发表。

1月，写诗《送参空军》。

2月7日，写诗《我底歌，我底心》。

春，接受中央人民广播电台为配合爱国主义宣传而筹办《首都介绍》节目的任务，后因机关内部开展“忠诚老实政治自觉学习运动”而搁浅。应中央台新办的少年儿童节目约稿，写《我的一天和祖国的一天》等儿童诗。

4月，邵诗《你们的战歌就是凯歌》由作曲家刘炽谱曲，并传唱公演。词曲入选中央戏剧学院研究部编，生活·读书·新知三联书店出版的《抗美援朝新歌选集》。

5月6日，写诗《没有落泪的大娘》。

5月13日，写诗《再唱北京城》。

7月，为配合建党三十周年，写儿童诗《毛主席的甜水井》，在中央人民广播电台播出，一年后由《中国少年报》发表，署名颜香。1954年，此诗在由宋庆龄主持的儿童福利基金会主办的全国第一次儿童文学评奖中获二等奖。

8月，第一本诗集《歌唱北京城》由华东人民出版社出版。收《歌唱北京城》、《从边疆到北京》、《进军喀什城》、《给朝鲜人民军》等诗十五首。

10月10日，广播事业局决定邵燕祥等三人参加全国政协土改工作团（西北分团），随即陆续听取时任中共中央组织部部长安子文、统战部部长李维汉等的政策报告。

10月25日，随土改工作团乘火车出发，经西安听取中共中央西北局介绍情况后，由公路前往甘肃兰州，听取省委介绍情况，到皋兰县下乡（至次年二月春季返回）。

11月16日，被土改工作团分团分配到皋兰县水川区白茨滩乡，入村工作组还有政务院朱明、中央戏剧学院葛崇娴，以及三位地方干部。

1952年 19岁

2月6日，随“西北土改工作团”回到北京。又立即参加“三反五反运动”，被分配在业余时间参加中央人民广播电台机关内部一个审查机关“汽车队”问题的小组。

春，中央人民广播电台调整组织机构，邵燕祥被任命为文教组副组长，负责组织每晚半小时的《文化生活》节目。

7月5日，写诗《我们有这样的边境——一个边疆战士的话》，发表于《人民文学》1952年第11期。

秋，先后被抽调参加亚洲及太平洋区域和平会议、中苏友好月两项活动特别节目的工作。

10月，写儿童诗《从我家窗口看见什么》。

11月23日，有感于第一个五年计划即将开始，写诗《到远方去》。

1953年 20岁

1月2日，写诗《桥》。

1月25日，写诗《在夜晚的公路上》。

1月，写诗《她们来到新城》。

3月21日，以斯大林逝世为契机，向党支部递交了入党申请书，正式申请入党。

4月21日，写诗《晨歌》。

5月17日，写诗《五月的夜》。

6月，所在支部大会通过接纳邵燕祥为中共候补党员（12日），并经机关党委批准（18日）。写诗《心中的话》，投稿《人民文学》未获发表。

6月，诗作《到远方去》、《五月的夜》发表于《中国青年》杂志。

同月，邵燕祥先后参加了全国妇联、全国青联和青年团中央召开的三个全国代表大会的报道。

7月12日，写诗《生活是严峻的》。

8月，写儿童诗《七月的营火》，供中央台少儿节目播出。后在《北京日报》刊出和收入儿童诗集时，改题《八月的营火》。

同月，写诗《黄河》。

9月23日至10月6日，中国文学艺术工作者第二次代表大会召开，以中央人民广播电台文教组记者身份到会采访。

年末，中央人民广播电台在各地建立自己的记者站。告别文教组和《文化生活》节目，调入记者组，分工到东北驻点进行工业和基建报道。

1954年 21岁

1至8月，先后去阜新、抚顺、鞍山、长春等地采访。

1月29日，在抚顺写诗《我们架设了这条超高压送电线》，在中央人民广播电台联播节目播出，2月6日发表于《人民日报》。

2月24日，写诗《一个制造螺丝钉的工人的话》。

3月，写诗《在大伙房水库工地上》。

春，在抚顺写短文《乌鸦和喜鹊》。

4月，应人民日报文艺部主任、诗人袁水拍函邀晤谈。

5月初，诗作《五一节寄自鞍钢》在中央台联播节目播出。

5月25日，在鞍山写诗《十二个姑娘》，发表于6月17日《人民日报》。

6月23日，在长春写长诗《我们爱我们的土地》，9月12日发表于《人民日报》，迎接将于15日开幕的全国人大第一次代表大会。

7月22日，在长春写诗《第一汽车厂工地的第二个雨季》。

7月，在长春写儿童诗《乞巧》。

7月，《人民文学》1954年第7期发表《五一节寄自鞍钢》、《在大伙房水库工地上》二诗。

8月2日，写诗《向建筑工人致敬》。

8月4日，写诗《在矿井的底层》。

8月5日，写诗《中国的道路呼唤着汽车》。

8月18日，写长篇儿童诗《没有故事的故事诗》，后改题《幸福的道路》在《中国少年报》发表。

9月15日，第一届全国人民代表大会在北京开幕，邵燕祥参加会内采访。

10月5日，写诗《英雄碑下》。

10月20日，为向阿尔巴尼亚供给广播节目，写诗《寄给阿尔巴尼亚》。

11月9日，《人民日报》发表《在夜晚的公路上》一诗。

11月10日，写诗《茶》。

11月11日，写朗诵诗《我们爱鲜花、爱阳光——为北京女十三中一个团支部的团日作》。

11月21日，写诗《致长江》。

11月，《新观察》1954年第21期发表《在矿井的底层》及《寄到一座铜矿山》二诗。

11月至次年1月，奉派去上海、杭州、武汉等地采写一组供莫斯科电台的节目。

12月4日，写儿童诗《星星》和《芦管》。

12月12日，写诗《春风》。

12月15日，写诗《南京路》。

12月18日，写诗《钱塘江》。

12月19日，在上海写长篇叙事诗《母亲》，投稿未获发表，后收入诗集《给同志们》。

12月22日，写儿童诗《小爬犁之歌》。

12月，写诗《茶山》。

12月，《人民文学》1954年第12期发表《中国的道路呼唤着汽车》、《向建筑工人致敬》二诗。

1955年 22岁

1月9日，写诗《我们的钻探船轰隆轰隆响》。

3月20日，写诗《多盖些工厂，少盖些礼堂！》4月2日发表于《人民日报》。

3月，在《人民文学》1955年第2期发表《诗四首》:《第一汽车厂工地的第二个雨季》、《晨歌》、《致长江》、《茶》。

3月，调回内勤，任中央台工业组副组长，主持每日半小时的《工业节目》（1956年后节目改名《祖国建设和人民生活》）。

4月10日，写配合反“高饶联盟”的政治诗《给同志》，7月发表于《新观察（半月刊）》1955年第14期。

5月8日，写诗《内地来信》。

5月，第二本诗集《到远方去》由上海新文艺出版社出版，收录了从1952到1954年写的19首诗。

6月10日，写配合反胡风运动的政治诗《就在同一个时间》，发表于6月30日《人民日报》。

6月，所在中央人民广播电台第三党支部成立了领导“肃反”的“五人小组”，邵燕祥为成员之一。

7月4日，写配合肃反运动的政治诗《给同志（二）》。

7月5日，写配合肃反运动的政治诗《你问过为什么吗》。

7月24日，写诗《致黄河》。

7月，第三本诗集《到远方去》由作家出版社出版。这本诗集是《歌唱北京城》和《到远方去》（上海新文艺出版社，1955年5月）两本诗集的合集，抽去七首，补进三首。

8月14日，写诗《有一天我们会想起》。

8月，在《文艺学习》1955年第8期发表文章《做好作诗的准备》。

9 月 8 日，写诗《愿望》。

9 月 19 日，写儿童诗《狂欢之夜》。

9 月 20 日，参加首届全国青年社会主义建设积极分子大会。其间在《中国青年报》发表诗作《青春进行曲》。

9 月，《长江文艺》1955 年第 9 期发表诗作《我们的钻探船轰隆轰隆响》。

11 月 20 日，写配合农业合作化运动的诗《大雪飘飘》。

11 月，《人民文学》1955 年第 11 期发表儿童诗《乞巧》。

12 月，写儿童诗《我有三件大心事》。

12 月，应邀到中国人民大学诗社与同学见面。

1954—1955 年，写诗《在苹果园》、《无题（你给我多少次希望）》。

1955—1956 年，年末年初多次接受北京一些中学的邀约，宣讲“农业四十条”将于 1976 年实现时的美好远景，受到热烈欢迎。

1956 年 23 岁

1 月 8 日，应《中国青年报・辣椒》副刊之约，写配合反对右倾保守的讽刺诗《磨道驴》，原准备配画刊出，后未获发表。

1 月 15 日，写诗《新的歌》。

1 月 16 日，写诗《一个农民向毛主席说》，22 日发表于《北京日报》。《新华半月刊》1956 年第 4 期曾予转载。

1 月 22 日，在《中国青年报・辣椒》副刊发表讽刺诗《“同人堂”文学杂志》。

1 月，在《新观察（半月刊）》1956 年第 1 期发表诗作《我有三件大心事》；在《中国青年》1956 年第 1 期发表诗作《第一句话》；在《中国工人》1956 年第 2 期发表诗作《回答》。

同月，诗集《八月的营火》由上海少年儿童出版社出版，共收诗五首：《毛主席开的甜水井》、《从我家窗口看见什么》、《八月的营火》、《乞巧》、《幸福的道路》。由王白水绘制插图。

1—2 月间，应邀到北京大学文艺社诗歌组与同学见面。

2 月 14 日，写诗《三门峡放歌》。

2月下旬，在《北京日报》发表诗作《给一位工程公司的经理》。

2月，《人民文学》1956年2月号发表《大雪飘飘》一诗。

同月，赴三门峡工地采访，并在工地度过了春节，作诗《巨大的光芒》。

同月，加入中国作家协会。

3月15—29日，参加中国作家协会和青年团中央召开的首届全国青年文学创作者会议。

3月，在《文艺报（半月刊）》1956年第5、6期合刊发表短文《给同辈的战友》。

同月，写讽刺诗《拍马须知》。

同月，诗集《给同志们》由作家出版社出版，共收1954—1955年诗作十七首。

4月，在《新港》1956年第4期发表诗作《"石油普查大道"——赠给先进生产者陈清泉及其伙伴》。

5月，写儿童诗《儿童铁路进行曲》，向隅作曲，发表于《中国少年报》。

同月，写讽刺歌词《团委书记心肠好》，未发表。

同月，在《新港》1956年第5期发表诗作《棕榈》。

同月，由邵燕祥作词、李焕之谱曲的《青年团员进行曲》发表于《歌曲》1956年第5期。

6月4日，在中国作家协会创作委员会诗歌组座谈"百花齐放，百家争鸣"。

6月24日，写诗《关于一个同志入党的问题》。

6月，《三门峡放歌》一诗在《中国青年》1956年第11期发表。

7月8日，写杂文《"鸡毛"、"令箭"及其他》，投稿《文艺报》，未获发表。

7月11日，写诗《走敦煌》。

7月15日，在《中国青年报·辣椒》副刊发表讽刺诗《大众电影一片颂声》。

7月19日，继续在中国作家协会创作委员会诗歌组座谈"百花齐放，百家争鸣"。

7月29日，在《中国青年报》发表讽刺诗《给售货员出一点主意》。

7月，写儿童诗《家乡旅行歌》，在《中国少年报》发表。

同月，写诗《琴》。

8月5日，写杂文《口碑》、《好官我自为之》，投稿《人民日报》，未获发表。

8月19日，写儿童诗《云》、《忘记的和难忘的》。

8月21日，诗作《琴》在《人民日报》发表。

8月30日，写诗《地球对着火星说》，9月11日在《北京日报》发表。

8月，写儿童诗《不是幻想》。

9月14日，应邀写诗《心中的话》，《中国青年报》22日发表，以配合迎接中共“八大”的宣传。

9月27日，写诗《中国张开了翅膀》，后发表于10月初上海《文汇报》复刊号。

9月至10月间，作协在政协礼堂举办纪念鲁迅逝世二十周年系列讲座，每一场都去认真听讲。

秋，写诗《夜光杯》。

11月4日，写诗《我站在高高的露台上》，后发表于《大公报》副刊。

11月19日，写诗《忆西湖》。

11月29日，写诗《贾桂香》。

11月，写诗《埃及棉花》、《友谊》。前者未发表。后者发表于《河南农民》。

12月7日，写诗《与郭小川谈官僚主义》，未终篇。次日在此基础上，另起炉灶写定《抒情的一章》。

12月13日，《贾桂香》一诗在《人民日报》发表。

12月16日，写杂文《去病与苦口》。

12月29日，在《人民日报》第八版发表杂文《“为官容易读书难”》。

12月30日，应邀到《中国青年报》社，与舒学熠（舒小兵）、沈仁康等一起为1957年元旦策划一整版的短诗配画，总题为《1957：好！》，邵分工写作其中四首：《序曲》、《三门峡》、《钢》、《没有驾驶执照的女司机》。

1957年 24岁

1月1日，参与策划、写作的组诗《1957：好！》发表于《中国青年报》。

1月26日，与谢文秀登记结婚。

1月，诗作《忆西湖》发表于浙江省文联主办的《东海》月刊。

同月，《去病与苦口》一文在《文艺学习》1957 年 1 月号关于王蒙小说讨论专栏中发表。

同月，诗作《不是幻想》在《中学生》1957 年第 1 期发表。

3 月，在《诗刊》1957 年 3 月号发表诗作《时间的话》。

3 月上旬，到山西阳泉采访，写诗《姑娘们，爱矿工吧》，在中央人民广播电台播出。

3 月 10 日，在太行山门户阳泉写诗《谒太行》。

3 月 12 日，写诗《北京湾》。

3 月 13 日，写诗《中州桥上》。

3 月 14 日，写诗《呼唤》。

3 月 27 日，写诗《鼓》。

3 月下旬，随中国新闻工作者代表团赴苏联采访，5 月 9 日返国。

4 月，在旅苏期间写诗《牵来我的顿河马》、《瓦赫什河谷》、《告别杜山贝》、《英雄之所钟情——看列宾油画〈萨特阔〉》多首。

4 月，《谒太行》一诗在《文艺报》（改版）1957 年第 1 期发表。

同月，《北京湾》一诗在《红岩》1957 年 4 月号发表。

5 月 8 日，全团离开苏联前夕，会见了赫鲁晓夫。

5 月 9 日，回到北京，请“创作假”近两周。除为中央台《国际生活》节目写了两篇通讯外，五六两月写纪行组诗，连前共四十首，编为诗集《第四十个春天》。作家出版社已付排，以政治原因撤稿。其中有十余首当时曾在《诗刊》、《长江文艺》、《红岩》等处发表。苏联《文学报》也在“十月革命节”前后刊出了多首俄译诗稿。

5 月 12 日，写诗《记者之歌》、《会见赫鲁晓夫同志》。

5 月 24 日，写诗《磨光的五戈比》，投稿《诗刊》，未获发表。

5 月 25 日，写诗《橡皮之歌》。投稿《诗刊》，后将原稿追回。

5 月 28 日，《会见赫鲁晓夫同志》一诗于《人民日报》发表。

同日，写诗《彼得罗・巴夫洛夫堡》。

6 月 1 日，写诗《曙光号巡洋舰开炮处》、《割草的人》、《乌拉尔河的一个黎明》。

6月8日，中共中央发出《关于组织力量准备反击右派分子进攻的指示》，同日，《人民日报》发表社论《这是为什么？》。由此开始大规模的“反右派斗争”。

6月11日，短诗《大人先生们的心事》发表于《人民日报》。

6月14日，写诗《伏尔加河上》、《莫斯科天文馆纪行》。

6月，儿童诗集《芦管》由上海少年儿童出版社出版，诗集由朱延龄、郑国英绘制插图，收儿童题材诗作十首：《星星》、《芦管》、《小爬犁之歌》、《狂欢之夜》、《我有三件大心事》、《儿童铁路进行曲》、《家乡旅行歌》、《云》、《忘记的和难忘的》、《不是幻想》。

6月，写诗《普希金的宝剑》、《乌拉尔坦克》、《访高尔基童年故居》、《牵来我的顿河马》、《在塔吉克国立大学图书馆里》。

6月，赴武汉采访长江大桥工程，为中央台写连续通讯《万里长江第一桥》。所在党支部已开始“背靠背”地搜集邵“右派”言行材料。

5—6月间，写诗《斯大林格勒的弹片》、《沙原落日》等。

7月7日，写诗《箫》。

7月，在《诗刊》1957年第7期发表组诗《第四十个春天》中的9首：《鄂木斯克的早晨》、《割草的人》、《登阿拉木图高山天文台》、《沙原落日》、《弹片》、《乌拉尔河的一个黎明》、《曙光号巡洋舰开炮处》、《最简单的真理》、《惜别》。

8月11日，在《文艺报》发表配合反右的表态诗作《相信的是什么——读哲理诗〈更相信人吧！〉有感》。

8月13日，诗作《箫》在《人民日报》发表。

8月，《长江文艺》1957年第8期发表《伏尔加河上》；《北方》1957年8月号发表诗作《尼切沃》。

9月，在《文艺学习》1957年第9期发表反右表态长文《刘宾雁给“本报”指出的方向》；在《中国工人》第18期发表反右表态诗作《火车向前开》；在《前哨》1957年第9期发表诗作《呼唤》。

9月17日，写长诗《我们社会主义的祖国万岁》，投稿《人民日报》未获发表。

9月下旬，邵燕祥所在党支部开会，责令他写材料，交代与文艺界大小“右派”的关系。

10月，在《人民中国》(日文版)发表《国庆漫笔》；在《广播节目报》发表歌词《社会主义进行曲》；在《中国妇女》1957年第10期发表诗作《金手》；在《新港(文学月刊)》1957年10月号发表诗作《乌拉尔坦克》。

10月4日—11月8日，邵所在党支部连续十次开会审查他的政治思想。被迫上缴了近年所写全部原稿和读者来信，并给自己编织罪状。接着，党支部贴出三批大字报，公布邵燕祥的“右派”罪行。

12月8日，中央人民广播电台召开全体大会对邵燕祥进行总结性批判。

1958年 25岁

1月28日，妻子谢文秀随第一批参加劳动锻炼的干部下乡，前往河北沧县窦店农业生产合作社。邵写旧体诗五绝四首《送妻下放》。

2月，在宣布了给予邵燕祥撤职降级、下放劳动的行政处分后，党支部一致通过开除邵燕祥中共党籍的决定。

2月24日，在《关于右派分子邵燕祥的处分决定》上签字。

3月1—20日，到十三陵水库参加劳动。

3月26日，与中央台一批划“右”同事，前往沧县姜庄子红旗农业生产合作社，随同下放干部劳动（直至同年10月转往黄骅）。下放期间化名李得升，随生产队干活。一度曾教成人班识字，还曾到村里的民办小学教高小语文课，后参加抢收小麦等劳动。

5月20日，写诗《稻花——拟郭沫若〈百花齐放〉》。

7月，写长文《共产主义精神与中国作风中国气派——学习毛泽东同志诗词札记》，署名李得升投寄《红旗》杂志，该社进行政审后搁置。

7月，随下放干部小队调往姚官屯，仍跟着社员干活。

7月23日，写诗《阿拉伯谣曲》。

8月13日—9月初，广播局全体下放干部到沧县县城集中，进行“整风(第)四阶段”的“学习”，补划“右派”等。

8月19日，写词《鹊桥仙·七夕》。

8月24—26日，响应“敞开思想”“寸话不留”的“鸣放”活动号召，贴出了285张大字报和200来份小字报。

9月中旬，回到姚官屯，被分配到宣传人民公社的小分队，以文艺形式走村串乡，集体编活报剧（执笔）《月到中秋》。

10月下旬，在沧县各乡镇随中央台下放干部小队劳动的50多名“右派分子”集中调往黄骅县中捷友谊农场，交由农场监管。

1959年 26岁

春，写诗《故乡》。

2月20日，写诗《繁星》。

2月23日，写诗《在人民大会堂工地上》。

3月5日，写诗《旧军装》。

3月30日，写旧体诗《长江篇》。

5月3日，写诗《钢铁》、《故乡》。

8月19日，写诗《夜耕》。

8月20日，写诗《战士的心》、《国庆十周年》。

8月21日，写诗《传说——铸钟姑娘》。

8月23日，写诗《灯火》、《灯火又一章》。

8月24日夜，写《无题（真的，这不算异想天开）》。

同日，写另一首《无题（一九四九年：整队！上车！）》。

8月29日，写诗《白茨滩》、《露水闪》。

9月3日，写诗《长安大道》。

9月4日，写诗《秋风》、《芦苇》。

9月5日，写诗《海燕》。

9月6日，写诗《节日》。

9月8日，写诗《原子破冰船》。

9月9日，写诗《无题（天高，水清，晚风吹透衣裙）》。

9月中旬，中捷友谊农场三分场第14生产队干部宣读广播局的决定，摘掉邵燕祥“右派”帽子。

9月20日，写诗《朋友，我童年的朋友》、《太阳》。

秋，写诗《秋天》。

10月1日，写诗《我是一个小小的音符》。

10中旬，调回广播局，先在中央人民广播电台文艺部资料室，一度在北京广播学院新闻系兼任汉语教研室辅导教师。

11月18日，写诗《旅伴》。

12月3日，写诗《一路平安》。

12月4日，写诗《青竹》。

1960年 27岁

本年，写诗《神奕颂》、《望古巴》、《节日礼赞》、《古巴谣曲》、《珠穆朗玛组歌》；编写广播文艺节目《勇敢颂》（播出时改名为《不屈的水手》）、歌词《八姐妹跨海征荒岛》（于林青、于兵作曲，在电台播出并在《歌曲》月刊次年3月号发表）、曲艺联唱《满城春》（在电台播出），二人转《新游春》（播出），还协助说唱团策划了配合反美宣传月的相声《艾森豪威尔外传》、《土耳其抓兵记》等。

1961年 28岁

夏，写词《满江红——何物苍天》。

11月初，就苏联迁斯大林墓一事写旧体诗《无题（仰止高山何处寻，浮云掩日气萧森）》。

11月3日，写诗《列宁的办公室》。

12月20日晚，写诗《春雨》。

本年，根据李准同名小说，为说唱团、合唱团改编了大型合唱曲词《耕云记》，未付排。

1962年 29岁

年初，以马克·吐温的小说为底本，改编广播小说《车厢里的吃人事件》，还根据马克·吐温、契诃夫的作品改编广播剧和广播小说5种：《败坏了赫特莱堡的人》、《害怕闪电》、《纸里包不住火》、《变色龙》、《求婚》，均未播出。

1月，写诗词《雪晴》、《浣溪沙——墙角瞿瞿灶马鸣》、《戏作夜梦杜甫》。

3月，在《人民文学》1962年3月号发表诗作《夜耕》、《灯火》。

3月底，写散文《小闹闹》；写诗《春雨》。

4月，将苏联作家柯切托夫同名小说《叶尔绍夫兄弟》改编为舞台剧。同年10月中央实验话剧院决定排演，由孙维世导演。剧本集体讨论后由邵与左莱执笔。

同月，写唱词《上战场》（在电台播出）。

6月26日，到内蒙古伊克昭盟伊金霍洛旗参加成吉思汗诞生八百周年纪念活动，写诗《晨兴》、《赛马》。

6月，写诗《五月的草原》、《驿马星》、《大青山即景》。

同月，散文《小闹闹》发表于《上海文学》。

7月12日，写诗《鹅》。

7月13日，写诗《照相》。

7月，写短篇小说《生离死别》，未发表。

6—7月间，写诗《晨兴》、《昭君墓》。另写《我的心呀在高原》、《歌舞——赠伊克昭盟歌舞剧团》、《打狼谣》，这三首诗后以总题《鄂尔多斯纪行》发表于《草原》文艺月刊。

9月，将"反右"前后未结集诗编成一集，投寄上海文艺出版社。翌年初，出版社以"都是旧稿，比较庞杂，质量不齐"为由退稿。

10月4日，据范钧宏、吴少岳同名京剧剧本改编唱词《强项令》。

11月10日，在《北京日报》发表诗作《27号岗》。

11月下旬，《叶尔绍夫兄弟》剧本由邵和左莱分工改写后，由孙维世通稿并交夏衍定稿。

12月9日，受命为电视新年晚会写《献诗》，是否采用不详。

12月中旬，写诗《话剧〈花园〉观后》。

12月30日，写诗《关于列宁的传说》。

12月，改写克雷洛夫三首寓言诗《诽谤者和毒蛇》、《狼和杜鹃》、《大老鼠论猫和狮子》的散文译本为诗体。

12月，在《文学评论》1962年第6期发表《毛主席〈沁园春·长沙〉结句试解》。

下半年，根据《红楼梦》改编唱词《宝黛斟情》、《紫鹃试玉》、《龄官画蔷》、《刘姥姥进大观园》、《鸳鸯绝偶》，交由广播说唱团演唱，以纪念曹雪芹逝世二百周年。

本年，改编印度同名小说《奖券》为广播小说。

1963年 30岁

1月11日，写诗《剪枝谣》。

3月27日，写诗《春雨》.

同月，舞台剧《叶尔绍夫兄弟》经审查通过，内部演出（在党政军机关内部发票，不做公开宣传）。

同月，写词《西江月（飞去风筝断线）》。

6—7月，与高方正执笔，根据胡正著同名小说改编了八场话剧《汾水长流》，后由广播电视剧团公演。

7月，写旧体诗《读昆曲〈晴雯〉赠王金陵》。

8月30日，写诗《登五台山——高山气象台》。

9月27日，写诗《致俄罗斯的老橡树——读希施金的风景画〈橡树〉》。

11月22日，写诗《风景》。

11月26日，写诗《蜀犬谣》。

12月3日，写诗《在重庆没有乡愁》。

12月8日，写诗《一九六三年，江津道上》。

12月13日，写诗《锦江》、《竹林》。

12月16日，写诗《下三峡》。

12月，在成都写诗《无题——我想象着你的步履》。

本年，为李一鸣写了歌颂雷锋的《红色战士》组歌歌词；为迟瑛写了反对三国禁核条约的歌词；写诗《微笑》、《周公馆》、《歌乐山下默哀》、《断章——题

“白公馆”院中摘来的野石榴叶》。

1964 年 31 岁

1 月，写旧体诗《广州木棉》、《梅花》、《底事情牵万里长》。

2 月，写四幕话剧《不平常的春天》（又名《峥嵘岁月》）。

3—4 月间，接受任务起草一份广播系统全国广播剧电视剧剧本评奖的意见草案。

同时，在文艺界整风形势下，邵成为广播电视剧团“小整风”重点，被责令就“个人与组织的关系”问题做检讨。

6 月，写诗《油罐车之歌》。

6—7 月间，基本上脱产，全力参加全国广播剧电视剧剧本评奖工作小组的工作，听各地方台送来的录音，看剧本，参加讨论，写评审的初步意见。

9—10 月间，全国广播剧电视剧剧本评奖工作停办后，上级决定要将“较好”的剧本编一本书，由邵负责编辑并起草了前言。此书后未印行。

10 月 18 日，随广播文工团全体赴河南安阳专区参加四清运动。先在安阳集训。

12 月 15 日，随四清工作队到河南浚县西宋庄，入村后写诗《反和平演变——念给贫下中农听》。

本年春，《叶尔绍夫兄弟》在文化部主办的全国优秀剧目评奖中获奖，邵随剧组参加授奖仪式，获得奖状。有关部门决定，因这一剧目内容“涉外”，不做报道。

1965 年 32 岁

1 月 14 日，写诗《派饭谣》。

1 月 15 日，写诗《巡夜》。

在 1964 年 10 月至 1965 年 5 月“四清运动”中，还曾写作歌词《五个不可忘》、诗《你心中可有一张算盘》、《巡夜》。运动后期，写词《采桑子·野望，时在河南参加四清运动》。

10 月 12 日，写词《念奴娇·深县老农民林全双一家三口复明》。

11 月 4 日，写词《永遇乐（落叶萧萧）》。

10—11 月间，写词《行香子 · 大寨》、《沁园春 · 到山西临猗访王传河同志》、《江城子 · 民兵》、《满江红（一碧长空）》、《雨中花 · 访夹马口引黄电灌站》。

12 月，写词《雨霖铃 · 解放军某部战胜海啸》。

1964—1965 年间，写《我的心绕着地球转》。

1966 年 33 岁

2 月 12 日，写组诗《〈焦裕禄〉图片解说》，包括《普通的藤椅》等。

6 月，在由山东取海路回京途中写《七绝（今朝闻道更无疑）》。

同月，在广播文工团剧团编导组编辑岗位上被宣布“停职”。

8 月 10—12 日，邵燕祥连续由广播文工团剧团政委及以他为首的文革领导小组主持批斗。23 日遭广播局某些人对部分所谓“黑帮”的武斗。25 日被送进“政训队”（广播局政治部成立的“政治训练队”，即所谓“黑帮队”），关押四个月。在此期间，剧团文革小组决定重新给邵燕祥戴上“右派分子”帽子，并做出开除公职监督劳动的处分决定。

10 月，写诗《七绝（云雷奔滚莫迟疑）》。

11 月 2 日，写词《念奴娇 · 颂蔡永祥烈士》。

11 月 9 日，写词《念奴娇 · 颂无产阶级文化大革命》、《清平乐 · 赞革命小将步行串联》。

11 月 15 日，写词《浪淘沙 · 毛主席接见文化革命大军》。

11 月 17 日，写词《水调歌头 · 颂毛主席万寿无疆》。

11 月 19 日，写词《满江红 · 歌颂毛主席》、《水调歌头 · 颂毛泽东思想》、《一剪梅 · 赞解放军苦学“老三篇”》。

11 月 21 日，写词《永遇乐 · 学习毛主席著作，加紧改造世界观》。

11 月 24—25 日，写词《小令二首》。

11 月 27 日，写词《水调歌头 · 送革命小将长征》。

11 月 29 日，写词《沁园春 · 歌颂毛主席》。

12 月 1 日，写词《采桑子 · 咏红卫兵革命串连》。

12 月 7 日，写词《沁园春 · 不老松》。

12 月 19 日，写词《浣溪沙 · 祝越南》。

本年，参加了有关宣传焦裕禄的剧目（广播、电视）工作，对《欧阳海之歌》片断做了广播处理（播出）；共写歌颂毛主席，歌颂无产阶级“文化大革命”，歌颂毛主席的革命路线，歌颂革命小将等“颂圣”诗词 18 首，其中的 17 首写于“政训队”。

1967 年 34 岁

年初，“政训队”解散后，重回广播文工团剧团上班，被指令打扫厕所。

2 月，广播文工团群众组织在“反对资反路线”的斗争中，宣布剧团文革小组重新给邵燕祥戴上“右派分子”帽子的决定无效，邵成为单位内部两派斗争中的争议人物。

7 月，写四幕舞台剧《27 号岗》。

1968 年 35 岁

年初，邵燕祥写信给进驻广播局的军管小组，申诉他从 1949 年以来的创作主流是革命的。军管小组令群众组织“广联总”批判他的“右倾翻案”。

5 月 3 日，被勒令进入“专政队”（由广播局军管小组领导的各派联合总部所属群众专政办公室管辖）强制劳动，直到次年 4 月。

12 月，写词《千秋岁引——欢呼工人阶级进入上层建筑》。

1969 年 36 岁

3 月，写诗《珍宝岛纪事》。

4 月，“专政队”解散，被作为“清（理阶级）队（伍）”审查对象送往郊区农村，与其他各类专政对象一起劳动。

1970 年 37 岁

1 月，被下放到河南淮阳的广播局“五七干校”。

本年初，写旧体诗七绝《咏鸡·干校节日聚餐有鸡》。

1971 年 38 岁

10 月 18 日，时当“九一三”事件后，被允许回京探亲。

1972 年 39 岁

暮春，写旧体诗《揽镜见脱发》、《无题·拟龚自珍》、《半生》。

10 月 2 日，写《自赠（十年岁月亦峥嵘）》、《寄京中友人（少年哀乐总沧桑）》、《有赠（惭愧今宵酒一盅）》。

12 月 12 日，写旧体诗《岁暮》、《前题》。

12 月 18 日，写旧体诗《自温旧稿》。

1973 年 40 岁

元日凌晨，写旧体诗《明月篇》。

1 月 19 日，去南京探望长兄燕平，写旧体诗《南京竹枝词》。

3 月 8 日，写旧体诗《春日》。

4 月 14 日，写旧体诗《春日其二》。

7 月 14 夜，写旧体诗《干校戏作》。

本年，写旧体诗《捧读》。

本年底，由河南淮阳“五七干校”调回北京待分配。

1974 年 41 岁

7 月起，被分配在广播文工团舞台工作队车间，从事木工、装卸等体力劳动。

1974—1975 年顷，写旧体诗《木工房中辞岁》。

1975 年 42 岁

2 月 7 日，写旧体诗《无题（赤云日脚下羌村）》。

9月12日，写旧体诗《断章（百里高晴罩远山）》。

9月20日，写旧体诗《乙卯中秋夜未是稿》。

1976年 43岁

1月15日夜，写旧体诗《挽敬爱的周总理》。

1月，写旧体诗《无题（酣舞狂歌乱入云）》。

清明节后数日，写旧体诗《清明》。

9月4日，写旧体诗《无题（山似文章不喜平）》。

10月22日，写词《丑奴儿近（风雷震荡）》。

10月，写诗《答问》。

11月6日夜，写旧体诗《时事（忽闻白日没神州）》。

11月，写旧体诗《时事（以屈求伸四十年）》。

1977年 44岁

3月8日，写诗《在书架前面》。

3月31日（旧历二月十二日），写诗《花朝》。

4月21日，写诗《我的朋友》。

4月，调回广播文工团电视剧团编导组，恢复正常工作。

5月25日，在大庆写诗《大庆，我来迟了》。

6月5日，写诗《献诗——在毛主席纪念堂前》，这是邵燕祥写毛泽东的最后一首颂诗。

6月，写诗《枕头》、《草原上的暴风雨》。

9月26日，写诗《一个地质队员的情歌》。

9月29日，写诗《江边石》。

10月2日，写诗《基督山伯爵的来访》。

10月4日，写诗《蜜蜂之歌》、《地质队员的欢乐》。

10月7日，写诗《没有乡愁》。

10月8日，写诗《画眉》。

10月9日，写诗《我家住在山外山》。

10月10日，写诗《列车上》。

10月16日，写诗《走不尽的皖南的山》。

10月27日，写诗《一支歌》。

10月，写诗《炊烟》、《秋雨》、《麻姑山》、《地球的记忆》。

11月7日，写诗《可爱的花》。

11月12日，写诗《亲切的地名》。

11月14日，写诗《遥问》。

9月—11月，写长诗《石头记》。

写旧体诗《采石二首》、《风景》。

1978年 45岁

1月20日，写诗《中国又有了诗歌》。

2月，写诗《化雪》、《敲门声》。

同月，长诗《石头记》在地质部《地质战报》发表。

同月，诗作《献诗——在毛主席纪念堂前》发表于《诗刊》1978年2月号。这是邵"文革"后在文艺界"亮相"的表态之作。

3月1日，写组诗《北京风土》四首：《北海重开》、《初来的孩子》、《景山重开》、《路上》。

3月2日，写诗《世界应该是美好的》。

3月5日，写诗《怀念》、《关于葱、姜、蒜和辣椒》。

3月8日，写诗《唱支歌给祖国听》。

3月9日，写诗《是不是情歌》。

3月10日，写诗《大森林是慷慨的》。

3月13日，写诗《松涛——伊春一个伐区纪事》。

3月14日，写诗《林间对话》。

3月16日，写诗《历史的耻辱柱》。

3月17日，写诗《雪落在小兴安岭》、《他在大森林里走着》。

3月19日，写诗《春歌》。

3月20日，写诗《北大荒》。

3月22日，写诗《绿色的画廊》。

3月24日，写诗《失去比喻》。

3月28日，写诗《边城》、《淘金船》。

3月30日，在牡丹江——宁古塔车上写诗《一朵小花》。

同日，写词《采桑子》二阕。

3月31日，写诗《给我以电》。

3月，写诗《工人阶级的良心》。

同月，又写旧体诗《伊春四绝句》。

4月5日，写旧体诗《诗到》。

4月15日，写诗《牡丹江》。

6月14日，写诗《无声地诉说——悼念邵荃麟同志》、《老舍先生举起了手杖》。

6月21日，写诗《历史是公正的》。

6月22日，写诗《致人民》。

6月30日，写诗《1968年的一封家信》。

6月，在《诗刊》1978年第6期发表《地质队诗抄》三首：《列车上》、《党委书记谈会战》、《我家住在山外山》。

7月5日，写诗《诚实人的谎话》。

同日，写旧体诗《五律二首——〈毛泽东在七千人大会上的讲话〉重新发表》；

7月16日，写词《点绛唇二阕（俯仰随风）、（摇唇鼓舌）》。

7月，在《草原》1978年第7期发表诗作《草原上的暴风雨》、《风雪日出》。

同月，写诗《追怀董存瑞》。

8月22日，写诗《比尔·狄盖特》、《太阳，你控诉的火焰！——拟海涅》。

8月26日，写诗《北京鲁迅故居门前》。

9月，在《北方文学》1978年第9期发表组诗《北方（二首）》：《士兵之林》、《边城》；在《诗刊》1978年9月号发表诗作《中国又有了诗歌》；在《人民文学》1978年第9期发表诗作《雪落在小兴安岭》、《历史的耻辱柱》、《唱支歌给祖国听》。

秋，依前《比尔·狄盖特》、《北京鲁迅故居门前》体例，作组诗《短短的诗，长长的怀念》，包括短诗五首：《列宁的司机》、《岩寺的一张照片》、《南下大军渡江处》、《左权将军歌》、《“实事求是”匾》。

10月12日，写诗《白洋淀》、《我们还是拓荒者》、《天然气赞》、《铺设了一条又一条输油管》。

10月15日，写诗《红楼》。

10月21日，写诗《一台古老的印刷机》。

10月，在《长江文艺》1978年第10期发表诗作《在书架前面》；在《北京文艺》发表诗作《写于二〇〇〇年》。

11月10日，写诗《致窦守芳同志》。

11月19日，写诗《彭坑松树岭》。

11月，在《上海文艺》1978年第11期发表诗作《地球的记忆》、《炊烟》。

本月，由广播文工团调入《诗刊》编辑部工作，先任编辑部主任，1981年起任《诗刊》副主编（至1984年秋辞去编务）。

12月26日，写诗《中国的汽车呼唤着高速公路》。

1979年 46岁

1月，中共广播局党委决定改正划邵燕祥为“右派分子”的政治结论，邵燕祥接到了一纸通知。

同月，在《新苑》发表诗作《化雪》、《一朵小花》；在《文艺报》发表评论《斗争需要诗歌——读一批诗歌新作后的点滴感想》；在《人民文学》1979年第1期发表诗作《中国的汽车呼唤着高速公路》；在《诗刊》1979年第1期发表诗作《致窦守芳同志》；在《解放军文艺》1979年第1期发表组诗《大庆——旧战地和新前线》：《大庆，我来迟了》、《枕头》、《油罐车之歌》、《铺设了一条又一条输油管》。

2月16日，写诗《断章》。

2月，在《新港》1979年2月号发表诗作《长安大道》。

3月11日，写诗《豆选——为彦涵木刻〈豆选〉作的“看图读诗”》、《谢邀舞》。

3月19日，写诗《呼唤森林法》、《一九七九年清明祭》。

4月1日，写诗《阳朔》。

4月2日，写诗《芦笛岩——拟艾青》。

4月4日，写旧体诗《桂林》。

4月12日，写诗《黄昏》。

4月16日，写诗《南方的夜》。

4月17日，在桂西写诗《相思》。

4月26日，写诗《谒红七军军部旧址》、《烟》。

4月，在广西写诗《一个战士的复活》、《代蓝天致大地》、《代战士致祖国》。

在《长春（文学月刊）》1979年4月号发表诗作《基督山伯爵的来访》。

春末，写诗《老榕树抒情》。

5月12日，写诗《君山》、《芦苇》、《吊汨罗》。

5月16日，写旧体诗《南岳歌（十二首）》。

5月，在《延河》1979年第5期发表组诗《短短的诗，长长的纪念》十首短诗：《比尔·狄盖特》、《列宁的司机》、《红楼》、《一台古老的印刷机》、《北京鲁迅故居门前》、《彭坑松树岭》、《岩寺的一张照片》、《南下大军渡江处》、《左权将军歌》、《“实事求是”匾》；在《人民文学》1979年第5期发表诗作《雾呵雾》、《大炮与鸟》；在《诗刊》1979年第5期发表诗作《代战士致祖国》、《代蓝天致大地》。

6月，写诗《我们有行乞的习惯吗》。

同月，在《长春（文学月刊）》1979年6月号发表长诗《敲门声》。

7月，在《安徽文学》发表诗作《君山》、《芦苇》、《吊汨罗》。

8月12日，写诗《希望》、《别名佚话》。

8月19日，写诗《初恋》。

8月，在《作品》1979年第8期发表诗作《老榕树抒情》。

9月，在《湘江文艺》发表诗作《呼唤森林法》、《林间对话》。

10月25日，写诗《挽方之》。

10月，在《延河》1979年第10期发表诗作《1979年清明祭》；在《人民文学》1979年第10期发表诗作《我们还是拓荒者》。

11月6日，风沙日写诗《沙漠吃不掉北京》。

11月19日，写诗《假如生活重新开头》、《童年——记十年大动乱中事》。

12月9日，写诗《地平线》。

12月，诗作《沙漠吃不掉北京》发表于《上海文学》1979年第12期。

1980年 47岁

1月1日，在《人民日报》发表诗作《假如生活重新开头》。

1月8日，写诗《给卖火柴的小女孩·读〈安徒生童话和故事选〉》、《记忆》。

同月，在《解放军文艺》1980年1月号发表诗作《地质队诗抄》。

同月，在《文汇增刊》1980年第1期发表《相思二题》:《相思》、《初恋》。

2月28夜，写诗《谜语》。

3月5日，写诗《眼睛，我的眼睛》、《听字》、《秦香莲》、《"人性论"的破产》。

3月6日，写诗《长长的隧洞》、《云南驿怀古》、《塔》、《再见歌》。

3月7日，写诗《在车厢里写的诗》、《高原的风，吹吧，吹吧》。

3月8日，写诗《灰色的黎明》、《云南花》(5月24日定稿)。

3月9日凌晨，写诗《西仓坡》。

3月12日，写诗《滇池》、《龙门》。

3月23日，写诗《螳螂川之歌》、《思念》、《创世纪》、《生命》。

3月24日，写诗《小夜曲——男女声二重唱，于瑞丽》。

3月26日，写诗《无名花》。

3月28日，写诗《祝福》。

3月31日，写诗《自由——为景颇族山民而歌》、《瑞丽江的黄昏》、《橡胶林》、《回声》。

3月，在《滇池》1980年第3期发表诗作《眼睛，我的眼睛》。

春，写诗《云南三首》。

4月2日，写诗《云南云——寄公刘》。

4月6日，写诗《续〈泥鳅调〉》、《沉默的芭蕉》。

4月7日，写诗《边市一瞥》。

4月12日，写诗《怒江问答》。

4月17日，写诗《那时》、《天子庙坡》、《阿诗玛》。

4月18日，写诗《万人冢旧址》。

4月19日，写诗《小童话——儿童诗》。

4月26日，写诗《蝴蝶——看〈中国蝴蝶展览〉后》、《烟》。

4月28日，写诗《给海的女儿·读〈安徒生童话和故事选〉》、《给穿新装的皇帝·读〈安徒生童话和故事选〉》。

5月3日，写诗《我的需要》、《一位献身艺术的老人——悼杨汀滋同志》。

5月24日，写诗《我缺少幽默感》。

5月31日，写诗《代拟关于〈孔乙己〉的处理意见请示报告》。

5月，在《江城文艺》1980年第5、6期合刊发表诗作《旅伴》、《无题（真的，这不算异想天开）》、《传说·铸钟姑娘》；在《边疆文艺》1980年5月号发表诗作《谜语》。

6月，邵燕祥诗集《献给历史的情歌》由人民文学出版社出版，共收诗七十二首。

同月，在《人民文学》1980年第6期发表《诗四首》:《云南驿怀古》、《怒江问答》、《祝福》、《自由——为景颇族山民而歌》。

7月13日，写诗《问大海——读关于范熊熊的报道之后》。

7月，在《边疆文艺》1980年第7期发表《云南三首》:《续〈泥鳅调〉》、《一份自发的印刷品》、《边市一瞥》。

7月，在《星星诗刊》发表组诗《不倦的行旅》:《沉默的芭蕉》、《瑞丽江的黄昏》、《天子庙坡》。

8月2日，《问大海——读关于范熊熊的报道之后》一诗在《人民日报》发表。

8月，在《朔方》发表组诗《南方的早晨》:《思念》、《橡胶林》、《创世纪》；在《山花》1980年第8期发表诗作《在车厢里写的诗》、《长长的隧洞》；在《个旧文艺》1980年第4期发表诗作《听字》；在《诗刊》1980年第8期发表读稿小札《给短诗〈我是……〉的作者》。

9月，在《安徽文学》1980年第9期发表诗作《云南三首》。

10月1日，写诗《哦，大海》、《等待》。

10月13日，写诗《无题（还是那个太阳，忙碌的太阳）》。

10月14日，写诗《星——看〈昨夜星光灿烂〉致白桦》、《粘知了的孩子》、《我召唤青青的小树林》。

10月16日，写诗《心中的誓词》，作为诗集《在远方》的跋。

10月，在《上海文学》1980年第10期发表诗作《回声》。

11月，在《江城》1980年第11期发表诗作《灯火》、《白茨滩》。

12月30日，写诗《生活是这样的吗——影片〈悲惨世界〉观后，兼致某批评家》。

12月31夜，写诗《鞭炮》。

1981年 48岁

1月2日，写词《声声慢——斥江青》。

1月8日，写诗《答友人》。

1月，邵燕祥诗集《含笑向七十年代告别》由江苏人民出版社出版，共收诗作四十首。

同月，在《红岩》1981年第1期发表诗作《粘知了的孩子》、《谢邀舞》。

2月9日，写诗《问自己》。

2月12日，诗作《鞭炮》发表于《人民日报》。

2月16日夜，写诗《与瀑布对话》。

2月26日，写诗《题照》两首：《逝去的松林》、《痛心的教训》。

2月，写长诗《燕子的歌》。

3月18日，写诗《我铭记》。

3月21日，写长诗《不要废墟》。

同日，《燕子的歌》一诗在《人民日报》发表。

3月，写诗《沉思在废墟上》。

在《海韵》1981年第3期发表诗作《哦，大海》；在《文汇月刊》1981年第

3 期发表诗作《答友人》。

4 月 29 日，写诗《我心中有一个秘密的爱》。

5 月，在《上海文学》1981 年 5 月号发表诗作《我召唤青青的小树林》、《给卖火柴的小女孩》、《给海的女儿》。

5—6 月，写关于南斯拉夫组诗 :《和太阳比翼而飞》、《亚得里亚海边》、《真正的蓝天》、《杜布洛夫尼克》、《前题》、《吻，是不需要翻译的》、《永恒的花朵》、《音乐的耳朵》、《教堂即景》、《野鸽子》、《致土兹拉“弗亚·别里奇之家”》、《我仿佛来过这里 : 南斯拉夫》、《库姆罗维茨》、《月亮谣》、《山毛榉》、《约瑟普·布罗兹·铁托》、《贝尔格莱德别情——赠波芭》、《马多斯铜像》、《观剧》等。

7 月 5 日，河南兰考等地归来后写诗《我歌颂一碗大米饭》。

7 月，诗作《约瑟普·布罗兹·铁托》在《人民文学》1981 年第 7 期发表。

8 月，诗作《我仿佛来过这里 : 南斯拉夫》在《诗刊》1981 年第 8 期发表。

9 月，在《北京文学》1981 年第 9 期发表诗作《老舍先生举起了手杖》; 在《草原》1981 年第 9 期发表诗作《我心中有一个秘密的爱》、《噪音》。

秋，写诗《鸡鸣》。

10 月 3 日，写诗《我问》。

10 月 18 日，写诗《答客诮》。

10 月 23 日，写诗《在秋天的田野上》、《送别洪峰》、《开封漫步》。

10 月 25 日，写诗《神秘果》、《狼眼睛》。

10 月 26 日，写诗《圆明园》。

9—10 月，写诗《兰考女儿》。

10 月，写诗《鸟瞰》。

11 月，邵燕祥诗集《在远方》由花城出版社出版，共收诗作 49 首。

12 月 13 日，写诗《题画二首》:《疾风知劲柳》、《冰上白孔雀》。

12 月，诗作《我歌颂一碗大米饭》在《安徽文学》1981 年第 12 期发表。

本年，写词《声声慢·斥江青》。

在《榕树文学丛刊》1980 年第 2 期发表诗作《一个地质队员的情歌》。

1982年 49岁

1月2日，写诗《假如积雪还覆盖在岸边》。

1月3日，写诗《雪》。

1月5日，写儿童诗《下雪的晚上》。

1月9日，写长诗《长城》。

1月13日，写诗《回忆》。

1月16日，写诗《一只洁白的海鸥》。

1月，写诗《银婚》；写《散文诗五则》：《布谷鸟》、《无题（小笠原群岛附件的海旋）》、《无题（我要汲一瓶河水）》、《诗》、《天鹅的聚会》。

同月，在《人民文学》1982年第1期发表诗作《答客诮》；在《春风》1982年第1期发表长诗《不要废墟》；在《莽原》1982年第1期发表诗作《兰考女儿》、《开封漫步》、《秦香莲》；在《特区文学》1982年第1期发表诗作《烟》。

2月1日，写长诗《走遍大地》。

2月11日，写诗《论诗》。

2月13日，写诗《灶马》。

2月16日，写长诗《怀念篇》。

2月26日，写长诗《北京与历史》。

2月，在《长城》1982年第2期发表组诗《南斯拉夫游记》5首：《月亮谣》、《马多斯铜像》、《致土兹拉"弗亚·别里奇之家"》、《杜布洛夫尼克》、《观剧》；在《延河》1982年第2期发表诗作《告别洪峰》；在《紫禁城》1982年第2期发表诗作《圆明园》。

3月22日，于南京孝陵卫写诗《发现》。

3月，写长诗《劳动》；写儿童诗《清明雨》；

同月，在《星火（文学月刊）》1982年第3期发表诗作《与瀑布对话》。

4月12日，写长诗《我是谁》。

4月，写诗《论诗之二》。

同月，在《长城》1982年第2期发表诗作《南斯拉夫游记》；在《文艺（双月刊）》1982年第2期发表诗作《鸟瞰》。

5月3日，写诗《七七五〇级石阶——泰山这样对登攀者说》、《梦中的河流》。

5月，写旧体诗《题徽砚》、《题杨烨手册》。

6月4日，写诗《云中龙》。

6月6日，写诗《拥抱》、《石榴树》、《杜鹃花》。

6月22日，写诗《夏至》。

6月26日，写诗《天之都》。

6月27日，写诗《再别屯溪》、《新土》、《山阴道》、《闯入伊甸园》。

6月，写诗《生日祝福》。

7月13日，写诗《最后的藤叶——重读欧·亨利同名小说》。

7月16日，写诗《北京导游之一》。

7月，写诗《遐思》。

同月，在《上海文学》1982年第7期发表诗作《我是谁》。

8月21日，写诗《嫉妒》。

8月24日，写诗《永久住址——读秋耘旧作》。

8月26日，写诗《永远的向日葵》、《废墟》。

8月26日—9月5日，写诗《秋风起处》。

9月6日，写诗《赫宝塔》。

9月21日夜，写长诗《与英雄碑论英雄》。

9月，诗集《为青春作证》由云南人民出版社出版，共收诗作58首。诗集中题为《早年的情歌》的组诗，未注明写作时间，包括三首短诗：《在苹果园》、《有一条小河》、《矜持》。

10月，在《文汇月刊》1982年第10期发表诗作《七七五〇级石阶》。

同月，在《当代》1982年第5期发表诗作《生日祝福》。

11月26日，写诗《他永远十八岁》。

11月27日，写诗《阵地花园》。

11月，写旧体诗《题明江花山四绝句》。

同月，访问法卡山英雄后于广西边防写诗《寄给未来的未婚妻——代边防战士作》、《雷神》、《阵地花园》。

同月，在《诗探索》1982年第2期（总第7期）发表诗论《人间要好诗——对当前新诗一些问题的看法》；在《长江文艺》1982年第11期发表组诗《旅苏诗草（三首）》：《普希金的宝剑》、《在塔吉克国立大学图书馆里》、《莫斯科天文馆纪行》。

12月30日，写诗《月食》。

12月，在《朔方》1987年第12期发表诗作《秋风起处》、《赫宝塔》，诗论《谈诗片断》。

本年，在《花城（增刊5·诗）》发表《南斯拉夫游记》：《山毛榉》、《野鸽子》。

1983年 50岁

1月7日，写诗《钱塘潮》。

1月17日，在《人民日报》发表诗作《寄给未来的未婚妻——代边防战士作》。

1月27日，写诗《善良的心啊》。

1月，在《星火》1983年第1期发表诗评《切磋篇（诗人谈诗）》。

2月16日，写长诗《怀念篇》。

2月，在《青海湖》1983年第2期发表诗作《云中龙》、《梦中的河流》。

3月，在《广西文学》1983年第3期发表诗作《前线的芦苇》；在《解放军文艺》1983年3月号发表组诗《边防诗草（二首）》：《雷神》、《阵地花园》。

4月7日，写诗《巴比的被捕》、《陌上桑》。

4月16日，写长诗《海之歌》、《十四岁：什么是我的事业》。

4月18日，写诗《我爱在暮色里漫游》。

4月20日，写长诗《南京——〈中国导游〉中的一章》、《端阳》。

4月21日，写诗《收集》。

4月，长诗《怀念篇》在《上海文学》1983年4月号发表，另附短诗《神秘果——代诗话》。

5月4日，写长诗《命运》、短诗《槐花》。

5月12日，写诗《一个人是一本书》。

5月14日，写诗《愤怒的蟋蟀——读绿原为牛汉〈温泉〉所做序》。

5 月 18 日，写诗《多雨的五月》。

5 月 22 日，写诗《风车想念堂·吉诃德》。

5 月，诗集《如花怒放》由上海文艺出版社出版，共收诗作 34 首。

同月，《新华文摘》1983 年第 5 期转载诗作《祝福》、《等待》；在《延河》1983 年第 5 期发表诗作《山阴道》。

6 月 13 日，写诗《放蜂》。

7 月 1 日，写诗《土地之盐》、《青海》、《论缺氧》、《答顽石等》。

7 月 2 日，写长诗《荒原——献给参加开发柴达木盆地的地质工作者》。

7 月 8 日，写诗《大山的对话》、《拟日月山碑记》。

7 月 17 日夜，在长春写诗《又是雨季》。

7 月，在《星星诗刊》1983 年第 7 期发表创作谈《向太阳，向自由》；在《飞天》1983 年第 7 期发表诗作《石榴树》、《再别屯溪》。

8 月 12 日，写诗《最后的弦——读张洁近作》。

8 月 15 日，写诗《寂寞》。

8 月 18 日，写诗《胡子问题》、《黑石礁》。

8 月 24 日，写旧体诗《和朔望同志旅大二律》。

9 月，写诗《赠周怡》。

同月，在《诗刊》1983 年 9 月号发表组诗《青海四首》:《青海》、《论缺氧》、《大山的对话》、《答顽石等》；在《长城（文学季刊）》1983 年第 3 期发表长诗《劳动》；在《芙蓉》1983 年第 5 期发表诗作《最后的藤叶》。

10 月，长诗《南京》在《湘江文学》1983 年 10 月号发表；长诗《荒原——献给参加开发柴达木盆地的地质工作者》。在《青海湖》1983 年 10 月号发表。

11 月，长诗《命运》在《长江文艺》1983 年第 11 期发表。

12 月，在《青年诗坛》1983 年第 6 期发表诗作《巴比的被捕》。

1984 年　51 岁

1 月 14 日，写叙事诗《诀别》。

1 月 20 夜，写诗《小小风车（一首成人唱的儿歌）》、《恭贺春节并乔迁之喜》。

1月28日，写诗《我的乐观主义》、《咏史》。

1月29日，写诗《关于犹大》。

1月31日，写诗《锋芒赞》。

4月13日，写旧体诗《整人五绝》。

4月，在《骏马》1984年第4期发表诗作《献给呼伦贝尔的十四行诗》。

5月13日，写诗《厦门》、《山那边有雨》、《致空气》。

5月14日，写诗《风》、《贝壳》。

5月15日，写诗《风帆》、《四月的最后一夜》、《雪》、《海上交通史》、《泉州偶遇》、《晒太阳》、《赠舒婷》。

5月17日，写诗《厦门（之二）》。

5月，在《上海文学》1984年第5期发表诗作《我的乐观主义》、《土地之盐》。

6月1日，写诗《我也为少男少女们歌唱——拟何其芳诗题》。

6月9日，写诗《迪斯科》。

6月16日晚，写诗《祝酒》。

6月18日，写诗《深圳的启示》、《给我南风》。

6月26日，诗作《厦门》发表于《人民日报》。

6月，写诗《广东，1984年夏》、《旋转餐厅》、《你听到一种节奏吗？》；写旧体诗《谒翠亨村中山故居》。

同月，在《星星诗刊》1984年第6期发表诗作《蟋蟀》、《风车》、《金蔷薇》。

6月1日—7月2日，写长诗《中国，怎样面对挑战？》

7月27日，在《人民日报》发表三首诗：《广东，1984年夏》、《旋转餐厅》、《你听到一种节奏吗？》

7月28日，在去黑龙江省呼玛的途中写诗《开花》。

7月，在《延河》1984年第7期发表诗作《槐花》、《关于犹大》；在《海燕》1984年第7期发表诗作《黑石礁》。

8月28日，写长诗《黑龙江上沉思》。

8月，写旧体诗《游达赉湖和冯国仁》。

9月，诗论集《赠给18岁的诗人》由花城出版社出版，作者在《前记》中说，愿将这本书“作为微薄的礼物，赠给年轻的诗歌爱好者和习作者们”。

同月，写旧体诗《即事寄袁鹰》。

在《雨花》1984年第9期发表诗作《胡子问题》。

秋，辞去《诗刊》副主编职务。

11月，诗集《迟开的花》由北京十月文艺出版社出版，共收诗作45首。

本年，作诗《致读者》。

1985年 52岁

1月26日，写诗《一本书是一个人》。

1月，长诗《黑龙江上沉思》在《中国作家》1985年第1期发表。

在《大西南文学》1985年第1期发表诗二首 :《贝壳》、《风帆》。

2月9日，写诗《到南极去——献给到南极考察的中国同志们和所有八十年代的拓荒者》。

2月，在《文汇月刊》1985年2月号发表诗作《开花》。

3月15日，《到南极去——献给到南极考察的中国同志们和所有八十年代的拓荒者》一诗在《人民日报》发表。

4月19日，写旧体诗《读萧乾文章用其意（二首）》。

4月，《邵燕祥抒情长诗集》由花山文艺出版社出版，共收长诗13首。

5月，诗集《岁月与酒——抒情诗一〇一首》由浙江文艺出版社出版，多数为首次发表。

同月，写旧体诗《武夷山四绝句》、《赠友人（年少头颅掷未成）》、《赠王澈》。

同月，在《人民文学》1985年第5期发表《致空气》、《雪》二诗；在《文学评论》1985年第二期发表《今诗话十则》；在《上海文学》1985年第5期发表诗作《生活是这样的吗——影片〈悲惨世界〉观后》、《问自己》。

夏，写旧体诗《咏史》（或为1988年夏作）。

9月9日，写旧体诗《答刘征谢赠〈寓林折枝〉一书》。

9月13日，写组诗《河西走廊：一次匆匆的旅行》，包括《序诗》、《兰新公路》、《魔幻地貌》、《玉门四重奏》、《酒泉》、《敦煌》、《阳关何处》、《假如》、《寄古人》。

9月，在《人民教育》1985年第9期发表散文诗《你们就是祖国》。

10月11日，组诗《河西走廊：一次匆匆的旅行》在《人民日报》发表。

10月，参加中国作家代表团访问香港。

12月3日，在北京协和医院写旧体诗《戏为长歌答吕剑》。

12月18日，写小诗《雪花——读刘祖慈诗》。

12月25日，写旧体诗《赠袁鹰》。

12月29日，写诗《向未来》。

12月，邵作《晨昏随笔》作为“今诗话丛书”之一，由生活·读书·新知三联书店出版。

同月，在《诗刊》1985年第12期发表《变革中的中国新诗一瞥——1985年10月13日在香港大屿山“作家交流营”的发言》。

本年，写小诗《冬至》。

1986年 53岁

元旦，写小诗《拟哈姆莱特》。

1月9日，写小诗《假面舞会》。

1月12日，写诗《小精灵》、《小叙事诗1号——关于于谦》、《谁是北京的守护神》。

1月，在《诗刊》1986年第1期发表《晨昏随笔（五则）》；在《飞天》1986年第1期发表诗作《寄古人》。

2月6日，旧体诗《戏为长歌答吕剑》在《人民日报》发表。

3月，在《诗刊》1986年第3期发表《晨昏随笔（六则）》。

4月22日，写诗《狮子》、小诗《蓝伞》。

4月，写长诗《天安门广场》。

5月22日，写旧体诗《赠蓝翎》。

5月23日，写旧体诗《赠姜德明》、《题铸钟厂》。

本年春夏，写旧体诗《戏赠谢冕》。

7月12日，写旧体诗《读赛夫画》。

8月25日夜，写诗《听蟋蟀》。

8月，长诗《天安门广场》在《诗刊》1986年第8期发表。

8月下旬，应美国爱荷华大学“IWP（国际写作坊）计划”主持者聂华苓、保罗·安格尔之邀，前往交流、访问和写作。直到12月返国。

9月21日，写诗《致我的思想》。

9月30日，写诗《人》。

9月，写诗《谁也没见过月亮的那一半》、《雾》、《阿美利加的豪雨》、《林肯》、《德沃夏克》、《中国式的寿筵》、《美国印象》、《观剧》。

10月1日，写诗《冻蛾》。

10月2日，写诗《不是黄昏》、《早雁——拟 H.D.》。

10月10日，写诗《手》。

10月，写诗《芝加哥》、《美国野花这样说》。

同月，写旧体诗《赠聂华苓女士》、《贺保罗·安格尔先生七九大寿》、《赠台湾乡土派作家王拓先生》。

11月，写诗《拉斯维加斯》。

同月，《新华文摘》1986年第11期转载诗作《天安门广场》。

12月，归途在夏威夷写诗《Aloha》。

本年，写旧体诗《无题（飙风吹雨过江来）》。

1987年 54岁

1月11日，写诗《中国多看客》。

2月5日，写诗《普希金逝世150周年祭》。

2月23日，写诗《断句》。

3月29日，写诗《读〈卢浮宫〉》。

4月，在云南写诗词《清明》、《云南武定狮山打油——传明建文帝隐此》、《云南芒市》、《过云南盈江平原镇戏赠柳荫》、《云南保山梨花坞尼庵留题》、《云南腾冲赠书画协会》、《大理·调寄［满江红］》、《赠人三章》。

5月27日，写诗《牙齿》。

7月，在常德、南岳先后写诗词《过洞庭》、《桃花源》、《黄龙洞》、《宝峰湖》、《沅水大桥》、《观天声汉剧团〈思凡〉、〈祭头巾〉》、赠羊春秋教授》、《答常德曹菁先生留别》、《车过白石老人故乡，忆其“祖母闻铃”绝句》、《衡山重游》、《南岳磨镜台》、《赠同游毕朔望、陶朔玉伉俪古稀》、《戏题麻姑仙境》、《观电视新闻有感》、《题回雁峰，以我别署雁翔也》、《见牌局有感打油一首》。

10月27日，写旧体诗《十月二十七夜不寐作》。

12月，在《诗刊》1987年第12期发表组诗《一九八六年诗五首》:《谁也没见过月亮的那一半》、《阿美利加的豪雨》、《观剧》、《美国野花这样说》、《芝加哥》。

本年，写诗《孤独的狍子》。

1988年 55岁

1月10日，在《人民日报》发表《诗四首》:《谁是北京的守护神》、《狮子》、《读〈卢浮宫〉》、《牙齿》。

2月12日，写旧体诗《岁暮赠吴小如》。

2月，写长诗《最后的独白——诗剧片断》，后发表于黎焕颐主编《中国诗人》丛刊第一辑。

3月17日，写旧体诗《送友人远行》。

4月11日，写旧体诗《挽朱丹》。

4月，在《作家》1988年第4期“诗人自选诗专号”发表《邵燕祥诗三首》:《雾》、《中国式的寿筵》、《德沃夏克》。

5月，写旧体诗《安顺道上赠舒展》。

6月28日，写旧体诗《挽沈从文》、《挽萧军》。

6月，诗集《也有快乐 也有忧愁》由作家出版社出版，共收诗作七十七首。

同月，在浙江萧山市文联主办的《湘湖》1988年第6期发表诗作《苦夏》。

同月，在《中学生阅读》1988年第5、6期合刊发表小诗《竹林》。

7月，在《星星诗刊》1988年第7期发表诗作《拉斯维加斯》。

8 月 9 日，写旧体诗《八月九日关于胡风会上作》。

8 月 23 日，写旧体诗《八月廿三夜梦中作》。

8 月，在烟台写诗《窗》、《罗累莱》。

9 月 14 日，写旧体诗《读〈小题反作〉赠马识途》。

9 月 28 日，写旧体诗《题〈中国人之病〉》。

11 月 15 日，写旧体诗《戏咏五次文代会》。

11 月，写旧体诗《看武夷悬棺》、《龙虎山芦溪河即景》。

12 月 5 日，写旧体诗《偶得打油一律请荒芜先生哂正》。

1989 年 56 岁

4 月 15 日，写诗《从此》。

4 月 25 日，赴美国加州参加纪念“五四”七十周年研讨会，5 月 18 日经沪返京。

8 月 22 日，写旧体诗《秋晴寄朱正》。

8 月 25 日，写旧体诗《人生》。

9 月 5 日，写旧体诗《从今》。

9 月 10 日，写旧体诗《读夏衍〈懒寻旧梦录〉二首》。

9 月 27 日，写旧体诗《镜花》。

10 月 20 日，写旧体诗《怀王蒙》。

10 月 23 日，写旧体诗《书愤》。

10 月 26 日，写旧体诗《不问》。

10 月，写旧体诗《追记往日诗思》。

11 月 12 日，写旧体诗《有弓》。

11 月 23 日，写旧体诗《寄岭南友人》。

11 月，写《竹枝谑词》。

秋，写诗《秋风辞》。

11 月 12 日，诗作《当我成为背影时》定稿。

12 月 7 日，写旧体诗《〈黄河大合唱〉创作五十周年》。

年末，写诗《读〈太阳树〉诗画卡》。

本年，在《中国韵文学刊》1988年第2、3期合刊发表《七律四首》:《挽朱丹》、《挽沈从文》、《挽萧军》、《贵阳旅次赠舒展》。

1990年 57岁

1月1日，写诗《平安夜》。

1月13日，写诗《碎雪》。

1月28日，写诗《我追踪你的脚步》。

2月1夜，写旧体诗《盛唐诗意》。

2月10日，写旧体诗《元宵》。

2月，写诗《一本书的题记》。

3—4月，写旧体诗《文坛三咏》。

4月16日，写旧体诗《书法》。

4月19日，写诗《致×》。

4月20日，写诗《日历》。

5月13日，写旧体诗《打油诗》。

5月14日，写诗《赌徒的惩罚》。

7月，写旧体诗《封神》。

9月14日，写诗《生活》。

9月15日，写诗《生活（二稿）》。

9月24日，写旧体诗《祝许老七秩大寿》。

10月4日，写旧体诗《筵席二首并跋》。

10月19日，写旧体诗《为夏公寿》、《寿冰心老人》。

11月12日，写诗《这一刻》。

1991年 58岁

1月3日，写诗《书岛》。

1月，写旧体诗《比干墓遐想》。

3 月 8 日，写旧体诗《惊蛰初雪》。

2 月 8 日，写诗《赠戴乃迭——祝贺乃迭与宪益金婚》。

4 月 26 日，写诗《菜花黄》。

11 月，写旧体诗《楠溪江狮子岩看鸬鹚捕鱼》。

1990—1991 年间，定稿组诗《五十弦》，共 55 首。1992 年 7 月开始在《大公报》的“文学周刊”连续发表四十首。

1992 年 59 岁

2 月，在《江南》1992 年 2 月号发表组诗《五十弦》。

5 月 6 日，写旧体诗《诗亡三首》。

6 月 9 日，写词《壬申初度将有西藏之行・调寄［满江红］》。

7 月，在《天涯》1992 年第 7 期发表组诗《五十弦》中的七首。

8 月，第一种版本的《邵燕祥诗选》由（台北）新地文学出版社出版，共收七十八首。

同月，在《上海文学》1992 年第 8 期发表组诗《五十弦》中的八首。

10 月 1 日，写旧体诗《贺陈沂同志从事新闻文化工作六十周年》。

10 月 13 日，写旧体诗《谒黎庶昌故居八首》。

1993 年 60 岁

1 月 8 日，写旧体诗《赠别罗孚二绝句》。

1 月，在《中国作家》1993 年第 1 期发表《旧作四首》:《罗累莱》、《窗》、《读〈太阳树〉诗画卡》、《碎雪》。

2 月，《诗刊》1993 年第 2 期选载《五十弦（组诗）》中的五首。

4 月 6 日，写诗《云的名字》。

5 月 16 日，写诗《赠纪弦——纪念〈现代诗〉创刊四十年》。

6 月，写旧体诗《生日打油四绝句》。

8 月 8 日，写旧体诗《雨馀》。

10 月，在《星星诗刊》1993 年 10 月号发表诗作《诗四首》:《爬格子》、《书岛》、《这一刻》、《赠纪弦》，篇末注明写作日期1993年5月。

本年，黎焕颐主编的《中国当代诗丛——邵燕祥自选集》由贵州人民出版社出版（因系合作出版，所托代办人不当，印制质量低劣）。

1994年 61岁

1月，写旧体诗《题欢宴唐瑜老人纪念册页》。

2月，写旧体诗《贺吴祖光、新凤霞书画展终在军博开幕》。

4月6日，写旧体诗《夜宿天台中方广寺昙华亭》四首。

4月，写旧体诗《题天台赤城山济公院》。

11月，第二种版本的《邵燕祥诗选》由百花文艺出版社出版，收入长诗、短诗共一百五十六首。

1995年 62岁

1月，在《上海文学》发表诗作《当我成为背影时》、《不懂事的孩子》、《佳期》。

3月，写旧体诗《答刘征谢约诗稿》。

4月30日，写旧体诗《侵晨口占劝善诗一律》。

11月，写旧体诗《题洞头海滨将军石》。

12月22日，写题词《为〈绿风·百字论坛〉作》。

1996年 63岁

3月，邵燕祥诗文集《明天比昨天（更）长久》由吉林人民出版社出版，收入短诗十八首，长诗五首。

4月30日，写旧体诗《奉和黄苗子题〈刘罗锅骑驴图〉诗并跋》。

5月16日，写旧体诗《四上黄山值雨偶成》、《黄山孕猴谷纪游·并跋》。

5月18日，写旧体诗《黟县西递村》。

6月10日，写旧体诗《六四初度》。

7月7日，写诗《题照》。

7月27日，写旧体诗《西柏坡》。

7月29日，写旧体诗《座谈环保有感》。

8月20日，写旧体诗《七夕有感》。

8月24日，写《汉俳习作》。

8月，《中华诗词》1996年第4期发表《黄山孕猴谷纪游·并跋》。

9月4日，写旧体诗《题田记茶馆》。

12月14夜，写旧体诗《回归期近寄香港同胞》。

本年，由如水编，黄苗子、杨宪益、邵燕祥合著的《三家诗》一书由广东教育出版社出版，其中收录了邵燕祥的《小蜂房集》。

1997年 64岁

1月7日，写旧体诗《玉溪口占》。

1月26日，写旧体诗《拟竹枝词题沙锅居》。

3月7日，写长诗《金谷园》(由13首“十四行诗”组成)。

3月14日，写诗《结绳纪事》。

3月28日，写诗《孔雀》、《走向深夜》。

4月23夜，写旧体诗《四月二十三夜偶成慰吴祖光》

4月，在《中华诗词》1997年第4期发表诗四首：《偶得打油一律请荒芜先生哂正》、《咏史》、《西柏坡》、《六四初度》。

5月26日，写诗《卡斯帕罗斯败局》、《观棋》。

6月9日，写旧体诗《六五初度前夕适值端阳汉宜公路车中口占》

6月16日，写诗《眼睛》。

7月2日，写诗《读报的心境——拟卞之琳》。

8月10日，写诗《空中的音象》。

8月20日，写旧体诗《记闻》。

10月7日，写诗《潘家园》。

10月8日，写诗《奇景的消失》。

10月10日，写诗《菊花的意义》。

10月12日，在《羊城晚报》发表诗作：《问老子》、《死的意义》。

10月23日，写诗《好鸟枝头朋友》。

10月25日，写旧体诗《周庄》。

10月26日，写诗《匆匆》；写旧体诗《戏题昆山糊涂楼杨守松册页》。

10月，在《山花》1997年第10期发表诗四首：《孔雀》、《走向深夜》、《眼睛》、《读报的心境》。

11月1日，写旧体诗《参加“西湖饮食与文化”笔会有作》。

11月3日，写旧体诗《楼外楼打油一首》。

11月5日，写旧体诗《湘赣途中偶成，赠弘征并长沙、杭州诸诗友》

11月6日，写旧体诗《戏吟丁聪胖人写瘦字》。

11月22日，写旧体诗《柬董月华》、《贺韦君宜八秩大寿病中》。

11月，在《星星诗刊》1997年11月号发表组诗《棋与绳》:《观棋》、《卡斯帕罗斯败局》、《结绳记事》。

12月，为杨宪益写《祝寿打油七绝句》。

1998年 65岁

1月，《诗刊》1998年第1期选载《问老子》、《死的意义》二诗；在《湖南诗词》1998年第1期发表为介绍康华楚作《五十年前的打油诗》一文。

2月11日，在《文汇报》发表短论《关于诗》。

3月30日，写诗《风中旗》。

3月，在《时代文学》1998年第3期发表《诗词一束》:《壬申初度将有西藏之行·调寄［满江红］》、《生日打油四绝句》、《六四初度》、《六五初度前夕适值端阳汉宜公路车中口占》。

4月5日，写旧体诗《题〈卖艺黄家〉二首》、《读〈点灯集〉》。

4月，《诗刊》1998年第4期选载诗作《结绳记事》和短论《关于诗》。

春，写旧体诗《奉和满子先生八十自寿诗》二首。

5月10日，写诗《听雷》。

5月12日，写诗《纸上风云十三章——浏览5月11日〈羊城晚报〉》。

5月下旬，写旧体诗《董理旧作，忆李锐有“抛掷华年如废纸”句，借成一绝》。

6月4日，写旧体诗《戏题丁聪作李辉漫画像》。

6月9日，写旧体诗《即景》。

8月10日，写旧体诗《挽郑超麟》。

9月12日，写诗《一叶》。

10月5日，在四川茂县旅次为方唐漫画配写旧体诗15首。

12月13日，写诗《祝寿词》。

1999年 66岁

1月13日，写诗《韩瓶》。

1月14日，写旧体诗《题丁聪作李锐漫画像》。

3月1日，写诗《烛光》。

3月7日，写诗《叠溪》。

3月，写旧体诗《读〈名流社评〉赠方方》。

6月13日，写旧体诗《夜不能寐偶得晨起追记》。

6月，在《人民文学》1999年第6期发表《九十年代杂诗抄》13首 :《平安夜》、《一本书的题记》、《赌徒的惩罚》、《书岛》、《生活》、《题照》、《孔雀》、《空中的音象》、《潘家园》、《菊花的意义》、《听雷》、《韩瓶》、《烛光》。

9月28日，写旧体诗《伊犁东返途中得句》。

10月11日，写旧体诗《惊闻胡胆遇难，口占一绝以慰胡征》。

10月18日，为方唐漫画配写旧体诗12首。

11月，诗作《叠溪》在《扬子江诗刊》1999年第6期发表。

2000年 67岁

2月，《诗刊》2000年2月号选载诗作《叠溪》。

4月28日，写诗《2000沙尘暴》。

6月，《诗刊》2000年第6期转载组诗《己巳杂诗一打》，包括12首旧体诗 :《秋晴寄朱正》、《人生》、《从今》、《读〈懒寻旧梦录〉二首呈夏公》、《怀王蒙》、《书愤》、《追忆往日诗思》、《不问》、《竹枝谑词》、《寄丁小莉转呈黄秋耘同志》、《〈黄河大合唱〉创作五十周年赠张光年同志》。

7月，写旧体诗《读〈狂欢的季节〉》。

10月18日，写旧体诗《黄山二绝句》。

10月23日，写旧体诗《偶成》。

10月24日，写旧体诗《潜山》、《天柱山》。

10月27日，写旧体诗《九华山大雾》。

11月5日，写旧体诗《打油赠同游》。

11月1日，写旧体诗《〈为三陪小姐一辩〉书后》

11月16日，写诗《致啄木鸟》。

11月，写旧体诗《郭源兄著〈被革命回忆录〉，记历史本来面目，功在后世，写此赠之》。

12月19日，写旧体诗《因“永远有多远”书名得俚句》。

1997—2000年，为方唐漫画配诗陆续发表于《同舟共进》。

2001年 68岁

2月1日，写旧体诗《赠黄苗子、郁风》、《赠杨宪益（二首）》。

2月16日，作旧体诗《奉和苗子〈咏酒呈宪益〉》。

3月3日，写旧体诗《为杨志新书七绝一首》、《戏咏川菜》。

5月4日，写诗《〈个人卷宗1946—1976〉跋》。

6月15日，为《新诗界》座谈会写发言稿《写在新诗边上》。

8月7日，写旧体诗《八月七日立秋遥寄李汝伦兄岭南》。

8月12日，写旧体诗《夜不能寐杞忧口号》。

8月21日，写旧体诗《山行闲吟》。

8月29日，写旧体诗《打油二首贺小如兄八秩大寿》、《读宪公自挽联“乐不思奥（林匹克），寿已超英（指戴乃迭）”妙极戏作》。

8月30日，写旧体诗《种树谣》。

9月5日，写旧体诗《读苗子先生和诗有作》、《读“夕阳何惧近黄昏”句再柬小如》。

10 月 23 日，写旧体诗《中秋前一日向晚散步》。

本年，英汉对照诗集《邵燕祥短诗选》由香港银河出版社出版。

2002 年 69 岁

1 月，《诗刊・下半月刊》2002 年 1 月号转载发言稿《写在新诗边上》。

5—6 月，在巴黎小住，所写组诗《母语写作》之第一首为《美丽城》。

9 月 11—24 日，写诗《向着太阳歌唱——为吴非主编的一本少年读物作》。

2003 年 70 岁

1 月 2 日，写诗《网络》。

1 月 7 日，写诗《紫薇王》。

1 月 14 日，写诗《后祥林嫂时代》。

1 月 16 日，写诗《哀矿难》（23 日在《南方周末》发表）。

1 月，在《山花》2003 年第 1 期发表《母语写作》6 首：《寻拉辛不遇》、《布鲁塞尔小景》、《理想主义》、《阿姆斯特丹》、《摩纳哥》、《滑铁卢》。

同月，诗作《美丽城》在《松花江》2003 年第 1 期发表。

2 月，在《人民文学》2003 年第 2 期发表《母语写作》8 首：《诺曼底》、《生日》、《旺多姆广场》、《芳草与香精》、《罗丹〈思想者〉》、《艺术家》、《古堡幽灵》、《阿波里奈尔的芦笛》。

3 月 6 日，写诗《戏咏木梳》。

3 月，在《星星诗刊》2003 年第 3 期发表《母语写作》6 首：《古斗技场》、《活的塑像》、《告别威尼斯》、《亚德里亚海边》、《叹息桥》、《圣殇》。

4 月 11 日，写旧体诗《悼吴祖光》。

4 月 14 日，写旧体诗《奉和吴小如兄赐贺寿诗》。

5 月，《后祥林嫂时代》在《作品》2003 年 5 月号发表。

6 月 24 日，写旧体诗《俚词敬贺纪弦诗家九十高寿》。

8 月，在《作家》2003 年第 8 期发表《母语写作》4 首：《共伞避雨》、《维罗纳》、《巴比松画家村》、《蒙娜・丽莎》。

9月21日，写诗《梦中得句》。

10月3日，写诗《老伤》。

10月，在《绿风诗刊》2003年第5期发表《母语写作》5首：《尼斯》、《面对但丁》、《偶感》、《塞纳河畔口占》、《海牙国际刑事法庭》。

11月19日，写诗《也是母亲教唱的歌——读诗人屠岸，献给屠岸诗歌创作与翻译研讨会》。

11月30日，写诗《烟花爆竹》。

2004年 71岁

3月29日，写旧体诗《打油诗二首赠罗孚先生》。

3月，在《中国书画》2004年第3期发表旧体诗四首：《柬曾卓追思会，并慰如茵夫人》、《悼吴祖光》、《奉和吴小如兄赐贺诗（二首）》。

同月，在《人民文学》2004年第3期发表《母语写作》5首：《天地一囚徒》、《恺撒的台阶》、《渎神者的礼拜》、《肉身的维纳斯》、《从哪条路去罗马》。

5月，在《扬子江诗刊》2004年第5期发表《献诗二首》：《在边缘——献给辛笛》、《也是母亲教唱的歌——读诗人屠岸，谨以此诗献给屠岸诗歌创作与翻译研诗会》。

同月，《找灵魂——邵燕祥私人卷宗：1945—1976》由广西师范大学出版社出版，书中收录了作者由20世纪40年代中后期到1976年间的部分诗作。

8月18日，写旧体诗《重游神农架》。

9月，在2004年第9期《山花》发表诗作《播种》。

11月6日，写旧体诗《个旧行》。

2005年 72岁

1月，在韩石山主编的《山西文学》2005年第1期发表旧体诗《小蜂房杂诗十六首》：《咏鸡——干校节日聚餐有鸡》、《半生》、《揽镜见脱发》、《自赠》、《寄京中友人》、《有赠》、《岁暮》、《前题》、《自温旧稿》、《南京竹枝词（二首选一)》、《干校戏作》、《捧读》、《木工房中辞岁》、《无题(赤云日脚下羌村)》、《清明》、《丑奴儿近(风雷震荡)》。

2月，在《人民文学》2005年第2期发表《母语写作·咏怀之什》8首：《生活》、《午睡》、《2000沙尘暴》、《白鱀豚》、《奇景的消失》、《梦中得句》、《老伤》、《问答》。

4月14日，写诗《方唐先生一句话》。

4月24日，写诗《落叶之舞》。

5月3日，写诗《烂尾楼》。

6月4日，写旧体诗《黄苗子嘱题韩羽作〈傅青主听书图〉》。

6月29日，写诗《文字垃圾》、《火车叫》。

9月18日，写旧体诗《贺曾敏之先生米寿五绝句》。

9月20日，写诗《冰酒——赠痖弦》。

9月，《邵燕祥诗抄·打油诗》由广西师范大学出版社出版，包括了作者自1958年至2001年绝大部分旧体诗作。

2006年 73岁

1月3日，写诗《郭尔罗斯冰挂》。

1月30日，写诗《与德国小蠊对话》。

2月5日，写诗《稗史上的传说》。

2月6日，写诗《读〈黍离〉篇》。

3月8日，写诗《夹边沟》、《惊蛰》。

4月2日，写诗《我们的文化》。

4月，在《西湖》2006年第4期发表《母语写作·近作之什》8首短诗：《烟花爆竹》、《方唐先生一句话》、《文字垃圾》、《墓地天堂》、《大雁的羽毛》、《冰酒——赠痖弦》、《加加林》、《比萨斜塔》。

3月—4月，写诗《风筝之尸》。

5月2日，写诗《从远方归来》。

6月8日，写诗《短句——拟歌词》。

6月，《诗刊·上半月刊》转载诗作《“实事求是”匾》。

7月8—9日，写诗《叶卡杰琳娜的书房》。

8月26日，写诗《遥望》。

9月，在《人民文学》2006年第9期发表《母语写作·怀旧之什》5首：《落叶之舞》、《火车叫》、《与德国小蠊对话》、《夹边沟》、《我们的文化》。

10月25日夜，于黄骅写诗《痛悼子尤》。

11月，写诗《金婚（一双同命鸟振翅飞回）》。

11月4日，《痛悼子尤》在《北京青年报》发表。

2007年 74岁

1月26日，为与谢文秀金婚纪念日，写第二首《金婚（有什么足迹不在泥泞中湮没）》。

1月30日，写诗《曼德尔施塔姆》。

4月，在《人民文学》2007年第4期发表《母语写作：藏北之什》九首：《殉道者——题唐古拉山口的筑路者石像》、《最后的净土》、《即景》、《拉萨蚂蚁》、《绿度姆之梦》、《幡》、《问老子》、《嚎叫》、《八角街所见》。这组诗为1992—1996年间所作，2007年新年改定。

同月，在《时代文学》2007年第4期重发旧体诗《赠袁鹰》。

7月，在《北京文学·精彩阅读》发表《母语写作·思古之什》中的4首：《大雁的羽毛》、《冰酒——赠痖弦》、《读〈黍离〉篇》、《稗史上的传说》。

同月，在《诗词月刊》发表旧体诗三首：《偶得打油》、《某公仆生涯》、《五十九岁现象》。

12月21日，《人民日报》转载诗作《冬日查干湖》、《查干湖冰挂》。

2008年 75岁

1月14日，在《新民晚报》发表旧体诗《云水山房杂诗》6题：《阿尔山石塘林》、《大兴安岭达尔滨湖》、《登梵净山口占》、《有感五首寄刘衡大姐（录一）》、《赠吴克泰高纯真（莲子）伉俪》、《奉和吴小如兄赐贺寿诗》。

2月,《诗歌月刊》2008年第2期选载邵燕祥诗作八首:《记忆》、《陌上桑》、《黑石礁》、《〈五十弦〉第五首》、《断句》、《地球对着火星说》、《善良的心啊》、《倔强》。

5月,在"五一二大地震"前后写长诗《北纬30° 线》。

同月,在《诗潮》2008年5月号发表旧体诗《小蜂房诗抄》4首:《黄山孕猴谷纪游·并跋》、《打油诗二首赠罗孚先生(录其二,并跋)》、《重游神农架》、《个旧行》。

同月,《文学界(专辑版)》2008年第5期选发邵燕祥《集外旧体诗》和《集外自由诗》各一组。《集外旧体诗》37题:《柬曾卓追思会,并慰如茵夫人》、《题盐城陆秀夫纪念馆》、《赠吴克泰高纯真(莲子)伉俪》、《悼吴祖光》、《奉和吴小如兄赐贺寿诗》、《悼李慎之》、《悼老报人高集》、《俚词敬贺纪弦诗家九十高寿》、《顺口溜·贺〈华君武集〉十卷本出版》、《答靳文章赠书》、《贺李锐同志米寿作》、《礼士胡同光景书赠长兄燕平》、《题黄永厚画猴捧仙桃图》、《打油诗二首赠罗孚先生其二·并跋》、《金山枫泾赠丁聪》、《遥赠陈四益纽约》、《蝶恋花·借王学泰警语戏成一阕》、《和王玉祥赠诗》、《咏史》、《题高莽画绿原头像》、《赠纪红芙晖夫妇》、《贺曾敏之先生米寿五绝句》、《题赠应红女士,以谢其编辑拙作之劳》、《挽诗三章》、《重阅忆旧文字偶感》、《琴台四绝句》、《题慈溪古县城》、《留题萧山湘湖跨湖桥文化遗址》、《再回萧山有感》、《代"小姐"答诗人》、《贺胡绩伟老人九秩大寿六绝句》、《追忆过铜雀台遗址》、《晨起偶得》、《为台北叶国威先生题所藏俞平伯手书诗卷》、《咏鱼》、《为萧山图书馆专柜写分册说明竣事》、《丁亥中秋口占》。《集外自由诗》10首,分别是:《读〈太阳树〉诗画卡》、《清明过朝云墓》、《孔雀》、《观棋》、《菊花的意义》、《好鸟枝头朋友》、《〈找灵魂·私人卷宗〉跋》、《后祥林嫂时代》、《哀矿难》、《老伤》。

6月4日,在《文汇报》发表诗作《1199把马头琴》。

本年,《当代诗词》2008年第2期转载《邵燕祥诗抄》九首:《六五初度前夕适值端阳汉宜公路车中口占》、《楼外楼打油一首》、《题丁聪作李锐漫画像》、《赠黄苗子、郁风》、《赠杨宪益》、《赠杨宪益(其二)》、《奉和苗子〈咏酒呈宪益〉》。

2009年 76岁

1月20日，写旧体诗《挽戈大姐，并寄友人》。

2月20日，写旧体诗《为周倜题册页》。

5月23日，写旧体诗《读〈牟宜之诗〉八绝句》。

6月8日，写旧体诗《咏史感事二首》。

7月23日，《读〈牟宜之诗〉八绝句》发表于《南方周末》。

9月18日，写旧体诗《无题有感》。

10月24日，写旧体诗《川江》。

11月19日，写诗《四季记忆》。

11月23日，写旧体诗《白门怀古》。

11月，长诗《北纬30° 线》在《西湖》2009年11月号发表。配有韩作荣点评。

本年，在《当代诗词》2009年第1期发表诗作《赠〈炎黄春秋〉诸君子》。

2010年 77岁

1月17日，在《东方早报》发表旧体诗《云水山房杂诗（2009年）》七首：《挽戈大姐，并寄友人》、《为周倜题册页》、《咏史感事二首》、《无题有感》、《川江》、《白门怀古》。

5月1日，写旧体诗《呈厚泽病榻（诗二首）》。

6月，写诗《放风筝的孩子，哪儿去了？——拟“贾君鹏，你妈妈叫你回家吃饭”》。

6月，《呈厚泽病榻（诗二首）》在《炎黄春秋》2010年第6期发表。

11月，《我的诗人词典》一书由大象出版社出版，书中收录了邵燕祥对九十六位诗人的阅读印象。

11月22日，《放风筝的孩子，哪儿去了》一诗发表于上海《文汇报》。

2011年 78岁

1月，第三种版本的《邵燕祥诗选（1988—2010）》由花城出版社出版。

4月，《当代诗词》2011年第4期发表《打油诗四首》:《偶得》、《傍晚散步忽念辛亥革命已届百年口占一律》、《无题有感二首》。

5月，在《炎黄世界》2011年第5期发表旧体《诗三首》:《谒翠亨村中山故居》、《腾冲赠书画协会》、《宝峰湖》。

9月9日，在《新民晚报》发表旧体诗三题：《七九初度自赠二首》、《无题有感（曾经棘地荆天日）》、《眼干承医生处方开人工泪液二瓶，即以为打油诗题用十三辙俗韵》。

9月，在《炎黄世界》发表旧体诗作《种树谣》、《座谈环保有感》。

11月，《扬子江诗刊》2011年11月号发表唐晓渡关于邵燕祥《最后的独白》一诗的长篇论文，同时重载长诗《最后的独白——剧诗片断，关于斯大林的妻子娜捷日达·阿利卢耶娃之死》。

2012年 79岁

2月21日，写诗《留守儿童》，发表于5月14日《文汇报》。

5月18日，在《新民晚报》发表旧体诗《云水山房杂诗》九题：《桐乡谒缘缘堂丰子恺故居二首》、《初雪》、《失聪打油》、《题谢熹姻兄画山水祝其八秩大寿》、《落叶》、《赠温州苍南金朝鸣》、《临浦周氏宗谱诗人周明道主编书此赠之》、《贺岁二律呈百〇七岁寿星周有光先生》、《贺冯立三兄七秩大寿二首》。

8月24日，写诗《皇村中学》，发表于2013年2月26日《羊城晚报》。

8月27日，写诗《邂逅戴高乐》，发表于2013年8月9日《文汇报》。

8月28日，写诗《奥斯维辛二首》，发表于2013年8月9日《文汇报》。

9月13日，在《新民晚报》发表旧体诗作《送别黄裳》五首。

11月3日，在《新民晚报》发表旧体诗《云水山房杂诗》四题：《晨起临窗犹见蒙蒙细雨，据云夜雨如注，惜因失聪而浑然不觉打油二首记之》、《谒中山陵为同行友人题》、《秋晴》、《腊月廿八夜出门散步偶得四句谐谑》。

11月26日，在《新民晚报》发表旧体诗《云水山房杂诗》七题：《夜梦冯友兰仍健在，其晚年着力之作〈中国哲学史〉第七卷出版投诗贺之》、《偶得（天地一蜉蝣）》、《收拾旧书物忆及“百年无废纸”语》、《闲情口占一绝打油》、《寄心武贺七旬实寿》、《行年八十儿女孙辈拟议庆生有感》、《八十初度》。

2013 年 80 岁

4 月，《邵燕祥自书打油诗》一书由香港牛津大学出版社出版，收录有未曾入集的诗作。

5 月 9 日，写诗《华丽的旗袍》，发表于 7 月 2 日《羊城晚报》。

5 月 17 日，写诗《以心倾听》，发表于 5 月 31 日《文汇报》。

5 月 30 日，在《南方周末》总第 1528 期发表《第一人称（三首）》:《偶感》、《我是泥做的》、《石头》。

8 月 8 日，在《新民晚报》发表旧体《云水山房散诗》6 首 :《打油贺周有光先生茶寿》、《初来嘉定感怀》、《塘栖古镇拜唐梅闻系开元年间所植》、《敬挽陈庚于大暑前夕逝世》、《散步口占》、《环保口占翻李商隐“终古垂杨有暮鸦”之案》。

8 月 9 日，以《波兰访古》为总题，在《文汇报》发表诗作《奥斯维辛二首》、《邂逅戴高乐》。

10 月 12 日，写诗《黄金台之梦》。

11 月 1 日，写诗《散步的人》。

2014 年 81 岁

6 月 14 日，在《北京青年报》第 15 版发表《邵燕祥集外散诗——八旬老诗人沉思之作》13 首 :《1199 把马头琴》、《黄金台之梦》、《皇村中学》、《蓝天如染——一个成年人的童话思维》、《鱼目》、《在爱沙尼亚望波罗的海》、《森林》、《心之病》、《阿尔卑斯山》、《喇嘛沟门》、《肖邦》、《人生几何》、《关东糖》。

（注：本“年谱简编”已经邵燕祥先生过目）

附录二：邵燕祥散文研究存目

1963 年

唐　弢：《关于题材》，见《文学评论》1963 年第 1 期。（评论邵燕祥的散文《小闹闹》）

1985 年

何西来：《从“师心”看“文心”——读邵燕祥的杂文和随笔》，见《当代作家评论》，1985 年第 5 期。

1989 年

何西来：《文格和人格——邵燕祥杂文论片》，见《文学评论》，1989 年第 4 期。

顾　骧：《民族和时代的良知——读邵燕祥新时期杂文》，见《光明日报》，1989 年 6 月 6 日。

1994 年

董　芳：《诗人的忧患与真诚：略论邵燕祥杂文的审美品格》，见《营口师专学报（哲学社会科学版）》，1994 年第 1 期。

1995 年

陈荒煤：《病房书简——致邵燕祥》，见《同舟共进》，1995 年第 3 期。

周　迅：《一个诗人的〈杂文作坊〉》，见《中华工商时报》1995 年 11 月 7 日；《杂文选刊》，1996 年第 3 期。

王一桃：《诗化的杂文随感——读邵燕祥〈大题小做集〉》，见香港《文汇报》1995 年 11 月 12 日，《新晚报（港）》1996 年 2 月 3 日。香港：奔马出版社，1998 版的《王一桃文论选》一书收入。

1997 年

王岩森：《诗人的杂文：邵燕祥杂文读后札记》，见《临沂师专学报》，1997 第 2 期。

孙　郁：《关于〈邵燕祥文抄〉》，见《羊城晚报》，1997 年 5 月 8 日。

黎焕颐：《〈邵燕祥文抄〉读后》，见 1997 年 8 月 26 日《读书人报》。

殷毓平：《凡是苦的涩的，都是有营养的》，见《沧州晚报》1997 年 10 月 13 日。

林　煜：《人生实录》，见《杭州日报》，1997 年 12 月 2 日。

1998 年

萧　乾：《读邵燕祥的〈人生败笔〉——一个灭顶者的挣扎实录》，见《书屋》，1998 年第 3 期。

黎焕颐：《自我灵魂的审询》，见《文学报》第 1003 期，1998 年 6 月 4 日。

1999 年

叶　橹：《历史的证词——读〈人生败笔〉》，见《雨花》，1999 年第 3 期。

2000 年

王岩森：《艺术化的批判：当代诗人、小说家、戏剧家的杂文创作——以邵燕祥、王小波、魏明伦为例》，见《宁夏大学学报（人文社会科学版）》，2000 年第 2 期。

2002 年

陈　诏：《记杂文家邵燕祥》，见陈诏著：《笔耕岁月——副刊编辑杂忆》，上海书店出版社，2002 年版。

2004 年

鄢烈山：《毛泽东时代的邵燕祥》，见《西湖》，2004 年第 10 期。

2005 年

王学泰：《绚烂至极 归于平淡——读〈邵燕祥自述〉》，见《金融时报》，2005 年 6 月 3 日。

2007 年

莫顺斌：《“思想者”的塑像——邵燕祥文〈读高尔泰二则〉略析》，见《作家杂志》，2007 年第 11 期。

2008 年

莫顺斌：《诗性之树绽放的理性之花——略说邵燕祥的“广义的杂文”》，见《名作欣赏》，2008 年第 11 期。

2011 年

鄢烈山：《诗文两样 冰心一片——读邵燕祥的杂文自选集》，见鄢烈山著：《评点江山——鄢烈山文化随笔选》，广州出版社，2011 年版。该文首发于 2009 年 10 月 26 日上海《理财一周报》，又发于 2010 年第 2 期《随笔》。

后　记

吴思敬

编辑这本《苦难中打造的金蔷薇——邵燕祥诗歌研究论集》的初衷，起自于2007年4月由中国当代文学研究会、廊坊师范学院文学院、首都师范大学中国诗歌研究中心主办的“邵燕祥诗歌创作研讨会”。这次研讨会上收到了有关邵燕祥诗歌的研究论文33篇，编成《邵燕祥诗歌创作研讨会论文集》，在会上印发。会后，一直有个想法，以这33篇论文为基础，再搜集20世纪40年代邵燕祥开始创作以来有关他的诗歌评论，编成一本较为完整的研究论集。但一来邵燕祥创作经历长，时间跨度大，搜集资料不易，二来首都师范大学中国诗歌研究中心每年用于资助出版的资金有限，这个计划就拖了下来。直到2012年《看一支芦苇——辛笛诗歌研究文集》经首都师范大学中国诗歌研究中心资助出版后，《邵燕祥诗歌研究论集》的编辑出版始列入诗歌研究中心的计划。这一工作由我牵头，并请首都师范大学中国诗歌研究中心毕业的博士生、现在河北科技师范学院文法学院任教的李文钢先生与我合作，他除去与我一起收集资料、整理编辑之外，还独立承担了《邵燕祥诗歌创作年谱》的编辑工作。李文钢学风严谨，在收集论文、编写年谱中，泡资料室，跑图书馆，查阅了大量的原始材料，他认真、踏实的工作作风和实干精神，让我感动。还应特别提及的是，在《研究论集》与《创作年谱》的编辑过程中，邵燕祥先生提供了大量的资料，审读了《创作年谱》，订正了若干史实与文字，从根本上保障了这本书的学术质量。提到邵燕祥先生，这里还要再说两句。一是2007年，在廊坊召开“邵燕祥诗歌创作研讨会”之前，他给我写了一封信，在这封信中，邵燕祥希望我们能坚持学术会议应有的会风，坚守科学品格，有别于社会上若干权、钱支配的流于庸俗化的活动，并诚恳地表示：“希望大家不要把我当作一个期待安抚和慰藉的老人，相信我有听取批判性以至挑战性意见的承受力。对我的任何批评和鉴定，不仅会促使我反思过去，也将有助于我今后的写作和做人。”再有，就是2014年这本邵燕祥诗歌研究论文集编定之后，我给他发函，告诉他此书拟以《苦难中打造的金蔷薇——邵燕祥诗歌研究论集》为书名，并向他表示感谢。他3月25日回函：“说‘金蔷薇’，确实过奖了，巴乌斯托夫斯基的‘金蔷薇’故事，流传遐迩，深入人心，那是对艺术品，对具有艺术性的文学作品品格的近于最高的封赏了呀！我只能说，虽不能至，心向往之！再一次说，从心底感谢你和你带出来的团队。愿你们在以心读诗、以科学精神从事诗歌研究的长途上，走得更远，更深入也更开阔！这绝不是马克思说的类似叩响‘地狱之门’的苦差使，而是与古往今来的诗人、诗读者和诗论家们一起行进的幸福之旅！”邵燕祥先生的两封来函，充分体现了他虚怀若谷的胸怀与对诗歌评论工作的理解与重视，他的勉励将是我们在诗歌研究道路上继续前行的巨大动力。

《苦难中打造的金蔷薇——邵燕祥诗歌研究论集》主体是以年代为序的邵燕祥诗歌评论，此外也收集了有关邵燕祥的印象与回忆，这部分文章本来有20余篇，限于本书篇幅，只留下了几篇。附录有两个，一个是李文钢编的《邵燕祥诗歌创作年谱》，一个是《邵燕祥散文研究存目》。后者主要是有关邵燕祥杂文随笔的评论，以备读者和研究者全面了解邵燕祥作为参照。

本书编辑和出版过程中，得到了首都师范大学中国诗歌研究中心和学苑出版社的大力支持，谨致衷心的谢意！

吴思敬

2014年3月27日